VICTORIA THOMPSON

DAS FLÜSTERN DES WINDES

Roman

Aus dem Amerikanischen
von Norbert Jakober

WILHELM HEYNE VERLAG
MÜNCHEN

HEYNE ROMANE FÜR ›SIE‹
Nr. 04/350

Titel der Originalausgabe:
WILD TEXAS WIND

Printed in France 2000
http://www.heyne.de
Umschlagillustration: Lina Levy/Agentur Schlück
Umschlaggestaltung: Nele Schütz Design, München
Satz: Prechtl, Passau
Druck und Bindung: Brodard & Taupin

ISBN 3-453-16821-6

Meinem Mann Jim
und meinen beiden wunderbaren Töchtern
Lisa und Ellen gewidmet,
die mich von Zeit zu Zeit daran erinnern,
dass ich auch in der wirklichen Welt lebe.

1

Sean MacDougal lächelte, als er die Squaws beobachtete, wie sie sich um den billigen Schmuck stritten, den er mitgebracht hatte, um ihn gegen die Waren der Indianer einzutauschen. Die Frauen waren begeistert von den bunten Perlen und Wolldecken, für die er von ihren Männern hochwertige Büffelfelle bekommen würde.

Die anderen weißen Händler in Santa Fe schüttelten nur den Kopf über ihn, dass er sein Leben riskierte, indem er sich in die Prärie hinauswagte, um persönlich mit den Indianern Handel zu treiben. Sie blieben lieber zu Hause in ihren behaglichen Häusern und beauftragten Mexikaner damit, die Geschäfte mit den Indianern zu erledigen. Doch Sean MacDougal hatte sogar Spaß an der Gefahr; außerdem traute er keinem außer sich selbst, wenn es um Geschäfte ging.

Er rechnete im Kopf den Gewinn aus, den er diesmal machen würde, und achtete deshalb kaum auf die Squaw, die zu ihm getreten war und darauf wartete, dass er auf sie aufmerksam wurde.

»Sie sind ein Weißer, nicht wahr?«, fragte sie schließlich.

Sean war so verblüfft, in einem Lager der Komantschen auf Englisch angesprochen zu werden, dass er ihre Frage zuerst gar nicht verstand. Er blickte von den Waren auf, vor denen er hockte, und sah die typischen Mokassins und ein Kleid mit bunten Holzperlen, wie die Indianerfrauen sie trugen. Das Gesicht, in das er blickte, war so braun wie das der anderen Squaws, doch sie hatte Augen so blau wie der Himmel über Texas und kurz geschnittenes weizenblondes Haar.

Verblüfft stand Sean langsam auf, den Blick unverwandt auf die Frau gerichtet. Sie war gertenschlank, ganz im Gegensatz zu den Indianerfrauen, die mit zunehmendem Alter meist ziemlich dick wurden. Dennoch konnte er die Kraft spüren, die von ihr ausging. Eine schwache Frau hätte es auch gar nicht geschafft, bei den Komantschen zu überleben.

»Was haben Sie gesagt?«, fragte er, als er aufrecht stand und auf ihr blondes Haupt hinunterblickte. Er war immer noch zutiefst verblüfft, dass hier im Indianerlager jemand Englisch mit ihm sprach; normalerweise hörte man hier außer der Sprache der Komantschen nur das gebrochene Spanisch, in dem Sean sich mit den Indianern verständigte.

»Ich habe gefragt, ob Sie ein Weißer sind«, antwortete sie mit leiser Stimme, wahrscheinlich, damit niemand sie hörte, wenngleich Sean nicht glaubte, dass irgendjemand sie hätte verstehen können. »Sie müssen ein Weißer sein«, fügte sie hinzu und deutete auf seinen Bart, den er seit seiner Abreise aus Santa Fe nicht mehr gestutzt hatte. Sie zeigte mit einer kurzen Bewegung des Kinns auf ihn, so wie die Indianer es taten. »Außerdem habe ich noch nie einen Mexikaner mit rotem Haar gesehen.«

In diesem Augenblick wurde ihm klar, dass sie eine weiße Gefangene sein musste, und er dachte nach, ob er von jemandem gehört hatte, dass eine weiße Frau bei diesem Stamm sei. »Wer sind Sie?«, fragte er.

Sie nahm eine noch etwas aufrechtere Haltung ein und sagte die Worte, die Sean MacDougals Leben für immer verändern sollten: »Ich bin Rebekah Tate.«

Du lieber Gott! Sogar im weit entfernten Santa Fe war Rebekah Tate eine Berühmtheit. »Sie leben!«, rief er verblüfft. Als Antwort starrte sie ihn nur unverwandt an, während er erst einmal die unglaubliche Neuigkeit verkraften musste. »Wie lange ist es her, dass Sie …?«

»Sieben Jahre – ich war fünfzehn damals«, antwortete sie und Zorn flammte in ihrem Blick auf. In diesem Augenblick gewann er einen kurzen Eindruck davon, was sie in all den Jahren erlitten haben musste: Schmerz und Einsamkeit, Erniedrigung und Qual. Auch wenn niemand darüber sprach, so wusste doch jeder, welches Schicksal gefangene Frauen bei den Komantschen zu erdulden hatten.

Doch so schnell der Zorn in ihren Augen aufgeflackert war, so schnell war er wieder verschwunden – und ihr Gesicht wurde so ausdruckslos wie das der Indianer, die es besonders gut verstanden, ihre Gefühle zu verbergen. »Sie haben von mir gehört?«, fragte sie.

»Jeder hat von Rebekah Tate gehört, aber es ist so lange her … Alle haben gedacht, dass Sie schon tot wären.«

Erneut flackerte eine Gefühlsregung in ihren Augen auf, doch noch ehe er sie deuten konnte, war sie wieder fort.

»Mein Vater … lebt er noch?«

»Soweit ich weiß, ja. Er hat eine Belohnung ausgesetzt – für den, der Sie findet …«

Bevor er weitersprechen konnte, rief eine Indianerin ein paar Worte, die er nicht verstand, und packte Rebekah am Arm, um sie von ihm wegzuziehen. Das muss ihre Herrin sein, dachte Sean. Gewiss war Rebekah als Sklavin hier im Lager, so wie die meisten Gefangenen – doch Rebekahs Reaktion belehrte ihn eines Besseren.

Sie gab eine lautstarke Antwort und stieß die ältere Frau zurück, die stolperte, aber nicht weichen wollte. Die Frau schrie wieder in der Sprache der Komantschen, die Sean nicht besonders gut verstand, doch ihr Ton verriet ihm alles, was er wissen musste. Sie hatte etwas dagegen, dass Rebekah mit ihm sprach, und versuchte, sie von ihm wegzuziehen. Rebekah wollte davon jedoch nichts wissen.

Sie lieferten sich ein kurzes Wortgefecht, bevor sich Rebekah ihm wieder zuwandte. »Kaufen Sie mich frei!«, rief sie halb flehend, halb fordernd.

Als ob das so einfach wäre. »Aber was …?«

»Ich komme später noch einmal zu Ihnen«, versicherte sie ihm, ehe sie dem Drängen der Frau nachgab und sich wegziehen ließ.

Er sollte sie freikaufen? Wusste sie denn, was sie da von ihm verlangte? Die Komantschen wussten, wie gern die Weißen die Ihren zurückhaben wollten – und dementsprechend hoch war der Preis, den sie forderten. Sean hätte den gesamten Gewinn dieser Reise opfern müssen, und wer hätte ihn für den Verlust entschädigt? Er kannte Händler, die alles verloren hatten, als sie Gefangene loskauften, deren Familien nichts besaßen.

Gewiss, Reverend Zebulon Tate hatte eine Belohnung für sein einziges überlebendes Kind ausgesetzt, aber das war sieben lange Jahre her. Der Mann war vielleicht gar nicht mehr in der Lage, etwas zu bezahlen, wenn er es überhaupt jemals gewesen war. Vielleicht war er ja längst tot. Es konnte aber auch sein, dass er seine Tochter gar nicht mehr zurückhaben wollte, nachdem sie so lange bei den Indianern gelebt hatte. Schon nach kurzer Zeit der Gefangenschaft waren die meisten Frauen völlig verändert. Nächstenliebe schön und gut – aber nur ein völliger Narr würde seine gesamte Habe für eine Frau opfern, die er gar nicht kannte. Und ein Narr war Sean MacDougal ganz bestimmt nicht.

Ohne sich dessen bewusst zu sein, hatte er ihr nachgeblickt, als sie wegging. Ihre runden Hüften, die sich unter dem Wildlederkleid abzeichneten, versprachen ihm eine andere Art der Belohnung, falls er sich entschließen sollte, ihr zu helfen. Sean spürte, wie das Blut in seinen Adern in Wallung geriet, und wandte den Blick rasch von ihr ab und den Indianerinnen zu, die immer noch den Schmuck durchwühlten, um sich dies oder jenes auszusuchen. Es war lange her, seit er zum letzten Mal eine Frau gehabt hatte, und es war für ihn beschlossene Sache gewesen, dass die Zeit der Enthaltsamkeit vorüber sein würde, sobald er das Indianerlager erreicht hatte – immerhin hatten die Indianerinnen, was das Sexuelle betraf, völlig andere Moralvorstellungen als die Weißen. Hier konnte er unter den Mädchen wählen, die ungebunden waren und die nur allzu gern zu ihm ins Zelt schleichen würden, wenn er ihnen dafür eine Hand voll bunte Perlen schenkte. Die Weißen hatten einen hässlichen Namen für derartige Tauschgeschäfte, doch die Indianer sahen die Sache eher von der praktischen Seite.

Ja, er hatte erwartet, hier eine Frau zu finden, oder sogar mehr als eine, was der Grund für die plötzlichen Lustgefühle war, die ihn beim Anblick von Rebekah Tate überkommen hatten. Er wandte sein Interesse viel versprechenderen Aussichten zu und erblickte ein dralles junges Mädchen. Sie war kaum älter als fünfzehn, was bedeutete, dass sie höchstwahrscheinlich ungebunden war. Nach dem Lächeln zu schließen, das sie ihm schenkte, musste es wohl so sein. Er erwiderte ihr Lächeln und betrachtete sie aufmerksam, doch irgendetwas an ihrem breiten Gesicht und den hohen Backenknochen stieß ihn plötzlich ab. Er sah immer noch Rebekah Tates feine Gesichtszüge vor sich, ihr rundes Kinn, die leicht nach oben gebogene Nase, die samtweichen Wangen – Details, von denen er gar nicht gewusst hatte, dass sie ihm aufgefallen waren.

Rebekah Tate war, so dachte er, eine schöne Frau. Zumindest wäre sie eine, wenn sie entsprechende Kleider tragen würde und eine milchweiße Haut hätte, wie es sich für eine Lady ziemte.

Aber Rebekah Tate war keine Lady. Sie war eine Liebesdienerin der Komantschen. Und das Traurigste an der Sache war, dass sie besser dran war, wenn sie hier blieb, anstatt mit ihm in ihre alte Heimat zurückzukehren. Er fragte sich, ob ihr das überhaupt bewusst war.

Rebekah Tate ließ sich von Squeaky, oder *Pipiku,* wie die Indianer sie riefen, wegziehen – weg von dem groß gewachsenen Mann mit dem schulterlangen roten Haar und dem borstigen roten Bart. Lieber Himmel, wie lange war es jetzt her, seit sie zum letzten Mal einen Weißen gesehen hatte?

Sieben Jahre. Hatte sie ihm das nicht selbst gesagt? Sieben Jahre waren seit jenem schrecklichen Tag vergangen, der sie immer noch in ihren Albträumen verfolgte, als die Indianer die befestigte Siedlung überfallen hatten, wo sie und ihre Familie – vermeintlich geschützt – zusammen mit den anderen Siedlern gelebt hatten. Die Männer waren draußen auf den Feldern gewesen, als die Indianer über die wehrlosen Frauen und Kinder herfielen. Sie töteten so gut wie jeden, den sie erwischten, und vergewaltigten die Frauen, ehe sie sie bestialisch abschlachteten. Ihren zwei Jahre alten Bruder hatten sie an den Beinen gepackt und mit dem Kopf gegen die Wand des Holzhauses geschleudert. Ihre Mutter hatten sie mit der Lanze am Boden aufgespießt und sie noch lebend zurückgelassen. Doch Rebekah nahmen sie mit.

Sie hatte schreckliche Angst gehabt, dass die Indianer sie ebenfalls töten würden. Wie dumm ihr diese Angst jetzt erschien. Es gab Schlimmeres, als zu sterben, viel Schlimmeres. Niemand wusste das besser als Rebekah, denn sie hatte alles erduldet, was es zu erdulden gab.

»Meinem Mann wird es gar nicht gefallen, dass du mit dem Händler sprichst«, sagte Squeaky mit ihrer schrillen Stimme.

»Ich habe ihn gefragt, ob er Nadeln hat«, log Rebekah, während sie das Lager durchquerten, um zu ihren Tipis zu gelangen. »Ich habe meine Nadel verloren. Der Vater meines Sohnes wird wütend auf dich sein, wenn er erfährt, dass du mir ein gutes Geschäft verdorben hast.«

Squeaky blickte sie mit finsterer Miene an. Es war das gewohnte Spiel zwischen ihnen beiden. Squeaky erinnerte Rebekah, so oft sie nur konnte, daran, dass sie selbst die erste Frau von Sprüchemacher, auf Indianisch *Isatekwa,* war, und Rebekah wiederum rieb Squeaky immer wieder unter die Nase, dass sie die Mutter von Sprüchemachers einzigem Kind war.

»Mich kannst du nicht für dumm verkaufen«, erwiderte Squeaky mit säuerlicher Miene. »Ich weiß, dass du hoffst, der Händler würde dich mitnehmen. Und ich hoffe, er macht es wirklich. Dann brauche ich dein hässliches Gesicht nie mehr zu sehen! Ich sollte ihm sagen, dass er dich in der Nacht stehlen soll!«

Rebekah lächelte spöttisch auf die Frau hinunter, die sich in den vergangenen sechs Jahren die größte Mühe gegeben hatte, ihr das Leben zur Hölle zu machen – seit Sprüchemacher Rebekah zu seiner zweiten Frau genommen hatte. »Vielleicht will der Händler ja dich mitnehmen. Vielleicht kommt er heute Nacht in *dein* Tipi. Du musst mir unbedingt nachher erzählen, ob er am ganzen Körper rot behaart ist.«

»Aah!«, kreischte Squeaky empört auf, doch in diesem Augenblick rief Rebekahs Sohn nach seiner Mutter. Noch ehe Rebekah reagieren konnte, lief Squeaky dem Kleinen entgegen.

Situ-htsi-Tukeru, Kleiner Jäger, lief so schnell ihn seine kurzen Beine trugen, so dass sein Lendenschurz ihm gegen die Schenkel schlug. Rebekah wusste, dass er viel lieber nackt herumgelaufen wäre wie die kleineren Kinder im Lager, auch wenn er jetzt alt genug war, um sich wie ein Mann zu kleiden. Jeden Morgen protestierte er dagegen, auch nur den kleinen Lendenschurz anzulegen, doch Rebekah bestand darauf; sie dachte jetzt schon an den Tag, an dem sie beide ins Haus ihres Vaters zurückkehren würden und sie ihren Sohn mit Hemd und Hose, mit Strümpfen und Schuhen einkleiden würde.

Squeaky versuchte ihn zu fangen und mit süßen Worten anzulocken, doch er wich ihren Händen geschickt aus und lief zu seiner Mutter hinüber. Er sah den bitterbösen Blick nicht, den Squeaky ihm nachschickte, und lief direkt gegen die Beine seiner Mutter. Im nächsten Augenblick plapperte er so aufgeregt, dass sie kein Wort verstand.

»Hör auf zu schnattern wie eine Gans!«, sagte sie vorwurfsvoll und wünschte sich in diesem Augenblick, dass er noch nicht zu groß wäre, um ihn hochzuheben. Er stand kaum jemals lange genug still, um sich in die Arme nehmen zu lassen. »Was brabbelst du denn da?«

»Die Händler! Sie haben mir was zu essen gegeben, es war braun und süß. Ich will, dass du es mir kaufst. Soo viel!«, fügte er hinzu und breitete seine dicken Ärmchen aus, so weit er konnte.

Sie war sich ziemlich sicher, dass er den braunen Zucker meinte, den die Händler immer den Kindern mitbrachten. Da niemand in Sprüchemachers Familie seinem einzigen Sohn je einen Wunsch abschlug, konnte Rebekah ihm leichten Herzens versprechen, dass er seinen Zucker bekommen würde.

Doch noch bevor sie den Mund öffnen konnte, sagte Squeaky: »Ich werde dir Zucker schenken, Kleiner Jäger. So viel du willst. Ich habe ein paar bemalte Hirschhäute, die kann ich eintauschen. Du musst mir nur sagen, bei welchem Händler du warst. Komm, gehen wir.«

Sie hielt ihm ihre schwielige Hand hin und lächelte so süß, wie sie nur konnte, doch Rebekah sah, dass sich ihr Sohn nicht täuschen ließ. Er wusste, wie heimtückisch Squeaky sein konnte; erst tat sie einem schön und im nächsten Moment kratzte sie einem fast die Augen aus. Der

Junge blickte sich um und sah, dass Sprüchemacher ganz in der Nähe hockte und mit seinem Onkel eine Pfeife rauchte.

»Fragen wir deinen Vater«, schlug Rebekah vor und überhörte die Flüche, die Squeaky halblaut murmelte.

Doch Kleiner Jäger war viel zu aufgeregt, um auf seine Mutter zu warten. Er entwand sich ihren Armen und flitzte zu Sprüchemacher hinüber, der zusammen mit seinem Onkel vor dessen Tipi hockte.

Rebekah folgte ihm mit langsameren Schritten und betrachtete den Mann, den die Indianer als ihren Ehemann ansahen. Es hatte keine Trauungszeremonie gegeben und Rebekah betrachtete die Ehe insgeheim ohnehin als ungültig. Er hatte sie ganz einfach zur Frau genommen, indem er ihrem vorigen Herrn drei gute Pferde für sie gab; der Grund für den hohen Preis war, dass sie ein Kind in sich trug, das höchstwahrscheinlich lebend zur Welt kommen würde. Sprüchemacher wünschte sich einen Sohn, doch seine ersten beiden Frauen waren gestorben, ehe sie Kinder zur Welt bringen konnten, und auch seine jetzige Frau, Squeaky, hatte ihm kein Kind geboren. Er war mit Sicherheit nicht der Vater von Rebekahs Kind, doch die Komantschen nahmen es mit solchen Dingen nicht so genau – und so hatte Sprüchemacher nun endlich seinen Sohn.

Wer die beiden zusammen sah, konnte nicht eine Sekunde denken, dass Sprüchemacher den wohlgestalteten Jungen gezeugt haben könnte, der nun vor ihm stand und ihn mit geschickten Worten zu überreden versuchte, ihm Zucker zu kaufen. Auch wenn seine Gesichtszüge im Augenblick eine gewisse Güte erkennen ließen, so war Sprüchemacher immer noch viel zu hässlich, um in irgendeiner Weise mit dem Kleinen blutsverwandt zu sein. Er war außerdem von dünner, krummbeiniger Gestalt, während der Junge kräftig gebaut war.

»Ich will soo viel!«, rief Kleiner Jäger und breitete die Arme aus. Seine hellgrauen Augen, die ihn von allen anderen Indianerkindern unterschieden, leuchteten aufgeregt.

Sprüchemacher lächelte über die Begeisterung seines geliebten Sohnes. »Wie kann ein so kleiner Junge so viel essen?«, neckte er ihn.

»Ich werde ja nicht alles auf einmal essen!«, erwiderte der Kleine mit ernstem Gesicht.

Sprüchemacher tat, als denke er über die Bitte seines Sohnes nach, während sein Onkel, der das Gespräch mit missbilligender Miene verfolgt hatte, den Jungen wegen seiner Gier schalt. »Willst du so viel hinunterschlingen wie ein Wolf, damit du dich hinterher übergeben musst?«

Rebekah hörte geduldig zu. Es gehörte zu den Aufgaben eines Onkels, den Sohn seines Neffen zurechtzuweisen. Bei den Komantschen übernahmen die Verwandten diese lästige Pflicht, so dass die Beziehung zwischen Eltern und Kindern ungetrübt blieb. Die Eltern konnten so ihre Kinder über die Maßen verwöhnen. Dies war wohl der Grund, warum bei den Komantschen die Kinder niemals gegen ihre Eltern aufbegehrten, sondern sie stets hoch achteten.

»Und möchtest du etwa deinen Vater arm machen?«, fuhr der Onkel fort. »Er muss seine Felle gegen Dinge eintauschen, die die Familie braucht, zum Beispiel für Kochtöpfe und Eisen für Pfeilspitzen – er kann sie nicht für nutzloses Zeug …«

»Aber Onkel«, warf Rebekah ein, »Squeaky hat angeboten, meinem Sohn den Zucker zu kaufen. Ich weiß ja, welche Freude es ihr macht, meinem Sohn Geschenke zu machen.« Rebekah lächelte freundlich, während sie sich an die Zeit vor sechs Jahren zurück erinnerte, als Squeaky Rebekahs prallen Bauch mit Füßen trat und ein Gebet zu ihren Göttern emporschickte, dass das Kind im Mutterleib sterben möge. Rebekah nahm jede kleine Gelegenheit wahr, der Frau ihre Grausamkeit heimzuzahlen – und so erschien es ihr nur recht und billig, wenn sie Squeaky jetzt um ein paar Hirschhäute erleichterte.

Sprüchemacher nickte zustimmend, und Kleiner Jäger stieß mit seiner piepsenden Stimme einen Kriegsruf aus, über den die beiden Männer herzlich lachten. Sogar Rebekah lächelte, obwohl es ihr jedes Mal einen Stich ins Herz gab, wenn sie sah, dass ihr kleiner Sohn sich zu einem richtigen Indianer entwickelte.

Die ganzen letzten Jahre hatte sie nur für den Tag gelebt, an dem sie ihn von diesem grauenhaften Ort wegbringen würde, zurück in die Zivilisation, wo er sich angewöhnen würde, in einem Bett zu schlafen und auf einem Stuhl zu sitzen. Er würde außerdem lesen und schreiben lernen und den ihm zustehenden Platz in der Welt einnehmen. Sie hatte gehofft, dass sie ihn von hier wegbringen konnte, bevor er alt genug war, um einer von *ihnen* zu werden – doch in Wirklichkeit war genau das bereits eingetreten.

Dann erinnerte sie sich an den rothaarigen Händler, der Englisch mit ihr gesprochen hatte. Kein Weißer würde eine weiße Frau hier bei diesen Wilden zurücklassen. Bald schon würde sie frei sein, und ihr Sohn auch.

Sean blickte in der Abenddämmerung aufmerksam um sich. Er wollte sicher gehen, dass sich niemand in der Nähe aufhielt, bevor er in die Büsche trat, um sich zu erleichtern. Die Indianerkinder und sogar einige der Frauen zeigten ein außerordentliches Interesse an allem, was er tat, und die Tatsache, dass er offensichtlich die gleichen leiblichen Bedürfnisse hatte wie sie selbst, schien ihnen das allergrößte Vergnügen zu bereiten.

Er hatte an diesem Tag viel zu tun gehabt, und so hatte er kaum Zeit gefunden, über sein Zusammentreffen mit Rebekah Tate nachzudenken. Er konnte es immer noch nicht glauben. Er erinnerte sich noch gut daran, als er zum ersten Mal von ihr gehört hatte, auf dem Weg von St. Louis nach Santa Fe. Sean war damals im Frachtgeschäft tätig und verdiente sein Geld damit, anderer Leute Güter zu befördern, bis er anfing, mit eigenen Waren Handel zu treiben.

Damals hatte ihm ein Fuhrmann in allen Einzelheiten – möglicherweise auch übertrieben – erzählt, wie eine Schar Indianer ein Fort von Siedlern überfallen hatte, während die Männer draußen auf den Feldern arbeiteten. Die Indianer töteten die meisten der anwesenden Bewohner und nahmen die übrigen als Gefangene mit sich. Zwei Knaben, die sie verschleppt hatten, ließen sie nach einem Jahr gegen ein hohes Lösegeld wieder frei.

Aber von Rebekah Tate hatte seither niemand mehr etwas gehört. Kleine Kinder zu entführen war schon schlimm genug und empörte jeden Weißen zutiefst – doch ein unschuldiges junges Mädchen zu rauben, das von einer Horde Wilder geschändet würde, war wohl das Widerwärtigste, was man sich vorstellen konnte. Dieser Vorfall erzürnte jeden Weißen in ganz Texas und darüber hinaus, der davon hörte. Jeder wollte derjenige sein, der das Mädchen rettete, egal ob mit oder ohne Belohnung. Aber keiner hatte sie gefunden.

Keiner außer Sean MacDougal.

»Psst, weißer Mann!«

Der geflüsterte Ruf ließ ihn hochfahren und mit einem Fluch auf den Lippen schloss er rasch seine Hose.

»Meinem Vater hätte es gar nicht gefallen, dass Sie solche Worte gebrauchen, weißer Mann«, teilte ihm Rebekah Tate mit, während sie aus dem Gebüsch auftauchte. »Er predigte oft, dass man den Namen Gottes nicht missbrauchen soll. Ich glaube, ich könnte mich sogar noch an den Wortlaut der Predigt erinnern, wenn ich mich bemühe.«

»Nicht nötig«, entgegnete er und betrachtete sie von Kopf bis Fuß. Er versuchte sich vorzustellen, wie sie wohl vor sieben Jahren ausgesehen haben mochte. Jünger natürlich. Süß und unschuldig. Doch die blauen Augen, die ihn jetzt anblickten, waren alles andere als unschuldig. Sie wirkten hart und kalt wie Eis und verrieten nichts von dem, was in ihr vorging. Er blickte um sich, um sicherzugehen, dass sie allein waren. »Ist denn das nicht gefährlich für Sie, mit mir zu sprechen?«

»Nein, zumindest solange mich niemand sieht; deshalb bin ich Ihnen ja hierher gefolgt. Ich möchte, dass Sie mich freikaufen.«

»Das ist nicht so leicht«, erwiderte er.

»Und meinen Sohn müssen Sie auch freikaufen. Ich werde nicht ohne ihn weggehen.«

»Ihren Sohn?«, fragte er und blickte sie verblüfft an. Nein, unschuldig war sie gewiss nicht mehr.

»Ja, meinen Sohn«, wiederholte sie ein wenig gereizt. »Was haben Sie denn erwartet?«

Sean hatte keine Ahnung, was er erwartet hatte. Er wusste, was die Indianer ihren weiblichen Gefangenen antaten – aber dass sie ein Kind zur Welt gebracht hatte …

»Er ist mein Sohn und ich werde ihn mitnehmen«, bekräftigte sie mit funkelnden Augen. Sie sah einfach umwerfend aus in ihrem Zorn, trotz der sonnenverbrannten Haut und dem kurz geschnittenen Haar. Ja, sie würde unter den richtigen Umständen eine wunderschöne Frau sein. Zu schade, dass er sie nie unter den richtigen Umständen bekommen würde …

»Tja, wie ich schon sagte, das ist nicht so leicht.«

»Warum denn nicht? Diese Wilden würden ihre eigene Mutter verkaufen, wenn der Preis stimmt!«

»Und wer soll diesen Preis bezahlen, Miss Tate?«

Er hatte es in einem leicht ironischen Ton gesagt und für einen Augenblick dachte er, dass es dieser Ton war, der sie so verblüffte. »Ich meine, wenn man dafür alles hergeben muss, was man besitzt …«, fügte er hinzu, hielt aber gleich wieder inne, als sie den Kopf schüttelte.

»Sagen Sie das noch mal«, forderte sie ihn auf.

»Was?«

»Meinen Namen. Sagen Sie meinen Namen!«

»Miss Tate«, sagte er, ziemlich verwirrt von dem seltsamen Glanz in ihren Augen.

»Meinen ganzen Namen. Sagen Sie meinen ganzen Namen!«

»Rebekah Tate.«

Sie schloss die Augen und ein Zittern ging durch ihren ganzen Körper.

Er trat unwillkürlich einen Schritt zurück. »Ist alles in Ordnung?«, fragte er unsicher.

Sie schlug die Augen auf, und ihr eindringlicher Blick ließ ihn noch einen Schritt zurückweichen, sodass er die Büsche hinter sich spürte. »Wie heißen Sie, weißer Mann?«

Er zögerte und fragte sich, ob sie vielleicht verrückt war. Das wäre kein Wunder gewesen angesichts der Qualen, die sie durchgemacht hatte.

Er antwortete nicht und sie packte ihn mit beiden Händen am Arm. »Sagen Sie mir Ihren Namen!«, rief sie mit lauter Stimme.

»MacDougal. Sean MacDougal«, sagte er rasch und fragte sich, ob er sich aus ihrem Griff losreißen sollte oder einfach nur still dastehen und hoffen, dass sie nicht gewalttätig wurde. Er hatte noch nie eine Frau geschlagen und das sollte auch so bleiben.

»MacDougal«, wiederholte sie, so als wolle sie sich den Namen einprägen. »Ist das ein irischer Name? Sind Sie Ire?«

»Nein«, sagte er, obwohl er in Wirklichkeit keine Ahnung hatte.

»Dann sind Sie kein Katholik?«

Er war zwar katholisch, aber nur dem Taufschein nach. Er hatte konvertieren müssen, um in Santa Fe Geschäfte machen zu können. Aber in seinem Herzen ... »Nein, bin ich nicht.«

Sie lächelte – zumindest bewegten sich ihre Mundwinkel ein wenig nach oben. Wirklich fröhlich sah sie nicht aus. »Mein Vater hatte etwas gegen Katholiken. Er meinte, sie wären Teufel, aber er hat sich geirrt. Ich weiß jetzt, wer die wirklichen Teufel sind. Ich lebe seit sieben Jahren mitten unter ihnen.«

»Hören Sie, Miss Tate«, begann Sean zögernd und befreite sich sachte aus ihrem Griff.

»Sie können mich nicht einfach hier lassen!«, rief sie, so als spürte sie, dass er sich sträubte. »Kein Weißer würde eine weiße Frau bei den Indianern zurücklassen!«

Sean fragte sich, wo das geschrieben stand. Er war sich sicher, dass es kein Gesetz gab, das so etwas vorschrieb. »Und wie soll ich das Lösegeld für Sie aufbringen?«

»Mein Vater hat eine Belohnung ausgesetzt. Das haben Sie doch selbst gesagt! Er wird Sie reich belohnen!«

»Soweit ich weiß, ist Ihr Vater ein Farmer, der nebenbei die Messe liest. Wie kommen Sie darauf, dass er mir überhaupt etwas zahlen kann?«

In ihren Augen flackerte kalter Zorn auf. »Dann werde ich Sie bezahlen. Ich verkaufe mich selbst, wenn es sein muss, aber irgendwie werde ich Sie schon dafür entlohnen!«

Sean fühlte sich ziemlich unwohl in seiner Haut und das gefiel ihm ganz und gar nicht. »Es ist nicht nur das Geld ...«, wandte er ein.

»Aber mein Vater wird sie wirklich entlohnen, oder sonst jemand. Er ist ein alter Mann, und eines Tages wird alles, was er besitzt, mir gehören. Ich werde Ihnen alles überschreiben. Wir haben Land, tausende Morgen Land. Sie werden reich sein …«

»Reich bin ich schon!«, wandte er gereizt ein. Im selben Augenblick wusste er, dass er einen Fehler gemacht hatte. Ihr Blick wurde wieder hart und nichts als Verachtung war darin zu lesen.

»Und Sie würden niemals ein paar Dollar opfern, um jemanden aus Ihrem Volk zu retten?«

»Sie werden mehr als nur ein paar Dollar haben wollen und schließlich wird man nicht reich, indem man das Geld zum Fenster hinauswirft!«

»Zum Fenster hinauswerfen nennen sie das?!«, rief sie zutiefst empört.

Instinktiv packte er sie und presste die Hand auf ihren Mund. »Wollen Sie, dass uns jemand hört?«

Sie grub die Zähne in seine Hand und er schrie auf vor Schmerz.

»Wollen Sie, dass uns jemand hört?«, fragte sie spöttisch.

Er begutachtete die Stelle, an der sie ihn gebissen hatte, und stellte fest, dass er wenigstens nicht blutete. Dann warf er ihr einen bitterbösen Blick zu. »Nennen Sie mir *einen* Grund, warum ich Sie freikaufen sollte?«

»Sagen Sie mir zuerst, was Ihnen wichtig ist, außer Ihrem geliebten Geld.«

»Nichts«, antwortete er ehrlicher, als er es unter normalen Umständen getan hätte. »Nichts und niemand.«

Sie schien über seine Antwort nachzudenken, als plötzlich ein listiges Lächeln ihr Gesicht erhellte. »Niemand außer Ihnen selbst. Und außer Ihrem guten Namen.«

Er starrte sie verblüfft an.

Ihr Lächeln wurde noch etwas breiter. »Sie haben gesagt, Sie hätten von mir gehört. Sie sagten, *jeder* hätte von Rebekah Tate gehört. Wenn das stimmt, dann wird auch jeder von dem Mann hören, der sie rettet. Sie können berühmt werden, Sean MacDougal. Sie könnten der Mann sein, der Rebekah Tate gerettet hat.«

Als Rebekah ihren Sohn an diesem Abend mit dem Büffelfell zudeckte, flüsterte sie ihm einige englische Worte zu.

»Der Mann mit dem roten Haar wird uns retten, mein Junge. Ich habe mit ihm gesprochen. Ich habe ihm gesagt, dass er uns beide freikaufen muss, und das wird er auch tun, weil er sehr eitel ist. Dein Großvater würde wahrscheinlich predigen, dass Eitelkeit und Stolz einen Menschen zu Fall bringen können. Zumindest hat er das früher oft gesagt. Ach, es ist alles so lange her ...« Sie versuchte sich das Gesicht ihres Vaters vorzustellen, wie er Sonntag morgens auf seiner grob gezimmerten Kanzel stand, doch das Bild, das sie vor sich sah, war in den Jahren ihrer Abwesenheit unscharf geworden.

»Warum sprichst du so komisch?«, fragte Kleiner Jäger schläfrig.

Rebekah schüttelte die Erinnerung von sich. »Das ist eine ganz besondere Sprache«, erklärte sie ihm in der Sprache der Komantschen. So reden die Leute bei mir zu Hause. Eines Tages werde ich sie dir beibringen.«

»Dann können wir miteinander sprechen und keiner kann uns verstehen«, sagte er, von der Vorstellung erfreut.

»Die Menschen, die uns wichtig sind, werden es verstehen«, sagte sie, obwohl ihr klar war, dass er nicht wissen konnte, was sie meinte. Im nächsten Moment schloss er die Augen und schlief kurz darauf ein.

Sie küsste ihn auf die Stirn und strich ihm zärtlich über sein weiches schwarzes Haar. Dann ging sie zu ihrer eigenen Bettstatt hinüber und legte sich nieder. Sie und ihr Sohn hatten ein eigenes Tipi, ein Zelt aus Büffelhaut, das Rebekahs einzige Zufluchtsstätte im Lager war. Sie musste eigentlich noch froh sein, einen reichen Ehemann zu haben, der sich zwei Frauen leisten konnte, die sich die schwere Arbeit teilen konnten. Außerdem konnte er jeder der beiden ein eigenes Tipi bieten. Die drei Behausungen standen dicht nebeneinander, und von Sprüchemachers Tipi führten zwei Seile zu den beiden anderen Tipis, die an den Bettdecken der Frauen befestigt waren. Wenn er wollte, dass eine von ihnen zu ihm kam, brauchte er nur an dem Seil zu ziehen, um ihr ein Zeichen zu geben.

Wenn er eine leidenschaftliche Bettgefährtin wollte, dann zog er an Squeakys Seil, doch er wusste, dass sie ihm niemals ein Kind schenken würde, und so zog er von Zeit zu Zeit auch an Rebekahs Seil, in der Hoffnung, dass sie noch einmal schwanger wurde. Rebekah starrte auf das Seil und erschauderte. Schon bald würde sie nicht mehr hier in der Dunkelheit liegen und auf das verhasste Zeichen warten müssen. Bald würden sie und ihr Sohn frei sein und sie würde nie wieder die Berührung eines Mannes ertragen müssen. Und mit einem Lächeln auf den Lippen machte sie das Seil von ihrer Bettdecke los.

D*er Mann, der Rebekah Tate gerettet hat.*

Die ganze Nacht über hatte Sean an diese Worte denken müssen. Wie hatte sie das nur wissen können? Sie hatte ihn nie zuvor gesehen – wie konnte sie da auf Anhieb erraten, was ihn wirklich reizte?

Sein guter Name. Nun, Sean konnte nicht behaupten, dass er einen guten Namen hatte – eigentlich hatte er überhaupt keinen Namen, wenn er an die Geschichte dachte, die man ihm damals im Waisenhaus in New York, wo er aufgewachsen war, immer wieder erzählt hatte: In einem Korb hatte man ihn an der Türschwelle gefunden, mit einer Nachricht versehen, dass man ein gutes Zuhause für ihn finden möge. Doch niemand hatte ein namenloses rothaariges Findelkind haben wollen, und so blieb er im Waisenhaus, bis er alt genug war, um davonzulaufen.

Vierzehn war er gewesen, aber ziemlich groß für sein Alter. Er hatte gleich Arbeit gefunden, nichts Besonderes, aber immerhin, doch er lernte schnell und ging schließlich in den Westen. Immer weiter zog es ihn westwärts, weit weg von dem Ort, wo er aufgewachsen war. St. Louis war sein Ziel gewesen, doch als er dort ankam, fand er, dass dies höchstens das Tor zum wirklichen Westen war. Er war im Transportgeschäft tätig gewesen und hatte irgendwann sogar sein eigenes Geschäft aufgemacht, bis er schließlich beschloss, mit eigenen Waren zu handeln. Nun, sechzehn Jahre nachdem er New York verlassen hatte, war sein Laden einer der besten in ganz Santa Fe.

Aber niemand respektierte einen Händler wirklich, und mochte er noch so wohlhabend sein. Und der Name Sean MacDougal hatte für niemanden einen besonderen Klang, am wenigsten für Sean MacDougal selbst. Es war nur ein Name, den irgendjemand für ihn ausgesucht hatte, weil er zu seinem roten Haar passte. Sean MacDougal hatte dreißig Jahre als ein Niemand gelebt.

Und jetzt hatte er plötzlich die Chance, der Mann zu werden, *der Rebekah Tate gerettet hat.*

Aus diesem Grund saß er nun im Tipi des Häuptlings mit einigen anderen Indianern zusammen und rauchte mit ihnen den Tabak, den er tags zuvor dem Häuptling verkauft hatte. Einer der Anwesenden war der Ehemann und Herr von Rebekah Tate und ihrem Sohn, und Sean war im Begriff, das wichtigste Geschäft seines Lebens abzuschließen.

Sean konnte es kaum noch erwarten, damit zu beginnen, doch er wusste, dass die Indianer ein so direktes Vorgehen als unhöflich empfinden würden. Sie hatten den ganzen Tag über nichts Besseres zu tun als herumzusitzen und sich zu unterhalten und darauf zu warten, dass ihre Frauen ihnen etwas zu essen brachten. Wenn sie nicht gerade auf der Jagd waren oder einen Überfall auf eine Siedlung der Weißen durchführten, waren Komantschen die faulsten Geschöpfe, die man sich denken konnte. Zumindest dachten das die meisten Weißen – aber Sean wusste ein wenig genauer Bescheid und so respektierte er ihre Bräuche.

Der Tabak, den er ihnen verkauft hatte, war minderwertige Ware und bei weitem nicht von der Qualität, wie er selbst sie bevorzugte, doch er genoss die Pfeife, die von einem zum anderen ging, so wie alle Anwesenden im Tipi.

Als sie die Pfeife zu Ende geraucht hatten, begann Sean ein Gespräch, indem er dem Häuptling Komplimente darüber machte, wie viele Büffelfelle seine Leute erbeutet hätten und wie geschickt sie als Jäger seien. Er sprach in dem gebrochenen Spanisch, dessen sich alle Händler bedienten. Die Indianer verstanden ihn sehr gut, doch er hatte trotzdem Juan mitgenommen, einen seiner Männer, der die

Sprache der Komantschen fließend sprach – nur um sicherzugehen, dass es zu keinen Missverständnissen kam.

Die Indianer gaben die Komplimente zurück, und nachdem man einander eine halbe Stunde geschmeichelt hatte, beschloss Sean, dass es Zeit war, zum Kern der Sache zu kommen.

»Ihr habt eine Frau hier, die ihr den Weißen weggenommen habt«, sagte er in ernstem Ton.

Häuptling *Kebakowe*, was so viel wie Kojote hieß, nickte, und Sean konnte die Spannung spüren, die plötzlich in der Luft lag. Der Mann, der ihm gegenübersaß und der der Herr von Rebekah Tate war, richtete sich auf, doch Sean tat, als hätte er es nicht bemerkt.

»Ihre Leute vermissen sie«, fuhr Sean, zum Häuptling gewandt, fort. »Ihr Vater weint immer noch um sie. Er ist ein alter Mann, ein Häuptling seines Volkes, und er möchte sie noch einmal sehen, bevor er stirbt.«

Der Häuptling runzelte die Stirn. »Aber *Huuwuhtukwa* ist glücklich hier bei uns. Ihr Mann ist ein guter Jäger. Sie muss nie Hunger leiden.«

»Aber sie vermisst ihre Leute zu Hause. Sie möchte ihren Vater wiedersehen und in seinem Haus leben. Ihr wisst ja, wie die Weißen sind. Gleichgültig wie glücklich sie sind, sie wollen immer in der Nähe ihrer Familie sein.«

Kojote hatte diese Eigentümlichkeit auch schon bemerkt. Er nickte weise, doch Sean spürte, dass der Mann namens Sprüchemacher seine Worte mit Missfallen aufnahm. Er blickte den drahtigen Krieger direkt an.

Der Indianer war keine besonders imposante Erscheinung mit seinem hässlichen Gesicht und seinen dünnen Armen und Beinen, aber Sean wusste nur zu gut, dass man einen Komantschen nie nach dem Äußeren beurteilen durfte. Sprüchemacher musste ein geschickter Jäger sein, sonst hätte er niemals zwei Frauen ernähren können. Und er war gewiss intelligent. Die Komantschen schätzten Männer, die Geschichten erfinden konnten – und nach seinem Namen zu schließen musste Sprüchemacher gut mit Worten umzugehen wissen.

Sean nickte ihm zu. »Deine weiße Ehefrau ist die Tochter

eines Häuptlings in ihrem Volk. Ich erwarte nicht von dir, dass du sie umsonst ziehen lässt. Du wirst dir eine andere Frau nehmen wollen, wenn sie fort ist, und ich werde dich entsprechend entlohnen. Ich gebe dir zwei Maultiere für sie.«

Mit einem Mal machte der Mann ein etwas freundlicheres Gesicht. Seine kleinen schwarzen Augen verengten sich. »Für zwei magere Maultiere bekomme ich niemals eine gute Frau. *Huuwuhtukwa* ist kräftig und arbeitet gut. Ich würde zwei Frauen brauchen, um sie zu ersetzen.«

Sean lächelte. Das Feilschen hatte begonnen. Es zog sich sehr in die Länge, und Sprüchemacher ließ erkennen, wie er zu seinem Namen gekommen war, indem er Sean zu überzeugen suchte, dass Rebekah die fleißigste Frau auf Erden sei und deshalb unschätzbaren Wert besitze. Dennoch war Sean mit dem Ergebnis zufrieden. Außer den beiden Maultieren bot er dem Indianer so viele Waren, wie er nur tragen konnte – doch alles in allem hatte er das Gefühl, ein gutes Geschäft gemacht zu haben.

Diese Reise würde ihm keinen großen Gewinn einbringen, doch dafür konnte er sich nun endlich einen Namen machen. Damit konnte er seine Geschäfte auf den neuen Bundesstaat Texas ausdehnen, wo ihm alle Möglichkeiten offen standen.

Doch dann fiel ihm etwas ein. Sie hatte ja auch noch einen Sohn. Sean hatte nur noch daran gedacht, dass er schon bald ein Held sein würde, und so hatte er ganz vergessen, dass sie auch ihren Sohn mitnehmen wollte. Warum sie dieses Halbblut in die Zivilisation mitnehmen wollte, war ihm allerdings ein Rätsel.

»Dann gilt also unser Geschäft«, sagte er in beiläufigem Ton. »Ich bringe dir die Waren heute Nachmittag vorbei und du gibst mir dafür die Frau und ihren Sohn.«

»Yee!«, rief Sprüchemacher aus und sprang zornig auf, sodass er geduckt unter der Schräge des Tipis stand. »Von dem Jungen war nicht die Rede!«

Sean, der immer noch saß, mochte es gar nicht, zu dem Indianer aufblicken zu müssen, doch er blieb ruhig und machte nur ein leicht verwirrtes Gesicht. »Nicht? Ich dachte, ich hätte ihn auch erwähnt. Er ist immerhin ihr Sohn und da dachte ich …«

»Er ist *mein* Sohn, du Haufen Kojotendreck!«

»Natürlich«, pflichtete Sean ihm beschwichtigend bei. »Ich wollte dich nicht beleidigen. Natürlich werde ich extra für ihn bezahlen. Wie wär's mit einem zusätzlichen Maulesel?«

Sprüchemacher rief irgendetwas in der Sprache der Komantschen, und obwohl Sean seine Worte nicht verstand, wusste er doch, dass sich die Stimmung im Zelt gewendet hatte. Nun standen ihm die Indianer spürbar feindseliger gegenüber und Sprüchemacher war außer sich vor Wut.

Juan, Seans Dolmetscher, war ziemlich bleich geworden. »Sagen Sie dem Häuptling, dass es Ihnen leid tut«, flüsterte er Sean zu. »Sagen Sie ihm, dass Sie nicht daran denken, einem Mann seinen Sohn wegzunehmen.«

Als Sean zögerte, packte Juan ihn am Arm. »Wenn Sie nicht wollen, dass er Ihnen die Kehle durchschneidet, dann sollten Sie sich schleunigst entschuldigen!«

Sean befolgte den Rat, auch wenn es ihm ziemlich schwer fiel. Der Häuptling zeigte sich zufrieden mit Seans Entschuldigung, auch wenn Sprüchemacher ihn immer noch bitterböse anstarrte.

Nachdem Sean noch eine Reihe von nichtssagenden Komplimenten ausgesprochen hatte, grunzte Sprüchemacher irgendetwas, das Sean nicht verstand, und verschwand daraufhin aus dem Tipi.

»Was hat er gesagt?«, fragte Sean den Dolmetscher.

»Er meint, dass Sie jetzt die Frau auch nicht bekommen.«

Rebekah konnte einfach nicht glauben, wie dumm sich der rothaarige Fremde angestellt hatte. Den ganzen Vormittag musste sie Squeakys spöttische Bemerkungen über sich ergehen lassen, denn die Geschichte hatte sich in Windeseile im ganzen Lager verbreitet. Sprüchemacher wäre bereit gewesen, sie für zwei Maulesel gehen zu lassen – und das, obwohl er einst drei Pferde für sie bezahlt hatte. Was für eine Erniedrigung das für sie war! Er musste seiner zweiten Frau offensichtlich überdrüssig sein, wie Squeaky nicht müde wurde, festzustellen. Gewiss hatte er gesehen, wie faul sie war. Er würde nur allzu froh sein, sie endlich loszuwerden. Squeaky lästerte ununterbrochen, sodass Rebekah sie am liebsten erwürgt hätte.

Noch dazu war Kleiner Jäger äußerst bestürzt darüber gewesen, dass seine Mutter verkauft werden sollte, sodass er von ihr getrennt würde und bei Squeaky leben müsste. Es hatte lange gedauert, bis er sich beruhigen ließ und Rebekah ihn überzeugen konnte, dass sie ihn niemals allein lassen würde. Dann war Sprüchemacher in ihr Tipi gekommen und hatte ihr eine Ohrfeige gegeben, sodass sie in den Büffelfellen landete.

»Jetzt wirst du sicher nie von hier wegkommen, und wenn du noch einmal versuchen solltest, mir meinen Sohn wegzunehmen, dann werde ich ihn mit meinen eigenen Händen töten und dir sein Herz vor die Füße werfen, damit du es dir merkst!«

Er wusste genau, dass das die einzige Drohung war, mit der er ihr wirklich Angst machen konnte. Und sie starrte in blankem Entsetzen zu ihm auf und wusste, dass es ihm absolut ernst war. Er würde eher auf seinen Sohn verzichten, als ihn den Weißen zu überlassen.

Und das alles war allein Sean MacDougals Schuld. Sie war so wütend, dass sie ihn hätte erwürgen können – doch dann hätte sie überhaupt keine Hoffnung mehr gehabt, von hier wegzukommen. Es vergingen zwei Tage, bis sie wieder Gelegenheit hatte, sich von Squeaky davonzuschleichen und MacDougal aufzusuchen. Sie folgte ihm, als er sich in der Abenddämmerung aus dem Lager stahl und den Kindern zu entkommen suchte, die ihm auf Schritt und Tritt folgten. Sie schlich im Schatten der Büsche dahin und wartete, bis er, wie sie dachte, sein Geschäft verrichtet haben musste, das ihn aus dem Lager geführt hatte.

Sie kroch genau an der Stelle ins Gebüsch hinein, wo er verschwunden war, doch als sie zum Flussufer kam, war er nicht dort. Sie verfluchte ihr Pech, doch dann sah sie seine Kleider sorgfältig zusammengefaltet unter einem niedrigen Ast liegen. Sie lächelte, als sie das leise Plätschern hörte.

Lautlos wie eine Indianerin schlich sie ans Ufer, wo die

Weiden ihre Äste ins Wasser hinabhängen ließen und so ein geschütztes Fleckchen bildeten, in dem sich Sean MacDougal aufhielt, um zu baden.

Er stand bis zur Hüfte in dem fließenden Gewässer, mit dem Rücken zu ihr, und schrubbte sich mit etwas Sand vom Flussbett ab. Sie betrachtete ihn einige Augenblicke im schwindenden Licht der Dämmerung und bewunderte das Weiß seiner Haut an den Stellen, wo niemals Sonnenlicht hinkam. Wie breit seine Schultern waren und wie schmal seine Hüften! Hunderte Male hatte sie in den vergangenen sieben Jahren nackte Männer gesehen – doch der Anblick dieses Mannes beunruhigte sie aus irgendeinem Grund.

Es war nicht so, dass er ihr Angst machte. Oft genug hatte sie Angst und Abscheu empfunden, wenn ein Mann sich ihr näherte. Doch MacDougal löste andere Gefühle in ihr aus; aus irgendeinem Grund wollte sie davonlaufen, obwohl sie wusste, dass er keine Bedrohung darstellte.

Bevor sie sich über diese seltsamen Empfindungen klar werden konnte, drehte er sich plötzlich um. »*Quien es?*«, rief er aus.

Sie erschrak so heftig über den Anblick der Haare auf seiner Brust, dass sie für einen Augenblick kein Wort herausbrachte. »Ich bin es, weißer Mann«, sagte sie schließlich – und fragte sich, warum ihr das Sprechen auf einmal so schwer fiel.

Hatten etwa alle weißen Männer Haare auf der Brust? Sie konnte sich nicht erinnern, dass ihr das jemals aufgefallen wäre. Vielleicht hatte sie auch noch nie die nackte Brust eines Weißen gesehen. Die Weißen waren ja in allem viel schamhafter als die Indianer.

MacDougal stieß einen Fluch aus, vielleicht weil er so schamhaft war wie alle Weißen, und spritzte aufgeregt mit Wasser um sich in dem Bemühen, seine Blößen zu bedecken. Als ob ihr daran gelegen wäre, ihn nackt zu sehen.

»Was zum Teufel tun Sie hier?«, fragte er. Er tauchte bis zum Oberkörper im Wasser unter, um jenen Teil zu verbergen, den die Männer offensichtlich für so wichtig hielten, und verschränkte die Arme vor der Brust.

»Was zum Teufel denken Sie denn, dass ich hier will?«,

gab sie zurück, und es machte ihr Spaß, zu fluchen – vielleicht, weil sie nie zuvor Gelegenheit dazu gehabt hatte. Ihrem Vater hätte das ganz gewiss nicht gefallen. »Ich möchte wissen, wie Sie es geschafft haben, *Isatekwa* zu überreden, dass er mich und meinen Sohn *nicht* gehen läßt.«

»Das war *Ihre* Schuld!«, erwiderte er mit typisch männlicher Logik. »Sie hätten mir sagen müssen, dass er den Jungen nicht gehen lassen will!«

»Es war Ihre Aufgabe, dafür zu sorgen, dass er ihn gehen lässt!«, rief sie, ohnmächtig vor Enttäuschung. »Haben Sie ihm denn keinen guten Preis geboten? Ich hätte es gleich wissen müssen, als ich Ihre Haarfarbe sah! Sie sind ein verdammter Schotte, nicht wahr? Geizig bis zum ...«

»Müssen wir ausgerechnet hier darüber reden?«, rief er, nicht minder verärgert.

»Was? Nein, Sie können mich ja in meinem Tipi besuchen, dann plaudern wir bei einer schönen Tasse Tee. Ihr Freund *Isatekwa* wird sich freuen, Sie bei uns begrüßen zu dürfen«, sagte sie in bitterem Sarkasmus. »Natürlich müssen wir hier darüber reden!«

»Nun, wenn Sie nichts dagegen haben, ziehe ich mir vorher etwas über. Das Wasser ist verdammt kalt, mir klappern schon die Zähne.«

»Na schön. Kommen Sie nur heraus, wenn Sie möchten.«

Mehrere Sekunden vergingen, doch er rührte sich nicht von der Stelle. Rebekah wollte ihn schon fragen, ob er zu Eis erstarrt sei, als ihr plötzlich klar wurde, dass er sich ihr nicht entblößt zeigen wollte.

Sie hätte beinahe laut aufgelacht bei dem Gedanken. Als ob er etwas an sich hätte, was sie nicht schon zigmal gesehen hätte. Doch dann kehrte dieses beunruhigende Gefühl wieder zurück, und sie stellte fest, dass es ihr sehr wohl etwas ausmachte, ihn nackt zu sehen – und sie stand abrupt auf und drehte sich um.

»Ich ... ich werfe Ihnen Ihre Kleider hinunter«, sagte sie und kletterte die Uferböschung hinauf zu der Stelle, wo sie seine Kleider liegen gesehen hatte. Sie schnappte sie sich und warf sie ihm hinunter. Dann hörte sie, wie er aus dem Wasser stieg, und wenige Minuten später kam er zu ihr herauf – immer noch nass, aber mit Wollhemd und Hose bekleidet.

Er hatte sich die Haare gewaschen, sie glänzten jetzt im Dämmerlicht schwarz. Auch sein Bart war noch feucht und ließ die markanten Linien seiner Backenknochen erkennen. Früher hätte Rebekah vielleicht gefunden, dass er gut aussah, doch jetzt waren ihr solche Dinge längst gleichgültig.

»Wissen Sie, dass es mir Ihretwegen fast an den Kragen gegangen wäre?«, sagte er, offensichtlich immer noch verärgert, während er in seine Stiefel schlüpfte.

»Wenn Sie *Isatekwa* in Rage gebracht haben, dann ist das Ihre Schuld! Ich dachte, Sie hätten Erfahrung darin, wie man mit Indianern verhandeln muss.«

»Ich hätte mehr erreichen können, wenn Sie mir gesagt hätten, wie viel ihm sein Sohn bedeutet!«

Rebekah fühlte eine altbekannte Wut in sich hochsteigen. »Kleiner Jäger ist nicht sein Sohn!«

MacDougal blickte sie überrascht an. »Was? Warum haben Sie das nicht gleich gesagt? Vielleicht ist sein richtiger Vater vernünftiger. Sagen Sie mir, wer er ist, und ich bitte den Häuptling, mit ihm sprechen zu dürfen.«

Rebekah starrte MacDougal in ohnmächtigem Zorn an. Sie spürte, wie die Wut ihr die Röte ins Gesicht trieb – zumindest dachte sie, dass es Wut war, bis sie bemerkte, dass sie vor Scham errötet war. War das denn möglich? Wie lange war es her, seit sie zum letzten Mal errötet war – und dass sie überhaupt so etwas wie Scham empfunden hatte?

Sie schwieg und er stemmte die Hände ungeduldig in die Hüften. »Also?«

Ihr Gesicht fühlte sich an, als würde es brennen, und sie hoffte nur, dass er es in dem Halbdunkel nicht sehen konnte. »Ich weiß nicht, wer der Vater ist«, brachte sie schließlich mühsam hervor.

»Was …?«, begann er, hielt jedoch gleich wieder inne, als ihm die Wahrheit dämmerte. »Oh.« Er blickte zur Seite, doch sie hätte nicht sagen können, ob es ihm nur peinlich war oder ob er ihren Anblick ganz einfach nicht mehr ertragen konnte.

»Egal«, sagte er schließlich, »nachdem die Sache nicht

geklappt hat, habe ich mir einen neuen Plan einfallen lassen.«

Einen Augenblick lang fühlte sie so etwas wie Hoffnung, die jedoch so rasch verflog, wie sie gekommen war. Das Leben mit den Komantschen hatte sie gelehrt, niemals falsche Hoffnungen zu nähren. »Was für ein Plan?«, fragte sie ziemlich skeptisch.

»Nun, nachdem Ihr Mann Sie nicht verkaufen will ...«

»Nennen Sie ihn nicht meinen Mann! Wir sind nicht rechtmäßig verheiratet!«

Er wollte schon etwas erwidern, ließ es dann aber sein. »Nachdem er Sie und den Jungen nicht verkaufen will, haben Sie nur eine Chance: Sie müssen fliehen.«

»Oh, aber sicher«, erwiderte Rebekah. Sie dachte, dass sie gut daran getan hatte, sich keine großen Hoffnungen zu machen. »Wir würden keine hundert Meter weit kommen, bevor alle Krieger aus dem Lager uns auf den Fersen wären.«

»Ich sagte, ich habe einen Plan«, erinnerte er sie etwas gereizt. »Ich weiß, dass Ihr Mann ... ich meine, dass sie uns folgen würden, wenn sie wüssten, dass Sie geflüchtet sind. Deshalb werden wir sie glauben lassen, dass Sie tot sind.«

»Was?«

»Wir lassen es so aussehen, als wären Sie gestorben. Ich habe ein wenig von dem Klatsch hier im Lager mitbekommen. Dabei habe ich gehört, dass Sie sich immer im Fluss waschen.«

Da die Indianer auf Körperpflege nicht allzu viel Wert legten, war die Tatsache, dass Rebekah sich im Fluss wusch, stets als etwas Bemerkenswertes registriert worden. »Ich versuche eben, nicht ganz zu vergessen, dass ich keine Wilde bin, Mr. MacDougal«, teilte sie ihm in kühlem Ton mit.

»Dann müssen wir es nur so aussehen lassen, als wären Sie beim Baden ertrunken, vielleicht auch, als hätten Sie Selbstmord verübt.«

»Was?!«

»Sie lassen Ihre Kleider am Ufer liegen, so als würden Sie ein Bad nehmen wollen. Am besten tun Sie es am Abend, dann merken die anderen erst am nächsten Morgen, dass

Sie nicht da sind. Dann gehen Sie flussaufwärts, wo ich schon auf Sie warte – mit einem Pferd und Vorräten für die Flucht. Wir werden ein schönes Stück weit kommen, bevor überhaupt jemand merkt, dass Sie fort sind. Zuerst werden sie stromabwärts nach Ihrer Leiche suchen – das gibt uns noch mehr Zeit, von hier wegzukommen.«

Es war, wie sie sich eingestehen musste, ein sehr schlauer Plan, doch er hatte einige schwerwiegende Mängel. »Was ist, wenn sie meine Leiche nicht finden?«

»Vielleicht denken sie, dass ein Tier sie fortgeschafft hat. Was immer sie denken – sie werden niemals annehmen, dass eine Frau so einfach aus dem Lager weggelaufen ist, nackt und ohne Pferd und Vorräte. Sie könnten ihnen ja vielleicht einreden, dass Sie die Fähigkeit besitzen, einfach zu verschwinden – ein Zauber, den nur die Weißen kennen. Sie wissen ja, wie abergläubisch diese Menschen sind. Lassen Sie gegenüber den Frauen hier und dort eine Bemerkung fallen, dass Sie beschlossen hätten, in die andere Welt einzutreten oder so etwas Ähnliches.«

Ihre Achtung vor ihm wuchs mit jeder Minute. Doch es gab da noch ein großes Problem. »Das mag vielleicht erklären, was aus *mir* wurde, aber was ist mit meinem Sohn? Unabhängig davon, wie viele Bemerkungen ich fallen lasse, *Isatekwa* wird niemals glauben, dass der Junge so einfach verschwunden ist. Er würde sein Leben lang nicht aufhören, nach ihm zu suchen.«

MacDougal nickte. »Deshalb können wir ihn auch nicht mitnehmen.«

»Nein!«, rief sie, in ihrer Empörung viel lauter als sie beabsichtigt hatte. MacDougal wollte ihr schon den Mund zuhalten, überlegte es sich jedoch anders.

»Seien Sie doch still, um Himmels willen. Ich will gar nicht daran denken, was passiert, wenn Ihr Mann … wenn man uns hier zusammen findet.«

»Ich werde nicht ohne meinen Sohn von hier weggehen!«, stellte sie im Flüsterton, aber mit aller Bestimmtheit fest. Allein die Vorstellung ließ sie erschaudern.

»Es wäre vielleicht besser für ihn, wenn er hierbliebe, bei seinen Leuten. Haben Sie sich das schon mal überlegt?«

Erneut lief ihr ein Schauder über den Rücken. »Er gehört zu mir! Ich bin seine Mutter! Er ist alles, was ich habe. Nie würde ich ihn zurücklassen! Haben Sie mich verstanden?«

MacDougal verzog das Gesicht, sagte aber nur: »Ja, schon gut. Ich habe damit gerechnet, dass Sie das sagen würden. Es gibt aber nun einmal keine Möglichkeit, Sie beide hier herauszubringen – deshalb ...«

»Deshalb vergessen wir diesen Plan am besten gleich wieder!«, rief sie, von tiefer Verzweiflung erfüllt.

»Deshalb«, fuhr er hartnäckig fort, »werde ich zuerst Sie hier herausbringen und später zurückkommen, um den Jungen zu holen.«

»Wie meinen Sie das?«, fragte sie, gestattete sich aber kein Fünkchen Hoffnung, solange sie nicht genau wusste, was er vorhatte.

»Ich meine, ich werde Sie zuerst einmal sicher zu Ihrem Vater bringen. Bis dahin wird sich die Aufregung wohl gelegt haben und ich komme mit ein paar Tonks zurück und entführe Ihren Jungen.«

Die Tonkawas waren einst ein mächtiger Stamm gewesen – nun jedoch waren sie die Todfeinde der Komantschen. Sie konnten es zwar in der Schlacht nicht mehr mit den Komantschen aufnehmen, doch sie ließen keine Gelegenheit aus, ihnen kleine Niederlagen zuzufügen; dafür nahmen sie es sogar in Kauf, den Weißen zu helfen.

»Es ist so gut wie unmöglich, ein Kind aus dem Lager zu entführen«, wandte sie ein. »Zumindest nicht, ohne sein Leben zu gefährden.«

»Deshalb nehme ich ja die Tonks mit. Sie könnten einem schlafenden Komantschen die Federn vom Kopf stehlen, ohne ihn zu wecken.«

Der Plan klang so abwegig, dass er fast schon wieder gelingen konnte. Rebekah konnte es kaum fassen, was das bedeuten würde: Freiheit. Ihr altes Leben. Ein Leben unter Menschen wie sie, in einem Haus mit festen Wänden und einem Dach. Sie würde Kleider und Hüte tragen, Schuhe und Strümpfe. Es würde Kaffee und Kuchen geben und auch Bohnen mit Speck. Und vor allem würde sie nie wieder hilflos unter einem Wilden liegen müssen und ihn gewähren lassen.

Doch sie würde ihren Sohn zurücklassen müssen, zumindest für eine Weile. Es würden Wochen vergehen, bis sie zu Hause bei ihrem Vater war – und dann würde MacDougal noch einmal zu den Komantschen zurückkehren müssen, um ihren Sohn zu holen. Und was war, wenn er ihren Sohn nicht finden würde? Wenn irgendetwas schief ging und man ihn schnappte und tötete? Dann würde sie ihren Sohn womöglich nie wiedersehen.

MacDougal schien ihre Besorgnis zu spüren und ergriff ihre Hände. »Das ist Ihre einzige Chance. Sie sehen hier vielleicht nie wieder einen Weißen, zumindest keinen, der bereit ist, Ihnen zu helfen. Ihr Mann wird es sicher nicht mehr zulassen, dass man Sie freikauft – und selbst wenn, so würde er in jedem Fall den Jungen behalten.«

Er hatte Recht, auch wenn Rebekah sich fragte, warum ihm plötzlich so viel daran gelegen war, sie zu überzeugen. »Und Sie werden sicher wiederkommen, um den Jungen zu holen?«

»Ich schwöre es«, sagte er, »bei allem, was mir heilig ist.«

Sie spürte die Kraft in seinen Händen und seine feste Entschlossenheit. Wenn es jemand schaffen konnte, dann er. Sie dachte daran, dass sie Kleiner Jäger zurücklassen musste, und der Gedanke versetzte ihr augenblicklich einen Stich ins Herz. Doch sie wusste, dass dies ihre einzige Hoffnung war. Wenn sie sich weigerte … »Also gut«, flüsterte sie.

Er seufzte, so als wäre er erleichtert. »Gut.«

Einen Herzschlag lang standen sie so da und Rebekah blickte zu ihm auf und wunderte sich, wie hellbraun, fast gelb, seine Augen waren.

Plötzlich schien ihm bewusst zu werden, wie unschicklich es war, dass er sie berührte, und er räusperte sich und ließ sie los.

Rebekah hatte einen Moment lang fast das Gefühl, etwas verloren zu haben, obwohl sie nicht wusste, was es war. Für wenige Augenblicke war sie wieder zurück in die Zivilisation eingetaucht und er war ihre Brücke dorthin. Vielleicht war da aber auch noch etwas anderes, das sie nicht genau beschreiben konnte.

»Wann brechen wir auf?«, fragte sie schließlich, um die Stille zu durchbrechen.

»Wir müssen bis Neumond warten.«

»Aber das sind noch Wochen bis dahin!«, protestierte sie.

»Ich bin noch etwa eine Woche hier, dann muss ich geschäftlich nach Santa Fe.«

»Aber ...«

»Außerdem müssen wir eine gewisse Zeit verstreichen lassen. Wenn Sie einen Tag nach meiner Abreise verschwinden, dann würden die Komantschen sofort Verdacht schöpfen.«

Erneut musste sie sich eingestehen, dass er Recht hatte.

»In der Nacht des Neumonds gehen Sie zum Fluss und lassen Ihre Kleider am Ufer zurück. Ich bringe Ihnen Kleider mit, alles was Sie brauchen. Dann gehen Sie flussaufwärts, bis wir uns treffen.«

»Und was ist, wenn Sie nicht da sind?«, fragte sie und drückte damit ihre größte Angst aus.

»Ich werde da sein.«

Sie sollte ihm nicht trauen. Nichts in ihrem bisherigen Leben, zumindest während der vergangenen sieben Jahre, hatte ihr Grund dazu gegeben, noch einmal irgendeinem Menschen zu vertrauen. Dennoch nickte sie zustimmend.

»Und Sie müssen meinen Sohn sehen, bevor Sie aufbrechen, damit Sie ihn dann wieder erkennen, wenn Sie zurückkommen.«

»Ich habe ihn schon gesehen. Er ist der Junge mit den grauen Augen.«

»Ja«, hauchte sie und spürte eine plötzliche Wärme tief in ihrem Inneren. Auch wenn sie noch dagegen ankämpfte, wusste sie doch genau, dass es nichts anderes als Hoffnung war, die tief in ihr aufkeimte; und zum ersten Mal seit sieben Jahren hatte sie Grund zu glauben, dass diese Hoffnung nicht umsonst sein könnte.

»Sie sollten jetzt gehen, bevor jemand kommt«, sagte er. »Und versuchen Sie nicht, noch einmal mit mir zu sprechen. Es ist besser, wenn sich niemand mehr daran erinnert, dass er uns je zusammen gesehen hat.«

Sie nickte und hatte dabei das Gefühl, dass es noch irgendetwas zu sagen gäbe – doch es fiel ihr beim besten Willen nicht ein, was es sein könnte. Erst als sie wieder in ihrem Tipi war und neben ihrem Sohn in der Dunkelheit lag, wurde es ihr klar. Sie hätte ihm danken sollen – doch es war so lange her, dass es in ihrem Leben etwas gegeben hatte, wofür sie dankbar sein konnte, dass sie es einfach vergessen hatte.

Aber wenn sie erst einmal frei waren, wenn sie und ihr Sohn ins Haus ihres Vaters zurückgekehrt waren, dann würde sie all das schon wieder lernen.

Sean wartete, bis die Frau ins Lager zurückgekehrt war, bevor er sich selbst auf den Rückweg machte. Mit einem Lächeln auf den Lippen spazierte er an den Tipis vorbei. Die Angelegenheit war noch besser gelaufen, als er gehofft hatte. Es war ihm klar gewesen, dass sie Einwände haben würde – vor allem, dass sie den Jungen nur höchst ungern zurückließ –, doch sie war viel leichter zu überreden gewesen, als er erwartet hatte.

Es würde nicht leicht sein, sie von hier wegzubringen – doch Sean hatte schon vor einiger Zeit all das gelernt, was nötig war, um eine Frau, die fliehen wollte, aus einem Komantschenlager zu befreien. Die Komantschen stellten keine Wachen rund um das Lager auf; sie gingen davon aus, dass kein vernünftiger Mensch es wagen würde, sie anzugreifen. Im Allgemeinen lagen sie damit auch völlig richtig – doch ihre fehlenden Sicherheitsmaßnahmen ermöglichten es Sean nun, seinen Plan zu verwirklichen. Er hatte nicht den geringsten Zweifel, dass die Frau zum vereinbarten Treffpunkt kommen würde. Es war, wie er ihr zuvor klargemacht hatte, ihre einzige Chance.

Bestimmt würden viele ihn für verrückt erklären, dass er sich auf ein so waghalsiges Unternehmen einließ – und sie hätten wohl Recht damit. Sean war selbst nur bereit dazu, weil ihm eine außergewöhnliche Belohnung winkte, wenn er mit Rebekah Tate das zivilisierte Texas erreichte.

Es verstand sich von selbst, dass nur ein ausgemachter Narr versuchen würde, das Ganze ein zweites Mal durchzuführen – und deshalb dachte Sean nicht im Entferntesten daran, noch einmal zurückzukehren, um ihren Jungen zu holen. Sie würde wahrscheinlich ziemlich wütend darüber sein, aber Sean würde es ihr erst sagen, wenn sie eine Zeit lang in ihrer Heimat war und sah, welchen Empfang man ihr bereitete. Wenn sie einmal erkannt hatte, was sie zu Hause in der Zivilisation erwartete, würde sie den Jungen schon vergessen. Er war hier bei den Indianern ohnehin besser aufgehoben.

2

Als Rebekah MacDougal aufbrechen sah, musste sie sich zwingen, nicht aufzuspringen und ihn zu bitten, sie sofort mitzunehmen. In den Wochen nach seinem Aufbruch hatte sie sich tausende Male eine Närrin gescholten, ihm so einfach vertraut zu haben. Warum sollte er zurückkehren, um sie zu holen? Er hatte nichts zu gewinnen, aber alles zu verlieren. Wenn die Komantschen ihn erwischten, würde er einen Tod sterben, wie er grausamer nicht sein konnte.

Doch dann beruhigte sie sich immer wieder, dass er ihr ja seinen kompletten Plan mitgeteilt hatte, wie er sie retten würde. Warum hätte er sich das alles ausdenken sollen, wenn er gar nicht die Absicht hatte, es auch zu verwirklichen? Sie musste ihm einfach vertrauen. Eine andere Möglichkeit gab es nicht.

Während der Mond Tag für Tag ein Stückchen abnahm, wurde Rebekah immer unruhiger. Sie hatte das Bedürfnis, so viel Zeit wie möglich mit ihrem Sohn zu verbringen – schließlich wusste sie ja nicht, wie lange sie von ihm getrennt sein würde, falls sie ihn überhaupt je wiedersah. Wenn sie eines gelernt hatte, dann dass man sich auf kaum etwas im Leben verlassen konnte.

Doch Kleiner Jäger gefiel es gar nicht, ständig in der Nähe seiner Mutter zu sein.

»Ich will mit den anderen Jungen Bogen schießen«, jammerte er, wenn sie wieder einmal versuchte, ihn bei sich zu behalten.

»Mir ist so heiß«, beklagte er sich, wenn sie ihn an sich drücken wollte.

»Mein Vater will mir zeigen, wie man eine Antilope fängt«, sagte er, wenn sie ihm Geschichten aus ihrer Kindheit erzählen wollte.

Nur nachts, wenn er erschöpft und schläfrig zu ihr kam, konnte sie ihm die Zärtlichkeit schenken, die sie für ihn empfand. In der Dunkelheit ihres Tipis schmiegte sie sich an ihn und erzählte ihm flüsternd in ihrer Muttersprache von all den wunderbaren Dingen, die sie ihm zeigen würde, und von seinem Großvater, den er noch nie gesehen hatte. Wenn ihr schließlich die Worte fehlten, blickte sie ihn schweigend an und prägte sich seine Gesichtszüge gut ein – für die einsamen Wochen, die vor ihr lagen. Sie wünschte, sie besäße noch die Fähigkeit zu beten – dann hätte sie Gott gebeten, auf ihn Acht zu geben, solange sie es nicht selbst tun konnte.

Und tagsüber ließ sie hin und wieder eine Bemerkung fallen – so wie MacDougal es ihr geraten hatte. »Habe ich dir eigentlich schon erzählt«, wandte sie sich eines Tages an Squeaky, »dass mir ein weißer Medizinmann einmal beigebracht hat, wie man aus dieser Welt verschwinden kann? Wenn ich wollte, könnte ich jederzeit ins Wasser gehen und in die andere Welt eintreten, wo die Toten leben.«

Squeaky gab einen missbilligenden Laut von sich. »Warum tust du es dann nicht?«, stichelte sie.

Rebekah tat, als denke sie über die Frage nach. »Das täte ich auch, wenn mein Sohn nicht wäre. Ich will ihn nicht hier bei dir lassen.«

»Dein Sohn ist in Sicherheit, solange Sprüchemacher lebt«, erwiderte Squeaky. »Und wenn du fort wärst, dann wäre er *mein* Sohn. Wenn das alles ist, was dich zurückhält, dann verschwinde ruhig!«

Rebekah schauderte bei der Vorstellung, dass Squeaky ihren Sohn großziehen würde, doch sie nickte nur mit ernster Miene. »Manchmal bin ich das alles so leid, dass ich das Gefühl habe, ich halte es keinen Tag länger aus. Und die andere Seite lockt mich immer mehr zu sich.«

Squeaky stieß ein verächtliches Schnauben aus und beendete das Gespräch.

Schließlich kam der Tag, an dem auch das letzte Stückchen Mond verschwunden war, und Rebekah blickte in den finsteren Nachthimmel hinauf und wusste, dass der Augenblick gekommen war. Sie hatte die letzten Minuten bei Tageslicht damit zugebracht, ihre spärlichen Habseligkeiten zu ordnen. Spärlich waren sie jedoch nur nach den Maßstäben der Weißen – unter den Indianern galt Rebekah sogar als wohlhabend. Immerhin besaß sie mehrere Kleider und so viele Kochtöpfe, wie sie nur brauchte. Es wäre viel zu gefährlich gewesen, etwas davon mitzunehmen – denn dann würde sofort der Verdacht aufkommen, dass sie nicht wirklich tot war. Außerdem besaß sie ohnehin nichts, was sie unbedingt behalten wollte. Sie wollte nichts haben, was sie an die Zeit in diesem Lager erinnerte – außer natürlich ihren Sohn.

Als sie ihn an diesem Abend zu Bett brachte, drückte sie ihn so fest an sich, dass er sich schließlich wehrte.

»Ich krieg keine Luft!«, jammerte er und drückte sie mit seinen Fäustchen weg.

»Weißt du, wie lieb ich dich habe, Kleiner Jäger? Mehr als Himmel und Erde zusammen, und mehr als das Leben selbst.«

»Ich weiß«, sagte er, wie jemand, der nie an seinem Platz in der Welt gezweifelt hat.

»Und ich würde dich nie verlassen, außer es müsste unbedingt sein. Glaubst du mir das?«

»Wird Vater dich etwa verkaufen?«, fragte er mit plötzlicher Besorgnis.

»Nein, mein Schatz. Er hat versprochen, dass er das niemals tun würde. Erinnerst du dich nicht mehr?«

Er nickte langsam, ohne jedoch wirklich überzeugt zu sein.

»Aber wenn ... wenn irgendetwas passiert«, begann sie und überlegte, wie sie es ihm sagen sollte, ohne ihm alles zu verraten. »Wenn ich morgen nicht hier sein sollte, dann musst du wissen, dass ich nicht lange fort sein werde. Ich würde dich niemals für immer allein lassen. Ich würde bestimmt zurückkommen und dann wären wir wieder zusammen. Das glaubst du mir doch, nicht wahr, Kleiner Jäger?«

Er nickte unsicher. »Gehst du denn fort?«

»Nein, nein«, log sie, um ihn wieder zu beruhigen. »Ich meine nur, falls ich es täte. Du brauchst dir keine Sorgen zu machen – es wird alles gut werden.«

Zum Glück war er zu müde, um ihr weitere Fragen zu stellen, und wenige Sekunden später schlief er bereits tief und fest. Rebekah betrachtete ihn noch eine ganze Weile, bis sie das Gefühl hatte, dass es ihr das Herz zerriss – so weh tat es ihr, ihn verlassen zu müssen. Als sie es keine Sekunde länger aushielt, packte sie ihre Sachen und verließ das Tipi.

Squeaky war noch draußen und saß, in eine Decke gehüllt, am Feuer. Die Spätsommernacht war noch recht mild, nur ein Hauch des bevorstehenden Herbstes lag in der Luft. Doch Squeaky spürte bereits ihr Alter in den Knochen und der geringste kühle Lufthauch machte ihr schon zu schaffen. Obwohl sie nach Rebekahs Schätzung erst knapp über dreißig sein konnte, war sie doch bereits eine alte Frau, die den kommenden Winter vielleicht nicht überleben würde. Rebekah blickte sie ein letztes Mal an und dachte an die zahllosen kleinen Grausamkeiten, die die Frau ihr angetan hatte. Sie würde das Leben hier kein bisschen vermissen, dachte sie und wandte sich ab, um zu gehen.

»Wo gehst du denn hin?«, rief Squeaky ihr nach.

»Zum Fluss. Ich will baden.«

Squeaky stieß ein verächtliches Schnauben aus. »Du wirst dir den Tod holen in dem kalten Wasser, dann bin ich dich endlich los.«

Rebekah lächelte geheimnisvoll. »Vielleicht werde ich ja heute Nacht verschwinden und dann bist du mich wirklich los.«

»Na, hoffentlich.«

»Aber eins sage ich dir: Wenn ich gehe, dann gehe ich freiwillig, und ich kann jederzeit zurückkehren. Wenn du meinen Sohn schlecht behandelst, dann werde ich dich heimsuchen.«

Squeaky spuckte ins Feuer, um ihre Verachtung auszudrücken, doch Rebekah sah die Angst in den Augen der Frau aufflackern. Die Komantschen fürchteten die Geister sehr. Vielleicht hatte sie ihrem Sohn damit einige Wochen Ruhe verschafft, bis der rothaarige Händler zurückkehrte, um ihn mitzunehmen.

Sie zwang sich, langsam zu gehen und sich nicht anmerken zu lassen, dass sie soeben im Begriff war, ihr ganzes Leben zu ändern. Überall im Lager gingen die Leute ihren üblichen Beschäftigungen nach; sie saßen am Feuer und aßen oder unterhielten sich. Der allgegenwärtige Rauch von verbranntem Holz lag in der Luft und deckte so die Gerüche von verdorbenem Essen und ungewaschenen Körpern zu. Rebekah machte sich bewusst, dass dies wohl das letzte Mal war, dass sie ein Komantschenlager sah. Zumindest hoffte sie, dass es so war.

Sie wirkte zwar äußerlich ruhig, doch ihr Herz hämmerte so laut, dass sie fürchtete, sich dadurch zu verraten. Sie lauschte den Stimmen rund um sich, um herauszufinden, wo sich der eine Mensch aufhielt, den sie am meisten fürchtete.

Da war sie auch – Sprüchemachers Stimme, mit einem Jubelschrei, der ihr sagte, dass er soeben bei dem Spiel gewonnen hatte, mit dem er und die anderen Männer gerade beschäftigt waren. Dann ertönte wieder das Klappern, als die Knochen geworfen wurden – ein Spiel, das dem Würfelspiel der Weißen erstaunlich ähnlich war. Sie lächelte unwillkürlich, als sie daran dachte, was ihr Vater zu solcherart Glücksspielen sagen würde. Er hatte eine eigene Predigt dafür, so wie über jedes andere Laster, dem die Menschen sich hingaben. Vielleicht predigte er am falschen Ort. Die Indianer, die sie kennen gelernt hatte, waren viel verdorbener als jeder Weiße, den sie kannte. Gewiss hätten sie die Predigten ihres Vaters viel nötiger als die frommen Kirchgänger aus seiner Gemeinde. Das musste sie ihm unbedingt mitteilen, wenn sie ihn wiedersah.

Der Gedanke machte ihre Schritte leichter, und ehe sie sichs versah, war sie auch schon zwischen den Bäumen, die das Ufer säumten. Das letzte Stück war sie gelaufen, sodass sie jetzt außer Atem war und ihr Herz wie wild klopfte. Sie lehnte sich erst einmal gegen den Stamm einer Weide, bis sie sich etwas beruhigt hatte. Als ihr das Pochen ihres Herzens nicht mehr in den Ohren dröhnte, horchte sie in die Natur hinaus, ob sich irgendein Geräusch ausmachen ließ.

Die Nacht war nun endgültig hereingebrochen und es war nichts zu hören als das Säuseln des Windes zwischen den Blättern. Hinter den Bäumen strömte der Fluss still und stetig dahin.

Dann wartete sie und zählte auf Englisch bis hundert, wie sie es im Lager so oft getan hatte, um sich ihre Muttersprache in Erinnerung zu halten. Immer noch kam niemand. Um diese Tageszeit würden die Frauen gewiss nicht mehr Wasser holen, und es würde auch bestimmt niemandem mehr einfallen, ein Bad zu nehmen. Der Wind fuhr in die Zweige der Weide, sodass sie ihren Arm streiften, und Rebekah schreckte unwillkürlich hoch.

Sie schalt sich eine Närrin und legte die Dinge, die sie mitgebracht hatte, auf den Boden – die Decke, die sie als Handtuch verwendete, und den Kamm, der aus den Stacheln eines Stachelschweins gefertigt war. Sie würde ihren Leuten fremd erscheinen, wenn sie zurückkehrte – mit ihrer sonnengebräunten Haut und dem kurzen Haar –, doch sie würde sich ein paar Monate lang nirgends blicken lassen, bis ihre Haut wieder weiß war und ihr Haar lang genug, um es hochzustecken. Und sie würde sich mehrere Kleider aus Baumwolle mit aufgedruckten Blumen nähen. Außerdem würde sie wieder Schuhe und Strümpfe und spitzenbesetzte Unterröcke tragen. Dann würde ihr kein Mensch mehr ansehen, was sie erlebt hatte, weil sie wie jede andere weiße Frau aussehen würde.

Und vor allem würde kein Mann sie je wieder berühren.

Mit einem Schauder begann sie ihre Mokassins aufzuschnüren. Sie streifte sie ab und griff nach dem Saum ihres Kleides, um es sich über den Kopf zu ziehen. Einen Augenblick lang zögerte sie, wie sie es immer tat, bevor sie sich auszog, um sich zu vergewissern, dass niemand sie beobachtete. Doch ringsum war immer noch nichts zu hören außer dem Säuseln des Abendwinds. Rasch streifte sie das Kleid ab, bevor sie der Mut verließ.

Die kühle Brise jagte ihr eine Gänsehaut über den nackten Rücken, und sie presste die Schenkel fest zusammen, um ihre verletzlichste Stelle zu schützen. Sie wusste, das Wasser würde noch etwas kälter sein, doch das machte ihr nichts aus. Was war schon ein wenig Kälte im Vergleich zu dem, was sie in den vergangenen sieben Jahren erduldet hatte?

Sorgfältig faltete sie ihr Kleid, damit niemand denken

würde, dass jemand es ihr vom Leib gerissen und sie entführt hätte. Dann legte sie das Kleid zusammen mit den Mokassins fein säuberlich ans Ufer. Plötzlich ertönte der Schrei einer Eule und sie erschauderte erneut.

»Uhuuu«, erklang erneut der Ruf des Vogels und Rebekah hob ihr Gesicht in den Wind. »Ich bin's, Papa, ich komme jetzt nach Hause.«

Sie blickte noch einmal über die Schulter zu dem ruhig daliegenden Lager zurück, ehe sie die Uferböschung hinabkletterte und ins Wasser stieg. Sie zuckte zusammen, als sie das eiskalte Wasser spürte, doch sie überwand sich und ging bis zu den Knien hinein, um dann flussaufwärts zu waten.

Mit langen Schritten kämpfte sie sich gegen die leichte Strömung vorwärts und achtete gar nicht auf die spitzen Steine, die sich in ihre Fußsohlen gruben. Das Wasser plätscherte ganz leicht bei jedem Schritt – doch mit der Zeit lernte sie, fast geräuschlos durchs Wasser zu gleiten, beinahe so lautlos wie eine Ente.

Trotzdem war sie auf der Hut und spitzte die Ohren, um jedes Geräusch rechtzeitig zu hören, das bedeuten konnte, dass jemand sich näherte. Ein Kojote heulte in der Ferne und sie erzitterte bei dem Gedanken, dass man sie finden könnte. Was würde sie in diesem Fall nur tun? Würde sie die Bestrafung erdulden und auf eine neue Chance zur Flucht hoffen? Oder würde jede Hoffnung absterben, wenn man sie erwischte? Sollte sie sich das Leben nehmen, um diese Leiden ein für alle Mal zu beenden?

Wie oft hatte sie sich diese Frage nicht schon gestellt. Wie oft hatte sie Gott schon gebeten, sie zu sich zu nehmen. Oft genug jedenfalls, um zu wissen, dass Gebete kein Gehör fanden. Oft genug, um jeden Glauben zu verlieren, den ihr Vater ihr mit so viel Geduld nahe gebracht hatte. Und oft genug, um zu wissen, dass sie sich niemals das Leben nehmen könnte, egal wie schlecht es ihr gehen mochte. Nein, sie würde alles auf sich nehmen und auf die nächste Gelegenheit zur Flucht warten.

Plötzlich wurde ihr klar, dass sie gar nicht wusste, wie weit sie schon gegangen war. Ihr Körper hatte sich durch das Gehen ein wenig erwärmt, doch ihre Füße waren eiskalt. Wie weit würde es noch bis zu der Stelle sein, wo MacDougal auf sie wartete? Gewiss wollte er kein Risiko eingehen, dass ihn irgendjemand aus dem Lager sah – deshalb musste er sich in einiger Entfernung halten. Aber wie weit, das war die Frage. Sie begann ihre Schritte zu zählen. Hundert. Hundertfünfzig. Zweihundert.

Und was war, wenn er gar nicht kam? Wenn er verletzt oder gar getötet worden war? Wenn er erkrankt war? Sie wusste, wie unsicher alles im Leben war. Von einem Moment auf den anderen konnte alles vorüber sein. Und was war, wenn er nach reiflicher Überlegung beschlossen hatte, sie nicht zu retten? Sie hätte durchaus Verständnis dafür gehabt. Wer riskierte schon sein Leben für einen Menschen, den er gar nicht kannte?

Aber woher sollte sie wissen, was er im Augenblick dachte? Wie weit sollte sie gehen, bevor sie schließlich aufgeben würde? Eine Stunde? Zwei? Noch hundert Schritte? Oder bis zum nächsten Morgen? Und wenn sie ihn nicht traf, was dann? Sollte sie ins Lager zurückkehren? Zurück zu Squeaky und Sprüchemacher, und die Erniedrigung weiter über sich ergehen lassen …

»Pssst, weiße Frau!«

Rebekah stieß einen erschrockenen Schrei aus und blickte sich um, doch sie konnte weit und breit niemanden erkennen.

Sean MacDougal beobachtete sie aus seinem Versteck zwischen den Weiden. Zuerst war sie für ihn nicht mehr als ein undeutlicher dunkler Fleck gewesen, wie ein Geist, der über dem Wasser schwebte und langsam auf ihn zukam. Dann hatte sie im schwachen Licht der Sterne allmählich Gestalt angenommen; wie eine Göttin, aus Stein gemeißelt, sah sie aus – von einer Gestalt, die vollkommener war, als er es sich hätte träumen lassen.

Er spürte, wie ein starkes Verlangen in ihm hochstieg, heiß und drängend, während er das sanfte Wippen ihrer vollen Brüste beobachtete. Sein Blut geriet in Wallung, als er den Blick senkte – zu ihrem Unterleib, wo goldene Löckchen sich über ihrer intimsten Stelle kräuselten. Für einen Augenblick stellte er sich vor, wie ihre Haut sich anfühlen mochte und wie sie schmecken würde, wenn er sie mit den Lippen berührte. Er stellte sich vor, wie es wäre, in ihre dunklen Tiefen einzutauchen, während sie ihn an sich drückte und seinen Namen rief. Seine Faust schloss sich fester um den Ast, den er festhielt, und er zerbrach ihn mit einem trockenen Knacken, das in der dunklen Stille wie ein Gewehrschuss klang.

In diesem Augenblick sah sie ihn. »MacDougal«, sagte sie. Ihre Stimme klang seltsam fremd, und er versuchte sich vorzustellen, was sie nun wohl empfand. War sie überrascht oder erleichtert, erstaunt oder einfach froh? Möglicherweise waren es all diese Gefühle zusammen, oder auch etwas ganz anderes.

Er erhob sich aus seinem Versteck. »Sie haben es also getan.«

»Und Sie auch.«

Sie starrten einander für einen Augenblick im Sternenlicht an. An seinem Platz zwischen den Weiden war er für Rebekah fast nicht zu erkennen, doch sie wusste, dass er sie sehr gut sehen konnte, in ihrer ganzen Nacktheit und Verletzlichkeit. Das Verlangen, sich zu bedecken, ließ ihre Hände zucken, doch es war ihr bewusst, dass sie all ihre Blößen niemals hätte zudecken können. Und sie hatte gelernt, ihre Scham zu verbergen. Scham war etwas, das die anderen gegen einen verwenden konnten.

Sie hob das Kinn in stillem Trotz und sagte: »Was hätten Sie getan, wenn ich nicht gekommen wäre?«

»Das sollte ich Sie fragen«, erwiderte er. Sie hörte die Heiserkeit in seiner Stimme, das Begehren, das darin zum Ausdruck kam. Sie hatte das Gefühl, dass ihr das Blut in den Adern gefror, doch sie nahm sich zusammen und bezwang den Drang, zu fliehen. Er war schließlich ein Weißer. Er würde ihr niemals Gewalt antun, wie die Indianer es taten. Trotzdem brachte sie es nicht über sich, näher zu ihm hinzugehen, zumindest nicht, solange sie nackt war.

»Haben Sie mir Kleider mitgebracht?«, fragte sie so beiläufig wie möglich. »Mir wird langsam kalt.«

»O ja. Hier.« Er klang ein wenig verwirrt, so als hätte

man ihn bei etwas Verbotenem ertappt. Rebekah lächelte ein klein wenig, als er in den Büschen verschwand, und fühlte sich schließlich sicher genug, um die letzten paar Schritte zu ihm hinzugehen.

Sie hatte das Ufer erreicht, als er mit einem kleinen Bündel in der Hand wiederkam. *Kleider.* Für einen Augenblick stellte sie sich ein bunt bedrucktes Baumwollkleid vor, dazu einen spitzenbesetzten Unterrock und richtige Schuhe. Ihr Herz schlug höher bei dem Gedanken, was sich jedoch gleich wieder legte, als er ihr das Lederbündel reichte.

»Ich habe Ihnen Indianerkleider gebracht«, erklärte er ihr. »Ich dachte mir, das ist praktischer für die Reise.«

Er hatte natürlich vollkommen recht und sie schluckte ihre Enttäuschung hinunter. Der Rest würde schon noch kommen, wenn sie nur die Flucht erst einmal geschafft hatten. Sie nahm das Kleiderbündel und blickte zu ihm auf. Sie erwartete, dass er sich umdrehte – doch er starrte sie schweigend an, mit einem Blick, der sie zu versengen drohte. Einen Moment lang erwiderte sie trotzig seinen Blick, doch er wandte sich nicht ab, sondern starrte sie nur reglos an.

Schließlich huschte sie angewidert an ihm vorbei in die Büsche und wandte ihm den Rücken zu, während sie das Bündel öffnete. Sie hörte einen leisen Fluch und lächelte.

Die Hände zu Fäusten geballt, sah Sean ihr nach. Der Anblick ihrer wohlgeformten Hüften und der sanften, alabasterfarbenen Rundungen ihres Hinterteils hypnotisierte ihn geradezu. Du lieber Gott, es war ihm, als spüre er ihre weiche und straffe Haut.

Dann glitt das Kleid über ihren Körper und verdeckte all ihre Reize. Sean schüttelte sich, als erwache er soeben aus einem Traum. Konzentriere dich lieber auf das Wichtige, sagte er sich mit aller Bestimmtheit. Wenn er sich weiter wie ein brunftiger Hirsch aufführte, würde ihn das noch sein Leben kosten – und das ihre ebenso. Und er wollte ganz bestimmt nicht, dass Rebekah Tate sterben musste. Er hatte noch einiges mit ihr vor.

Er wartete, bis sie ihre Mokassins geschnürt hatte, und

sagte dann: »Die Pferde habe ich dort drüben versteckt.« Er ging voraus, um sie zu den Tieren zu führen.

Rebekah folgte ihm, ein wenig beunruhigt wegen des Kleides, das er ihr mitgebracht hatte. »Sie haben das in meinem Dorf besorgt, nicht wahr?«, flüsterte sie, während sie sich einen Weg durch das Gebüsch bahnten.

»Ja, warum?«

Rebekah gab keine Antwort. Er hatte es sicher gut gemeint, als er ihr das Kleid gekauft hatte, das für Komantschen-Verhältnisse so etwas wie ein Sonntagskleid war. Leider erkannte Rebekah, dass es sich um das Kleid einer jungen Frau handelte, die kürzlich im Kindbett gestorben war. Sie bemühte sich, dies nicht als ein schlechtes Omen anzusehen, und redete sich ein, dass sie schon den Aberglauben der Indianer angenommen hatte – doch es wollte ihr nicht so recht gelingen.

Die Pferde waren an eine stämmige Eiche gebunden, wo sie träge über das trockene Gras trotteten. MacDougal hatte zwei prächtige Pferde und einen Packesel mitgebracht, der mit Vorräten beladen war.

Er sah, wie sie die Last des Packesels betrachtete, und sagte: »Wir werden in der nächsten Zeit nicht jagen können, weil uns die Schüsse verraten könnten. Deshalb habe ich genügend Vorräte mitgenommen.«

Sie nickte kurz – in dem Wissen, dass Essen nicht das größte Problem sein würde. Dann sah sie die Lederschläuche, die prallgefüllt mit Wasser waren, und war erleichtert, dass er auch daran gedacht hatte.

»Ich glaube kaum, dass die Indianer auf die Idee kommen, Sie könnten geflüchtet sein – aber zur Sicherheit werden wir trotzdem die ganze Nacht und den morgigen Tag durchreiten, damit wir uns möglichst weit von hier entfernen«, erklärte er.

Sie nickte zustimmend. »Genauso wie es ein Komantsche machen würde«, sagte sie ein wenig ironisch.

»Ja, wie die Komantschen«, pflichtete er ihr mit grimmigem Lächeln bei.

Sie wählte das Tier mit dem kürzeren Steigbügelriemen, band es los und schwang sich aufs Pferd. Es war ein kastanienbrauner Wallach, ein gut gebautes Tier, dem man ansehen konnte, dass es über große Ausdauer verfügte.

MacDougals Pferd war von der gleichen kastanienbraunen Farbe, was gewiss kein Zufall war: Dieser Farbton würde sich am wenigsten von der spätsommerlich trockenen Landschaft abheben. Rebekah stellte fest, dass die Hufe der Tiere umwickelt waren, damit sie möglichst keine Spuren hinterließen. Der Stoff würde zwar nach einigen Meilen durchgescheuert sein, doch bis dahin waren sie hoffentlich weit genug entfernt, um es den Indianern unmöglich zu machen, ihre Spur aufzunehmen. Wenigstens hatte sie sich einem Mann anvertraut, der wusste, was er tat.

Sie ritten zuerst noch langsam, um die Pferde warm werden zu lassen, und erhöhten dann allmählich das Tempo, bis sie so rasch über die Prärie galoppierten, wie der Maulesel es zuließ. Nach einer Weile wurden sie wieder langsamer, damit die Tiere sich erholen konnten. Sie ritten die ganze Nacht durch, bis auch Rebekah, die an harte Arbeit gewöhnt war, mehr tot als lebendig im Sattel hing.

»Wir rasten hier und essen dann kurz vor Sonnenaufgang etwas«, teilte ihr MacDougal mit und die Worte drangen wie von fern an ihr Ohr.

Rebekah nickte müde und ließ ihr Pferd anhalten. Erschöpft glitt sie aus dem Sattel, und ihre Beine gaben fast unter ihr nach, als sie wieder festen Boden unter den Füßen hatte. Dennoch begann sie instinktiv, ihr Pferd abzusatteln, damit sich auch das Tier ausrasten und abkühlen konnte. Als sie den schweren Sattel auf den Boden legte, sah sie, dass MacDougal sie mit einem eigenartigen Gesichtsausdruck beobachtete.

»Was ist denn los?«, fragte sie.

»Ich mach das schon«, sagte er etwas schroff. »Setzen Sie sich hin und ruhen Sie sich aus.«

Im ersten Moment verstand sie nicht, was er meinte. Sie tat doch nur das, was man von einer Frau erwartete – die Tiere versorgen, Holz für das Feuer sammeln, das Lager bereiten … Doch dann wurde es ihr klar. Sie tat das, was man von einer Komantschin erwartete, nicht aber von einer weißen Frau.

Sofort ließ sie den Sattel fallen. Kein Wunder, dass er sie anstarrte, als hätte sie den Verstand verloren. Eine weiße Frau würde niemals ihr Pferd selbst absatteln. Sie würde warten, bis ein Mann sich anbot, es für sie zu tun, damit sie sich die makellosen weißen Hände nicht schmutzig machte.

Doch Rebekahs Hände waren nicht makellos und weiß. Und sie und MacDougal hatten noch einen weiten Weg vor sich, bis sie in Sicherheit waren. Es wäre ziemlich dumm gewesen, zu erwarten, dass er die ganze Arbeit tat. Außerdem hatte sie völlig vergessen, wie man sich als hilflose Frau zu benehmen hatte. Achselzuckend bückte sie sich, riss eine Handvoll Gras aus und rieb das Pferd ab.

Obwohl sie spürte, dass MacDougal sie immer noch anstarrte, machte sie unbeirrt weiter, bis er sich schließlich seiner eigenen Arbeit zuwandte. Binnen weniger Minuten hatte er den Maulesel von seiner Last befreit und die beiden anderen Tiere abgerieben, während Rebekah ihrem Pferd die Vorderbeine fesselte.

Als die Tiere versorgt waren, wandte sich Rebekah MacDougal zu. »Machen wir ein Feuer?«, fragte sie ihn.

»Nein, obwohl ich alles für eine gute Tasse heißen Kaffee gäbe. Ich habe getrocknetes Fleisch mitgenommen, davon werden wir die ersten paar Tage leben, bis wir es wagen können, ein Feuer zu machen.«

Er holte einen der Säcke hervor, öffnete ihn und bot ihr an, sich etwas daraus zu nehmen. Sie nahm sich eine Handvoll von dem getrockneten Fleisch, das mit Nüssen und Beeren gemischt war und das MacDougal offensichtlich einer Komantschin abgekauft hatte. Sie fragte sich, wie viel er der Frau wohl für die harte Arbeit bezahlt hatte, die sie zweifelsohne im vergangenen Frühling dafür aufgewendet hatte.

Rebekah hockte sich auf den Boden und begann zu essen, indem sie das Gemisch in einer Hand hielt und es sich mit zwei Fingern der anderen Hand regelrecht in den Mund schaufelte. Wenn man hinterher Wasser trank, würden das getrocknete Fleisch und die Früchte im Magen aufquellen und so für mehrere Stunden kein Hungergefühl mehr aufkommen lassen. MacDougal hatte offensichtlich an alles gedacht.

Sie war fast fertig mit ihrem Frühstück, als sie erst merkte, dass MacDougal immer noch stand. Sie blickte zu ihm auf und sah, dass er sie wieder mit diesem seltsamen Gesichtsausdruck anstarrte.

Sie erstarrte und fragte sich, was sie wohl jetzt wieder angestellt hatte, das ihn so schockierte. Sie hatte wirklich keine Ahnung, was es sein mochte, bis sie sich selbst mit seinen Augen betrachtete: Er sah eine Squaw auf dem Boden hocken und ihr Essen hinunterschlingen, als wäre es ihre erste Mahlzeit seit Tagen. Im Indianerlager war es ja tatsächlich so, dass regelmäßiges Essen keine Selbstverständlichkeit war. Wenn es Nahrung gab, wurde sie unverzüglich verzehrt – und dazwischen musste man nicht selten hungern. Einmal mehr benahm sie sich wie eine Indianerin.

Sie überlegte verzweifelt, wie wohl eine weiße Frau essen würde, doch es wollte ihr nicht einfallen. Weiße Frauen hockten sich sicher nicht auf den Boden. Sie saßen auf Stühlen, Bänken oder Sofas und sie aßen gewiss nicht mit den Fingern. Sie verwendeten Teller, Löffel, Gabeln und Messer.

Sie schloss den Mund und kaute langsam den letzten Bissen, den sie zu sich genommen hatte. Sie vermied es, MacDougal anzusehen, der sich mittlerweile seiner eigenen Mahlzeit zugewandt hatte. Er hatte sich ebenfalls auf den Boden gesetzt, doch er führte das Essen langsam mit zwei Fingern zum Mund und kaute bedächtig. Rebekah blickte gelegentlich aus den Augenwinkeln zu ihm hinüber, bis sie genug gesehen hatte, um seine Technik selbst anzuwenden. Dann beendete sie das Essen auf die gleiche Weise wie er.

Als er fertig gegessen hatte, bot er ihr einen Wasserschlauch an. Es gab zum Glück nur eine Art und Weise, daraus zu trinken, nämlich den Schlauch mit beiden Händen hochzuhalten und sich das Wasser in den Mund laufen zu lassen. Als sie ihm den Schlauch zurückgab, starrte er sie wenigstens nicht an, als wäre sie ein Kalb mit zwei Köpfen.

Die Erschöpfung machte ihr schwer zu schaffen, doch sie

wusste, wie man sich überwand, auch wenn jeder Muskel im Körper schmerzte. Sie betrachtete den Sattel und fragte sich, ob sie noch genug Kraft hatte, um ihn wieder aufs Pferd zu heben.

»Wir schlafen eine Stunde, bis die Sonne aufgeht. Hier.« Er reichte ihr eine Decke und nahm sich ebenfalls eine. Sie wartete, um zu sehen, was er tat, damit sie nicht wieder etwas Falsches machte. Doch er breitete die Decke nur auf dem Boden aus, legte sich auf eine Seite und rollte sich dann in die Decke ein. Dann griff er nach den Zügeln seines Pferdes und wickelte sie sich um das Handgelenk. Sobald das Tier eine Gefahr witterte, würde es ihn sofort warnen. Als Rebekah sich in ihre Decke gewickelt und die Zügel ihres Pferdes an ihrem Handgelenk befestigt hatte, schnarchte MacDougal bereits leise vor sich hin. Sie hatte gerade noch Zeit, verächtlich die Lippen zu schürzen, ehe sie selbst eingeschlafen war.

Als die Sonne über den Horizont heraufblinzelte, saßen sie bereits wieder im Sattel. Sie waren noch nicht weit gekommen, als MacDougal plötzlich das Zeichen zum Anhalten gab.

»Was ist los?«, fragte sie und hielt nach irgendetwas Ausschau, was ihn zu dieser Reaktion veranlasst haben könnte.

»Ich dachte, ich hätte etwas gesehen«, antwortete er und holte einen zylinderförmigen Gegenstand aus Messing aus seiner Satteltasche hervor. Er zog den Gegenstand in die Länge, hob es an das Auge und schwenkte es langsam hin und her.

»Was ist das?«, fragte sie und hätte sich am liebsten auf die Zunge gebissen, als er sie wieder mit diesem schockierten Blick ansah.

Seine Verblüffung währte jedoch nur kurz und er erklärte ihr: »Das ist ein Fernrohr. Damit kann man Dinge sehen, die weit weg sind. Hier, versuchen Sie's mal.«

Rebekah nahm das Rohr vorsichtig in die Hand und hob es dann selbst vor das Auge. Im nächsten Augenblick sprang die Welt um sie herum regelrecht auf sie zu, und sie riss das Ding mit einem erschrockenen Aufschrei so rasch von ihren Augen weg, dass sie es beinahe fallen gelassen hätte.

»Sachte, sachte«, sagte MacDougal, doch als sie zu ihm aufblickte, lächelte er amüsiert über ihre Reaktion. Seine Zähne leuchteten weiß aus seinem rotfarbenen Bart hervor – und sie hätte ihn vielleicht in diesem Moment recht attraktiv gefunden, wenn sie nicht gerade jetzt das starke Bedürfnis empfunden hätte, ihm mit dem Fernrohr die Zähne einzuschlagen.

Sie starrte ihn erbost an und sein Lächeln verschwand. Erneut hob sie das Fernrohr an das Auge – diesmal etwas vorsichtiger, damit das plötzliche Herannahen der Welt sie nicht so überraschen konnte. Diesmal erschrak sie nicht, doch sie staunte dennoch, als die fernen Bergkämme so nahe heranrückten, dass sie die einzelnen Felsen hätte zählen können. Langsam überblickte sie die Gegend, wie MacDougal es getan hatte, zutiefst verblüfft darüber, wie klar alles zu sehen war – Felsen, Büsche und das vertrocknete Gras der Prärie.

Sogar die Indianer. Erneut stieß sie einen Schrei aus, doch der Schreck war diesmal noch um einiges größer als zuvor. Augenblicklich riss sie das Fernrohr herunter und die Krieger verschwanden.

»Sie haben sie auch gesehen, nicht wahr?«, fragte er mit aufreizender Gelassenheit.

»Wie kann es sein, dass sie so nahe sind? Sie müssen uns die ganze Nacht gefolgt sein!«

Wie hatten sie es nur fertig gebracht, in der Nacht ihrer Spur zu folgen? MacDougal war doch so vorsichtig gewesen. Und sie selbst auch. Bestimmt hatte niemand bemerkt, dass sie nicht ins Lager zurückgekehrt war. Kleiner Jäger, der arme Junge, war wohl der Erste gewesen, dem ihr Fehlen aufgefallen war. Wahrscheinlich weinte er in diesem Augenblick, nachdem man ihre Kleider am Fluss gefunden hatte …

Aber daran durfte sie jetzt nicht denken, wenn sie ihn jemals wiedersehen wollte. Verzweifelt sah sie sich nach einem geeigneten Versteck um. Sie dachte nicht daran, dass die Indianer, die sie so deutlich gesehen hatte, noch meilenweit entfernt waren; man sah sie noch nicht einmal als kleine Punkte am Horizont.

»Sie folgen uns nicht«, sagte MacDougal schließlich, doch sie hörte gar nicht auf ihn.

»Wir können uns in den Büschen dort drüben verstekken«, sagte sie aufgeregt. »Dort warten wir, bis sie ... Was haben Sie gesagt?«

»Ich habe gesagt, sie sind nicht hinter uns her.«

»Aber das kann doch nicht sein! Sie sind so nah. Sie müssen in der Nacht aufgebrochen sein und ...«

»Selbst die Komantschen können einer Spur nur in einer mondhellen Nacht folgen«, erinnerte er sie. »Nein, das sind Jäger – ist Ihnen das nicht aufgefallen?«

Das hatte sie in der Tat nicht bemerkt. Sie hob das Fernrohr noch einmal hoch und erschrak erneut, als sie die Komantschen so groß vor sich sah. Doch es bestand kein Zweifel, dass die Indianer sie und MacDougal nicht sahen, wahrscheinlich weil die Entfernung dafür zu groß war. Rebekah erkannte jetzt, dass sie Fleisch mit sich trugen. Es waren die Jäger, die einige Tage zuvor aus dem Dorf aufgebrochen waren. »Trotzdem müssen wir sicher gehen, dass sie uns nicht sehen«, sagte sie, verärgert darüber, dass sie sich ihre Angst hatte anmerken lassen.

»Ja, ich dachte mir, wir könnten ja durch die Büsche dort drüben reiten«, sagte er mit einem verschlagenen Lächeln. »Solange sie unsere Spuren nicht bemerken, kann uns nichts passieren. Und bei dem harten Boden ist das nicht sehr wahrscheinlich.«

»Dann sollten wir uns gleich auf den Weg machen«, sagte sie schroff und gab ihm das Fernrohr zurück. Sie ließ ihr Pferd wenden und ritt davon. Dieser verdammte Kerl. Die Tage, die sie nun mit ihm verbringen musste, würden zu einer harten Prüfung werden – doch nach allem, was sie durchgemacht hatte, würde sie auch das ertragen. Und wenn sie erst zu Hause war, würde sie Sean MacDougal ohnehin nie wiedersehen müssen.

Sie ritten den ganzen Tag über die ausgetrocknete Prärie und machten alle paar Stunden Rast, um die Tiere nicht zu sehr zu beanspruchen. Immer wieder blickten sie zurück, um sicher zu gehen, dass die Indianer, die sie gesehen hatten, ihnen nicht folgten. Als die Sonne unterging, gab MacDougal das Zeichen zum Anhalten und sie aßen zum ersten Mal seit dem frühen Morgen. Rebekahs Magen knurrte wie wild, doch sie hatte gelernt, solche kleinen Unannehmlichkeiten zu verdrängen. MacDougal schien recht unbeeindruckt von all den Beschwerlichkeiten. Die vielen Stunden im Sattel schienen bei ihm keine Spuren hinterlassen zu haben.

Als sie gegessen hatten und es dunkel wurde, stiegen sie wieder aufs Pferd und ritten noch eine Stunde, für den Fall, dass jemand sie bei ihrer Rast gesehen hatte und vorhatte, sie in der Nacht zu überraschen. Als sie sich schließlich in Sicherheit fühlten, stiegen sie ab und genossen ihre erste richtige Nachtruhe.

Rebekah schloss die Augen und sah sich in ihrem Tipi bei ihrem Sohn, der sich an sie schmiegte, um ihr einen Gutenachtkuss zu geben. Es gab ihr einen Stich ins Herz, als sie sich sein kleines Gesicht vorstellte, so wie sie es zuletzt gesehen hatte; wie ein Engel hatte er im Schlaf ausgesehen. Für einen Augenblick überlegte sie, ob ihr ohne ihn die Freiheit überhaupt etwas bedeutete, als ihr schließlich MacDougals Versprechen einfiel, ihn ebenfalls zu holen. Sie hatte ihm das von Anfang an zugetraut, als er ihr das Versprechen gegeben hatte – doch jetzt war sie sich absolut sicher, dass MacDougal der Richtige für diese schwierige Aufgabe war. Mit diesem Gedanken sank sie schließlich in tiefen Schlaf.

Sean drehte sich auf dem harten Boden herum und suchte nach einer etwas bequemeren Stelle. Er konnte sich nicht erinnern, jemals so müde gewesen zu sein. Jeder Muskel und Knochen in seinem Leib tat ihm weh, doch ein Körperteil war immer noch bereit, in Aktion zu treten, auch wenn ihm klar war, dass der restliche Körper nicht hätte mithalten können.

Verdammt und zugenäht. Er hatte Rebekah Tate den ganzen Tag über beobachtet, er hatte gesehen, wie der süße kleine Hintern im Sattel auf und ab wippte, wie ihre Schenkel sich an die Flanken des Pferdes schmiegten – und dabei hatte er sich vorgestellt, wie es wäre, wenn ihre Schenkel sich an ihn schmiegten, während er selbst über ihr auf und ab wippte. Es fehlte nicht viel, und er hätte die Indianer und die Gefahr, die von ihnen ausging, vergessen. Doch so weit ließ er es doch nicht kommen, dass er wegen eines Schäferstündchens seinen Skalp riskierte.

Nein, er musste warten, bis sie in Sicherheit waren. Dazu mussten sie noch einen ganzen Tag im Sattel verbringen. Und wenn es ihm jetzt noch gelang, einen bestimmten Körperteil zu überreden, dass er sich endlich beruhigte, dann würde ihm sogar noch ein wenig Schlaf vergönnt sein, damit er morgen Abend sein Vorhaben durchführen konnte.

Den ganzen nächsten Tag ritten sie Richtung Osten – ohne den geringsten Zwischenfall und ohne noch einmal Indianer zu sehen. Am Abend trat dann das ein, womit Sean ohnehin gerechnet hatte: Sie fanden Wasser. Um diese Jahreszeit floss es nicht gerade reichlich, doch die breiten Ufer, an denen nun junge Bäume wuchsen, ließen erkennen, dass das Bächlein sich zu anderen Jahreszeiten in einen reißenden Fluss verwandelte.

Sie fanden jedenfalls genügend Wasser für ihre Zwecke und entfachten mit Zweigen von Weiden und Pappeln, die hier wuchsen, ein kleines, rauchloses Feuer. Die Äste der Weiden verhinderten, dass das Feuer aus der Ferne gesichtet werden konnte, und so genossen sie ihre erste warme Mahlzeit seit langer Zeit. Auch wenn es sich nur um gekochtes Maismehl mit Speck und heißen Kaffee handelte, erschien es Sean wie ein Festessen.

Rebekah hätte an ihrem Maismehlbrei noch mehr Geschmack gefunden, wenn sie ihn nicht wieder mit den Händen verzehrt hätte. MacDougal hatte ihr daraufhin einen Löffel gegeben, doch sie hatte erneut diese ungewohnte brennende Scham gespürt. Verdammter Kerl. Und das Schlimmste war, dass sie sich beim besten Willen nicht mehr erinnern konnte, wie man einen Löffel hielt. Obwohl sie beobachtet hatte, wie MacDougal es tat, kam sie sich immer noch ziemlich ungeschickt vor. Außerdem wäre sie bedeutend schneller gewesen, wenn sie ihre Finger benutzt hätte.

Dafür war der Kaffee einfach himmlisch. Sie hatte ganz vergessen, wie wunderbar Kaffee schmeckte. MacDougal bereitete ihn besonders stark zu, was sie jedoch nicht im Mindesten störte.

Nachdem sie fertig gegessen hatten, ging sie mit dem Geschirr an den Fluss und reinigte es mit etwas Sand. Als sie zurückkam, hatte MacDougal bereits das Feuer gelöscht und die Stelle mit Laub und Zweigen bedeckt. Das würde zwar einen eventuellen Verfolger nicht täuschen, aber zumindest würde niemand die Stelle zufällig entdecken.

»Möchten Sie sich vielleicht noch waschen, bevor wir weiterziehen?«, fragte er, während sie das Geschirr verstaute.

Und ob sie das wollte. Sie waren jetzt zwei Tage und eine Nacht durchgeritten und Rebekah hätte sich nur zu gern vom Schmutz und Schweiß befreit. Andererseits gab es hier kaum eine Stelle, wo man ein wenig für sich sein konnte – und die Vorstellung, sich vor MacDougal ausziehen zu müssen, löste in ihr wieder jenes beunruhigende Gefühl aus, das sie empfunden hatte, als sie ihn beim Indianerlager am Fluss getroffen hatte. »Ja, aber ...« Sie blickte sich um, ohne jedoch ein Plätzchen zu finden, wo sie für sich gewesen wäre.

»Vielleicht möchten Sie, dass ich so lange ein Stück flussabwärts gehe«, sagte er ein wenig gereizt. Sie konnte seinen Gesichtsausdruck hinter dem roten Bart nicht genau erkennen, doch seine braunen Augen verengten sich. »Ich könnte auch ein Bad gebrauchen. Wir sparen sogar Zeit, wenn wir gleichzeitig gehen.«

»Gut«, sagte sie. Ohne ein weiteres Wort nahm er eine Decke und ging flussabwärts.

Rebekah wartete, bis er stehen geblieben war. Er war nicht allzu weit gegangen, doch er hatte ihr den Rücken zugewandt, während er sein graubraunes Hemd auszog. Sie blickte rasch zur Seite und nahm ihre eigene Decke, um ein Stückchen in die entgegengesetzte Richtung zu gehen. Sie blickte kurz zurück, nur um zu sehen, ob sie auch weit genug gegangen war – doch das genügte, um einen kurzen Blick von ihm zu erhaschen, und sie wandte sich rasch wieder ab und begann sich auszuziehen.

Die Nacht begann sich auf das Land herabzusenken und der laue Abendwind umschmeichelte sie und berührte sie an besonders empfindlichen Stellen, wo sie sich nie wieder freiwillig von einem anderen Menschen berühren lassen würde. Ihre Brustwarzen wurden steif, doch sie beachtete es kaum. Sie hatte sich angewöhnt, ihren Körper weitgehend zu ignorieren, besonders wenn es sich um angenehme Empfindungen handelte. Die Lust war überhaupt eine gefährliche Verlockung, die eine Frau schwach und verwundbar machen konnte, wenn sie ihr nachgab. Rebekah hatte jedenfalls nicht die Absicht, je wieder verwundbar zu sein.

Sie kniete sich in das knöcheltiefe Wasser und versuchte, mit Hilfe von etwas Sand so viel wie möglich von dem Schmutz abzuschrubben. Dann spülte sie sich mit mehreren Handvoll Wasser ab.

Etwas weiter flussabwärts ging Sean der gleichen Beschäftigung nach. Er achtete peinlichst darauf, ihr stets den Rücken zugewandt zu halten, damit sie nicht sah, wie erregt er bereits war. Nicht dass ihm das unangenehm gewesen wäre – im Gegenteil, er gönnte sich sogar hin und wieder einen kurzen Blick auf sie, um seine Erwartungen zu schüren. Sie war ein Stück flussaufwärts gegangen, doch er konnte sie trotz des dämmrigen Lichts noch sehr gut beobachten – ihre samtige Haut, die alabasterfarben war, wo die Sonne nie hinkam, und goldbraun an den Armen und im Gesicht.

Sean konnte sein Glück kaum fassen: Eine weiße Frau, die in der Liebe wahrscheinlich die Hingabe einer Indianerin besaß. Sie hatte immerhin selbst gesagt, dass sie nicht wusste, wer der Vater ihres Sohnes war. Das bedeutete, dass sie mit einer ganzen Reihe von Kerlen zusammen gewesen sein musste, bevor sie heiratete, und dass sie über einige Erfahrung verfügte. Wahrscheinlich würde sie froh sein, wieder einmal einen Weißen zu bekommen. Und vermutlich war sie ihm auch dankbar, dass er sie aus dieser Hölle von einem Dorf befreit hatte. Ja, er war wirklich ein

Glückspilz. Er schrubbte sich ab, bis seine Haut fast wund war und vor Vorfreude kribbelte.

Als er in das Lager zurückkehrte, hatte sie bereits die Pferde gesattelt. Gott, was für eine Erleichterung es doch war, mit jemandem unterwegs zu sein, der in der Lage war, seinen Teil der Arbeit zu übernehmen. Er hatte sich diese Reise um einiges mühsamer vorgestellt, weil er erwartet hatte, sich allein um die Tiere kümmern zu müssen und dazu auch noch um sie. Er hätte wissen können, was für eine Hilfe eine gut ausgebildete Squaw sein konnte. Es war sogar noch besser, als mit einem Mann unterwegs zu sein – besonders nachts unter der Decke.

Er bepackte rasch den Maulesel und sie ritten los – mit den letzten Sonnenstrahlen im Rücken. Sie ritten ein Stück, bis Sean schließlich das Gefühl hatte, nicht länger warten zu können. Sie schien ein wenig überrascht zu sein, dass er so früh schon anhielt, doch sie erhob keinen Einwand. In wenigen Minuten hatten sie die Tiere wieder abgesattelt.

Rebekah dachte, dass Sean wohl müde sein musste, was sie nur zu gut verstand. Sie hielt es so lange im Sattel aus wie er, aber wenn er nicht mehr wollte, so hatte sie nicht das Geringste einzuwenden. Als sie ihr Lager aufgeschlagen hatten, stellte sie zu ihrem Ärger fest, dass der Kaffee, den sie zum Abendessen getrunken hatte, sie zwang, noch einmal die Büsche aufzusuchen, bevor sie sich niederlegte.

»Ich bin gleich zurück«, sagte sie und dachte sich, dass er wohl verstand, was sie meinte.

»Ich mache inzwischen Ihr Bett fertig«, antwortete er.

Sie lächelte grimmig. So waren die weißen Männer nun einmal. Immer waren sie bereit, den hilflosen Frauen beizustehen. Es würde eine Zeit dauern, bis sie sich daran gewöhnt hatte.

Als sie zurückkam, sah sie im schwachen Mondlicht, dass MacDougal aufrecht auf seiner Decke saß.

»Wo ist denn mein Bett?«, wollte sie wissen.

»Hier«, antwortete er mit seltsam heiserer Stimme – doch sie dachte sich nichts dabei.

»Wo?«, fragte sie, denn sie konnte beim besten Willen nirgends eine zweite Decke erkennen.

»Hier bei mir.«

Sie trat einen Schritt auf ihn zu, ehe ihr dämmerte, was seine heisere Stimme bedeutete. Sie kannte diesen eigenartigen Ton. Es war ihr, als höre ihr Herz zu schlagen auf, und ihre Arme überzog eine Gänsehaut.

Nein, sagte sie sich, sie musste sich irren. Sie war einfach zu misstrauisch. Weiße Männer waren anders als diese Wilden. MacDougal würde niemals …

Doch dann sah sie, dass er kein Hemd trug. Das blasse Mondlicht schien auf seine nackten Schultern, und als sie den Blick senkte, sah sie, dass auch seine Beine nackt waren.

Alles in ihr krampfte sich zusammen und das Blut in ihren Adern erstarrte zu Eis. Es konnte einfach nicht sein und doch war es so. Er war zwar weiß, aber er war trotzdem genauso wie die anderen Tiere, die sie genommen hatten. Das war alles, worum es ihnen ging.

Unbändiger Zorn wallte in ihr auf und schnürte ihr die Kehle zu. Sie richtete ihren ganzen Hass auf ihn, der in all den Jahren der Pein und Erniedrigung in ihr gewachsen war – und der Wunsch, ihm ein Messer in die Kehle zu rammen und sein warmes Blut auf ihrer Hand zu spüren, war nahezu überwältigend.

Doch sie konnte ihn nicht töten, genauso wenig wie sie ihm entfliehen konnte. Wenn sie das tat, wäre sie völlig allein und hilflos in der Wildnis. Nie würde sie es bis zu ihrem Vater nach Hause schaffen und auch ihren Sohn würde sie nie wiedersehen. Es nützte auch nichts, sich zu wehren, wie sie wohl wusste, denn am Ende setzten sie sich doch immer durch und taten einem noch mehr weh, wenn man sich sträubte. Sie war ihm ausgeliefert, das wusste er ganz genau – und dafür hasste sie ihn nur noch mehr.

»Komm schon«, redete er ihr zu und klopfte sanft auf die Decke neben sich. »Wir gönnen uns ein wenig Spaß und dann schläfst du gleich noch einmal so gut.«

Sie spürte, wie sie sich von der ganzen Szene zu entfernen begann. Ihre Beine fühlten sich wie totes Holz an, als sie mühsam Schritt für Schritt auf ihn zuging.

Er lächelte, zumindest sah es für sie so aus. In der Dunkelheit wirkte sein Bart ganz schwarz, und es war ihr, als sehe sie das Leuchten seiner weißen Zähne. Ganz sicher war sie sich jedoch nicht, denn alles um sie herun verschwamm.

»Zieh dein Kleid aus«, drängte er sie, als sie direkt vor ihm stand. »So macht es mehr Spaß.«

Irgendwie gelang es ihr, ihre Arme zu bewegen und das Kleid über den Kopf zu streifen, sodass sie nackt vor ihm stand. Doch sie verspürte nicht die geringste Scham darüber, dass jemand ihren nackten Körper sah, denn es war nicht mehr sie selbst, die da stand; sie hatte sich an einen Ort zurückgezogen, wo sie sicher war und wo niemand ihr wehtun konnte.

Er hielt ihr die Hand entgegen, doch sie konnte sie nicht nehmen, denn sie konnte ihren Arm nicht mehr bewegen. Stattdessen beugte sie mühsam die Knie und ließ sich neben ihm auf der Decke nieder. Rebekah beobachtete sich selbst dabei, sie sah von außen jede Bewegung, die ihr Körper machte.

MacDougal erhob sich auf die Knie und legte die Arme um sie. Er versuchte sie zu küssen, doch sie wandte ihr Gesicht ab, denn das ließ sie niemals zu. Stattdessen küsste er ihren Hals und legte seine Hände auf ihren Rücken. Er ließ sie tiefer und immer tiefer wandern, bis sie dort waren, wo es ihr besonders unangenehm war.

Seine Lippen wanderten ebenfalls über ihre Schulter bis hin zu ihren Brüsten. Auch das war ihr zutiefst zuwider. Irgendjemand sollte ihn aufhalten, doch es war niemand da, um es zu tun, und von selbst wollte er nicht aufhören. Im Gegenteil, er begann immer schlimmere Dinge zu tun, er berührte sie an besonders intimen Stellen, und bald schon hielt Rebekah es nicht mehr aus, sich noch länger zu beobachten – und sie entfernte sich noch weiter weg. Sie schwebte bis hinauf zu den Sternen, die kalt und fern am Himmel standen – weit weg von den Männern mit ihren verhassten Händen und ihren Körpern, die sich gegen sie drängten. Weit weg schwebte sie, wo sie allein war und niemand sie je wieder berühren konnte.

3

Sean bemerkte zunächst gar nicht, dass etwas nicht stimmte. Sie fühlte sich genauso an, wie er es erwartet hatte – nein, noch viel besser. Oh, er konnte kaum noch denken, so sehr begehrte er sie. Er berührte sie überall, um ihren Körper zu erkunden, der ihm zuletzt einfach nicht mehr aus dem Sinn gegangen war und ihn bis in seine Träume verfolgt hatte. Verzweifelt versuchte er sich zu entsinnen, wie man das Verlangen einer Frau wecken konnte, wo und wie man sie berühren musste. Er streichelte und liebkoste sie, um in ihr ein Feuer zu entfachen, wie es in ihm selbst brannte. Von all den Liebhabern, die sie gehabt hatte, sollte er derjenige sein, der ihr die größten Wonnen zu schenken vermochte.

Zunächst war er zu vertieft, um zu bemerken, wie teilnahmslos sie seine Küsse und Liebkosungen hinnahm. Er dachte zuerst, dass sie sich noch zierte, damit er ihr jene Verehrung zuteil werden ließ, die sie verdiente. Er dachte, dass sie sich zurückhielt, um ihn ein wenig auf die Folter zu spannen und zu noch größerer Leidenschaft anzustacheln.

Bis er sie dann auf den Rücken legte, um ihre geheimsten Winkel zu erkunden, die all ihre Leidenschaft offenbaren mussten. Doch da war nicht der geringste Hinweis auf ein Verlangen ihrerseits zu finden. Sie war so trocken wie die Erde, über die sie während des Tages hinweggeritten waren, und als er ihre empfindlichste Stelle streichelte, zeigte sie nicht die geringste Reaktion; sie zuckte nicht einmal zusammen und stieß auch nicht den kleinsten Seufzer aus – im Gegenteil, sie atmete völlig gleichmäßig, so als wäre sie eingeschlafen. Was um Himmels willen hatte das bloß zu bedeuten?

Es verwirrte ihn, dass er sie einfach nicht zu erregen vermochte, und stützte sich auf einen Ellbogen. »Also hör mal, wenn irgendwas nicht in Ordnung ist …«, begann er, hielt aber gleich wieder inne, denn er wusste eigentlich nicht, was er sagen sollte. Über solche Dinge hatte er nie zuvor gesprochen und wusste deshalb nicht, wie man so etwas anstellte.

Immer noch zeigte sie keinerlei Reaktion und ihr Atem kam völlig gleichmäßig. Alles was er hörte war das langsame, rhythmische Ein- und Ausatmen, so als schlafe sie tief und fest, nur dass ihre Augen offen waren und ... O Gott! Plötzlich fiel ihm auf, dass sie wie eine Tote zum Himmel hinauf starrte!

»Rebekah!«, rief er laut und beugte sich hinunter, um sie besser sehen zu können. Immer noch reagierte sie nicht und er bekam es mit der Angst zu tun. »Rebakah! Rebekah Tate!«

Er schrie ihren Namen ins Gesicht, doch sie rührte sich nicht. Verzweifelt packte er sie an den Schultern und schüttelte sie, doch sie hing völlig schlaff in seinen Armen, die Augen weit geöffnet, der Blick ganz starr, bis ihm nichts anderes mehr einfiel, als sie kräftig auf die Wange zu schlagen. Der Schlag ließ sie zusammenzucken.

»Rebekah Tate! Hören Sie mich?«, schrie er sie an, und es war ihm egal, wie weit seine Stimme zu hören war.

Sie blinzelte und schüttelte verwirrt den Kopf. »Was ist ...?«, murmelte sie, ohne ihn zu erkennen. »Wer ...?«

»Ich bin's, MacDougal. Hören Sie mich? Ist alles in Ordnung?«

Plötzlich wurde sie ganz steif und riss sich mit einem Ruck von ihm los. Sie packte das Ende der Decke, um damit ihre Blöße zu bedecken. Sean blickte sie ziemlich verwirrt an. »Was ...?«, stieß er hervor, doch die Frage blieb ihm im Halse stecken, als er in ihr Gesicht blickte. Da war eine solche Verachtung zu erkennen, wie er sie nie zuvor gesehen hatte. Ihr Hass traf ihn wie ein Keulenschlag und er wich unwillkürlich zurück.

»Was zum Teufel ist bloß los mit Ihnen?«, fragte er.

Sie wich wortlos von ihm zurück und nahm die Decke mit sich, die sie enger um sich wickelte. Langsam begann ihm zu dämmern, dass sie von ihm wegstrebte, dass sie von ihm angewidert war. Er verstand nur nicht, warum das so war. Was hatte er nur getan, das so abstoßend war? Wenn sie ihn nicht wollte, hätte sie es doch nur zu sagen brauchen.

Er betrachtete sie unsicher und überlegte fieberhaft, was er tun oder sagen sollte. Dann sah er, dass sie zitterte. Offensichtlich war ihr kalt, auch wenn die Nacht alles andere als kühl war.

»Soll ich Ihnen Ihr Kleid bringen?«, fragte er hilflos.

Es war, als hätte sie ihn gar nicht gehört. Sie zitterte immer noch am ganzen Leib, während ihr Blick starr vor sich hin gerichtet war. In diesem Augenblick wurde Sean bewusst, dass sie ihn auf der Stelle töten würde, wenn sie die Möglichkeit hätte.

Er behielt sie stets im Auge, während er ihr Kleid aufhob und es ihr vorsichtig reichte. »Da, bitte«, sagte er mit leiser Stimme, wie um sie zu besänftigen. Und genau das war wohl auch nötig.

Ihr Arm kam rasch unter der Decke hervor und sie riss ihm das Kleid aus der Hand. Er wich augenblicklich zurück und hob die Hände hoch, um ihr zu zeigen, dass er ihr nichts Böses wollte. Trotzdem starrte sie ihn immer noch unverwandt an, ohne dass sie Anstalten machte, das Kleid anzuziehen. Da erst wurde ihm bewusst, dass er selbst nackt war. Er fühlte sich plötzlich sehr verwundbar und ging rasch zu der Stelle hinüber, wo er seine Kleider abgelegt hatte. Aus einer gewissen Scham heraus kehrte er ihr den Rücken zu, während er sich anzog.

Erst jetzt begann sie aus ihrer Starre zu erwachen. Er hörte ein Rascheln, als sie die Decke ablegte und das lederne Kleid anlegte. Als er angekleidet war und sich zu ihr umdrehte, sah er sie wieder zitternd, in die Decke gehüllt dastehen, die Augen weit geöffnet.

»Vielleicht sollten wir ein wenig schlafen«, schlug er vor. Er sprach immer noch sehr leise, in beschwichtigendem Ton. Aus dem Augenwinkel sah er ihren Sattel, der neben dem seinen auf dem Boden lag – dort, wo er gehofft hatte, dass sie an seiner Seite ruhen würde. Schnell nahm er den Sattel, legte ihn neben ihr auf den Boden und wich sofort wieder zurück.

Er beobachtete sie immer noch in seiner Angst, sie könnte irgendetwas gegen ihn unternehmen, während er sich in seine Decke rollte und den Kopf an seinem Sattel ruhen ließ. Er tat so, als würde er gleich einschlafen, obwohl er wusste, dass er in dieser Nacht wahrscheinlich kein Auge zumachen würde. Er würde immerzu an Rebekah Tates hasserfüllten Blick denken müssen. Und auch wenn er nicht mehr um sein Leben gefürchtet hätte, so schmerzte sein ganzer Körper so sehr vor Verlangen, dass er fürchtete, am nächsten Tag gar nicht reiten zu können. Wenn er nur gewusst hätte, was um alles in der Welt ihr so zu schaffen machte.

Nach einer Weile hörte er, wie sie sich hinlegte, und dann dauerte es noch einmal sehr lange, bis das leise Klicken der Holzperlen an ihrem Kleid aufhörte, zum Zeichen, dass sie nicht mehr zitterte. Sie begann langsamer und gleichmäßiger zu atmen, und als er zu ihr hinüberblickte, sah er, dass sie die Augen endlich geschlossen hatte.

Gerade als er dachte, dass er es nun wagen könne, zu schlafen, hörte er einen seltsamen Laut, wie von einem Kätzchen, das herzzerreißend miaute. Er setzte sich auf und fragte sich, ob sich ihnen etwa ein wildes Tier genähert hatte. Er brauchte etwa eine Minute, um festzustellen, woher das eigenartige Geräusch kam, auch wenn er glaubte, seinen Ohren nicht zu trauen. Der Laut kam von Rebekah Tate. Sie weinte.

Eine ganze Weile wagte er nicht, sich zu rühren. Sean MacDougal hatte keine Erfahrung, mit den Tränen einer Frau umzugehen – doch auch, wenn er ein Experte gewesen wäre, hätte er sich alles andere gewünscht, als sich um Rebekah Tates Tränen kümmern zu müssen. Doch nach einigen Minuten, in denen er ihr verzerrtes Gesicht beobachtete und sah, wie die Tränen unter den geschlossenen Augenlidern hervorquollen, wurde ihm klar, dass sie schlief. Sie würde es nicht bemerken, wenn er sich zum Narren machte.

Als er ihr Weinen nicht länger ertrug, kroch er zu ihr hinüber. Sie lag unter der Decke zusammengekauert, so als müsse sie sich vor Schlägen schützen. Sie zitterte wieder, doch diesmal von dem Schluchzen. Es war umso schwerer zu ertragen, als sie es zwischen den zusammengebissenen Zähnen hervorpresste, so dass es nur noch als leises, herzzerreißendes Wimmern nach außen drang.

Sean betrachtete sie hilflos. Niemand hatte ihn jemals getröstet, und nun wusste er nicht, wie man selbst Trost spenden konnte. Er hatte zwar keine Ahnung, was er angestellt hatte, doch es war ihm klar, dass er irgendwie die Schuld daran trug, dass sie so außer sich war. Schon allein deshalb hatte er das Gefühl, sich um sie kümmern zu müssen.

Zögernd streckte er die Hand aus und legte sie ihr auf die zitternde Schulter. »Ist ja gut«, flüsterte er und sprach jene Worte aus, die nie jemand zu ihm gesagt hatte – auch wenn er manchmal alles darum gegeben hätte, sie zu hören. »Ist schon gut. Sie müssen nicht mehr weinen.«

Natürlich hörte sie nicht auf, zumindest nicht gleich. Sie erschauderte kurz unter seiner Berührung, doch sie wachte nicht auf und wich auch nicht zurück. Und so ließ er die Hand dort und spürte ihre Wärme durch das Kleid und die Decke hindurch. Das Verlangen flackerte wieder in ihm wie ein fernes Echo auf, doch er schob es von sich – ein wenig schockiert darüber, dass er in einem solchen Augenblick daran denken konnte. Das Begehren war nun einmal Teil seiner selbst, doch er musste darauf achten, dass es jetzt nicht die Oberhand gewann.

Obwohl ihm nicht klar war, wie er das schaffen sollte. Er würde noch Tage, vielleicht Wochen mit Rebekah Tate unterwegs sein. Er war sich so sicher gewesen, dass sie nichts gegen ein kleines Schäferstündchen hie und da hätte, um sich die Zeit zu vertreiben – aber das war ein fataler Irrtum gewesen.

Als ihr Schluchzen allmählich verebbte und sie in einen unruhigen Schlaf sank, starrte Sean in die Nacht hinaus und fragte sich, was er jetzt bloß tun sollte.

Rebekah erwachte nach und nach im schwachen Licht der Morgendämmerung. Aus irgendeinem Grund hatte sie sich völlig zusammengerollt, die Beine an die Brust gepresst, und sie fühlte sich völlig steif, so als wären alle Muskeln die ganze Nacht über verkrampft gewesen.

Vorsichtig versuchte sie sich zu entspannen. Erst dann öffnete sie die Augen, in der Erwartung, die Wände ihres Tipis um sich zu sehen. Stattdessen blickte sie in den morgendlichen Himmel hinauf und die Erinnerung kehrte wie ein plötzlicher Schlag ins Gesicht zurück. Sie erinnerte sich an alles – an ihre Flucht mit MacDougal, den wilden Ritt über die Prärie und an letzte Nacht. *Letzte Nacht.*

Sie konnte sich nicht mehr an alles erinnern – doch das ging ihr immer so, wenn sie sich innerlich so weit von der Realität entfernte, dass sie nicht mehr wirklich anwesend war. Aber sie wusste auch so, was geschehen sein musste. Ob er ihr wohl weh getan hatte? War das der Grund, warum sie sich heute Morgen so erschlagen fühlte? Sie schloss die Augen, um die Erinnerungen zu verdrängen, und versuchte ihre Glieder unter der Decke zu beugen und zu strecken. Sie verspürte keine Schmerzen, nicht einmal an jener Stelle, wo es immer wehtat, wenn jemand ihr Gewalt angetan hatte. Ja, durch das Beugen hatte sogar die Steifheit nachgelassen, so dass sie sich körperlich ganz in Ordnung fühlte. Doch der eigentliche Schmerz saß ja auch viel tiefer. MacDougal mochte ihren Körper vielleicht nicht verletzt haben, doch er hatte sie viel tiefer getroffen: Er hatte ihr Vertrauen missbraucht.

Sie hatte gedacht, er wäre anders als die anderen, anders als die Wilden im Lager. Weiße Männer waren schließlich keine Tiere – das hatte sie zumindest gedacht. Doch sie hatte sich geirrt. Sie waren alle gleich, egal ob rot oder weiß. Es war fast ein Glück, dass sie das jetzt schon erfahren hatte, bevor sie in die Zivilisation zurückkehrte; sie war wenigstens gewarnt. In gewisser Weise hatte MacDougal ihr sogar einen Gefallen getan, auch wenn sie keine Dankbarkeit empfinden konnte.

Sie lauschte nach irgendwelchen Geräuschen und hörte sein gleichmäßiges Atmen – er schlief also noch. Still und leise erhob sie sich und stahl sich ein Stück beiseite, um ein wenig für sich zu sein. Sie wunderte sich immer noch, dass sie überhaupt keine körperlichen Schmerzen verspürte. Wenn sie nicht von dieser inneren Pein gequält worden wäre, dann hätte sie sich durchaus wohl gefühlt.

Als sie in das Lager zurückkehrte, saß MacDougal auf seiner Decke, die Beine angezogen, so wie er vergangene Nacht gesessen war, als er sie aufgefordert hatte, zu ihm zu kommen – und Rebekah blieb augenblicklich stehen, von erneuter Angst erfüllt. Doch er war nicht nackt und es war ihm auch keinerlei Verlangen anzumerken. Stattdessen blickte er sie etwas beunruhigt aus blutunterlaufenen Augen an.

Rebekahs Augen fühlten sich ebenfalls ziemlich verschwollen an. Vielleicht waren sie beide sehr lange wach gewesen – aber sie konnte sich beim besten Willen nicht mehr erinnern. Ohne ein Wort zu sagen, ging sie zu der Stelle, wo die Wasserschläuche lagen, öffnete einen von ihnen und füllte ihre hohle Hand mit Wasser. Sorgfältig beträufelte sie zuerst ihre brennenden Augen und trank dann den Rest. Das Wasser war lauwarm und abgestanden, doch es war alles, was sie hatten, bis sie die nächste Wasserstelle erreichen würden. Sie wünschte, sie hätte ein Bad nehmen können, um die Erinnerungen an letzte Nacht von sich abzuwaschen, das Gefühl, das seine Haut auf der ihren ausgelöst hatte – aber auch das würde sie schon aushalten, nachdem sie schon so viel ertragen hatte.

MacDougal beobachtete sie immer noch, doch sie ignorierte ihn einfach. Er würde so bald wie möglich aufbrechen wollen, was Rebekah nicht im Geringsten störte, und so holte sie den Beutel mit dem getrockneten Fleisch und den Früchten, nahm sich eine Handvoll davon und warf den Beutel dann zu ihm hinüber.

Es war ihr bewusst, dass seine hellbraunen Augen auf ihr ruhten, als sie langsam und bedächtig aß, so wie eine weiße Frau es tun würde. Immer noch rührte MacDougal sich nicht von der Stelle, und als sie fertig gegessen hatte, zwang sich Rebekah, zu ihm hinüberzublicken.

Sie wischte sich die Krümel mit einer, wie sie hoffte, verächtlichen Geste von den Händen und versuchte seine Stimmung zu erkunden. Sie hatte die anderen Männer gesehen, nachdem sie versucht hatten, ihr Gewalt anzutun, die Männer, die sie entführt hatten, die jungen Kerle, die ihr im Lager auflauerten, bis sie lernte, vorsichtig zu sein, und schließlich den Mann, der sie während der vergangenen sechs Jahre als seine Frau betrachtet hatte. Aber keiner von ihnen hatte sie hinterher so angesehen. Sie beschloss, seinem Blick standzuhalten und ihn so lange anzustarren, bis er zur Seite sah.

Eine volle Minute verging, zumindest kam es ihr so vor. MacDougal starrte sie an und sie starrte zurück und wurde mit jeder Sekunde wütender. Wie konnte er es nur wagen, sie so anzustarren? Wie konnte er es wagen, sie zu berühren und ihr Gewalt anzutun? Woher nahm er das Recht dazu? Woher nahm irgendein Mann sich das Recht dazu? Sie hasste ihn, sie hasste sie alle, jeden einzelnen Vertreter dieser verabscheuungswürdigen Spezies. Wenn sie könnte, würde sie sie alle ausnahmslos töten, einen nach dem anderen, langsam, so wie die Komantschen es taten, indem sie ihnen das abschnitten, an dem sie besonders hingen, ihren …

»Ist alles in Ordnung?«, fragte er plötzlich.

»*Ai!*«, stieß sie in ihrer Wut hervor, einen Schrei, wie ihn die Komantschen ausstießen. Sie sprang abrupt auf. »Ob alles in Ordnung ist?«, schrie sie außer sich. »Als ich fünfzehn war, musste ich zusehen, wie die Indianer meine halbe Familie abschlachteten, dann entführten sie mich und ich war sieben Jahre lang ihre Sklavin – und jetzt, da ich endlich freigekommen bin, muss ich meinen Sohn zurücklassen, der glaubt, dass ich tot bin, und dann kommen noch Sie und …« Sie machte eine hilflose Geste, sprachlos vor Wut – und weil ihr in ihrer Ohnmacht die englischen Worte nicht einfielen, um das zu beschreiben, was er mit ihr getan hatte. Vielleicht hatte sie diese Worte auch gar nie gekannt. Sie hatte ja auch keinen Grund gehabt, sie zu kennen, bis jetzt jedenfalls.

»Ich habe Ihnen nichts getan«, erwiderte er mit fester Stimme.

Sie stieß ein bitteres Lachen aus. »Nichts, was die Komantschen nicht auch schon getan hätten, meinen Sie wohl.«

Er zuckte zusammen, gab aber nicht nach. »Nein, ich meine, ich habe Ihnen überhaupt nichts getan. Wenn Sie nicht ohnmächtig geworden wären, könnten Sie sich vielleicht erinnern.«

Ohnmächtig geworden? Hatte sie denn ...? Sie wusste, dass sie sich wieder innerlich entfernt hatte, um es nicht bewusst miterleben zu müssen. Konnte es sein, dass sie wirklich das Bewusstsein verloren hatte? In der Tat war es ja auch so, dass sie von dem Geschehen nichts mehr mitbekam.

Sie starrte ihn mit großen Augen an und wusste nicht, was sie sagen sollte. Schließlich stieß er einen Fluch aus und wollte aufstehen, hielt aber gleich wieder inne und stöhnte laut auf.

»Was ist denn los?«, fragte sie beunruhigt. Auch wenn ein Teil von ihr nichts dagegen gehabt hätte, wenn er auf der Stelle tot umgefallen wäre, so sagte ihr doch die Vernunft, dass sie ihn brauchte, um überleben zu können.

»Es ist die Wahrheit, Rebekah Tate, dass ich Ihnen letzte Nacht nichts angetan habe, und jetzt rächt es sich, fürchte ich.« Mühsam erhob er sich auf die Beine und ging an den Rand des Lagers. Er hinkte stark und presste bei jedem Schritt einen leisen Fluch hervor.

Sie glaubte kein Wort von dem, was er da gesagt hatte. Alle Männer waren Lügner. Sie hatte selbst mit einem Mann gelebt, der im Lügen ein wahrer Meister war, also wusste sie, wovon sie sprach. Trotzdem hätte doch, wenn er ihr das tatsächlich angetan hatte, sie diejenige sein müssen, die Schmerzen hatte, und nicht er.

Er blieb lange fort, lang genug, damit sie die Pferde satteln konnte. Sie hätte auch den Maulesel bepackt, wenn sie gewusst hätte, wie MacDougal das machte, also wartete sie auf ihn. Währenddessen dachte sie über MacDougals Worte nach, doch sie ergaben einfach keinen Sinn für sie.

Als er zurückkehrte, hinkte er nicht mehr so stark, doch seine Stimmung schien sich nicht allzu sehr gebessert zu haben. Er nahm sich ein wenig von dem getrockneten Fleisch und verzehrte es schweigend. Als er fertig war, bepackte er den Maulesel und verwischte dann sorgfältig alle Spuren ihres Lagers. Sie stieg inzwischen auf ihr Pferd und wartete.

Dann saß auch er vorsichtig auf und sie ritten der aufgehenden Sonne entgegen. Wie gewöhnlich suchte MacDougal zunächst einmal aufmerksam den Horizont ab. Hie und da holte er sein Fernrohr hervor, um etwas zu betrachten, was ihm verdächtig vorkam. Als er sich schließlich vergewissert hatte, dass sie allein auf der Prärie waren, entspannte er sich ein wenig. Rebekah hingegen fand keine Ruhe, weil sie nun wusste, dass sie ihm nicht trauen konnte. Jetzt wusste sie, dass sie zwei Feinde hatte, vor denen sie auf der Hut sein musste: die Komantschen und MacDougal.

Sie hatten etwa eine Meile zurückgelegt, als MacDougal, der vorausritt, langsamer wurde und sie zu ihm aufschließen ließ. Sie bemühte sich, völlig gleichgültig zu wirken, auch wenn sich alles in ihr verkrampfte. Einige Minuten lang sagte er kein Wort, und als er endlich zu sprechen begann, war sie so angespannt, dass sie hätte schreien können.

»Was ist letzte Nacht mit Ihnen passiert?«, fragte er.

Rebekah fühlte, wie das Blut in ihren Adern zu kochen begann, doch sie warf ihm nur ein kühles Lächeln zu. »Woher soll ich das wissen? Sie sagten doch, ich wäre bewusstlos gewesen.«

»Das meine ich ja. Was war denn plötzlich los mit Ihnen?«

Sie würde ihm nicht davon erzählen, wie sie gelernt hatte, den Komantschen zu entkommen, auch wenn sie ihnen körperlich ausgeliefert war. Sie hätte es ihm nicht erzählt, auch wenn sie es in Worte hätte fassen können. Sie zuckte nur die Achseln, den Blick nach vorn gerichtet.

»Es hat mir eine Riesenangst eingejagt, das kann ich Ihnen sagen«, fuhr er fort, als sie nicht antwortete. »Hätten Sie nicht geatmet, so hätte ich gedacht, dass Sie tot sind, und als Sie dann zu weinen begannen …«

Wütend drehte sie sich zu ihm um. »Lügner! Ich habe nicht geweint! Ich weine nie! In sieben Jahren hat mich kein Komantsche je weinen sehen und Sie werden keine Ausnahme sein!«

Er wirkte ziemlich verdutzt. Wahrscheinlich hatte ihn nie

zuvor eine Frau zurechtgewiesen. Sie starrte ihn an, bis er den Blick abwandte.

Sie ritten eine Weile schweigend dahin und hielten dabei stets nach irgendetwas Unvorhergesehenem Ausschau. Plötzlich schoss direkt vor ihnen ein Hase aus dem Gebüsch. Rebekahs Pferd scheute und wäre beinahe durchgegangen, doch sie hielt das Tier unbeirrt zurück, bis es sich wieder führen ließ.

MacDougal stieß einen wüsten Fluch aus. Er steckte die Pistole, die er gezogen hatte, in den Halfter zurück. »Fast hätte ich geschossen. Wie dumm von mir«, sagte er. »Damit hätte ich die ganze Nachbarschaft alarmiert.« Sie wussten beide, dass der Schuss meilenweit zu hören gewesen wäre und von allen Seiten Indianer angezogen hätte.

Rebekah erschauderte bei dem Gedanken, dass MacDougal um ein Haar alles zunichte gemacht hätte. Als Rebekahs Pferd sich völlig beruhigt hatte, setzten sie ihren Ritt fort. Die aufgehende Sonne ließ auf dem versengten Boden vor ihnen Luftspiegelungen entstehen. Auf den ersten Blick sah die Landschaft noch genauso aus wie am ersten Tag ihrer Reise – meilenweit nichts als ebenes Land, durchbrochen von gelegentlichen Hügeln, wo hie und da trockenes Buschwerk, Gräser und Kakteen wuchsen. Doch Rebekah bemerkte sehr wohl die kleinen Veränderungen, die ihr sagten, dass sie der Heimat immer näher kamen – jenem Teil von Texas, wo es häufiger regnete, wo es sanfte Hügel und fruchtbare Flusstäler gab, wo jede Menge Bäume wuchsen und wo sie nie wieder den Kriegsruf der Komantschen hören würde.

MacDougal unterbrach sie in ihren Gedanken. »Ich möchte einfach wissen, ob Ihnen das öfter passiert und was ich dagegen tun kann, wenn es wiederkommt.«

»Wenn was wiederkommt?«, fragte sie gereizt.

»Wenn Sie wieder ... ich weiß nicht ... ohnmächtig werden, oder wie immer Sie es nennen. Soll ich vielleicht Acht geben, dass Sie nicht vom Pferd fallen?«

Erneut flackerte die Wut in ihr auf. Seit Jahren hatte sie keinen solchen Zorn mehr empfunden, seit jenen Tagen, als sie sich fest vorgenommen hatte, ihre Gefangenschaft zu überleben, und zu diesem Zweck begonnen hatte, ihre Wut zu bezähmen. »Sie müssen sich keine Sorgen um mich machen, solange Sie ihre dreckigen Hände von mir fern halten.«

Ihre Worte ließen auch ihn zornig werden. »Hören Sie, ich wäre Ihnen mit meinen *dreckigen Händen* niemals nahe gekommen, wenn ich gewusst hätte, dass Sie das nicht wollen.«

»Ha!«, lachte sie angewidert auf. »Sie hätten doch nur darauf gewartet, dass ich mich sträube, damit Sie mich schlagen und treten können. Ist es das, was Sie wollten? Ich habe Recht, nicht wahr? Das ist der Grund, warum Sie heute so schlecht gelaunt waren. Sie wollten, dass ich weine. Deshalb haben Sie gesagt, ich hätte es getan – aber wenn es die Komantschen nicht fertig gebracht haben, mich zum Weinen zu bringen, dann wird es ein mickriger Schotte auch nicht schaffen.«

Er starrte sie so erbost an, dass es Rebekah fast unheimlich wurde.

»Sie haben im Schlaf geweint«, sagte er geradeheraus.

Konnte das stimmen? Ihre Augen fühlten sich tatsächlich verweint an. Aber konnte es denn sein, dass man im Schlaf weinte? Und wenn sie im wachen Zustand nicht weinte, warum sollte sie dann im Schlaf weinen? Nein, er log schon wieder. So musste es sein.

Doch als sie in seine Augen blickte, wusste sie, dass er die Wahrheit sagte.

»Warum interessiert Sie das überhaupt?«, wollte sie wissen.

»Ich sagte es Ihnen ja schon – ich will wissen, was auf mich zukommt. Verdammt, ich muss wissen, was ich von Ihnen zu erwarten habe. Wenn Sie auf einmal anfangen, verrückt zu spielen …«

»Ich bin nicht verrückt! Ich weiß, was mit Frauen passiert, die von den Indianern entführt werden. Ich habe einige gesehen – die leeren Augen, die ins Nichts starren. Aber mir ist das nicht passiert. Ich bin genauso wenig verrückt wie Sie, und ich sagte Ihnen schon, Sie brauchen sich keine Sorgen zu machen.«

»Ihre Augen waren aber ganz schön leer vergangene Nacht.«

War es tatsächlich so? Sah sie wirklich so aus, wenn sie sich von ihrem Körper loslöste – wie eine dieser Frauen, die in den Wahnsinn abgeglitten war? Konnte es sein, dass diese Frauen ebenfalls gelernt hatten, sich von allem zu entfernen – nur dass sie nie mehr ganz zurückkehrten? Doch bei Rebekah war es anders. Sie war bisher jedes Mal zurückgekommen, wenn es vorüber war. »Bleiben Sie nur auf Ihrer eigenen Decke, weißer Mann, dann wird es nicht mehr vorkommen.«

Sie hätte schwören können, dass sein Gesicht sich rot verfärbte, doch bei seiner sonnenverbrannten Haut war das schwer zu sagen. Auch der breitrandige Sombrero, den er trug, konnte ihn nicht ganz vor der sengenden Sonne schützen.

Bestimmt hatte sie die Diskussion ein für alle Mal beendet, dachte sie, während sie in stillem Triumph neben ihm herritt. Doch nach einer Weile begann er erneut. »Ich weiß, was Sie denken, aber es ist wirklich nichts passiert letzte Nacht. Ich wollte Sie, aber nicht auf diese Art. Sie lagen neben mir, als wären Sie tot.«

Rebekah blickte ihn nicht an. Sie brachte es nicht fertig, zumal ihr die Röte ins Gesicht zu steigen begann. Ihr wurde plötzlich durch und durch heiß, und sie hatte beim besten Willen keine Ahnung, was dieses eigenartige Gefühl verursachte. Es war ihr doch gar nicht peinlich, was er gesagt hatte. Sie hatte auch gar nichts getan, dessen sie sich schämen müsste. Ziemlich verwirrt ritt sie schweigend weiter, bis der Wind ihre Wangen wieder abgekühlt hatte. Erst dann merkte sie, dass sie angespannt darauf wartete, dass er wieder zu ihr sprach. Er hatte nicht wieder die Führung übernommen, sondern ritt immer noch ziemlich dicht neben ihr her.

Sie befürchtete, dass er jeden Moment wieder etwas sagen konnte, das sie nicht hören wollte. In ihrer Verzweiflung brachte sie ein anderes Thema zur Sprache, eines, das sie für unverfänglich hielt. »Wie lange dauert es noch, bis ich wieder zu Hause bin?«, fragte sie.

»Das weiß ich nicht. Ich weiß ja nicht, wo Sie gelebt haben.«

Das brachte sie dazu, ihn anzuschauen, wenn auch nur, um festzustellen, ob er es ernst meinte.

»Wo reiten wir denn dann hin?«, wollte sie wissen.

»Zurück in die Zivilisation, zumindest an den Rand. In eine Stadt oder einen Handelsposten. Wenn wir dort ankommen, frage ich nach dem Weg.«

»Wie wollen Sie denn fragen, wenn Sie gar nicht wissen, wo wir hinmüssen?«, fragte sie etwas spöttisch.

Er lächelte und zeigte dabei seine strahlend weißen Zähne. »Ich frage nach Zebulon Tate. Ich schätze, in Texas weiß so ziemlich jeder, wo er lebt.«

Konnte das sein? Woher sollten die Texaner das wissen? Warum sollte es irgendjemanden interessieren, wo ein armer Farmer lebte?

Ihre Verwirrung amüsierte ihn. »Ihr Vater ist ein berühmter Mann, Rebekah Tate, fast so berühmt wie Sie. Er hatte einen heftigen Streit mit Sam Houston. Houston wollte Frieden mit den Indianern schließen und ihnen ein Anrecht auf eigenes Land geben, wo sich keine Siedler niederlassen dürfen. Es ging um die Indianer im Osten, die friedlichen Stämme, nicht die Komantschen. Aber Ihr Vater und viele andere hier haben wohl für die Rothäute nichts übrig, unabhängig, welchem Stamm sie angehören. Sie kämpften gegen Houston und setzten sich schließlich durch. Kein Indianer wird jemals einen Quadratmeter von Texas besitzen.«

»Sie kämpften gegen ihn? Wie meinen Sie das?«, fragte sie misstrauisch. Er konnte einfach nicht von ihrem friedliebenden Vater sprechen.

»Im Kongress. Ihr Vater wurde gewählt.«

Jetzt wusste sie, dass er log. Ihr Vater hätte das nie getan. Nie würde er seine Familie vernachlässigen, um in den Kongress … Da plötzlich fiel es ihr wieder ein: Zebulon Tate hatte keine Familie mehr. Seine Frau und sein Sohn waren tot, seine Tochter war verschleppt worden. Er war allein, wenn man von den Neffen und Nichten absah, die mit ihnen nach Texas gekommen waren, kurz nachdem der

Staat durch den Sieg von San Jacinto seine Unabhängigkeit von Mexiko erlangt hatte, so dass englischsprachige Siedler einwandern konnten. Rebekah wusste nicht einmal, wie viele ihrer Cousins und Cousinen den Angriff überlebt hatten, in dem sie entführt worden war. Vielleicht lebten sie alle nicht mehr.

Trotzdem konnte sie sich ihren Vater nicht als Politiker in der jungen Republik Texas vorstellen.

»Wer ist denn jetzt Präsident?«, fragte sie. Sie nahm an, dass Sam Houston längst nicht mehr im Amt war.

»Präsident wovon?«

»Von Texas natürlich«, antwortete sie.

»Niemand. Sie haben jetzt einen Gouverneur.«

Sie versuchte zu verstehen, was er meinte. »Heißt das etwa ...?«

»Ja, Texas gehört jetzt zu den Vereinigten Staaten. Es ist erst Anfang dieses Jahres aufgenommen worden.«

»So spät? Sie meinen, die Vereinigten Staaten haben es erst jetzt aufgenommen?«

»Ja, sie ließen den Staat fast zehn Jahre warten. Es gab Meinungsverschiedenheiten im Kongress darüber, ob man einen weiteren Staat aufnehmen solle, in dem noch Sklaverei herrscht – aber schließlich haben sie sich doch darauf geeinigt. Aber Mexiko ist nicht gerade glücklich darüber. Sie drohen schon den ganzen Sommer mit Krieg.«

»Mexiko? Was geht das die Mexikaner an?«, wandte sie ein.

»Einiges, denn sie haben die Unabhängigkeit von Texas nie wirklich anerkannt.«

Das war alles ein wenig zu viel für Rebekah, nachdem sie sich auch vor ihrer Gefangennahme als junges Mädchen nie mit Politik beschäftigt hatte. »Für einen Händler aus Santa Fe wissen Sie eine ganze Menge über diese Dinge.«

»Für Santa Fe ist das alles sehr wichtig. Die Vereinigten Staaten haben die Stadt nämlich vor einem Monat eingenommen und beanspruchen ganz New Mexiko für sich. Sie mussten übrigens dazu keinen einzigen Schuss abfeuern. Die US.-Regierung scheint der Ansicht zu sein, dass sie ein Recht auf alles hat, was oberhalb des Rio Grande liegt. Sie haben einen General namens Taylor an den Fluss geschickt. Er steht schon den ganzen Sommer mit seiner Armee dort unten und wartet darauf, dass die Mexikaner etwas unternehmen, damit er einen Vorwand hat, um bei ihnen einzumarschieren.«

»Das hieße wieder Krieg«, stellte sie fest. »Man sollte doch meinen, dass es den Mexikanern reicht, nachdem wir sie letztes Mal in die Knie gezwungen haben.«

»Vorsicht«, warnte er sie. »Sie reden von meinem Volk.«

»Ihr Volk? Sie wollen mir doch nicht weismachen, dass Sie Mexikaner sind?«

»Ich wurde von Mexikanern adoptiert«, antwortete er mit säuerlicher Miene.«

»Sie scheinen jedoch nicht allzu glücklich darüber zu sein.«

»Ach, es spielt für mich keine so große Rolle«, erwiderte er. »Außerdem fühle ich mich jetzt wieder ganz als Amerikaner – und natürlich als Texaner.«

»Wie meinen Sie das?«, fragte sie, von einer unangenehmen Vorahnung beschlichen.

»Ich meine damit, dass ich mich im schönen Staate Texas niederlassen werde.«

Das war das Letzte, was Rebekah sich wünschte. Wenn dies alles vorüber war, dann wollte sie, dass Sean MacDougal so weit weg wie möglich sein würde. »Aber was ist mit Ihrem Geschäft? Sie sagten, Sie seien sehr wohlhabend.«

»Das war ich auch – nein, ich bin's noch immer. Eigentlich bin ich jetzt sogar noch wohlhabender, weil ich nämlich meinen Laden verkauft habe. Deshalb musste ich noch einmal zurück, bevor ich mit Ihnen aufbrach. Ich sagte Ihnen ja, dass ich noch wichtige Geschäfte hatte.«

»Was werden Sie jetzt tun?«

»Wie ich schon sagte, ich werde mich in Texas niederlassen und hier ein Geschäft eröffnen. Da wird mir die Belohnung sehr zugute kommen, die Sie mir in Aussicht gestellt haben.«

»Welche Belohnung meinen Sie?«, fragte sie mit wachsender Beunruhigung. Alles, woran sie sich erinnerte, war, dass sie über das Geld gesprochen hatten, das ihr Vater als

Belohnung ausgesetzt hatte – doch MacDougal hatte daran gezweifelt, dass ihr Vater das Geld überhaupt besaß.

»Mein neuer Ruf als *der* Mann, der Rebekah Tate gerettet hat.« Rebekah zuckte zusammen, doch er schien es gar nicht zu bemerken. »Ich schätze, die Leute werden von überall her kommen, um mich zu sehen – und wenn sie schon mal da sind, werden sie auch was kaufen. Das ist meine Stärke, wissen Sie – kaufen und verkaufen, handeln ...«

Rebekah stieß ein verächtliches Schnauben aus, sodass er augenblicklich innehielt. Diesmal hatte sie keinen Zweifel, dass er tatsächlich errötet war.

»Normalerweise bin ich im Handeln um einiges besser als vor ein paar Wochen im Indianerlager, als ich Sie loskaufen wollte«, sagte er.

»Das hoffe ich für Sie«, erwiderte sie.

Er gab keine Antwort und Rebekah nahm an, dass sie ihn zum Schweigen gebracht hatte – zumindest hoffte sie das. Dann fielen ihr wieder seine Zukunftspläne ein, die erneut Beunruhigung bei ihr auslösten. Andererseits war Texas wahrlich groß genug. Gewiss würde er sein Geschäft in einer Stadt eröffnen wollen – und zum Glück gab es keine Stadt im Umkreis von hundert Meilen vom Zuhause der Tates. Der Gedanke beruhigte sie ein wenig und so fiel es ihr zunächst gar nicht auf, dass er sie beobachtete.

Als sie es schließlich bemerkte, warf sie ihm einen verärgerten Blick zu. »Was starrten Sie mich denn so an, weißer Mann?«

»Ach, es ist nichts Besonderes«, antwortete er mit aufreizender Fröhlichkeit. »Ich dachte nur gerade, dass Sie immer noch verdammt gut Englisch sprechen, für jemanden, der sieben Jahre keine Gelegenheit dazu hatte.«

»Ich habe geübt«, sagte sie in freudlosem Ton. »Ich habe mit mir selbst gesprochen, wenn ich allein war, und dann auch mit meinem Baby. Ich wollte es einfach nicht vergessen. Ich wollte nicht, dass ich wie eine Komantschensquaw rede, wenn ich wieder nach Hause komme.«

Er runzelte die Stirn und wandte den Blick von ihr ab.

»Was ist denn?«, fragte sie.

»Nichts«, antwortete er nicht sehr überzeugend, was sie aufs Neue unsicher machte. Anscheinend gab es wirklich kein unverfängliches Thema zwischen ihnen.

»Ist es meinetwegen? Ist es die Art, wie ich spreche? Merkt man etwas ...?«

»Nein«, versicherte er. »Das ist es nicht.«

Meinte er etwa die Art und Weise, wie sie aß? Die Schwierigkeiten, die sie hatte, mit dem Löffel zu essen? Gewiss, ihre Tischmanieren waren wohl nicht die besten, und ihre sonstigen Manieren ebenso. Sie konnte sich kaum noch an das erinnern, was ihre Mutter ihr einst beigebracht hatte – was sich für eine junge Dame schickte und was nicht. Aber sie würde all das rasch wieder lernen, sobald sie zu Hause war. Wenn sie sich an die Komantschen und ihre Sitten hatte anpassen können, dann würde ihr das bestimmt auch in der Welt gelingen, in die sie geboren worden war.

Inzwischen würde sie MacDougal genau beobachten und versuchen, so viel wie möglich von ihm zu lernen. Ihr Vater sollte keinen Grund haben, sie so anzustarren, wie MacDougal es in diesen Tagen manchmal tat.

»Es wird nicht leicht werden«, sagte MacDougal, so als könne er ihre Gedanken lesen.

»Was meinen Sie?«, fragte sie in spöttischem Ton. Er konnte ja wohl unmöglich wissen, was sie gerade gedacht hatte.

»In die Heimat zurückzukehren. Es ist manches anders geworden. Die Menschen ändern sich. Sie haben sich auch verändert.«

Sie wollte ihm schon widersprechen – doch sie wusste, dass er Recht hatte. Vor sieben Jahren war sie noch ein unschuldiges Mädchen gewesen, das höchstens von ihrem Cousin Andrew Nelson träumte, einem hoch aufgeschossenen Jungen, ihrem ersten Schwarm. Damals war die größte Tragödie, die sie sich vorstellen konnte, dass sie vielleicht Andrew nicht würde heiraten können, wenn sie groß war. Heute wusste sie nicht einmal, ob Andrew noch am Leben war. Seine Mutter war jedenfalls tot. Ihr Skalp hing seit sieben Jahren in einem Komantschen-Tipi. Nein, Rebekah war heute alles andere als ein unschuldiges Mädchen. Sie wusste jetzt, was wirkliche Tragödien waren.

Für einen Augenblick versuchte sie sich vorzustellen, was wohl aus Andrew geworden sein mochte. Er war längst erwachsen und er hatte so wie sie einen schweren Verlust zu ertragen gehabt, der wohl auch sein ganzes Leben verändert hatte. Er hatte seine kleine Cousine gern gehabt, mit der er als Kind oft gespielt hatte und die später, als sie keine Kinder mehr waren, in ihren Tagträumen an ihn dachte. Vielleicht hätten sie sogar geheiratet, wenn Rebekah nicht verschleppt worden wäre. Heute kam das jedenfalls nicht mehr infrage. Rebekah hatte nicht die Absicht, irgendjemanden zu heiraten – außerdem war da auch noch Kleiner Jäger. Es gab wohl nicht viele weiße Männer, die bereit wären, einen Indianerbastard als Sohn anzunehmen, und Rebekah würde keinem auch nur die Gelegenheit geben, ihn zurückzuweisen. Und was würde Andrew heute von ihr denken – wo sie doch eine Indianersquaw gewesen war?

MacDougal hatte Recht: Es würde nicht leicht werden. Doch sie würde ihm nicht den Gefallen tun, das zuzugeben.

Sean legte an diesem Tag häufigere Pausen ein. Den Tieren waren die Strapazen der langen Reise anzumerken, und auch Rebekah Tate stand die Müdigkeit ins Gesicht geschrieben, als sie Halt machten, um ihr Abendessen einzunehmen. Doch Rebekah beklagte sich nicht – ja, sie stöhnte nicht einmal, als sie aus dem Sattel stieg, auch wenn Sean überzeugt war, dass jeder Muskel in ihrem Körper schmerzen musste. Und von irgendwoher nahm sie sogar noch die Kraft, ihr Pferd abzusatteln und es mit Gras abzureiben.

Bei einem Mann wäre es nichts Außergewöhnliches gewesen, dass er das Wohl seines Pferdes höher einstufte als das eigene, da sein Leben davon abhing, dass das Tier ihn durch dieses karge Land trug. Für eine Frau war dies jedoch äußerst bemerkenswert; jedenfalls wären alle Frauen, die Sean kannte, viel zu besorgt um ihr eigenes Wohlbefinden gewesen, um sich über ein Tier Gedanken zu machen. Rebekah Tate war anders als alle Menschen, die er kannte, egal ob Mann oder Frau – und sein Respekt für sie wuchs ebenso wie seine Unsicherheit ihr gegenüber; da war so vieles an ihr, was er sich nur schwer erklären konnte.

Sie befanden sich wieder in der freien Prärie, weshalb sie es nicht wagten, ein Feuer zu entfachen, und sich stattdessen mit einer kalten Mahlzeit zufrieden gaben. Sean hatte bereits ein paar Meilen entfernt ein geschütztes Fleckchen entdeckt, und als die Sonne unterging, ritten sie dorthin, um sich für die Nacht niederzulassen.

Irgendeine Naturkatastrophe hatte hier vor Tausenden von Jahren mehrere riesige Felsen zutage gefördert und jetzt lagen sie mitten in der Landschaft – als dunkle Schatten vor dem Hintergrund des abendlichen Himmels. Die beiden Reisenden breiteten ihre Decken zwischen den Felsen aus, sodass sie vom Wind geschützt waren, der hier unentwegt über das Land strich, und schliefen sofort ein.

Sean erwachte als Erster in der beginnenden Morgendämmerung. Er blickte zu Rebekah Tate hinüber und staunte, wie schön sie aussah – völlig entspannt und ohne die geringste Spur von Wut oder Müdigkeit im Gesicht. Sie war tatsächlich eine wunderschöne Frau und er hätte beinahe laut aufgelacht, weil sein Körper augenblicklich auf den Gedanken reagierte.

Er fluchte im Stillen über das Verlangen, das ihn plagte, und stand auf, um von einem der Felsen aus die Umgebung zu überblicken. Mit Hilfe seines Fernrohrs suchte er das Gebiet im Umkreis von mehreren Meilen ab und fand keine Anzeichen einer menschlichen Behausung. Natürlich hieß das nur, dass es keine größeren Indianerdörfer in der Gegend gab. Eine kleine Schar, die auf der Jagd war oder einen Überfall durchführte, würde es ebenso wenig wie er selbst wagen, ein Feuer zu entfachen und so auf sich aufmerksam zu machen. Doch wenigstens hatte er keinen Grund, anzunehmen, dass man sie verfolgte. Es sah tatsächlich ganz so aus, als hätten sie die Komantschen getäuscht. Bald schon würde er Rebekah Tate sicher ins Haus ihres Vaters zurückbringen.

Er lächelte zufrieden bei dem Gedanken und kletterte

von dem Felsen herunter – nicht ganz lautlos, sodass er glaubte, sie geweckt zu haben. Doch zu seinem Erstaunen rührte sie sich nicht. Sie musste noch erschöpfter gewesen sein, als er gedacht hatte – dennoch konnte er sie nicht weiterschlafen lassen, egal wie müde sie war. Wenn sie ihren Skalp behalten wollten, mussten sie jede Minute Tageslicht nützen, umso rasch wie möglich außer Reichweite der Komantschen zu gelangen.

»Hey, Rebekah Tate«, rief er. Ihre Augenlider bewegten sich, doch die Augen blieben geschlossen. Lachend ging er zu ihr hinüber, griff nach ihrer Decke und zog kräftig daran, sodass Rebekah abrupt auf den Bauch gedreht wurde.

»Was soll das, MacDougal!«, rief sie empört, drehte sich auf den Rücken und strampelte verärgert mit den Beinen, um sich von der Decke zu befreien.

Er erhaschte einen Blick auf ihren nackten Schenkel und sagte sich, dass er sich wohl mit so kleinen Freuden zufrieden geben müsse, als sie plötzlich vor Schmerz aufschrie. In diesem Augenblick sah er die Klapperschlange, die sich zwischen den Falten der Decke wand. Sie hatte nicht einmal mehr ihr drohendes Rasseln ausgestoßen, bevor sie zugebissen hatte.

Rebekah Tate war sich sofort bewusst, was geschehen war. Die Schlange musste sich tagsüber zwischen den heißen Felsen aufgehalten haben, und als es dort während der Nacht kühler wurde, suchte sie nach einem wärmeren Plätzchen, das sie schließlich unter Rebekahs Decke fand.

Sie starrte entsetzt auf die beiden Bissmale über dem Knie und fühlte förmlich, wie das Leben aus ihr zu weichen begann. Wie oft hatte sie darum gebetet, von all dem Leid erlöst zu werden und zu sterben – doch nun gab es plötzlich so viel, für das es sich zu leben lohnte …

»Nicht bewegen!«, rief ihr MacDougal zu. Im nächsten Augenblick hatte er sein Messer gezogen, stürzte auf die Schlange zu und trennte ihr den Kopf ab.

»Danke«, flüsterte sie mit schwacher Stimme. Zumindest hatte er sie gerächt. Auge um Auge, Zahn um Zahn. Ihr Vater hätte das gutgeheißen. »Sagen Sie meinem Vater, was geschehen ist. Sagen Sie ihm …« Sie überlegte fieberhaft, welche Botschaft sie ihrem Vater übermitteln wollte, doch die Sekunden flogen dahin, und sie war wie betäubt und unfähig, einen klaren Gedanken zu fassen.

Doch MacDougal wartete ohnehin nicht auf ihre Nachricht. Er zog der Schlange die Haut ab, doch Rebekah war zu sehr mit ihren eigenen Gedanken beschäftigt, um sich zu fragen, was für ein heidnisches Ritual er da vollzog.

»Und mein Sohn, MacDougal«, begann sie und hielt inne, als er ein Stück von dem Fleisch der Schlange abschnitt und es ihr auf die Wunde legte. Sie beobachtete wie von fern, aber doch fasziniert, wie sich das Fleisch rasch grün verfärbte. Das war alles sehr interessant, doch sie musste ihm unbedingt noch ihre Botschaft mitteilen, bevor es zu spät war, bevor das Gift ihren Körper durchströmt hatte und ihr Herz zu schlagen aufhörte. »Versprechen Sie mir, dass Sie zurückkehren, um meinen Sohn zu holen, MacDougal«, drängte sie ihn in ihrer Verzweiflung. »Auch wenn ich tot bin, möchte ich nicht, dass er bei den Indianern aufwächst. Bitte, schwören Sie es mir!«

»Seien Sie still!«, brummte er. »Sie werden nicht sterben!« Er warf das grün verfärbte Fleisch zur Seite und legte ein neues Stück auf die Wunde, das nach kurzer Zeit ebenfalls grün zu werden begann.

»Versprechen Sie mir, dass Sie ihn zu meinem Vater bringen! Sagen Sie ihm, dass ich möchte, dass mein Junge ein weißer Mann wird. Sagen Sie ihm, dass das mein einziger Wunsch ist. Mein Junge ist der einzige Nachkomme, den die Tates haben. Sie müssen ihn holen, MacDougal!«

Doch MacDougal hörte ihr gar nicht zu; er legte ein weiteres Stück Fleisch auf ihr Bein, nachdem auch das zweite Stück sich tiefgrün verfärbt hatte. Die Schlange war lang, fast einen Meter, und Rebekah fragte sich, ob er wohl so weitermachen würde, bis nichts mehr übrig war, oder ob er aufhören würde, wenn sie tot war.

»Warum gerade jetzt?«, wimmerte sie in ihrer Verzweiflung. »Ich war so nahe dran! Nur noch ein paar Tage und ich wäre zu Hause gewesen. Vielleicht gibt es ja doch einen Gott, und er hat nur darauf gewartet, mich zu töten, wenn es am meisten schmerzt!«

»Man sollte Gott nicht lästern, wenn man gerade von einer Schlange gebissen worden ist, Rebekah Tate«, wandte MacDougal ein. Er warf das verfärbte Fleisch beiseite und legte ein frisches Stück auf die Wunde. »Wenn ich Sie wäre, würde ich Gott sagen, wie leid es mir tut, dass ich so viel Böses getan habe.«

»Mir tut gar nichts leid, was ich getan habe«, entgegnete sie und fragte sich, ob das tatsächlich stimmte – doch es war ihr im Grunde egal. Was spielte das alles noch für eine Rolle? Sie glaubte ja doch nicht mehr an einen Himmel – und wenn es eine Hölle gab, so konnte sie auch nicht schlimmer sein als das, was sie schon durchgemacht hatte. Ja, sie hätte selbst dem Teufel noch einiges darüber erzählen können, was wirkliche Höllenqualen waren.

»Tun Ihnen denn nicht einmal die Gemeinheiten leid, die Sie zu mir gesagt haben?«, fragte er.

»Warum sollte mir das leid tun?«, erwiderte sie. Das sah ihm ähnlich, dass er selbst in einem solchen Augenblick nur an sich selbst dachte.

»Zum Beispiel, weil ich Ihnen gerade das Leben gerettet habe«, antwortete er, während er das grün verfärbte Stück Fleisch wegwarf, um sogleich ein frisches Stück aufzulegen. »Haben Sie gedacht, ich würde die Schlange nur so zum Zeitvertreib in Stücke schneiden, während ich darauf warte, dass Sie sterben?«

Sie schluckte die Angst hinunter und dachte über seine Worte nach. Es stimmte, sie war nicht tot – zumindest noch nicht. Ihr Herz schlug immer noch – und das sogar ziemlich heftig –, sie atmete noch und sie konnte auch noch sprechen und denken.

Wie lange war es jetzt her? Manche starben unmittelbar nach dem Schlangenbiss, während andere länger dahinsiechten, bis es zu Ende ging.

»Ich hätte das Gift auch heraussaugen können«, erklärte er ihr, »aber das Schlangenfleisch wirkt noch besser – vorausgesetzt natürlich, man erwischt die Schlange.« Er warf das grün verfärbte Fleisch beiseite, um ein weiteres Stück aufzulegen. Auch Rebekah erkannte, dass die Verfärbung jetzt nicht mehr so stark war.

»Ist es das, was Sie gerade machen? Saugen Sie das Gift heraus?«

Er blickte mit seinen hellbraunen Augen kurz zu ihr auf. »Aber sicher. Es wundert mich, dass Sie das nicht von den Indianern gelernt haben.«

Sie wunderte sich ebenfalls. Sie hatte nämlich eine ganze Menge über indianische Heilmethoden gelernt. Das meiste davon war nichts als Aberglaube, aber einiges erwies sich als äußerst wirksam – wie zum Beispiel die Kaktus-Breiumschläge, die sie bei Schusswunden anwendeten. Viele Komantschen stellten voll Stolz die Narben von Wunden zur Schau, an denen sie wohl gestorben wären, wenn sie ein weißer Arzt behandelt hätte.

Aber noch nie hatte sie gesehen, dass jemand einen Schlangenbiss auf diese Weise behandelte. Mittlerweile hätte sich rund um die Wunde eine rötliche Schwellung bilden sollen, doch davon war nichts festzustellen. Sie verfolgte in grimmigem Schweigen, wie MacDougal seine Behandlung fortsetzte, bis sich das Fleisch nicht mehr grün verfärbte, was nichts anderes bedeutete, als dass sie kein Gift mehr in sich hatte.

Allmählich ließ ihr Herzklopfen nach und eine seltsame Ruhe kam über sie. Vielleicht war das schon die Lethargie vor dem Tod, doch es kam ihr eigentlich nicht so vor. Während sie MacDougals Hände betrachtete, wie er an ihr arbeitete, hatte sie das seltsame Gefühl, dass er sie nicht sterben lassen würde, dass er sie unter allen Umständen am Leben erhielt – wenn es sein musste, durch bloße Willenskraft.

»Ist Ihnen kalt?«, fragte er, als er mit seiner Behandlung fertig war.

Sie schüttelte den Kopf. Sie fühlte sich lediglich etwas benommen und verspürte den Wunsch, zu schlafen – so lange, bis ihr dieses Erlebnis nur noch wie ein Alptraum vorkommen würde. »Aber ich würde mich gern ein wenig hinlegen, bevor wir weiterreiten.«

Seine Zähne blitzten in einem kurzen Lächeln auf. »Wir reiten heute nirgendwohin, aber Sie können sich trotzdem nicht hinlegen, zumindest nicht gleich.« Er trat hinter sie und setzte sich beunruhigend nahe zu ihr. Seine Beine streckte er zu beiden Seiten von ihr aus.

»Was tun Sie da?« brachte sie mühsam hervor und wich instinktiv von ihm zurück.

»Nicht was Sie offenbar denken«, antwortete er. »Sie können sich jetzt nicht niederlegen – es könnte nämlich sein, dass Sie noch etwas Gift in sich haben, und das darf nicht zu Ihrem Herz gelangen. Deshalb müssen Sie jetzt aufrecht sitzen. Lehnen Sie sich ruhig gegen mich.«

Er legte ihr die Hände auf die Schultern und zog sie an sich. Sie spürte seine Wärme und seinen Duft – diesen widerlichen männlichen Geruch, der ihr so verhasst geworden war, der jedoch diesmal seltsamerweise etwas Beruhigendes an sich hatte. Sie lehnte sich steif gegen ihn und wurde noch steifer, als er ihr die Arme um die Taille legte und sie vollständig umschloss. Für einen Augenblick konnte sie kaum atmen, so als hätte ihr jemand ein Kissen auf den Mund gedrückt, um sie zu ersticken – und sie verspürte das unbezähmbare Verlangen, weit weg zu entschweben, dorthin, wo kein Mann sie je erreichen konnte.

Doch sie hätte sich diesen Morgen beinahe schon einmal entfernt – an einen Ort, von dem es kein Zurück mehr gab. Wenn sie doch noch sterben sollte, so wollte sie das bewusst erleben – und so bekämpfte sie den Wunsch, zu entfliehen.

»Entspannen Sie sich«, redete MacDougal ihr zu. Sie spürte seinen heißen Atem an ihrer Wange und sein Bart kitzelte sie am Ohr.

Sie hätte sich gegen seine Nähe gewehrt, wenn sie nicht plötzlich etwas ganz Eigenartiges wahrgenommen hätte: Seine Arme an ihrer Taille zitterten. Und nicht nur seine Arme, sondern auch seine Brust, an die sie sich – wenn auch widerwillig – gelehnt hatte, und seine Beine, die er neben ihr ausgestreckt hatte. Es war offensichtlich die Reaktion auf den Vorfall mit der Schlange, die nun einsetzte und ihn wie Espenlaub zittern ließ.

»MacDougal?«

»Hmmm?«

»Hatten Sie Angst, ich könnte sterben?«

»Richtig.«

»Warum?«

»Weil eine Schlange Sie gebissen hat«, antwortete er ein wenig gereizt.

»Nein, ich meine, warum hatten Sie Angst?«

Er zögerte einen Augenblick, und sie dachte zunächst, er würde sich weigern, zu antworten. »Dumme Frage«, sagte er schließlich. »Was glauben Sie wohl, warum?«

Sie hatte keine Ahnung und war sich nicht mehr so sicher, ob sie es wissen wollte. Auch sie hatte Angst gehabt, schreckliche Angst, sie würde ihren Sohn und ihren Vater nie wiedersehen. Wozu hätte sie dann diese sieben Jahre durchgehalten, wenn sie dann auf dem Weg nach Hause gestorben wäre?

Erst als MacDougals Arme sich fester um sie schlossen, bemerkte sie, dass sie ebenfalls zitterte. Doch nach einer Weile stellte sie fest, dass sie sich etwas entspannter fühlte und sich an seine Brust zurückgelehnt hatte. Es hätte ihr unangenehm sein müssen, ihm so nahe zu sein – doch stattdessen hatte seine Nähe etwas Tröstliches an sich. Sieben lange Jahre hatte kein menschliches Wesen ihr jemals Trost gespendet – und das, obwohl sie alles verloren hatte, was man nur verlieren kann.

Dieses Gefühl war so eigenartig, so fremd, dass sie nicht wusste, wie sie damit umgehen sollte. Es schnürte ihr fast die Kehle zu, sodass sie dachte, das Gift könnte doch noch wirken. Dann bemerkte sie das seltsame Brennen in ihren Augen – etwas, das sie so lange nicht verspürt hatte, dass sie kaum noch wusste, was es bedeutete.

Als es ihr klar wurde, hätte sie vor Erleichterung am liebsten gelacht. Doch sie verbiss sich das Lachen ebenso wie die Tränen, die ihr in den Augen brannten. Sie starrte unbewegt in den Himmel, der sich langsam aufhellte, und auf das weite Land hinaus, über dem langsam die Geier kreisten, auf der Suche nach irgendeinem Aas.

Nicht heute, dachte sie. Nein, sie würde heute nicht sterben. Sie würde sich von MacDougal halten lassen, während sie beide am ganzen Leib zitterten wie zwei Blätter im Herbstwind. Gemeinsam, so dachte sie, konnten sie überleben.

»Sie könnten ruhig mal danke sagen«, wandte sich MacDougal an sie, nachdem sie beide zu zittern aufgehört hatten und Rebekah leicht vor sich hin döste.

»Vielleicht mache ich das später«, antwortete sie verschlafen und ihre Mundwinkel zuckten kurz in einem angedeuteten Lächeln. »Aber es ist noch ein wenig zu früh dafür. Ich könnte ja immer noch sterben und ich möchte meine Dankbarkeit nicht unnötig an irgendeinen Schotten verschwenden.«

Er seufzte an ihrer Wange und es fühlte sich wie eine Liebkosung an, was ihr eine Gänsehaut über die Arme jagte. Sie hoffte, dass er es nicht bemerkte.

»Da bin ich aber beruhigt«, entgegnete er. »Die Schlange scheint Ihnen nichts von Ihrem Temperament genommen zu haben. Ich frage mich gerade, wer hier wen vergiftet hat.«

»Vielleicht möchten Sie mich ja selber beißen, um es herauszufinden«, schlug sie vor.

Er lachte leise, was in der Ödnis ringsum wie Musik klang. »Lieber nicht«, sagte er, »obwohl ich mir vorstellen könnte, dass Sie ziemlich süß schmecken.«

Rebekah zuckte zusammen. So hatte sie es ganz und gar nicht gemeint. Sie hatte nicht daran gedacht, dass sich Mann und Frau im Feuer der Leidenschaft bisweilen bissen – zumindest bei den Indianern kam das vor. Sie hatte keine Ahnung, wie das unter den Weißen war, wenngleich sie sich ziemlich sicher war, dass MacDougal sie in jener Nacht nicht gebissen hatte. Zumindest hatte sie keine Bissspuren gefunden.

»Ich schätze, ich müsste der Schlange ein wenig dankbar sein«, fuhr er fort, ohne ihre beunruhigte Reaktion zu bemerken. »Wenn sie nicht gewesen wäre, hätte ich wohl nie wieder Gelegenheit gehabt, Sie in die Arme zu nehmen.«

Sie richtete sich ruckartig auf und strebte von ihm weg.

»Was ist denn los?«, er klang eher besorgt als verärgert. Rebekah schlang ihre Arme um ihren Körper, in dem vergeblichen Versuch, etwas von dem Wohlgefühl zu erzeugen, das seine Umarmung ihr gegeben hatte. Sie zitterte wieder, auch wenn sie nicht wusste, warum.

»Denken Sie denn wirklich an nichts anderes?«, stieß sie hervor.

»Was?«, fragte er verblüfft, doch nach ein paar Sekunden verstand er, wovon sie sprach. »Sie meinen Sex?«

Sex war ein Wort, das Rebekah in ihrem kurzen Leben als weiße Frau nie verwendet hatte. Allein der Klang des Wortes trieb ihr die Röte in die Wangen, und sie sah zur Seite, unfähig, seinen Blick noch länger zu ertragen.

Sie hatte seine Frage nicht beantwortet, doch das war auch gar nicht nötig. Er stieß einen missbilligenden Laut aus. »Ob Sie es glauben oder nicht – ich habe mich nie viel damit beschäftigt. Aber jetzt muss ich das wohl tun, weil ich wissen möchte, warum sie so verrückt darauf reagieren.«

»Ich bin nicht verrückt!«, rief sie empört.

»Aber es fehlt nicht viel, und ich verstehe einfach nicht, warum. Sie sind doch keine alte Jungfer oder so etwas. Sie waren verheiratet, um Himmels willen.«

»Ich war nicht verheiratet mit dem Bastard«, schrie sie außer sich, »und wenn Sie das noch einmal sagen, bringe ich Sie um!«

Die Drohung schien ihn nicht besonders zu erschrecken. Er hob nur eine Augenbraue und blickte sie ein wenig skeptisch an, was sie nur noch wütender machte. »Sie haben als seine Frau mit ihm gelebt«, beharrte MacDougal. »Dazu hat sie doch niemand gezwungen, oder?«

Er würde ja doch keine Ruhe geben, bis sie es ihm gesagt hatte, also brachte sie es am besten hinter sich. »Er hat mich von dem Bastard gekauft, der mich entführt hat, weil er meinen Sohn haben wollte«, presste sie zwischen den Zähnen hervor.

»Ich hätte gedacht, dass die Komantschen Frauen nicht zur Heirat zwingen.«

»Was deutlich zeigt, wie viel sie über sie wissen.« Sie starrte ihn böse an, doch er blickte nicht zur Seite und so sprach sie weiter. »Aber Sie haben schon Recht: Niemand hat mich gezwungen, zu ihm zu gehen. Er war für mich das geringere von zwei Übeln.«

»Was war das andere Übel?«

Die Wut stieg in ihr hoch, als die Erinnerung zurückkehrte. Sie hatte all das so lange verdrängt, dass sie geglaubt hatte, sich nie wieder damit konfrontieren zu müssen – doch die Vergangenheit hatte nur auf einen Augenblick der Schwäche gelauert, bis sie wieder zum Vorschein kam. Sie erinnerte sich an Bilder von Ereignissen, die zu schrecklich waren, um sie in Worte zu fassen, von Erniedrigungen – zu schauderhaft, um sie ertragen zu können. Sie waren nur namenlose Qualen.

Sie hörte MacDougals Stimme, doch sie drang wie von fern zu ihr – und sie wusste, dass sie wieder einmal flüchtete, so wie sie es immer tat, wenn das Grauen nahte. Doch diesmal wollte MacDougal es nicht zulassen, dass sie sich entfernte, und er packte und schüttelte sie heftig. Sie hörte, wie er ihren Namen rief und sie zwang, zurückzukehren, und wie eine Ertrinkende, die gerade noch rechtzeitig gerettet wurde, kam sie, nach Luft ringend, wieder zu sich.

Sie nahm den festen Blick seiner Augen wahr und rund herum einen Kranz aus rotem Haar. »Was war das andere Übel?«, fragte er noch einmal und sie wusste, sie musste ihm antworten.

»Das andere Übel waren alle anderen.« Ihre Stimme brach, doch irgendwie schaffte sie es dennoch, auch den Rest hervorzubringen. »Die anderen Männer. Wenn einer von ihnen mich irgendwo allein erwischte, nahm er mich mit Gewalt und ich konnte nichts dagegen tun, weil ich ja nur eine Sklavin war. Aber ich wusste, wenn ich heirate, würde ich vor ihnen sicher sein. Dann würde mich nur noch einer haben können.«

Ihr war so übel, dass sie glaubte, sterben zu müssen, und sie dachte, dass der Schlangenbiss vielleicht doch noch Folgen hatte. Doch sie starb nicht, weil MacDougal sie in seinen Armen hielt, damit es sie nicht schüttelte vor Ekel.

Er streichelte ihr übers Haar und sagte Worte, die sie nicht verstehen konnte, weil sein Herz so heftig an ihrem Ohr pochte. Es war ihr zuwider, dass er sie festhielt und dass er stärker war als sie, doch sie brauchte seine Stärke, und seltsamerweise vertrieb seine Kraft die Dämonen, deren Fratzen sich so schaurig in ihr erhoben hatten.

Danach musste sie eingeschlafen sein, denn das Nächste, was sie wahrnahm, war der Duft von Kaffee. MacDougal hatte sie wachgerüttelt und sagte ihr, sie solle von dem Kaffee trinken. Sie tat es und es schmeckte wunderbar. Sie hatte eine halbe Tasse getrunken, als ihr etwas sehr Wichtiges auffiel.

»Sie haben ein Feuer gemacht!«

»Ein kleines. Nur aus eingetrocknetem Büffelmist. Es hat kaum geraucht.«

Die Prärie war voll von dem getrockneten Dung der mächtigen Tiere, die in Herden durchs Land zogen, auch wenn sie und MacDougal bisher nur sehr wenige zu Gesicht bekommen hatten. Die Abfälle der Tiere bildeten einen willkommenen Brennstoff für die Bewohner dieses kargen Landes, auch wenn die Tiere selbst längst weitergezogen waren.

Sie blickte MacDougal mit ernster Miene an. »Sie hätten es trotzdem nicht riskieren sollen. Wenn jemand den Rauch gesehen hat ...«

»Ich sagte ja schon, es hat kaum geraucht. Außerdem ziehen wir am Abend ein Stück weiter, wie immer. Bis dahin sollten Sie schon wieder ein paar Meilen reiten können.«

»Es geht mir jetzt schon gut genug«, erwiderte sie und verspürte die altbekannte Angst, dass die Indianer sie wieder schnappen könnten.

»Essen Sie lieber zuerst etwas.« Er hatte ihr eine Schüssel Maismehlbrei mit kleinen Fleischstückchen zubereitet.

Der köstliche Duft rief ihr in Erinnerung, dass sie nach dem Vorfall mit der Klapperschlange den ganzen Tag noch nichts gegessen hatte. Während sie sich mit dem Löffel abmühte, dachte sie nach, was an diesem Tag bisher geschehen war. Sie hatte dem Tod ins Auge gesehen und MacDougal hatte sie im letzten Moment aus seinen Klauen gerissen. Doch da war noch etwas: Sie hatte MacDougal in ihr Innerstes blicken lassen, in die unendliche Finsternis, die sie verfolgte. Was sie am meisten verblüffte, war, dass er nicht angewidert war von dem, was er da gesehen hatte. Stattdessen hielt er sie fest und tröstete sie.

Das Ganze veränderte etwas zwischen ihnen beiden: Sie

waren keine Fremden mehr füreinander, auch wenn sie es nicht in Worte hätte fassen können, was zwischen ihnen beiden war. Es drückte sich auch darin aus, wie sie miteinander sprachen. Da war eine Vertrautheit, wie sie Rebekah noch nie mit einem anderen Menschen geteilt hatte, schon gar nicht mit den Männern, die ihren Körper benutzt hatten, auch nicht mit dem, der sich als ihr Ehemann betrachtete.

Sie konnte nicht beschreiben, was sie für MacDougal empfand, aber das Gefühl war trotzdem da – und sie wusste, dass es ihm ebenso ging. Dieses seltsame Gefühl war selbst in den wenigen Worten zu spüren, die sie wechselten, als sie sich darauf einigten, weiterzureiten.

Als sie eine Weile ritten, wusste Rebekah schließlich, dass es nun Zeit war, die Worte auszusprechen, die sie ihm noch schuldete. Sie blickte zu ihm hinüber und wartete, bis sie seine Aufmerksamkeit gewonnen hatte. »Danke, MacDougal.«

Er fragte nicht, wofür. Er sagte gar nichts, doch Rebekah wusste, dass sich seine Lippen unter dem Schnurrbart zu einem Lächeln verzogen.

4

Die nächsten paar Tage vergingen in ruhiger Gleichförmigkeit, zumindest für Rebekah. Auch die Bisswunde an ihrem Bein verheilte allmählich, so dass sie schließlich vergaß, wie nahe sie dem Tod gewesen war. Sie und MacDougal arbeiteten gut zusammen – egal ob es darum ging, das Essen zu machen oder die Tiere zu versorgen –, und sie gewöhnten sich so aneinander, dass kaum noch Worte notwendig waren. Zu Rebekahs größter Erleichterung schien er kein sexuelles Interesse mehr an ihr zu haben. Er behandelte sie kaum anders, als er einen männlichen Reisebegleiter behandelt hätte. Zum ersten Mal, seit sie zurückdenken konnte, fühlte sich Rebekah in der Gesellschaft eines Mannes wohl.

Und auch ihre Träume verschwanden. Zu Beginn ihrer Flucht hatte sie, wie immer, wenn sie besonders aufgeregt war, von dem Überfall vor sieben Jahren geträumt – vom Tod ihrer Verwandten und Freunde und von dem, was sie selbst in der Folge durchmachen musste, von all den Dingen, an die sie tagsüber nicht zu denken wagte. Doch seit einigen Nächten hatte sie nun keine Träume mehr, an die sie sich erinnern konnte. Vielleicht, so dachte sie, war sie ganz einfach zu erschöpft von dem langen Ritt.

Als sie sich an diesem Abend niederlegten, starrte Rebekah zu den Sternen und dem zunehmenden Mond hinauf und lauschte dem vertrauten Geräusch, das die Pferde erzeugten, wenn sie auf dem trockenen Gras aufstampften. Sie hatten am späten Nachmittag wieder Wasser gefunden und die Gelegenheit genützt, um zu baden und ihr Geschirr zu waschen. Jetzt, mehrere Stunden später, nachdem sie durch die Dunkelheit geritten waren, um einen neuen Lagerplatz zu finden, gestattete es sich Rebekah, ein klein wenig Zufriedenheit zu empfinden.

So als teile er dieses Gefühl, sagte MacDougal: »Wir werden wahrscheinlich bald eine Siedlung erreichen. Vielleicht in ein, zwei Tagen. Wir sollten nach Rauch Ausschau halten.«

Sie hatte ebenfalls schon die Veränderungen in der Landschaft bemerkt. So als hätten sie eine unsichtbare Grenze überschritten, gingen die kargen Ebenen immer mehr in sanfte Hügel über, und die Vegetation wurde immer üppiger. Man sah auch schon vereinzelt Bäume, was bedeutete, dass es hier schon genug regnete, um das Land bebauen zu können.

Doch Rebekah hatte nicht das Gefühl, dass sie schon bereit war, andere Menschen zu treffen. »So weit draußen wird es doch noch keine Siedlungen geben, oder?«, fragte sie.

»Nein, das wäre nicht sehr klug, aber ein paar Händler könnten sich schon hier aufhalten, die mit den Indianern Geschäfte machen. Vielleicht gibt es sogar ein Fort – zumindest haben mir das in Santa Fe einige Leute erzählt, die es eigentlich wissen müssten. Wir könnten dort unsere Vorräte ergänzen und vielleicht sogar unsere Pferde gegen frische eintauschen, auch wenn ich das gar nicht gern tue. Diese Schurken werden mich wahrscheinlich ausnehmen wie eine Weihnachtsgans, weil sie genau wissen, dass ich auf sie angewiesen bin.«

Rebekah lächelte über seine frustrierte Miene. »Ich dachte, dass Feilschen und Handeln Ihre Lieblingsbeschäftigung ist?«

»Nicht, wenn ich eindeutig am kürzeren Ast sitze.«

»Ihnen ist es lieber, wenn der andere von Ihnen abhängig ist, nicht wahr?«

Er brummte ein paar unverständliche Worte, doch Rebekah wusste, dass sie Recht hatte. MacDougal wollte stets obenauf sein. Vor ein paar Tagen noch hätte sie ihn dafür mit ihrem Hohn bedacht, doch nun war sie froh, einen Mann wie ihn an ihrer Seite zu haben. Mit einem Mann von geringeren Fähigkeiten würde sie heute vielleicht schon tot irgendwo in der Prärie liegen und irgendwelche Aasfresser würden sich um ihre Überreste streiten. Kein Mensch würde jemals erfahren, was aus Rebekah Tate wurde.

Sie starrte zum nächtlichen Himmel hinauf, bis sich ihre

Augen schlossen und sie in einen ruhigen Schlaf sank. Als sie sehr viel später erwachte, war es immer noch dunkel und sie lag auf dem warmen Büffelfell in ihrem Tipi. An ihrer Seite lag Kleiner Jäger, ihr Sohn. Sie liebte ihn mit einer solchen Zärtlichkeit, dass sie hätte weinen mögen, wenn sie es noch gekonnt hätte – und so begnügte sie sich damit, ihn fest an sich zu drücken.

Es war ein wundervolles Gefühl, ihn wieder in den Armen zu halten. Die Wärme seines kleinen Körpers ging ihr durch und durch und sie fühlte sich unsagbar lebendig und glücklich. Doch im nächsten Augenblick merkte sie, dass sein Körper gar nicht mehr so klein war – im Gegenteil, er war so groß wie der ihre oder noch größer, und seine Wärme strahlte auf ihren ganzen Körper und erzeugte in ihr ein Feuer der Leidenschaft und des Verlangens.

Da wusste sie, dass es ein Traum war – ein Traum, den sie früher schon gehabt hatte. Sie war gar nicht in ihrem Tipi, und Kleiner Jäger war genauso wenig bei ihr wie der Mann, dessen Körper sie bei sich spürte. Es konnte gar kein Mann sein, denn sie hatte sich noch nie gewünscht, dass ein Mann sie umarmte. Doch sie verspürte das dringende Bedürfnis, sich gegen diesen Körper zu schmiegen – und als sie es tat, wurde das Verlangen, das in ihr brannte, noch stärker, bis alles in ihr zu beben schien.

Ein ungeahntes Feuer wütete in ihrem Unterleib, doch sobald sie versuchte, sich fester an den Körper zu schmiegen, den sie neben sich spürte, war er fort und sie war wieder allein. Nein! stöhnte sie. Sie wollte ihn zurückhaben, wer immer es auch war. Nur er konnte ihr Begehren stillen. Doch er würde es nicht tun. Sie wusste es, weil er es noch nie getan hatte. Er ließ sie immer so zurück und sie erwachte jedes Mal mit diesem brennenden Verlangen. Tagelang fühlte sie sich dann gereizt und unruhig und sehnte sich nach etwas, das sie nicht bekommen konnte.

Nein, bitte, flehte sie, die Hände ausgestreckt.

Und dann war er wieder da, dicht bei ihr, und hielt sie fest. Sein Gewicht ruhte schwer auf ihr, doch es machte ihr nichts aus; er war wieder hier und berührte sie überall – an den Brüsten, am Bauch, am Hals und an den Schenkeln, überall wo dieses Feuer brannte, auch an ganz anderen Stellen, bis ihr ganzer Körper zu beben schien.

Sie bebte vor Verlangen nach *ihm*, wer oder was er auch war, ihr geisterhafter Liebhaber, der Mann, der ihr immer wieder entschlüpfte und sie leer und enttäuscht zurückließ. Doch diesmal würde er nicht weggehen. Diesmal gehörte er ihr, voll und ganz. Sie blickte in sein Gesicht und sah, dass auch in ihm dieses Feuer brannte; sein rotes Haar und sein roter Bart leuchteten genauso wie seine glühenden Augen, und sie wusste, wer er war, doch es machte ihr nichts aus. Sie wollte nur, dass er ihr Begehren stillte.

»Bitte«, flüsterte sie noch einmal, ohne zu wissen, worum sie ihn bat. Doch sie wusste, dass nur er es ihr geben konnte.

Und das tat er auch – er füllte ihre schmerzliche Leere, er gab ihr mehr und immer mehr, bis sie glaubte, ihr Herz würde vor Freude zerspringen, und dann passierte es und die Wogen einer ungeahnten Ekstase schlugen über ihr zusammen. Es war zu groß und mächtig, um es ertragen zu können, oh ja, sie würde daran sterben, oder vielleicht war sie auch schon tot und erlebte bereits die himmlische Seligkeit, von der ihr ihr Vater immer erzählt hatte – obwohl gewiss niemand ein solches Glücksgefühl in alle Ewigkeit ertragen könnte.

Dann begann es sich zu legen. Die Nachbeben wurden immer schwächer, bis nur noch ein gleichmäßiges goldenes Leuchten zurückblieb, das sie mit seiner Wärme eingehüllt hätte, wäre da nicht plötzlich jemand gewesen, der sie ziemlich unsanft schüttelte.

»Rebekah Tate!«

Sie kannte diese Stimme und reagierte instinktiv auf den Ruf. Als sie die Augen öffnete, sah sie im beginnenden Licht des Tages seine braunen Augen und sein leuchtend rotes Haar, und sie wusste instinktiv, was er mit ihr gemacht hatte.

»Nein!«, schrie sie außer sich vor Schreck und schlug mit aller Kraft nach ihm. Der Schlag warf ihn auf den Rücken, und Rebekah rappelte sich hoch und warf die Decke beiseite, um ihn noch einmal zu schlagen. Doch es war ein Fehler gewesen, die Decke abzustreifen, denn ihr Kleid war bis zur Taille hochgeschoben, sodass sie erst einmal zusehen musste, ihre Blöße möglichst rasch zu bedecken.

Erst als sie ihr Kleid wieder in Ordnung gebracht hatte, wagte sie es, zu ihm hinüberzublicken. MacDougal saß auf dem Boden und blickte sie aus verschlafenen Augen an, während er sich die Rippen rieb, wo sie ihn getroffen hatte. »Was ist denn nur mit Ihnen los?«, fragte er missmutig.

»Was denken Sie denn, was mit mir los ist, nach dem, was Sie gerade getan haben?«, entgegnete sie.

»Alles was ich getan habe, war, Sie zu wecken – und das war ein schwerer Fehler, wie ich jetzt weiß. Aber mir blieb nichts anderes übrig – Sie waren so laut, dass Sie uns wahrscheinlich alle Komantschen im Umkreis von hundert Meilen auf den Hals gehetzt hätten. Das muss ja ein furchtbarer Traum gewesen sein«, fügte er hinzu.

»Lügner!«, rief sie empört und sprang auf die Beine. »Sie haben ... Sie haben mich angegriffen! Ich sollte Ihnen das Herz aus dem Leib schneiden!«

»*Sie angegriffen*?«, wiederholte er verständnislos. »Ich habe tief und fest geschlafen und mich nicht von meinem Platz dort drüben gerührt«, beteuerte er und zeigte auf die Stelle, wo seine Decke lag, »und da fingen Sie plötzlich an, ganz laut zu stöhnen ...«

Er hielt inne und blickte sie nachdenklich an. »Was genau soll ich Ihnen angetan haben?«

Rebekah öffnete den Mund, um etwas besonders Verächtliches zu antworten, doch da erinnerte sie sich an das brennende Verlangen und ... O Gott! Sie erinnerte sich auch an die unglaublichen Wonnen! Ihr Herz schlug bis zum Hals hinauf und sie errötete heftig. »Sie ... Sie wissen schon ...«, stammelte sie und glaubte, im Erdboden versinken zu müssen.

»Nein, ich habe nicht die geringste Ahnung«, erwiderte er. »Sie sagten, ich hätte Sie angegriffen – und das erklärt, warum Sie mich geschlagen haben, als ich Sie weckte. Aber wenn ich daran denke, wie Sie gestöhnt haben ...« Er überlegte einen Augenblick. »Was genau meinten Sie eigentlich, als Sie sagten, ich habe Sie angegriffen?«

Rebekah antwortete nicht. Sie wollte ihm nicht die Genugtuung geben, es laut auszusprechen.

Doch ihr hartnäckiges Schweigen schien ihn nicht zu beeindrucken – im Gegenteil, er wirkte ziemlich amüsiert. »Haben Sie etwa gedacht, ich hätte versucht, Sie zu verführen, Rebekah Tate?«

Verführen. Nein, was zwischen Mann und Frau für gewöhnlich passierte, hatte – zumindest ihrer Erfahrung nach – absolut nichts mit Verführung zu tun. »Was meinen Sie damit?«, fragte sie.

Er schien über diese Frage ehrlich erstaunt und sogar ein wenig verlegen zu sein. »Nun ja, Sie wissen schon …«, stotterte er ziemlich hilflos. »Wenn ein Mann und eine Frau zusammen …«, fügte er hinzu und deutete auf sein Geschlecht. Rebekah erstarrte augenblicklich.

»Nein!«, rief sie schockiert und ließ sich auf ihre Decke sinken. Das war es ganz sicher nicht, was sie soeben erlebt hatte! Sie hatte das unzählige Male über sich ergehen lassen und dabei nicht einen Moment der Wonne erlebt, und schon gar nicht so etwas wie das Glücksgefühl, das ihr soeben widerfahren war – oder vielmehr, von dem sie gedacht hatte, dass es ihr widerfahren war. Das konnte einfach nicht ein und dieselbe Sache sein. »Nein, nicht *das*«, betonte sie mit allem Nachdruck.

Doch MacDougal nickte mit aufreizender Gewissheit. »O doch, Rebekah Tate, ich glaube, das war es. Ich glaube, Sie haben geträumt, Sie wären mit jemandem im Bett, und so wie es klang, hatten Sie eine Menge Spaß dabei. Oder sollte ich sagen, wir hatten eine Menge Spaß? Sie sagten ja, *ich* war es, der Sie ›angegriffen‹ hat, nicht wahr?«

Konnte das sein? War alles nur ein Traum? All das war Rebekah so peinlich, dass sie am liebsten im Erdboden versunken wäre. »Halten Sie Ihren dreckigen Mund! Ich hasse Sie, MacDougal«, stieß sie zwischen den Zähnen hervor.

»Warum?«, erwiderte er, immer noch amüsiert. »Weil ich Sie nicht wirklich verführt habe? So wie ich Sie kenne, müssten Sie doch eher dankbar sein, dass ich es nicht getan habe. Nun, es stimmt schon, was man sagt: ›Wie viel schmerzhafter als der Schlange Zahn …‹«

Nun, sie war tatsächlich dankbar, oder wenigstens erleichtert – zumindest dachte sie, dass sie es war. »Was hat diese Klapperschlange mit dem Ganzen zu tun?«, fragte sie ziemlich verwirrt.

Einen Augenblick sah MacDougal sie verdutzt an, ehe er antwortete: »Ich habe nicht von der Schlange gesprochen, die Sie gebissen hat. Das war ein Zitat.«

»Woraus? Aus der Bibel?« Sie erinnerte sich an viele Stellen aus der Bibel, die mit Schlangen zu tun hatten.

Doch MacDougal schüttelte den Kopf. »Aus Shakespeare.«

»Was ist denn das?«

»William Shakespeare. Ein englischer Dichter. Er hat Theaterstücke geschrieben«, erläuterte er.

»Theaterstücke? Dann ist es kein Wunder, dass ich nie von ihm gehört habe. Mein Vater hat immer gesagt, Theaterstücke wären sündig.«

MacDougal rieb sich den Schnurrbart und Rebekah dachte, dass er nur verbergen wollte, dass er über sie lächelte, obwohl sie nicht gewusst hätte, was daran so komisch war.

»Wahrscheinlich sind sie wirklich sündig, wenn Sie daraus zitieren«, sagte sie schließlich.

»Vielleicht haben Sie Recht«, stimmte er mit gespieltem Ernst zu, was sie nur noch mehr ärgerte.

Aber wenigstens hatten sie das Thema gewechselt. »Und was haben Schlangen mit der Sache zu tun?«

»Das ganze Zitat lautet: ›Wie viel schmerzhafter als der Schlange Zahn ist es, ein undankbares Kind zu haben‹ – auch wenn es nicht ganz passt, weil Sie ja nicht mein Kind sind. Aber undankbar sind Sie wirklich – und das nach allem, was ich gerade für Sie getan habe, auch wenn es nur ein Traum war ...«

»Hören Sie auf damit!«, schrie sie, von erneuter Panik erfüllt. Sie durfte das nicht zulassen, egal ob Traum oder nicht, denn wenn sie es tat ... nun, sie wusste nicht, was dann passieren würde ... aber es wäre schrecklich, dessen war sie sich sicher.

In ihrem Zorn sprang sie auf die Beine und begann die

Decke auszuschütteln – und zwar so, dass MacDougal möglichst viel von dem Staub abbekam. MacDougal sprang ebenfalls auf und versuchte sich fluchend vor dem Staub in Sicherheit zu bringen. Er versah sie mit einigen Schimpfworten, die sie in der englischen Sprache noch nie gehört hatte, und sie fragte sich, wie man sie wohl in die Sprache der Komantschen übersetzen könnte, falls das überhaupt möglich war. Wieder einmal wurde ihr bewusst, dass ihr englischer Wortschatz stark gelitten hatte – ein Mangel, den sie in diesem Augenblick besonders bedauerte, weil sie MacDougal gern mit einigen kräftigen Schimpfworten bedacht hätte.

»Sie ... Sie ... Heide!«, rief sie, ein Wort, das ihr aus der Bibel geläufig war. »Sie Gotteslästerer! Sie ... Sie ...« Da fiel ihr das schlimmste Wort ein, das sie je gekannt hatte, ein Wort, über das die anderen Kinder immer gekichert hatten, obwohl sie nie recht gewusst hatte, warum. »Sie *Hurenbock*!«

Er schreckte hoch und hörte auf, sich den Staub aus den Haaren und dem Bart zu entfernen. Er starrte sie nur wortlos an, und als sie schon glaubte, ihn mit dieser Beleidigung wirklich getroffen zu haben, lachte er plötzlich.

Zu ihrem Entsetzen bog er sich förmlich vor Lachen, bis sie in ihrem ohnmächtigen Zorn mit der Decke nach ihm schlug, so dass er auf den Rücken fiel. Doch das machte ihm nicht das Geringste aus, denn er wälzte sich eine ganze Weile auf dem Boden und wieherte nur so vor Lachen.

Rebekah betrachtete ihn in hilfloser Wut, bis sie sich schließlich von ihm abwandte und ihre Sachen zusammenpackte. Nach einer Weile hörte MacDougal auf zu lachen und half ihr, auch wenn er immer wieder kicherte – offensichtlich weil ihm wieder eingefallen war, was er so umwerfend komisch gefunden hatte. Rebekah beachtete ihn jedoch nicht und hockte sich auf den Boden, um ihr getrocknetes Fleisch mit Früchten zu verzehren. Er setzte sich zu ihr, doch sie wagte nicht, ihn anzublicken, aus Angst, er könnte immer noch über den Witz grinsen, den sie offensichtlich nicht verstand. Sie aß langsam, weil sie spürte, dass sein Blick auf ihr ruhte, und so war er vor ihr fertig.

Aus dem Augenwinkel sah sie, wie er sich die Krümel von den Händen wischte und aufstand. Sie war so erleichtert darüber, dass sie völlig unvorbereitet war, als er im Vorbeigehen nach ihrer Schulter griff und sie zärtlich drückte.

»Oh, Rebekah, Sie sind einfach großartig«, sagte er und ging weg, um den Maulesel zu bepacken.

Doch seine Berührung wirkte noch länger nach und verursachte eine Hitze, die durch und durch ging. Ihre Brustwarzen wurden hart und zwischen den Beinen spürte sie ein merkwürdiges Ziehen.

Lieber Gott, was hatte er nur mit ihr angestellt?

Als sie sich erhob, zitterten ihre Beine und ihr ganzer Körper, obwohl sie beim besten Willen nicht wusste, warum. Sie hatte keine andere Erklärung, als dass Sean MacDougal eine Art Teufel sein musste.

Doch wenn es so war, ließ er keine Anzeichen dafür erkennen, während sie weiterritten. Schließlich hörte er auch auf, alle paar Minuten zu lachen, was Rebekah mit Erleichterung zur Kenntnis nahm. Nach einer Weile fiel ihr jedoch sein Gesichtsausdruck auf, der immer düsterer wurde, so dass sie selbst beunruhigt nach irgendwelchen Anzeichen einer Gefahr Ausschau hielt.

Nach einer Weile sagte er: »Sehen Sie es? Dort drüben.« Erst als er mit der Hand darauf zeigte, sah sie, was er meinte. Von hier aus sah es wie eine Wolke aus, wenngleich der Himmel ringsum wolkenlos war. Seltsam war auch, dass diese Wolke im Osten stand; eine herannahende Wolke wäre mit Sicherheit im Westen aufgetaucht.

»Rauch«, sagte sie erleichtert. »Ein Fort?«

Doch MacDougal schüttelte den Kopf und ihre Erleichterung schwand. »Das habe ich zuerst auch gedacht, aber das ist mehr Rauch, als aus einem Schornstein kommen kann.«

Sie betrachtete den Rauch und sah schließlich, was er meinte. Aus einem Schornstein wäre eine dünne Rauchfahne nach oben gestiegen – doch in diesem Fall wallten die Rauchschwaden hoch, als würde etwas Größeres brennen, ein Haus zum Beispiel …

Genauso hatte es ausgesehen, als am Tag ihrer Entführung die Indianer die Häuser in Brand setzten. Die Luft war erfüllt gewesen von dem würgenden Geruch von Tod und Rauch, als man sie, auf einem Pferd festgebunden, mitnahm.

»Wahrscheinlich ein Indianerüberfall«, sagte MacDougal. Seine Stimme drang wie von fern zu ihr und Rebekah musste sich zwingen, in die Gegenwart zurückzukehren. »Wir werden uns ein gutes Versteck suchen, wo wir erst einmal abwarten. Wir verlieren zwar einen Tag, aber schließlich wollen wir ihnen ja nicht in die Quere kommen, nicht wahr?«

Rebekah schüttelte benommen den Kopf und zwang sich, ruhig zu atmen, während ihr Herz wie wild pochte. Es war ihr fast so, als hätte sie den Geruch von dem fernen Rauch in der Nase.

Sie würden ihr höchstwahrscheinlich nichts antun, sagte sie sich. Immerhin trug sie die Kleider einer Komantschensquaw, außerdem sprach sie fließend ihre Sprache. Sie konnte sagen, dass sie Kojotes Stamm angehörte und dass MacDougal sie entführt hatte, um sie zur Frau zu nehmen.

Sie würden sie ungeschoren lassen, aber MacDougal würden sie töten, nicht ohne ihn vorher auf grausamste Weise zu foltern. Dann würden sie sie ins Lager zurückbringen. Sie würde wieder bei ihrem Sohn sein – doch was würde ihr das schon bringen, wenn ihre Seele tot war? Wenn sie nicht frei sein konnte, wollte sie nicht weiterleben, und wenn sie mit der Last leben müsste, für MacDougals Tod verantwortlich zu sein … Sie erschauderte bei dem Gedanken.

»Ist alles in Ordnung?«, fragte er.

»Ja. Sehen Sie schon eine Stelle, wo wir uns verstecken können?«

Er hatte tatsächlich schon ein Fleckchen im Auge und führte sie dorthin. Es gab in diesen sanften Hügeln mit ihrer kargen Vegetation kein wirkliches Versteck, doch MacDougal fand eine Stelle hinter einem Hügel, wo sie von Reitern, die von der anderen Seite kamen, nicht gesehen werden konnten. Hier konnte MacDougal gelegentlich hochklettern, um sich einen Überblick zu verschaffen, was unten im Tal vorging.

Sie wagten es nicht, ein Feuer zu entzünden, und ließen ihre Pferde für alle Fälle gesattelt. Die Vormittagssonne brannte herab, doch die Erinnerungen, die Rebekah immer noch heimsuchten, jagten ihr kalte Schauer über den Rücken.

»Was meinen Sie, wer die dort unten sind?«, fragte sie ihn nach einer Weile.

»Ich sagte es Ihnen ja schon – eine Schar Indianer, die einen Überfall unternehmen. Wenn sie uns entdecken sollten, könnten wir ihnen vielleicht sogar entkommen; schließlich sind unsere Pferde ausgerastet und ...«

»Nein, ich meine ...« Sie zeigte auf das Haus hinunter – doch sie wusste nicht, wie sie diejenigen benennen sollte, die jetzt wahrscheinlich tot in den Trümmern ihres Hauses lagen.

Jetzt verstand er, was sie meinte. »Ich weiß es nicht.«

»Händler vielleicht? Würden sie einen Handelsposten angreifen?«

MacDougal zuckte die Achseln. »Wer weiß, was den Komantschen einfällt – aber ich glaube es eher nicht. Das Risiko wäre zu groß. Sie hätten es mit ziemlich vielen bewaffneten Männern zu tun. Nein, es dürfte sich eher um einen Siedler handeln.«

»So weit draußen?« Sie hatten bisher keine Anzeichen einer Siedlung entdeckt.

»Wer weiß?«, antwortete er nachdenklich.

Sie warteten, während die Sonne hoch am Himmel vorüberzog. Keiner von beiden war hungrig, doch MacDougal forderte sie hin und wieder auf, etwas Wasser zu trinken.

Es war bereits Nachmittag, als MacDougal wieder einmal den Hügel hochstieg, um sich einen Überblick zu verschaffen. Er sah die Staubwolke, die die Indianer aufwirbelten, als sie in wildem Ritt davonstoben. Nach einem Überfall pflegten sie so schnell wie möglich davonzureiten, um etwaigen Verfolgern zu entkommen. Sie ritten ihre Pferde bis zur Erschöpfung und hielten höchstens einmal an, wenn sich die Gelegenheit ergab, ein paar zusätzliche Skalps zu ergattern.

Rebekahs Nerven waren zum Zerreißen gespannt, während jeder Muskel in ihrem Körper danach drängte, zu flüchten und sich in Sicherheit zu bringen – obwohl sie doch wusste, dass sie im Augenblick nirgendwo sicherer war als hier. Zumindest dachte sie das, bis MacDougal plötzlich fluchend den Hügel herunterkam.

»Sie kommen direkt auf uns zu«, sagte er und sie sprang aufgeregt auf die Beine.

Sie hatte bereits den Fuß im Steigbügel, als er sie um die Taille fasste und zurückhielt. »Nein! Nicht so schnell! Wenn wir jetzt losreiten, sehen sie uns bestimmt.«

»Lassen Sie mich los!«, schrie sie entsetzt und versuchte sich von ihm loszureißen. »Ich lasse mich nicht wieder schnappen, und wenn Sie mich aufhalten, dann schwöre ich Ihnen …«

Sie hielt inne, als sie das Donnern der Hufe hörte, und sie wusste, es war zu spät, um zu fliehen. Mit angstgeweiteten Augen wandte sie sich MacDougal zu, der bereits zu dem Maulesel gelaufen war.

Er macht das Tier los, dachte sie – doch sie irrte sich. Stattdessen drückte er den Esel auf den Boden hinunter. Das Tier stieß einen lauten Schrei aus und schlug mit den Beinen aus, doch MacDougal presste ihm rasch die Kiefer zusammen, packte die um sich schlagenden Beine und band sie mit einem Stück Leder zusammen.

Rebekah zitterte am ganzen Leib und das Herz schlug ihr bis zum Hals hinauf. Sie hatte zu große Angst, um noch wegzulaufen, aber genauso große Angst, hier zu bleiben, während der Kriegsruf der Komantschen immer lauter in ihren Ohren dröhnte.

»Werfen Sie Ihr Pferd auf die Seite«, rief ihr MacDougal zu, »und legen Sie sich selbst auch auf den Boden. Und um Himmels willen rühren Sie sich nicht!«

Doch sie stand wie angewurzelt da, bis MacDougal sein eigenes Pferd auf den Boden zwang und erneut ihren Namen rief. Die nächsten paar Sekunden vergingen so langsam, dass sie Rebekah ihr ganzes Leben lang nicht mehr vergessen sollte. Irgendwie zwang sie ihren gelähmten Körper, sich in Bewegung zu setzen, und sie griff nach dem Halfter des Pferdes. Mit ihrem ganzen Gewicht zwang sie das Tier zu Boden und band seine Beine mit den Zügeln zusammen, damit es nicht ausschlagen konnte.

Der erste Komantsche kam bereits über den Hügel gejagt, als sie sich auf den Kopf des Pferdes warf. Der Boden erzitterte und Staub drang ihr in Nase und Mund. Außerdem nahm sie den verhassten Geruch der Indianer wahr. Es würgte sie vor Ekel, und sie biss die Zähne zusammen und schloss die Augen, um sich vor dem aufgewirbelten Staub zu schützen und um die vorbeistürmenden Ponies der Indianer nicht sehen zu müssen, die nun fast so nahe waren, dass sie sie mit der ausgestreckten Hand hätte berühren können.

Doch sie streckte die Hand nicht aus. Sie rührte sich nicht – ja, sie wagte nicht einmal zu blinzeln oder zu atmen, bis ihre Lungen brannten und sie gezwungen war, einen tiefen Atemzug zu machen. Es klang wie Donner in ihren Ohren, und erst da wurde ihr bewusst, wie still die Welt um sie herum geworden war.

Sie öffnete die Augen ein klein wenig und sah nichts als Staub und weites Land.

»Noch nicht bewegen«, warnte MacDougal sie. »Warten wir noch eine Minute, bis sie über den nächsten Hügel sind.

Beim Klang seiner Stimme rührte sich ihr Pferd und wollte den Kopf heben, doch sie hielt ihn mit beiden Händen fest umklammert. Einige Minuten später musste MacDougal ihre Hände mit Gewalt von dem ledernen Halfter lösen, damit sie das Tier endlich losließ.

»Sie sind weg«, redete er ihr immer wieder zu, bis sie ihn endlich hörte. »Ich werde es nicht zulassen, dass sie Sie erwischen, das schwöre ich.«

Er legte die Arme um sie und sie ließ es geschehen, weil sie nicht anders konnte; ihr Körper war wie erstarrt von einer eigenartigen Kälte und MacDougals Wärme war für sie lebensnotwendig. Sie klammerte sich mit beiden Händen an seinem Hemd fest und zitterte am ganzen Leib, während er ihr beruhigend über den Rücken strich und ihr immer wieder versicherte, dass sie in Sicherheit sei.

Die Indianer würden nicht zurückkehren. Sie wusste es, doch die Angst, die ihre Nähe in ihr erzeugt hatte, ließ sich nur sehr langsam überwinden – zu tief saß der Schreck darüber, dass sie sie beinahe erwischt hätten.

»Warum haben sie uns nicht gesehen?«, fragte sie MacDougal mit klappernden Zähnen.

»Man sieht nur das, was man erwartet, und ich schätze, dass sie einfach nicht damit rechneten, auf der anderen Seite des Hügels zwei Reisende vorzufinden. Unsere Pferde sind braun und unsere Kleider ebenso, deshalb haben wir uns von dem verdorrten Gras nicht sehr abgehoben, solange wir uns nicht bewegten. Wenn wir weggeritten wären, hätte die Sache anders ausgesehen, fürchte ich.«

Es gefiel ihr, dem Brummen seiner Stimme zu lauschen, während sie den Kopf an seiner Brust geborgen hatte – doch seinen Worten konnte sie nicht recht glauben. Ihr Vater hätte das, was soeben passiert war, ein Wunder genannt. Er hätte gesagt, dass Gott sie beide beschützt hatte. Rebekah glaubte nicht mehr an den Schutz eines Gottes – dafür war sie umso dankbarer, dass sie MacDougal an ihrer Seite hatte.

»Woher wissen Sie bloß all diese Dinge?«, fragte sie.

Sie konnte zwar sein Gesicht nicht sehen, doch sie spürte förmlich, wie er lächelte. »Ich habe früher als Fuhrmann gearbeitet und dabei viel über die Indianer gelernt.«

Er hatte offensichtlich nicht nur über Indianer einiges gelernt, sondern auch über viele andere Dinge. Da fiel ihr der Traum wieder ein, den sie letzte Nacht gehabt hatte, und fragte sich, ob er auch das irgendwo gelernt hatte. Im nächsten Augenblick wich sie von ihm zurück, als ihr bewusst wurde, dass sie sich wie Liebende umarmt hielten.

Er ließ sie los, auch wenn ihn ihr plötzliches Zurückweichen ein wenig vor den Kopf stieß. Bevor er sie nach dem Grund fragen konnte, sagte sie: »Machen wir, dass wir von hier wegkommen. Es riecht hier zu stark nach Indianern.«

Er widersprach ihr nicht, obwohl es so aussah, als wolle er noch etwas sagen. Sie ritten los und vermieden es dabei, über die höheren Hügel hinwegzureiten, damit nicht ein Indianer, der zufällig zurückblickte, sie sah. So kamen sie nur langsam voran, und Rebekah achtete zuerst gar nicht darauf, in welche Richtung sie ritten. Als die untergehende

Sonne den Horizont erleuchtete, sah sie jedoch die Rauchwolke, die vor ihnen lag, und wusste sofort, wohin er ritt.

Sie hielt ihr Pferd unwillkürlich an, als eine neue Angst ihr die Kehle zuschnürte, und sie blickte MacDougal vorwurfsvoll an.

Auch er blieb stehen und zuckte die Achseln. »Es ist im Moment der sicherste Platz. Wir können sicher sein, dass hier so schnell keine Indianer mehr auftauchen.«

Das Schlimmste war, dass er wieder einmal Recht hatte. Es gab keinen Grund, warum die Komantschen an den Ort zurückkehren sollten, den sie gerade überfallen hatten. Doch diesmal galt Rebekahs Angst nicht den Komantschen. »Wir können für die Leute nichts mehr tun«, erinnerte sie ihn. »Sie werden längst tot sein.«

»Dann können wir sie begraben.«

Das hätte sie von MacDougal nicht erwartet, obwohl sie mittlerweile hätte wissen können, dass er immer für eine Überraschung gut war. »Vielleicht haben sie ja Nachbarn, die das erledigen können«, wandte sie ein.

»Das glaube ich nicht. Hören Sie«, sagte er, während seine braunen Augen erstaunlich sanft dreinblickten, »Sie müssen nicht mitkommen. Ich weiß, dass es nicht angenehm für Sie wäre. Sie können ja flussabwärts gehen und schon mal das Lager aufschlagen und dort auf mich warten.«

Die Siedler hatten sich an einem kleinen Fluss niedergelassen, den Rebekah und MacDougal schon sahen, als das Häuschen – oder das, was davon noch übrig war – noch nicht zu erkennen war. Doch die Aussicht, allein hier draußen zu bleiben, war noch beängstigender als der Gedanke an das, was sie dort unten erwartete – und so schüttelte Rebekah den Kopf. »Ich komme mit.«

Sie ritten schweigend weiter und MacDougal warf ihr hin und wieder einen besorgten Blick zu. Wahrscheinlich, so dachte sie, wollte er sicher gehen, dass sie sich nicht wieder an ihren geheimen Zufluchtsort entfernte – eine Vorstellung, die durchaus etwas Verlockendes an sich hatte; doch diesmal würde sie nicht fliehen.

Der Geruch des Rauches, der ihnen entgegenschlug,

löste in Rebekah Erinnerungen aus, denen sie sich nur äußerst ungern aussetzte – und so bereitete sie sich innerlich auf das vor, was da kommen würde, indem sie jegliches Gefühl unterdrückte, wie sie es immer getan hatte, wenn das Leben unerträglich wurde.

Und der Anblick, der sich ihnen im Haus der Siedler bot, gehörte zu diesen unerträglichen Dingen. Das Haus selbst war mehr oder weniger intakt, weil es teilweise in einen Hügel eingegraben war und lediglich die Front aus Holz bestand. Immer noch stieg da und dort Rauch von den Überresten eines Schuppens auf, und auch von einem Haufen, der mitten im Hof aufgetürmt war und aus den verkohlten Resten der Möbel bestand, die die Indianer aus dem Haus geschleppt hatten. Die Indianer zerstörten immer alles, was sie nicht mitnehmen konnten, und wenn das Haus selbst standhielt, dann verbrannten sie eben alles, was sich darin befand.

Sie hatten die Mehlsäcke aufgeschlitzt, so dass der Inhalt wie Schnee den Boden bedeckte. Inmitten des Durcheinanders lagen die nackten Leichen von zwei Menschen, einem Mann und einer Frau. Sie wirkten noch weißer als das Mehl auf dem Boden, außer an den Stellen, wo ihnen die Indianer Wunden zugefügt hatten. So wie die Indianer sie zugerichtet hatten, war es schwer zu sagen, wie alt sie waren. Nachdem man sie skalpiert hatte, waren die Gesichter eingefallen, sodass sie alt und traurig wirkten – doch es handelte sich höchstwahrscheinlich um junge Menschen. Die Frau war schwanger gewesen, und die Indianer hatten ihr das ungeborene Kind aus dem Bauch geschnitten und es schrecklich verstümmelt, ehe irgendein herzloser Bastard es der Mutter auf den Bauch legte.

Rebekah dachte an ihren eigenen Sohn und wie ein Pfeil bohrte sich der Schmerz in ihre Brust. Für einen Augenblick schnürte es ihr die Kehle zu und ihre Augen brannten; es wäre vielleicht eine Erleichterung gewesen, weinen zu können – doch die Tränen wollten nicht kommen.

Auch der Mann war verstümmelt worden. Die Indianer glaubten, dass ein Feind, den sie entmannten, im Leben nach dem Tod keine Bedrohung darstelle, und so hatten sie dem Mann die Genitalien abgeschnitten, und dazu auch noch Ohren und Nase und einige andere Körperteile. Es war überraschend wenig Blut zu sehen, sodass die Verstümmelungen offensichtlich nach dem Eintritt des Todes durchgeführt wurden, was zumindest ein kleiner Trost war.

»Dieser verdammte Narr«, sagte MacDougal nach einer Weile. »Was zum Teufel hat er sich dabei gedacht, sich hier draußen anzusiedeln? Wahrscheinlich ohne einen Nachbarn weit und breit. Und er kommt einfach so daher, noch dazu mit einer Frau, so als hätte er noch nie etwas von Komantschen gehört. So ein Narr.«

MacDougals Stimme bebte vor Wut über den toten Mann, weil er sein Leben und das seiner Frau so leichtfertig vergeudet hatte. Doch Rebekah wusste, dass es nicht viel half, vorsichtig zu sein – der Tod schlug deshalb um nichts weniger unbarmherzig zu. »Glauben Sie ...?«, begann sie und schluckte, weil ihre Kehle völlig ausgetrocknet war. »Glauben Sie, dass sie Kinder verschleppt haben?«

MacDougal schüttelte den Kopf. »Wir werden es erfahren, wenn wir einen Blick ins Haus werfen«, sagte er.

Er ließ sein Pferd lostraben, wandte sich dann aber zu ihr um. »Sie müssen nicht hier bei mir bleiben.«

Sie erschauderte, sagte aber: »Sie werden Hilfe brauchen.«

»Es sind nur die beiden hier. Der Boden ist zu hart, um ein Grab auszuheben – deshalb lasse ich einfach das Haus über ihnen einstürzen; das wird sie vor Aasfressern schützen.«

Rebekah betrachtete die tote Frau, die nackt auf dem Boden lag, ihr ungeborenes Kind auf dem Bauch. »Ich helfe Ihnen«, sagte sie und ließ ihr Pferd lostraben.

MacDougal folgte ihr. Die Tiere sträubten sich gegen den Geruch des Todes, doch Rebekah nahm es kaum zur Kenntnis. Sie zwang sich, das alles nicht allzu nahe an sich herankommen zu lassen. Sie hatte schon Schlimmeres gesehen, sagte sie sich. Einmal hatte sie gesehen, wie Frauen einen feindlichen Krieger regelrecht schlachteten. Sie zogen ihm bei lebendigem Leib die Haut ab, ehe sie ihm alles abschnitten, was sie nur abschneiden konnten, und ihm sein eigenes

Geschlecht in den Mund stopften. Dagegen waren die beiden Leute hier noch gut dran. Sie waren durch Pfeile getötet worden, bevor die Indianer über sie herfielen.

MacDougal untersuchte das Haus, während Rebekah im Hof stand und sich vorzustellen versuchte, wie es hier vor dem Überfall ausgesehen haben mochte. Still und friedlich, so wie jetzt, dachte sie. Sie hatten Pferde in einem Pferch gehabt, die die Indianer mitgenommen hatten, vielleicht auch eine oder zwei Kühe. Die Frau hatte einen Garten bestellt, obwohl da jetzt alles vertrocknet wirkte. Der Mann hatte Korn angebaut und wahrscheinlich den Großteil schon geerntet. Wahrscheinlich war die Ernte in der Scheune verbrannt. Sie wusste, was die beiden hier gesucht hatten: Sie hatten ein neues Leben beginnen wollen. Genau aus dem gleichen Grund war Rebekahs Familie vor zehn Jahren nach Texas gekommen.

Solche Narren.

»Nirgends ein Hinweis, dass sie Kinder hatten«, teilte ihr MacDougal mit, als er aus dem Haus kam. »Es gibt nur ein Bett. Wenn sie ein kleines Kind gehabt hätten, das noch bei ihnen im Bett schlief, dann hätten die Komantschen es bestimmt getötet. So kleine Kinder nehmen sie eigentlich nie mit, weil es ihnen zu mühsam ist, sie aufzuziehen.«

Rebekah nickte und erinnerte sich daran, dass sie auch ihren Bruder umgebracht hatten, weil er noch zu klein war. Ein heißer Wind schlug ihr aus dem schwelenden Feuer entgegen, doch Rebekah spürte eine unangenehme Kälte in sich.

»Dann kümmern wir uns mal um sie«, sagte sie. »Haben Sie vielleicht irgendwo eine Decke gesehen, in die wir sie einwickeln können?«

Doch es war keine Decke mehr übrig. Die Indianer hatten alles mitgenommen, was sie brauchen konnten. Die Matratzen hatten sie jedoch hier gelassen, nicht ohne sie vorher aufzuschlitzen. MacDougal schnitt sie ganz auf und fertigte daraus Leichentücher für die Toten. Das Kind ließ er bei seiner Mutter. Rebekah half ihm, sie ins Haus zu tragen, wo sie sie auf die Überreste des Bettes legten.

Rebekah blickte sich nicht um. Sie wollte nicht im Leben

dieser Leute stöbern, wollte nicht mehr über sie wissen, als sie gesehen hatte. Nachdem sie sie aufgebahrt hatten, ging Rebekah zum Fluss hinunter, um den Geruch des Todes von sich abzuwaschen, während MacDougal auf die Anhöhe ritt, wo das Dach des Hauses befestigt war. Mit einiger Anstrengung gelang es ihm schließlich, das Dach zum Einsturz zu bringen, um die Toten darunter zu begraben.

Als er zurückkam, wirkte er ungewöhnlich blass, und sie fragte sich, ob sie wohl genauso erschüttert aussah wie er, auch wenn sie sich innerlich wie betäubt fühlte.

»Wir sollten ein paar Worte für sie sprechen«, sagte er.

»Warum denn? Sie sind tot. Sie würden es ohnehin nicht mitbekommen.«

MacDougal blickte sie fragend an. »Ich dachte, Sie sind die Tochter eines Pfarrers.«

»Was hat denn das damit zu tun?«

Darauf wusste er auch keine Antwort. »Sie erinnern sich wohl nicht mehr an allzu viel davon, nicht wahr?«

»Ich erinnere mich noch an *alles*!«, rief sie in plötzlicher Wut. »Ich weiß noch alles, was vor meiner Entführung geschah, und auch das, was nachher passierte. Deshalb weiß ich jetzt, dass alles, was man mir früher beigebracht hat, eine Lüge war. Es gibt keinen gütigen Vater im Himmel, der über uns wacht, der uns unser tägliches Brot gibt und uns unsere Schuld vergibt. Wenn es ihn gäbe – hätte er dann das hier zugelassen?« Sie deutete auf das eingestürzte Haus, unter dem die Toten begraben lagen.

»Das hat nicht Gott getan, das waren die Komantschen«, erinnerte er sie.

»Aber er hat sie nicht daran gehindert. Haben Sie eine Ahnung, wie oft ich zu Gott gebetet habe, nachdem mich die Indianer verschleppt hatten? Haben Sie eine Ahnung, wie oft ich darum betete, gerettet zu werden oder wenigstens sterben zu können, damit ich das alles nicht länger ertragen muss? Können Sie sich das vorstellen?«

»Ich glaube schon«, sagte er, doch sie schüttelte den Kopf.

»Nein, das können Sie sich nicht vorstellen. Das kann sich niemand vorstellen, der es nicht selbst mitgemacht hat

– also erzählen Sie mir nichts von Ihrem Gott. Und wenn Sie für die Toten beten wollen, denen man ohnehin nicht mehr helfen kann, dann tun Sie's, aber erwarten Sie nicht von mir, dass ich mitmache.«

Er blickte sie lange an, mit einem Gesichtsausdruck, den sie nicht deuten konnte, während der Wind sein langes Haar und seinen Bart umspielte. Dann drehte er sich um und ging zu den Pferden, sodass sie für einen Augenblick dachte, er würde losreiten – doch er holte nur etwas aus dem Packen, den der Maulesel auf dem Rücken trug. Es war ein schwarzes Buch, das Rebekah sofort als eine Bibel erkannte.

MacDougal mit einer Bibel? Wie seltsam, dachte sie, und wie eigenartig, dass er sie den ganzen Weg von Santa Fe mit sich trug. Vor dem Haus blieb er schließlich stehen. Er öffnete das Buch und las etwas daraus, das ihr irgendwie vertraut vorkam, etwas über den Jüngsten Tag, an dem die Toten auferstehen werden und in den Himmel kommen.

Die Worte jagten ihr kalte Schauer über den Rücken – es war ihr, als höre sie neben MacDougals Stimme auch die ihres Vaters. Wie oft hatte sie ihn genau diese Wort sprechen hören, wenn er an einem Grab stand – zuerst in Tennessee und dann in ihrem neuen Zuhause in Texas? Neben vielen anderen hatten sie Rebekahs zwei Schwestern und ihren Bruder begraben müssen, bevor sie nach Texas gekommen waren. Sie war das einzige Kind der Tates, bis ihre Mutter noch einen kleinen Jungen zur Welt brachte.

Hatte ihr Vater diese Worte auch am Grab ihrer Mutter und ihres Bruders gesprochen? Und an den Gräbern der anderen, die bei dem Überfall ums Leben gekommen waren? Und was hatte es genützt? Was hatte das Ganze jemals genützt?

Als MacDougal fertig war, nahm er seinen Sombrero ab und senkte den Kopf. Vermutlich betete er, was Rebekah einen neuerlichen Schauer über den Rücken jagte. Wenn sie doch selbst noch glauben könnte. Dann würde sie MacDougal ersuchen, doch für die Lebenden zu beten – denn die brauchten es viel dringender.

Als er zu den Pferden zurückging, schloss sie sich ihm

an. Sie fühlte sich unsagbar müde, doch sie hatte nicht vor, irgendwo in der Nähe dieses Ortes das Lager aufzuschlagen – und so zwang sie sich noch einmal, den Fuß in den Steigbügel zu setzen und aufs Pferd zu steigen. MacDougal ritt flussabwärts und er schien es genauso eilig zu haben wie sie, diesen Ort hinter sich zu lassen – denn er blieb nicht stehen, bis das Haus außer Sichtweite war.

Mittlerweile war es dunkel geworden und MacDougal entschloss sich, ein Feuer zu entfachen, weil er wusste, dass die Indianer schon zu weit weg waren, um es sehen zu können. Natürlich hätten andere Indianer hier irgendwo sein können – doch damit rechneten MacDougal und Rebekah eigentlich nicht. Außerdem brauchten sie beide jetzt eine warme Mahlzeit, um die Kälte des Todes zu vertreiben, die sie beschlichen hatte.

Nach dem Essen hüllte sich Rebekah in ihre Decke und hielt die Hände ans Feuer, als würde ein kalter Dezemberwind wehen und nicht ein laues Spätsommerlüftchen.

»Wahrscheinlich feiern sie jetzt schon«, sagte sie nachdenklich.

»Wer?«, fragte MacDougal, der auf der anderen Seite des Feuers saß.

»Die Indianer. Es war ein perfekter Überfall. Sie haben zwei Feinde getötet und dabei wahrscheinlich keinen einzigen Mann verloren. Und mit dem ganzen Zeug, das sie mitgenommen haben, sind sie jetzt reich.«

MacDougal stieß ein verächtliches Schnauben aus. »Sie haben hier bestimmt nicht viel erbeutet.«

»Das zeigt wieder einmal, wie wenig Sie wissen«, gab sie etwas herablassend zurück. »Ein Indianer muss nicht viel besitzen, um als reich zu gelten. Wenn er ein paar Töpfe, etwas Maismehl und eine neue Decke erbeutet, ist er ein König ... Diese dreckigen Mörder.«

»Ich weiß, Sie haben nicht den geringsten Grund, sie zu mögen, aber Sie können ihnen eigentlich keine Schuld an dem geben, was da passiert ist.«

Sie starrte MacDougal mit großen Augen an. Sie glaubte ihren Ohren nicht zu trauen. »Man kann ihnen keine Schuld geben? Haben Sie denn nicht gesehen, was sie diesen Leuten angetan haben? Was sie mit der Frau und dem Baby gemacht haben? Und mit dem Mann?«

»Diese Leute hatten kein Recht, hier zu sein«, erwiderte er. »Sie wussten, dass es Indianerland ist. Sie haben die Grenze überschritten und dafür haben sie bezahlen müssen.«

»Ein ganz schön hoher Preis, finden Sie nicht? Außerdem, wer sagt, dass das Land den Indianern gehört? Die Weißen haben genauso ein Recht, sich hier anzusiedeln, wie jeder andere auch. Ein größeres Recht sogar.«

»Warum?«

»Weil ...« Sie zögerte. Sie hatte ein solches Gespräch noch nie geführt, so dass ihr kein stichhaltiges Argument einfiel. »Weil wir weiß sind und sie sind Wilde. Sie sind Tiere, die einen Menschen abschlachten, ohne mit der Wimper zu zucken. Ein Weißer würde so etwas niemals tun!«

»Meinen Sie? Dann wissen Sie aber nicht viel von der Geschichte. Wissen Sie, wie man früher in England die Leute hinrichtete? Gevierteilt hat man sie und auf dem Scheiterhaufen verbrannt. Und jedes Mal versammelte sich eine Menschenmenge, um sich das Spektakel anzusehen. Nicht viel anders als bei den Komantschen, wenn Sie mich fragen – nur dass die Komantschen niemals Leute aus dem eigenen Volk auf solche Weise töten würden.«

Rebekah starrte ihn entsetzt an. »Auf welcher Seite stehen Sie eigentlich?«

»Ich stehe auf gar keiner Seite. Ich sage Ihnen nur, dass die Indianer ein Recht haben, das zu verteidigen, was ihnen gehört. Sie sind schon viel länger hier als die Weißen, außerdem ist Texas groß genug für alle – vorausgesetzt, die Weißen werden nicht zu habgierig.«

»Ich hätte es wissen sollen, dass Sie auf ihrer Seite sind«, sagte sie angewidert. »Die Indianer haben Sie reich gemacht, nicht wahr, und Geld ist ja schließlich das Einzige, was für Sie zählt.«

»Nicht das Einzige.«

»Ha!«, stieß sie hervor. »Nennen Sie mir eine Sache, die Ihnen sonst noch am Herzen liegt, außer Ihrem verdammten Stolz natürlich.«

»Sie.«

Rebekah hielt den Atem an. Es war, als hätte ihr jemand einen Schlag in die Magengrube versetzt. Sie starrte ihn an, so als warte sie darauf, dass er gleich zu lachen beginne oder sonstwie zu erkennen gab, dass er sich über sie lustig machte – doch sein Blick war völlig ernst. Ihr war gleichzeitig heiß und kalt, und sie hatte den Wunsch, ihm eine Ohrfeige zu verpassen, damit dieser ernste Ausdruck aus seinem Gesicht verschwand, oder sich irgendwo vor ihm zu verkriechen. Doch irgendwo tief in ihr dämmerte die Erinnerung an Freuden herauf, die sie trotz allem zu ihm hinzogen.

Da wurde ihr bewusst, was er gemeint hatte. Es ging ihm nicht um sie als Mensch, sondern lediglich um ihren Körper. Er wollte sich auf sie legen und …

»Nein!«, schrie sie und sprang, in ihre Decke gehüllt, auf. »Wenn Sie mich auch nur anrühren, dann bringe ich Sie um, MacDougal!«

Zu ihrer Verblüffung lächelte er über ihre Drohung. »Es könnte mich auch umbringen, wenn ich Sie nicht berühre.«

Sie hatte keine Ahnung, wovon er sprach, und starrte ihn in ohnmächtigem Zorn an.

»Beruhigen Sie sich«, sagte er schließlich. »Vor mir brauchen Sie keine Angst zu haben. Legen Sie sich jetzt schlafen.« Er warf etwas Erde auf das Feuer, um es auszumachen, und nahm dann seine Decke, um sich seinerseits hinzulegen.

Wie sie ihm dabei zusah, verwandelte sich ihr Zorn allmählich in Enttäuschung. Es wurde ihr bewusst, dass sie wohl ziemlich dumm aussah, einen schlafenden Mann in der Dunkelheit anzustarren – und so legte sie sich ebenfalls schlafen. Einige Minuten später entspannten sich ihre verkrampften Muskeln und damit auch ihr Widerstand – und sie sah wieder die Bilder der Toten vor sich, die sie an diesem Tag beerdigt hatten. Sie versuchte, die Bilder zu verdrängen, doch sie war letztlich zu müde, um dagegen anzukämpfen. Die tote Frau stand auf, ihr verstümmeltes Kind im Arm – und Rebekah sah, dass es ihr eigenes Kind war, Kleiner Jäger, der fast bis zur Unkenntlichkeit verunstaltet war. Sie wollte schreien und seinen Namen rufen, brachte aber keinen Laut heraus – und die Frau verschwand wieder und nahm Kleiner Jäger mit sich.

Aber es tauchten noch andere Tote auf, alle mit nackten weißen Körpern und blutenden Wunden. Ihre Tante Esther, Andrews Mutter, ihrer Haare beraubt und mit aufgeschlitztem Bauch. Rebekahs kleiner Bruder mit zertrümmertem Schädel. Ihre Mutter, ihre liebe Mutter, von einer Lanze aufgespießt. Überall waren sie und krümmten sich am Boden, die Arme nach ihr ausgestreckt, um sie zu sich hinunterzuziehen.

Sie wollte schreien und versuchte sich zu wehren, doch ihr Körper wollte sich nicht bewegen. Es war, als stecke sie in einer dicken, klebrigen Masse fest, während die Hände der Toten sie nach unten zu ziehen begannen …

Sean hatte nicht wirklich geschlafen. Er hatte gewartet, weil er es für möglich hielt, dass die Ereignisse des vergangenen Tages ihr besonders zugesetzt hatten. Als sie im Haus des Siedlers waren, hatte sie unter Schock gestanden. Er hatte es ihr an dem bleichen Gesicht und den geweiteten Augen angesehen. Der Schock hatte nun nachgelassen, doch er wusste, dass der Anblick dieser Menschen sie zutiefst erschreckt haben musste.

Jede andere Frau hätte wahrscheinlich geweint, doch Rebekah Tate weinte nicht. Zumindest nicht, solange sie wach war. Und so wartete Sean – und tatsächlich war schon bald dieses schreckliche erstickte Schluchzen zu hören.

Er zögerte einen Augenblick, weil er noch genau wusste, wie sie beim letzten Mal reagiert hatte, als er sie aus dem Schlaf geweckt hatte. Doch dann erinnerte er sich daran, was sie geträumt hatte. Auch wenn sie sich noch so sehr dagegen sträuben mochte – Rebekah Tate begann eine Schwäche für ihn zu entwickeln. Es war nur eine Frage der Zeit, bis sie ihn auch wollte, wenn sie wach war. Und bis dahin würde sich Sean um sie kümmern, ob ihr das nun passte oder nicht.

Er nahm seinen Sattel und seine Decke und trug beides zu ihr hinüber, um sich neben sie zu legen. Dann nahm er sie, eingehüllt in ihrer Decke, zärtlich in die Arme, während ihre Tränen sein Hemd benetzten und ihr Körper mit jedem Schluchzer erzitterte.

Er hatte zu ihr gesagt, dass er sich vorstellen könne, was sie durchgemacht hatte – doch als er sie im Arm hielt, wurde ihm klar, dass sie ihm mit Recht widersprochen hatte. Er konnte sich nichts vorstellen, das so grauenhaft war, dass eine so stolze und starke Frau wie Rebekah Tate wie ein kleines Kind in seinen Armen lag und weinte. Niemals würde er nachempfinden können, welche Qualen sie hatte ertragen müssen. Er konnte nichts anderes tun, als ihr zu helfen, die schrecklichen Erlebnisse zu vergessen.

Und genau das, so schwor er sich, als er ihr zärtlich über das Haar strich und sie an sich drückte, genau das würde er auch tun.

5

Das aus Lehmziegeln erbaute Fort stand in der Biegung eines Flüsschens inmitten der kargen Prärie, wo nichts wuchs, das angreifenden Indianern hätte Schutz bieten können. Sean und Rebekah blickten von der Anhöhe hinunter und warteten darauf, dass irgendwelche Anzeichen ihnen verrieten, wer oder was sich in dem Fort befand. Dabei achteten sie jedoch darauf, von den Leuten dort unten nicht gesehen zu werden.

»Das sind bestimmt einige der Händler, von denen ich in Sante Fe gehört habe. Sie machen Geschäfte mit den Indianern«, sagte MacDougal, nachdem sie das Fort eine Weile beobachtet hatten.

Rebekah versuchte sich vorzustellen, wie es wohl im Inneren aussah. Ob es so war wie in dem Fort, wo ihre Familie gelebt hatte, mit barfüßigen Kindern, die draußen spielten? Sie schauderte bei dem Gedanken. »Was sind das für Leute, die dort unten leben?«, fragte sie.

»So genau weiß ich das auch nicht.«

»Ich meine nicht ihre Namen, MacDougal«, fügte Rebekah gereizt hinzu. »Ich möchte nur wissen, was für Leute es sind. Sind auch Siedler hier?«

MacDougal schüttelte den Kopf. »Nein, bloß Schurken wie ich, die versuchen, sich an den armen Wilden zu bereichern.«

Sie beachtete sein Grinsen nicht. »Ob sie auch Frauen dort haben?«

»Frauen?« Sie wusste, dass er jetzt wohl überlegte, warum sie diese Frage gestellt haben mochte. Eigentlich wusste sie es selbst nicht genau. »Vielleicht einige Squaws«, antwortete er schließlich, um dann hinzuzufügen: »Sie dürften ihre Huren sein.«

Rebekah hatte dieses Wort nie zuvor gehört, doch das war auch nicht nötig, um seine Bedeutung sofort zu verstehen. Die Weißen dachten ohnehin alle, dass Indianerfrauen keine moralischen Werte besaßen und nur zu einer Sache taugten. Da wurde **ihr** mit einem Schlag klar, was das Wort *Hurenbock* bedeuten musste und warum MacDougal sich vor Lachen gekrümmt hatte, als sie es ihm an den Kopf geworfen hatte.

Er sah, wie ihr die Röte in die Wangen stieg. »Männer sind eben manchmal einsam«, versuchte er ihr zu erklären. »Und nur einem Dummkopf, wie dem, den wir gestern beerdigt haben, würde es einfallen, eine weiße Frau hier hinaus mitzunehmen. Man kann es ihnen nicht übel nehmen.«

Er suchte nach Rechtfertigungen, doch Rebekah war es gleichgültig, aus welchem Grund sie diese Frauen hier hatten. Sie war viel zu sehr mit der Frage beschäftigt, was das für ein Ort war und ob sie es wagen sollte, hinzugehen. Allein der Gedanke ließ ihr das Blut in den Adern gefrieren.

»Ich gehe da nicht hinunter«, sagte sie nach einer Weile.

»Was?«

»Ich sagte, ich gehe da nicht hinunter.«

MacDougal schaute ziemlich nachdenklich aus seinem Bart hervor, der mittlerweile so lang war, dass er im Wind wehte. »Wir brauchen aber neue Vorräte und frische Pferde«, wandte er ein. »Außerdem können wir hier nach dem Weg fragen. Irgendjemand dort unten weiß bestimmt, wo Ihr Vater wohnt.«

»Ich habe nicht gesagt, dass Sie auch nicht gehen sollen«, erklärte sie ihm mit mehr Geduld, als sie eigentlich besaß. »Ich sagte nur, dass *ich* nicht hingehe.«

»Aber was soll ich denn tun? Hinunterreiten und Sie ganz allein hier sitzen lassen?«

»Ich schlage inzwischen unser Lager auf und warte hier auf Sie«, erwiderte sie.

»Na, wunderbar«, entgegnete er, ganz und gar nicht glücklich über ihren Vorschlag. »Und wenn ich zurückkomme, muss ich wahrscheinlich feststellen, dass Sie von einer Schlange gebissen wurden oder eine Horde Indianer sie verschleppt hat, oder …«

»Ich gehe da jedenfalls nicht hinunter!«, rief sie, obwohl die sehr realen Gefahren, die er aufgezählt hatte, ihr durchaus Angst machten. Doch noch mehr Angst machte ihr die Vorstellung, sich in das Fort zu begeben.

»Aber warum zum Kuckuck?«, platzte er heraus.

»Weil ...« Wie sollte sie es ihm nur erklären?

»Weil was?«, drängte er, offensichtlich entschlossen, die Wahrheit ans Licht zu bringen.

Sie versuchte verzweifelt, irgendetwas zu erfinden, doch es wollte ihr beim besten Willen nichts einfallen. Als sie schon befürchtete, er würde sie packen und so lange schütteln, bis sie es ihm sagte, brach es endlich aus ihr hervor: »Ich gehe nicht hinunter, solange ich wie eine Squaw angezogen bin!«

Er öffnete den Mund, um etwas einzuwenden, ließ es dann aber doch sein. Stirnrunzelnd überlegte er, wie er sie doch noch überzeugen könnte. »Kein Mensch wird Sie für eine Hure halten«, sagte er schließlich.

Sie starrte ihn ungläubig an. »Ich war sieben Jahre bei den Indianern. Was sollten sie denn sonst glauben?«

Er dachte kurz über ihre Worte nach. »Sie sind ja mit mir unterwegs. Niemand würde es wagen, Sie anzurühren.«

»Das stimmt – weil ich nämlich jeden umbringen würde, der es auch nur versucht«, entgegnete sie. »Aber ich will nicht, dass sie mich ansehen und dabei ihren schmutzigen Gedanken nachgehen, dass sie hinter meinem Rücken über mich reden oder vielleicht sogar direkt in meiner Gegenwart. Ich weiß, was das für Männer sind, und ich gehe bestimmt nicht mit.«

Sie wusste, dass er nichts dagegen sagen konnte, weil sie recht hatte. »Trotzdem kann ich nicht einfach losreiten und Sie allein zurücklassen«, widersprach er.

»Lassen Sie mir eine Pistole und ein Messer da. Wenn jemand kommt, dann feuere ich einen Schuss ab. Das würden Sie bestimmt hören.«

Sie diskutierten noch eine Weile, doch am Ende beschlossen sie, nach Rebekahs Plan vorzugehen; sie brauchten tatsächlich dringend Vorräte und frische Pferde. Außerdem sah MacDougal ein, dass er sie schon an Händen und Füßen hätte fesseln müssen, um sie auch nur in die Nähe des Forts zu bringen.

Er fand für sie eine geschützte Stelle, wo sie niemand sehen würde. Dann begann er, ihr Pferd abzusatteln.

»Ich lasse Ihnen Ihren Sattel hier. Die Leute sollen nicht sehen, dass ich nicht allein bin – und schon gar nicht, dass es eine Frau ist, die mich begleitet«, erläuterte ihr MacDougal. »Wenn sie erfahren, dass eine Frau mit mir unterwegs ist, werden sie Sie sicher sehen wollen.«

Rebekah stimmte ihm zu. Diesen Leuten gegenübertreten zu müssen, war das Letzte, was sie sich jetzt wünschte.

»Ich werde auch viel von dem Zeug hier lassen, das ich auf dem Maulesel mit mir führe. Manches davon ist nämlich wertvoll – und ich weiß ja nicht, ob man den Kerlen dort unten trauen kann.«

»Wenn sie Händler sind, so wie Sie, dann sollten Sie ihnen keinesfalls trauen«, sagte Rebekah in bissigem Ton.

Er verzichtete darauf, etwas zu erwidern, doch sein leicht verärgerter Blick brachte sie zum Lächeln.

»Ich habe auch einige Bücher hier. Wenn Ihnen langweilig wird, können Sie ja lesen.«

Ihr Lächeln schwand. Ob sie wohl noch lesen konnte? Sie war sich nicht sicher, ob sie es herausfinden wollte.

MacDougal stapelte die verschiedenen kleinen Säcke aufeinander, von denen er die meisten während ihrer Flucht noch nie geöffnet hatte. »Was ist denn da drin?« fragte sie.

»Gold.«

Sie hielt den Atem an. »In allen Säcken?«

Er nickte. »Ich habe Ihnen ja gesagt, dass ich reich bin, aber wenn die Kerle dort unten davon Wind bekommen, werde ich nicht nur mein Gold, sondern wahrscheinlich auch mein Leben verlieren. Also werde ich für sie nur ein armer Reisender sein. Ich lasse Ihnen auch den Großteil unserer Essensvorräte hier. Aber ich bleibe sicher nicht lange weg. Ich sage einfach, dass ich es eilig habe, nach Hause zu kommen. Wenn ich von dort aufbreche, dann halte ich mich in Richtung Osten, damit die Leute glauben, ich setze meine Reise fort. Ich mache dann einen großen Bogen und kehre zu Ihnen zurück.«

Sie nickte und verspürte eine neue Art der Beunruhigung. Wenn MacDougal sie verließ, würde sie so allein sein, wie sie es noch nie in ihrem Leben war – und das mitten in der Wildnis. Eine unangenehme Kälte kroch ihr über den Rücken, und sie musste dem völlig widersinnigen Drang widerstehen, ihn zu umarmen und sich an ihm festzuhalten. Es kam ihr selbst absolut unverständlich vor, aber aus irgendeinem Grund hätte sie jetzt gern seinen Körper gespürt – zur Beruhigung, wie sie sich sogleich sagte.

So als spürte er ihr Bedürfnis, legte er ihr die Hand auf die Schulter und drückte sie kurz, so wie er es schon einmal getan hatte. Und so wie damals reagierte ihr Körper unwillkürlich. Sie hielt den Atem an und merkte, wie eine seltsame Hitze sich in ihrem Inneren ausbreitete. Einen Moment lang dachte sie, dass sie in Tränen ausbrechen würde – doch dann zog er seine Hand von ihr zurück, blickte ihr ernst in die Augen und sagte: »Rebekah Tate, wenn Sie nicht auf sich Acht geben und Ihnen irgendetwas zustößt, dann bringe ich Sie höchstpersönlich um, das schwöre ich Ihnen.«

Sie blickte ihn überrascht an, und als sie sein Augenzwinkern sah, wusste sie, dass er sie nur ein wenig aufheitern wollte. Sie brachte aber nur ein gequältes Lächeln zustande und antwortete: »Diese Genugtuung würde ich Ihnen niemals geben, MacDougal.«

Er nickte, wie um auszudrücken, dass er ihr vertraue, stieg auf sein Pferd und ritt davon. Das zweite Pferd und den Maulesel führte er mit sich.

Rebekah schaute ihm nach und kletterte auf die Spitze des Hügels, um ihn länger sehen zu können. Er blickte nicht zurück; wenn ihn nämlich jemand aus dem Fort beobachtete, so hätte sich der Betreffende gewiss gefragt, wen oder was er wohl zurückgelassen hatte. Er saß auf dem Pferd, als hätte er sein Leben lang nichts anderes gemacht – und sie fragte sich zum ersten Mal, woher er kam und durch welches Schicksal sie beide zusammengekommen waren.

Nicht dass das irgendeine Rolle gespielt hätte, nein – er war ja nicht im Geringsten wichtig für sie. Er war nur zufällig der Mann, der ihr half, in ihre alte Welt zurückzukehren, um dort ein neues Leben zu beginnen. Und wenn er auch ihren Sohn geholt hatte, würde Sean MacDougal genauso plötzlich aus ihrem Leben verschwinden, wie er aufgetaucht war. Nie wieder würde sie über ihn nachdenken müssen oder ihm in seine hellbraunen Augen sehen.

Der Gedanke hätte ihr eigentlich Erleichterung schaffen sollen. Stattdessen war er ihr irgendwie zuwider, fast so zuwider, wie MacDougal selbst ihr manchmal war. Wie sie ihn in der Ferne immer kleiner werden sah, bis sie kaum noch das Rot seiner Haare erkennen konnte, beruhigte sie sich, dass es die momentane Einsamkeit war, die ihr so zusetzte, und nicht der Gedanke, MacDougal zu verlieren. Als er im Fort verschwunden war, hatte sie sich beinahe davon überzeugt, dass es so war.

MacDougal hätte sich gewünscht, dass er ein etwas religiöserer Mensch wäre. Dann hätte er mit etwas mehr Zuversicht für Rebekah Tates Sicherheit gebetet. Verdammt, er hasste es, sie so allein lassen zu müssen. Es konnte ihr alles Mögliche zustoßen. All das, was er ihr gegenüber zuvor genannt hatte – und noch viele andere Dinge, an die er gar nicht zu denken wagte. Trotzdem, wenn sie jemals ihr Ziel erreichen wollten, dann musste er sich nach dem Weg erkundigen. Außerdem mussten sie sich wirklich dringend ausgeruhte Pferde und neue Vorräte verschaffen – denn es konnte eine ganze Woche dauern, bis sich wieder eine Gelegenheit dazu bieten würde.

Wie nicht anders zu erwarten war, hatte man seine Ankunft bereits bemerkt, und alle Anwesenden im Fort standen am Tor, um ihn zu begrüßen. Es war ein bunter Haufen, der sich da versammelt hatte – Männer in Ledergewändern, Jäger höchstwahrscheinlich, außerdem einige Indianer, die verbraucht aussahen vom Kontakt mit dem weißen Mann und seinem Whisky, drei Indianerinnen, die noch verbrauchter wirkten in ihren zerlumpten Baumwollkleidern, und ein weißer Mann, der offensichtlich den ganzen Laden am Laufen hielt.

Der Mann trat vor und wischte sich die Hände an der Schürze ab, die er über seinem runden Bauch trug. Er sah aus wie ein Greenhorn mit seinem kahlen Kopf und seiner

Drahtgestellbrille, doch MacDougal wusste, dass dieser Eindruck täuschte. Kein Greenhorn hätte einen solchen Laden hier draußen aufziehen und sich unter diesen rauen Burschen behaupten können. Bestimmt war er selbst noch schlitzohriger als die anderen.

»Willkommen in Hopewell's Fort, Fremder«, sagte der dicke Mann mit einem breiten Grinsen. »Josiah Hopewell, zu Ihren Diensten.« Er hatte eine hohe, fast weiblich klingende Stimme, doch die Pistole an seinem Gürtel wirkte recht männlich.

»Danke, Sir«, gab Sean, ebenfalls lächelnd, zurück, während er die anderen Männer im Auge behielt. »Wär's vielleicht möglich, dass man hier bei Ihnen einen Schluck echten Whisky bekommen könnte?«

»Für den ersten weißen Mann, der uns seit über zwei Monaten besucht, würde ich sogar eine Flasche Champagner köpfen, wenn ich welchen hätte«, antwortete Hopewell gut gelaunt. »Aber an Whisky fehlt es mir zum Glück nicht. Steigen Sie ab, damit sich einer meiner Jungs um Ihre Pferde kümmern kann.«

»Ich kümmere mich selbst um sie, wenn es Ihnen nichts ausmacht«, erwiderte MacDougal, während er die ›Jungs‹ aus dem Augenwinkel betrachtete. »Meine Tiere sind ziemlich erschöpft. Vielleicht können wir ja ein kleines Geschäft abschließen.«

»Da haben Sie Glück. Ich habe zufällig einige feine Reitpferde hier. Sie sehen so aus, als könnten Sie auch frische Vorräte gebrauchen. Ich bin sicher, dass wir Ihre Wünsche erfüllen können.«

Sean sah sehr wohl das pfiffige Leuchten in den Augen des Mannes und er musste sich ein Lächeln verkneifen. Es würde gewiss Spaß machen, mit dem Mann zu handeln.

Während sie die Pferde zu den Pferchen führten, machte sich Sean ein Bild von der Umgebung. Es war eines dieser typischen Forts, wie Sean sie schon oft gesehen hatte. An den Mauern aus starken Lehmziegeln standen Gebäude von unterschiedlicher Größe. Eines davon, ein besonders großes, beherbergte Hopewells Laden, ein anderes diente als Mietstall. Die übrigen, kleineren Hütten dienten wohl als Unterkünfte für die jeweiligen Anwesenden im Fort.

Eine Stunde später hatten Sean und Hopewell ihr Geschäft abgeschlossen. Zu Bedingungen, die Sean als wenig zufriedenstellend erachtete, hatte er zwei neue Pferde und einen Maulesel erstanden, und dazu Vorräte, mit denen er und Rebekah bis zum Ende ihrer Reise auskommen sollten. Sean hatte einen viel zu hohen Preis bezahlt, doch Hopewell wusste genau, dass er der einzige Anbieter am Ort war und nützte das weidlich aus. Wenigstens hatte Sean den Trost, dass er Hopewells ursprünglichen Preis noch um einiges hatte herunterhandeln können.

»Die Transportkosten, mein Freund«, rechtfertigte sich Hopewell nun schon zum dritten Mal. »Alles muss Tausende von Meilen befördert werden. Das ist es, was die Waren so teuer macht.«

Sean nickte, während er das Essen genoss, das eine der Indianerinnen ihm zubereitet hatte. Er wünschte, Rebekah wäre hier, um sich auch an dem Büffelsteak mit Soße und den kleinen Brötchen laben zu können. Aber sie hatte es ja selbst so gewollt – und er würde sich den Genuss nicht dadurch trüben lassen, dass sie nicht mitgekommen war.

»Wie lange sind Sie schon hier?«, fragte Sean zwischen zwei Bissen.

»Fast ein Jahr. Die Besiedlung des Westens schreitet schnell voran, mein Junge. Bald schon wird wir hier eine richtige Stadt entstehen.«

»Haben Sie gewusst, dass sich eineinhalb Tagesritte westlich von hier schon jemand angesiedelt hat?«

Hopewells Miene verfinsterte sich. »Dieser Kerl namens Zeth und seine Frau. Sie ist ein wenig beschränkt und er ist verrückt. Ich hab ihm das ins Gesicht gesagt. Sie werden nicht alt werden da draußen, das sage ich Ihnen.«

»So ist es. Die Komantschen haben sie vorgestern überfallen. Wir haben sie begraben.«

Hopewells schlaue Augen verengten sich hinter den Gläsern. »*Wir?*«, fragte er neugierig. »Ich dachte, Sie wären allein, Fremder.«

Sean stockte kurz der Atem, doch er überspielte die

Situation mit einem Lachen. »Habe ich ›wir‹ gesagt? Verdammt, ich rede jetzt schon so lang mit meinem Pferd, dass es mir vorkommt, als wäre ich mit ihm verheiratet.«

Hopewell lächelte höflich, doch Sean hatte ihn offensichtlich nicht überzeugen können. Er hatte Sean zuvor schon gefragt, warum er zwei Reitpferde brauche, obwohl er doch allein war und so einen Haufen Geld gespart hätte.

»Nun«, fuhr Sean fort, »Ihre Nachbarn sind jedenfalls tot.«

»Das musste ja so kommen.« Hopewell schüttelte traurig den Kopf. Der Verlust eines potenziellen Kunden war für ihn wahrscheinlich das Betrüblichste an der Sache. »Sie sind wahrscheinlich der Ansicht, wir sollten ein paar Männer losschicken, um die heidnischen Bastarde zu verfolgen, die das getan haben.«

Doch Sean schüttelte den Kopf. »Sie wissen genauso gut wie ich, dass sie längst über alle Berge sind. Sie würden die Schuldigen nie im Leben finden – dafür würden Sie riskieren, auch noch den eigenen Skalp zu verlieren.«

Hopewell grinste, erfreut darüber, einem Mann mit so vernünftigen Ansichten begegnet zu sein. »Nun, was kann ich sonst noch für Sie tun, Fremder? Möchten Sie ein Bett für die Nacht? Und vielleicht eine Bettgenossin?« Er zeigte auf die drei Indianerinnen, die an der gegenüberliegenden Wand saßen und mit dumpfem Blick ins Leere starrten. »Sie dürfen sich eine aussuchen – oder vielleicht wollen Sie ja alle drei?«

Die Frauen stellten für Sean nicht die geringste Verlokkung dar – doch der Gedanke an ein richtiges Bett war durchaus reizvoll. »Ich kann leider nicht über Nacht bleiben. Ich hab dringende Geschäfte, um die ich mich kümmern muss. So gern ich noch bleiben würde – ich muss die paar Stunden Tageslicht nützen, die mir noch bleiben.«

Hopewell war höflich genug, nicht zu fragen, um welche Geschäfte es sich handelte. Ein Mann, der allein durch Indianerland ritt, war für gewöhnlich mit Dingen beschäftigt, über die er nicht so gern sprach.

Sean war jedoch durchaus bereit, darüber zu reden – vielmehr, seinem Gastgeber die Geschichte zu erzählen, die er sich zurechtgelegt hatte. »Aber ich könnte ein paar Auskünfte gebrauchen, das heißt, falls sie mich nicht zu viel kosten.«

Hopewell lächelte über den kleinen Seitenhieb. »Auskünfte sind normalerweise gratis.«

»Der Mann, mit dem ich geschäftlich zu tun habe, heißt Zebulon Tate. Sagt Ihnen der Name was?«

»Na klar. Er ist ja eine Berühmtheit hierzulande. Außerdem kennt jeder die Geschichte seiner Tochter, die von den Komantschen verschleppt wurde.«

Sean nickte mit ernster Miene. »Nun, ich muss jedenfalls dringend mit ihm sprechen. Das Dumme ist nur, dass ich nicht weiß, wo ich ihn finde. Ich hatte gehofft, Sie könnten mir vielleicht weiterhelfen.«

»Mag sein, aber das kommt ganz darauf an. Normalerweise trifft man ihn zu Hause an, aber da wir gerade Krieg mit Mexiko haben, kann es sein, dass er sich mit den anderen Abgeordneten in Austin aufhält und eifrig mit ihnen über die Lage berät.«

»Aber kann man das denn einen Krieg nennen? Die spazieren doch nur den Rio Grande auf und ab. Sie haben doch ganz New Mexiko eingenommen, ohne einen einzigen Schuss abzufeuern.« Die Truppen der Vereinigten Staaten befanden sich nun bereits ein Jahr in Südtexas und warteten darauf, dass die mexikanische Armee sie provozierte, was, soweit Sean wusste, noch nicht geschehen war.

»Aber die Sache wird langsam heißer. Ich habe gehört, dass Zachary Taylor dabei ist, Monterey einzunehmen, oder dass er es zumindest versucht.«

»Da wünsche ich ihm viel Glück. Jedenfalls würde ich um diese Jahreszeit nicht gern mit einer Armee durch Mexiko marschieren wollen.«

»Stimmt«, pflichtete Hopewell ihm bei. »Aber was ich Ihnen gesagt habe, hilft Ihnen auch nicht, Tate zu finden, nicht wahr?«

»Nein, ich fürchte, nicht. Ich denke, ich werde es zuerst einmal bei ihm zu Hause versuchen, wenn Sie mir ungefähr sagen können, wo das liegt. Wenn er nicht zu Hause ist, erfahre ich dort bestimmt, wo er sich aufhält.«

Hopewell wusste genau, wo Zebulon Tate zu Hause war, wenngleich es natürlich nicht leicht war, den Weg durch die Prärie genau zu beschreiben. Sean hatte dennoch das Gefühl, dass ihn Hopewells Angaben direkt zu Tates Haustür führen würden.

Inzwischen hatte Sean seine Mahlzeit beendet und den letzten Schluck von dem Whisky getrunken, den Hopewell ihm aufgetischt hatte. Es war sicher nicht der beste Whisky, den Sean je getrunken hatte – er schmeckte aber allemal besser als der Fusel, den man üblicherweise in solchen Forts vorgesetzt bekam.

Sean lehnte sich in seinem Stuhl zurück und dachte nach, ob er auch nichts zu besorgen vergessen hatte. Es konnte unter Umständen lange dauern, bis sie in eine richtige Stadt kamen. Sean fragte sich, ob er wohl Rebekah würde überreden können, ihn in die Stadt zu begleiten, wenn es so weit war, oder ob sie sich wieder irgendwo verstecken würde, aus Angst, man könnte sie für eine Squaw halten und …

Da fiel Sean etwas ein, das er noch besorgen musste.

»Ich hab da noch einen Wunsch – ich meine, es klingt vielleicht seltsam, aber haben Sie vielleicht auch Kleider zu verkaufen?«

Hopewell konnte seine Verblüffung nicht ganz verbergen. »Sie meinen Frauenkleider?« Sean nickte. »Nun, eine große Auswahl haben wir sicher nicht, aber vielleicht habe ich etwas für Sie. Sehen wir einfach mal nach.«

Er verschwand in einem Lagerraum und Sean blickte zu den Squaws hinüber. Die drei Frauen verzogen keine Miene, und es war nicht zu erkennen, ob sie sein Gespräch mit Hopewell mitbekommen hatten. Sean war sich fast sicher, dass irgendjemand draußen an der Tür lauschte, um das Gespräch hinterher weiter zu verbreiten; man erfuhr hier draußen in der Prärie nicht oft irgendwelche Neuigkeiten, und wenn schon einmal ein Fremder auftauchte, dann wollte man möglichst alles erfahren, was es zu erfahren gab.

Als Hopewell wieder erschien, trug er zwei Bündel unter dem Arm, die er auf dem Tisch ausbreitete. »Das ist alles, was ich habe. Das Einzige, was ich bekomme, stammt von den Indianern – und wenn kein Blut an den Kleidern ist, stelle ich keine Fragen.«

Sean nickte und begutachtete die beiden Kleider. Eines war aus grober Baumwolle, die in einem ziemlich hässlichen Braun gefärbt war. Das andere war kaum besser, wenngleich es aus Gingham-Baumwolle gefertigt war und der dunkelblaue Farbton zumindest ein klein wenig freundlicher wirkte. Beide Kleider waren nicht gerade sauber und ziemlich zerknittert, doch Sean konnte nicht auch noch verlangen, dass man sie für ihn wusch – denn das hätte ganz sicher Misstrauen geweckt.

Er hob das blaue Kleid hoch und schüttelte es aus, um die Größe zu überprüfen. Es würde wohl groß genug sein, dachte er. Der Stoff war in einigermaßen gutem Zustand, auch wenn das Kleid als Ganzes nicht gerade schön zu nennen war.

»Wie viel soll das hier kosten?«, fragte Sean und machte sich auf einen gepfefferten Preis gefasst. Als Hopewell ihn nannte, stieß Sean einen Pfiff aus und schüttelte den Kopf. Dann legte er das Kleid wieder auf den Tisch zurück.

»Aber Sie bekommen im Umkreis von zweihundert Meilen sicher kein anderes Kleid«, wandte Hopewell ein. »Dabei denken Sie doch sicher an eine ganz bestimmte junge Dame, der Sie das Kleid schenken wollen. Da fällt mir ein, ich muss ja auch noch irgendwo einen Unterrock haben. Der ist im Preis inbegriffen.«

Sean schüttelte erneut den Kopf und machte seinerseits ein Angebot. Das Feilschen hatte begonnen. Am Ende bezahlte Sean gut das Dreifache von dem, was Kleid und Unterrock wert waren. Für dieses Geld hätte er anderswo ein echtes Seidenkleid bekommen – doch als er daran dachte, welche Freude Rebekah damit haben würde, war es ihm das wert.

»Sie sind ein richtiger Halsabschneider, Hopewell«, stellte Sean fest, als er die Münzen abzählte und sie ihm überreichte.

»Und Sie, mein Freund, sind im Handeln schwer zu schlagen. Vielleicht sollte ich Sie als Partner in meinem Geschäft aufnehmen.«

»Sehr schmeichelhaft, aber mir schwebt doch eine etwas zivilisiertere Gegend vor«, antwortete Sean.

»Irgendwo in der Nähe von Mr. Tates Zuhause?«

»Könnte sein.«

Hopewell musterte ihn eine ganze Weile und überlegte offensichtlich, wie er seinem Gast noch weitere Informationen entlocken könnte, ohne ihn vor den Kopf zu stoßen. Schließlich sagte er: »Ich hoffe, es sind gute Neuigkeiten, die Sie für Mr. Tate haben.«

Sean überlegte kurz und beschloss, dass er ihm zumindest einen kleinen Teil der Wahrheit mitteilen konnte. »Ich kann ihm vielleicht etwas über seine Tochter Rebekah berichten.«

»Das Mädchen lebt also?«, fragte Hopewell überaus erfreut. »Haben Sie sie gesehen?«

»Ich möchte nicht mehr sagen«, erwiderte Sean. »Zumindest nicht, bevor ich mit Mr. Tate gesprochen habe.«

»Rebekah Tate ist also am Leben«, sagte Hopewell nachdenklich. »Wer hätte das gedacht? Aber sie muss bestimmt in einem bedauernswerten Zustand sein«, fügte er hinzu. »Wenn man bedenkt – all die Jahre bei den Indianern. Sie wissen ja, was sie mit weißen Frauen machen. Es ist eine Sünde, aber das ist ihnen wahrscheinlich nicht einmal bewusst.«

Sean nickte und widerstand dem Drang, ihm etwas über Rebekahs Zustand mitzuteilen.

»Werden Sie sie holen?«, fragte Hopewell weiter und Sean sah wieder dieses Glitzern in seinen Augen.

»Wenn sie es ist«, antwortete Sean zurückhaltend.

»Ich würde gern dabei helfen«, bot Hopewell an. »Sie können ja nicht einfach in das Lager der Komantschen reiten und sie mitnehmen. Ich habe mit den Indianern Handel getrieben, ich könnte Ihnen helfen, um ihre Freilassung zu verhandeln.«

»Ich weiß Ihr Angebot zu schätzen«, dankte Sean unverbindlich. Er wußte genau, dass Hopewell dieselbe Chance sah, sich einen Namen zu machen, wie er selbst.

»Sie werden Scouts brauchen. Die Jungs dort draußen sind die besten, die Sie kriegen können. Sie brauchen Ihnen nur zu sagen, wo Sie hinmöchten, und sie führen Sie direkt hin.«

»Wenn ich aufbreche, um sie zu holen, komme ich auf Ihr Angebot zurück«, versprach Sean. Er hatte wegen der kleinen Lüge absolut kein schlechtes Gewissen. Wenn er unbehelligt und ohne Verfolger vom Fort wegkommen wollte, dann war es sicher hilfreich, Hopewell das Gefühl zu geben, dass er seinen Teil des Ruhmes einheimsen könne, der mit der Rettung von Rebekah Tate verbunden war.

Hopewell schmiedete sogleich allerlei Pläne, die er Sean mitteilte, während dieser die gekauften Waren auf den Maulesel lud und sein neues Pferd sattelte.

»Vielleicht sollten Sie jetzt gleich aufbrechen, um sie zu befreien«, schlug Hopewell vor. »Ich meine, warum sollte man einen Monat oder zwei Monate damit verschwenden, zuerst ihren Vater aufzusuchen?«

»Wie ich schon sagte, ich bin mir nicht sicher, ob sie es wirklich ist. Ich weiß auch gar nicht, ob er sie nach so vielen Jahren noch zurückhaben will. Da gibt es einiges, was man bedenken muss.«

»Zum Beispiel, wie groß die Belohnung ausfallen sollte, nicht wahr?«, wandte Hopewell mit verschlagenem Grinsen ein.

Sean erwiderte sein Grinsen. »Es kann recht teuer werden, sie freizubekommen. Und Ihre Scouts werden auch nicht umsonst arbeiten, nehme ich an. Ich möchte einfach sicher gehen, dass sich die ganze Mühe auch lohnt.«

Hopewell hatte das Gefühl, eine verwandte Seele gefunden zu haben. »Ich verstehe Sie nur zu gut. Ich würde mich freuen, Sie bald hier wiederzusehen, Fremder. Würde es Ihnen was ausmachen, mir Ihren Namen zu verraten?«

Warum nicht? dachte Sean. »MacDougal«, sagte er und schüttelte dem Händler die Hand.

Hopewell und seine Leute versammelten sich erneut am Tor, um Sean zu verabschieden. Sean sah, dass die anderen seine Waren mit ziemlich gierigen Blicken betrachteten. Sie sahen so aus, als würden sie einen Mann, ohne mit der Wimper zu zucken, töten, nur um ihm sein Hemd abnehmen zu können – wenngleich solche Dinge sich niemals im

Fort selbst abspielen würden. Hopewell achtete bestimmt darauf, dass sein Fort nicht in Verruf kam. Nein, wenn sie es auf ihn abgesehen hatten, dann würden sie ihm folgen und ihm irgendwo auflauern. Er glaubte jedoch, dass Hopewell auch das nicht dulden würde. Trotzdem konnte eine gewisse Wachsamkeit nicht schaden.

Er winkte noch einmal und versprach, bald wiederzukommen, ehe er Richtung Osten weiterritt. Den Rest des Tages verbrachte er damit, einen weiten Bogen zu reiten, um zu jener Stelle zurückzukehren, an der er Rebekah zurückgelassen hatte. Bis dahin würde er auch mit Sicherheit wissen, ob ihm jemand folgte – und dann würden sie beide unbehelligt ihre Reise fortsetzen können.

Die Stunden vergingen quälend langsam für Rebekah. Die meiste Zeit über hatte sie auf das Fort hinuntergeblickt, so als könne sie dadurch MacDougal zu größerer Eile antreiben. Nach dem Sonnenstand zu urteilen, konnten nur etwa zwei Stunden vergangen sein, als er das Fort wieder verließ, auch wenn es ihr wie ein ganzer Tag vorkam.

Er hatte ihr zwar gesagt, dass er zuerst in die falsche Richtung reiten würde – dennoch erstarrte Rebekah innerlich, als sie ihn nach Osten wegreiten sah. Sie blickte ihm nach, bis sie ihn auch mit dem Fernrohr nicht mehr sah – denn durch Hügel hindurchsehen konnte man auch mit diesem Wunderding nicht. Dann behielt sie das Fort weiter im Auge, um zu sehen, ob ihm jemand folgte – doch es regte sich nichts in der vollkommenen Stille des Nachmittags, außer den summenden Insekten im Gras. Währenddessen zog die Sonne weiter ihre Bahn am Himmel, der sich über der endlosen Weite der Prärie wölbte.

Sie war allein, so allein wie nie zuvor in ihrem Leben. Wie oft hatte sie sich in dem wilden Durcheinander ihres Lebens nach ein wenig Einsamkeit gesehnt. Zuerst in der Enge des kleinen Hauses in Tennessee, wo sie mit all ihren Geschwistern in zwei winzigen Zimmern hatte leben müssen. Dann in dem Fort in Texas, wo so viele Familien dicht gedrängt nebeneinander lebten – vermutlich, weil sie sich so sicherer fühlten, auch wenn das, wie sich herausstellen sollte, nur eine Illusion war. Oft hatte sie die Mauern des Forts verlassen, um ein wenig Ruhe zu haben – doch auch da lief ihr meistens eine ihrer jüngeren Cousinen oder ihr kleiner Bruder nach. Wie lästig die anderen ihr doch damals oft gewesen waren. Heute fragte sie sich, ob überhaupt noch jemand von ihnen am Leben war.

Und dann war sie bei den Indianern gewesen, wo allein sein bedeutet hatte, nicht unter der Bosheit irgendeines anderen leiden zu müssen. Das erste Jahr war geprägt von Erniedrigungen und Qualen. Dann hatte Sprüchemacher sie gekauft, was ihre Leiden insofern verringerte, als jetzt nur noch Sprüchemacher und Squeaky berechtigt waren, sie zu quälen. Doch auch da hieß es, ständig vor Bosheit und Feindseligkeit auf der Hut zu sein.

Und niemals gestattete man ihr, allein zu sein, weil man fürchtete, sie könnte weglaufen. Doch auch als man ihr später etwas mehr vertraute, fand Rebekah kaum jemals etwas Ruhe – denn das Komantschenlager war noch überfüllter als das Fort, in dem sie zuvor gelebt hatte. Sie hätte also eigentlich froh sein sollen, wieder einmal ein wenig Zeit für sich allein zu haben und nicht ständig auf der Hut sein zu müssen, ob es nicht irgendjemand auf sie abgesehen hatte.

Doch stattdessen fühlte sie sich ziemlich verloren hier draußen in der Wildnis. Wenn MacDougal nicht zu ihr zurückkehrte, dann hätte sie die Wahl, entweder ins Fort zu gehen und eine der Indianerhuren zu werden oder auf eigene Faust weiterzuziehen, was den sicheren Tod bedeuten würde. Sie hätte nicht sagen können, welches Schicksal ihr schlimmer erschien.

Über sich sah sie einige Falken kreisen. Sie wirkten so frei oben am Himmel, dass Rebekah sie unwillkürlich beneidete. Wann war sie jemals frei gewesen? Wann hatte sie jemals eine Entscheidung über ihr eigenes Leben treffen können? Selbst jetzt war sie ganz von einem anderen Menschen abhängig, von jemandem, dem sie nicht vertrauen konnte und der möglicherweise noch gefährlicher war als die Komantschen.

Warum sie so über ihn dachte, das wusste sie selbst nicht

genau. Er hatte ihr nie etwas zuleide getan, hatte sie nie geschlagen und kaum jemals ein hartes Wort zu ihr gesagt. Trotzdem fühlte sie, dass er in gewisser Weise eine Bedrohung für sie darstellte. Seit sie mit ihm zusammen war, hatten die Mauern, die sie als Schutz um sich errichtet hatte, zu bröckeln begonnen. Er hatte gesagt, dass sie im Schlaf weinte – etwas, das sie früher mit Sicherheit nicht getan hatte; und manchmal war sie nicht nur im Schlaf nahe daran, in Tränen auszubrechen.

Und dann erinnerte sie sich an den Traum, in dem er sie verführt hatte, wie MacDougal selbst es ausgedrückt hatte. Rebekah vermutete jedoch, dass sich hinter diesem Wort etwas verbarg, was mit Sicherheit schmutzig und hässlich war. Doch es war ganz und gar kein hässliches Gefühl gewesen. Aber schließlich war es ja nur ein Traum.

Und dann rief sie sich in Erinnerung, dass er sie ganz bestimmt nicht aus lauter Nächstenliebe gerettet hatte. Sean MacDougal war nichts als ein habgieriger Mensch, der jede Gelegenheit nützte, sich zu bereichern; nur weil er davon profitierte, war er bereit, ihr zu helfen. Sie selbst bedeutete für ihn nichts anderes als die Möglichkeit, sich einen Namen zu machen. Und er bedeutete für sie nur ein Mittel zum Zweck, um der Hölle zu entrinnen und ein normales Leben zu beginnen. Wenn die Flucht vorüber war und er ihr ihren Sohn gebracht hatte, würden sich ihre Wege für immer trennen.

Und sie würde wieder allein sein.

Sie schauderte bei dem Gedanken, doch noch ehe sie sich fragen konnte, warum das so war, hörte sie ein Geräusch hinter sich und griff rasch nach der Pistole, die MacDougal ihr dagelassen hatte.

»Rebekah Tate! Nicht schießen!«, rief MacDougal.

Sie seufzte erleichtert und ließ die Waffe sinken. Ihr Herz klopfte wie wild, doch sie sagte sich, dass es allein daher kam, dass er sie so erschreckt hatte. »Wo haben Sie denn so lange gesteckt, MacDougal? Haben Sie sich verirrt?«

Er kam um den Hügel herum auf sie zu, die Tiere mit sich führend, und blickte sie mit dem gewohnten unverschämten Grinsen an. »Das ist mir ja eine schöne Begrüßung. Ich hätte Sie allein lassen können. Sie könnten ruhig ein wenig mehr Dankbarkeit zeigen.«

»Sie würden mich nie allein lassen«, versetzte sie. »Ohne Rebekah Tate können Sie nie der Mann sein, der Rebekah Tate gerettet hat.«

»Da haben Sie auch wieder Recht. Und deshalb fürchte ich, dass ich Sie weiter mitnehmen muss, auch wenn Sie es an dem gebotenen Respekt fehlen lassen. Aber jetzt kommen Sie doch mal her und sagen Sie mir, was Sie von meinen Einkäufen halten.«

Er zog die Pferde und den Maulesel noch etwas näher heran, um sie von ihr begutachten zu lassen.

»Die Leute im Fort müssen Sie für ein völliges Greenhorn gehalten haben. Ich habe noch nie so armselige Tiere gesehen!«

»Sie sollten nicht nach dem Äußeren urteilen, meine Liebe«, wandte er ein und merkte nicht, wie sie unter der zärtlichen Anrede zusammenzuckte. »Ich gebe zu, dass es ausgesprochen hässliche Viecher sind, aber ich will ja auch keinen Schönheitswettbewerb mit ihnen gewinnen. Sie sind stark und gesund und bestens imstande, uns ans Ziel zu bringen.«

Rebekah blickte ihn ein wenig verwirrt an; sie fragte sich, warum er plötzlich so fröhlich wirkte.

»Ich hoffe, Sie waren wenigstens so klug, die Pferde erst zu reiten, bevor Sie sie gekauft haben. Ich schwöre Ihnen, wenn mein Pferd mich bei jedem Schritt durchrüttelt wie ein ...«

»Aber, aber, meine Dame, für wie herzlos halten Sie mich eigentlich?«, erwiderte er und legte theatralisch die Hand aufs Herz, was Rebekah ziemlich lächerlich fand. »Natürlich habe ich mich zuvor vergewissert, dass Ihr Pferd Sie ganz besonders sanft über die Prärie tragen wird. Sie werden sich vorkommen wie ein Baby, das von der liebenden Mutter in den Schlaf gewiegt wird.«

Seine übertriebene Fröhlichkeit begann Rebekah langsam auf die Nerven zu gehen, doch da fiel ihr etwas ein, das ihn bestimmt ernüchtern würde. »Wie viel mussten Sie für diese alten Klepper bezahlen?«

Er blickte sie missbilligend an und sagte: »Geld spielt keine Rolle, wenn es um Ihr Wohl geht.« Er sattelte sein Pferd ab. »Und wenn Sie überhaupt keine Dankbarkeit aufbringen, dann könnte ich es mir noch mal überlegen, ob ich Ihnen das Geschenk gebe, das ich für Sie besorgt habe«, fügte er beiläufig hinzu.

Rebekah hasste sich selbst dafür, dass sie plötzlich sehr neugierig wurde. Nein, bestimmt wollte er sie nur ein wenig necken. Er konnte ihr unmöglich ein Geschenk besorgt haben. Warum sollte er auch? Und selbst wenn, was kümmerte das sie? Sie brauchte keine Geschenke von ihm. Sie brauchte von niemandem irgendetwas.

Trotzdem konnte sie nichts dagegen tun, dass ihr Herz vor Aufregung pochte. Doch sie würde sich hüten, ihm ihre Neugier zu zeigen – und so presste sie die Hände fest zusammen, um sich selbst daran zu hindern, vor Ungeduld mit den Fingern zu spielen.

Als er sein Pferd abgesattelt hatte, blickte er kurz zu ihr hinüber. Dann ging er zu dem Maulesel, um ihm seine Last abzunehmen. »Sind Sie denn gar nicht neugierig, was es ist?«, fragte er.

Erst jetzt wurde ihr klar, dass er das Lager aufschlug. »Sollen wir denn etwa die Nacht hier verbringen?«, fragte sie.

»Wir haben nur noch eine Stunde Tageslicht. Ich dachte mir, wir können genauso gut hier bleiben als irgendwo anders.«

Aus irgendeinem Grund wäre sie gern rasch von hier weggekommen. Vielleicht war es die Nähe des Forts, was sie so unruhig machte. Vielleicht war aber auch nur MacDougal an ihrer Gereiztheit schuld.

»Ich habe Ihnen Brötchen und kaltes Fleisch mitgebracht«, sagte er, bevor sie etwas einwenden konnte. »Ich dachte mir, dass Sie sicher auch gern ein wenig Abwechslung beim Essen hätten.«

Da konnte sie ihm nicht widersprechen. Wie lange war es jetzt her, seit sie zum letzten Mal ein Brötchen gegessen hatte? Bei dem bloßen Gedanken lief ihr das Wasser im Mund zusammen, und es wurde ihr bewusst, dass sie seit heute Morgen, als er aufgebrochen war, nichts mehr gegessen hatte.

»Wenn das das Geschenk ist, von dem Sie sprachen, dann verspreche ich Ihnen, dankbar zu sein, wenn Sie nur endlich mit dem Abladen aufhören und es mir geben.«

»Nein, das ist noch nicht das Geschenk«, erwiderte er und suchte nach einem ganz bestimmten Sack. »Aber ich werde es mir merken, wie leicht Sie zufrieden zu stellen sind.«

Als er den Sack mit dem Essen gefunden hatte, warf er ihn ihr zu, und sie öffnete ihn ziemlich begierig, auch wenn sie wusste, dass sich das nicht schickte. Doch sie konnte einfach nicht anders, und als sie das erste Brötchen in der Hand hielt, war die Vorfreude fast nicht mehr auszuhalten.

Das Brötchen war hart und kalt und wäre wohl auch frisch aus dem Backofen nicht besonders wohlschmeckend gewesen, doch Rebekah hob es andächtig an die Lippen und biss hinein. Es war ihr, als zerginge ihr der Sauerteig förmlich auf der Zunge. Süße Erinnerungen kamen in ihr hoch, wie ihre Mutter Teig knetete und Teigkreise ausstach. Dann das seidige Gefühl des Mehls auf den Händen. Der Duft des Brotes im Backofen. Der Geschmack des frisch gebackenen Brotes.

Erst als sie den ersten Bissen hinuntergeschluckt hatte, wurde ihr bewusst, dass sie die Augen geschlossen hatte. Als sie sie öffnete, sah sie, dass MacDougal sie beobachtete, mit einem seltsamen Ausdruck in den hellbraunen Augen.

»Ich habe auch etwas Büffelsteak mitgebracht«, sagte er. »Ich dachte mir, wir könnten uns daraus ein schönes Abendessen machen.«

Sie nickte und wusste wohl, wie übertrieben sie wegen eines Stücks trockenen Brotes reagierte. Trotzdem nahm sie noch einen Bissen, ehe sie zu der Decke hinüberging, auf der sie fast den ganzen Tag gesessen hatte, um darauf das Essen auszubreiten.

Das Büffelfleisch war für sie keine Delikatesse, nachdem sie in den vergangenen sieben Jahren kaum etwas anderes gegessen hatte – doch von den Brötchen konnte sie einfach nicht genug bekommen. Erst als sie fertig gegessen hatten, wurde ihr bewusst, dass MacDougal ihr alle Brötchen überlassen hatte.

Es war ihr etwas peinlich, dass sie so gierig gewesen war, und sie stand rasch auf, um die Reste des Essens zu verstauen. Dabei überlegte sie, wie sie ihre Dankbarkeit für sein Geschenk zeigen konnte, ohne es zu übertreiben.

Doch noch ehe sie etwas sagen konnte, wandte er sich an sie. »Sind Sie jetzt bereit für Ihr Geschenk?«, fragte er.

»Was?«, fragte sie verblüfft, bis ihr einfiel, dass er ja gesagt hatte, das Essen wäre gar nicht das eigentliche Geschenk. »Oh«, murmelte sie ziemlich verlegen. »Äh … ja.«

Erneut begann ihr Herz schneller zu schlagen, und sie kam sich wie eine Närrin vor, weil sie sich von ihm in eine solche Aufregung versetzen ließ. Wahrscheinlich erlaubte er sich wieder einmal einen Spaß mit ihr, um hinterher über sie lachen zu können. Aber es war schon so lange her, dass jemand ihr etwas geschenkt hatte, dass sie einfach nicht anders konnte, als freudig erregt zu sein. Erinnerungen an ferne Weihnachtsfeste im Hause ihrer Eltern kamen ihr in den Sinn. Die Kinder hatten nie große Geschenke bekommen, aber irgendetwas hatte es immer gegeben – ein schönes Band für das Haar, eine Orange, und in ihrem letzten Jahr zu Hause sogar eine Bibel ganz für sie allein; ihr Vater hatte gemeint, sie sei jetzt fast erwachsen und würde sie brauchen. Wo sie jetzt wohl war?

MacDougal kramte wieder in seinen Sachen und Rebekah hatte Mühe, ihre Aufregung zu bezähmen. Sie schalt sich eine Närrin, doch an ihrer Reaktion änderte das wenig. Wenigstens erwiderte sie nicht sein Lächeln, als er, wie ein Dummkopf grinsend, auf sie zukam. Er hielt etwas hinter seinem Rücken, und sie war zu stolz, um zu versuchen, einen Blick darauf zu erhaschen. Wie zu Stein erstarrt saß sie da, auch wenn sie innerlich bebte wie ein Blatt im Wind.

Immer noch grinsend, holte er das Geschenk hinter seinem Rücken hervor und legte es ihr feierlich in den Schoß. Sie konnte sich beim besten Willen nicht vorstellen, was es war.

»Möchten Sie es sich denn nicht ansehen?«, fragte er.

Seine weißen Zähne strahlten aus seinem feuerroten Bart hervor.

Sie bemühte sich, das Zittern ihrer Hände zu unterdrücken und hob den blauen Stoff an einer Ecke ganz sachte hoch. Das Stoffbündel öffnete sich, doch sie konnte immer noch nicht erkennen, was es war. Als es ihr schließlich klar wurde, stieß sie einen überraschten Schrei aus.

»Ein Kleid!«, rief sie aus und sprang rasch auf, um das Kleid an ihren Körper zu halten. Es war wahrscheinlich das hässlichste Kleid, das sie je gesehen hatte. Der dunkelblaue Stoff war an den Säumen ausgebleicht und am Hals sowie an den Ärmeln ausgefranst und wahrscheinlich würde sich auch mit noch so viel Waschen der ganze Schmutz nicht entfernen lassen. Doch das alles spielte keine Rolle – Rebekah fand das Kleid einfach hinreißend.

»Oh, MacDougal!«, rief sie entzückt aus.

»Ich weiß, es ist hässlich«, sagte er stirnrunzelnd, so als wäre er besorgt, dass es ihr nicht gefallen könnte. »Aber er hatte nur zwei Kleider da – und ob Sie es glauben oder nicht, das hier war das schönere der beiden. Es ist ziemlich schmutzig, aber ich dachte mir, wir könnten es ja waschen. Ich habe auch Seife da …«

Rebekah hörte kaum, was er sagte. Sie drückte das Kleid an sich und überlegte, ob es wohl passte. Ein Kleid! Ein richtiges Kleid, wie weiße Frauen es trugen! Sie blickte auf und sah, dass MacDougal sie sprachlos anstarrte. »Weg hier!«, befahl sie ihm, packte ihn am Arm und schob ihn beiseite.

»Was?«, fragte er verdutzt.

»Lassen Sie mich allein! Ich will es gleich anziehen! Gehen Sie zu den Pferden hinüber und drehen Sie sich nicht um. Los, schnell!«

Sein Schnurrbart zuckte, so als würde er lächeln oder versuchen, es sich zu verbeißen – doch er tat, wenn auch kopfschüttelnd, was sie von ihm verlangte. Immer wieder warf er einen Blick über die Schulter zurück, doch sie rührte sich nicht von der Stelle, bis er bei den Tieren war.

»Und jetzt nicht umdrehen, bis ich es Ihnen sage!«, rief sie ihm zu. Sie glaubte zu sehen, dass sich seine Schultern schüttelten, so als lache er, doch es machte ihr längst nichts mehr aus, wie dumm sie sich benahm.

Ein Kleid! Ein richtiges Kleid!

»Ich habe auch einen Unterrock mitgebracht«, rief MacDougal zu ihr zurück, sodass sie erschrak – doch als sie zu ihm aufblickte, stand er immer noch mit dem Rücken zu ihr.

Sie blickte sich um und sah schließlich das Stück weißen Stoffs, das zu Boden gefallen war, als sie das Kleid ausgeschüttelt hatte. Es war kaum mehr als ein alter Lumpen, doch es würde seinen Zweck erfüllen. Mit zitternden Händen befreite sie sich von dem verhassten Indianerkleid und ließ es achtlos fallen.

Bei dem ›Unterrock‹ handelte es sich eigentlich um die Überreste eines Damenhemds. Die abgetragene Baumwolle fühlte sich wunderbar weich an – ein lange vergessenes Gefühl, das ein Prickeln auf ihrer Haut erzeugte. Das Kleid ließ sich leicht über den Kopf streifen; es roch nach dem Staub, der sich in den Falten angesammelt hatte, was Rebekah jedoch nicht das Geringste ausmachte. Es störte sie auch nicht, dass ein Knopf fehlte und dass das Kleid eigentlich viel zu weit für ihre schlanke Gestalt war, sodass es ziemlich lose herabhing. Nichts an diesem Kleid hätte sie in irgendeiner Weise stören können. Was allein zählte, war, dass es ein Symbol für ihre Freiheit war, für ihr neues Leben, das nun begann.

Sie drehte sich rasch im Kreis, sodass der Rock sich öffnete wie die Blütenblätter einer Butterblume. Eine solche Freude kam in ihr hoch, dass sie sich mit einem gedämpften Schrei Luft machte. Sie erschrak selbst über den heiseren Freudenschrei und hielt sich überrascht die Hand vor den Mund – doch es nützte nichts: ein weiterer Laut entrang sich ihren Lippen, und dann noch einer – und schließlich erkannte sie, was es war: Sie lachte. Von der Freude überwältigt, drehte sie sich wieder und wieder im Kreis herum und hörte nicht auf zu lachen – bis MacDougal sie schließlich in die Arme schloss. Und sie hielt sich an ihm fest, immer noch lachend, weil sie einfach nicht mehr aufhören konnte.

Und MacDougal hielt sie fest. Er sagte etwas, was sie nicht verstehen konnte, weil sie so laut lachte, bis ihr schließlich die Tränen die Wangen hinunterliefen. Jetzt endlich hörte sie auf zu lachen, weil ihre Kehle schmerzte und weil der Schmerz und die Wut in ihr aufbrachen wie eine alte Wunde.

Und MacDougal hielt sie fest, während sie weinte, und wiegte sie in seinen Armen, bis ihre Füße sie nicht mehr trugen. Er bettete sie auf die Decke und legte sich neben sie, während sie von ihrem Schluchzen geschüttelt wurde. Und sie musste an ihren toten Bruder denken und an ihre Mutter und all die anderen, die gestorben waren – und auch an ihren Sohn, der so weit weg war. Und sie dachte an die Jahre, die sie verloren hatte, und an all die furchtbaren Dinge, die man ihr angetan hatte, und sie dachte, sie würde nie mehr aufhören zu weinen, so viel Schmerz war in ihr.

Doch irgendwann hörte sie doch auf, aus purer Erschöpfung. Schlaff und regungslos lag sie in MacDougals Armen, von gelegentlichem Schluckauf geschüttelt. Sie hasste ihn dafür, dass er so stark war, während sie selbst so schwach war, doch gerade deshalb brauchte sie jetzt seine Stärke. Sie hatte Angst, dass sie, wenn er sie jetzt losließ, in hunderttausend Stücke zerfallen würde.

Er hatte aufgehört, ihr zuzureden, und sie vermisste den beruhigenden Klang seiner Stimme, auch wenn sie kein Wort verstanden hatte. Wenigstens hatte er nicht aufgehört, ihr über das Haar zu streicheln und sie in seinen Armen zu wiegen. Sie hatte Angst, er könnte sie loslassen – denn genau das würde er gleich tun, jetzt, da sie nicht mehr weinte. Er würde sie loslassen, und dann würde sie wieder allein sein, so schrecklich allein – und sie wusste, sie würde es nicht ertragen. Der Gedanke ließ sie erschaudern, worauf MacDougal ihr beruhigende Worte zuflüsterte.

Sie musste irgendetwas tun, damit er bei ihr blieb. Und sie wusste auch ganz genau, was sie tun musste, damit er die ganze Nacht bei ihr blieb und sie nicht allein sein musste.

Doch sie musste von sich aus damit beginnen, denn MacDougal würde es nicht tun, dessen war sie sich ganz sicher.

Das Problem war nur, dass sie keine Ahnung hatte, wie sie damit beginnen sollte. Aber allzu schwer konnte es nicht sein. Die Männer wollten es doch eigentlich immer. Sie musste ihm nur zu verstehen geben, dass sie bereit dazu war – mehr war gewiss nicht nötig. Dann würde sie sich einfach innerlich entfernen und brauchte nicht einmal Angst zu haben, denn MacDougal würde ihr bestimmt nicht wehtun. Er hatte ihr ja auch in dem Traum nicht wehgetan.

Doch als sie an den Traum dachte und an diesen Augenblick der tiefsten Verzückung, begann sie zu zittern.

»Ist Ihnen kalt?«, fragte MacDougal. »Ich hole Ihnen noch eine Decke.«

Er wollte schon aufstehen, doch sie hielt ihn zurück. Sie durfte ihn jetzt nicht weglassen – und so legte sie die Arme um ihn und hielt ihn fest. Er erstarrte ein klein wenig vor Staunen und rührte sich nicht, als sie ihm über den Rücken zu streichen begann.

Die Augen fest zusammengepresst, damit sie ihm nicht ins Gesicht sehen musste, strich sie über den groben Stoff seines Hemdes und spürte die Muskeln, die sich darunter abzeichneten. Doch es schien nicht zu gelingen und Angst wallte in ihr auf, bis ihr schließlich einfiel, was sie noch unternehmen konnte.

Sie fand eine Stelle, wo sein Hemd aus der Hose gerutscht war, und ließ ihre Hand darunter schlüpfen. Sie erschrak für einen Augenblick, als sie seine warme nackte Haut spürte, doch sie zwang sich, weiterzumachen. Immer wieder streichelte sie seine samtweiche Haut, und als sie ihn leise aufstöhnen hörte, wusste sie, dass sie Erfolg hatte.

Aber nur ein klein wenig. Er lag immer noch steif und unbewegt da, und als sie ihre Hand an seinem Bauch nach unten wandern ließ, packte er sie am Handgelenk.

»Rebekah ...«, sagte er, doch sie ließ ihn nicht weitersprechen und presste in ihrer Verzweiflung ihre Lippen auf die seinen. Das war es doch, was sie immer von ihr gewollt hatten und was sie ihnen allen verweigerte. Doch diesmal würde sie es zulassen, weil sie verhindern musste, dass er zu sprechen begann – denn wenn er sprach, würde er alles verderben.

Doch er war zu stark für sie, und so drückte er sie von sich weg und zwang sie, ihn anzusehen. Als sie das Glitzern in seinen Augen sah, wusste sie, dass er sie wollte und dass sie gewonnen hatte – doch er sagte: »Willst du das wirklich?«

Nein, dachte sie, doch sie sagte ja, weil ihr nichts anderes übrig blieb. »Bitte«, flüsterte sie in ihrer Verzweiflung, weil sie fürchtete, er könnte merken, dass sie log.

Sie hielt ihn am Hemd fest und versuchte erneut, ihren Mund auf den seinen zu pressen, doch er hielt sie von sich weg. »Also gut, aber diesmal machen wir es richtig«, sagte er, sprang auf und zog sein Hemd aus.

Die Sonne stand blutrot am Horizont und überzog den Himmel mit einem roten Schleier, so dass MacDougals Haar noch röter wirkte als zuvor. Auch die Haare auf seiner Brust waren rot, und sie betrachtete sie fasziniert, während er seine Stiefel auszog. Doch als er sich der Hose zuwandte, schloss sie die Augen. Wenn sie sein hochaufgerichtetes Geschlecht sah, so dachte sie, würde sie es wahrscheinlich mit der Angst zu tun bekommen – und dann wäre sie nicht mehr imstande, ihn dazu zu bringen, dass er bei ihr blieb.

Als er sich wieder zu ihr legte, zitterte sie, obwohl sie glaubte, keine Angst mehr zu haben.

»Ich weiß, dass du dein schönes Kleid nur ungern wieder ausziehst«, sagte er, während er begann, die Knöpfe an ihrer Brust zu öffnen, »aber ich möchte dich gern sehen.«

Natürlich, dachte sie. Sie wollen immer, dass die Frau völlig nackt und wehrlos vor ihnen liegt. Aber das spielte keine Rolle, sagte sie sich, denn in wenigen Minuten würde sie ohnehin weit fort sein. Sie half ihm nicht, wehrte sich aber auch nicht, als er ihr das Kleid und den Unterrock über den Kopf streifte und ihr zuletzt sogar die Mokassins auszog.

Als sie völlig nackt war, bereitete sie sich auf das Unvermeidliche vor, doch es trat nicht ein – zumindest nicht so, wie sie es erwartet hatte. Stattdessen lag er nur still neben ihr. Ein mildes Lüftchen umspielte ihren Körper und auch die Löckchen an ihrer intimsten Stelle, doch er kam immer noch nicht zu ihr.

Schließlich konnte sie die Anspannung nicht länger ertragen und öffnete die Augen ein klein wenig, um ihn anzusehen. Er betrachtete sie aufmerksam und liebkoste sie förmlich mit seinen Blicken – vom Kopf bis zu den Zehen hinunter. Sie hätte erwartet, dass sie sich erniedrigt fühlen würde, wenn sie so völlig nackt vor ihm lag – so wie es ihr immer ergangen war, wenn ein Mann ihr Gewalt antat.

Aber keiner hatte sie je so angesehen wie MacDougal. Da war keine wolllüstige Gier, sondern fast so etwas wie Verehrung in seinem Blick – fast so, wie manche Männer aussahen, wenn sie zu Gott sprachen, an den sie nicht mehr glauben konnte.

Als sein verehrender Blick zu ihrem Gesicht zurückkehrte, sagte er: »Du bist lieblich, meine Freundin, und kein Fehler ist an dir.«

Die Worte klangen ihr irgendwie vertraut, so als hätte sie sie schon einmal gehört, was jedoch unmöglich der Fall sein konnte. Sie berührten sie auf seltsame Weise und ließen sie am ganzen Körper erbeben.

»Deine Füße sind zierlich in den Schuhen, du Fürstin. Und das Rund deiner Hüften ist das Werk eines Künstlers. Einer Schale, der niemals edler Wein fehlen möge, gleicht dein Schoß, süßes Mädchen. Wie ein Hügel von Weizen ist dein Leib, rund und golden und von Lilien umstanden. Deine Brüste sind herzig wie zwei junge Gazellen. Einem Elfenbeinturm gleich ist dein Hals, schlank und schimmernd. Deine Augen – zwei Teiche nah beim Tore von Heschbon. Deine Nase ist zierlich wie der Vorsprung des Wachtturms an dem Weg nach Damaskus. Wie das Karmelgebirge ist dein Kopf, hoch und prächtig. Voller Glanz ist dein Haupthaar; in dem Netz deiner Locken liegt ein König gefangen. Du bist schön wie keine andre, meine Freundin.«

So hatte sie sich das nicht gedacht. Er sollte nicht zu ihr sprechen – schon gar nicht so seltsame Dinge, die sie völlig verwirrten. Nein, sie musste dafür sorgen, dass er aufhörte.

»Stammt das auch von diesem heidnischen Theaterdichter, MacDougal?«, lästerte sie, auch wenn ihre Stimme ein wenig zitterte.

Er lächelte ihr zu. »Nein, meine Liebe. Es stammt aus der Bibel.«

Sie war sich sicher, dass er log. »So etwas steht ganz bestimmt nicht in der Bibel!«

»O doch, im Hohelied der Liebe von Salomo. Vielleicht hat dir dein Vater das nie gezeigt.«

Sie konnte sich beim besten Willen nicht erinnern. Sie konnte sich an überhaupt nichts erinnern, da er ihr Haar und ihr Gesicht streichelte, so sanft wie der milde Sommerwind, und seine Berührung jagte ihr einen Schauer nach dem anderen über die Haut.

»Du bist wirklich wunderschön, Rebekah Tate«, sagte er. »Dein Haar ist wie gesponnenes Gold, wenn die Sonne darauf scheint, und es fühlt sich so weich an wie Seide. Und deine Haut ist weich wie Samt.« Seine rauen Fingerspitzen strichen über ihre Wange und sie hielt den Atem an. »Deine Lippen schmecken süß, auch wenn sich wahrscheinlich noch nie jemand die Zeit genommen hat, dir zu zeigen, wie man richtig küsst.«

Sie öffnete den Mund, um ihm zu sagen, dass sie gar nicht wissen wollte, wie man küsst, doch da strich er plötzlich mit dem Daumen über ihre Unterlippe – und sie erschrak über die angenehme Empfindung, die er damit auslöste. Er strich mit dem Finger über ihren Mund, immer wieder und wieder, bis ihre Lippen bebten und sie nur noch in kleinen Stößen atmete.

Und gerade als sie es nicht mehr auszuhalten glaubte, drückte er seine Lippen auf die ihren, aber nur für einen kurzen Augenblick, so als trinke er von ihrem Mund, wenn auch nur einen kleinen Schluck. Immer wieder und wieder fand er den Weg an ihre Lippen, was ihr Verlangen jedoch nur noch größer machte – und sie hob ihm ihren Mund entgegen, damit er ihn voll und ganz nahm.

Doch er wollte immer noch nicht zu ihr kommen und so schlang sie in ihrer Verzweiflung die Hände um seinen Nacken und zog ihn zu sich. Diesmal gab er nach und bedeckte ihre Lippen mit den seinen, so als wolle er sie verzehren. Doch wenn sie gedacht hatte, dass dieser Kuss ihr Verlangen endlich stillen würde, so irrte sie: Es wurde dadurch nur noch größer. Je länger er sie küsste, umso mehr wollte sie von ihm. Es machte ihr nicht einmal etwas aus, als seine Zunge über ihre Lippen strich und dann in ihren Mund eindrang, um mit ihrer Zunge zu spielen. Es gefiel ihr, wie er schmeckte, so anders und doch irgendwie vertraut, so als hätte sie schon ihr Leben lang auf ihn gewartet.

Sie küssten sich lange und innig, bis Rebekah kaum mehr atmen konnte und glaubte, ihr Herz würde jeden Augenblick zerspringen. Als er schließlich seine Lippen von den ihren löste, rangen sie beide nach Luft und sein Bart kitzelte ihr an der Wange.

Nun würde er sie nehmen, dachte sie, und es machte ihr nichts aus. Doch irgendwie wollte sie nicht, dass alles gleich wieder vorüber war. Da sollte vorher noch etwas kommen, auch wenn sie nicht recht wusste, was das sein mochte.

Doch er nahm sie nicht. Stattdessen drückte er seine Lippen an ihren Hals und begann spielerisch daran zu knabbern, so als wolle er ihre Haut schmecken – und er schien sie sehr zu genießen. Sein Mund fand die empfindliche Stelle hinter dem Ohr und danach das Ohrläppchen und schließlich ihren Hals, in dem das Blut wie wild pulsierte.

Doch damit gab er sich nicht zufrieden. O nein, er ging noch weiter, und sein Bart war wie eine dritte Hand, als er sie mit Zärtlichkeiten bedeckte, während seine Hände sie auf den Seiten streichelten, so dass ihr ganzer Oberkörper zu prickeln begann.

Schließlich arbeitete er sich zu den Rundungen ihrer Brüste hinunter. Er legte einen Arm unter sie und umschloss mit der anderen eine Brust.

»Sein linker Arm liegt unter meinem Kopf und mit dem rechten hält er mich umschlungen«, murmelte er. »Deine Brüste gleichen reifen Trauben.«

Er nahm eine der Brustspitzen zwischen die Lippen und begann zärtlich daran zu saugen, was ungeahnte Wonnen in ihr auslöste. Sie stieß einen Schrei des Erstaunens aus, der sich bald in ein Stöhnen verwandelte, als sein begieriger Mund sie weiter liebkoste und seine Hand mit ihr spielte und sie mit süßen Qualen bedachte, die ihr durch und durch gingen.

Undeutlich nahm sie wahr, dass ihr die Kontrolle über ihren Körper entglitten war, doch das war ihr längst gleichgültig. Sie würde MacDougal die Kontrolle überlassen. Sie würde ihn alles tun lassen, was er wollte. Wenn es Zeit war, konnte sie immer noch flüchten – und genau das würde sie auch tun, sobald er in sie eindringen wollte. Dann würde er zwar ihren Körper in Besitz nehmen, aber nicht ihre Seele. Aber dafür war immer noch Zeit.

Seine Hände bewirkten Wunderdinge und lösten ungeahnte Empfindungen in ihr aus, als er sie überall berührte. Seine Lippen zogen eine Spur von heißen Küssen über ihren Bauch und machten kurz an ihrem Nabel Halt, wie um daraus den Wein zu trinken, von dem er zuvor gesprochen hatte. Und während sein Mund nach unten wanderte, bewegten sich seine Hände nach oben, streichelten ihre Schenkel und glitten dazwischen hinein, direkt zu ihren empfindlichsten Stellen. Heiße Schauer jagten ihr über die Haut, und sie breitete instinktiv die Beine aus, wie um sich für ihn zu öffnen.

Dennoch schreckte sie hoch, als er sie dort berührte, doch sie hatte keine Angst mehr vor ihm – im Gegenteil, sie wollte ihn spüren, überall, und er begann mit seinen Fingern das warme, feuchte Zentrum ihrer Lust zu erkunden. Mit jeder Berührung steigerte er ihr Verlangen noch weiter – und es war stärker als ihr Verlangen, zu essen und zu trinken oder gar zu atmen.

»Willst du mich, meine Liebe?«, flüsterte er.

»Ja«, hauchte sie, und das war keineswegs gelogen. Sie atmete seinen süßen Duft ein und verspürte den Wunsch, ihn als Ganzes in sich aufzunehmen.

»Sag es mir, mein Schatz. Sag mir, dass du mich willst.«

Doch sie brachte es nicht fertig. Sie wusste nicht, wie sie es hätte sagen sollen. Stattdessen flüsterte sie nur: »Bitte«, denn sie wünschte sich nichts sehnlicher, als dass das Ganze seine Vollendung bekam, wie immer sie auch aussehen mochte.

Und dann kam er zu ihr. Er legte sich auf sie mit seinem warmen, festen Körper und seinem harten Geschlecht – und sie öffnete sich ihm, hob sich ihm entgegen und seufzte genauso wie er, als er schließlich eindrang und sie mit seiner Kraft erfüllte.

»Ja«, sagte sie, oder vielleicht dachte sie es auch nur, als sein Mund sich über dem ihren schloss, so dass sie nicht mehr sprechen konnte. Sie schlang die Arme um ihn und hielt ihn an sich gedrückt, so als wolle sie ihn voll und ganz in sich aufnehmen.

Doch die Erlösung wollte nicht kommen. O nein, das Verlangen wurde sogar noch größer mit jedem Stoß seiner Lenden, bis sie plötzlich das Gefühl hatte, am Rand eines Abgrundes zu stehen. Doch sie hatte Angst, zu fallen, Angst, sich völlig hinzugeben; denn wenn sie losließ, würde sie unweigerlich einen Teil ihrer selbst verlieren – und es war doch ohnehin nur noch so wenig von ihr übrig.

Nein, dachte sie, *ich kann nicht!* Und als der Augenblick der seligen Selbstvergessenheit nahe war, zog sie sich ruckartig zurück und schloss die Augen, um in eine andere Region der Selbstvergessenheit abzugleiten, von der sie wusste, dass sie sicher sein würde. Langsam und widerwillig verließ sie ihren Körper und all die wunderbaren Empfindungen, von denen er erfüllt war.

»Nein!«

Sie hörte den Ruf wie aus weiter Ferne, und dann rief noch jemand ihren Namen, um sie zurückzuholen.

»Verdammt, Rebekah Tate! Komm zurück! Wage es ja nicht, so einfach zu verschwinden, sonst drehe ich dir deinen hübschen Hals um, so wahr mir Gott helfe! Rebekah Tate!«

Er schüttelte sie und schlug ihr auf die Wangen, nicht fest, aber doch so, dass sie es spürte, um sie zu zwingen, die Augen zu öffnen. Und schließlich gab sie nach, doch als sie die Augen öffnete, hätte sie sie am liebsten gleich wieder geschlossen – denn sie sah sein Gesicht keine Handbreit über sich und seine Augen funkelten drohend im Licht der untergehenden Sonne.

»Sieh mich an!«, befahl er ihr, als sie erneut versuchte,

sich von ihm zu entfernen. Sie wagte es nicht, sich ihm zu widersetzen – obwohl sie überzeugt war, das alles nicht länger ertragen zu können.

Und MacDougal war in ihr und stieß wieder und wieder zu – doch es fühlte sich so wunderbar an wie in ihrem Traum, und plötzlich wurde ihr klar, dass sie es wagen konnte, sich diesen Empfindungen hinzugeben, die mit solcher Gewalt über sie hereinbrachen. Und sie ließ los und tauchte in den Wogen der Leidenschaft unter, bis sie wieder an diesen Abgrund kam – und sie klammerte sich verzweifelt an ihn, um nicht zu fallen, obwohl sie doch fallen wollte, um ganz in die Verzückung einzutauchen, die auf sie wartete ... wenn nur diese Angst nicht gewesen wäre.

Dann rief MacDougal ihren Namen und dass er sie liebte. Er trieb sie direkt auf den Abgrund zu, bis sie schließlich mitten in die wirbelnde Ekstase stürzte. Und es erschütterte sie bis in ihr Innerstes, das sie so lange zu schützen versucht hatte – und sie wusste, sie war verloren, absolut verloren, doch es machte ihr nicht das Geringste aus.

6

Sean betrachtete das Gesicht der schlafenden Rebekah Tate und wusste, dass er nie zuvor eine schönere Frau gesehen hatte. Er hielt sie in den Armen und wagte nicht, sich zu bewegen, damit er sie nicht weckte. Der Wind war etwas kühler geworden und bald schon würde ihnen – nackt, wie sie waren – empfindlich kalt werden. Und so stand Sean mit größter Vorsicht und noch größerem Widerwillen auf, um eine zweite Decke für sie beide zu holen.

Sie murmelte irgendetwas, ohne jedoch aufzuwachen, und als Sean zurück war, zögerte er einen Augenblick, um noch einmal den Körper der Frau zu betrachten, die ihm soeben die größten Freuden geschenkt hatte, die ihm je widerfahren waren.

Als er ihr gesagt hatte, an ihrem Körper sei kein Makel, hatte das nicht ganz der Wahrheit entsprochen. Ihre samtweiche Haut war wirklich wunderbar, doch es gab auch einige Narben von alten Wunden – Verbrennungen, Schnitte und wer weiß was noch alles. Sean wollte gar nicht daran denken, wie all diese Wunden zustande gekommen waren oder welche Schmerzen man ihr damit bereitet hatte. Außerdem waren diese Wunden nicht die entscheidenden. Viel schlimmer waren die Wunden der Seele, die sie so weit gebracht hatten, dass sie nicht nur vor Schmerzen, sondern auch vor schönen Empfindungen Angst zu haben schien.

Erst als er sie zuvor lachen und weinen gesehen hatte, war ihm klar geworden, wie real ihre Ängste waren. Sean vermutete, dass es sie umbringen könnte, wenn sie sich die Qualen der vergangenen sieben Jahre noch einmal vergegenwärtigte.

Deshalb würde Sean ganz einfach darauf achten, dass ihr das erspart blieb. Von nun an würde er sie schützen und nie mehr wieder sollte sie Angst haben müssen.

Er lächelte bei dem Gedanken. Diese Aufgabe hatte durchaus ihre angenehmen Seiten, dachte er, während er die sanften Rundungen ihrer vollen Brüste bewunderte und die langen schlanken Beine, die sie um ihn geschlungen hatte. Wenn er sich an ihre Leidenschaft erinnerte, regte sich erneutes Begehren in ihm, und er schüttelte den Kopf über sich selbst. Sofort deckte er sie zu, bevor seine Fantasie vollends mit ihm durchging, und schlüpfte zu ihr unter die Decke.

Von seiner Wärme angezogen, schmiegte sie sich an ihn und seufzte zufrieden, als er sie erneut in die Arme schloss. Ja, Rebekah Tate, hier bist du zu Hause, dachte er mit einem Seufzer, strich ihr zärtlich über das goldfarbene Haar und drückte ihr einen Kuss auf die Stirn. Er musste wieder daran denken, wie sie ihn in dem Augenblick angesehen hatte, als sie ihren Höhepunkt erreichte: Da war ein ungeheures Staunen in ihren großen blauen Augen gewesen.

Nun, Sean MacDougal würde sie in Zukunft noch öfter zum Staunen bringen können, denn er hatte vor, sein Leben mit ihr zu teilen.

Der Gedanke ließ ihn hochschrecken, doch als er eingehender darüber nachdachte, stellte er fest, dass es tatsächlich so war. Er fragte sich, ob das, was er für Rebekah Tate empfand, Liebe war. Er war nie zuvor verliebt gewesen – ja, er hätte gar nicht sagen können, was Liebe überhaupt war oder ob es sie gab. Er wusste nur, dass er diese Frau achtete und bewunderte, dass er sie sehr begehrte und dass er sie seltsamerweise sogar gern hatte, zumindest die meiste Zeit über. Sie würde sicher eine Herausforderung für ihn darstellen, aber Sean MacDougal liebte Herausforderungen. Sein zukünftiges Leben versprach recht interessant zu werden.

Als Rebekah im beginnenden Licht der Morgendämmerung erwachte, wusste sie, dass es diesmal kein Traum gewesen war. Sie wusste genau, wer ihr geheimnisvoller Liebhaber war und auch, wie es zu all dem gekommen war. Er war an ihrer Seite, weil sie ihn gewollt hatte, weil sie nicht hatte allein sein wollen, und so hatte sie ihm ihren Körper angeboten, damit er ihr seine Nähe schenkte.

Doch das Tauschgeschäft hatte sich anders entwickelt,

als sie sich das vorgestellt hatte, und ein Schauer lief ihr über den Rücken, wenn sie an die Wonnen dachte, die er ihr geschenkt hatte. Du lieber Himmel, ihr Traum war gar kein Traum gewesen, sondern eine Vorahnung der Dinge, die noch kommen sollten. MacDougal hatte Empfindungen in ihr ausgelöst, die sie nie für möglich gehalten hätte. Er hatte sie zum Lachen und zum Weinen gebracht, doch das Schlimmste war, dass er sie dazu gebracht hatte, die Herrschaft über sich selbst zu verlieren. Er hatte sie daran gehindert, sich an ihren sicheren Ort zu flüchten, und sie gezwungen, Gefühle zuzulassen – und jetzt wusste sie auch, warum sie ihn vom ersten Augenblick an gefürchtet hatte. Er war der gefährlichste Mann, dem sie je begegnet war.

Und jetzt hasste sie ihn, weil er ihre Schwäche gesehen hatte. Er hatte sie in dem Moment ihrer größten Verletzlichkeit gesehen, und er allein war schuld, dass es so weit gekommen war – das würde sie ihm ihr Lebtag nicht verzeihen.

Erst als ihr eine heiße Träne die Wange hinunterlief, wurde ihr bewusst, dass sie weinte. Sie erschrak und wischte sich die Tränen aus den Augen. Nur zu gut erinnerte sie sich daran, wie sie vergangene Nacht geweint hatte und was sich daraus entwickelt hatte. Sie durfte nicht weinen, nie mehr wieder. Und sie durfte es nicht zulassen, dass MacDougal sie noch einmal berührte. Nur so würde sie stark bleiben können.

Das Schlimme war nur, dass er sie sogar jetzt, in diesem Augenblick, berührte. Er lag mit seiner Vorderseite an ihren Rücken geschmiegt und sie spürte seinen warmen Atem in ihrem Nacken. Seine Arme hatte er um sie geschlungen, und mit der Hand umschloss er eine ihrer Brüste, so als habe er jedes Recht, das und noch viel mehr zu tun. Das Allerschlimmste war jedoch, dass sie sein steifes Glied an ihren Hinterbacken spürte, was ihr ein wohlvertrautes Ziehen im Unterleib verursachte.

Nein! dachte sie und löste sich behutsam aus seiner Umarmung; sie hob seinen Arm und schlüpfte rasch unter der Decke hervor. Kaum war sie seiner Wärme beraubt, verursachte ihr die kühle morgendliche Luft eine Gänsehaut. Rasch griff sie nach ihrem Indianerkleid und schlüpfte hinein, um sich vor der Kälte zu schützen, aber auch davor, dass MacDougal sie nackt sähe. Dann schüttelte sie ihre Mokassins aus und zog sie an. Sie schnürte sie zu, um völlig angekleidet zu sein, wenn MacDougal erwachte. Er sollte sie nie wieder so verwundbar sehen. Nie wieder.

Als sie fertig angezogen war, blickte sie zu ihm hinüber und erschrak heftig, als sie seine offenen Augen auf sich gerichtet sah. Wie lange beobachtete er sie schon? Wie viel hatte er gesehen? Sie beschloss, dass es ihr gleichgültig war und straffte trotzig die Schultern.

»Es ist schon spät«, teilte sie ihm mit und zeigte mit dem Kinn zur Sonne hinauf. »Willst du etwa den ganzen Tag verschlafen?«

Er hob seine rotbraunen Augenbrauen. »Ebenfalls einen guten Morgen«, sagte er und drehte sich auf den Rücken, die Hände hinter dem Kopf verschränkt. »Du trägst ja gar nicht dein neues Kleid.«

Rebekah spürte, wie ihre Wangen heiß wurden und hoffte inständig, dass sie nicht allzu stark errötete. »Es ist schmutzig«, erwiderte sie kurz angebunden und hob das Kleid vom Boden auf, wo es die ganze Nacht gelegen hatte, nachdem MacDougal es ihr ausgezogen hatte. Sie rollte es zusammen und stopfte das Unterhemd hinein. »Außerdem ist es hässlich. Es ist das schäbigste Kleid, das ich in meinem ganzen Leben gesehen habe.«

»Gestern hat es dir noch gefallen«, erinnerte er sie. »Du warst gestern überhaupt viel dankbarer.«

Nun errötete sie vollends, und sie wusste, dass er es auch sehen musste – dennoch warf sie ihm einen bitterbösen Blick zu. »Schreib dir auf, wie viel du für mich ausgibst. Mein Vater wird dir jeden Cent zurückzahlen.«

»Für das Kleid schuldet er mir nichts. Dafür habe ich meinen Lohn schon bekommen.«

Rebekah war so außer sich vor Wut, dass sie sich von ihm abwandte – aus Angst, sie könnte die Beherrschung verlieren, wenn sie ihn noch länger ansehen musste. Sie stopfte das verfluchte Kleid in ihren Sack und hörte, wie MacDougal von seiner Bettstatt aufstand.

Ihr stockte der Atem, und sie presste die Augen fest zusammen, um ihn nicht sehen zu müssen – seinen schlanken, rot behaarten Körper mit den breiten Schultern und den schmalen Hüften, den sanften Händen und den weichen Lippen ... Ihre Augen brannten hinter den geschlossenen Lidern, als würde sie gleich weinen – doch sie würde es nicht zulassen, um nichts in der Welt.

Dann stand er plötzlich hinter ihr und sie spürte die Wärme seines Körpers, obwohl er sie nicht berührte. »Was ist denn heute Morgen los mit dir?«, fragte er und legte ihr zärtlich die Hände auf die Schultern.

Sie zuckte zurück, als hätte er sie geschlagen, und wirbelte herum – doch als sie sah, dass er völlig nackt war, drehte sie sich genauso schnell wieder um. »Lass mich in Ruhe, MacDougal! Und rühr mich nie wieder an!«

»Letzte Nacht hat es dir nichts ausgemacht, dass ich dich berühre«, rief er ihr verärgert in Erinnerung. »Ja, du hast mich sogar darum gebeten.«

Sie hielt sich die Ohren zu und wünschte sich, diese Stimme nicht mehr hören zu müssen. »Lass mich in Ruhe!«

Aus dem Augenwinkel sah sie, dass er erneut die Hand nach ihr ausstreckte, und sie wich jäh vor ihm zurück. In ihrer Verzweiflung schnappte sie sich eine der Decken und begann sie wie wild auszuschütteln. »Wir müssen rasch weg von hier«, sagte sie und wagte ihn immer noch nicht anzusehen. »Es gefällt mir nicht, dass wir uns so nahe bei diesem Fort aufhalten. Was ist, wenn sie uns sehen? Was ist, wenn jemand auf die Idee kommt, auf die Jagd zu gehen?«

»Dann sehen sie uns«, antwortete er mit aufreizender Gelassenheit. »Du hast ja jetzt ein Kleid wie jede andere weiße Frau – also was macht es schon, wenn sie dich damit sehen?«

Wie konnte sie ihm das nur erklären? Wie konnte sie ihm klarmachen, dass in Wirklichkeit er es war, von dem sie wegkommen wollte?

»Ziehst du dich irgendwann an oder hast du vor, den ganzen Tag so herumzulaufen?«, fragte sie mit zusammengebissenen Zähnen, während sie sich darauf konzentrierte, die Decke zusammenzufalten.

MacDougal stieß einen kräftigen Fluch aus und ging zu der Stelle hinüber, wo seine Kleider lagen, die er, immer noch fluchend, anzog. Rebekah nahm fast mit ein wenig Bewunderung zur Kenntnis, dass er die ganze Zeit über einen Fluch nach dem anderen ausstieß und sich dabei kein einziges Mal wiederholte. Auch wenn sie kein Wort davon verstand, war sie doch ein klein wenig beeindruckt.

Als sie ihn wieder ansehen konnte, war es ihr endlich möglich, ihm das volle Ausmaß ihrer Verachtung zu zeigen. »Vielleicht kannst du ja jetzt die Pferde satteln, ohne dass du Angst haben musst, die Pferde könnten dir etwas abbeißen, das dir wichtig ist.«

»Ich will gar nicht darüber nachdenken, warum du so schlecht gelaunt bist – aber warum zum Teufel hast du es so eilig?«, knurrte er, während er in seine Stiefel schlüpfte.

»Je früher wir aufbrechen, umso früher kommen wir dort an, wo wir hinwollen – und umso früher bin ich dich los, MacDougal.« Sie holte sich den Sack mit dem getrockneten Fleisch und den Früchten, nahm sich eine Handvoll von dem allmählich dahinschwindenden Vorrat und hockte sich auf den Boden, um zu essen.

»Das ist es also, worum es dir geht?«, fragte er mit bedrohlich leiser Stimme. »Dass du mich los bist, wenn wir bei deinem Vater ankommen?«

Alles in ihr spannte sich an und ihre Hand hielt mitten in der Bewegung inne. Sie zwang sich schließlich, weiterzuessen. »Dann hast du deine Aufgabe erfüllt. Bestimmt wirst du dich dann gleich deinem Geschäft zuwenden, das du eröffnen willst.«

Er schwieg eine ganze Weile, bis sie sich schon fragte, ob er ihr überhaupt zugehört hatte. Sie aß weiter, obwohl das Fleisch noch mehr nach Sägemehl schmeckte als gewöhnlich. Schließlich blickte sie auf, um zu sehen, ob er sie überhaupt noch zur Kenntnis nahm. Leider tat er es sehr wohl. Mit steinerner Miene blickte er sie aus seinen braunen Augen eindringlich an.

Plötzlich verschwamm alles um sie herum und sie sah MacDougal nur noch unscharf vor sich, so als würde er sich jeden Augenblick in Luft auflösen. Doch das tat er natürlich nicht, sondern er stemmte vielmehr entschlossen die Hände in die Hüften, wie um ihr zu sagen, dass er eine Antwort verlangte. Sie schluckte, obwohl ihre Kehle völlig trocken war, und zwang sich schließlich zu sagen: »Wie du schon gesagt hast – das war für das Kleid.«

MacDougal schien nicht zu bemerken, wie schwer es ihr fiel, die Worte auszusprechen. Seine Wangen liefen über dem Bart rot an, und sie spürte förmlich die Wut, die er ihr entgegenbrachte. Rebekah machte sich gefasst auf das, was nun folgen würde – auf die Schläge, die unweigerlich kommen mussten, die immer kamen, wenn sie einen Mann verärgerte. Er trat einen Schritt auf sie zu und sie hob instinktiv die Hände über den Kopf und senkte das Kinn auf die Knie, um sich zu schützen.

MacDougal kam fluchend auf sie zu und alles in ihr krampfte sich zusammen. Immer noch klammerte sie sich an die unrealistische Hoffnung, dass er sie nicht schlagen würde – dabei war ihr klar, dass er sie gleich mit den Stiefeln treten und ihr die Rippen brechen würde, wenn er sie nicht sogar tötete.

Doch anstatt sie zu schlagen, packte er sie an beiden Armen, mit denen sie ihren Kopf zu schützen versuchte, und beugte sich zu ihr hinunter, bis sich ihre Nasen beinahe berührten.

»Was zum Teufel ist bloß los mit dir?«, schrie er ihr ins Gesicht.

Sie öffnete den Mund, wie um zu antworten, brachte aber kein Wort heraus.

»Gott, wie du zitterst«, stellte er staunend fest. »Hast du etwa gedacht, ich würde dich schlagen?«

Es war ihr nicht aufgefallen, dass sie zitterte; trotzdem würde sie nicht zugeben, dass sie erwartet hatte, er würde sie verprügeln – und so schüttelte sie nur wortlos den Kopf.

Doch er merkte sehr wohl, dass sie nicht die Wahrheit sagte. »Du hast es wirklich geglaubt, nicht wahr? Du hast gedacht, ich würde dich schlagen – und wahrscheinlich hättest du es auch verdient. Trotzdem werde ich es nicht tun, du kannst also aufhören, dich zu fürchten. Ich habe noch nie eine Frau geschlagen – und ich habe nicht vor, es ausgerechnet jetzt zu tun, auch wenn du mich noch so sehr provozierst.«

Rebekah schluckte erneut. »Und was ist, wenn ich mich weigere, das Bett noch einmal mit dir zu teilen, weißer Mann? Wirst du mich dann schlagen?«

Sie sprach nur im Flüsterton, doch er verstand sie genau. Sie wusste es, weil seine Augen sich verengten und der Griff seiner Hände um ihre Arme sich schmerzhaft verstärkte. Für einen Augenblick hielt sie den Atem an, fast sicher, dass sie ihn zu sehr gereizt hatte. Doch da entspannte er sich plötzlich und ein Lächeln trat auf seine Lippen. »Ich musste dich doch auch letzte Nacht nicht schlagen, oder?« Als sie einen Laut der Empörung ausstieß, lachte er nur. »Nein, ich musste dich nicht einmal bitten. Du selbst warst es, die mich gebeten hat. Ich schätze, ich brauche nur zu warten, bis du mich wieder bittest. Und vielleicht muss ich nicht einmal besonders lange warten, Rebekah Tate.«

Sie riss sich von ihm los, so außer sich vor Wut, dass sie ihm auf seine empörende Behauptung nicht einmal etwas erwidern konnte. Lieber würde sie sterben, als sich noch einmal von ihm berühren zu lassen – und darum bitten würde sie ihn ganz sicher nicht mehr.

»Du hinterhältiger, stinkender ...« Sie suchte nach einem Schimpfwort, das schlimm genug für ihn war, und da fiel ihr eines ein, das unter den Komantschen recht gebräuchlich war. »... Haufen Kojotendreck!«

Er schien jedoch nicht allzu sehr schockiert zu sein. Er war zu sehr damit beschäftigt, sich sein Frühstück zu holen, und als er sich schließlich niedersetzte, um es zu verzehren, blickte er grinsend zu ihr auf.

»Du Heuchler!«, schleuderte sie ihm entgegen. »Du Gotteslästerer!« Auf das Wort ›Hurenbock‹ verzichtete sie wohlweislich.

»Du solltest versuchen, deinen Wortschatz an Schimpfwörtern ein wenig zu erweitern«, stellte er amüsiert fest. »Du brauchst ja nur gut zuzuhören, wenn du mich wieder einmal provozierst. Inzwischen kannst du ja die Flüche der Komantschen verwenden. Ich verstehe ihre Sprache ganz gut, auch wenn ich sie kaum sprechen kann.«

Doch Rebekah war in ihrer Wut kaum noch imstande, zu sprechen, geschweige denn sich passende Schimpfwörter einfallen zu lassen, und so packte sie schweigend ihre Sachen zusammen. Sie war so wütend, dass sie es nicht wagte, sich den Tieren zu nähern, weil sie fürchtete, sie so zu erschrecken, dass sie durchgingen.

»Habe ich dir schon gesagt, wie sehr ich es schätze, dass du bei allen Arbeiten so kräftig mithilfst?«, fragte er, nachdem er ihr eine Weile zugesehen hatte.

»Ich tue nur das, was jede Squaw tun würde«, versetzte sie, um ihm nur ja nicht das Gefühl zu geben, sie tue es, um ihm einen Gefallen zu erweisen.

»Nun, du machst das wirklich ausgezeichnet, *Huuwuhtukwa*«, sagte er.

Sie wirbelte erbost herum und rief: »So heiße ich nicht!«

Er blickte sie überrascht an. »Nicht? Aber ich habe doch gehört, dass man dich so genannt hat.«

»Das ist vorbei! Und wenn du das noch einmal sagst, dann schneide ich dir eigenhändig die Zunge heraus!«

Es schien, als bemühe er sich, nicht über ihre Drohung zu lachen, und senkte schließlich den Blick, als sie ihn herausfordernd anstarrte. Zufrieden, dass sie diese kleine Auseinandersetzung gewonnen hatte, fuhr sie mit dem Packen fort.

Doch nach einigen Minuten sagte er: »Was bedeutet es eigentlich?«

»Was bedeutet was?«, fragte sie zurück.

»Der Name, mit dem du nicht angesprochen werden willst? Was bedeutet er?«

»Gar nichts«, sagte sie, doch sie wussten beide, dass das nicht stimmte. Die Namen der Komantschen hatten immer eine bestimmte Bedeutung und bezogen sich stets auf ein Ereignis im Leben des Betreffenden. Dementsprechend konnte sich der Name eines Komantschen im Laufe seines Lebens mehrmals ändern, um auf diese Weise denkwürdige Ereignisse zu verewigen. Widerwillig erinnerte sich Rebekah an den Vorfall, dem sie ihren Namen verdankte und lächelte unwillkürlich.

»Also gut, weißer Mann, ich werde dir sagen, was der

Name bedeutet. Er heißt so viel wie ›Die mit dem Stock zuschlägt‹«, teilte sie ihm triumphierend mit.

»Und wen hast du mit dem Stock geschlagen?«

Der Vorfall war schon sehr lange her, sodass die Erinnerung daran schon etwas verblasst war. Sie wusste nicht einmal mehr, wie es dazu gekommen war – doch wenn sie scharf nachdachte, konnte sie fast noch den Stock in ihrer Hand spüren, als sie zugeschlagen hatte. »Die Frau, der ich gehörte«, sagte sie leise. Sie konnte sich kaum noch an das Gesicht der Frau erinnern. Sie war schon seit Jahren tot. »Die Komantschen-Männer sind grausam genug, aber in gewisser Weise sind die Frauen noch schlimmer, weil sie einen nie in Ruhe lassen. Eine Sklavin darf sich niemals gegen einen Krieger wehren; wenn sie es tut, ist sie so gut wie tot. Ich wusste nicht, dass das anders ist, wenn man sich als Sklavin gegen eine Frau zur Wehr setzt – und so ließ ich mich immer wieder von ihr schlagen, bis ich es nicht mehr aushielt und es mir gleichgültig war, ob ich dafür sterben musste. Da nahm ich den Stock und schlug zu, so fest ich konnte.«

Sie lächelte über die Erinnerung, obwohl sie damals zutiefst erschrocken war – denn sie hatte gedacht, dass sie die Frau getötet hätte, und wenn die Komantschen nun sie töten würden, dann drohte ihr die Hölle, weil sie einen Menschen auf dem Gewissen hatte.

»Aber sie haben dich nicht getötet«, warf MacDougal ein. »Sie haben dich sogar besser behandelt als vorher, stimmt's?«

Das stimmte tatsächlich. Sie behandelten sie nicht gut, das nicht, aber immerhin etwas besser als vorher. Und sie wurde nicht mehr geschlagen, vielleicht weil die Frau nun Angst vor ihr hatte. »Ich dachte, der Mann, dem ich gehörte, würde mir die Kehle durchschneiden, doch er lachte nur, als er das Blut über ihr Gesicht rinnen sah, und ...« Sie blickte MacDougal an und hielt augenblicklich inne, als ihr wieder einfiel, dass sie ihn ja hasste und nicht vorhatte, ihm noch irgendetwas von sich zu erzählen. »Hast du immer noch nicht fertig gegessen?«, fragte sie schließlich.

Er grinste – nur um sie zu ärgern, dessen war sie sich

sicher – und wischte sich die Krümel von den Händen. »Ich schätze, ich beeile mich lieber, sonst geht es mir noch wie dieser Frau«, sagte er und erhob sich.

Rebekah fand seine Bemerkung gar nicht komisch, denn wenn sie einen geeigneten Stock gehabt hätte, dann wäre sie tatsächlich versucht gewesen, ihm eine Abreibung zu verpassen. Vielleicht wusste er das, denn er beeilte sich wahrhaftig, die Pferde zu satteln und den Maulesel zu bepacken. Wenige Minuten später waren sie wieder unterwegs und ließen Hopewell's Fort endgültig hinter sich.

Die folgenden Tage verstrichen im gleichen Trott. Rebekah sprach mit MacDougal nur das Allernötigste, doch als Team arbeiteten sie weiter gut zusammen. Als Rebekah sich schließlich sicher war, dass er nicht irgendwann mitten in der Nacht zu ihr unter die Decke kriechen würde, konnte sie sich in seiner Nähe auch wieder freier fühlen.

Doch kaum war sie diese Sorge los, lastete schon die nächste auf ihr – denn mit jedem Tag kamen sie der Zivilisation näher. Immer öfter sahen sie Rauch aus einem Schornstein aufsteigen – ein untrügliches Zeichen für menschliche Besiedlung. Doch anstatt sich zu freuen, wurde Rebekah von zunehmender Angst gepeinigt.

Das erste Mal, als sie auf ein Haus getroffen waren, hatte sich MacDougal an sie gewandt und sie gefragt: »Sollen wir ihnen einen kleinen Besuch abstatten?«

»Nein«, antwortete sie in panischer Angst. »Ich will niemanden sehen.«

»Aber du hast doch jetzt dein Kleid«, erinnerte er sie in sanftem Ton. Zu sanft, dachte sie. »Und schmutzig ist es ja auch nicht mehr, nachdem du es gewaschen hast und …«

»Nein!«, rief sie verzweifelt. »Ich will nicht. Wenn du meinst, dass du unbedingt hinreiten musst, um mit irgendeinem dummen Farmer zu schwatzen – nur zu, aber ich geh nicht mit.«

Er hatte sie lange angeblickt, so als wolle er ihre Gedanken erforschen. Dann ritt er ohne ein weiteres Wort los, vorbei an dem Häuschen – genauso wie sie danach an jedem anderen Haus vorübergeritten waren. An diesem Morgen waren sie sogar zu einer richtigen Stadt gekommen, ohne sie zu betreten.

Der Ort war nach den Maßstäben der Ostküste ziemlich armselig gewesen, doch in der kleinen Ansammlung von Gebäuden hatte es auch ein Geschäft, einen Mietstall und einen Hufschmied gegeben. Hier draußen im Grenzland zum Wilden Westen war eine solche Ansiedlung ein wichtiges Zentrum.

Als sie an diesem Abend in ihren Decken lagen und zu den Sternen aufblickten, brummte MacDougal: »Ich könnte heute in einem richtigen Bett schlafen. Ich hätte eine wunderbare Mahlzeit haben können, mit frisch gebackenem Brot und Buttermilch. Ich hätte ...«

»Woher willst du das wissen, MacDougal? Ich habe da unten nirgends ein Hotel gesehen.«

»Nein, aber für den Mann, der Rebekah Tate gerettet hat, hätte bestimmt so mancher sein eigenes Bett geopfert.«

Sie wusste, dass er nur scherzte – doch als sie nun, da sie der Zivilisation so nahe waren, hörte, wie er das aussprach, was sie einst zu ihm gesagt hatte, krampfte sich alles in ihr zusammen. Rebekah Tate. So nannte sie MacDougal immer, mit Vor- und Familienname, so als wäre es eine Art Titel. Als wäre es tatsächlich ein so berühmter Name, wie MacDougal immer behauptete. Als würde er durch die Tatsache, dass er sie gerettet hatte, wirklich berühmt werden, wie sie es ihm versprochen hatte.

Dabei hatte sie das selbst nie wirklich geglaubt. Wer würde noch an ein Mädchen denken, das seit langem tot geglaubt wurde? Wer war schon Rebekah Tate, dass man sich an sie erinnerte? Das Mädchen, das die Indianer einst verschleppt hatten, gab es nicht mehr, genauso wenig wie die Frau, die die Komantschen *Huuwuhtukwa* nannten. Die Frau, die MacDougal Rebekah Tate nannte, wusste nicht, wer sie war oder wohin sie gehörte. Im Augenblick war sie eine Fremde zwischen zwei Welten, die in keiner der beiden ihren Platz hatte.

Würde das auch ihr Vater so sehen? Würde er sie überhaupt noch zurückhaben wollen, nachdem sie von den Wilden geschändet worden war? Nachdem sie ein Halbblut zur Welt gebracht hatte? Nachdem sie alles vergessen hatte, was man ihr als Kind beigebracht hatte, und nicht einmal mehr wusste, wie man einen Löffel in der Hand hielt? Nachdem sie aufgehört hatte, an Gott zu glauben?

Und was war mit den übrigen Mitgliedern der Familie Tate, sofern sie noch am Leben waren? Was würden sie von ihr denken? Was würden sie über sie sagen?

Obwohl die Nacht sehr warm war, zitterte Rebekah unter ihrer Decke.

»Ist alles in Ordnung?«, rief ihr MacDougal von seinem Platz aus zu.

Sie wusste nicht, ob ihr die Stimme gehorchen würde, doch sie musste ihm antworten, damit er nicht zu ihr herüberkam, um nachzusehen. »Ach, ich habe nur darüber nachgedacht, wie nahe wir meinem Zuhause schon sind.«

»Ja, sehr nahe«, bestätigte er, was ihre Angst nur noch verstärkte. »In der nächsten Stadt werde ich nach dem Weg fragen müssen – aber ich glaube, wir müssten in ein, zwei Tagen am Ziel sein.«

Morgen oder übermorgen würde sie zu Hause sein. Sie versuchte sich ihr altes Zuhause vorzustellen und überlegte, wie es wohl heute dort aussehen mochte. Wie würde das Leben dort sein, ohne ihre Mutter und ihren kleinen Bruder und ohne all die anderen, die nicht mehr lebten? Wie würde es sein, innerhalb fester Mauern zu leben, nachdem sie die vergangenen Jahre auf offener Prärie verbracht hatte. Sie musste darauf gefasst sein, dass die anderen jede kleinste Bewegung von ihr beobachten würden.

Mittlerweile zitterte sie so heftig, dass sie die klappernden Zähne zusammenbeißen musste und MacDougal nicht herüberkam. Wenn er sie nämlich berührt hätte, jetzt, da sie sich so allein fühlte, hätte sie seiner tröstlichen Umarmung vielleicht nicht widerstehen können – gleichgültig, welche Gefühle noch damit verbunden sein mochten.

Doch MacDougal kam nicht und bald schon hörte sie ihn friedlich schnarchen. Es dauerte noch lange, bis sie selbst endlich einschlief.

Es gefiel Sean gar nicht, Rebekah allein zu lassen, doch wieder einmal war ihm nichts anderes übrig geblieben. Am späten Vormittag hatten sie Rauch aus einem Schornstein aufsteigen sehen, und Sean wusste, dass er hier nachfragen musste, wo Zebulon Tate genau wohnte. Wenigstens hatte Rebekah ihn fast bis zum Haus begleitet. Als es jedoch in Sichtweite war, schlug sie das Lager auf und ließ ihn allein weiterreiten.

Als Sean das Haus fast erreicht hatte, hielt er zunächst auf einem kleinen Hügel inne, von dem man Haus und Hof überblicken konnte. Es war ein typisches texanisches Farmhaus – vier Räume insgesamt, auf jeder Seite zwei, mit einem Durchgang in der Mitte.

Die Scheune und die kleineren Nebengebäude waren so wie das Haus selbst aus solidem Holz gebaut. In einem Pferch standen einige Reitpferde und eine Kuh, und im Hof sah Sean einen Mann, der mit Holzhacken beschäftigt war. Das Schlagen der Axt drang wie ein fernes Echo zu ihm herauf. Die Felder ringsum zeigten noch die Anzeichen der kürzlich erfolgten Ernte, und Sean glaubte in der Ferne einige Arbeiter zu erkennen, die wahrscheinlich damit beschäftigt waren, das Heu für den Winter einzubringen.

Schließlich ritt Sean den kleinen Hügel hinab, direkt auf den Mann zu, der im Hof arbeitete. Als er den halben Weg zurückgelegt hatte, sah der Mann den ankommenden Reiter, hielt in seiner Arbeit inne und winkte ihm zu.

»Howdy, Fremder«, sagte der Mann mit einem breiten Lächeln. »Sie kommen wohl von weit her, was?« Er war ein junger Mann, kaum älter als fünfundzwanzig, großgewachsen, kräftig und gut aussehend und mit den blauen Augen, wie man sie bei mindestens der Hälfte der Siedler in Texas fand. Er trug keinen Hut und sein Hemd war vom Schweiß der Arbeit durchtränkt. Er wischte sich mit dem Unterarm den Schweiß von der Stirn.

»Sie haben recht«, antwortete Sean. »Ich komme aus Santa Fe und bin durch das Land der Komantschen geritten.«

Der Farmer stieß einen anerkennenden Pfiff aus. »Steigen Sie doch ab und kommen Sie rein. Sie haben leider das

Mittagessen verpasst, aber ich bin sicher, dass wir noch was für Sie auftreiben können.«

»Danke, vielleicht ein andermal. Ich habe es ein wenig eilig. Außerdem wartet jemand auf mich. Ich bräuchte nur eine Auskunft. Können Sie mir sagen, wo Zebulon Tate wohnt?«

Das Lächeln des Farmers schwand. »Sie haben mit Mr. Tate zu tun?«

»Ja, eine ziemlich wichtige Sache.« Er verstand das Misstrauen des Mannes. Sean wusste, dass er wie irgendein Desperado aussah.

»Sucht er nach Ihnen?«

Sean lächelte. »Nein, aber er wird sich freuen, dass ich ihn aufsuche. Ich habe ihm etwas über seine Tochter zu berichten.«

Das Gesicht des Mannes erhellte sich augenblicklich. »Rebekah? Sie wissen etwas von ihr? Heißt das, sie lebt?«

Jetzt war es an Sean, ein wenig misstrauisch zu sein. Der junge Mann zeigte allzu großes Interesse. »Ja, ich glaube, dass sie lebt«, antwortete er zurückhaltend.

Der Mann kam näher und blickte mit leuchtenden Augen zu Sean auf. »Haben Sie sie selbst gesehen? Wo ist sie? Wie geht es ihr?«

Sean war sich nicht sicher, wie er reagieren sollte. »Darüber wollte ich zuerst mit Mr. Tate sprechen«, sagte er schließlich.

Das Gesicht des Farmers rötete sich vor Verlegenheit. »Tut mir leid«, sagte er. »Es ist nur so … Ich bin ihr Cousin, Andrew Nelson.« Er reichte Sean die Hand.

Sean nickte und fragte sich, wie viel er ihm anvertrauen sollte und ob es Rebekah recht war, wenn er etwas über sie verriet.

»Wie geht es ihr?«, fragte Nelson, der vor Sorge um das Mädchen den Tränen nahe zu sein schien. »Ist sie … wohlauf?«

»Ja, es geht ihr gut«, antwortete Sean, immer noch unsicher, wie viel er preisgeben sollte.

»Ist sie auch … geistig gesund?«

Auch in dieser Hinsicht konnte er den jungen Mann

beruhigen. »Ja, völlig gesund.« Wenn man davon absah, dass sie die beunruhigende Angewohnheit hatte, das Bewusstsein zu verlieren, wenn Gefahr drohte.

»Und Sie wissen, wo sie sich aufhält!«, rief Nelson aus. »Können wir zu ihr reiten? Sind Sie gerade auf dem Weg zu ihr? Natürlich, so muss es sein. Sie sind gewiss gekommen, um Hilfe zu holen. Ich kann hundert Männer zusammentrommeln, vielleicht sogar mehr. Das Problem wird eher sein, dass zu viele mitkommen wollen. Jeder, der die Geschichte kennt, wird …«

»Es ist noch zu früh, um Pläne zu schmieden«, wandte Sean ein, um den Eifer des jungen Mannes zu bremsen. »Erst muss ich mit Mr. Tate sprechen.«

»Ja, ja, natürlich! Es wird ein richtiger Schock für ihn sein, wenn auch ein angenehmer. Er betet immer noch jeden Sonntag vor der Gemeinde für sie. Keiner hat sie vergessen. Aber vielleicht sollten Sie nicht allein reiten. Vielleicht wäre es besser, wenn jemand aus der Familie Sie begleitet. Mein Vater arbeitet draußen auf den Feldern. Ich kann ihn holen und …«

»Ich würde wirklich lieber allein reiten«, wandte Sean schnell ein. Wie hätte er es Rebekah Tate erklären sollen, wenn er plötzlich mit einer ganzen Schar ihrer Verwandten auftauchte? »Ich habe ihm einige sehr private Dinge mitzuteilen«, fügte er hinzu.

»Aber wir Tates haben keine Geheimnisse voreinander. Er und mein Vater sind wie Brüder, obwohl mein Vater gar kein Blutsverwandter von ihm ist. Meine Mutter war eine Tate, sie ist Onkel Zebs Cousine. Sie starb bei dem selben Überfall, bei dem Rebekah verschleppt wurde. Sie sehen, wir haben alle irgendwie mit der Sache zu tun. Wenn irgendeine Hoffnung besteht, dass sie noch am Leben ist und dass wir sie nach Hause holen können …« Seine Stimme brach und er bedeckte das Gesicht mit einer Hand, während er sich bemühte, seine Fassung wiederzugewinnen.

»Sie müssen sie sehr gern haben«, sagte Sean und machte sich mit dem Gedanken vertraut, dass er den Mann wohl würde einweihen müssen, wenn er Rebekah ohne größere Störungen nach Hause bringen wollte.

Nelson nickte und wischte sich die Tränen aus den Augen, ehe er zu Sean aufblickte. »Wir sind zusammen aufgewachsen. Sie war wie eine kleine Schwester für mich.« Mit einem traurigen Lächeln fügte er hinzu: »Ich glaube, viele haben gedacht, dass wir einmal heiraten würden.«

Sean hatte ein Gefühl, als hätte ihm jemand einen Schlag in die Magengrube versetzt. Er zwang sich, Nelsons Lächeln zu erwidern. »Dann wollen Sie bestimmt das Beste für sie, nicht wahr?«

»Aber ja, natürlich«, versicherte er.

Sean blickte in die Ferne hinaus, während er überlegte, wie er vorgehen sollte. Er wusste nicht, ob er dem Mann vertrauen konnte, aber wenn ihm Rebekah tatsächlich so am Herzen lag, wie es den Anschein hatte, dann … »Ich werde Ihnen etwas sagen, aber Sie müssen mir versprechen, dass es zumindest für eine Zeit lang unter uns bleibt.«

»Etwas über Rebekah?«

»Ja. Geben Sie mir Ihr Wort?«

»Ja, ja, natürlich. Was wissen Sie?«, fragte Andrew Nelson mit bleicher Miene.

»Rebekah Tate lebt und sie ist sogar hier. Ich habe sie zurückgebracht.«

»Wo ist sie?«, fragte er ungeduldig und blickte sich suchend um. »Was haben Sie mit ihr gemacht?«

Sean lächelte über den Vorwurf. »Ich habe nichts mit ihr getan. Es ist nur so, dass sie noch ziemlich unsicher ist und zuerst ihren Vater sehen möchte, bevor sie mit anderen Menschen zusammentrifft.« Sean hoffte, dass das der Wahrheit entsprach – ganz sicher war er sich jedoch nicht. »Sie wollte nicht zu Ihrem Haus mitkommen, obwohl sie natürlich nicht gewusst hat, dass Sie hier wohnen. Wenn sie es gewusst hätte … nun, ich will ganz ehrlich zu Ihnen sein – ich glaube, sie wäre auch dann nicht mitgekommen. Sie ist … ich glaube, sie macht sich große Sorgen darüber, wie die Leute sie behandeln werden.«

»Das ist doch absurd! Wir sind ihre Familie! Hören Sie, ich werde zu ihr gehen und mit ihr sprechen …«

»Nein!«, erwiderte Sean mit einer solchen Bestimmtheit, dass der junge Mann ihn sprachlos anstarrte. »Ich werde es

Ihnen erklären«, fuhr Sean geduldig fort. »Gerade die Menschen, die ihr am wichtigsten sind, möchte sie jetzt auf keinen Fall sehen, zumindest nicht, bis sie so weit ist. Sie hat viel durchmachen müssen, mehr als wir uns vorstellen können. Es ist das Mindeste, was wir für sie tun können, dass wir sie nicht zu irgendetwas zwingen, was sie nicht will.«

Nelson war nicht glücklich mit dieser Erklärung, doch er stimmte schließlich zu. »Bringen Sie sie jetzt zu ihrem Vater?«

»Ja, sobald ich weiß, wo das Fort liegt, in dem er zu Hause ist. Rebekah weiß es nicht mehr genau und ...«

»Er lebt nicht mehr in dem Fort«, wandte Nelson ein, der über Seans Vorschlag immer noch nicht allzu glücklich schien. »Niemand lebt mehr dort, schon lange nicht mehr. Onkel Zeb lebt jetzt gar nicht weit von hier, höchstens ein paar Stunden.« Er zeigte in Richtung Osten. »Wenn Sie gleich aufbrechen, sind Sie noch vor Sonnenuntergang dort.«

Sean nickte. »Ich danke Ihnen. Und ich weiß, auch Rebekah wird Ihnen sehr dankbar sein.«

»Und Sie wollen wirklich, dass ich es niemandem erzähle?«

»Zumindest für ein paar Stunden, damit heute niemand mehr hinüberreitet. Rebekah und ihr Vater sollten wenigstens eine Weile miteinander allein sein können.«

Nelson nickte. Ungern, aber doch respektierte er Seans Wunsch. »Ich warte bis morgen. Meine Stiefmutter würde nämlich auch mitten in der Nacht aufbrechen. Sie würde es als ihre christliche Pflicht ansehen, nach Rebekah zu sehen. Ich werde dafür sorgen, dass Rebekah heute mit Onkel Zeb allein sein kann.«

»Danke.« Sean reichte ihm erneut die Hand und Nelson schüttelte sie fest. Er machte ein sehr ernstes Gesicht und wirkte dadurch viel älter als zuvor.

»Ich danke Ihnen, Mr. MacDougal. Sie haben sie schließlich gerettet.« Und mit einem schwachen Lächeln fügte er hinzu: »Es würde mich wirklich interessieren, wie Sie das geschafft haben.«

»Das erzähle ich Ihnen später gern, oder vielleicht wird

Rebekah es selbst tun«, antwortete er, obwohl ihm der Gedanke gar nicht gefiel, dass Rebekah allzu viel Zeit mit diesem gut aussehenden jungen Mann verbringen könnte, den sie früher einmal sogar fast geheiratet hätte.

»Du lieber Gott, ich kann es immer noch nicht glauben, dass sie lebt und wieder bei uns ist. Es kommt so überraschend nach all den Jahren des Wartens.«

»Ich glaube, auch für sie kommt es ziemlich plötzlich. Deshalb braucht sie etwas Zeit, um sich daran zu gewöhnen.« Nelson nickte. »Grüßen Sie sie bitte herzlich von mir. Und sagen Sie ihr, ich komme sie morgen besuchen. Oh, wie glücklich ich bin, dass sie wieder zu Hause ist!«

Etwas widerwillig versprach Sean dem jungen Mann, ihr das mitzuteilen, und ritt fort. Als er sich noch einmal umdrehte, um zu winken, sah er eine Frau auf der Veranda, wahrscheinlich die Stiefmutter, von der Nelson gesprochen hatte. Sie hielt sich die Hand über die Augen und versuchte zu erkennen, wer der Reiter sein mochte. Er fragte sich, was Nelson ihr wohl erzählen würde. Er hoffte nur, dass der junge Farmer tatsächlich seine Familie von Rebekah fernhielt, zumindest für diesen Tag.

Rebekah war die meiste Zeit im Schatten einer dürren Pappel auf und ab gegangen, unter der sie das Lager aufgeschlagen hatte. Zuerst war sie zu angespannt gewesen, um es zu merken, doch nach einer Weile begann ihr das fortwährende Geklapper der Holzperlen an ihrem Wildlederkleid auf die Nerven zu gehen. Außerdem wurde ihr bewusst, wie sie für jemanden aussehen musste, der zufällig vorüberritt. Auch wenn die Wahrscheinlichkeit, hier jemandem zu begegnen, nicht allzu groß war, so hatten sie und MacDougal in den letzten Tagen doch genügend Häuser gesehen, dass man eine solche Möglichkeit nicht ausschließen konnte.

Und MacDougal hatte geglaubt, dass er sie in ein, zwei Tagen nach Hause bringen würde. Sie blickte auf das Kleid hinunter, das ihr während der Flucht so gute Dienste geleistet hatte, und wusste augenblicklich, dass sie es nicht länger ertrug. Sogleich kramte sie in ihren Sachen, um das Kleid hervorzuholen, das MacDougal ihr geschenkt hatte.

Der Schmutz war größtenteils entfernt, nachdem sie das Kleid in einem Bach gewaschen hatte, an den sie einige Tage zuvor gekommen waren. Über Nacht hatte sie es zum Trocknen über einen Busch gehängt, um es dann am nächsten Morgen zusammenzufalten und einzupacken. Leider war das Kleid schrecklich zerknittert, dennoch war es ein Kleid, wie es weiße Frauen trugen – und sie würde bestimmt nicht wie eine Squaw gekleidet ihren Vater begrüßen.

Als MacDougal schließlich zurückkehrte, trug sie wieder das blaue Ginghamkleid. Ihr Haar hatte sie mit der Bürste aus den Stacheln eines Stachelschweines gekämmt, die MacDougal ihr besorgt hatte. Die Mokassins suchte sie unter dem langen Kleid zu verbergen, um so züchtig wie möglich auszusehen.

Sie hatte eigentlich erwartet, dass er sie ein wenig necken würde, doch stattdessen machte MacDougal ein ziemlich ernstes Gesicht, als er vom Pferd stieg und sie mit prüfendem Blick betrachtete. »Wirklich fein sehen wir heute aus«, bemerkte er schließlich in sarkastischem Ton.

»Ich kann nicht beurteilen, wie ich aussehe, aber du siehst alles andere als fein aus«, gab sie zurück. Es störte sie mehr als ihr lieb war, dass er ihr Aussehen nicht zu würdigen bereit war. »Mit all den Haaren in deinem Gesicht würde ich dich wahrscheinlich gar nicht wiedererkennen, wenn du dich rasieren würdest.«

Er fasste sich an den Bart, der ihm mittlerweile bis an die Brust reichte. »Das könnte sein«, stimmte er etwas mürrisch zu. Dann drehte er sich ohne ein weiteres Wort um und begann den Maulesel zu bepacken.

Rebekah hatte erwartet, dass er ihr erzählen würde, was er erfahren hatte. Doch wie es schien, hatte er nicht die Absicht, es ihr mitzuteilen. Was immer er herausbekommen hatte – es schien seine Laune nicht gerade gebessert zu haben, und Rebekah hatte keine Ahnung, was der Grund dafür war.

Doch als sie darüber nachzudenken begann, fielen ihr

sofort einige Möglichkeiten ein. Hatten sie etwa den falschen Weg eingeschlagen? Hatte dieser Hopewell sie vielleicht in die Irre geführt? Oder, schlimmer noch, waren sie am richtigen Ort angelangt und MacDougal hatte ihren Vater getroffen und erfahren, dass er ... was? Dass ihr Vater seine Tochter nicht zurückhaben wollte? Dass er ihren Anblick nicht ertragen konnte? Dass er sie zurück zu den Indianern schicken wollte, wo sie hingehörte? Und was war, wenn MacDougal gar herausgefunden hatte, dass ihr Vater tot war?

Sie legte ihre zitternde Hand auf ihr wild pochendes Herz, während sie MacDougal zusah, wie er seine Sachen zusammenpackte.

»MacDougal?«, sprach sie ihn schließlich an. Es kostete sie all ihre Willenskraft, ihre Stimme zu beherrschen.

Er hielt inne, ohne sich jedoch nach ihr umzudrehen.

»Was ... was hast du erfahren?«

Er blickte sie immer noch nicht an. »Ich habe herausgefunden, dass wir fast am Ziel sind. Wir sollten noch heute Abend bei deinem Vater ankommen.«

Ihr pochendes Herz machte einen schmerzhaften Sprung, doch sie zwang sich, weiterzusprechen. Sie wusste, dass da noch etwas sein musste – etwas, das MacDougal ihr nicht sagen wollte. »Und ...?«, drängte sie ihn.

»Nichts weiter. Wir werden heute Abend ankommen. Oh, fast hätte ich's vergessen«, fügte er wenig überzeugend hinzu. »Ich habe einen alten ... Freund von dir getroffen.«

Soweit sie wusste, hatte sie keine alten Freunde. »Wen?«, fragte sie beunruhigt.

Jetzt endlich drehte er sich um und blickte ihr direkt in die Augen. »Deinen ... deinen Cousin Andrew Nelson.«

Andrew! War das wirklich möglich? »Du hast ihn gesehen? Hast du auch mit ihm gesprochen?«

MacDougal nickte – etwas widerwillig, wie ihr auffiel.

»Wie geht es ihm? Wo hast du ihn denn getroffen?«

»Er ist jetzt Farmer«, sagte MacDougal, so als beantworte er damit ihre Fragen.

»Aber geht es ihm gut?«, fragte sie und ging zu ihm, um eine Antwort zu verlangen.

»Warum sollte es ihm nicht gut gehen?«, gab MacDougal mürrisch zurück. »Ihn haben ja die Indianer nicht verschleppt.«

Damit hatte er wohl Recht – trotzdem hatte Rebekah keine Ahnung, warum MacDougal gar so mürrisch war. »Was hat er denn gesagt? Oh Gott, MacDougal, du hast ihm doch nicht etwa erzählt, dass ich hier bin, oder?« Der Gedanke versetzte sie in panische Angst, und sie blickte verzweifelt in die Ferne, um zu sehen, ob vielleicht jemand MacDougal gefolgt war.

Doch sie konnte nichts und niemanden erkennen, und MacDougal stieß ein missmutiges Schnauben aus, was ihre Aufmerksamkeit wieder auf ihn lenkte. »Ich musste ihm sagen, dass du hier bist, sonst hätte er hundert Männer zu den Indianern geschickt, um dich zu holen. Dein Cousin Andrew ist ein richtiger Held.«

»Aber er ... er kommt doch nicht hierher?«

»Nein, tut er nicht. Ich habe ihn überredet, dass er es erst morgen seiner Familie sagt, damit du ein wenig Zeit mit deinem Vater hast.«

Sie empfand in diesem Moment etwas mehr Sympathie für MacDougal, doch der Schreck saß ihr immer noch in den Gliedern. »Was ... was hat er denn gesagt, als du ihm ... von mir erzählt hast?«

MacDougals Gesichtsausdruck war hinter dem Bart nicht leicht zu erkennen – trotzdem sah sie deutlich, wie verärgert er war. »Er hat gesagt, er würde dich morgen besuchen kommen, und er lässt dich herzlich grüßen.«

MacDougals Ton war so bitter, dass sie die freundliche Botschaft gar nicht gleich wahrnahm. Andrew ließ sie herzlich grüßen. Er verachtete sie also nicht. Er wollte sie sogar sehen. Offensichtlich freute er sich, dass sie wieder da war. Und wenn er sich darüber freute, dann würde das vielleicht auch ihr Vater tun. O ja, so musste es sein!

Sie hatte Mühe, die Tränen zurückzudrängen, die ihr in den Augen brannten. Sie konnte es sich selbst nicht erklären, warum ihr ausgerechnet jetzt zum Weinen zumute war, obwohl sie doch zum ersten Mal seit sieben Jahren wieder glücklich war. Doch dieser Gefühlsüberschwang dauerte nur einige Augenblicke, und als sie wieder zu MacDougal aufblickte, stellte sie fest, dass er sie aufmerksam beobachtete.

»Was … was hat er über meinen Vater gesagt?«, fragte sie ängstlich.

»Er meint, dass dein Vater sich freuen wird, dich wiederzusehen. Darum sollten wir jetzt aufbrechen, damit wir noch vor Sonnenuntergang ankommen.«

Rebekah dachte nicht länger darüber nach, was der Grund für MacDougals schlechte Laune sein mochte. Sie würde ihren Vater wiedersehen. Sie kehrte nach Hause zurück.

Einige Minuten später waren sie wieder unterwegs. Rebekah suchte immer wieder den Horizont ab, um vielleicht etwas Vertrautes zu erkennen – doch die Landschaft sah immer noch so aus, wie schon seit Tagen. Es war zu viel Zeit vergangen seit damals, als sie noch in dieser Gegend gelebt hatte.

»Dann lebt also Andrews Familie nicht mehr in dem Fort«, sagte sie nach einer Weile.

»Niemand lebt mehr dort«, antwortete MacDougal, immer noch etwas missmutig. »Offenbar fürchten sie nicht mehr, dass die Indianer angreifen könnten. Sie haben jetzt alle ihre eigenen Häuser.«

Wenigstens würde sie nicht unter dem wachsamen Auge all ihrer Verwandten leben müssen, dachte sie mit einiger Erleichterung. Eine Sache weniger, um die sie sich Sorgen machen musste. Gewiss, morgen würde sie Andrew und seinem Vater gegenübertreten müssen, aber darüber würde sie sich jetzt nicht den Kopf zerbrechen. Zuerst einmal galt es, das Wiedersehen mit ihrem Vater zu bestehen.

Sie fragte sich, warum er jetzt in einem eigenen Haus lebte. Ob er wieder geheiratet hatte? Vielleicht hatte er sogar Kinder. Ob sie überhaupt in sein neues Leben passte? Und wie würde er ihren Sohn aufnehmen? Nach einer Weile sah sie ein, dass es dumm von ihr war, sich Sorgen zu machen, ohne noch zu wissen, wie sich das Wiedersehen abspielen würde.

Neben ihr ritt MacDougal schweigend dahin und blickte

hin und wieder zu ihr herüber, so als wäre es seine Aufgabe, sie im Auge zu behalten. Seine Stimmung hatte sich jedenfalls nicht gebessert. Sie hätte erwartet, dass er sich freuen würde, ans Ende der langen Reise zu gelangen und den Lohn zu empfangen, den er erwartete. Doch er wirkte alles andere als erfreut.

Vielleicht hatte ja ihr Cousin Andrew seine Verdienste nicht genügend gewürdigt. Vielleicht fragte sich MacDougal auch, ob all seine Mühen umsonst gewesen sein könnten. Oder war ihm jetzt bewusst geworden, dass er sie nicht mehr würde berühren können, wenn sie erst einmal zu ihrer Familie zurückgekehrt war?

Der Gedanke ließ sie hochschrecken, und als sie kurz zu MacDougal hinüberblickte, sah sie, dass er sie wieder beobachtete.

Natürlich konnte sie ihn nicht fragen, ob ihre Vermutung zutraf – einerseits, weil ihr das viel zu peinlich gewesen wäre, andererseits, weil er es ohnehin nicht zugegeben hätte. Was sie an der Sache vor allem interessant fand, war die Tatsache, dass MacDougal besonders missmutig gewesen war, als er Andrews Botschaft überbrachte. Konnte es denn sein, dass er eifersüchtig war?

Nein, allein die Vorstellung war geradezu lächerlich. Um eifersüchtig zu sein, hätte er ja etwas für sie empfinden müssen – dabei ging es ihm doch nur um ihren Körper. Das war es, was die Männer wollten – vor allem Männer wie MacDougal. Wenn er nun verärgert war, dann allein über die Tatsache, dass er bald schon keine Macht mehr über sie haben würde.

Nie wieder würde er sie berühren können und in ihr Empfindungen auslösen, die sie nicht wollte. Nie mehr würde er es erreichen, dass sie die Herrschaft über sich verlor. Von nun an würde kein Mensch mehr so viel Macht über sie haben.

Dieser Gedanke hätte sie eigentlich trösten sollen, deshalb konnte Rebekah es sich nicht erklären, warum sie sich auf einmal so leer fühlte – als würde sie etwas Wichtiges verlieren.

MacDougal hatte stundenlang nicht mit ihr gesprochen und sie war froh, endlich einmal die Möglichkeit zu haben, ihren eigenen Gedanken nachzuhängen. Immer wieder stellte sie sich vor, wie es sein würde, ihren Vater wiederzusehen – und jedes Mal sah sie es ein wenig anders vor sich. Meistens hatte die Vorstellung etwas Erschreckendes an sich – sei es, weil ihr Vater anders war, als sie ihn in Erinnerung hatte oder weil sie selbst nicht seinen Erwartungen entsprach. Ach, es hatte doch keinen Sinn, sich pausenlos vorzustellen, wie es sein würde, sagte sie sich ... um keine zwei Minuten später wieder den gleichen quälenden Gedanken nachzuhängen.

Schließlich wandte sich MacDougal ihr zu und sagte: »Das muss es sein.«

Die Gebäude waren nur als kleine Punkte am Horizont zu erkennen, doch die Rauchfahne ließ keinen Zweifel zu. Rebekahs Herz schlug schneller, während sie auf ihr Ziel zuritten. Die Gebäude wurden größer und größer, sodass sie auf die beiden Reiter zuzukommen schienen. Es war ein typisches Farmhaus mit Scheune, Nebengebäuden und einem Pferch für die Pferde. Rebekah sah auch ein zweites Häuschen, wenngleich sie sich nicht vorstellen konnte, wer darin lebte. Vielleicht war es jemand, der ihrem Vater bei der Arbeit half. Das wäre nur logisch, dachte sie, denn ihr Vater wurde langsam alt.

Er hatte spät geheiratet, wie er ihr oft erzählt hatte. Fast vierzig Jahre alt war er gewesen, als er sich eine Frau nahm, die gerade zwanzig war. Sie hatte ihn glücklich gemacht und ihm viele Kinder geschenkt – doch nur eines der Kinder hatte überlebt und die glücklichen Zeiten gehörten wohl für immer der Vergangenheit an.

Die Frage war nur, ob Rebekahs Rückkehr ihm ein wenig von dem verlorenen Glück zurückgeben konnte oder ob sie ihn noch schmerzlicher an die tragischen Momente seines Lebens erinnern würde. Würde ihr Vater das unschuldige Kind zurückerwarten, das er verloren hatte, oder würde er die Frau akzeptieren können, die zu ihm zurückkehrte? Und wie würde er seinen Enkel aufnehmen? So viele Fragen und keine einzige Antwort.

Rebekah war so aufgeregt, dass sie am liebsten vom Pferd gesprungen und zu Fuß zum Haus gelaufen wäre – aber noch lieber wäre sie in die entgegengesetzte Richtung gerannt. Doch sie tat weder das eine noch das andere, sondern blieb ruhig im Sattel sitzen. Sie saß nun im Damensitz auf dem Pferd, so wie es sich für eine weiße Frau gehörte.

Allmählich waren die Gebäude immer deutlicher zu erkennen. Die Tiere in der Koppel trotteten gemächlich über das Gras. Zwei magere Hunde von undefinierbarer Rasse erhoben sich aus dem Schatten des Hauses und stimmten ihr warnendes Gebell an. Die beiden Schwarzen auf der Veranda waren mit Schnitzarbeiten beschäftigt.

Schwarze? Was machten denn Schwarze hier bei ihrem Vater? Ihr Vater hatte nie Sklaven gehabt und hatte es auch immer abgelehnt. Vielleicht war es doch nicht das richtige Haus.

Doch dann hörte sie einen der Schwarzen ausrufen: »Massa Zeb! Wir haben Besuch!« – und ein Schauer lief Rebekah über den Rücken.

Die Umgebung verschwamm ihr vor den Augen, als sie auf das Haus zuritt. Das Blut dröhnte ihr im Kopf und ihr Herz hämmerte wie wild, während sie die Zügel fest umklammert hielt.

Schließlich kam ein alter Mann aus dem Haus. Er hatte schlohweißes Haar und einen langen weißen Bart, der ihm bis an die Brust reichte. Er war einmal groß gewesen, doch mit den Jahren war seine Haltung gebückter geworden, und seine Kleider hingen schlaff herab, so als hätte er in den letzten Jahren abgenommen. Der Abendwind wehte ihm durchs Haar, als er dastand und den Hunden befahl, still zu sein.

So als kenne es den Weg, trug ihr Pferd sie direkt zu dem alten Mann hin. Er lächelte unsicher, so als ahne er, dass ihm ein ungewöhnlicher Besuch ins Haus stand.

»Willkommen, junge Dame«, sprach er sie an. Sie hätte ihn rein äußerlich nicht wieder erkannt – doch seine Stimme war ihr vertraut. Fünfzehn Jahre lang hatte sie diese Stimme jeden Tag gehört – und in den folgenden sieben

Jahren hatte sie von ihr geträumt. Diese Stimme hatte nichts von ihrem Klang verloren und sie berührte Rebekah in ihrem Innersten.

Wie betäubt vor Anspannung und Angst stieg sie vom Pferd. Ihre Knie waren weich wie Pudding, doch irgendwie schaffte sie es, die paar Meter zu ihm zu gehen, bis sie direkt vor ihm stand.

Regungslos stand sie da und sah ihn an, bis sie endlich die Worte hervorbrachte.

»Kennst du mich nicht mehr, Papa?«

7

Der alte Mann blinzelte und seine blassblauen Augen verengten sich, als er ihr Gesicht im schwindenden Licht der Abendsonne musterte.

»Rebekah?«, flüsterte er ungläubig.

Ihr war nach Weinen zumute und nach Lachen und auch danach, einfach wegzulaufen. Stattdessen nickte sie nur – unfähig, ein Wort herauszubringen.

Er hob langsam eine seiner schwieligen Hände und berührte zögernd ihre Wange. »Träume ich?«, brachte er staunend hervor.

»Nein, Papa«, antwortete sie mit einem heiseren Flüstern. »Ich bin's wirklich.«

»Rebekah!«, rief er und schloss sie in die Arme. Er drückte sie so fest an sich, als hätte er Angst, sie könnte sich wieder verflüchtigen, wenn er sie nicht festhielt. Er roch nach Holz und Pfeifentabak und einfach nach ihm selbst, so wie sie ihn in Erinnerung hatte. Sie wagte es nicht, zu weinen, doch er ließ den Tränen freien Lauf. Sein ganzer Körper wurde von Schluchzern geschüttelt, während er sie an sein pochendes Herz drückte.

Er sprach Worte, die sie zuerst gar nicht verstand – zu überwältigt war sie von der Rührung, mit der er sie empfing. Doch nach einer Weile verstand sie, was er sagte; er betete und brachte darin seine ganze Dankbarkeit gegenüber seinem Gott zum Ausdruck, den er stets verehrt hatte.

»Als der Herr uns aus der Gefangenschaft führte, war es wie ein Traum für uns«, sagte er, eine Stelle aus der Bibel zitierend, die sie lange vergessen hatte. »Und wir lachten und sangen vor Freude und riefen: Der Herr hat Großes für uns getan und wir sind voller Freude. Der Herr hat Großes für uns getan! Lobet den allmächtigen Gott, der mein Kind aus der Gefangenschaft zurückgebracht hat!«

Schließlich ließ er sie los und hielt sie eine Armlänge von sich weg, um sie ansehen zu können. Es war, als traue er seinen Augen immer noch nicht ganz. »Lobet den Herrn, lobet den Herrn«, murmelte er, während er sie von Kopf bis Fuß betrachtete.

Doch Rebekah hatte wenig dafür übrig, einen Gott zu loben, der sich mit seiner Hilfe so lange Zeit gelassen hatte – vorausgesetzt, sie hätte geglaubt, dass er überhaupt eine Rolle in ihrer Befreiung gespielt hatte. »Du solltest lieber dem Menschen danken, der mich wirklich nach Hause gebracht hat«, wandte sie ein, als ihre Stimme ihr wieder gehorchte. Sie blickte über ihre Schulter zurück und sah, dass MacDougal ihr zwar zum Haus gefolgt war, dass er sich aber in einiger Entfernung hielt und wartete, bis man sich ihm zuwandte.

»Papa, das ist Sean MacDougal.«

Ihr Vater nahm eine etwas aufrechtere Haltung ein, ohne jedoch ihre Schultern loszulassen, und blickte zu MacDougal hinüber. Trotz der Tränen, die ihm immer noch auf den Wangen standen, sah er genauso aus, wie Rebekah sich immer die Propheten des Alten Testaments vorgestellt hatte, von denen er so oft erzählt hatte. »Seien Sie willkommen, Mr. MacDougal. Bitte kommen Sie ins Haus, damit ich Ihnen gebührend danken kann für das, was Sie getan haben. Dan, Enoch! Kümmert euch doch mal um die Pferde.«

Rebekah drehte sich zu den beiden Schwarzen um, die auf der Veranda des anderen Hauses gesessen hatten. Sie waren bereits etwas näher herangetreten, um zu sehen, was da vor sich ging, und blickten sie nun mit unverhüllter Neugier an.

»Rebekah und Mr. MacDougal, ich möchte euch meine rechte und meine linke Hand vorstellen, Dan und Enoch. Jungs, das ist meine Tochter Rebekah, die mir der Herr nach so langer Zeit zurückgebracht hat.

Die ›Jungs‹ waren in Wirklichkeit erwachsene Männer. Rebekah schätzte sie auf knappe dreißig, wenngleich sie sich nicht sicher war. Sie lächelten schüchtern und nickten zur Begrüßung mit dem Kopf.

Rebekah wandte sich entsetzt ihrem Vater zu. »Sklaven, Papa? Du hast Sklaven?«

»Ich habe sie aus der Sklaverei losgekauft, ja«, antwortete er, »aber ich betrachte sie nicht als mein Eigentum. Ich brauchte jemanden, der mir bei der Arbeit hilft, und ...«

»Was ist denn da draußen los?«, meldete sich eine Frauenstimme zu Wort. Rebekah blickte auf und sah eine groß gewachsene kaffeebraune Frau in der Tür stehen, die wahrscheinlich zur Küche führte. Ihr Haar war vollständig von einem bunten Tuch bedeckt und über dem einfachen Kleid trug sie eine mit Flecken übersäte weiße Schürze. Unter dem Kleid guckten ihre nackten Füße hervor. Ihre Haltung war jedoch so würdevoll wie die einer Königin.

Sogar Zebulon Tate schien ihr einigen Respekt entgegenzubringen. Er strahlte zu ihr hinauf. »Das ist meine Tochter, Jewel. Sie ist von den Toten zurückgekehrt!«, teilte er ihr freudig mit.

Einen Augenblick lang fragte sich Rebekah, ob es tatsächlich so war, ob sie vielleicht wirklich tot und in der Hölle gewesen war – doch der Gedanke verschwand gleich wieder, als sie das Lächeln im Gesicht der farbigen Frau sah.

»Ist das denn möglich! Rebekah! Gelobt sei der Herr! Was stehen wir denn noch länger hier draußen rum! Führen wir sie ins Haus, damit ich ihr eine ordentliche Mahlzeit servieren kann!«

MacDougal war inzwischen von seinem Pferd abgestiegen und stand nun neben Rebekah. Die beiden Hunde beschnüffelten ihn neugierig. Ihr Vater ließ sie schließlich los, um dem rothaarigen Fremden die Hand zu reichen.

»Mr. MacDougal, wenn Sie nicht selbst Kinder haben, können Sie gar nicht erahnen, was ich in diesem Augenblick empfinde«, sagte er, während er MacDougals Hand kräftig schüttelte. »Sieben Jahre lang habe ich jeden Tag für meine Tochter gebetet – und jetzt sehe ich sie endlich wieder. Gott hat Sie gesandt, mein Junge, und seine schützende Hand über Sie gehalten – und jetzt schenkt er Ihnen seinen Lohn.«

»Ich glaube nicht, dass sich MacDougal einen solchen Lohn vorgestellt hat«, warf Rebekah ein, worauf MacDougal sie ziemlich finster ansah, während ihr Vater eher verständnislos dreinschaute.

Es war die Frau namens Jewel, die die Situation rettete. »Jetzt geht erst mal alle ins Haus. Die Jungs kümmern sich um die Pferde. Bringt vorher noch ihre Habseligkeiten rein«, wies sie Dan und Enoch an. »Alles andere besprechen wir später. Machen Sie sich keine Sorgen«, sagte sie, zu MacDougal gewandt, der alles andere als besorgt aussah.

Schließlich ließ ihr Vater MacDougals Hand los und wandte sich wieder seiner Tochter zu. Erneut betrachtete er sie von Kopf bis Fuß – ihr kurz geschnittenes Haar, das schäbige Kleid und die abgetragenen Mokassins, die darunter hervorguckten.

Seine Augen füllten sich aufs Neue mit Tränen und er legte ihr seine zitternde Hand auf die Schulter. »Was haben sie dir nur angetan, mein Kind?«

Für einen Augenblick kamen all die Schrecken der vergangenen sieben Jahre in ihr hoch, um jedoch gleich wieder zu verschwinden. Nein, sie war endgültig in Sicherheit, zu Hause bei ihrem Vater. Sie konnte jetzt sogar ein wenig lächeln. »Nichts, Papa«, log sie. »Es geht mir gut, wirklich.«

»Außer dass sie wahrscheinlich halb verhungert ist«, stellte Jewel bissig fest, »und ihr haltet sie vom Essen ab. Lasst ihr sie jetzt endlich ins Haus gehen oder muss ich erst den Stock holen?«

Rebekah war schockiert. Soweit sie zurückdenken konnte, hatte es nie jemand gewagt, so mit ihrem Vater zu sprechen – schon gar nicht ein Dienstbote! Sie erwartete, dass augenblicklich ein Blitz niedergehen müsse, um die Frau zu Asche zu verbrennen. Stattdessen lächelte ihr Vater nur herzlich, legte seinen Arm um Rebekah und führte sie ins Haus, nachdem er die neugierigen Hunde verscheucht hatte. MacDougal ging hinter den beiden her.

Der Raum war, so wie Rebekah vermutet hatte, eine Küche, die von allerlei aromatischen Düften erfüllt war. In der Mitte stand ein großer runder Holztisch mit einem halben Dutzend grob gezimmerter Stühle. An einer Wand befand sich ein großer offener Kamin, über dem eine ganze Reihe von blank poliertem Küchengeschirr hing. In einer Ecke hingen Kräuter zum Trocknen von einer Leine und über dem heruntergebrannten Feuer hing ein riesiger Topf.

»Setzen Sie sich erst mal. Das Essen ist gleich fertig«, forderte Jewel sie auf.

Zebulon ließ Rebekah auf einem Stuhl gegenüber dem Feuer Platz nehmen. Es war ein seltsames Gefühl, wieder auf einem Stuhl zu sitzen. Rebekah blickte sich in der Küche um und versuchte irgendetwas Vertrautes zu entdekken – doch da war nichts mehr, was sie aus ihrer Jugend gekannt hätte. Möglicherweise war alles, was ihre Mutter besessen hatte, bei dem Überfall geraubt oder zerstört worden.

»Sie haben bestimmt eine interessante Geschichte zu erzählen, Mr. MacDougal«, sagte ihr Vater, während MacDougal auf dem Stuhl neben ihr Platz nahm.

Es kam ihr so vor, als lächle MacDougal hinter seinem wuchernden Bart, ehe er antwortete: »Ihnen wird sie vielleicht interessant vorkommen – aber für uns war es eine ziemlich eintönige Angelegenheit. Ich traf Ihre Tochter zum ersten Mal, als ich vor einigen Monaten mit den Indianern Handel trieb.«

»Sie haben mit den Indianern Handel getrieben?«, fragte Zebulon ziemlich verblüfft. Er hatte sich auf den Stuhl an Rebekahs anderer Seite gesetzt, während die Frau namens Jewel mit der Zubereitung des Essens beschäftigt war.

»Ich bin ein Händler aus Santa Fe. Wir in New Mexiko haben keinen Streit mit den Komantschen und wir machen schon lange mit ihnen Geschäfte«, sagte MacDougal.

»Ah ja, ich habe gehört, dass New Mexiko einen Vertrag mit den Wilden geschlossen hat, den diese Wilden aus irgendeinem Grund sogar einhalten. Die Verträge mit uns Texanern halten sie nämlich nie ein.«

Diesmal sah Rebekah ganz deutlich, dass MacDougal lächelte. »Sie halten den Vertrag ein, weil wir ihn ebenfalls einhalten – im Gegensatz zu den Texanern, Mr. Tate. Wir haben keine Siedler in ihr Land geschickt, nachdem wir ihnen versprochen hatten, es nicht zu tun, oder …«

»Die Wilden haben überhaupt kein Recht auf irgendein Land! Sie besitzen nichts als die Pferde, die sie stehlen. Wir sind es, die ein Recht haben …«

MacDougal hielt die Hand hoch, um die Tirade zu stoppen, die, wie Rebekah wusste, noch länger angedauert hätte. »Es hat doch keinen Sinn, wenn wir jetzt über all das streiten. Außerdem wollten Sie ja hören, wie ich Ihre Tochter nach Hause geführt habe.«

Rebekah hatte genug von dem Wortgefecht der beiden Männer. »Er kam in das Lager, in dem ich lebte«, sagte sie. »Ich sah ihn und bat ihn, mich freizukaufen.« Sie warf MacDougal einen etwas verächtlichen Blick zu. »Leider hat er es verpfuscht und der Indianer, dem ich gehörte, weigerte sich, mich zu verkaufen. Deshalb musste ich flüchten.«

Doch MacDougal wollte das nicht auf sich sitzen lassen. »*Ich* habe den Plan zu ihrer Flucht ausgearbeitet«, warf er ein. »Sie ließ es so aussehen, als wäre sie im Fluss ertrunken, damit die Indianer uns nicht verfolgten. Dann führte ich sie weg von dort.«

»Sie haben das ganz allein durchgeführt?«, fragte Zebulon voll Bewunderung.

»Es ist gar nicht schwer, sich an ein Komantschenlager heranzuschleichen«, wandte Rebekah ein. Sie wollte nicht, dass ihr Vater eine allzu hohe Meinung von MacDougal gewann. »Sie stellen keine Wachen auf, weil sie wissen, dass niemand es wagen würde, sie anzugreifen.«

»Trotzdem, wenn sie ihn erwischt hätten ...« Zebulon schüttelte den Kopf, offensichtlich beeindruckt von MacDougals Tat. »Und sie sind euch nicht gefolgt?«

»Nein, obwohl wir einmal fast mitten in eine Schar Indianer geraten wären, die gerade einen Siedler überfallen hatten«, antwortete MacDougal.

Rebekah wartete darauf, dass er erzählte, wie er ihr das Leben gerettet hatte, nachdem sie von der Schlange gebissen worden war, doch er schwieg, als Jewel ihm einen Teller vorsetzte. Sie stellte einen zweiten Teller vor Rebekah auf den Tisch, die andächtig den Duft in sich aufsog, der von den Bohnen mit Speck und Maisbrot aufstieg.

»Das sind die Reste vom Abendessen«, teilte ihr Jewel entschuldigend mit. »Wenn ich gewusst hätte, dass Sie kommen, dann hätte ich etwas Anständiges gekocht.« Mit ihrem Blick gab sie zu verstehen, dass sie es gar nicht mochte, wenn so unvermutet Gäste auftauchten, denen sie dann irgendwelche Reste anbieten musste. Rebekah hatte absurderweise fast ein schlechtes Gewissen, dass sie so überraschend nach Hause gekommen war.

Doch die Schuldgefühle waren gleich wieder verflogen, als sie zu essen anfing. Sie benutzte zwar den Löffel, den Jewel ihr gegeben hatte, doch es ging ihr damit viel zu langsam; sie konnte von dieser Köstlichkeit gar nicht genug bekommen. Als sie die Bohnen aufgegessen hatte, brach sie das Maisbrot und stopfte es sich in den Mund, so schnell sie konnte.

Erst als sie die letzten Krümel verzehrt hatte, hob sie den Kopf und sah drei Augenpaare auf sich gerichtet – zwei davon völlig verdutzt. Während MacDougal sie lediglich aufmerksam ansah, schienen Jewel und ihr Vater ihren Augen nicht zu trauen. Was hatte sie bloß angestellt, dass man sie so ansah? Sie hatte doch den Löffel benutzt, wie es sich gehörte.

Da erst bemerkte sie, dass sie sich über den Teller gebeugt hatte und ihn mit dem linken Arm umschloss, so als hätte sie Angst, jemand könnte ihn ihr wegnehmen. Ihr Gesicht lag fast im Teller und am Kinn klebten noch Spuren von Bohneneintopf. Du lieber Gott, sie hatte das Essen hinuntergeschlungen wie ein Tier. Nein, schlimmer noch – wie ein Indianer. Sie spürte, wie ihr die Röte in die Wangen stieg, und sie wischte sich mit dem Handrücken über das Kinn.

»Vielleicht möchten Sie sich waschen«, schlug Jewel vor. »Draußen vor der Tür steht ein Trog mit Wasser.«

Sie zeigte mit der Hand zur Tür und Rebekah stürzte hastig hinaus. Auf einer Bank standen ein Waschtrog und ein Eimer Wasser. Daneben lag ein Stück Seife und an der Wand hing ein alter Mehlsack als Handtuch. Sie rieb sich Gesicht und Hände ab, bis sie brannten. Wie hatte sie nur so dumm sein können! Ihr Vater musste denken ... Sie hatte keine Ahnung, was er dachte, und wollte es auch gar nicht wissen. Und selbst die Sklavin musste sich ihr Teil über sie denken.

Die beiden jungen Männer hatten ihre und MacDougals Sachen in den überdachten Durchgang zwischen den beiden Haushälften getragen, wo die beiden Hunde ihres Vaters Wache hielten. Rebekah hatte plötzlich den völlig abwegigen Wunsch, ihre Sachen zu packen und wieder zu verschwinden – diesmal an einen Ort, wo sie sich wirklich zu Hause fühlen würde.

Nur gab es leider keinen solchen Ort. Sie war nirgends mehr zu Hause. Sie war zu zivilisiert für die Indianer gewesen und jetzt war sie zu unzivilisiert für die Weißen. Die Erkenntnis lag wie ein Bleigewicht auf ihrem Herzen, als sie wieder ins Haus zurückging.

Drinnen bemühten sich alle Anwesenden, sie nicht anzusehen. Die Teller waren abgeräumt und Jewel hatte Kaffee und Kuchen gebracht. Auch an Rebekahs Platz stand ein leckeres Stück Apfelkuchen und ihr lief das Wasser im Mund zusammen. Doch sie beherrschte sich und setzte sich steif an ihren Platz, nahm die Gabel zur Hand und führte langsam ein kleines Stück Kuchen zum Mund.

Als die köstliche Süßspeise ihre Zunge berührte, hatte sie solche Mühe, sich zu beherrschen, dass ihr die Tränen in die Augen traten. Sie kaute und schluckte und genoss jeden kleinsten Krümel, während sie sich an die glückliche Zeit vor dem Überfall erinnerte.

Als sie den Bissen geschluckt hatte, blickte sie in Jewels dunkle Augen. Die Frau schien Rebekahs stark verbesserte Tischmanieren mit Zufriedenheit zur Kenntnis zu nehmen. »Ich kann Ihnen gar nicht sagen, wie köstlich das schmeckt«, lobte Rebekah. »Sieben Jahre ist es her, seit ich zum letzten Mal Apfelkuchen gegessen habe.«

Jewel tat so, als lasse sie das Kompliment unberührt. »Schön, dass wenigstens eine hier meine Kochkünste anerkennt«, murmelte sie und kehrte wieder zu ihrer Arbeit zurück.

Nachdem der Kuchen verzehrt war und Jewel das Geschirr abgeräumt hatte – sie ließ sich dabei nicht von Rebekah helfen –, führte ihr Vater sie und MacDougal in den angrenzenden Raum. Es handelte sich offensichtlich um das Wohnzimmer, wenngleich auch hier drin die Möbel ziemlich grob gezimmert waren. Doch hier erkannte Rebekah wenigstens einige Stücke wieder.

Das Sofa ihrer Mutter hatte den Überfall offensichtlich heil überstanden, wenngleich eines der Kissen mit einem großen Flicken ausgebessert war. Auch einer der Tische kam ihr bekannt vor, doch der Rest der Einrichtung war ziemlich notdürftig zusammengezimmert, um den Raum irgendwie zu füllen. Außer dem Sofa waren noch einige Stühle als Sitzgelegenheit vorhanden. An einer Wand befand sich ein großer Kamin, in dem jedoch kein Feuer brannte. Die Wärme aus der Küche reichte an einem so warmen Abend völlig aus.

Zebulon forderte sie und MacDougal mit einer höflichen Geste auf, sich auf das Sofa zu setzen, doch MacDougal nahm sich lieber einen Stuhl und ließ sich rittlings darauf nieder. Ihr Vater nahm ebenfalls auf einem Stuhl Platz, den er in die Nähe seiner Tochter gestellt hatte.

Rebekah strich mit der Hand über den braunen Samtbezug des Sofas, der mittlerweile ziemlich verblasst wirkte und an einigen Stellen schon fast durchgescheuert war. Doch das gute Stück war ihr immer noch vertraut genug, um süße Erinnerungen in ihr wachzurufen. An manch einem Sonntagnachmittag hatte sie hier gesessen – die Beine waagrecht ausgestreckt, weil sie noch zu kurz waren, um bis zum Boden zu reichen – und ihr Vater las aus der Bibel vor. All diese Geschichten aus der Bibel. Sie musste sich doch noch an die eine oder andere erinnern können.

Als sie aufblickte, sah sie, dass ihr Vater sie erwartungsvoll ansah. Was wollte er von ihr hören? Er erwartete doch wohl nicht, dass sie alles erzählte, was ihr widerfahren war? Und selbst wenn, so hatte sie nicht die Absicht, darüber zu reden. Niemand sollte je erfahren, was sie durchgemacht hatte.

Um einer eventuellen Frage zuvorzukommen, fragte sie ihrerseits: »Wer … wer hat denn den Überfall damals überlebt?«

Ihr Vater zuckte zusammen. Es bereitete ihm offensichtlich immer noch großen Schmerz, über diese Tragödie zu sprechen – doch er tat es und zählte zuerst diejenigen auf, die getötet worden waren, und dann die Überlebenden, größtenteils Männer, die sich draußen auf den Feldern aufgehalten hatten. Er berichtete ihr, was aus jedem Einzelnen geworden war. Überraschenderweise hatte keiner von ihnen Texas verlassen, um sich in einem sichereren Gebiet anzusiedeln.

»Und dann sind da noch Andrew und dein Onkel Cecil«, schloss er seinen Bericht mit schwacher Stimme. »Cecil war wie ein Bruder zu mir nach dem ... nach dem, was passiert ist. Ich konnte früher nie verstehen, was Esther an ihm gefunden hat. Er schien mir nicht viel zu taugen, aber er war stärker, als ich dachte – vielleicht, weil er es einfach sein musste, ich weiß es nicht. Egal, er hat mir jedenfalls sehr geholfen, die Siedlung zusammenzuhalten, als ich ... als ich nahe daran war, alles aufzugeben.«

»Oh, Papa, du wolltest wirklich aufgeben?«

Zebulon lächelte bitter und strich sich über den langen weißen Bart. »Ich wäre am liebsten gestorben, nachdem ich meine Frau und meine Kinder verloren hatte. Immer wieder sagte ich mir, dass das alles nicht geschehen wäre, wenn wir in Tennessee geblieben wären. Das Einzige, was mich aufrecht hielt, war der Gedanke, dass du noch am Leben sein könntest. Ich musste weiterleben, um für dich zu beten und dich vielleicht eines Tages in dieser Welt wiederzusehen.«

Seine Augen waren feucht und Rebekah fürchtete, dass sie es nicht aushalten würde, ihn noch einmal weinen zu sehen. MacDougal ging es offenbar genauso, denn er sagte: »Ich habe Andrew heute getroffen. Er hat mir gesagt, wo ich Sie finde.« Rebekah sah, dass er über diese Begegnung immer noch nicht allzu glücklich war, doch ihrem Vater schien das nicht aufzufallen.

»Dann hast du ihn also gesehen?«, wandte sich Zebulon an Rebekah. »Er weiß, dass du wieder bei uns bist?«

»Nein«, antwortete sie und wandte sich MacDougal zu, damit er es ihrem Vater erklärte.

»Rebekah wollte niemanden treffen, bevor sie nicht Sie wiedergesehen hatte. Ich habe ihm aber von ihr erzählt«, erläuterte MacDougal.

»Prudence weiß, dass Rebekah hier ist, und ist trotzdem nicht gleich gekommen?«, wunderte sich Zebulon.

»Wer ist Prudence?«, wollte Rebekah wissen und fragte sich, ob sie etwa eine ihrer Verwandten vergessen haben könnte.

»Die Frau deines Onkels Cecil«, antwortete ihr Vater. »Ach ja, du kannst sie ja nicht kennen. Sie und ihr erster Ehemann siedelten sich hier an, als du schon ... fort warst. Ihr Mann starb und sie heiratete Cecil. Eine wirklich vorbildliche Christin. Sie ist Cecil eine gute Ehefrau. Ich wünschte nur, sie hätte etwas mehr Einfluss auf Andrew. Er hat nicht viel zuwege gebracht, seit ... seit seine Mutter tot ist.«

»Was ist denn los mit ihm?«, fragte Rebekah besorgt. Andrew war ihr von allen Verwandten stets der Liebste gewesen. Es war ihr ein Anliegen, dass er glücklich war.

»Ach, eigentlich gar nichts«, antwortete ihr Vater. »Er ist nur ... ich weiß nicht, er scheint sich für nichts wirklich entscheiden zu können. Sein Vater hat die beste Farm in der ganzen Gegend, aber Andrew will sich einfach nicht daran beteiligen. Er ist ein richtiger Träumer geworden. Wie ich schon sagte, er ist im Moment zu nicht viel zu gebrauchen.«

Es herrschte Stille im Raum, während Rebekah über die Worte ihres Vaters nachdachte und sie mit ihrer Erinnerung an ihren Cousin in Einklang zu bringen versuchte. Was war nur mit ihm geschehen? War es möglich, dass auch die, die damals unversehrt geblieben waren, an den Nachwirkungen des Überfalls zu leiden hatten?

Ihr Vater räusperte sich und blickte seine Tochter aufs Neue erwartungsvoll an. »Rebekah«, sagte er, »ich möchte, dass du mir erzählst, was dir passiert ist und wo du in all den Jahren warst. Alles ...«

Seine Stimme brach und sie wusste, dass er sich zumindest einiges von den schrecklichen Dingen vorstellen konnte, die sie hatte durchmachen müssen. Jedermann wusste, was mit weißen Frauen geschieht, die von den Indianern verschleppt wurden. Doch sie würde seine Befürchtungen nicht bestätigen, auch wenn sie es vermocht hätte, davon zu sprechen.

»Sie brachten mich in ihr Lager«, sagte sie und übersprang damit den alptraumhaften Ritt. »Der Indianer, der mich entführt hatte, übergab mich seiner Frau als Sklavin. Das passiert mit allen Gefangenen, auch mit den Mexikanerinnen und den Frauen von anderen Indianerstämmen, die sie verschleppen. Und so war ich eine Zeit lang Sklavin.«

Die blassblauen Augen ihres Vaters blickten ausdruckslos. »Haben sie dich ... misshandelt?«, fragte er zögernd.

Misshandelt. Was für ein harmloses Wort, um das auszudrücken, was sie ihr angetan hatten, dachte sie, doch sie antwortete: »Die Frau hat mich geschlagen, aber es war nicht so schlimm. Sie brauchten mich ja für die Arbeit, also konnten sie mich nicht wirklich verletzen. Sie schlugen mich vor allem, um mir Angst zu machen – damit ich nicht weglief oder mich ihnen widersetzte. Nach einer gewissen Zeit ...« – sie blickte kurz zu MacDougal hinüber, und das Funkeln in seinen Augen sagte ihr, dass er sich an die Geschichte von der Frau erinnerte, die sie mit dem Stock geschlagen hatte – »... hörten die Schläge auf. Wahrscheinlich fingen sie an, mir zu trauen.«

MacDougal hüstelte und hielt sich die Hand vor den Mund, doch sie ignorierte ihn.

»Dann, nach etwa einem Jahr ...«, fuhr sie fort und hielt gleich wieder inne. Wie sollte sie ihm nur erklären, was danach geschehen war, ohne zu verraten, auf welche Weise sie zu ihrem Sohn gekommen war? »Einer ... einer der Männer kaufte mich. Er ... er wollte eine Ehefrau.« Das Wort blieb ihr fast im Halse stecken und sie wagte es nicht, MacDougal anzuschauen, nachdem sie ihn so oft zurechtgewiesen hatte, wenn er Sprüchemacher ihren Ehemann nannte. »Er hatte schon eine Frau, aber sie konnte keine Kinder bekommen. Er wollte einen Sohn und ich war jung und gesund und ...«

»Diese heidnischen Wilden!«, rief ihr Vater aus, die Hände vor Wut zu Fäusten geballt.

Wenn er nur wüsste, dachte sie – doch sie lächelte nur, denn jetzt würde sie ihm die *gute* Nachricht mitteilen. »Ich habe einen Sohn, Papa. Er ist ein wunderbarer kleiner Junge mit rabenschwarzem Haar und grauen Augen. Er heißt ... Kleiner Jäger. Er ist einfach süß. Er ist dein Enkelsohn.«

Sie hatte ja erwartet, dass er schockiert sein würde. Aber dass er sie mit einem so sprachlosen Entsetzen anstarren würde, das hätte sie nicht gedacht. Sein Gesicht war leichenblass und seine Augen blinzelten, so als hätte er Mühe, die Tränen zurückzuhalten.

»Ein Sohn«, murmelte er schließlich.

»Ja, er ist ein so aufgeweckter und kluger Junge und ...«

»Du ... du hast ihn nicht mitgebracht«, warf Zebulon ein.

»Nein«, sagte sie und verspürte einen stechenden Schmerz. »Wir konnten ihn nicht mitnehmen, weil niemand geglaubt hätte, dass wir beide ertrunken sind. Aber MacDougal wird ihn schon bald holen.«

Zebulon blickte MacDougal verblüfft, vielleicht auch bestürzt an. »Sie wollen noch einmal dort hin? Um einen Indianerjungen zu holen?«

Es war ja tatsächlich schwer zu verstehen, dass jemand freiwillig in das Land der Indianer zurückkehrte, obwohl er eben erst mit viel Glück seinen Skalp gerettet hatte. Rebekah sagte sich, dass ihr Vater deshalb so entgeistert war. »Er ist kein Indianerjunge! Er ist mein Sohn!«, erinnerte ihn Rebekah. »Und natürlich wird MacDougal noch einmal losreiten und ihn holen. Er hat es mir versprochen.«

Sie blickte MacDougal an, wie um ihm zu sagen, er solle es ja nicht wagen, das abzustreiten. MacDougals Blick ging zwischen ihrem Vater und ihr hin und her, bevor er schicksalsergeben mit den Achseln zuckte.

»Siehst du? Ich habe es dir ja gesagt«, sagte sie triumphierend. »Man kann ja vielleicht manches über MacDougal sagen – aber er ist ein Mann, der sein Wort hält.«

Zebulon starrte MacDougal eindringlich an, so als sehe er ihn zum ersten Mal. »Sie sind noch viel mutiger, als ich dachte, Mr. MacDougal. Ich weiß gar nicht, wie ich es Ihnen vergelten soll, dass Sie mir Rebekah zurückgebracht haben.«

»Ja, MacDougal, was stellst du dir als Belohnung vor?«, fragte Rebekah, der es sehr gelegen kam, dass nicht nur von ihr selbst die Rede war.

»Ich habe eine Belohnung ausgesetzt«, warf Zebulon ein, »gleich, nachdem es passiert war. Hundert Dollar. Das war vielleicht ein wenig unbedacht, weil ich ja überhaupt nichts besaß – aber ich bin auch ein Mann, der sein Wort hält. Es ist nur so, dass ich im Augenblick leider nicht sehr flüssig bin; Bargeld ist in Texas immer noch ziemlich knapp, und was ich für die letzte Ernte bekommen habe, ist gleich wieder für offene Rechnungen draufgegangen – aber ich kann Ihnen einen Schuldschein ausstellen, den ich nächstes Jahr einlöse, wenn die Ernte verkauft ist. Gewiss, da sind noch die drei Schwarzen, die hier bei mir arbeiten – aber ich habe ihnen versprochen, dass ich sie nicht verkaufen werde, und ...«

»Ich will kein Geld von Ihnen, Mr. Tate«, warf MacDougal ein.

Der alte Mann blickte ihn überrascht an und Rebekah wollte ihn schon daran erinnern, dass er sich wenigstens die Sachen bezahlen lassen sollte, die er für sie gekauft hatte – doch dann fiel ihr ein, dass er gesagt hatte, sie hätte ihn für das Kleid bereits bezahlt, was sie heftig erröten ließ.

»Was wollen Sie dann für Ihre Tat, junger Mann?«, fragte Zebulon schließlich.

»Ich ...« Er blickte kurz zu Rebekah hinüber und wandte sich dann wieder lächelnd ihrem Vater zu. »Vielleicht sollten wir das unter vier Augen besprechen, von Mann zu Mann.«

Rebekah wollte MacDougal schon sagen, was sie von seinem Vorschlag hielt, als die Tür aufging und Jewel den Kopf hereinsteckte.

»Miss Rebekah, wollen Sie nicht zu Bett gehen? Sie haben schließlich einen anstrengenden Ritt hinter sich – da könnten Sie doch sicher ein wenig Ruhe gebrauchen.«

Einen anstrengenden Ritt? Oh, wenn die Frau wüsste, was sie alles durchgemacht hatte, dachte Rebekah. Dagegen war der Ritt durch halb Texas die reinste Vergnügungsreise gewesen.

»Ich bin eigentlich nicht ...«

»Ich habe Ihre Sachen in Ihr Zimmer gebracht. Ich habe Ihnen auch ein schönes heißes Bad vorbereitet und Ihr Bett frisch bezogen«, teilte ihr Jewel mit.

»Mein Zimmer?«, fragte Rebekah verwirrt.

»Als ich dieses Haus baute, da habe ich ein Zimmer für dich mit eingeplant«, sagte ihr Vater mit leiser Stimme und feuchten Augen. »Ich wusste, dass du irgendwann zurückkehren würdest.«

Rebekah hielt sich die Hand vor den Mund, um ihre Gefühle nicht hervorbrechen zu lassen. Sie würde nicht weinen, jedenfalls nicht jetzt. Sie fühlte sich immer noch nicht sicher genug und sie wusste nicht, ob ihr Vater es ertragen hätte, sie weinen zu sehen.

Aber sie wusste, dass sie hinaus musste. Das alles war im Moment einfach zu viel für sie.

»Ich ... ich glaube, ich gehe jetzt zu Bett.«

Ihr Vater nickte und erhob sich mit ihr. Er streckte die Hand nach ihr aus, um sie zu berühren, so als müsse er sich vergewissern, dass sie tatsächlich da war. Rebekah wusste, dass sie keinen Augenblick länger bleiben konnte, weil er sie sonst in die Arme schließen und damit den letzten Rest ihrer Beherrschung erschüttern würde. Und so eilte sie hinaus und folgte Jewels stattlicher Gestalt, ohne sich auch nur umzublicken, um MacDougal eine gute Nacht zu wünschen.

Warum sollte sie sich ausgerechnet um MacDougal Gedanken machen – jetzt, da sie ihn endlich los war? Sie war wieder zu Hause.

Jewel führte sie auf die andere Seite des Hauses und öffnete eine der beiden Türen, die in ein kleines Schlafzimmer führte. Das Bett, das in einer Ecke stand, war nicht das, in dem sie früher geschlafen hatte, doch es sah fast genauso aus – ebenso wie die Decke, die darauf ausgebreitet war.

An einer der Wände stand der Kleiderschrank, in dem sie und ihre Schwestern schon einst in Tennessee ihre Kleider aufbewahrt hatten und den sie auf einem Wagen den ganzen Weg nach Texas transportiert hatten. An der gegenüberliegenden Wand stand ein grob gezimmerter Waschtisch. In der Mitte des Zimmers befand sich eine Badewanne mit dampfend heißem Wasser – und Rebekah bekam weiche Knie bei dem Gedanken, ihren armen, geschundenen Körper in die wohlige Wärme sinken zu lassen.

»Ziehn Sie mal dieses Kleid aus, damit die gute alte Jewel sich um Sie kümmern kann«, sagte die schwarze Frau in befehlendem Ton.

Rebekah wollte etwas einwenden, doch Jewel hatte bereits begonnen, die Knöpfe an ihrem Kleid zu öffnen. Dabei murmelte sie irgendetwas, wie hässlich das Kleid doch sei.

»MacDougal hat es für mich gekauft«, teilte ihr Rebekah lächelnd mit.

»Der Mann hat überhaupt keinen Geschmack«, sagte Jewel, während sie Rebekah das Kleid über den Kopf streifte »Hat er denn nicht gesehen, dass Sie darin gut und gerne zweimal Platz haben? Und jetzt seh sich einer diesen Lumpen an!«, rief sie, als sie das Unterhemd erblickte.

Seltsamerweise fühlte sich Rebekah bemüßigt, MacDougal in Schutz zu nehmen. »Mehr hatten sie nicht zur Auswahl. Er hat es in einem Fort weit draußen in der Prärie gekauft. Hopewell's Fort hieß es, glaube ich. Dort haben sie nun mal kein reiches Sortiment an Damenmode.«

»Kann ich mir vorstellen«, sagte Jewel und befreite Rebekah von dem alten Lumpen.

Ehe sie sichs versah, stand Rebekah nackt da, doch Jewel schien sie ohnehin kaum anzusehen, während sie ihr in die Wanne half. Außerdem hatte Rebekah in den vergangenen Jahren ohnehin so gut wie vergessen, was Schamgefühl war.

Das warme Wasser tat so gut, dass Rebekah laut aufstöhnte, als sie sich hineingleiten ließ. »Oh, Jewel, wissen Sie, wann ich zum letzten Mal ...«

»Ja, Miss Rebekah, vor sieben Jahren«, warf Jewel ein und tauchte ein Tuch ins Wasser ein, um es zu befeuchten. »Ich habe auch Seife da. Ich werd Ihnen die Haare waschen und Sie waschen den Rest. Mit dieser Seife werden wir den Läusen zu Leibe rücken – und dem anderen Ungeziefer, das Sie sich vielleicht eingefangen haben.«

Rebekah zuckte zusammen, weil sie genau wusste, dass sie aus dem Indianerlager einiges an Ungeziefer mitgeschleppt hatte, und es ihr peinlich war, dass Jewel das ebenfalls wusste. Doch auch diesmal gab ihr Jewel gar keine Gelegenheit, sich lange zu schämen – sie begann vielmehr mit ihren kräftigen Fingern Rebekahs Kopfhaut zu massieren, was ihr einen wohligen Schauer über den ganzen Körper jagte. O Gott, wie hatte sie einen solchen Luxus jemals als selbstverständlich ansehen können? Wie hatte sie sich nur in ihrer Jugend gegen das regelmäßige Bad am Samstagabend sträuben können?

»Warum haben sie Ihnen denn das Haar abgeschnitten?«, fragte Jewel, während sie die Seife aus Rebekahs kurz geschnittenen Locken spülte.

»So tragen es die Indianerfrauen, weil es leichter zu pflegen ist.«

»Ich dachte immer, sie tragen es in langen Zöpfen«, wandte Jewel ein.

»Das machen nur die Männer. Für sie ist langes Haar ein … ich weiß nicht, ein Zeichen von Stärke, glaube ich.«

»Wie bei Samson in der Bibel.«

Daran hatte Rebekah noch nie gedacht. »Ja, so könnte man sagen.«

Als sie mit Rebekahs Haar fertig war, hob Jewel die Kleider vom Boden auf, während Rebekah versuchte, mit dem rauen Tuch und dem weichen Seifenschaum die Jahre der Gefangenschaft von sich abzuwaschen.

»Ich werde Ihre Sachen heute noch waschen«, sagte Jewel. »Vielleicht kann ich sie noch ein wenig ausbessern.« Sie schüttelte den Kopf über die schäbigen Kleider.

Rebekah dachte, dass Jewel sie nun allein lassen würde, und wunderte sich, dass ihr das gar nicht recht war. Vielleicht war sie einfach noch nicht so weit, das Alleinsein ertragen zu können.

Doch Jewel überraschte sie einmal mehr. »Sie haben also einen Sohn, was?«, sagte sie und gab damit ganz ungeniert zu, dass sie gelauscht hatte.

Rebekah war noch nie mit einem farbigen Menschen zusammen gewesen. Sie wusste nicht, ob es sich für sie schickte, so etwas mit dieser Frau zu erörtern, die ja offiziell immer noch eine Sklavin war. Doch Jewel schien sehr wohl die Absicht zu haben, mit ihr darüber zu sprechen, und Rebekah hatte ein starkes Bedürfnis, über ihren Jungen zu reden.

»Es brach mir fast das Herz, als ich ihn zurückließ, aber MacDougal hatte Recht: Wenn wir den Jungen mitgenommen hätten, dann wäre die Flucht niemals gelungen. Die Indianer denken wahrscheinlich, dass ich tot bin. Es wird um einiges schwerer, den Jungen zu holen, weil er nicht weiß, dass er geholt werden soll. Er wird am Anfang große Angst haben, zumindest bis MacDougal ihm sagt, dass ich noch lebe.«

»Dann wollen Sie ihn also wirklich hierher bringen«, sagte Jewel in einem Ton, der weder Zustimmung noch Ablehnung erkennen ließ.

Doch Rebekah erinnerte sich daran, wie entgeistert ihr Vater reagiert hatte, und fragte sich, ob die schwarze Frau ebenso schockiert war und es nur besser zu verbergen vermochte. »Meinen Sie etwa, dass ich es nicht tun sollte?«, fragte sie herausfordernd.

Jewel blickte zu ihr hinunter und ihre Augen leuchteten hell in dem dunklen Gesicht. »Wenn er Ihr Fleisch und Blut ist, dann dürfen Sie ihn sich nicht wegnehmen lassen«, sagte sie entschlossen.

Der Nachdruck, mit dem Jewel plötzlich zu ihr sprach, verursachte Rebekah eine Gänsehaut – und obwohl ihre Haut von anderer Farbe war als die von Jewel, fühlte sie sich dieser Frau sehr verbunden. »Sie haben bestimmt auch ein Kind, nicht wahr?«, fragte sie.

Zu ihrem Erstaunen wurde Jewels Gesichtsausdruck um einiges härter. »Ich habe vier Kinder zur Welt gebracht – auf der Farm, wo ich arbeitete, bevor mich Ihr Papa freigekauft hat. Das war mein Job – Kinder auf die Welt bringen.«

»Wie bitte?«, fragte Rebekah, obwohl sie es eigentlich gar nicht wissen wollte.

»Dort werden Sklaven regelrecht gezüchtet. Sie haben dort einen ganzen Haufen schwarzer Mädchen und ein paar Kerle, damit sie möglichst viele Kinder zeugen. Die Babies verkaufen sie dann wie ihr Getreide. Sie haben auch alle meine Kinder verkauft, sobald sie entwöhnt waren, und ich werde keines von ihnen je wiedersehen.«

Rebekah starrte die Frau entsetzt an und fragte sich, wie sie es ertragen konnte, sich an etwas so Schmerzvolles zu erinnern – geschweige denn, darüber zu reden. Wie sie es ertrug, dass sie vier Kinder verloren hatte, und Rebekah es kaum ertrug, auch nur wenige Wochen von ihrem Sohn getrennt zu sein. Tränen traten ihr in die Augen und sie griff instinktiv nach Jewels Hand.

Die farbige Frau erschrak und ihre Finger schlossen sich für einen Augenblick um Rebekahs Hand. Sie schüttelte die Vergangenheit jedoch gleich wieder von sich ab, um in die Gegenwart zurückzukehren. »Hören Sie auf niemanden, der Ihnen sagt, dass Sie auf ihn verzichten sollen«, sagte sie in entschlossenem Ton, ließ Rebekahs Hand los und ging schnell von ihr weg, so als hätte sie etwas Wichtiges zu erledigen. Doch Rebekah sah, dass sie lediglich die Decke auf dem Bett glatt strich und nachsah, ob auf dem Kleiderschrank Staub lag. »Sie werden Ihnen sagen, dass er nur ein roter Bastard ist. Sie werden sagen, dass Sie besser dran sind, wenn er nicht hier ist, weil er Sie immer an das erinnert, was Ihnen bei den Indianern widerfahren ist. Aber Sie dürfen nicht auf dieses Geschwätz hören. Es wird sicher schwer, aber ich versichere Ihnen, es gibt nichts Schlimmeres, als irgendwo weit weg ein Kind zu haben und nicht zu wissen, ob es ihm gut geht oder schlecht. Wenn Sie ihn wollen, dann holen Sie ihn her. Haben Sie mich verstanden?«

Rebekah hatte nicht nur verstanden – sie war haargenau der gleichen Ansicht. Wenn sie daran dachte, dass ihr Kleiner für immer in Squeakys Händen bleiben müsste, dann hätte sie schreien können vor Schmerz. Sie nickte stumm, weil ihr die Stimme versagte.

Es schien, als wäre es Jewel peinlich, dass sie ihren Gefühlen so freien Lauf gelassen hatte, und so machte sie sich hier und dort im Zimmer zu schaffen. Sie vermied es, Rebekah anzuschauen und sprach auch nicht mehr mit ihr, bis Rebekah mit dem Bad fertig war.

»Ich habe immer versucht, mich zu pflegen«, sagte Rebekah schließlich, während sie nach einem der Mehlsäcke griff, die als Handtücher dienten, und ihn sich um die feuchten Haare wickelte. »Aber es ist nicht dasselbe, wenn man sich in einem kalten Bach wäscht und sich mit Sand abreiben muss.«

»Kann ich mir vorstellen«, pflichtete Jewel ihr bei.

Rebekah rieb sich die Haare mit dem Tuch trocken und blieb noch eine Weile in der Wanne sitzen, weil sie die wohlige Wärme noch nicht verlassen wollte. »Jewel, wie sind Sie eigentlich hierher gekommen? Ich meine, wie haben Sie es geschafft, von der Farm wegzukommen?«

Jewel stand mit dem Rücken zu Rebekah. Sie ließ die Schultern ein wenig sinken, worauf es Rebekah sofort leid tat, die Frage überhaupt gestellt zu haben, weil sie der Frau damit offensichtlich Kummer bereitete. Doch als Jewel sich zu ihr umdrehte, sah sie, dass es der Frau nichts ausmachte, darüber zu sprechen.

»Ich konnte keine Kinder mehr bekommen – und so hatten sie keine Verwendung mehr für mich und verkauften mich in den Süden weiter. Ich dachte mir, dass ich wohl irgendwo auf einem Baumwollfeld sterben würde. Wir hatten nämlich gehört, dass das mit vielen Sklaven passiert, die ganz unten im Süden landen – bei dem Fieber und allem, was man sich dort einfangen kann. Aber Ihr Papa hat mich unten in New Orleans gekauft. Er hat gesagt, er braucht eine Haushälterin. Ich dachte mir damals, ich wüßte schon, was er damit meinte.« Sie schmunzelte über die Erinnerung und für einen Augenblick stellte sich Rebekah vor, dass ihr Vater und Jewel …

Dann schüttelte Jewel den Kopf. »Er lässt es nicht einmal zu, dass Dan und Enoch mich belästigen – außer wenn ich einen der beiden heiraten will, und das will ich nicht. Nie wieder lass ich mich von einem Mann berühren. Er müsste mich erst töten.«

Rebekah zitterte, als sie diese Worte hörte, die sie selbst so oft gedacht hatte. Doch sie senkte den Blick, als ihr einfiel, wie schnell sie ihren Vorsatz in MacDougals Armen vergessen hatte. Sie erzitterte erneut, als sie daran dachte, wie sich seine Hände auf ihrer Haut angefühlt hatten.

»Sie werden sich erkälten«, stellte Jewel fest, als sie Rebekahs Zittern sah, dessen Ursache sie nicht kennen konnte. »Sie sollten sofort aus der Wanne kommen und sich ins Bett legen. Ich habe nichts zum Anziehen für Sie, aber es ist ja nicht kalt – und Decken haben wir genug.«

Keinen Widerspruch duldend, zog Jewel sie aus der Wanne und half ihr beim Abtrocknen. Als Rebekah im Bett lag, deckte Jewel sie zu, als wäre sie ein kleines Kind. Die Strohmatratze knisterte unter ihrem Gewicht und für einen Augenblick gab sich Rebekah ganz diesem Luxus hin – in einem Bett zu liegen, in dem es nicht nach Tierfellen roch, und statt einem Zelt feste Wände um sich zu haben. Und sie wusste, sie konnte jederzeit die Tür hinter sich schließen und niemand würde hereinkommen, wenn sie es nicht wollte.

»Oh, Jewel«, flüsterte sie tief bewegt.

»Ich weiß«, sagte Jewel, und Rebekah wusste, dass die Frau sie verstand.

Sobald die beiden Frauen das Zimmer verlassen hatten, wandte sich Zebulon Tate Sean zu. Es war ihm an den Augen abzulesen, wie viele Fragen er an seinen Gast hatte.

»Macht es Ihnen etwas aus, wenn ich rauche?«, fragte Sean.

Tate schüttelte den Kopf. »Ich könnte selbst eine Pfeife gebrauchen«, antwortete er und erhob sich, um zu einem einfachen Schrank hinüberzugehen, aus dem er eine Pfeife aus seiner Sammlung hervorholte. Er nahm etwas Tabak aus einem Behälter und stopfte sich seine Pfeife. »Bedienen Sie sich«, bot er Sean an. »Der Tabak ist nicht der beste, obwohl er teuer genug ist. Etwas anderes bekommen wir hier nicht.«

Während Sean eine Pfeife aus Tates Sammlung wählte und sie sich stopfte, erkundigte er sich ungezwungen, wo Tate seine Güter einkaufte und wie die Preise für das Getreide stünden.

Nachdem er Seans Fragen beantwortet hatte, musterte Tate seinen Gast, während sie ihre Pfeife rauchten. »Das klingt ja so, als wären Sie selbst daran interessiert, sich hier niederzulassen«, sagte er.

»So ist es auch, Mr. Tate. Ich bin sogar sehr interessiert. Sie haben mich vorhin gefragt, was für eine Belohnung ich mir vorstelle, weil ich Ihre Tochter befreit habe – und um die Wahrheit zu sagen: Ich glaube, dass der Lohn von selbst kommen wird. Ich bin Geschäftsmann, Mr. Tate, und deshalb ist die Achtung der Menschen vielleicht mein allerwichtigstes Kapital.«

»Sie sind Händler, sagten Sie.«

»Nun, eigentlich hatte ich einen Laden«, erwiderte Sean. »Ich habe mit den Indianern Handel getrieben, weil das in Santa Fe durchaus nichts Ehrenrühriges ist und weil ich damit einen Haufen Geld verdient habe. Aber jetzt will ich ein Geschäft in Texas aufmachen.«

»Wo jedermann weiß, was Sie für Rebekah getan haben«, sagte Tate mit missbilligender Miene.

»Stimmt, das gehört dazu«, gab Sean offen zu. »Aber ich tue es auch, um Rebekah nahe zu sein.«

Die Miene des alten Mannes wurde noch finsterer. »Was meinen Sie damit – um ihr nahe zu sein?«

Sean beugte sich vor und antwortete mit ernster Miene: »Ich meine, dass ich Ihre Tochter bewundere, Mr. Tate, und ich habe sie während der vergangenen Wochen lieb gewonnen. Ich möchte sie heiraten.«

Die Verblüffung des alten Mannes verwandelte sich schnell in Misstrauen. »Wenn Sie sie heiraten wollen, weil Sie denken, ich wäre reich, dann ...«

»Ich bin selbst reich, Mr. Tate. Ich brauche kein Geld. Ich brauche gar nichts von irgendjemandem. Also kann ich mich um das kümmern, was mir wirklich wichtig ist. Damals im Indianerlager hat mir Ihre Tochter eine Möglichkeit angeboten, wie ich mir einen Namen machen kann. Das ist mir wichtig, weil ich ein Waisenkind bin, Mr. Tate. Der einzige Name, den ich habe, ist der, den sie mir im Waisenhaus gaben. Ich habe keine Ahnung, wer meine Eltern waren. Ich habe nichts als mich selbst – und indem ich Ihre Tochter rettete, bekam ich eine Chance, mir einen Namen zu erwerben, den die Leute achten. Ich dachte, das würde mir genügen – aber das war, bevor ich Rebekah näher kennen lernte. Jetzt will ich auch sie.«

»Und deshalb haben Sie beschlossen, noch einmal in das Indianerlager zurückzukehren, um ihr ... dieses Kind zu bringen.« Ganz offensichtlich störte ihn dieses Kind noch mehr als Sean.

»Halten Sie das denn für keine gute Idee?«, wollte MacDougal wissen.

»Ganz und gar nicht!«, rief Tate mit Entsetzen in den Augen. »Wissen Sie denn, was das bedeuten würde? Es ist schon so schwer genug für sie! Die Leute werden sie bemitleiden, manche werden sie sogar verachten. Mir haben immer wieder Leute gesagt, dass Rebekah tot sein muss, weil eine anständige Frau sich eher das Leben nehmen wird, als sich von einem Indianer berühren zu lassen. Diese Leute werden sie jetzt als unrein betrachten. Es wird sicher schwer für sie werden, aber mit der Zeit werden sich die Leute an sie gewöhnen und ihr auch vergeben.«

»Ihr vergeben?«, stieß Sean verständnislos hervor.

»Ja«, antwortete Tate mit müder Stimme. »Dass sie überlebt hat, obwohl so viele sterben mussten. Dass sie gesund zurückgekehrt ist, da so viele gar nicht wiedergekehrt sind. Dass sie erduldet hat, was die anderen nicht ertragen hätten, und dass sie stärker ist, als eine Frau ihrer Meinung nach sein darf. Aber sie werden ihr mit der Zeit vergeben und sie annehmen, und wenn sie irgendwann einen ehrbaren Mann heiraten würde …« Er lächelte schwach. »Wenn sie einen ehrbaren Mann heiraten würde, dann könnte sie vielleicht sogar ein ziemlich normales Leben führen.«

»Und Sie meinen, sie könnte kein normales Leben führen, wenn sie ein Halbblut als Sohn hätte?«

Schmerz flackerte in Tates Gesicht auf. »Das Kind würde stets alle daran erinnern, was ihr zugestoßen ist – als eine Art Beweis, dass die Wilden sie geschändet haben. Niemand könnte sich einreden, dass es nicht so gewesen ist, und niemand würde die Sache je vergessen.«

»Und sie würden es ihr nie verzeihen«, fügte Sean hinzu.

»Nicht, wenn sie einen dieser Wilden mitbringen würde, um mit ihm mitten unter uns zu leben. So viele unserer Leute haben miterleben müssen, dass die Komantschen einen der Ihren abgeschlachtet haben …« Seine Stimme brach und er blickte zur Seite, so als sähe er seine Frau und seine Kinder wieder vor sich. Doch Sean holte ihn in die Gegenwart zurück.

»Sie meinen also, die Leute hätten kein Mitgefühl mit einem unschuldigen Kind?«

In Tates Augen brannte ein inneres Feuer, als er sich wieder Sean zuwandte. »Sie würden einen Indianer niemals als ›unschuldig‹ ansehen, nicht einmal ein Kind. Und ich fürchte, sie würden diesen einen Indianer den ganzen Hass spüren lassen, den sie für die Komantschen hegen.«

»Dann meinen Sie also, ich sollte den Jungen nicht herholen?«

Mit ausdruckslosem Blick antwortete Tate: »Dieses Kind ist mein Enkel, Mr. MacDougal, mein eigen Fleisch und Blut. Deshalb können Sie sich denken, wie schwer es mir fällt, das zu sagen – aber ich muss zuerst an meine Tochter denken. Nein, Mr. MacDougal, ich finde, Sie sollten den Jungen nicht herholen.«

Sean seufzte. »Das ist gut, denn ich hatte es sowieso nicht vor.«

»Was?«

»Es war der einzige Weg, wie ich sie von dort wegbringen konnte. Sie wäre immer noch bei den Indianern, wenn ich ihr nicht versprochen hätte, auch den Jungen zu holen. Aber ich stimme Ihnen zu – es wäre unklug, ihn hierher zu holen. Er hat keine Ahnung von der Zivilisation, und es wäre grausam, so als versuchte man, einen Wolf stubenrein zu machen. Außerdem wäre es gar nicht möglich, ihn freizubekommen. Sein Vater würde ihn niemals freiwillig gehen lassen, und nur ein Verrückter würde sich in ein Komantschenlager schleichen und ein Kind entführen, das nicht entführt werden will. Ein Muckser von dem Kleinen …« Er zuckte die Achseln, wohl wissend, dass er nicht näher zu erläutern brauchte, was in diesem Fall passierte.

Es war klar zu erkennen, dass Tate es nicht guthieß, dass Sean seine Tochter belogen hatte, doch er konnte seiner Argumentation nicht widersprechen. »Wann haben Sie vor, Rebekah zu sagen, dass Sie den Jungen nicht holen werden?«

Das war eine Sache, an die Sean nicht gern dachte. »Ich schätze, ich warte damit, bis sie sich ein wenig eingewöhnt hat, bis sie sieht, wie es hier ist.«

»Sie meinen, bis sie erkennt, wie die Leute sie behandeln«, wandte Tate mit finsterer Miene ein. »Ich kann nur beten, dass es sie nicht zu hart trifft.«

»Ihre Tochter ist eine starke Frau«, erwiderte Sean. »Sie hat Dinge überlebt, die die meisten nicht überstanden hätten. Ihre Freunde und Verwandten können ihr unmöglich Schlimmeres zufügen, als sie mitgemacht hat.«

Zebulon Tate paffte nachdenklich an seiner Pfeife. »Ich kann nur beten, dass Sie Recht haben, Mr. MacDougal.«

Als Rebekah am nächsten Morgen erwachte, wusste sie instinktiv, dass sie zu Hause war. Ihr nackter Körper war von der warmen Geborgenheit eines echten Bettes umgeben, mit Leintüchern und Decken. Dieses Bett stand in einem richtigen Haus – und es würde nichts mehr geben, das ihr wehtun konnte. Jetzt fehlte ihr nur noch ihr Sohn zu ihrem Glück. Sie sehnte sich so sehr nach ihm – doch sie beruhigte sich selbst, dass sie ihn ja schon bald wieder in ihren Armen halten würde.

Sie fragte sich, wie lange es dauern würde, bis MacDougal aufbrechen konnte. Gewiss würde er ein paar Tage brauchen, um sich zu erholen und sich an dem guten Essen zu laben, bis er so weit war. Es konnte jedenfalls nicht mehr lange dauern, bis sie ihren Jungen wiederhatte und ihr Glück vollkommen war.

Sie lag eine Weile nur da und genoss den nahezu sündhaften Luxus eines bequemen Bettes. Auch ohne die Augen zu öffnen, wusste sie, dass der Morgen längst angebrochen sein musste. Apropos sündhaft – war nicht Faulheit auch eine der sieben Todsünden? Sie konnte sich nicht mehr richtig erinnern, aber es war ihr auch ziemlich gleichgültig. Sie genoss es jedenfalls, nichts zu tun zu haben; sie hatte kein Holz zu sammeln, kein Essen zuzubereiten, kein Kind, das Aufmerksamkeit forderte, und keinen Herrn, dessen Wünsche es zu erfüllen galt.

War das der Grund, warum manche Menschen sich Sklaven hielten? Wenn ja, dann verstand sie, wie man auf diese Idee gekommen sein musste. Wie wunderbar es doch war, einfach dazuliegen und zu wissen, dass jemand anders sich um die Arbeit kümmerte, die Rebekah getan hatte, seit sie zurückdenken konnte. Und wenn sie aufstand und in die Küche ging, würde Jewel ihr ein Frühstück zubereiten und es ihr servieren. Wenn Rebekah nicht Acht gab, würde sie sich bald allzu sehr gehen lassen.

Doch da fiel ihr ein, dass sie ja gar nicht in die Küche gehen konnte, denn Jewel hatte gestern Abend ihre Kleider mitgenommen. Oh, sie würde gewiss nur warten müssen, bis Jewel die Kleider zurückbrachte. Mit einem zufriedenen Lächeln streckte sie sich aus und öffnete die Augen.

Das Zimmer war von Sonnenlicht durchflutet, und Rebekah schätzte, dass es bald Mittag sein musste. Wie lange war es wohl her, seit sie zum letzten Mal so lange geschlafen hatte? Wahrscheinlich hatte sie das noch nie in ihrem Leben getan. Sie dachte darüber nach, was dieser Tag ihr wohl noch bringen mochte. Wahrscheinlich würde ihr Vater noch viele Fragen stellen – Fragen, die sie niemals würde beantworten können. Und auch MacDougal würde da sein.

Wie seltsam, dass ihr seine Anwesenheit fast tröstlich erschien. Sie hatte seine Gegenwart nie als tröstlich empfunden, ganz im Gegenteil. Außer vielleicht in jenen Momenten, als sie geweint hatte und er sie festhielt und …

Doch daran wollte sie nicht mehr denken – denn eine solche Entgleisung würde ihr sicher nicht noch einmal passieren. Jetzt war sie ja wieder stark und sie würde nie wieder die Schulter eines Mannes brauchen, um sich anzulehnen – und wenn doch, dann hatte sie ja ihren Vater. Sobald MacDougal ihr ihren Sohn wiedergegeben hatte, würde er zum Glück aus ihrem Leben verschwinden.

Zum Glück? Jawohl, zum Glück, dachte sie mit Nachdruck, wenngleich der Gedanke sie alles andere als glücklich machte. Sie hatte vielmehr ein Gefühl des Bedauerns – und das, obwohl sie sich doch sicher war, dass sie es niemals bedauern würde, wenn MacDougal aus ihrem Leben verschwände.

Doch bevor sie sich selbst restlos davon überzeugen konnte, ging die Tür einen Spaltbreit auf. Rebekahs Herz schlug bis zum Hals hinauf, und sie packte die Decken und zog sie ebenfalls bis zum Hals hoch – denn sie war überzeugt, gleich MacDougals unverschämtes Grinsen zu sehen.

Doch das Gesicht, das zu ihr hereinguckte, war dunkelbraun und gehörte einer Frau und Rebekah fühlte eigenartigerweise so etwas wie Enttäuschung.

»Endlich wach?«, fragte Jewel unnötigerweise.

»Ja, und ich habe mich schon gefragt, wie ich aufstehen soll – ohne Kleider, meine ich.«

Jewel lächelte und trat ins Zimmer. Sie trug ein Tablett, das aus einem einfachen Holzbrett bestand. Auf dem Tablett befand sich Rebekahs Frühstück. Außerdem trug Jewel Rebekahs Kleid auf dem Arm.

»Ich wollte Sie nicht wecken, aber ich weiß ja, dass Ihre Tante Prudence nicht lange auf sich warten lassen wird – und da dachte ich mir, dass Sie aufgestanden sein möchten, wenn sie kommt.«

»Prudence?«, Rebekah konnte sich an niemanden erinnern, der so hieß.

»Die Frau Ihres Onkels Cecil«, teilte ihr Jewel mit. »Er ist doch Ihr Onkel, oder?«

Rebekah nickte, als ihr alles wieder einfiel. Ihr Vater hatte ihr bereits erzählt, dass Onkel Cecil wieder geheiratet hatte. »Sie kommt hierher?«, fragte Rebekah mit wachsender Beunruhigung.

»Ich weiß es nicht sicher, aber wenn sie erfährt, dass Sie wieder zu Hause sind, dann wird sie nichts und niemand mehr aufhalten können, schätze ich.« Rebekah hatte irgendwie den Eindruck, dass Jewel selbst nicht allzu begeistert war über die bevorstehende Ankunft der Frau.

Jewel setzte das Tablett am Fußende von Rebekahs Bett ab und die wunderbaren Düfte erinnerten Rebekah, dass es lange her war, seit sie zum letzten Mal Pfannkuchen gegessen hatte.

»Hier, ziehen Sie das an«, sagte Jewel und reichte ihr ein Stück weißen Stoff, den sie zusammen mit dem Kleid mitgebracht hatte. »Es ist nichts Großartiges, aber es wird wohl gehen, bis wir etwas Besseres finden.«

Jewel hatte offenbar einige Mehlsäcke zusammengenäht, um daraus ein anständiges Hemd für Rebekah anzufertigen. Besonders schön war es nicht gerade, aber Rebekahs Augen begannen trotzdem vor Rührung zu brennen, als sie daran dachte, dass Jewel wahrscheinlich die halbe Nacht wach gewesen war, um es im Licht einer Kerze zu nähen.

»Jewel, das war doch nicht nötig!«, sagte sie und fragte sich, ob ihr wohl jedes Mal zum Weinen zumute sein würde, wenn sie ein Stück Gewand bekam. Wenigstens brauchte sie keine Angst zu haben, dass Jewel das ausnützen würde, wie MacDougal es getan hatte.

»Ich kann Sie doch nicht in Lumpen rumlaufen lassen«, entgegnete Jewel etwas brüsk und half Rebekah, das Hemd über den Kopf zu streifen. »Das würde Miss Prudence gar nicht gefallen.«

Erneut hörte Rebekah den leicht kritischen Unterton heraus – und sie fasste ihn als eine Warnung auf. »Wie ist sie denn so, diese Prudence?«, fragte sie.

»Eine tadellose Christin«, teilte Jewel ihr mit und half Rebekah, sich aufzusetzen, um ihr das Tablett auf den Schoß zu stellen. Aus Jewels Mund klangen die Worte jedoch gar nicht wie ein Lob, wie es bei ihrem Vater geklungen hatte. Mit einem Mal duftete das Essen gar nicht mehr so köstlich und Rebekahs Appetit hatte sich verflüchtigt.

»Sie essen jetzt, aber schnell«, befahl Jewel. »Wir müssen doch zusehen, dass Sie wieder ein wenig Fleisch auf die Knochen bekommen, sonst bläst Sie ja der nächstbeste Windstoß um.«

Rebekah lächelte höflich und nahm artig die Gabel zur Hand, um ziemlich umständlich dem Pfannkuchen zu Leibe zu rücken. »Sie sind eine sehr gute Köchin, Jewel«, sagte sie nach dem ersten Bissen, obwohl sie den Pfannkuchen noch gar nicht richtig geschmeckt hatte.

Jewel brummte irgendetwas als Antwort. »Ich habe Ihr Kleid gebügelt«, lenkte sie ab und hob das Stück hoch, um es Rebekah betrachten zu lassen. »Es hat leider nicht allzu viel geholfen. Es ist immer noch ziemlich scheußlich.« Damit hatte sie Recht, wenngleich es schon um einiges besser aussah als am Abend zuvor.

»Danke, Jewel«, sagte Rebekah aufrichtig.

Jewel brummte erneut irgendetwas und legte das Kleid

an das Fußende. Dann ging sie durch das Zimmer, um da und dort einen überflüssigen Handgriff zu tun, so wie sie das am Abend zuvor bereits gemacht hatte.

Nach ein paar Bissen genoß Rebekah das Essen zunehmend, auch wenn sie mit ihren Gedanken nicht ganz bei der Sache war. Sie aß mit großem Appetit, bis ihr ein neuer Gedanke kam. »Wird ... wird mein Cousin Andrew auch mitkommen?«, wollte sie wissen.

»Ich denke schon«, antwortete Jewel. »Und auch Mr. Cecil. Sie halten es wahrscheinlich für ihre Christenpflicht, nach Ihnen zu sehen und Sie willkommen zu heißen. Miss Prudence wird wahrscheinlich einen Kuchen mitbringen.« Jewel hob eine Augenbraue. »Sie denkt, ich wüsste nicht, wie ich meine Leute zu ernähren habe.«

Rebekah musste über ihre Worte lächeln. »Ich werde sie vom Gegenteil überzeugen.«

»Sie können's ja versuchen«, entgegnete Jewel. »Wir müssen Massa Zeb sagen, dass wir ein zusätzliches Zimmer brauchen, wenn der Junge da ist«, fuhr sie fort. »Er kann unmöglich bei seiner Mami schlafen, vor allem dann, wenn Sie und Mr. MacDougal geheiratet haben.«

Rebekah blieb der Pfannkuchen beinahe im Halse stekken. »Was?«, rief sie entgeistert, nachdem es ihr gelungen war, den Bissen zu schlucken, ohne daran zu ersticken.

Jewel machte ein völlig unschuldiges Gesicht. »Der Mann möchte Sie zur Frau haben, Miss Rebekah. Jeder, der Augen im Kopf hat, kann das sehen. Ich dachte, Sie wüssten das auch.«

Für einen Augenblick war Rebekah unfähig, zu begreifen, was Jewel ihr soeben gesagt hatte – doch sie hatte keine Zeit mehr, sich darüber Klarheit zu verschaffen, denn aus dem Hof drang Lärm zu ihnen herein. Die Hunde bellten aufgeregt, ein Wagen kam herangerattert und schließlich waren laute Stimmen zu hören.

Jewel seufzte resignierend. »Ich schätze, Sie haben Besuch bekommen, Miss Rebekah.«

Rebekah vergaß MacDougal sofort, und eine Empfindung kroch in ihr hoch, die sie nie mehr geglaubt hatte, erleben zu müssen: pure Angst.

8

Wäre es nach Rebekah gegangen, so wäre sie wohl den ganzen Tag in ihrem Zimmer geblieben – doch das ließ Jewel nicht zu. Während Zebulon Tate seine Gäste ins Haus bat, half ihr Jewel, sich zu waschen und anzuziehen. Sie hatte sogar einen Kamm mitgebracht, mit dem Rebekah ihre kurz geschnittenen Locken glätten konnte.

Wenigstens sah das Kleid heute schon etwas manierlicher aus. Jewel hatte es nicht nur gebügelt, sondern auch an der Taille enger gemacht, so dass es jetzt wirklich passte. Außerdem hatte sie die ausgefransten Ärmel eingesäumt.

»Sie sind großartig, Jewel«, stellte Rebekah bewundernd fest, als sie das Kleid angezogen hatte. »Wie sehe ich aus?«

Jewel betrachtete sie einen Augenblick. »Ganz ordentlich, außer den Schuhen natürlich«, sagte sie und zeigte auf Rebekahs Mokassins. »Ich schätze, Massa Zeb wird Ihnen richtige Schuhe besorgen müssen. Aber ansonsten sehen Sie wirklich nett aus. Vielleicht sollten Sie sich mal selbst betrachten.« Sie zeigte auf den Waschtisch, über dem ein alter Spiegel hing, der, wie Rebekah sich erinnerte, einst im Schlafzimmer ihrer Eltern gehangen hatte.

Rebekah hatte keinen Blick darauf geworfen, als sie zuvor ihr Gesicht gewaschen hatte. Sie hatte sich diese kleine Eitelkeit abgewöhnt, die für eine weiße Frau aber völlig selbstverständlich war. Die Komantschen fürchteten sich vor Spiegeln – sie glaubten, dass sich Dämonen darin befänden. Aus diesem Grund hatte Rebekah in den vergangenen Jahren ihr Spiegelbild höchstens im Wasser gesehen.

»Er beißt nicht«, ermunterte Jewel sie, als sie zögerte.

Rebekah wollte nicht als Feigling wirken und zwang ihre widerstrebenden Füße, sich zum Waschtisch zu bewegen. Die Frau, die ihr aus dem Spiegel entgegenblickte, war eine Fremde; das junge Mädchen mit langem Haar und unschuldigem Blick, an das sie sich erinnerte, war einer erfahrenen Frau mit kurz geschnittenem Haar gewichen. Ihre

Haut war nun so dunkel, dass man sie – abgesehen von den blauen Augen und dem blonden Haar – für eine Indianerin hätte halten können.

Sie betastete etwas unsicher ihr kurz geschorenes Haar.

»Es wird wieder nachwachsen«, versicherte ihr Jewel. »Und wir können Ihnen ja einen Hut besorgen.«

Aber nicht mehr rechtzeitig, dachte Rebekah, nicht bevor Andrew sie sah, und diese geheimnisvolle Prudence. Was würden sie nur denken? Würden sie es ihr ansehen, was die Indianer ihr angetan hatten? Würden sie sie danach fragen? Und wenn ja, was sollte sie ihnen antworten?

»Sie warten schon«, erinnerte Jewel sie.

Rebekahs Magen begann zu rebellieren, und sie bedauerte, Jewels köstliches Frühstück verzehrt zu haben. »Ich schätze, es lässt sich nicht länger aufschieben, was?«

»Nein, unmöglich«, stimmte Jewel zu. Ohne zu zögern, ging sie zur Tür, öffnete sie und wartete darauf, dass Rebekah das Zimmer verließ. Einen kurzen Augenblick lang wünschte sich Rebekah, dass MacDougal bei ihr wäre. Vielleicht, wenn sie Jewel bat, ihn zu holen ... Aber nein, sie konnte MacDougal unmöglich wissen lassen, dass sie ihn brauchte, selbst wenn sie in diesem Moment alles dafür gegeben hätte, sich an seinen starken Arm anlehnen zu können.

Sie holte tief Luft und ging durch die Tür; zu spät wurde ihr klar, dass Jewel nicht die Absicht hatte, sie zu begleiten. Während die farbige Frau zurückging, um das Frühstückstablett zu holen, stand Rebekah unschlüssig da und lauschte dem Gemurmel der Stimmen, die aus der Küche zu ihr heraus drangen. Auch wenn sie keine einzelnen Worte verstand, wusste sie doch genau, worüber sie sprachen. Sie redeten über sie, und der einzige Weg, dem ein Ende zu bereiten, war, hinüberzugehen und die Küche zu betreten, wo sich alle Blicke auf sie richten würden ...

Sie stieß einen tiefen Seufzer aus und ging langsam eine Stufe nach der anderen hoch. Als sie die Tür zur Küche erreicht hatte, fühlte sie sich seltsam teilnahmslos, so als passiere das alles jemand anderem und nicht ihr. Es war ein Gefühl, das ihr wohl bekannt war. Sie glitt wieder ab zu ihrem fernen Zufluchtsort, wo sie sicher war. Aber nur ein Stück weit – sie würde nur dann ganz verschwinden, wenn es unerträglich wurde.

Die Stimmen wurden lauter, als sie die Tür erreichte, und jetzt verstand sie auch einzelne Worte. MacDougal erzählte gerade, wie er sie gerettet hatte, und die anderen stellten Fragen und drückten ihre Bewunderung aus. Dann trat sie ein und es wurde augenblicklich still ringsum.

Drinnen war es ziemlich dunkel, so dass sie die Anwesenden zuerst kaum erkennen konnte. Nach einigen Augenblicken tauchten sie dann klar und deutlich vor ihr auf. Sie sah das Staunen, die Neugier und auch die Unsicherheit in ihren Augen, so als wüssten sie nicht, was sie erwarten sollten, und machten sich deshalb auf alles gefasst.

Schließlich sagte ihr Vater: »Rebekah«, und der Bann war gebrochen. Stühle wurden über den Holzboden geschoben und alle erhoben sich, um sie zu begrüßen. »Du erinnerst dich doch an unsere Verwandten, nicht wahr?«, fragte ihr Vater mit sanfter Stimme, so als wolle er sie nicht erschrecken.

Onkel Cecil trat als Erster vor. Sein Haar war mit den Jahren schütterer geworden, seine Haltung gebückter und der Kummer hatte in seinem Gesicht tiefe Falten hinterlassen. Statt der Arbeitskleider, an die sie sich erinnern konnte, trug er einen schwarzen Anzug – doch sie erkannte ihn trotzdem sofort wieder.

Er sagte ihren Namen, so als müsse er sich selbst bestätigen, dass sie es tatsächlich war, doch er machte keine Anstalten, sie in die Arme zu schließen, wofür Rebekah dankbar war. »Wir freuen uns, dass du wieder zu Hause bist«, sagte er etwas verlegen. Es schien ihm schmerzlich bewusst zu sein, wie unzulänglich seine Begrüßung war.

»Rebekah«, sagte schließlich eine andere Stimme, und als sie aufblickte, sah sie Andrew, der inzwischen zu einem Mann herangewachsen war. Er nahm ihre Hände in die seinen und drückte sie fest, so als wolle er sie an sich drücken, traue es sich aber nicht ganz. Seine Augen verrieten eine Rührung, die Rebekah sich nicht gestatten konnte zu teilen, wenn sie ihre Würde nur einigermaßen bewahren wollte.

Obwohl den Tränen nahe, lächelte er sie mit einer solchen Freude an, dass sie es kaum ertrug, ihn anzublicken. Wie konnte er nur so froh sein, sie zu sehen?

»Andrew, wo hast du nur deine Manieren?«, warf eine Frauenstimme ein.

Andrew zuckte zusammen und ließ ihre Hände los. Er trat zurück und machte einer Frau Platz. »Rebekah, das ist meine Stiefmutter, Prudence Nelson.«

Prudence zeigte kein bisschen von der zögernden Haltung, die die männlichen Mitglieder der Familie an den Tag gelegt hatten. Sie trat forschen Schrittes vor, nahm Rebekahs Hand und schüttelte sie fest. »Ich freue mich, dich kennen zu lernen«, sagte sie. »Wir wären schon früher gekommen, aber Andrew hat uns erst heute Morgen von deiner Ankunft berichtet.« Sie warf Andrew einen vorwurfsvollen Blick zu, worauf dieser betreten zu Boden sah. »Du scheinst ja wohlauf zu sein«, fuhr sie fort, während sie Rebekah ganz offen musterte. »Ein bisschen dünn vielleicht, aber das ist ja wohl kein Wunder.«

Prudence Nelson war ein ganzes Stück kleiner als Rebekah, aber dass sie dünn wäre, konnte man wahrlich nicht behaupten. Ihre gut gepolsterte Gestalt steckte in einem braunen Kleid aus grober Baumwolle. Das Oberteil umhüllte ihren vollen Busen und verengte sich nach unten zu einer erstaunlich schmalen Taille und dann schmiegte sich der weite Rock um die vollen Hüften. Der dazu passende Hut umrahmte ihr wenig auffälliges Gesicht und ihr allmählich ergrauendes brünettes Haar, das im Nacken zu einem Knoten gebunden war. Der feine Spitzenkragen sollte wohl die Aufmerksamkeit des Betrachters von ihrem ausgeprägten Doppelkinn ablenken. Am auffälligsten waren jedoch ihre stechenden kleinen Augen, denen nichts zu entgehen schien und deren Blick Rebekah noch viel deutlicher als der Spiegel zuvor zu verstehen gab, wie erbärmlich sie aussah.

»Wegen deiner Gesichtsfarbe werden wir etwas unternehmen müssen«, verkündete Prudence. »Zum Glück bist du ja noch jung, da lässt sich bestimmt noch etwas machen. Wenn du dein Gesicht regelmäßig mit einer Mischung aus

Buttermilch und Zitronensaft einreibst, dann sollte die Haut bald wieder heller werden. Die Frage ist nur, wo wir Zitronen herbekommen. Und diese furchtbaren Dinger, die du da an den Füßen trägst! Zeb, wir müssen sofort irgendwo Schuhe für sie auftreiben! Wir können es doch nicht zulassen, dass sie auch jetzt noch wie eine Wilde aussieht!«

Rebekah starrte Prudence mit großen Augen an – völlig entgeistert, dass diese Frau über sie sprach, als wäre sie gar nicht anwesend. Doch noch ehe sie etwas erwidern konnte, schreckten alle Anwesenden hoch, als hinter ihnen Blechgeschirr laut scheppernd auf den Boden knallte.

Alle wandten sich zur Türe um, wo Jewel sich lächelnd nach dem Tablett bückte, auf dem sich Rebekahs Frühstück befunden hatte. »Tut mir leid, Massa Zeb«, sagte sie, obwohl sie kein bisschen reumütig wirkte. Ganz offensichtlich hatte sie das Tablett absichtlich fallen lassen, um die Aufmerksamkeit von Rebekah abzulenken. »Ich mache das gleich sauber.«

Prudence verdrehte die Augen und schüttelte den Kopf, dass ihr Doppelkinn zitterte. »Ich kann mich einfach nicht daran gewöhnen, dass die da sind«, sagte sie laut genug, dass alle es hören konnten. »Cecil braucht sie für die Feldarbeit, aber im Haus will ich keinen von ihnen sehen. Das habe ich ihm deutlich gesagt. Es ist mir gleich, wie schwer die Arbeit ist.«

Rebekah blickte zu Jewel hinüber, um zu sehen, wie sie darauf reagierte, dass man über sie in dem gleichen geringschätzigen Ton sprach wie über Rebekah zuvor – doch Jewel war so beschäftigt damit, das Durcheinander aufzuräumen und die neugierigen Hunde zu verscheuchen, dass sie die Bemerkungen gar nicht zu hören schien. Rebekah dachte bei sich, dass sie diese Fähigkeit ebenfalls würde entwickeln müssen.

Als sie sich wieder Prudence zuwandte, überlegte Rebekah, was sie sagen sollte – denn das erwartete man ganz offensichtlich von ihr. Doch ihr fiel einfach nichts ein – und sie wünschte sich, wieder in die Abgeschiedenheit ihres Zimmers zurückkehren zu können. Wenn sie wenigstens ein freundliches Gesicht hier unter den Anwesenden gefunden hätte, dem sie sich hätte zuwenden können. Verzweifelt blickte sie sich nach dem einen Menschen um, in dessen Gesellschaft sie sich wohl fühlte, weil er als Einziger wusste, was sie durchgemacht hatte. Nur er könnte sie jetzt beschützen. Doch er war nicht da, obwohl sie seine Stimme kurz zuvor noch gehört hatte. Sie sah nur die Nelsons und ihren Vater und einen Fremden, der immer noch am hinteren Ende des Tisches saß, während alle anderen sich erhoben hatten. Sie überlegte kurz, wer der Fremde sein mochte, blickte sich aber weiter nach dem vertrauten Gesicht mit dem roten Bart um, ohne es jedoch zu entdecken. Da war niemand außer ihren Verwandten und diesem Fremden …

Rasch blickte sie noch einmal zu ihm hinüber, zu diesem Gesicht, das sie zunächst nicht erkannt hatte, weil der rote Bart fehlte, ebenso wie ein Großteil seines langen roten Haars, das nun ordentlich geschnitten war. Er lächelte nicht, wie sie es erwartet hatte, zumindest nicht mit dem Mund – nur seine hellbraunen Augen schienen sich über sie zu amüsieren. Doch nach einigen Augenblicken verschwand das Spöttische aus seinem Blick und er hob etwas verlegen die Hand an seine nackte Wange. Hatte er etwa Angst, sein neues Aussehen könnte ihr missfallen? Sie lächelte ein klein wenig über diese Vorstellung. In Wirklichkeit sah er sogar noch etwas besser aus als zuvor, auch wenn Kinn und Wangen im Vergleich zum übrigen sonnenverbrannten Gesicht völlig bleich waren. Aber er musste ja nicht erfahren, wie sie ihn fand, dachte sie.

Einen Herzschlag lang blickten sie einander in die Augen – sein Blick etwas unsicher, der ihre nun spöttisch –, bevor Prudence sich wieder an sie wandte. »Rebekah? Vielleicht möchtest du dich setzen?«

Ihr forscher Ton war nun etwas sanfter geworden, und sie sprach langsam und sorgfältig, so als fürchte sie, Rebekah könnte Mühe haben, sie zu verstehen. Rebekah blickte die klein gewachsene Frau überrascht an und überlegte, was diese plötzliche Veränderung verursacht haben mochte.

Prudence erwiderte ihren Blick und ihre kleinen Augen

waren vor Besorgnis geweitet. »Versteht sie überhaupt, was ich sage, Zeb?«, fragte sie unsicher.

»Natürlich verstehe ich dich«, versetzte Rebekah, und erst als sie alle Anwesenden zusammenzucken sah, war ihr klar, dass das die ersten Worte waren, die sie gesprochen hatte. »Hast du gedacht, ich hätte meine Muttersprache verlernt?«

Prudence lächelte, auch wenn es sie einige Mühe kostete. »Das hat bestimmt niemand gedacht, meine Liebe«, antwortete Prudence, und die Männer bestätigten ihre Worte mit unverständlichem Gemurmel.

Du lieber Gott, dachte Rebekah, lassen sie immer sie reden? Haben sie denn selbst nichts zu sagen? Sie blickte zu MacDougal hinüber, der sich das Schmunzeln nun nicht länger verbeißen konnte, und für einen Augenblick schienen sie sich beide über die Situation zu amüsieren.

»Ich habe auch nicht verlernt, wie man auf einem Stuhl sitzt«, teilte sie den Anwesenden mit und ließ sich auf einem der Stühle nieder.

Die anderen setzten sich ebenfalls und es folgten wieder einige Augenblicke der peinlichen Stille, in denen alle so taten, als wären sie kein bisschen verlegen. Es war Prudence, die das Schweigen brach. »Mr. MacDougal hat uns gerade von deiner abenteuerlichen Flucht erzählt. Ich kann mir gar nicht vorstellen, wie du das geschafft hast – ich meine, den ganzen weiten Weg zu Pferd mitten durch die Wildnis, und überall lauern Indianer.« Sie schauderte bei der Vorstellung.

»So schlimm war es gar nicht«, erwiderte Rebekah, aus irgendeinem Grund wütend darüber, dass sie alle so verlegen waren. »Es war gar nichts gegen den Tag, als sie mich verschleppten – nackt auf ein Pferd gebunden. Und jeden Abend schlugen sie mich. Ich bekam gerade genug zu essen, um irgendwie am Leben zu bleiben.« Sie entblößte ihre Zähne, umso etwas wie ein Lächeln anzudeuten. »Im Vergleich dazu war die Flucht eine Vergnügungsreise.«

Es bereitete ihr Genugtuung, ihre Tante schockiert zu haben. Rebekah konnte diese Frau nicht ausstehen, dessen war sie sich bereits jetzt völlig sicher. Doch als sie sich umblickte, bereute sie ihre Worte gleich wieder. Ihr Onkel Cecil wirkte völlig entgeistert, Andrew ebenso, und ihr Vater blickte drein, als hätte sie ihn ins Gesicht geschlagen. Der Schmerz in seinen Augen zerriss ihr fast das Herz. Nur MacDougal wirkte ziemlich unbeeindruckt – und Jewel natürlich, die mit dem Rücken zu ihnen am Feuer stand und sich um das Essen kümmerte, wenngleich Rebekah wusste, dass sie jedes Wort hörte. Da erhob sich MacDougal von seinem Platz und sagte: »Vielleicht möchten die Gentlemen mich begleiten und im anderen Zimmer eine Pfeife rauchen. Lassen wir doch die Ladies ein Weilchen allein, damit sie sich ein wenig besser kennen lernen können.«

Rebekah warf ihm einen bitterbösen Blick zu. Es war das Letzte, was sie wollte, ihre Tante Prudence näher kennen zu lernen – doch MacDougal übersah ihren Blick. Die anderen Männer erhoben sich, offensichtlich dankbar für diese Gelegenheit, der peinlichen Situation zu entrinnen. MacDougal geleitete sie in das Wohnzimmer und schloss die Tür hinter ihnen – doch zuvor warf er ihr noch einen warnenden Blick zu, so als wollte er sie auffordern, sich zu benehmen, während er weg war.

Rebekah trat dem Gespräch mit dieser Frau mit einem ziemlich mulmigen Gefühl entgegen. Sie presste ihre Hände im Schoß fest zusammen und zwang sich, dem Feind ins Auge zu schauen.

Prudences Lächeln war nun mehr als gezwungen, doch sie bemühte sich tapfer, so zu tun, als wäre alles in bester Ordnung. »Du hattest es bestimmt nicht leicht«, sagte sie, was eine himmelschreiende Verharmlosung war.

»Nun, andere hat es schwerer getroffen. Ich habe es immerhin überlebt.«

»Möchten Sie etwas Kaffee, Miss Rebekah?«, fragte Jewel in einem Ton, wie Rebekah ihn noch nie von ihr gehört hatte. Sie klang unterwürfig, wie man es wahrscheinlich von einer Sklavin erwartete.

Rebekah war keineswegs nach Kaffee zumute – und schon gar nicht wollte sie ihn mit einer zivilisierten weißen Frau trinken, die sie nicht aus den Augen ließ. Trotzdem beantwortete sie Jewels Frage mit einem Kopfnicken und bedankte sich.

Prudence wartete, bis Jewel Rebekah den Kaffee eingeschenkt und ihr selbst die Tasse noch einmal gefüllt hatte.

Dann atmete Prudence tief ein. »Ich weiß, dass dein Vater möchte, dass ich mich um dich kümmere, so wie deine Mutter – Gott hab sie selig – sich um dich kümmern würde.«

»Wie bitte?«, fragte Rebekah verständnislos.

»Nun, dass ich dir helfe, dich einzugewöhnen«, sagte Prudence und fügte mit einem aufrichtigeren Lächeln hinzu: »Dass ich dir eine Freundin bin.«

Oh, Rebekah würde Freunde brauchen können. Wenn sie Prudence nur etwas mehr vertrauen könnte. »Das ist wirklich nett von dir«, antwortete sie ausweichend.

»Ich weiß, du hast viel durchgemacht«, sagte Prudence, wenngleich Rebekah dachte, dass sie keine Ahnung hatte. »Ich habe so einiges gehört. Die Männer wollen nicht, dass wir es mitbekommen, aber wir Frauen erfahren es trotzdem und reden auch darüber, welche Gefahren uns drohen. Du warst ja noch ein Kind, als sie dich verschleppten, aber … Nun, wir sind beide Frauen und wir wissen ja, wie die Männer sind. Ich bin mir sicher, die Indianer sind da nicht anders. Ja, ich habe gehört, sie sollen sogar noch viel schlimmer sein. Ich nehme an, dass du nicht mehr … jungfräulich bist?«

Sie faltete die Hände auf dem Tisch und beugte sich mit ernster Miene vor – doch wenn sie erwartet hatte, dass Rebekah ihr Innerstes vor ihr offenbaren würde, so hatte sie sich gewaltig getäuscht. »Wenn du wissen willst, ob ich mit einem Mann zusammen war, so lautet die Antwort ja, und wenn du mich fragst, ob ich mit mehr als einem zusammen war, dann sage ich ebenfalls ja – aber wenn du erwartest, dass ich dir alles darüber erzähle, so kann ich nur sagen: Das werde ich nicht tun.«

Prudence schien ein wenig vor den Kopf gestoßen zu sein. »Ich muss sagen, ich bin überrascht, Rebekah.«

»Worüber denn?«

»Über … deine Haltung. Ich hätte erwartet, dass eine

junge Frau in deiner Situation sich etwas mehr …« Sie suchte nach dem richtigen Wort.

»Schämt?«, warf Rebekah in bitterem Ton ein.

Prudence richtete sich in ihrem Stuhl auf. »Ich bin sicher, da gibt es nichts, wofür du dich schämen müsstest, obwohl man sich schon fragt …«

»Was fragt man sich denn?«, versetzte Rebekah zornig.

»Wie …« Die scharfen kleinen Äuglein blickten zur Seite; offensichtlich war jetzt sogar Prudence ein wenig verlegen geworden. Ihre dicken Backen röteten sich, und sie schürzte die Lippen und straffte die Schultern, so als schelte sie sich selbst dafür, eine solche Schwäche zu zeigen. »Man muss sich schon fragen, wie du überlebt hast. Wie du das alles … ertragen konntest. Oh, ich weiß, der Herr schenkt seine Gnade denen, die sie am meisten brauchen, aber …« Sie zwang sich, Rebekah ins Gesicht zu blicken. »Du scheinst ziemlich unberührt davon zu sein.«

Wenn sie wüsste, wie sehr ihr das alles zu schaffen machte – doch Rebekah hatte nicht die Absicht, dies irgendjemandem mitzuteilen, schon gar nicht ihrer Tante Prudence.

Rebekah gab keine Antwort, worauf Prudence mit nicht mehr ganz so sicherer Stimme fortfuhr: »Was ich meine, ist, ich habe mich immer gefragt, ob *ich* so etwas überleben würde. Ob ich es ertragen würde, wenn so ein Wilder mich berührt …« Sie schauderte bei der Vorstellung, und Rebekah wehrte sich gegen die Erinnerungen.

»Sie lassen dich nicht sterben«, sagte Rebekah, ohne es zu wollen.

»Was?«, fragte Prudence verwirrt.

»Ich sagte, sie lassen dich nicht sterben. Es spielt keine Rolle, wie sehr du es dir wünschst oder wie sehr sie dich quälen. Wenn sie wollen, dass du am Leben bleibst, dann schaffen sie das auch. Sie haben in ihren Lagern zu wenig Frauen, die die Arbeit machen und genügend Kinder zur Welt bringen können. Deshalb rauben sie ja auch Kinder, weil sie selbst nicht genug haben.«

Prudences Augen weiteten sich in plötzlichem Verstehen. »Und sie rauben Frauen, damit sie ihnen Kinder gebären.«

Der Gedanke schien sie zutiefst zu erschrecken, doch Rebekah konnte ihr keinen Trost spenden, selbst wenn sie es gewollt hätte, was nicht der Fall war.

»Wenn ich auf diese Weise ein Kind zur Welt bringen müsste, dann würde ich es auf der Stelle töten, bevor ich es ihnen überlasse«, sagte Prudence nach einem Augenblick des Überlegens.

»Würdest du nicht«, erwiderte Rebekah. »Du würdest es am Leben lassen, weil du trotz allem die Hoffnung nicht aufgeben würdest, dass du eines Tages mit dem Kind fliehen kannst.«

Prudence musterte sie aufmerksam. »Du redest, als hättest du selbst ein Kind.«

»So ist es auch«, antwortete Rebekah und schockierte die Frau damit erneut. »Einen Sohn.«

Prudence schreckte hoch und blickte sich um, als erwarte sie, das Kind irgendwo zu sehen. »Er ist ... Dein Vater hat nichts davon gesagt ... Wo ist er denn?«

»Er ist noch bei den Indianern, aber MacDougal wird so bald wie möglich aufbrechen, um ihn zu holen.«

Prudences Gesichtsausdruck war schwer zu deuten, aber Rebekah glaubte, Erleichterung darin zu erkennen. »Dein ... der Junge«, begann sie zögernd. »Ist er weiß?«

»Er ist halb weiß. Wie du schon sagtest, ich war selbst noch ein Kind, als sie mich verschleppten. Wie könnte ich da ein weißes Kind haben?«

»Und Mr. MacDougal hat vor, den Jungen zu holen? Ist das denn nicht gefährlich?«

»Ja, sehr sogar«, gab sie zu, und als sie Prudences Verblüffung sah, kamen ihr ebenfalls Zweifel. »Aber ... aber er hat es mir versprochen.«

»Mr. MacDougal ist ein sehr mutiger Mann, obwohl man sich schon fragt, was das für ein Mensch ist, der mit den Wilden Handel treibt.«

»MacDougal ist ein Mann, der sein Wort hält«, erwiderte Rebekah, um sich selbst ebenso wie ihre Tante zu überzeugen.

»Oh, bestimmt«, sagte sie, wenngleich ihr Ton das Gegenteil auszudrücken schien. »Aber hast du dir das auch gründlich überlegt, Rebekah? Ich meine, das Kind ist ein Indianer. Er muss ja beinahe ein Wilder sein. Er weiß nichts vom Christentum und der zivilisierten Welt. Wie kannst du ihn so einfach aus seiner gewohnten Umgebung reißen?«

»Er ist mein Sohn!«, rief Rebekah aus und hatte plötzlich Angst, da die Argumente ihrer Tante durchaus etwas für sich hatten.

»Ich bin ja überzeugt, dass du ihn liebst, wie eine Mutter ihr Kind nur lieben kann – aber wie werden ihn die anderen aufnehmen? Rebekah, er ist und bleibt ein Wilder. Die einen werden ihn hassen und die anderen fürchten. Möchtest du, dass er so behandelt wird?«

»Niemand würde so grausam zu einem Kind sein!«, beharrte Rebekah, obwohl ihr in diesem Moment klar war, dass sie Unrecht hatte. »Ich werde ihn jedenfalls nicht bei den Indianern lassen. Du hast vorhin selbst gesagt, dass du ihnen *dein* Kind nicht überlassen würdest!«

»Ja, ein weißes Kind vielleicht, aber dein Kind ist nicht weiß. Ich meine, es wäre grausam von *dir*, ihn aus seiner gewohnten Umgebung herauszureißen.«

Jetzt war sich Rebekah sicher, dass sie Tante Prudence nicht ausstehen konnte – ja, sie konnte ihren Anblick keine Sekunde länger ertragen. Ohne ein weiteres Wort zu sagen, sprang sie auf und eilte aus dem Zimmer. Draußen hielt sie einen Augenblick inne und beschloss dann, sich in ihr Zimmer zurückzuziehen. Als sie an der Türe angelangt war, hörte sie, wie jemand leise ihren Namen rief.

»Rebekah!« Andrew kam zu ihr gelaufen. »Ist irgendetwas nicht in Ordnung?«, fragte er besorgt.

Ob etwas nicht in Ordnung war? Rebekah fragte sich, ob das alles je wieder in Ordnung kommen würde – doch das konnte sie Andrew nicht sagen, da er doch ohnehin schon so besorgt war.

»Hat Prudence dich vielleicht beleidigt? Sie ist nicht besonders taktvoll, aber sie meint es gut und würde dir niemals absichtlich wehtun.« Er lächelte traurig. »Aber ich fürchte, sie verletzt manchmal jemanden unabsichtlich.«

»Sie hat mir nicht wehgetan«, versicherte Rebekah. »Sie hat mich nur wütend gemacht.«

»O ja, das kann sie auch ziemlich gut.« Er blickte auf ihre Hand hinunter, die auf der Türklinke ruhte. »Wo wolltest du denn hin?«

Rebekah sah ebenfalls auf ihre Hand hinunter. »Ich glaube, ich wollte mich verstecken.«

»Möchtest du mir vielleicht ein Weilchen Gesellschaft leisten? Ich möchte ... ich habe schon so lange darauf gewartet, dass ich wieder einmal mit dir reden kann.«

»Seit gestern, als du von MacDougal erfahren hast, dass ich wieder hier bin«, warf sie ein.

»Nein, seit sieben Jahren.«

Der Schmerz in seiner Stimme verblüffte sie und sie sträubte sich nicht, als er sie am Arm nahm und sie hinter das Haus führte. Dort, im Schatten des Hausdaches, stand eine Bank, auf der sie Platz nahmen.

Zuerst saßen sie nur schweigend da. Er schien zufrieden zu sein, sie einfach nur zu betrachten, und Rebekah konnte seinen Blick ohne Verlegenheit erwidern, weil er sie ohne jeden Vorwurf ansah. Nach einer Weile wurde ihr bewusst, dass Andrew ein sehr attraktiver Mann geworden war. Obwohl er bereits Mitte zwanzig war, hatte er sich eine jungenhafte Unschuld bewahrt, die sie recht anziehend fand. Er trug sein blond gelocktes Haar ziemlich lang und seine klaren blauen Augen waren offen und ehrlich. Zumindest wären sie es gewesen, wenn sein Blick nicht von Schmerz getrübt gewesen wäre.

Sie konnte seinen Kummer nicht länger ertragen und blickte zur Seite. Sie betrachtete die Landschaft, während Andrews Blick unverwandt auf ihr ruhte. Schließlich sagte er: »Eine sehr schöne Frau ist aus dir geworden, Rebekah.«

Sie hätte gelacht, wenn sie es nicht verlernt hätte. »Du hast dich verändert, Andrew. Früher hast du nie etwas Nettes zu mir gesagt.«

»Weil du so furchtbar lästig warst«, erwiderte er und entlockte ihr damit ein Lächeln.

»Ich war so lästig, weil ich in dich verliebt war und weil ich wollte, dass du mich bemerkst.«

»Ich weiß und ich habe dich auch bemerkt. Gerade deshalb wollte ich dir nicht zu nahe kommen. Das war gar nicht so leicht – so eng, wie wir nebeneinander gelebt haben.«

»Aber es ist dir gelungen.«

Sein Blick war traurig, als er erwiderte: »Ich habe dich auch geliebt, Bekah.«

Sie wusste nicht, ob es sein Bekenntnis war oder die Tatsache, dass er sie mit ihrem alten Spitznamen ansprach – aber sie spürte einen solchen Kloß im Hals, dass sie einige Sekunden brauchte, bis sie wieder sprechen konnte. »Da hast du dir einen schönen Moment ausgesucht, um mir das zu sagen.«

»Sie wollten, dass wir heiraten. Hast du das gewusst?«

Sie nickte und erinnerte sich wieder an die unschuldige Freude, die diese Vorstellung ihr damals bereitet hatte – die wunderbare Sehnsucht und die romantischen Gefühle. Wie lange das alles jetzt her war – und es gab keinen Weg, es zurückzuholen.

»Ich hatte solche Angst damals«, sagte er. »Ich war erst siebzehn und wollte noch nicht heiraten. Ich hatte meine Träume und wollte etwas aus meinem Leben machen – ich meine, etwas anderes, als nur mit dem Pflug über ein Feld zu marschieren. Ich wollte mich nicht binden.«

»Das verstehe ich gut«, sagte sie. Sie lächelte genauso traurig wie er zuvor. »Aber das spielt jetzt alles keine Rolle mehr.«

»Doch«, erwiderte er und nahm ihre Hände in die seinen. Seine Finger waren überraschend kalt. »Ich hätte an jenem Tag da sein sollen. Wenn ich bloß da gewesen wäre ...« Er schloss die Augen und sein jungenhaftes Gesicht wurde vom Schmerz überschattet.

»Wenn du wo gewesen wärst?«, fragte sie verwirrt.

»Im Fort, als sie ... als die Indianer kamen.« Er öffnete die Augen, die voller Kummer waren. »Ich hätte da sein sollen. Ich hätte dich beschützen können. Ich hätte dich retten können.«

»Red keinen Unsinn!«, rief sie aus und drückte seine Hände. »Du hättest nichts tun können! Du wärst völlig sinnlos gestorben!«

An diese Möglichkeit hatte er offenbar ebenfalls gedacht.

»Ich wäre gern gestorben, wenn ich dich damit gerettet hätte, Bekah.«

Das Herz tat ihr weh von all dem sinnlosen Kummer und Leid. »Oh, Andrew«, flüsterte sie.

»Haben sie dir wehgetan?«, brachte er mühsam hervor. »Oh Gott, wie oft bin ich in der Nacht wach gelegen und habe mir vorgestellt ...«

»Nein!«, rief sie entschlossen. »Es geht mir gut! Siehst du das denn nicht? Es geht mir gut. Sie haben mir überhaupt nichts getan!«, log sie.

Er zog ihre Hände an sein Gesicht und drückte seine Lippen erst auf die eine Hand, dann auf die andere. Als er wieder zu ihr aufblickte, hatte er Tränen in den Augen. »Ich bin so froh, dass du wieder da bist«, hauchte er.

Dann zog er sie an sich und schloss sie in die Arme, als wäre sie ein kostbarer Schatz, nach dem er sein Leben lang gesucht hatte. Sie ließ sich an seine Brust sinken, überwältigt von Erinnerungen an das Leben, das sie einmal geführt hatte, an das Glück, das ihnen hätte beschieden sein können und das nun unwiederbringlich verloren war.

Er seufzte tief und sie flüsterte: »Ist ja gut, Andrew«, und klopfte ihm zärtlich auf die Schulter. War es nicht traurig, dachte sie, dass *sie* die Menschen, die ihr nahe standen, trösten musste, anstatt von ihnen Trost zu bekommen?

Einen Augenblick lang dachte sie, dass sie auch weinen müsse, doch da hörte sie einen gemurmelten Fluch und Andrew wich augenblicklich von ihr zurück.

»Ich hoffe, ich störe nicht«, knurrte MacDougal.

Der arme Andrew sprang von der Bank auf und wandte sich ab; offensichtlich fürchtete er, MacDougal könnte sehen, dass er geweint hatte. Rebekah sprang ebenfalls auf, um ihm aus dieser peinlichen Situation herauszuhelfen.

»Was willst du?«, fragte sie und stemmte die Hände in die Hüften.

Sean blickte sie finster an. »Jewel hat mich geschickt. Sie sagt, es ist Zeit fürs Mittagessen.«

»Ich habe gerade erst gefrühstückt«, versetzte Rebekah, und MacDougal musste sich sehr beherrschen, um sie nicht kräftig zu schütteln. Was dachte sie sich bloß dabei, sich einfach mit einem anderen Mann davonzuschleichen, kaum dass er ihr einmal den Rücken zukehrte?«

»Nicht jeder schläft den halben Tag. Für uns ist es fast Mittag.«

Die Röte stieg ihr in ihre anmutigen Wangen, doch so leicht gab sie nicht klein bei. »Schön. Wir kommen in einer Minute.«

Glaubte sie wirklich, er würde sie auch nur eine Minute länger mit ihrem einstigen Verehrer allein lassen? Er wollte sie schon darauf aufmerksam machen, zu wem sie jetzt gehörte, als Andrew sagte: »Also, ich gehe mich mal waschen.«

Sean blickte ihm argwöhnisch nach und stellte fest, dass der Junge sich von ihm abgewandt hielt. Wahrscheinlich fürchtete er, Sean könnte die Schwellung in seiner Hose bemerken. Dieser verdammte Kerl.

»Dann gehe ich mich auch waschen«, sagte sie und wollte schon gehen, doch er packte sie an den Schultern und hielt sie zurück.

»Nicht so eilig«, sagte er und sah mit einiger Genugtuung den Zorn, der in ihren blauen Augen funkelte. Die Sonne schien auf ihr seidiges Haar und verwandelte es in gesponnenes Gold; es verlangte ihn, es zu berühren und ihre wunderbaren Lippen zu schmecken. Doch er fürchtete, dass sie ihn beißen würde, wenn er es versuchte, und so begnügte er sich damit, sie an den Schultern festzuhalten und ihr in die Augen zu blicken. »Sag, was wolltest du eigentlich hier draußen mit diesem jungen Kerl?«

Sie sah ihn ziemlich verdutzt an. »Andrew?«

»Nein, General Santa Anna«, gab er bissig zurück. »Natürlich meine ich Andrew, wen sonst? Ist es bei euch so üblich, dass man seinen Cousin küsst?«

»Küssen? Sag, bist du verrückt, MacDougal?« Sie versuchte, sich seinem Griff zu entziehen, doch er ließ nicht locker.

»Hör zu, Rebekah Tate, wenn du glaubst, dass ich meine Haut riskiert habe und dich quer durch die Hölle und halb Texas geführt habe, um dich dann einem anderen zu überlassen – dann täuscht du dich.«

Diesmal sah sie ihn mehr schockiert als verdutzt an. »Was meinst du damit?«, brachte sie hervor.

Er spürte die Anspannung, die von ihr ausging. »Ich meine, dass … dieser Bursche jedes Recht auf dich verloren hat, sofern er jemals eines hatte.«

Zorn flackerte in ihren saphirblauen Augen auf. »*Kein* Mann hat ein Recht auf mich, nicht jetzt und auch nicht in Zukunft.«

Sean spürte ebenfalls Zorn in sich hochkommen. »Du hast ein sehr kurzes Gedächtnis«, sagte er. »Vielleicht muss ich dich daran erinnern, wie die Dinge stehen.«

Er nahm sie in die Arme, um ihren Mund zu spüren und den Geschmack von Andrew Nelson von ihren Lippen zu wischen. Er würde seinen Anspruch erneuern und ihr zeigen, dass sie nur ihm gehörte. Doch er sollte bald feststellen, dass auch ein starker Mann eine Frau nicht gegen ihren Willen küssen kann, besonders wenn sie es darauf abgesehen hat, ihm eins auszuwischen.

»Au!«, schrie er, als sich ihre Zähne in seine Unterlippe gruben, und er schob sie weg, während ihr Knie sein Geschlecht nur knapp verfehlte. »Was zum Teufel ist denn los mit dir?«, fragte er und fasste sich an die Lippe, um zu sehen, ob sie blutete.

»Gar nichts ist los, solange man mich in Frieden lässt«, erwiderte sie, die Hände in die Seiten gestemmt. Ihre Augen funkelten wie Diamanten in ihrem sonnengebräunten Gesicht und ihre Zähne hatte sie fast wie ein Wolf gefletscht. In diesem Augenblick erinnerte er sich an ihr leidenschaftliches Temperament und sein Körper reagierte sofort darauf.

»Ich wollte dir doch nichts tun«, versicherte er ihr und versuchte, das Begehren zurückzudrängen. »Ich wollte dich nur küssen. Es schien dir nichts auszumachen, als der junge Nelson es tat«, fügte er in bitterem Ton hinzu.

»Nicht dass es dich irgendwas angeht – aber Andrew hat mich nicht geküsst.«

Er stieß ein verächtliches Schnauben aus.

»Und selbst wenn er es getan hätte«, fügte sie herablassend hinzu, »so wäre das wohl allein meine Sache.«

»Vielleicht hast du schon vergessen, was dort draußen zwischen uns passiert ist«, entgegnete er und zeigte in Richtung Westen. »Ich habe es jedenfalls nicht vergessen.«

Da war ein Flackern in ihren Augen, das vielleicht Angst bedeutete, doch sie nahm sich zusammen und erwiderte seinen Blick. »Dort draußen musste ich ja wohl alles tun, was du wolltest. Schließlich war ich von dir abhängig.«

Es war ihm, als hätte sie ihn geohrfeigt. »Willst du damit sagen, dass du es gar nicht wolltest? Dass du mir nur etwas vorgespielt hast, als du vor Leidenschaft deine Beine um mich geschlungen hast und mich gekratzt hast ...«

»Hör auf!«, schrie sie empört. Sie wirkte so verletzlich, dass er den absurden Drang verspürte, sie zu trösten. Er hätte es vielleicht sogar getan, wenn sie ihn nicht gerade eben sehr rüde zurückgewiesen hätte.

»Nein, ich werde nicht aufhören. Du hast mich auch gewollt, genauso wie ich dich gewollt habe und wie ich dich immer noch will. Ich gebe dir ein wenig Zeit, um dich an den Gedanken zu gewöhnen, aber früher oder später ...«

»Niemals!«, schleuderte sie ihm entgegen. »Nicht, solange ich lebe!«

»Niemals – das ist sehr lange, Rebekah Tate, besonders da du doch genau weißt, wie es zwischen uns sein kann.« Ihre Augen waren von Gefühlen geweitet, die er nicht zu deuten vermochte. Sie wirkte so verletzlich, dass er nicht anders konnte, als ihr über die seidenweiche Wange zu streichen. »Hast du wirklich vergessen, wie es war?«, fragte er leise, während sein Verlangen nach ihr immer stärker wurde. Er hätte ihr am liebsten dieses lächerliche Kleid vom Leib gerissen und sie geliebt, bis sie geschrien hätte vor Lust und ihn angefleht hätte, sie nie wieder zu verlassen.

Sie zuckte unter seiner Berührung ganz leicht zusammen, doch sie sträubte sich nicht, sodass er seine Finger in ihr Haar gleiten ließ und ihren Kopf zu sich zog.

»Nein«, flüsterte sie, doch sie widersetzte sich nicht, als er sie an sich zog und sie zärtlich in die Arme schloss. Und als er seinen Mund dem ihren näherte, empfing sie ihn mit geöffneten Lippen. Sie schmiegte sich an ihn, als er mit der

Zunge ihren Mund erkundete, und er drückte sie an sich, so als wolle er jeden Zentimeter ihres wunderbaren Körpers spüren und in Besitz nehmen, damit sie ihn nie wieder verleugnen konnte.

Je stärker sein Begehren wurde, umso weniger war er imstande, einen klaren Gedanken zu fassen, und er wusste nur noch eines: dass ihre Arme ihn ebenfalls festhielten und dass sie ihn mit dem gleichen Verlangen wollte …

Schließlich ließ er sie los und hielt sie eine Armlänge von sich weg, um ihre Reaktion zu sehen. Es war genau so, wie er es sich nur hätte wünschen können. Ihre blauen Augen waren verklärt, ihre Lippen feucht, ihre Wangen gerötet und sie atmete genauso keuchend wie er.

Er wusste nicht, wie lange sie so dastanden und einander in die Augen blickten, als sie plötzlich feststellten, dass sie nicht mehr allein waren. Schuldbewusst lösten sie sich voneinander, doch Sean ließ seine Hand auf ihrem Arm ruhen, während er sich umdrehte, um zu sehen, wer sie störte.

Da stand Andrew Nelson, sein hübsches Gesicht von Sorge verdunkelt, so als hätte er etwas gesehen, das er nicht sehen wollte und kaum glauben konnte. »Ist alles in Ordnung, Rebekah?«, fragte er, ohne Sean auch nur anzublikken.

»Ja«, antwortete sie etwas atemlos. Sie klang wie eine Frau, die soeben innig geküsst worden war, und als Sean in ihr gerötetes Gesicht sah, stellte er voller Zufriedenheit fest, dass sie auch genauso aussah. Also, Andrew Nelson, dachte er, jetzt siehst du, wie es steht.

Und Andrew Nelsons Miene verfinsterte sich noch mehr. Er wollte ihr glauben, brachte es aber nicht ganz fertig. »Du solltest jetzt reinkommen, bevor jemand anders rauskommt, um nach dir zu sehen.«

»Ja, ich komm schon«, sagte sie.

Er stand regungslos da, offensichtlich in der Erwartung, dass sie mit ihm kommen würde. Da sie jedoch stehen blieb, drehte er sich schließlich errötend um und ging hinein.

Einen Augenblick lang standen sie beide regungslos da. Sean dachte darüber nach, wie er ihrem Cousin Andrew am besten klarmachen konnte, dass Rebekah Tate nun ihm, Sean MacDougal, gehörte, und dass er sich keinen Illusionen hingeben sollte.

Schließlich sagte Rebekah: »Wir sollten jetzt reingehen.« Sie schien nun wieder Herr ihrer selbst zu sein, doch als sie weggehen wollte, hielt Sean sie am Arm zurück.

»Einen Moment noch«, sagte er. Er musste unbedingt noch ein paar Dinge mit ihr klären.

Sie wollte ihm schon widersprechen, sagte aber nur: »Deine Lippe blutet.« Er war so verdutzt, dass er sie nicht aufhielt, als sie seine Hand abschüttelte und wegging.

Und als er feststellte, dass er gar nicht blutete, stieß er einen wüsten Fluch aus.

Rebekah saß mit den anderen am Küchentisch und starrte auf ihren gefüllten Teller hinunter. Sie wagte es nicht, zur Gabel zu greifen und vor der versammelten Familie Nelson zu essen. Wenn sie schon Jewel und ihren Vater so schockiert hatte, dann würden die Nelsons wohl erst recht entsetzt sein, wenn sie ihre Tischmanieren sahen. Außerdem würde sie ohnehin keinen Bissen hinunterbekommen, denn sie musste daran denken, was soeben dort draußen mit ihr und MacDougal geschehen war.

Dieser verdammte Kerl. Warum konnte er sie nicht endlich in Frieden lassen? Er hatte doch bekommen, was er wollte, was sie alle immer von ihr gewollt hatten. Warum konnte er sich nicht damit zufrieden geben und seiner Wege gehen, so wie es die anderen auch gemacht hatten?

Einst am Beginn ihrer Zeit im Indianerlager hatte sie sehr achtsam sein müssen, dass man sie nicht allein irgendwo erwischte – und jetzt musste sie wieder Acht geben, da MacDougal sie verfolgte. Sie wusste zwar, dass er sie niemals gegen ihren Willen nehmen würde, doch er war trotzdem noch gefährlicher als die anderen, weil er die beängstigende Fähigkeit zu besitzen schien, ihr ihren Willen zu rauben.

Sie hätte ihn umbringen können dafür, dass er solche Macht über sie hatte, doch daran war natürlich nicht zu denken, zumal er der Einzige war, der ihren Sohn befreien konnte. Aber sobald er das getan hatte …

Keiner sprach ein Wort, als sie den geräucherten Schinken verzehrten, den Jewel ihnen serviert hatte. Essen war hier im Hause Tate eine ernste Sache, der man seine ungeteilte Aufmerksamkeit schenkte. Und so hatte Rebekah nichts anderes zu tun, als zu versuchen, nicht aufzublicken und MacDougal anzusehen, denn das hätte sie bestimmt wieder an den Geschmack seines Kusses denken lassen und an das Gefühl, seine frisch rasierte Wange an der ihren zu spüren.

Dieser verdammte Kerl.

Und dann war da noch Andrew, der liebe Andrew, der natürlich bestürzt gewesen war, sie in MacDougals Armen zu finden. Und er hatte bestimmt das Schlimmste vermutet, nämlich dass sie und MacDougal … Aber das war natürlich Unsinn. Sie musste ihm das so bald wie möglich klarmachen.

Der liebe Andrew, er war so ganz anders als MacDougal – und das allein nahm sie schon für ihn ein. Wenn sie schon würde heiraten müssen, dann lieber jemanden, bei dem sie sich sicher fühlte und der nicht die Mauern einzureißen drohte, die sie um ihr Innerstes aufgebaut hatte.

Nein, Unsinn. Warum sollte sie überhaupt heiraten müssen? Das Einzige, worum es jetzt ging, war, dass sie ihren Sohn wiederbekam. Wenn er erst hier war, dann war alles in Ordnung.

Als alle fertig gegessen hatten, gingen die Männer hinaus, um zu rauchen – doch bevor sie den Raum verließen, blickten sie Rebekah noch etwas unsicher an, so als überlegten sie, ob sie sie mit Prudence allein lassen sollten.

Rebekah wollte aufstehen und Jewel beim Abräumen helfen, doch Jewel legte ihr die Hand auf die Schulter und drückte sie kräftig nach unten, damit sie auf ihrem Platz sitzen blieb. Widerwillig blickte sie zu Prudence hinüber, die ihr gegenübersaß.

»Du hast nicht viel gegessen«, stellte Prudence vorsichtig fest.

»Ich habe eben erst gefrühstückt«, antwortete Rebekah.

Prudence wartete, bis Jewel ihren Teller mitgenommen hatte, und sagte dann: »Andrew hat dich immer sehr gern gehabt.«

»Ich habe ihn auch immer gemocht.«

»Er … er hat noch nicht geheiratet«, sagte sie zögernd.

Rebekah fragte sich, worauf sie hinauswollte, und beschloss, erst einmal abzuwarten. »Ja, ich weiß«, sagte sie.

»Ich … ich kann mir nicht vorstellen, dass er einen Indianerjungen als seinen Sohn aufziehen würde«, fuhr sie steif fort. Es war ihr zwar überaus peinlich, doch offensichtlich war sie fest entschlossen, die Sache klarzustellen.

Rebekah spürte, wie ihre Wangen glühten, doch sie weigerte sich, den Blick zu senken und Prudence das Gefühl zu geben, dass sie sich ihres Kindes schämte. »Vielleicht sollte Andrew selbst diese Entscheidung treffen«, entgegnete sie. Sie wusste, es war nicht richtig, die Frau irrezuführen, doch sie konnte einfach nicht anders. Wenn Rebekah tatsächlich die Absicht gehabt hätte, Andrew zu heiraten, dann wäre es Prudence gewesen, die grausam zu ihr war.

Prudence bekam ebenfalls ein rotes Gesicht. »Die Männer wollen eben immer edel sein, Rebekah. Vielleicht würde er euch beide aus reinem Pflichtgefühl aufnehmen – gleichgültig, wie er sich fühlt. Ist denn das gerecht?«

»Gerecht wem gegenüber?«, fragte Rebekah. Sie war vom Edelmut der Männer nie sehr überzeugt gewesen.

»Euch allen gegenüber«, fuhr Prudence hartnäckig fort. »Wenn du wirklich etwas für Andrew empfindest, dann entbindest du ihn von jedem Versprechen, das er dir vielleicht einmal gegeben hat … ich meine, bevor ihr euch beide so sehr verändert habt.«

»Bevor ich von den Indianern geschändet wurde, meinst du wohl«, versetzte Rebekah wütend. Wie konnte es diese Frau nur wagen, zu bestimmen, was für Andrew oder sie das Beste war?

Doch Prudence ließ sich von Rebekahs Zorn nicht einschüchtern. »Du kannst nicht abstreiten, dass … deine Erfahrungen mit den Indianern dich verändert haben, Rebekah. Du bist nicht …« Sie hielt inne, weil ihr die richtigen Worte zu fehlen schienen.

»Ich bin nicht *was*? Nicht mehr geeignet für Andrew? Oder meinst du vielleicht, ich tauge für gar nichts mehr? Ist es das?«

»Rebekah, bitte«, bat Prudence, die über den Verlauf des Gespräches gar nicht erfreut zu sein schien. »Ich bin sicher, du bist ein feiner Mensch, obwohl ... ich meine, du scheinst diese Prüfung ja ziemlich unbeschadet überstanden zu haben, wofür wir Gott nur danken können und ...«

»Lass doch bitte Gott aus dem Spiel«, warf Rebekah ein.

Prudence verschlug es offensichtlich die Sprache und ihr Gesicht rötete sich noch mehr. Offensichtlich machte sie sich so ihre eigenen Gedanken darüber, ob Rebekah wirklich alles so unbeschadet überstanden hatte – doch es gelang ihr, sich von dem Schock zu erholen. »Du bist gerade erst in die Zivilisation zurückgekehrt«, begann sie. »Es ist noch viel zu früh, um schon Entscheidungen über deine Zukunft zu treffen, nicht wahr?«

Mit einem Mal fühlte sich Rebekah unendlich müde, viel zu müde, um dieses Gespräch noch länger fortzusetzen. »Du hast recht, Tante Prudence«, sagte sie gleichgültig, und sie fuhren beide erschrocken hoch, als hinter ihnen ein gusseiserner Topf lautstark auf den Boden knallte.

Rebekah war zu erschöpft, um sich auch nur umzudrehen; sie wusste, dass Jewel ganz einfach ihren Unmut darüber zum Ausdruck gebracht hatte, dass Rebekah sich so leicht geschlagen gab.

»Du lieber Gott«, murmelte Prudence und legte eine Hand aufs Herz. »Pass doch bitte etwas besser auf«, schalt sie Jewel, die als Antwort irgendetwas murmelte. Als sie sich wieder Rebekah zuwandte, war in ihrem ziemlich nichtssagenden Gesicht so etwas wie Besorgnis abzulesen. »Wir wollen ja alle nur dein Bestes, Rebekah. Das musst du mir glauben. Du wirst vielleicht nicht verstehen, warum ich mich so um dich sorge, da ich doch noch eine Fremde für dich bin – aber ich versichere dir, ich habe die ganze Zeit über genauso innig für deine Rettung gebetet wie dein Vater.« Sie streckte die Hand aus, so als wolle sie nach Rebekahs Hand greifen – doch irgendetwas in Rebekahs Gesichtsausdruck ließ sie innehalten und sie zog ihre Hand rasch wieder zurück. »Wir wollen, dass du glücklich bist«, fügte sie etwas halbherzig hinzu.

»Und du willst auch, dass Andrew glücklich ist«, versetzte Rebekah.

»Genau«, stimmte Prudence zu, die davon auszugehen schien, dass sie beide zu einer Art Übereinkommen gelangt waren. Rebekah war ebenfalls dieser Ansicht, auch wenn sie sich sicher war, dass sie die ganze Sache ein wenig anders sah als ihre Tante.

Prudence redete noch weiter, über die Ladies aus der Gemeinde, die sie so gern begrüßen würden, doch Rebekah hörte nicht mehr wirklich zu. Schließlich erhob sie sich und sagte: »Ich glaube, ich lege mich jetzt ein bisschen hin. Ich bin ein wenig müde.«

»Oh, natürlich, meine Liebe. Das verstehe ich gut. Du hast ja so viel durchgemacht ...«

Wenn sie wüsste, dachte Rebekah, und ging hinaus. Die Männer saßen draußen auf den Bänken und blickten alle auf, als sie herauskam. Sie wurden augenblicklich still. Rebekah vermied es, sie anzusehen, um sie nicht zu ermutigen, ihr Fragen zu stellen. Die Hunde, die faul im Schatten lagen, spitzten nur die Ohren, ohne sich jedoch zu erheben.

Ihr war so, als riefe jemand ihren Namen, Andrew oder ihr Vater, doch sie tat so, als hätte sie es nicht gehört, und ging rasch weiter, um in ihr Zimmer zu gelangen. Sie schloss die Tür energisch hinter sich, überzeugt, dass niemand ihr nachgehen würde. Endlich war sie sicher. Sie lehnte sich gegen die massive hölzerne Tür und seufzte; sie hatte das Gefühl, dass das letzte bisschen Kraft sie verließ.

Warum konnte sie keiner verstehen? Und warum waren sie sich bloß alle so sicher, dass sie sie verstanden? Alles, was sie wollte, war ihr Junge. Ihre Arme sehnten sich danach, ihn festzuhalten und ihm die Liebe zu schenken, die sie niemand anderem zu geben wagte. Wie in Trance ging sie zum Bett und ließ sich niedersinken. Sie drückte das Kissen an ihr Herz, wie sie ihren Sohn an sich gedrückt hätte.

»*Situ-htsi-Tukeru,* Kleiner Jäger«, murmelte sie noch und schlief ein.

Als Rebekah erwachte, hörte sie Jewels vorwurfsvolle Stimme. »Steh endlich auf, hörst du? Du kannst doch nicht den Rest deines Lebens verschlafen.«

Das Zimmer war von Sonnenlicht durchflutet und Rebekah fragte sich, wie lange sie wohl geschlafen hatte. »Sind sie immer noch da?«, fragte sie benommen. Von der Antwort auf diese Frage, so dachte sie, würde es abhängen, ob sie Jewels Aufforderung nachkam.

»Du lieber Himmel, sie sind schon gestern gefahren, nachdem ich ihnen sagte, dass du nicht vor heute Morgen aufwachen würdest.«

»Gestern?«, fragte Rebekah verwirrt und stützte sich auf einen Ellbogen.

»Ja, gestern«, bestätigte Jewel. »Du hast den ganzen Tag und die ganze Nacht geschlafen. Wie du siehst, ist der neue Tag schon angebrochen – was heißt angebrochen, es ist fast Mittag. Ich hatte Angst, dass du im Schlaf verhungern könntest, wenn ich dich weiterschlafen lasse. Setz dich doch auf und iss das, bevor es kalt wird und ich es den Hunden geben muss.«

Rebekah konnte nicht glauben, dass sie tatsächlich so lange geschlafen hatte. Sie musste viel erschöpfter gewesen sein, als sie gedacht hatte. Konnte es sein, dass sich all die Jahre der harten Arbeit im Indianerlager jetzt plötzlich bemerkbar machten und ihren Tribut forderten?

Sie hatte keine Antwort auf ihre Frage, und so ließ sie sich von Jewel helfen, sich im Bett aufzusetzen; jemand hatte sie sogar zugedeckt, auch wenn sie ihre Kleider noch anhatte. Schließlich legte ihr Jewel das Tablett in den Schoß. Nichts darauf sah besonders einladend aus, weder der Maismehlbrei mit Melasse noch der dampfend heiße Kaffee – doch Jewel sah sie mit so finsterer Miene an, dass sie sich zwang, ein paar Löffelvoll von dem Brei hinunterzuwürgen. Der Kaffee belebte sie dann doch ein wenig.

Wie seltsam, dachte sie. Sie hatte seit den Pfannkuchen gestern Vormittag nichts mehr gegessen; eigentlich hätte sie einen Riesenhunger haben müssen – doch stattdessen brachte sie kaum einen Bissen hinunter. Vielleicht hatte sie sich zu sehr an die Ernährungsweise der Komantschen gewöhnt, die kaum etwas anderes aßen als nahezu rohes Fleisch – doch auch bei dem Gedanken an das blutige Büffelfleisch drehte sich ihr fast der Magen um.

»Du wirst noch ganz vom Fleisch fallen, wenn du nichts isst«, redete ihr Jewel zu, und als Rebekah zu ihr aufblickte, sah sie echte Sorge in den dunklen Augen der Frau.

»Mir fehlt nichts«, sagte sie. »Weißt du, ich bin nur sehr müde und gar nicht hungrig.«

»Wovon bist du denn bloß so müde?«, entgegnete Jewel herausfordernd.

Rebekah hatte nicht die geringste Ahnung. Sie wusste nur, dass ihr jeder Knochen im Leib vor Müdigkeit wehtat, obwohl sie fast 24 Stunden geschlafen hatte.

Jewel wachte mit Argusaugen über sie, bis die Schüssel mit dem Maisbrei fast leer war und Rebekah keinen Bissen mehr hinunterbrachte. Der Kaffee hatte sie jedoch ein wenig belebt, und so stand sie schließlich auf Jewels Drängen auf, wusch sich und ging in die Küche hinüber.

»Dein Pa und die Jungs sind draußen auf den Feldern«, teilte Jewel ihr mit, als sie sah, dass Rebekah sich suchend umblickte.

Doch Rebekah hatte an jemand anders gedacht. »Wo ist denn MacDougal?«, wollte sie wissen. Sie konnte sich nicht vorstellen, dass er bei der Arbeit mithalf.

»Er ist weg.«

»Weg?«, fragte Rebekah erschrocken, so als wäre das ein großer Verlust. Ob er so früh schon aufgebrochen war, um ihren Sohn zu holen? Konnte es sein, dass er losgeritten war, ohne auf Wiedersehen zu sagen? »Was heißt das – er ist weg?«

»Das heißt, dass er kurz nach Sonnenaufgang losgeritten ist. Er sagte, dass er sich um ein paar Dinge kümmern muss. Er will in ein, zwei Tagen wieder hier sein.«

»Oh.« Rebekah hasste sich selbst dafür, dass sie sich ein wenig beleidigt fühlte, weil er nicht noch mit ihr gesprochen hatte. Das hätte er auf jeden Fall tun müssen – schließlich hatte er ja noch eine wichtige Aufgabe zu erfüllen. Wenn er schon aufbrach, dann hätte er in die Prärie hinausreiten sollen, wo ihr Sohn auf seine Rettung wartete.

Was konnte denn wichtiger sein als das?

Bevor Rebekah eine Antwort auf ihre Frage finden konnte, begannen die Hunde draußen zu bellen, was auf Besuch schließen ließ. Rebekah erschrak und wäre von ihrem Stuhl aufgesprungen, wenn Jewel sie nicht mit sanftem Nachdruck an den Schultern niedergedrückt hätte.

»Du musst auch mal unter die Leute«, sagte sie mit sanfter Stimme. »Sie werden dir nicht wehtun.«

Rebekah wollte etwas erwidern, doch sie fühlte sich zu erschöpft und gab schließlich nach. »Wer ist denn da?«, fragte sie, obwohl es ihr im Grunde egal war.

Jewel ging zur Tür und warf einen Blick hinaus. »Zwei Ladies von der Gemeinde deines Papas, glaube ich.«

»Tante Prudence?«, fragte Rebekah voller Entsetzen.

»Nein, es sind andere.« Rebekah hörte, wie draußen ein Wagen herangeklappert kam. Jewel ging hinaus, um die Ladies zu begrüßen, und wieder hörte Rebekah sie in jenem unterwürfigen Ton sprechen, den sie gegenüber den Tates niemals anschlug.

Es dauerte nicht lange, und die beiden weiblichen Besucher traten in Jewels aufgeräumte Küche. Die eine der beiden war groß und dürr, die andere klein und dick. Beide waren sie von Kopf bis Fuß in Schwarz gekleidet und im Arm trugen sie beide ein Stoffbündel.

»Hallo«, sagte die Größere. »Ich heiße Eliza Phipps, und das ist Pearl Williams.« Sie sprach übertrieben laut, sodass Rebekah sich fragte, ob sie vielleicht schwerhörig war.

Rebekah zwang sich, aufzustehen, und nickte ihnen höflich zu. »Freut mich, Sie kennen zu lernen«, sagte sie und hoffte, dass dies eine angemessene Antwort war.

»Wir sind so froh, Sie endlich kennen lernen zu können«, sagte die Kleinere der beiden, Mrs. Williams, mit schriller Stimme. Auch sie sprach ungewöhnlich laut. »Wie geht es Ihnen denn, meine Liebe?«

»Gut«, log Rebekah. Die lauten Stimmen der Damen verursachten ihr Kopfschmerzen.

»Wir haben Ihnen ein paar Sachen mitgebracht«, teilte ihr Mrs. Phipps mit übertriebener Fröhlichkeit mit und legte ihr ein Bündel auf den Küchentisch. Dann wandte sie sich ihrer Begleiterin zu und sagte in normaler Lautstärke: »Sie ist schrecklich dünn, findest du nicht?«

»O ja«, antwortete die andere ebenfalls leiser. »Aber was soll man auch anderes erwarten? Man hört ja, dass sie ihre Frauen wie Tiere halten.«

Sie wandten sich beide wieder Rebekah zu und musterten sie eingehend. »Was trägt sie denn bloß an den Füßen?«, fragte Mrs. Phipps ihre Freundin.

»Das müssen Indianerschuhe sein. Prudence hatte recht.« Sie schüttelte traurig den Kopf.

Mrs. Phipps lächelte Rebekah erneut mit ihrer unnatürlichen Fröhlichkeit zu. »Möchten Sie denn nicht nachsehen, was wir Ihnen mitgebracht haben?«, fragte sie mit lauter Stimme, so dass Rebekah erschrak.

»Sicher wird nicht alles passen«, fügte Mrs. Williams in gleicher Lautstärke hinzu. »Aber wir wissen ja, dass Ihr Dienstmädchen hier sehr gut nähen kann. Sie kann ja alles für Sie ändern, damit es passt.«

»Ich mach mir nur ein wenig Sorgen wegen der Schuhe«, sagte Mrs. Phipps in normaler Lautstärke zu ihrer Begleiterin. »Wenn sie diese Dinger die ganze Zeit über getragen hat, dann sind ihre Füße wahrscheinlich ruiniert.«

Was war bloß mit diesen beiden Frauen los? Hielten sie sie etwa für schwerhörig? »Ich kann Sie sehr gut hören«, teilte sie ihnen schließlich mit.

Die beiden starrten sie an, als wäre sie es, die so übertrieben laut sprach, bis sich ihre Gesichter zu einem gezwungenen Lächeln verzogen. »Aber natürlich, meine Liebe«, erwiderte Mrs. Phipps langsam und sehr laut. Dann öffnete sie ihr Bündel. Rebekah sah, dass es sich um ein Kleid aus brauner Baumwolle handelte.

»Es hat einer Lady aus unserer Gemeinde gehört«, teilte Mrs. Phipps ihr schreiend mit.

Mrs. Williams öffnete ebenfalls ihr Bündel und förderte ihrerseits ein Kleid zutage, und dazu noch ein Paar schwarze Schnürschuhe. Die beiden Frauen hatten außerdem noch eine ganze Reihe anderer Dinge mitgebracht, vor allem Schürzen und Strümpfe, einen Hut, Unterwäsche und Nachthemden – also alles, was eine Frau so brauchte.

Rebekah war sich bewusst, dass sie ihnen wohl dankbar sein sollte. Sie konnte diese Dinge wirklich gut gebrauchen und es war nett von den beiden, ihr all das zu bringen. Wenn sie sie nur nicht so angestarrt hätten.

»Darf ich Ihnen vielleicht Kaffee und Kuchen anbieten?«, fragte Jewel plötzlich.

»O ja, vielen Dank«, antworteten sie und nahmen auf zwei Stühlen Platz, die Rebekahs Platz nicht allzu nahe standen, wie ihr auffiel. Ja, sie hatte irgendwie den Eindruck, dass die beiden stets einen gewissen Abstand zu ihr hielten.

Aber vor allem starrten sie sie ziemlich unverhohlen an. Niemand sprach ein Wort, während Jewel Tassen und Teller austeilte und Kaffee einschenkte. Rebekah betrachtete den Kuchen, den Jewel ihr vorsetzte; er sah überaus köstlich aus mit seinem weißen Zuckerguss – ein Kuchen, wie es ihn früher nur zu besonderen Anlässen, wie Geburtstagen und Feiertagen, gegeben hatte. Für ein solches Stück hätte sie während ihrer Gefangenschaft alles gegeben – doch nun konnte sie ihn kaum ansehen, weil sie wusste, dass sie ihn ohnehin nicht zu essen wagte, solange die beiden Frauen sie so neugierig anstarrten. Eigentlich hätte sie ihn auch nicht gegessen, wenn sie allein gewesen wäre. Ja, schon allein der Gedanke an Essen verursachte ihr Übelkeit.

Doch die beiden Frauen verzehrten den Kuchen mit großem Appetit und betonten immer wieder, wie köstlich er sei. »Miss Prudence hat ihn gebracht«, teilte Jewel ihnen mit und warf Rebekah einen finsteren Blick zu, wie um ihr zu sagen, dass sie sich gefälligst etwas mehr Mühe mit ihren Gästen geben solle. Wenn sie nur nicht so schrecklich müde gewesen wäre.

»Das alles muss für Sie noch ziemlich ungewohnt sein«, stellte Mrs. Williams fest. Ihre Pausbacken wackelten nur so, während sie den Kuchen kaute. Sie sprach nicht mehr ganz so laut wie zuvor, doch immer noch in einem anderen Ton als mit ihrer Freundin – ein wenig langsamer und deutlicher, so als fürchte sie, Rebekah könnte sie sonst nicht verstehen.

»Ich gewöhne mich langsam ein«, antwortete Rebekah teilnahmslos und fragte sich, ob das der Wahrheit entsprach.

»Nun, Sie sehen recht gut aus«, stellte Mrs. Phipps fest. »Außer, dass Sie ziemlich mager sind, natürlich. Niemand würde vermuten …« Sie hielt abrupt inne und wandte sich ihrer Freundin zu, die verlegen den Blick senkte.

»Was ich meine, ist …«, begann Mrs. Phipps erneut, »Sie sehen gar nicht aus, als …« Erneut brach sie mitten im Satz ab.

»War es wirklich so schrecklich?«, platzte es plötzlich aus Mrs. Williams heraus, die sogleich heftig errötete. »Wissen Sie, wir hören da solche Dinge …«

»Wie sie die Frauen nackt ausziehen …«

»Ja, splitternackt …«

»Und alle Indianer fallen über sie her …«

»Immer wieder und wieder …«

Verschiedene Bilder stiegen aus dem Morast von Rebekahs Erinnerung auf – da waren lüsterne Gesichter, fauliger Gestank und Qualen, wie man sie sich schlimmer nicht vorstellen konnte. Sie versuchte das alles wieder zu verdrängen, doch die Stimmen waren zu stark, zu laut, und sie musste zuhören, ob sie wollte oder nicht.

»… kann mir nicht vorstellen, wie eine Frau so etwas aushalten kann …«

»Ihre schmutzigen Hände …«

»Ich würde mich lieber umbringen, bevor …«

»Kein Wilder würde jemals …«

»… kann man so etwas überleben?«

»Nein!«, schrie Rebekah und presste die Hände an die Ohren, um ihnen nicht länger zuhören zu müssen. Doch die Fragen bohrten trotzdem in ihr weiter, auch wenn sie die Stimmen der Frauen nicht mehr hörte. Die beiden glotzten sie entgeistert an, den Mund weit geöffnet, aber sprachlos – doch Rebekah hörte sie immer noch weitersprechen, hörte das Echo ihrer Stimmen, und so sprang sie auf und lief hinaus und weiter in ihr Zimmer, wo sie die Tür hinter sich zuknallte.

Sie warf sich aufs Bett und drückte sich das Kissen an

den Kopf, doch die Stimmen ließen sich nicht zum Verstummen bringen.

»Keine anständige Frau würde ...«

»... würde mich umbringen ...«

»... würde mich viel zu sehr schämen ...«

Sie starrte auf ein Astloch in der Holzwand, so lange, bis sie nicht mehr hier war, sondern irgendwo weit weg, wo die Stimmen allmählich schwächer wurden und schließlich verstummten und niemand ihr mehr wehtun konnte.

9

Rebekah sollte nie erfahren, was aus ihren beiden Besucherinnen wurde, nachdem sie sie so überstürzt verlassen hatte. Jewel erzählte es ihr nicht und sie selbst fragte nicht nach ihnen. Jewel ließ sie weitgehend ungestört – sie kam nur hin und wieder leise wie eine Katze ins Zimmer geschlichen, um nach ihr zu sehen. Rebekah spürte ihre Anwesenheit, doch sie stellte sich schlafend. Sie aß nichts von dem, was Jewel ihr zu essen brachte, und sie verließ auch ihr Zimmer nicht mehr, bis eine weitere Nacht verstrichen war und Rebekah Gewissheit hatte, dass die beiden Frauen fort waren.

Dann setzte sie sich auf eine Bank draußen im Hof, die beiden Hunde zu ihren Füßen, und hörte nicht auf Jewel oder ihren Vater, wenn sie ihr zuredeten, doch etwas zu essen oder ins Haus zu kommen. Sie saß nur da und wartete darauf, dass MacDougal am Horizont auftauchte. Sie wusste, dass die Sonne schien, doch sie spürte sie nicht, weil sie irgendwo weit weg war, an einem dunklen Ort, wo keine Wärme und kein Licht sie erreichte.

Manchmal setzte sich ihr Vater zu ihr, hielt ihre Hand und sprach zu ihr – in demselben Ton, in dem er zu beten pflegte. Doch sie hörte ihm nicht wirklich zu – und wenn er tatsächlich betete, so dachte sie, dann hörte ihn gewiss auch sonst niemand, zumindest niemand, der etwas hätte bewirken können.

Nein, sie war jetzt allein. Und sie hatte nur noch eine Hoffnung: MacDougal.

Es sollte noch einen Tag dauern, bis er kam, doch Rebekah hatte schon auf ihn gewartet. Sie hörte seinen Ruf und zwang sich, aus der Dunkelheit aufzutauchen. Und fast hätte sie sich befreit gefühlt – doch sie wusste, dass sie erst wirklich erlöst sein würde, wenn er ihr ihren Sohn in die Arme gab.

Ihr Junge war alles, was ihr noch geblieben war – das

Einzige, wofür es sich zu leben lohnte in dieser verwünschten Welt, in die sie zurückgekehrt war.

Er ritt direkt vor das Haus und lächelte breit, so als erwarte er, wie ein Held empfangen zu werden – nur weil er sich wieder blicken ließ. Er rief ihren Namen und sie zog die Mundwinkel hoch, wie um zu lächeln – wenngleich niemand ihren Gesichtsausdruck als Lächeln bezeichnet hätte. Sie wartete, bis er abgestiegen war und zu ihr kam.

Er trug ein Bündel unter dem Arm, und Rebekah fragte sich, ob wohl in Zukunft alle Besucher mit solchen Bündeln daherkommen würden. Und er lächelte, so als hätte er etwas geleistet, worauf er mächtig stolz sein konnte.

»Ich habe dir ein paar Sachen mitgebracht«, sagte er und hielt ihr das Paket hin. »Du liebe Güte! Weißt du, was der laufende Meter Stoff hier draußen kostet? Aber ich habe trotzdem genug für mehrere Kleider besorgt. Jewel könnte dir ja ein paar Kleider nähen, damit du nicht mehr aussiehst, als müsste man dich aufs Feld hinaus stellen, um die Vögel zu vertreiben.« Jetzt erst wurde ihm bewusst, dass sie ihm das Paket immer noch nicht aus der Hand genommen hatte, und sein Lächeln verschwand. »Rebekah?«

Sie antwortete nicht, weil sie nicht wusste, was für eine Antwort er erwartete. Aber sie musste auch gar nichts sagen, denn ihr Vater war bereits herausgekommen, um MacDougal gebührend zu begrüßen und ihm somit das Gefühl zu geben, dass er tatsächlich der Held war, der er zu sein glaubte.

»Ich habe ein Plätzchen gefunden«, teilte MacDougal ihm mit. »Gleich neben der Kirche, wie Sie vorgeschlagen haben. Es ist der ideale Platz für ein Geschäft. Rundherum wird sich einmal eine richtige Stadt entwickeln, schätze ich.«

»Mir scheint, Sie haben inzwischen schon mal das Geschäft eines anderen besucht«, merkte ihr Vater an und zeigte auf das Bündel.

MacDougal machte ein ernstes Gesicht. Auf seinen Wangen begann sich wieder Bartwuchs bemerkbar zu machen, doch er sah immer noch zivilisiert aus – ganz und gar nicht wie der wilde Kerl, der sie quer durch die Hölle und durch halb Texas geführt hatte. »Ich habe Ihrer Tochter etwas Stoff für neue Kleider besorgt, aber sie scheint kein großes Interesse daran zu haben. Das letzte Mal, als ich ihr ein Kleid schenkte, hat sie sich bei weitem mehr darüber gefreut.«

Er blickte sie an, als erwarte er, dass sie sich daran erinnerte, doch das konnte sie nicht. Sie wollte sich nicht erinnern, denn wenn sie es tat, dann würde sie sich vielleicht in all diesen Erinnerungen verlieren und ganz darauf vergessen, was sie ihn unbedingt fragen musste.

»Kommen Sie rein«, forderte ihn ihr Vater auf, bevor sie ihn fragen konnte.

MacDougal blickte sie ziemlich seltsam an, so wie die beiden Frauen sie angesehen hatten – doch es war ihr egal, was er über sie dachte. Es war ihr egal, was irgendjemand auf der Welt über sie dachte.

Jewel kam ebenfalls herbei, um MacDougal zu begrüßen. »Sie haben das Mittagessen versäumt, Mr. MacDougal, aber wenn Sie Hunger haben, kann ich Ihnen was aufwärmen.«

»Da sage ich bestimmt nicht nein, Jewel«, antwortete er lächelnd.

Sie gingen alle ins Haus und setzten sich an den Tisch, während Jewel das Essen vorbereitete. Zebulon Tate stellte eine Menge Fragen und MacDougal beantwortete sie geduldig.

»Ich bin beim nächstgelegenen Handelsposten gewesen und habe mich mit dem Händler dort unterhalten«, erzählte er und blickte Rebekah fragend an, die jedoch keinerlei Interesse an dem Paket zeigte, das er vor ihr auf den Tisch gelegt hatte. »Der Händler erzählte mir alles, was ich wissen wollte; erst als es zu spät war, ist ihm der Gedanke gekommen, dass ich ein künftiger Konkurrent für ihn bin.« Er grinste über seine Schlauheit, doch Rebekah erwiderte sein Lächeln nicht, und ihr Vater strich sich nur über den Bart, wie er es immer tat, wenn er sich über etwas Sorgen machte.

»Sie hatten leider keine Schuhe dort«, fuhr MacDougal fort, »aber ich habe welche bestellt, also musst du diese hässlichen Dinger nicht mehr lange tragen.«

Er zeigte auf ihre Füße und schwieg, sodass sich die

Gelegenheit bot, auf die sie gewartet hatte. »Wann wirst du aufbrechen und meinen Jungen herbringen?«, fragte sie.

Obwohl ohnehin keiner von ihnen gesprochen hatte, wurde es plötzlich noch stiller im Raum – so als hätten sie alle aufgehört, zu atmen. Rebekah spürte eine plötzliche Angst in sich aufsteigen, als MacDougal sich zur Seite wandte, um ihr nicht ins Gesicht blicken zu müssen.

»Ich wollte schon länger mit dir darüber reden«, sagte er mit einer Stimme, die nicht ganz so sicher klang wie gewohnt, wenngleich sie keine Ahnung hatte, warum das so war.

»Dann reden wir jetzt darüber«, sagte sie. »Mir ist klar, dass du dich ein paar Tage ausruhen musst, aber langsam kommt der Winter. Wenn du zu lange wartest, bekommst du es mit dem strengen Nordwind zu tun.«

Sean straffte die Schultern, wie um sich auf einen Kampf vorzubereiten. »Hast du dir das Ganze auch gut überlegt? Ich meine, bist du sicher, dass du ihn hier haben willst?«

Ihre Angst wuchs zu nacktem Entsetzen an. »Wie meinst du das?«, fragte sie.

MacDougal blickte zu ihrem Vater hinüber und sie begriff sofort, dass die beiden schon darüber gesprochen hatten. Sie hatten hinter ihrem Rücken darüber gesprochen und waren offensichtlich zu einem Schluss gelangt, der ihr – das wusste sie – nicht gefallen würde. »Der Junge ist glücklich dort, wo er ist. Aber würde er auch hier glücklich sein, wenn du ihn herholst? Denk mal darüber nach und überleg dir, wie es für ihn hier wäre. Er ist ein Halbblut. Die Leute hier hassen die Indianer ...«

»Aber er ist doch ein *Kind*!«, rief sie zutiefst entsetzt.

»Die Leute können sehr grausam sein«, warf ihr Vater mit sanfter Stimme ein und nahm ihre Hand in die seine, wie um die Wirkung seiner Worte zu mildern. »Sie fürchten das, was sie nicht verstehen, und was sie fürchten, das hassen sie.«

Sie entriss ihm ihre Hand und starrte ihn finster an, bis er – offensichtlich beschämt – den Blick senkte; doch er fügte hinzu: »Ich weiß, wie du dich fühlen musst – aber es ist das Beste für den Jungen und für dich.«

»Woher willst du wissen, was das Beste für mich ist?«, schrie sie ihn an und sprang so wütend von ihrem Stuhl auf, das er auf den Boden knallte. »Ich dachte, wenigstens du würdest mich verstehen. Du musst doch wissen, wie es ist, wenn man ein Kind verliert!«

»Aber mein Kind haben mir grausame Wilde weggenommen. Du hast deinen Jungen bei seiner Familie gelassen, bei Leuten, die ihn lieben und sich um ihn kümmern ...«

»Niemand kann ihn so lieben wie ich! Und was ist mit seinem Seelenheil?«, fragte sie ungläubig. »Er wird für immer ein Wilder bleiben! Niemand wird ihm je von dem Gott erzählen, den du so verehrst! Ist denn das völlig gleichgültig?«

»Ich werde jeden Tag für ihn beten ...«

Rebekah stieß einen der deftigen Flüche hervor, die sie von MacDougal gelernt hatte, und ihr Vater erbleichte merklich. Nachdem sie ihn zum Schweigen gebracht hatte, wandte sie sich MacDougal zu.

»Du hast es mir versprochen!«, klagte sie in ihrem Schmerz. »Du hast gesagt, du würdest zurückkehren, um ihn zu holen! Du hast es bei allem geschworen, was dir heilig ist!«

MacDougal nahm ihre Vorwürfe schweigend hin, doch er wurde rot und sein Blick trübte sich. Er wollte etwas sagen, ließ es dann aber doch sein.

Eine Minute lang sagte keiner ein Wort, bis von der anderen Seite des Zimmers Jewels Stimme erklang: »Vielleicht gibt es nichts, was ihm heilig ist.«

Rebekah stockte vor Empörung der Atem. Ja, so war es! Die Wahrheit stach ihr wie ein Messer mitten ins Herz. Es war ein so hinterhältiger Verrat, dass es ihr den Atem raubte. »Du hattest niemals vor, ihn zu holen, nicht wahr?«, zischte sie ihm zu. »Du hast mich belogen, damit ich mit dir gehe und du der Mann werden kannst, *der Rebekah Tate gerettet hat*!«

Nie in ihrem Leben hatte sie einen Menschen so abgrundtief gehasst – nicht die Indianer, die ihre Mutter und ihren kleinen Bruder getötet hatten, nicht die Krieger, die sie schändeten, und auch nicht die Frauen, die sie erniedrigten und schlugen. Sie hätte ihn auf der Stelle töten können. Sie hätte ihm am liebsten ein Messer in die Brust gestoßen und ihm das schlagende Herz herausgeschnitten, um es mit den Händen zu zerreißen. Sie hätte ihn aufschneiden und seinen Körper mit glühenden Kohlen füllen mögen und ihm zuhören, wie er schrie, während sein Inneres verbrannte. Jeden Zentimeter Haut hätte sie ihm vom Leib ziehen mögen und zusehen, wie die Ameisen und Fliegen ihn langsam auffraßen. Wie gern hätte sie ihn auf jede nur erdenkliche Weise sterben gesehen.

Er erhob sich und blickte sie mit seinen verhassten Augen flehend an, während er mit seinen schmutzigen Händen nach ihr griff. »Wenn du einmal darüber nachdenkst, dann wirst du einsehen, dass der Junge dort, wo er ist, viel besser dran ...«

Sie spuckte ihm ins Gesicht, drehte sich um und rannte, so schnell sie konnte, hinaus, um kein Wort mehr zu hören und seinen Anblick nicht länger ertragen zu müssen. Sie lief direkt auf ihr Zimmer zu – in die selige Einsamkeit, die es ihr bot –, doch da kam jemand hinter ihr her.

Sie riss die Tür auf und wollte sie zuschlagen, bevor er eindringen konnte, doch sie war nicht schnell und stark genug, und er stieß die Tür so kräftig auf, dass sie quer durch das Zimmer flog.

Doch es war kein Mann, es war Jewel, die ihr gefolgt war. »Rebekah«, sagte sie mit kummervollem Blick. »Er ist nicht der einzige Mann, der das für dich tun kann! Du wirst einen anderen finden, der dir den Jungen bringt!«

Wenn es nur so wäre! Rebekah schüttelte verzweifelt den Kopf. »Er ist der Einzige, der weiß, wo er ist und wie er aussieht. Weißt du, wie groß die Prärie ist? Niemand außer ihm würde ihn jemals finden!«

Die beiden Frauen sahen einander schweigend an, während die furchtbare Wahrheit nun offen vor ihnen lag. Dann setzte ein markerschütterndes Heulen ein, ein durchdringender Schrei, der die Stille wie ein Schwert zerriss. Für einen Augenblick fragte sich Rebekah, woher dieses Heulen kam, bis Jewel sie in ihre starken Arme nahm und ihr klar wurde, dass der Schrei aus ihrer eigenen Kehle kam.

Jewels Arme schlossen sich um sie und drückten Rebekahs Gesicht an ihre Brust, doch das furchtbare Heulen hörte nicht auf. Rebekah hätte es nicht beenden können, selbst wenn sie es gewollt hätte. Es war ein Urschrei, in dem sich alles entlud, was in ihr war.

»Sie wird sterben«, teilte Jewel den beiden Männern zwei Tage später mit.

Sean MacDougal blickte in die Gesichter der anderen, die sich zum Abendmahl rund um den Küchentisch versammelt hatten. Die beiden dunklen Gesichter von Dan und Enoch hatten den Blick gesenkt, aus Achtung vor den Sorgen des weißen Mannes. Zebulon Tates Gesicht war kreidebleich über dem schneeweißen Bart und die Augen vor Verzweiflung tief in die Höhlen gesunken.

Er hatte Tag und Nacht für seine Tochter gebetet, doch sie hatte ihr Bett nicht wieder verlassen und weigerte sich beharrlich, auch nur einen Bissen zu sich zu nehmen.

»Sie wird nicht sterben«, erwiderte Sean mürrisch – doch seine heisere Stimme verriet die Gefühle, die dahinter schwelten. »Sie ist natürlich enttäuscht, aber sie wird schon darüber hinwegkommen. Sie hat schon viel schlimmere Dinge überstanden.«

»Mag sein«, warf Jewel ein, während sie einen Teller vor ihm auf den Tisch knallte, »aber da hatte sie zumindest noch Hoffnung, dass eines Tages alles besser werden würde, dass sie irgendwann nach Hause zurückkehren könnte. Aber jetzt hat sie gar nichts mehr.«

»Aber sie *ist* doch zu Hause«, erwiderte Zeb mit schwacher Stimme. »Ich verstehe das nicht. Warum ist sie denn nicht glücklich?«

»Wie könnte sie glücklich sein?«, entgegnete Jewel. »Was hat sie denn schon hier? Ein Haus, einen alten Mann, der nicht mehr allzu lange zu leben hat, und einen Haufen Leute, deren christliche Nächstenliebe sich darin erschöpft, dass sie vorbeikommen und sie anglotzen wie irgendein Monster.«

»Sie würden sie noch schlimmer anglotzen, wenn sie ein Halbblut hier großziehen würde«, warf MacDougal ein.

»Mag sein«, gab Jewel zu, »aber dann würde sie es aushalten.«

MacDougal konnte nichts erwidern und so starrte er Jewel wortlos an, mit einem Blick, der schon so manchen ausgewachsenen Mann eingeschüchtert hatte – doch die schwarze Frau starrte nur zurück.

»Sie wird sterben. Ich habe so etwas schon öfter gesehen – dort, wo ich früher gearbeitet habe. Sie nahmen einer Frau ihr Kind weg und die Frau starb daran. Und es gab gar nichts, was sie daran hindern konnte.«

MacDougals Herz war starr vor Angst. Er durfte Rebekah Tate nicht verlieren – aber er konnte auch nicht glauben, dass eine Frau einfach so sterben könne. »Ich rede mit ihr«, sagte er schließlich und stand auf, ohne sein Abendessen auch nur angerührt zu haben.

»Sie können reden, bis Ihnen die Zunge rausfällt, aber erreichen werden Sie damit nichts«, rief Jewel ihm nach. »Es gibt nur eins, was ihren Kummer heilen kann – dass sie ihren Jungen wiederbekommt.«

Sean presste ein paar deftige Flüche hervor. Wie hatte er sich nur in einen solchen Schlamassel manövrieren können? Alles hatte so einfach ausgesehen damals im Indianerlager. Sein Plan war, Rebekah Tate nach Hause zu bringen; sie würde wieder glücklich sein und den kleinen roten Bastard allmählich vergessen – und Sean würde als Held dastehen. Nun, er hatte es tatsächlich geschafft, sie nach Hause zu bringen. Warum konnte nicht auch der Rest so eintreten, wie er es geplant hatte? Oder wenigstens annähernd?

Verdammt. Er blieb vor Rebekahs Tür stehen und fragte sich, ob er klopfen sollte. Gewiss, wenn er es tat, dann würde sie ihm vielleicht sagen, er solle draußen bleiben – und was würde er dann tun? Andererseits wollte er sie nicht in Verlegenheit bringen und einfach so eindringen. Also klopfte er.

Er wartete.

Stille.

Er klopfte noch einmal.

Immer noch rührte sich nichts.

Er fluchte und öffnete die Tür einen Spaltbreit. »Rebekah Tate?«

Immer noch kein Laut.

War sie überhaupt im Zimmer?

Er öffnete die Tür etwas weiter, bis er das Bett auf der anderen Seite des Zimmers sehen konnte – und auch Rebekah, die auf dem Bett lag.

»Rebekah Tate?«, rief er noch einmal.

Sie rührte sich nicht, und einen furchtbaren Augenblick lang dachte er, er wäre zu spät gekommen. Er stürzte ins Zimmer, und das Herz schlug ihm bis zum Hals hinauf, als er am Bett stehen blieb und schließlich das schwache Heben und Senken ihrer Brust sah. Sie war nicht tot. Er war noch rechtzeitig gekommen.

»Rebekah Tate«, sagte er mit lauter Stimme, weil er dachte, dass sie schlief.

Nicht einmal ihre Augenlider zuckten. Was zum Teufel war nur los mit ihr?

Sie sah aus wie eine Wachsstatue, bleich und wunderschön und – bis auf ihr schwaches Atmen – völlig regungslos. Dann fiel ihm auf, wie mager sie war. Sie war in den letzten Tagen noch dünner geworden. Wie konnte jemand, der tagelang geschlafen hatte, so ausgezehrt aussehen? Angst kroch in ihm hoch und er streckte seine zitternde Hand nach Rebekah aus, um sie an der Schulter zu berühren und ganz leicht zu schütteln.

Es war, als schüttle er eine Stoffpuppe.

»Oh, Gott«, murmelte er, als die Erinnerung an jene Nacht zurückkehrte, als er versucht hatte, mit ihr zu schlafen – ihre ausdruckslosen Augen und der leblose Körper. Und dann beim zweiten Mal, als es beinahe wieder passierte, bevor er sie zwang, in die Wirklichkeit zurückzukehren.

»Rebekah Tate!«, rief er, setzte sich aufs Bett und packte sie an den Schultern. »Komm zurück!« Er schüttelte sie, bis ihre Augenlider zuckten, und schlug ihr mehrmals fest auf die Wange. Immer wieder rief er ihren Namen, bis sie endlich die Augen öffnete – diese wunderbaren Augen, die ihn zum einen an die Farbe eines Rotkehlchens erinnerten, und zum anderen an die Farbe des reinsten und klarsten Wassers, das er je getrunken hatte.

Doch diesmal waren ihre Augen alles andere als klar. Sie waren so trüb und glanzlos, dass es ihm einen Stich ins Herz gab. »Rebekah Tate, hör mir zu! Du darfst das nicht tun! Du musst zurückkehren, wo immer du jetzt bist!«

Sie starrte ihn mit diesen furchtbaren Augen an, ehe ihre blutlosen Lippen sich langsam zu bewegen begannen und ein heiserer Laut sich ihrer Kehle entrang: »Warum?«

Weil ich dich liebe! hätte er am liebsten gesagt. Weil ich dich brauche und weil ich es nicht ertragen würde, wenn du stirbst! Doch er wusste, dass er sie nicht überzeugen könnte. Sie machte sich nichts aus ihm und seiner Liebe und würde deswegen auch nicht in die Wirklichkeit zurückkehren.

Er spürte förmlich, wie das Leben allmählich aus ihr schwand. Wie lange würde sie das noch durchhalten? Er konnte doch nicht so einfach neben ihr sitzen und zusehen, wie sie starb, da er doch die Möglichkeit besaß, sie zu retten.

»Weil …«, begann er, obwohl er wusste, dass es töricht war, aber es war die einzige Möglichkeit, ihre Frage zu bantworten: »Weil ich deinen Jungen herholen werde – und wer soll sich dann um ihn kümmern, wenn du tot bist?«

Er beobachtete sie aufmerksam und fragte sich, ob sie ihn überhaupt verstanden hatte. Doch dann flackerte etwas in ihren Augen auf – und er wusste, dass seine Worte sie erreicht hatten.

»Meinen Jungen?«, fragte sie mit heiserer Stimme.

»Deinen Sohn. *Situ-htsi-Tukeru,* Kleiner Jäger, oder wie du ihn nennst. Der dicke kleine Kerl mit den grauen Augen. Ich werde ihn holen, aber nur wenn ich weiß, dass du noch da bist, wenn ich zurückkomme – gesund und wohlauf und stark genug, um dich um einen wilden Indianer zu kümmern.«

»MacDougal?«, flüsterte sie so schwach, dass er es kaum ertrug.

»Was, mein Liebling?«, fragte er und kämpfte gegen die Tränen an.

»Ist das wieder eine Lüge?«

Er hätte lachen können, so glücklich war er über dieses schwache Aufflackern ihres alten Temperaments. »Nein, es ist keine Lüge, das schwöre ich. Und diesmal schwöre ich es bei deinem Leben, denn das ist das Einzige, was mir je etwas bedeutet hat.«

Ihre Lippen zuckten ganz leicht, so als wolle sie lächeln, ohne es jedoch ganz zu schaffen. »Ich würde dir eher glauben, wenn du es bei deinem Gold schwörst.«

»Dann schwöre ich bei meinem Gold. Wie immer du möchtest, mein Mädchen. Ich breche noch heute Abend auf. Es wird eine Weile dauern, wahrscheinlich länger, als deine Flucht gedauert hat, weil ich einige Leute brauche, die mir helfen und …«

»MacDougal?«, flüsterte sie kaum hörbar.

»Ja, Liebling?«

Sie schluckte schwer und Tränen traten ihr in die Augen. »Ich werde hier sein, wenn du wiederkommst.«

Verdammter Narr. Verdammter Narr. Sean MacDougal musste sich diese Worte immer wieder sagen. Selbst Zebulon Tate hatte ihn so genannt – nur dass Zeb eben niemals fluchte und ihn deshalb nur als ›Narr‹ bezeichnet hatte. Sean selbst hatte ›verdammter‹ hinzugefügt, kaum dass er sich fünf Meilen von der Tate-Farm entfernt hatte. Und den ganzen Weg sagte er sich diese beiden Worte vor, um nur ja nicht den Gedanken aufkommen zu lassen, dass das, was er tat, auch nur im Geringsten vernünftig sein könnte.

Und nun lag er im hohen Gras, wo die Fliegen und Mücken ihn umschwärmten, und blickte auf das Lager der Komantschen hinunter.

Der Stamm war weitergezogen, seit Sean ihn zuletzt besucht hatte, um sich vor dem Winter an einem etwas geschützteren Ort niederzulassen. Es war für Sean und seine Männer alles andere als leicht gewesen, die Indianer zu finden. Doch langsam wurde die Zeit knapp. Jeder, der sich mit den Launen des Wetters in der Prärie ein wenig auskannte, konnte spüren, dass ein Wetterumschwung bevorstand.

Den Büffeln wuchs bereits das Winterfell, und die Komantschen jagten, was sie konnten, um sich auf die entbehrungsreichen Wintermonate vorzubereiten. Sean konnte das nur recht sein, denn dadurch waren die meisten Männer und sehr viele Frauen auf der Jagd. Nur wenige Erwachsene, größtenteils Alte und Gebrechliche, waren noch da, um das Lager und die Kinder zu hüten.

Dem flüchtigen Beobachter wäre das Lager wahrscheinlich völlig verlassen vorgekommen, so wenige Indianer waren anwesend, doch Seans scharfes Auge hatte jeden Einzelnen erspäht. Und er konnte bei den Lagerbewohnern keinerlei Anzeichen einer Beunruhigung darüber feststellen, was sich in diesem Augenblick am Rande des Lagers zutrug.

Sean konnte es selbst kaum glauben. Die Tonkawas, die er in Hopewell's Fort angeheuert hatte, waren ihm eine größere Hilfe, als Sean selbst gedacht hatte, wenn man nach ihrem abgerissenen Äußeren urteilte.

Sie waren vielleicht nicht so großartig, wie Hopewell sie ihm angepriesen hatte, doch sie waren Indianer und als solche besonders gut geeignet für die Aufgabe, die ihnen bevorstand. Sie wussten genau, wie man sich lautlos an ein Komantschenlager anschlich und mit einem halben Dutzend junger Indianer ebenso geräuschlos wieder verschwand. Sean hatte staunend verfolgt, wie die Jungen, die sich am Rande des Lagers im Bogenschießen übten, von den Schreien eines Truthahns weggelockt wurden, weiter und immer weiter, bis sie schließlich einer nach dem anderen im hohen Gras verschwanden.

Sean versuchte von seinem Beobachtungsposten aus zu verfolgen, auf welchem Weg die Tonks zurückkehren würden, doch ohne Erfolg. Sie schienen sich zusammen mit den Kindern in Luft aufgelöst zu haben. Doch plötzlich tauchten sie direkt hinter Sean wieder auf, ihre verängstigten kleinen Gefangenen mit sich führend.

Sie hatten die Jungen an Händen und Füßen gefesselt und sie mit den Lumpen geknebelt, die Sean mitgebracht hatte. Es gefiel Sean gar nicht, dass sie die Kinder so hart behandeln mussten, doch er wusste genau, wie gefährlich selbst ein junger Komantsche sein konnte.

»Wir haben sie«, teilte der Anführer der Tonks ihm mit. Er war ein groß gewachsener Mann, den Hopewell ihm als River vorgestellt hatte – und in diesem Augenblick grinste er von einem Ohr zum anderen.

»Sehen wir mal nach, ob auch der Richtige dabei ist«, sagte Sean und kam von seinem Beobachtungsposten herunter, um sich die Jungen anzusehen.

Doch River hatte den Richtigen bereits bei sich. Er riss den Jungen an den Haaren, damit er den Kopf hob und Sean seine Augen sehen konnte.

Grau wie Asche waren sie und weit aufgerissen, als der Junge den Händler erkannte, der das Lager einige Monate zuvor besucht hatte. Sean lächelte und sagte: *»Situ-htsi-Tukeru?«*

Die grauen Augen wurden noch größer, diesmal vor Hoffnung. Der Händler kannte seinen Namen. Bestimmt würde der Mann, der ihnen noch vor wenigen Wochen Süßigkeiten gebracht hatte, ihnen nichts Böses tun.

Die anderen Jungen begannen sich in den Händen der Männer zu winden, worauf die Tonks sie auf nicht sehr sanfte Weise ruhig stellten.

»Machen wir uns auf den Weg, bevor jemand merkt, dass sie fort sind«, sagte Sean, nahm den kleinen Tate aus Rivers Armen und trug ihn zu seinem Pferd. Die Tonks stiegen ebenfalls auf ihre Pferde und setzten die gefesselten Jungen vor sich in den Sattel. Dann ritten sie los – und zwar in einer Linie hintereinander, damit ein eventueller Verfolger nicht anhand der Spuren erkennen konnte, wie viele sie waren.

Als sie außer Hörweite des Lagers waren, gingen sie in schnellen Galopp über, um die Prärie so schnell wie möglich zu durchqueren. Sean hielt den Jungen sicher vor sich fest; er spürte, dass der Kleine noch immer starr vor Schreck war. Später würde immer noch genug Zeit sein, um den verängstigten Jungen zu beruhigen – doch erst, wenn sie sich von den anderen getrennt hatten. Sean wollte vermeiden, dass die anderen Jungen ihn hörten und später den

Indianern erzählten, dass Rebekah Tate noch lebte und dass ihr Sohn entführt worden war und zu ihr gebracht werden sollte.

Sean hatte die Entführung sorgfältig geplant. Er hatte als Zeitpunkt den frühen Nachmittag gewählt, wenn die Erwachsenen ein Nickerchen machten und die Kinder folglich unbeaufsichtigt waren. Die Tonks hatten vorsorglich alle Jungen der kleinen Schar mitgenommen, damit keiner zurücklaufen und Alarm schlagen konnte. Wenn alles nach Plan verlief, würde man das Fehlen der Jungen erst beim Abendessen bemerken, so dass Sean und seine Truppe einen schönen Vorsprung auf ihre möglichen Verfolger gewannen.

Sie ritten stundenlang dahin und gönnten zwischendurch ihren Pferden immer wieder eine kleine Verschnaufpause, um sie nicht zu überanstrengen. Schließlich ging die Sonne hinter ihnen unter und die Nacht senkte sich über die Prärie. Es war Zeit für den zweiten Teil des Plans.

River, der Anführer der Tonks, ließ seine kleine Karawane anhalten, und sie machten Rast, um eine Kleinigkeit zu essen. Die Gefangenen bekamen nichts, weil es zum Plan gehörte, ihnen die Angst vorerst nicht zu nehmen. Die Tonks verzehrten jeder eine Handvoll getrocknetes Fleisch mit Früchten und tranken dazu einen Schluck Wasser. Sie unterhielten sich lachend untereinander, und erst nach einer Weile verstand Sean, worum es ging: Sie scherzten darüber, was sie mit den Jungen anstellen würden.

»Die Jüngeren sind besonders zart«, sagte einer der Tonks. »Wir werden sie langsam über dem Feuer braten, bis die Haut aufplatzt.«

»Das Herz und die Leber schmecken besonders fein«, warf ein anderer mit dem Ausdruck des Kenners ein. »Das Fleisch ist so saftig und zart …«

Die gefangenen Kinder zitterten vor Angst, da sie alle schon Erzählungen darüber gehört hatten, dass die Tonks gern Menschenfleisch aßen. Sean wusste nicht, ob das der Wahrheit entsprach, doch er fand, dass es in dieser Situation durchaus nützlich war, den Jungen so viel Angst wie möglich zu machen. Durch ihre Angst würden sie später völlig konfuse und einander widersprechende Schilderungen der Ereignisse geben, so dass niemand daraus würde entnehmen können, was wirklich geschehen war.

Bevor Sean die Männer zum Weiterreiten aufforderte, nahm er noch einen kleinen Sack mit getrocknetem Fleisch und einen Wasserschlauch und legte beides neben die gefesselten Jungen. »Eure Leute werden nach euch suchen«, teilte er ihnen in ihrer Sprache mit, so gut er konnte. »Wir nehmen den Jungen mit den grauen Augen mit, um ihn den Weißen zu verkaufen, weil er selbst weiß ist. Euch können wir nicht gebrauchen.«

Fünf Augenpaare glänzten in der Dunkelheit und Sean spürte förmlich ihre Erleichterung. Es machte ihnen bestimmt keine Angst, allein in der Prärie zurückzubleiben, denn hier waren sie seit ihrer Geburt zu Hause. Jeder von ihnen wäre wohl auch allein imstande gewesen, zu überleben und den Weg zurück zum Lager zu finden. Gemeinsam würden sie absolut sicher sein; außerdem machte sich bestimmt bald eine Schar Indianer auf, um sie zu suchen.

Doch als Sean sich dem kleinen Tate zuwandte, sah er bei ihm keinerlei Erleichterung, sondern nur blankes Entsetzen. Es war Zeit, ihm die Wahrheit zu sagen, dachte Sean, hob ihn hoch und trug ihn zum Pferd. Der Junge wand sich wie eine Schlange in seinen Armen und die Tonks lachten, als sie sahen, wie viel Mühe Sean hatte, um den Kleinen zu bändigen. Der Junge wehrte sich mit aller Kraft, doch Sean kannte genügend Mittel und Wege, um ihn ruhig zu stellen, ohne ihn zu töten.

Er suchte und fand schließlich eine bestimmte Stelle an der Schulter des Jungen, unter der sich – wie ihm einst ein alter Fuhrmann beigebracht hatte – ein Nerv befand, den man nur zu drücken brauchte, um dem Betreffenden einen stechenden Schmerz zu bereiten, ohne ihm irgendeinen Schaden zuzufügen. Der Junge hielt augenblicklich still und ließ sich von Sean widerstandslos auf das Pferd binden.

Die Tonks stiegen ebenfalls auf ihre Pferde – nicht ohne den Jungen noch ein wenig Angst zu machen. Sie sprachen darüber, wie die Kojoten ihre kleinen Knochen abnagen würden, noch ehe ihre Eltern sie in der weiten Prärie fänden. Dann ritten sie in die Dunkelheit hinaus, immer den Sternen am östlichen Himmel nach. Seans Gefangener wagte es, sich nach seinen Kameraden umzusehen, die nur noch als Schatten in der Prärie erkennbar waren. Komantschenjungen waren dazu erzogen, niemals zu weinen, doch Sean spürte, wie es den Kleinen zu schütteln begann, während er offensichtlich über sein Schicksal nachdachte.

In diesem Augenblick betrachete Sean seinen Gefangenen zum ersten Mal als ein menschliches Wesen. Bis jetzt hatte er ihn eher als ein Ding angesehen, das es zu holen galt – ein Geschenk für die Frau, die er liebte. Doch das kleine Bündel vor ihm auf dem Pferd war ein Mensch mit Gefühlen, für den er im Augenblick die Verantwortung trug. Es war ein eigenartiges Gefühl. Nie in seinem Leben war Sean für einen anderen Menschen verantwortlich gewesen, außer vielleicht für die Mutter dieses Jungen, die jedoch – wie Sean genau wusste – sehr gut auf sich selbst aufpassen konnte. Dieser Junge jedoch war trotz der Ausbildung als künftiger Krieger noch ein kleines Kind, dessen Mutter weit weg war.

Instinktiv zog Sean den Kleinen näher an sich. Leider empfand der Junge die Geste als bedrohlich und wurde erneut starr vor Schreck. Fluchend ließ Sean den Kleinen wieder los und murmelte ihm einige beruhigende Worte in der Sprache der Komantschen zu. Andererseits konnte es nicht schaden, wenn der Junge weiter ein wenig Angst vor ihm hatte. So würde er weniger dazu neigen, Dummheiten zu machen.

Als schließlich der Mond aufging, sah Sean einen kleinen hellen Punkt hinter sich – das Feuer, das die Komantschenjungen inzwischen zustande gebracht hatten. Sie hatten sich also von ihren Fesseln befreien können und waren nun sicher vor etwaigen Raubtieren – und wenn bereits einige Krieger unterwegs waren, um sie zu suchen, so würden sie das Feuer gewiss bald sehen und ihre Kinder finden.

Er hätte das gern seinem kleinen Gefangenen mitgeteilt, doch der war mittlerweile eingeschlafen – überwältigt von der Müdigkeit und der ständigen Angst. Schlaff lag er in

Seans Armen, was Seans Gefühl der Verantwortung noch verstärkte. Und als er sah, dass die Tonks ihre Pferde anhielten, bekam er es fast ein wenig mit der Angst zu tun bei dem Gedanken, dass er nun bald völlig allein mit dem Jungen sein würde.

»Hier ist die Stelle«, teilte River ihm mit.

Der Junge erwachte in Seans Armen, doch Sean machte sich deshalb keine Sorgen, weil er wusste, dass der Kleine sie nicht verstehen konnte. Sean betrachtete den Boden und sah, dass er dunkler war als das Gras, über das sie bisher geritten waren.

»Meinst du, dass sich die Komantschen davon täuschen lassen?«, fragte Sean.

»Zumindest eine Zeit lang schon«, antwortete River. Sie hatten diesen felsigen Streifen auf dem Ritt zum Komantschenlager entdeckt und ihren Plan danach ausgerichtet.

»Wenn ich euch nicht im Fort antreffe, wird euch Hopewell euren Lohn übergeben. Ich danke dir, mein Freund.« Sean reichte dem Indianer die Hand.

»Du hättest uns die anderen Jungen behalten lassen sollen«, beklagte sich River. »Sie wären gute Tonks geworden.«

»Vielleicht, aber die Komantschen würden euch nie mit so vielen ihrer Söhne ziehen lassen. Sie hätten euch bis ans Ende der Welt gejagt.«

»Das wäre eine schöne Jagd geworden«, erwiderte der Tonk. Er hob seine Hand zum Gruß, und seine Zähne blitzten weiß im Mondlicht, als er Sean zulächelte.

Sean sah den Indianern nach, wie sie im Dunkeln verschwanden. Er konnte das Hufgetrappel ihrer Pferde auf dem felsigen Boden noch eine Weile hören, obwohl sie nicht mehr zu sehen waren – doch dann war es still ringsum und er war mit dem Jungen allein.

Es war immer noch zu riskant, dem kleinen Indianer den Knebel zu entfernen, weil jedes Geräusch in der nächtlichen Prärie weithin zu hören war. Und so ließ ihn Sean geknebelt und ritt los – in der entgegengesetzten Richtung wie die Tonks.

Ihr Plan war sehr einfach. Wenn die Komantschen es

schaffen sollten, sie bis hierher zu verfolgen, dann war es viel wahrscheinlicher, dass sie nach dem felsigen Abschnitt der Spur der Tonks folgen würden. Die Tonks selbst ritten ebenfalls zu Hopewells Fort zurück, jedoch auf einem weiten Umweg. Wenn sie dort ankamen, sollte Sean mit seinem kleinen Gefangenen bereits längst über alle Berge sein.

Natürlich bestand immer die Möglichkeit, dass die Komantschen auch seine Spur entdeckten. Deshalb war er gut beraten, das Mondlicht zu nützen und so rasch wie möglich voranzukommen.

Später sollte Sean diesen Ritt nicht wegen irgendwelcher dramatischer Ereignisse im Gedächtnis behalten, sondern eher wegen der Probleme, die sich aus dem Zusammensein mit seinem jungen Reisegefährten ergaben. Er und der Junge ritten auch den folgenden Tag fast ohne Pause durch. Sie hielten nur hin und wieder kurz an, um dem Pferd eine Verschnaufpause zu gönnen und eine Kleinigkeit zu essen.

Die erste Nervenprobe hatte Sean zu bestehen, als sie am Morgen Halt machten. Sean hatte den Jungen losgebunden und ihm den Knebel entfernt, weil sie, wie er dachte, nun weit genug gekommen waren, um sich einigermaßen sicher zu fühlen. Der Junge beobachtete Sean wie ein Habicht. Seinen großen grauen Augen entging keine noch so kleine Bewegung.

Sean beschloss, dass es nun Zeit war, den Jungen zu beruhigen und ihm die Wahrheit zu sagen.

»Erinnerst du dich an mich?«, fragte er in der Komantschensprache.

Der Junge nickte vorsichtig.

»Ich bin ein Händler.«

Der Junge nickte erneut.

»Ich werde dir nicht wehtun.«

Das konnte der Kleine offensichtlich nicht glauben.

»Ich schwöre es«, versicherte Sean und hob eine Hand. Dabei fiel ihm ein, wie er die Mutter des Jungen einst mit einem Schwur belogen hatte. Er ließ die Hand rasch wieder sinken und sagte: »Ich werde dich zu deiner Mutter bringen.«

Der Junge reagierte ganz anders, als Sean es erwartet hatte. Schreiend lief er davon, so schnell ihn seine kurzen dicken Beine trugen. Sean hatte alle Mühe, ihn wieder einzufangen, und als er ihn schließlich erwischt hatte, wäre er ihm beinahe wieder entwischt. Der Junge schrie aus Leibeskräften und schlug mit Händen und Füßen wild um sich. Sean schaffte es nicht einmal, seinen todsicheren Griff an der Schulter anzubringen, um den Jungen zu besänftigen, sodass er ihm schließlich in seiner Not einen Kinnhaken verpasste.

Augenblicklich wurde der Körper des Kleinen schlaff und Sean trug ihn fluchend zurück zu seinem Lagerplatz. Zuerst hatte er keine Ahnung, warum der Kleine plötzlich so außer sich war, als Sean ihm in Aussicht gestellt hatte, dass er seine Mutter wiedersehen würde. Doch dann fiel ihm ein, dass der Junge ja glaubte, seine Mutter sei tot. Kein Wunder, dass er da in Panik geraten war. Er dachte, Sean würde ihn ebenfalls ins Jenseits befördern.

Nun, Sean musste die Sache sofort ins Reine bringen. Diesmal traf er jedoch einige Vorsichtsmaßnahmen. Nachdem er den Jungen wieder gefesselt hatte, schlug er ihm auf die Wangen, um ihn zu wecken. Dies erinnerte ihn daran, wie er auch seine Mutter auf diese Weise geweckt hatte. »Wie tief du schon gesunken bist, MacDougal, dass du Frauen und Kinder schlägst«, murmelte er zu sich selbst, als der Kleine zu sich kam.

Als die grauen Augen ihn erblickten, weiteten sie sich erneut vor Angst – doch bevor der Junge wieder losheulen konnte, sagte Sean: »Deine Mutter ist nicht …«

Doch das Wort für ›tot‹ wollte ihm nicht einfallen! Fieberhaft versuchte er es auf andere Weise. »Deine Mutter ist …«

Doch das Wort für ›am Leben‹ kannte er ebenfalls nicht und der Kleine begann wieder zu schreien.

»Ich habe deine Mutter fortgebracht«, stieß er schließlich hervor.

Der Junge verstummte plötzlich. »Ins Wasser«, sagte er zitternd.

»Nein!«, rief Sean. »Ich habe sie auf dem Pferd mitgenommen, zurück zu den Weißen.« Das sollte der Junge verstanden haben.

Doch der Kleine schien auch das als keine besonders gute Nachricht aufzufassen – vor allem, weil Sean die Absicht zu haben schien, ihn ebenfalls dorthin mitzunehmen. Den Indianern erschien ein solches Schicksal vielleicht sogar noch schlimmer als der Tod. Und der Junge schrie wieder erbärmlich.

Sean fluchte und beschloss, dem Jungen lediglich etwas zu essen zu geben und nicht weiter zu versuchen, ihm die Situation zu erklären. Er würde bald von allein merken, dass Sean ihm nicht nach dem Leben trachtete. Im Augenblick konnte Sean ohnehin sagen, was er wollte – der Junge würde sich nicht beruhigen, solange er nicht seine Mutter wiedersah. Er löste die Handfesseln des Jungen und gab ihm etwas getrocknetes Fleisch. Der Junge schlang es gierig hinunter und erinnerte Sean daran, wie Rebekah Tate zu Beginn gegessen hatte, nachdem sie das Komantschenlager verlassen hatte.

Doch der Junge war viel mehr ein Wilder, als sie das jemals gewesen sein konnte – denn er war noch nie mit der Zivilisation in Berührung gekommen. Seine Mutter würde es nicht leicht mit ihm haben. Sean war froh, dass das ihre Aufgabe war und nicht die seine.

Dann wurde ihm mit einem Mal bewusst, dass der Junge auch ihn etwas anging, wenn er Rebekah Tate zur Frau nehmen würde, was er fest vorhatte. Warum hatte er nicht schon früher daran gedacht? Oh Gott, er musste völlig verrückt sein! Kein Zweifel – nur ein Verrückter würde sich in eine Frau verlieben, die halsstarrig genug war, lieber zu verhungern, als von ihrem Willen abzulassen. Eine Frau, die ihn überhaupt nicht haben wollte! Und nur ein völlig Verrückter würde sich in ein Komantschenlager schleichen, um einen kleinen Jungen zu rauben, und hoffen, mit intaktem Skalp davonzukommen.

Mit diesem Gedanken hob er den Jungen wieder aufs Pferd und band ihn vorsichtshalber fest. Als Sean sich hinter dem Kleinen in den Sattel setzte, drehte sich dieser um und sah ihn an.

»Wie heißt du?«, wollte er wissen.

»MacDougal«, antwortete Sean und fragte sich, ob der Kleine ihn etwa zu akzeptieren begann oder ob die Komantschen ein bestimmtes Ritual besaßen, um einen Feind mit einem Fluch zu belegen – ein Ritual, das nur Erfolg hatte, wenn man den Namen des Feindes kannte.

Der Junge versuchte, den Namen auszusprechen, was ihm jedoch nicht gelang. Die Laute waren seiner Zunge allzu fremd.

Sean griff sich an die Brust und sagte: »Mac.«

»Mac«, wiederholte der Junge bedächtig.

Sean nickte zustimmend.

Der Junge griff sich seinerseits an die Brust und sagte: »*Situ-htsi-Tukeru.*«

Das wusste Sean bereits, ohne es jedoch richtig aussprechen zu können. Wie hatte seine Mutter ihn doch genannt? Es hatte irgendetwas mit der Jagd zu tun. Jäger vielleicht? Sean berührte die Brust des Jungen. »Hunter«, sagte er, einer plötzlichen Eingebung folgend. Das englische Wort für Jäger schien ihm ein durchaus passabler Name zu sein.

Es folgte ein Wortwechsel in der Zeichensprache, bis der Junge schließlich verstand, dass ›Hunter‹ sein neuer Name war. Sean bereute es bald, dem Jungen einen Namen gegeben zu haben, denn dieser wiederholte ihn wieder und wieder, bis Sean schließlich die Geduld verlor und ihn anbrüllte, endlich still zu sein.

Danach wirkte der Junge weiterhin äußerst wachsam, aber nicht mehr so verängstigt. Sean hätte diese Veränderung als ein Warnsignal nehmen sollen.

An diesem Abend schlug Sean ein richtiges Lager auf. Er hatte einige größere Felsen entdeckt, die als Deckung gut geeignet waren. Er wagte es jedoch nicht, ein Feuer zu entfachen, da sie sich immer noch weit draußen im Indianerland befanden – doch er räumte alle kleinen Steine beiseite, damit sie ein bequemes Plätzchen zum Schlafen hatten.

Er fesselte dem Jungen erneut Hände und Füße, bevor er ihn in seine Decke hüllte, und band dann sein Handgelenk an seinem eigenen fest. Sean würde es merken, wenn der Kleine sich auch nur im Schlaf umdrehte. An seinem anderen Handgelenk befestigte Sean einen Strick, durch den er mit seinem Pferd verbunden war.

Zufrieden, dass er alle nötigen Vorsichtsmaßnahmen getroffen hatte, sank er schließlich in einen leichten Schlaf. Er hätte weniger gut geschlafen, wenn er gewusst hätte, dass er in Lebensgefahr schwebte.

Es war ein dumpfes Geräusch, das Sean jäh aus dem Schlaf riss; der Junge hatte versucht, auf das Pferd zu springen, und war dabei unsanft auf den Boden gefallen. Er versuchte es gerade ein zweites Mal, als Sean ihn erwischte und ihn von sich weghielt, um nicht von seinen Armen und Beinen getroffen zu werden, mit denen der Kleine wie wild um sich schlug.

Wäre der Junge nur ein wenig größer gewesen, dann wäre ihm die Flucht geglückt und Sean wäre zu Fuß mitten im Indianerland festgesessen. Irgendwie hatte er es geschafft, sich zu befreien und daraufhin auch noch das Pferd loszumachen.

Sean konnte sich nicht erinnern, jemals so wütend gewesen zu sein, und ohne lange nachzudenken, legte er den wild um sich schlagenden Jungen über sein Knie und verpasste ihm einige ordentliche Hiebe auf den nackten Hintern.

Der Junge verhielt sich augenblicklich ruhig. Indianerkinder wurden niemals in irgendeiner Weise gezüchtigt, sodass der Junge völlig verblüfft war. Sean nützte diese Verblüffung und fesselte ihn wieder, und da der Morgen ohnehin nicht mehr fern war, setzte er ihn auch gleich aufs Pferd, um mit ihm loszureiten.

Am nächsten Abend ging Sean keinerlei Risiko mehr ein und band den Jungen direkt an sich, so dass er jeden Atemzug des Kleinen hörte. Einige Stunden später erwachte Sean und spürte zwei kleine Hände, die nach dem Messer tasteten, das er stets unter seinem Hosenbein trug. Ob der Junge ihn töten wollte oder nur versucht hätte, sich zu befreien, hätte Sean nicht sagen können. Eine weitere Abreibung schüchterte den Kleinen so weit ein, dass Sean sich für eine Weile sicher fühlte. Am dritten Abend band Sean den Jungen wieder an sich, jedoch nicht ohne zuvor alle

Waffen zu entfernen. Der Junge rächte sich auf seine Weise, indem er sich selbst und Sean von oben bis unten vollpinkelte.

Es dauerte zwei Tage, bis sie genug Wasser fanden, um die stinkenden Kleider zu waschen, und Sean warf den Jungen, wie er war, in den Bach. Der Kleine schrie in seiner Angst, weil er dachte, Sean würde ihn nun ertränken, so wie er es seiner Ansicht nach auch mit seiner Mutter getan hatte.

Als sie beide wieder sauber waren und Seans Kleider zum Trocknen in der Nachmittagssonne lagen – die ›Kleider‹ des Jungen bestanden ja lediglich aus einem ledernen Lendenschurz, den er nach seinem Bad gleich wieder anlegte –, hatte Sean Gelegenheit, über seinen kleinen Gefangenen nachzudenken.

Der Kleine lag ein wenig fröstelnd in der frühherbstlichen Sonne. Auch Sean spürte, dass es langsam kühler wurde und der Winter näherkam – und er dachte zum ersten Mal über das Äußere des Jungen nach. Wie sollte er ihn zu Zebulon Tates Haus bringen – nur mit einem Stückchen Leder bekleidet? Er würde sich darum kümmern müssen, wenn er in Hopewell's Fort ankam. Hopewell, der alte Gauner, würde ihm wahrscheinlich mit Freuden ein kleines Vermögen für einen alten Mehlsack abknöpfen.

Doch das war auch schon alles, was Sean tun konnte. Auch wenn er völlig bekleidet sein würde, war der Junge doch von dunkler Hautfarbe. Er hatte zwar helle Augen, doch die hohen Backenknochen verrieten deutlich seine indianische Herkunft. Selbst wenn Rebekah Tate es schaffen sollte, ihn zum Stillsitzen zu bewegen, damit er sich die Haare schneiden ließ – die männlichen Komantschen betrachteten ihre langen Haare als heilig und schnitten sie sich nur zum Zeichen der Trauer ab –, so blieben sie immer noch rabenschwarz.

Sean dachte, dass es wahrscheinlich zum Besten des Jungen gewesen wäre, wenn er genau das getan hätte, was dieser von ihm erwartet hatte – nämlich, dass er ihn in diesem Bach ertränkte. Es schauderte ihn, wenn er daran dachte, was dem Jungen und seiner Mutter bevorstand – all die boshaften Bemerkungen, die Ablehnung, der Hass, den man ihnen entgegenbringen würde. Halbblut – das war die schlimmste Beleidigung, die man jemandem zufügen konnte, und Rebekah Tates Sohn würde sein Leben lang damit leben müssen.

Für die Komantschen hätte die Herkunft des Jungen nie eine Rolle gespielt. Bei ihnen hatte ein Mann stets die Chance, sich zu beweisen – egal welche Hautfarbe er hatte. Einige der größten Krieger der Komantschen waren von Geburt Mexikaner oder Schwarze. Doch Sean kannte nicht einen einzigen amerikanischen Helden, der nicht eine blütenweiße Haut hätte vorweisen können.

Würde es in dieser Welt jemanden geben, der sich mit dem Jungen anfreunden würde? Welcher Vater würde ihm seine Tochter zur Frau geben? Was für ein Leben hatte er hier zu erwarten?

Sean verspürte auf einmal das überwältigende Gefühl, den Kleinen beschützen zu müssen, und fragte sich, woher dieser ungewohnte Drang so plötzlich kommen mochte. Der Junge hatte mit seinem Verhalten in jüngster Zeit jedenfalls sicher nichts dafür getan. Oder vielleicht doch. In vielerlei Hinsicht hatte er nämlich große Ähnlichkeit mit seiner Mutter – und wenn Sean Rebekah liebte, wie er sich ja mittlerweile selbst eingestand, dann war es nicht weiter verwunderlich, dass er auch zärtliche Gefühle für den Jungen hegte, der ihr so ähnlich war.

Der Junge schlief gerade, und sein kleiner Brustkorb hob und senkte sich gleichmäßig, was ein Beweis dafür war, dass er nicht mehr um sein Leben fürchtete. Vielleicht schätze er aber auch bloß Seans Fähigkeit, ihm das Leben zu nehmen, als äußerst gering ein. Wie auch immer, Sean stellte zum ersten Mal fest, wie ähnlich der Junge seiner Mutter war, wenn man einmal von seiner dunklen Haut und dem rabenschwarzen Haar absah. Auf jeden Fall hatte er die Nase und den Mund der Tates, und auch deren charakteristische hohe Stirn. Wenn einen die dunkle Hautfarbe nicht störte, dann konnte man ihn durchaus als ein hübsches Kind bezeichnen. Mit etwas Glück konnte es sein, dass er in nicht so ferner Zukunft Brüder und Schwestern mit hellerer Haut haben würde.

Sean lächelte über die Vorstellung, Kinder zu haben – aber vor allem darüber, sie mit Rebekah Tate zu haben. Er würde sie genauso glücklich machen wie sie ihn. Die Frau, die niemals lachte, würde wieder lernen, fröhlich zu sein. Und Sean würde endlich ein Zuhause haben und einen Menschen, zu dem er gehörte.

Sean machte ein Nickerchen, und als er erwachte, ging die Sonne bereits unter. Die kühle Luft erinnerte ihn daran, dass er nackt mitten in der Prärie lag. Als er sich angekleidet hatte, weckte er den Jungen, und sie brachen wieder auf, um den Rest des Tageslichts noch zu nützen.

Die folgenden Tage verliefen ziemlich ereignisreich. Der Junge versuchte zwar keine Tricks mehr, doch dafür schienen die Komantschen ihre Spur aufgenommen zu haben. Sean dachte an den Mann mit den dünnen Beinen namens *Isatekwa,* der sich als der Vater des Jungen betrachtete. Er würde die Suche nicht so schnell aufgeben. Sean konnte ihn gut verstehen; er hätte sich nicht anders verhalten, wenn man ihm seinen Sohn geraubt hätte.

Zweimal sah Sean durch das Fernrohr, dass die Indianer ihnen folgten – und einmal wurden sie regelrecht von ihnen überholt, als sie sich unter einem Felsvorsprung verbargen, während die Indianer über ihnen vorüberritten. Die vorbeigaloppierenden Pferde traten Erdklumpen los, die auf Sean und den Jungen herunterprasselten. Sean hielt dem Kleinen das Messer an die Kehle, um zu verhindern, dass er um Hilfe rief.

Da sie aber nun die Indianer vor sich hatten, konnte Sean nun einen neuen Pfad einschlagen – und als sie das Fort erreichten, stellte sich heraus, dass *Isatekwa* bereits dort gewesen war, um nach seinem Sohn zu fragen.

Als Sean zu seiner Mission aufgebrochen war, hatte sich Josiah Hopewell nicht sehr erfreut gezeigt, ihn wiederzusehen. »Sie Halunke!«, hatte er ausgerufen, »Sie hatten die Frau schon mit, als Sie damals hier aufkreuzten!« Dafür war er diesmal umso froher, Sean wiederzusehen, vor allem, weil dieser ihm seinen Anteil dafür bezahlte, dass er ihm die Tonkawa-Krieger vermittelt hatte. Und Hopewell wusste genau, dass auch das Geld, das Sean den Indianern selbst bezahlt hatte, über kurz oder lang den Weg zu ihm finden würde – denn die Tonks tranken seinen Whisky in rauen Mengen.

Sean war hocherfreut, das hässliche Fort wiederzusehen – denn für ihn bedeutete es den Beginn der Zivilisation und der letzten Etappe seiner langen Reise. Sein Begleiter schien dies jedoch anders zu empfinden.

Sean wurde auf das Problem dadurch aufmerksam, dass der Junge zunehmend unruhig wurde, als sie sich dem Fort näherten. Er hatte immer noch nicht das Gefühl, dass er dem Kleinen trauen konnte, sodass er ihn immer noch auf dem Pferd festband.

Sean fragte ihn, ob er etwas wolle – doch der Junge, der für Sean nun den Namen Hunter trug, schüttelte den Kopf und wand sich weiter in seinen Fesseln.

»Was ist denn los mit dir?«, fragte er ihn in der Sprache der Komantschen.

»Ist das der Ort, wo die Weißen leben?«, fragte Hunter mit erstickter Stimme.

Ach, das war es also. »Es ist einer der Orte, ja. Die Weißen leben an vielen Orten, so wie die Indianer. Wenn wir noch so viele Monde nach Osten reiten würden, könnten wir trotzdem nicht alle erreichen.«

Hunter glaubte ihm offensichtlich nicht, doch er schauderte trotzdem. »Du wirst mich hier verkaufen, oder?«, fragte er.

Der Junge versuchte sein Bestes, tapfer zu sein, sodass Sean sich das Lachen verbiss, auch wenn es ihm schwer fiel. »Nein, ich habe dir doch gesagt, dass ich dich zu deiner Mutter bringe.«

Der Kleine erstarrte wieder am ganzen Leib vor Angst. Sean beschloss, die Sache hier und jetzt zu klären. Zum Glück hatte er jetzt die Möglichkeit dazu.

Jemand rief ihm vom Fort her einen Gruß zu, und Sean ritt in das Fort ein, während der Kleine immer heftiger zitterte. Sean wusste nicht, ob er durch die Größe des Bauwerks eingeschüchtert war oder ob er ganz einfach Angst hatte, in den nächsten Minuten getötet zu werden. Die ausgelassenen Bewohner des Forts, die ihnen zur Begrüßung zuriefen, trugen ebenfalls nicht gerade zur Beruhigung des Jungen bei.

»Wie ich sehe, haben Sie den kleinen Kerl gefunden«, rief Josiah Hopewell ihm fröhlich zu, während er sich einen Weg durch die Schar der Indianer bahnte, die für gewöhnlich tatenlos im Fort herumlungerten, sich aber nun versammelt hatten, um Seans Gefangenen besser sehen zu können. Hopewell betrachtete den Jungen eindringlich, so dass dieser verängstigt zurückwich.

»Alles, was recht ist!«, stieß Hopewell hervor. »Graue Augen. Ich schätze, Sie haben den Richtigen erwischt. Nun, lassen Sie ihn runter und bringen Sie ihn rein.«

Sean hatte Mühe, vom Pferd zu steigen – er musste erst die Schaulaustigen zurückdrängen, die sich rund um ihn versammelt hatten. Rasch band er den Jungen los und hob ihn hoch, um ihn auf den Boden zu stellen. In diesem Augenblick schlangen sich zwei kleine Arme um seinen Hals und zwei Beine schlossen sich um seine Taille. Der Kleine klammerte sich an ihn, als hinge sein Leben davon ab.

»Ah, sieh an«, murmelte Sean amüsiert. »Es zeigt sich doch immer wieder, dass man sich für das Übel entscheidet, dass man schon kennt.« Hunter hatte bestimmt nichts für Sean übrig – aber er zog ihn eindeutig den Gestalten vor, die sich rund um ihn versammelt hatten.

Sean war seltsamerweise erfreut über die plötzliche Sympathiebekundung des Kleinen und trug ihn mitten durch die Menge in Hopewells Laden. Als sie im Halbdunkel des Hauses angelangt waren, zitterte der Junge am ganzen Leib, und Sean flüsterte ihm zu: »Niemand wird dir etwas tun.«

Doch der Junge war nicht so leicht zu überzeugen und klammerte sich weiter an Sean, als dieser sich an einen der Tische setzte.

»Sie sprechen doch die Sprache der Komantschen«, wandte sich Sean an Hopewell. »Würden Sie bitte diesem jungen Gentleman erklären, dass seine Mutter noch am

Leben ist und im Hause ihres Vaters sehnsüchtig auf ihn wartet?«

»Sie meinen, Sie haben es ihm noch nicht gesagt?«, fragte Hopewell überrascht.

»Ich hab's versucht, aber ich spreche seine Sprache leider nicht gut genug. Ich fürchte, ich habe ihm ein ganz falsches Bild davon vermittelt, was mit ihm geschehen soll.«

Hopewell lachte herzhaft und begann dem Jungen zu erläutern, was aus Rebekah Tate geworden war. Da Sean die Sprache der Komantschen viel besser verstand, als er sie sprechen konnte, bekam er mit, dass Hopewell etwas dick auftrug, als er dem Jungen erzählte, mit welch großer Schlauheit Sean Rebekah Tates Flucht ermöglicht hatte. Er sah jedoch keine Notwendigkeit, Hopewell zu widersprechen. Es konnte nicht schaden, wenn der Junge etwas Ehrfurcht vor ihm hatte.

Als Hopewell seine Erzählung beendet hatte, schien Hunters Bewunderung für Sean tatsächlich enorm zu sein. Er starrte ihn mit seinen blassgrauen Augen an.

»*Pia*?«, fragte er zögernd.

Sean nickte. »Mama«, berichtigte er den Kleinen. Es konnte nichts schaden, wenn der Junge langsam die Sprache der Weißen lernte.

Hunter versuchte das neue Wort auszusprechen und es gelang ihm bereits im zweiten Anlauf tadellos. »Mama.«

»Sie freut sich schon sehr, dich zu sehen«, sagte Sean und dachte sich, dass das eine starke Untertreibung war. Er wünschte, er hätte dem Jungen klarmachen können, welche Sehnsucht seine Mutter nach ihm hatte.

Ein Lächeln erschien in dem kleinen Gesicht. Es war das erste Mal, dass Sean ihn lächeln sah, und ihm blieb fast das Herz stehen, als er sich daran erinnerte, wie Rebekah Tate genauso gelächelt hatte, als er ihr dieses abgrundtief hässliche Kleid geschenkt hatte. Er wollte etwas sagen, doch in seinem Hals steckte ein Kloß und seine Augen brannten. Er verstand selbst nicht, welche Gefühle ihn plötzlich überkamen.

Da kam eine der Squaws und setzte ihnen zwei Teller mit Eintopf vor, was der Junge überaus interessant zu finden schien. Er fühlte sich nun sicher genug, um Sean loszulassen, sich einen der Teller zu schnappen und sich damit auf den Boden zu setzen. Er stellte sich den Teller auf die Knie und schlang den Eintopf mit den Händen hinunter.

Sean sah dem Jungen zu, wie er auf dem Boden hockte und das Essen in sich hineinstopfte – und alle sentimentalen Gedanken verflüchtigten sich bei dem Anblick. Vielleicht sollte er ihn beizeiten ein wenig über die Tischmanieren in der zivilisierten Welt aufklären. Fürs Erste war er jedoch schon zufrieden damit, dass der Junge nicht mehr so verängstigt war.

Alles hier im Fort war für Hunter völlig fremd – immerhin war es das erste Mal, dass er eine andere Behausung als die der Komantschen sah. Er sträubte sich, als Sean versuchte, ihn auf einen Stuhl zu setzen – es sei denn, er durfte auf Seans Schoß Platz nehmen. Die Squaws verwöhnten den Kleinen und stopften ihn mit Süßigkeiten voll, bis ihm übel wurde und er sich in einen Spucknapf übergab.

Sean fragte nach passenden Kleidern für den Jungen – und es fand sich tatsächlich ein sehr kleines Männerhemd. Die Schultern des Hemds reichten ihm fast bis zu den Ellbogen, doch eine der Squaws schnitt die Ärmel ab, so dass Hunter schließlich ein recht brauchbares Hemd bekam. Wenigstens würde es Sean erspart bleiben, dem armen Zebulon Tate einen nackten Wilden als seinen Enkelsohn ins Haus zu bringen.

Als sie sich schließlich in das Zimmer zurückzogen, das Hopewell ihnen für die Nachtruhe zuwies, war der kleine Hunter zwar sehr müde – aber nicht müde genug, um sich von Sean in das Bett legen zu lassen. Er wehrte sich vehement dagegen, so dass Sean es schließlich aufgab und eine Decke für ihn auf dem Boden ausbreitete.

Sean selbst genoß es, endlich wieder einmal in ein richtiges Bett kriechen zu können. Die Strohmatratze knisterte laut unter ihm, was den Kleinen nicht wenig erschreckte, doch Sean seufzte zufrieden und blies die Kerze aus.

Er wusste nicht, wie viel Zeit vergangen war, als er aufwachte und feststellte, dass er nicht allein im Bett war. Er erkannte seinen kleinen Reisegefährten sofort wieder, nachdem er in den Nächten zuvor gezwungen gewesen war, eine Decke mit ihm zu teilen. Der Junge hatte stets mit dem Rücken zu Sean geschlafen – doch in dieser Nacht hatte er sich Sean zugewandt. Er hatte einen Arm und ein Bein um ihn geschlungen und seinen Kopf in Seans Armbeuge geborgen.

Wenn Sean die Wahl gehabt hätte, welchen Vertreter der Familie Tate er sich als Bettgefährten wünschte, so hätte er sich wohl nicht für Hunter entschieden. Trotzdem war ihm eigenartig zumute, als der Junge sich so an ihn schmiegte. Und erneut verspürte er den Wunsch, ihn zu beschützen, so wie er seine Mutter beschützen wollte.

Es war vielleicht nicht die übliche Art und Weise, wie Männer zu ihren Söhnen kamen, dachte Sean, aber für ihn war klar, dass er in dieser Minute einen Sohn bekommen hatte. Mit einem Lächeln auf den Lippen legte er den Arm um den Jungen und drückte ihn an sich.

10

Rebekah zog das Umhängetuch noch enger an sich, um sich vor dem kalten Wind zu schützen. Der Winter war nicht mehr fern, und ihr Sohn, so hoffte sie, ebenfalls.

»Du kriegst Falten, wenn du pausenlos gegen die Sonne blickst«, warnte sie Jewel von der Küchentür aus. Sie war herausgekommen, um die Essensglocke zu läuten, damit auch Dan und Enoch Bescheid wussten.

»Ich kann ja nichts anderes tun als warten«, gab Rebekah zurück. »Wir haben das Haus jetzt dreimal geputzt, wir haben genäht, bis kein Stoff mehr übrig war, und wir haben gestrickt, bis uns das Garn ausging. Was bleibt mir also noch zu tun?«

»Du könntest beten«, warf ihr Vater ein und sie schreckte hoch. Sie hatte ihn nicht kommen gehört und jetzt legte er den Arm um ihre Schultern. Sie erstarrte förmlich unter der Berührung; jeder Körperkontakt war ihr immer noch unangenehm, auch wenn es sich um einen Menschen wie ihren Vater handelte, vor dem sie nichts zu befürchten hatte.

Sie bemühte sich zu lächeln. »Du betest ja ohnehin genug für uns beide.«

Er erwiderte ihr Lächeln nicht. »Ich wünschte, du würdest mich zur Kirche begleiten, Rebekah. Sie würden dich alle so gern dort sehen und …«

»Damit sie mich anstarren können«, entgegnete sie in bitterem Ton. »Du weißt, dass ich das nicht mag.« Nach dem Vorfall mit Mrs. Phipps und Mrs. Williams hatte sie es nicht mehr gewagt, sich in der Öffentlichkeit zu zeigen.

»Niemand wird dich anstarren«, sagte er und tätschelte tröstend ihre Schulter. Rebekah musste sich zusammennehmen, um seine Hand nicht abzuschütteln. »Sie lieben dich doch, Rebekah. Wenn du wüsstest, wie viele Gebete für dich gesprochen wurden, als du noch in Gefangenschaft warst …«

»Man sieht ja, was sie genützt haben.«

»Sie haben dir jedenfalls geholfen, das alles heil zu überstehen.«

Rebekah hätte ihm am liebsten widersprochen, wie sie das schon einige Male getan hatte. Er schien einfach nicht begreifen zu wollen, dass ihr trotz all der Gebete kaum etwas erspart geblieben war.

»Wenn ich noch beten könnte, dann würde ich heute für meinen Sohn beten«, erwiderte sie, weil sie ihm nicht noch mehr Kummer bereiten wollte. »Aber ich kann's nun mal nicht mehr, Papa, und deshalb muss ich mich da ganz auf dich verlassen.«

Seine alten Augen blickten sie voll Kummer an. »Ich bete auch für Mr. MacDougal. Ich nehme an, du möchtest, dass auch er wohlbehalten zurückkehrt.«

Ein schwaches Lächeln erschien auf seinen Lippen – doch Rebekah hörte es gar nicht gern, dass er MacDougal erwähnte. Es erzeugte ein seltsames Gefühl der Beunruhigung in ihr. »Aber nur, weil er mir meinen Sohn bringt«, erwiderte sie.

Sie hörte, wie Jewel hinter ihr ein verächtliches Schnauben ausstieß, doch im nächsten Augenblick kamen Dan und Enoch herbei, sodass Rebekah sie nicht fragen konnte, was ihre Unmutsäußerung bedeutete.

Schweigend betraten sie alle die Küche, um ihr Abendessen aus Bohnen und Maisbrot einzunehmen. Als Rebekah an Jewel vorüberging, sagte die schwarze Frau: »Du siehst wirklich nett aus in dem Kleid, das MacDougal dir geschenkt hat.«

Rebekah blickte sie finster an; sie war Jewels ständige Anspielungen auf den Händler langsam leid. »MacDougal hat nur den Stoff gekauft. Wenn das Kleid nett aussieht, dann nur deshalb, weil wir beide uns die Finger dafür wund genäht haben.«

Jewel lächelte ihr gutmütig zu. »Aber wir hätten nichts zu nähen gehabt, wenn er den Stoff nicht extra für dich mitgebracht hätte. Er passt zu deinen Augen, ist dir das schon aufgefallen?«

»Wie hätte es mir nicht auffallen sollen, da du mich jedes

Mal darauf hinweist, wenn ich es trage?«, erwiderte Rebekah mürrisch.

»Du trägst es aber auch sehr oft«, gab Jewel zurück und begann das Essen zu servieren.

Rebekah wollte schon etwas erwidern, ließ es dann aber doch sein. Es war ohnehin reine Zeitverschwendung. Außerdem hatte Jewel ja völlig Recht. Nur sagte sich Rebekah, dass sie das Kleid aus reiner Eitelkeit trug. Der Stoff, den MacDougal ihr mitgebracht hatte, war tatsächlich von bester Qualität – ganz anders als das, was die Ladies aus der Gemeinde ihr wohlmeinend mitgebracht hatten. Rebekah wollte diese abgetragenen Kleider schon allein deshalb nicht tragen, weil sie sie an eine sehr unangenehme Szene erinnerten. Sie trug also dieses Kleid nicht etwa deshalb, weil sie es MacDougal verdankte, sondern eher *obwohl* es von ihm stammte. Doch sie glaubte nicht, dass sie das Jewel hätte klarmachen können.

Rebekah setzte sich an ihren Platz und blickte zu den beiden schwarzen Männern hinüber. Sie fragte sich, ob sie sich jemals an ihre Anwesenheit würde gewöhnen können. Jewel war zwar im Grunde ebenfalls eine Sklavin, doch sie benahm sich ganz und gar nicht unterwürfig. Vielleicht kam sie ihr auch deshalb nicht wie eine Sklavin vor, weil Rebekah ganz selbstverständlich mit ihr zusammenarbeitete. Andererseits stand ihr Vater jeden Tag mit den beiden Männern auf dem Feld, um die Ernte einzubringen, von der sie alle zusammen den Winter über leben würden. Und wenn sie ihre Mahlzeiten einnahmen, dann saßen sie gemeinsam rund um den Tisch, so als gäbe es keine Unterschiede zwischen ihnen. Ihr Vater hatte ihr erzählt, dass manche der ärmeren Sklavenhalter mit ihren Sklaven unter einem Dach lebten und manchmal sogar das Bett mit ihnen teilten. Vielleicht, so dachte Rebekah, kamen ihre Vorbehalte auch daher, dass ihre dunklen, unergründlichen Gesichter sie allzu sehr an die Indianer erinnerten.

Als Jewel das Essen aufgetragen und selbst bei Tisch Platz genommen hatte, senkten sie alle den Blick, bevor Zebulon Tate den Segen für ihre Mahlzeit erbat.

»... und wir danken dir noch einmal dafür, dass du unsere Tochter wohlbehalten zurückgebracht hast, und bitten dich, dass du auch Mr. MacDougal und unser Enkelkind beschützen mögest. Amen.«

Die anderen murmelten »Amen« und Rebekah starrte auf ihren Teller hinunter und stellte sich dabei das Gesicht ihres Sohnes vor. Wie lange würde es noch dauern?

Jewel stieß sie sachte mit dem Teller an, auf dem das Maisbrot lag, und forderte sie auf diese Weise auf, sich wieder der Mahlzeit zuzuwenden. Es bereitete Rebekah keinerlei Mühe mehr, zum Essen Besteck zu verwenden und den Drang zu bezähmen, alles möglichst schnell hinunterzuschlingen. Vielleicht lag das an der Sicherheit, die sie hier genoss. Sie wusste, sie würde jeden Tag ihre drei Mahlzeiten bekommen – unabhängig davon, wie die Launen des Wetters ihnen mitspielten oder wie erfolgreich die Jagd war. Unter diesen Umständen waren ihre alten Essgewohnheiten allmählich zurückgekehrt.

»Du bist jetzt so weit«, sagte Jewel plötzlich während des Essens.

Da für gewöhnlich nicht gesprochen wurde, während sie aßen, blickten alle Anwesenden überrascht auf.

Rebekah führte gerade die Gabel zum Mund und hielt ebenfalls verdutzt inne. Als sie aufblickte, sah sie, dass Jewel sie gemeint hatte.

»Wofür?«, fragte sie.

»Du bist jetzt so weit, dass du wieder unter die Leute gehen kannst. Hab ich nicht Recht?«, fügte sie, zu den anderen gewandt, hinzu.

Rebekahs Gesicht rötete sich vor Zorn über die äußerst unerwünschte Aufmerksamkeit, die ihr zuteil wurde. Langsam ließ sie die Gabel sinken und blickte Jewel finster an.

Jewel erwiderte hartnäckig ihren Blick. »Es gibt doch nichts, wofür du dich schämen müsstest. Du unterscheidest dich überhaupt nicht mehr von den anderen Ladies. Und seit du wieder isst, bist du auch nicht mehr ganz so dünn. Also, worauf wartest du noch?«

Rebekah wollte schon erwidern, dass Jewel sich gefälligst um ihren eigenen Kram kümmern solle, doch ihr Vater sagte: »Sie hat recht, Rebekah. Je länger du dich hier verkriechst, umso mehr werden die Leute denken, dass du einen Grund dafür hast.«

»Ich verkrieche mich nicht«, entgegnete Rebekah, wenngleich sie vermutete, dass ihr Vater Recht haben könnte. »Ich möchte nur einfach diese Leute nicht sehen. Warum sollte ich auch?«

Dan und Enoch widmeten sich ganz ihrer Mahlzeit und hielten den Blick gesenkt, um nur ja nicht in dieses unangenehme Gespräch hineingezogen zu werden. Sogar Zebulon wirkte etwas verlegen, als er schließlich antwortete: »Damit sie nicht über dich sprechen, Liebes. Solange du dich nirgendwo zeigst, werden sie dich für ein wenig merkwürdig halten.«

»Sollen sie doch«, versetzte Rebekah missmutig.

»Und was ist mit deinem Jungen?«, warf Jewel in beiläufigem Ton ein.

»Was soll mit ihm sein?«, fragte Rebekah missmutig.

»Willst du ihn auch vor aller Welt verstecken?«

Darüber hatte Rebekah noch gar nicht nachgedacht.

»Das könnte nämlich notwendig sein«, fuhr Jewel fort. »Wenn die Leute denken, seine Mutter ist verrückt, dann werden sie vielleicht auch ihn für verrückt halten. Du kannst doch nicht erwarten, dass der Kleine ganz allein mit der Situation fertig wird. Aber wenn du dich weiter hier versteckst ...« Sie zuckte vielsagend mit den Schultern.

»Wenn du ihn hier großziehen willst, dann müssen wir ihm helfen, sich in die Gemeinschaft einzugliedern«, fügte Zeb hinzu. »Er braucht Freunde. Er muss zur Schule gehen, in die Kirche und ...«

»Ist ja gut!«, rief Rebekah, überwältigt von der Überzeugungskraft der Argumente, die auf sie einprasselten. Sie wusste, Jewel und ihr Vater hatten Recht, auch wenn sie es nicht gerne zugab. Sie musste an Mrs. Phipps und Mrs. Williams denken und an ihre Tante Prudence. Sie erinnerte sich daran, wie diese Frauen sie angestarrt hatten, so als wäre sie irgendein seltenes Tier – und sie wäre am liebsten fortgelaufen, irgendwohin, wo sie diesen Frauen nie mehr gegenübertreten musste. Aber wenn sie das tat, dann würde sie ihnen indirekt Recht geben. Und sie musste doch ihren Sohn beschützen. Schließlich seufzte sie resigniert. »Was schlagt ihr vor, dass ich tun soll?«

»Du könntest für den Anfang einmal in die Kirche gehen«, sagte Zeb schnell.

»Und ein paar von den Frauen hierher einladen«, ergänzte Jewel.

Lieber hätte Rebekah glühende Kohlen geschluckt, doch sie nickte nur schweigend. »Morgen ist doch Sonntag, oder?«, fragte sie mit der Begeisterung einer zum Tode Verurteilten.

»Die Männer reden über nichts anderes als über den Krieg«, beklagte sich Tante Prudence. Die Männer, die sie meinte, hatten sich draußen versammelt, um zu rauchen und ausführlich über General Zachary Taylors Sieg bei Monterey zu diskutieren, während die Frauen nach dem Sonntagsessen noch am Küchentisch saßen.

Mrs. Phipps und Mrs. Williams drückten mit einem Kopfnicken ihr Missfallen aus.

»Nie hätten sie Santa Anna ins Land zurückkehren lassen sollen«, verkündete Mrs. Phipps entschieden. »Er wird noch einigen Ärger anrichten, das sage ich euch. Ich schätze, Präsident Polk hat niemanden hier in Texas gefragt, ob man dem Mann auch trauen kann. Sonst hätte er nämlich anders gehandelt.«

»Mr. Williams hat mir gesagt, dass Santa Anna versprochen hat, mit den Vereinigten Staaten Frieden zu schließen, wenn sie ihm helfen, die Macht wiederzuerlangen«, warf Mrs. Williams ein.

Tante Prudence rümpfte die Nase. »Solche Männer versprechen schnell etwas. Wenn ihr mich fragt, sollte man diesen Mexikanern kein Wort glauben. Jeder, der schon einmal von El Alamo gehört hat, weiß das.«

Jewel räumte den Tisch ab, während sich die anderen unterhielten. Sie ließ es nicht zu, dass Rebekah ihr half. Also blieb Rebekah nichts anderes übrig, als dazusitzen und zu lächeln und so zu tun, als interessiere sie sich für das, was am Tisch geredet wurde. Sie fühlte sich wenigstens etwas wohler als zuvor in der Kirche, als sie der Predigt ihres Vaters gelauscht hatte und alle Blicke auf ihr ruhten.

»Dass sie die Rangers heimgeschickt haben, war auch nicht besonders klug«, wandte Mrs. Phipps ein. »Niemand versteht es besser, zu kämpfen, als die Texas Rangers.«

»Aber es heißt, nicht einmal General Taylor konnte es mit ansehen, wie sie bei jeder Gelegenheit Mexikaner töteten«, warf Tante Prudence ein.

»Nun, wer kein Texaner ist, kann das, glaube ich, auch nicht verstehen«, erwiderte Mrs. Phipps. »Aber wer selbst Verwandte in Goliad hatte, wo die Mexikaner viele von uns kaltblütig erschossen haben, der wird keine Einwände gegen die Rangers haben.«

Die Ladies nickten grimmig, als sie daran dachten, wie heimtückisch sich die mexikanische Armee in der Vergangenheit verhalten hatte. Rebekah bemühte sich, ihre Wut zu verstehen, doch sie konnte die Mexikaner nicht als ihre Feinde ansehen.

Nach einem Augenblick der Stille wandte sich Tante Prudence Rebekah zu – offensichtlich bemüht, sie in die Unterhaltung einzubinden. »Das ist ein reizendes Kleid, meine Liebe. Wo hast du bloß den Stoff dafür her?«

Rebekah wäre fast zusammengezuckt. »Mr. MacDougal hat ihn mir besorgt«, brachte sie mühsam hervor.

»Oh«, rief Mrs. Williams entzückt. »Ich hoffe nur, dass er dann auch solche Dinge im Angebot hat, wenn er sein Geschäft aufmacht.«

»Weiß man denn schon, wo er den Laden eröffnen wird?«, wollte Mrs. Phipps wissen.

Rebekah rutschte unruhig auf ihrem Stuhl hin und her. Sie musste dem Drang widerstehen, aufzustehen und wegzulaufen, weil sie es nur schwer ertragen konnte, dass alle sie anstarrten. Doch irgendwie gelang es ihr sogar, zu lächeln. »Ich glaube, das Geschäft soll neben der Kirche entstehen.«

Tatsächlich hatte ihr ihr Vater erst heute Morgen mitgeteilt, welches Stück Land er MacDougal für sein Geschäft überlassen wollte – als Lohn dafür, dass er Rebekah Tate gerettet hatte.

»Du liebe Güte«, rief Mrs. Williams begeistert. »Wenn wir erst ein Geschäft hier haben, dann sind wir ja eine richtige kleine Stadt!«

»Ich glaube, darauf hofft Mr. MacDougal auch«, warf Tante Prudence überzeugt ein. »Wie er mir mitgeteilt hat …«

»Er hat gemeint, die Kirche steht nicht zufällig an der Wegkreuzung«, hörte Rebekah sich selbst sagen und unterbrach damit ihre Tante Prudence auf ziemlich unhöfliche Weise. Rebekah achtete nicht weiter auf ihren verdutzten Blick. »Er meint, ein Geschäft sollte genauso günstig gelegen sein wie eine Kirche.«

Rebekah hatte das nicht selbst von MacDougal gehört. Er hatte es vielmehr gegenüber ihrem Vater erwähnt und Zeb und Jewel hatten ihr mehr als einmal davon erzählt. Warum sie sich plötzlich bemüßigt fühlte, diesen Damen MacDougals Absichten zu erklären, das war ihr allerdings selbst ein Rätsel. Sie wusste nur, dass sie Tante Prudence nicht so reden lassen konnte, als wüsste sie so genau, was er vorhatte.

Die Damen blickten sie ein wenig überrascht an; sie waren es nicht gewohnt, dass Rebekah so viel redete. Mrs. Williams wandte sich schließlich lächelnd an sie. »Wissen Sie vielleicht auch, was er dann für Waren verkaufen will?«

»Alles«, teilte Rebekah ihr mit. »Alles, was Sie brauchen, und vielleicht auch ein paar Dinge, die Sie nicht brauchen – nur damit Sie mehr Geld ausgeben, als Sie eigentlich vorhatten. Sie wissen ja, so werden Kaufleute schließlich reich.«

Die Damen starrten sie sprachlos an, so als hätte ein lebloser Stein plötzlich zu sprechen begonnen – und noch dazu ganz vernünftige Dinge. Sie schienen ihren eigenen Ohren nicht ganz zu trauen. Rebekah lehnte sich in ihrem Stuhl zurück – voller Genugtuung, dass sie die Damen so verblüfft hatte – und wartete auf ihre Reaktionen.

Tante Prudence war die Erste, die die Sprache wiederfand. »Ich habe gehört, Mr. MacDougal hat auch mit den Indianern Handel getrieben«, sagte sie zögernd.

»Ja«, antwortete Rebekah. »Er war ein so genannter Comanchero. In New Mexico ist es durchaus üblich, mit den Indianern Handel zu treiben. Sie scheinen in Frieden mit ihnen zu leben, auch wenn es mir ein Rätsel ist, wie sie das geschafft haben.«

»Vielleicht sollten wir uns ein Beispiel an ihnen nehmen«, warf Mrs. Williams ein.

»Also wirklich, Pearl«, erwiderte Mrs. Phipps missbilligend. »Das kann man von uns Texanern wirklich nicht erwarten – nicht nachdem diese Wilden so viele von uns abgeschlachtet haben.« Plötzlich wurde ihr bewusst, dass sie Rebekahs Gefühle verletzt haben könnte, und sie errötete heftig. »Oh, tut mir leid, Rebekah. Ich wollte nicht ...« Sie beendete den Satz nicht.

»Sie haben ja Recht«, antwortete Rebekah, kein bisschen verletzt. »Wir sollten nicht mit ihnen Frieden schließen. Wir sollten sie alle umbringen.«

Die Damen fanden keine Worte, bis auf Mrs. Williams, die stirnrunzelnd erwiderte: »Aber was ist mit Ihrem Sohn, meine Liebe?«

»Er ist kein Indianer!«, entgegnete Rebekah so entschieden, dass sie erschraken. Hinter ihr fiel ein Topf scheppernd auf dem Boden und sie holte tief Luft, um sich zu beruhigen. »Mein Sohn ist ein Tate«, fügte sie in ruhigem Ton hinzu.

»Also, ich finde es wirklich sehr mutig von Mr. MacDougal, den Jungen zu holen«, warf Tante Prudence ein – ein wenig zu enthusiastisch für Rebekahs Geschmack, da sie doch wusste, wie Prudence darüber dachte. »Könnt ihr euch vorstellen, dass man einfach so in das Land der Indianer reitet – und direkt zu ihrem Lager?«

»Aber er hat es ja schon einmal gemacht«, erinnerte sie Rebekah, der es aus irgendeinem Grund gar nicht gefiel, dass eine andere Frau MacDougal in so hohen Tönen lobte.

»Mr. Williams hat gemeint, er wäre verrückt, so etwas zu tun«, warf Mrs. Williams kleinlaut ein.

»Man kann MacDougal ja einiges nachsagen – aber nicht, dass er verrückt ist«, erwiderte Rebekah, weil es ihr ebenso wenig gefiel, dass man schlecht über ihn sprach. Was war nur los mit ihr? Warum kümmerte sie sich überhaupt darum, was die anderen über MacDougal dachten?

»Nun, verrückt oder nicht, ich glaube, wir wissen doch alle, warum er es tut, nicht wahr?«, sagte Tante Prudence schließlich und blickte Rebekah mit einem eigenartigen Lächeln an.

Rebekah spürte ihre glühenden Wangen, und fragte sich, ob sie alle wussten, wie schlecht es ihr gegangen war, als sie geglaubt hatte, ihren Sohn nie wiederzusehen.

»O ja«, stimmte Mrs. Phipps zu. »Die Liebe hat schon manch einen Mann bewogen, unmögliche Dinge zu tun. Sie haben wirklich großes Glück, Rebekah.«

»Das kann man wohl sagen«, meinte auch Tante Prudence. »Nicht jeder würde einen Ind ...« Sie blickte etwas unsicher zu Rebekah hinüber und korrigierte sich. »... würde das Kind eines anderen als sein eigenes annehmen.«

Rebekah erschrak über diese Andeutung. »MacDougal hat meinen Sohn nicht als den seinen angenommen«, entgegnete sie schnell.

Die Damen tauschten wissende Blicke aus. »Noch nicht, meine Liebe«, sagte Prudence, um sogleich geschickt das Thema zu wechseln. »Hast du schon dein ganzes Gemüse eingemacht, Eliza?«, fragte sie.

Während die Damen über verschiedene Hausarbeiten sprachen, dachte Rebekah im Stillen über die Bemerkungen nach, die sie über MacDougal gemacht hatten. Was war das doch für ein Unsinn mit der Liebe. MacDougal war nichts im Leben wichtiger als sein Geld. Sogar dass er sie gerettet hatte, war letztlich damit verbunden: Er wollte sich einen Namen machen, um noch mehr Geld verdienen zu können.

Doch wenn er jetzt auch noch ihren Sohn befreite, würde ihn das kaum noch berühmter machen. Dafür bestand die Gefahr, dabei ums Leben zu kommen. Sie schauderte bei dem Gedanken und beruhigte sich, dass es nur die Sorge um ihren Jungen war, was ihr so zusetzte. So musste es sein, denn MacDougal war ihr ja schließlich nicht wichtig. Aber warum gab es ihr dann einen Stich ins Herz, wenn sie daran dachte, dass er sterben könnte?

Der Besuch der Damen erschien ihr endlos, doch schließlich brachen Mrs. Phipps und Mrs. Williams doch noch auf, nachdem sie sich davon überzeugt hatten, dass Rebekah vielleicht ein bisschen eigenartig, aber doch keineswegs so verrückt war, wie sie zuerst angenommen hatten. Somit war nur noch Familie Nelson anwesend. Rebekah war jedoch schon etwas ermüdet von dem langen Besuch, so dass sie sich die Freiheit nahm, aufzustehen und hinauszugehen, um sich ein Weilchen auf die Bank hinter dem Haus zu setzen.

Dort saß bereits ihr Cousin Andrew, dessen Abwesenheit ihr zuvor gar nicht aufgefallen war. Er erhob sich lächelnd und sagte: »Hast du mich also in meinem Versteck aufgestöbert.«

»Warum solltest du dich verstecken?«, fragte sie und setzte sich auf die Bank. Dann forderte sie ihn mit einer Geste auf, ebenfalls Platz zu nehmen. Andrews Gesellschaft war ihr noch allemal am liebsten.

»Es langweilt mich, wenn sie andauernd über den Krieg reden«, erklärte er ihr. »Sie finden, ich sollte mich den Rangers anschließen und in den Kampf ziehen, glaube ich.«

»Ich dachte, die Armee hätte die Rangers heimgeschickt.«

»Sie werden zurückkehren, wenn es wieder zu Kämpfen kommt. General Taylor nimmt ihnen zwar ihre Disziplinlosigkeit übel, aber er ist trotzdem auf sie angewiesen.«

»Aber warum solltest ausgerechnet du dich ihnen anschließen?«, fragte sie.

Andrews Miene verfinsterte sich. »Gute Frage. Ich bin in solchen Dingen nämlich alles andere als geschickt.«

Oje, dachte sie. Es war wirklich nicht ihre Absicht gewesen, ihn zu beleidigen. »Ich wollte nicht …«, begann sie, doch er ließ sie nicht ausreden.

»Das weiß ich doch.« Er lächelte ein wenig verlegen. »Ich bin wohl etwas empfindlich, fürchte ich. Das kommt von meinen ständigen Schuldgefühlen.«

»Warum solltest du Schuldgefühle haben?«

Er stieß ein bitteres Lachen hervor und antwortete: »Du meinst, außer der Tatsache, dass ich ein Taugenichts bin?«

»Du bist doch kein Taugenichts!«, wandte sie entrüstet ein. Sie erinnerte sich, dass er außer Jewel der Einzige war, der, so schien es, ihren Schmerz nachfühlen konnte.

»Danke, Rebekah«, sagte er traurig, »aber es ist nun einmal so – zumindest muss meine Familie diesen Eindruck haben. Ich tauge nicht viel als Farmer, ich kann nicht schießen, ich ...«

»Andrew!«, rief sie aus. »Das heißt doch noch lange nicht, dass du zu nichts taugst!«

»Meine Familie ist da anderer Ansicht. Das sind nun einmal die Fähigkeiten, nach denen ein Mann in Texas gemessen wird – und wenn man darin versagt ...« Er schüttelte den Kopf und starrte mit dumpfem Blick in die Ferne hinaus.

»Kannst du das denn nicht lernen?«, fragte sie zögernd und dachte daran, wie leicht MacDougal alles von der Hand zu gehen schien, was er tat.

Er ließ seine breiten Schultern traurig hängen. »Ich hab's ja versucht, aber anscheinend muss man dafür geboren sein. Man muss ein gewisses Gefühl für das Land haben, glaube ich. Ich mache ja alles so, wie mein Vater es mir zeigt, aber irgendwie kommt dabei nie etwas Richtiges heraus. Vielleicht bin ich einfach zu dumm dafür.«

»Du bist doch nicht dumm! Papa hat mir erzählt, dass du jedes Buch gelesen hast, das hier in der Gegend zu haben ist!«

»Aber wie sagt mein Vater so schön: ›Bücher bewahren einen nicht vor dem Verhungern.‹ Und wie sollte ich eine Familie ernähren können, wenn ich mich nicht einmal selbst erhalten kann?«

Rebekah hätte ihn liebend gern getröstet, so wie er an jenem ersten Tag versucht hatte, sie zu trösten. Vielleicht, wenn sie ihn in die Arme nahm, wie er es damals gemacht hatte ... Aber das konnte sie nicht – denn damit hätte sie ihm einen falschen Eindruck ihrer Gefühle gegeben.

»Papa meint, hier kann es jeder zu etwas bringen – jetzt, da die Indianer keine Bedrohung mehr sind«, sagte sie. »Vor allem jemand, der so klug ist wie du. Und wenn es jemanden in deinem Leben gibt ... ich meine, du hast vorhin davon gesprochen, dass du für eine Familie sorgen würdest. Hast du denn ein Mädchen, Andrew?«

Er lächelte etwas unsicher. »Ich bin mir nicht sicher.«

»Also, wer soll sich dann sicher sein, wenn *du* es nicht bist?«

»Vielleicht hätte ich sagen sollen, sie weiß es noch nicht, zumindest glaube ich das.«

»Dann solltest du es ihr bald sagen, bevor sie dir ein anderer wegschnappt.«

Andrew runzelte die Stirn. »Das ist ja der Grund, warum ich ihr noch nichts gesagt habe – weil es vielleicht einen anderen gibt. Bist du ...? Ich meine, Prudence hat gesagt, du würdest MacDougal heiraten, wenn er zurückkehrt.«

»Was?«, fragte Rebekah völlig verwirrt. Warum sprach er jetzt plötzlich von *ihr*?

»Stimmt es? Dass du ihn heiratest, meine ich. Immerhin hat er dich befreit und jetzt holt er auch noch deinen Sohn ...«

»Nein!«, versicherte ihm Rebekah und kämpfte gegen die Angst an, die der Gedanke ihr verursachte. »Ich habe keine Ahnung, wie Prudence auf so eine Idee kommt. Nein, es stimmt nicht. Ich werde weder MacDougal noch sonst jemanden heiraten.«

Andrews Miene hellte sich augenblicklich auf und er schenkte ihr ein breites Lächeln. »Ich schätze, das beweist wieder einmal, was für ein Narr ich bin. Da mache ich mir endlose Sorgen und dabei hätte ich dich nur zu fragen brauchen.«

Rebekah hatte keine Ahnung, warum ihre Mitteilung ihn so fröhlich stimmte, aber es freute sie trotzdem, dass sie ihn hatte aufheitern können. »Also, da wir jetzt meine Zukunft besprochen hätten, wie steht's mit deiner? Wann willst du deiner Auserwählten endlich einen Antrag machen?«

Andrew kicherte. »Jetzt gleich, glaube ich.« Zu ihrem Erstaunen nahm er ihre Hand. »Rebekah, du weißt, dass ich dich immer geliebt habe – schon, als wir noch Kinder waren. Und ich weiß, ich habe dir gerade viele Gründe genannt, die dagegen sprechen, aber ich frage dich trotzdem: Willst du mich heiraten?«

Rebekah war zu verblüfft, um etwas zu antworten. Sie starrte ihn wortlos an und schüttelte entgeistert den Kopf.

»Ich bin keine besonders gute Partie«, fuhr er fort und wartete gar nicht auf ihre Antwort, »aber ich würde hart für dich arbeiten, das verspreche ich dir. Ich würde für dich sorgen, Rebekah, und auch für den Jungen. Es soll euch gut gehen, damit du mit der Zeit vergessen kannst, was geschehen ist. Wir werden miteinander glücklich sein. Du wirst es nicht bereuen, das verspreche ich dir.«

Rebekah bereute vor allem, dass sie so auf dem Thema beharrt hatte. Und noch schlimmer war, dass sie ihn würde enttäuschen müssen. Dabei hatte sie ihm doch nur helfen wollen. »Andrew, ich ...«

»Ich weiß ja, das kommt ein bisschen plötzlich für dich. Ich sehe es dir ja an, dass du es nicht erwartet hast. Ich hätte dir schon längst anvertrauen sollen, was ich für dich empfinde, aber ich dachte, du und MacDougal ... Dabei gibt es keinen Grund, warum wir nicht ...«

»Es gibt viele Gründe!«, erwiderte sie und nahm seine Hand in die ihren. »Ich bin nicht mehr das Mädchen, das du vor sieben Jahren geliebt hast, und ich habe jetzt ein Kind und ...«

»Das zählt doch alles nicht, zumindest nicht für mich. Ich habe dich damals geliebt und ich liebe dich heute – und ich liebe alles, was zu dir gehört. Lass mich dir helfen, alles zu vergessen. Das schulde ich dir.«

»Du schuldest mir gar nichts!«, rief sie außer sich. »Und selbst wenn es so wäre, so hast du es mir schon tausendfach zurückgezahlt, indem du mein Freund bist.«

»Du brauchst mehr als nur einen Freund. Du brauchst jemanden, der sich um dich kümmert. Dein Vater wird nicht ewig da sein, um dir zu helfen.«

Plötzlich bellten die Hunde laut.

»Klingt, als bekämen wir schon wieder Besuch«, stellte Rebekah fest, um ihn auf andere Gedanken zu bringen.

»Wahrscheinlich wieder jemand, der die berühmte Rebekah Tate sehen möchte«, sagte er in sarkastischem Ton – und als sie zusammenzuckte, drückte er ihre Hand. »Siehst du, das ist der Grund, warum du jemanden brauchst – warum du *mich* brauchst, um dich vor all dem zu schützen. Genau das würde ich nämlich tun, Rebekah. Niemand würde meine Ehefrau anstarren oder hinter ihrem Rücken über sie tuscheln; und niemand würde sich über ihr Kind lustig machen. Ich kann dir nicht viel versprechen, aber das verspreche ich dir.«

»Rebekah!«, rief ihr Vater, doch sie beachtete ihn kaum.

Andrews Angebot war verlockend – so verlockend, dass sie sich beinahe vorstellen konnte, es anzunehmen. Doch andererseits hatte sie ihn viel zu gern, um ihn mit der Bürde zu belasten, die sie für ihn wäre.

»Andrew, ich ...«

»Du musst ja nicht gleich antworten«, versicherte er ihr. »Ich weiß, du musst dich im Moment um so vieles kümmern – mit dem Jungen und allem.«

»Rebekah!«, rief Zeb erneut – diesmal mit solchem Nachdruck, dass ihr ein Schauer über den Rücken lief. »Rebekah, komm schnell!«

»Was kann denn bloß los sein?«, murmelte Andrew ein wenig besorgt, doch Rebekah war bereits auf den Beinen. Hoffnung keimte in ihr auf wie eine zarte Knospe im Frühling. Augenblicklich hatte sie Andrew und sein Angebot vergessen und lief los, so schnell sie konnte.

Prudence und Cecil standen zusammen mit ihrem Vater im Hof und blickten auf den einsamen Reiter hinaus, der sich langsam näherte. Jewel war aus der Küche gekommen, um ebenfalls nachzusehen, und Dan und Enoch kamen aus ihrem Häuschen.

Die Hunde bellten nicht mehr, nachdem ihr Vater ihnen befohlen hatte, still zu sein – doch sie liefen unruhig und schwanzwedelnd auf und ab. Rebekah erkannte jetzt den Reiter an dem leuchtend roten Haar unter dem Sombrero. Und vor ihm auf dem Sattel, mit einem ausgebleichten roten Hemd bekleidet ...

Sie stieß einen Jubelschrei aus, als ihre zarte Hoffnung zur Freude erblühte. Der Reiter war inzwischen bei ihrem Vater und den anderen angelangt, und sie lief los, ihre Röcke mit beiden Händen hochraffend und fluchend, weil sie mit dem Kleid nicht schnell genug laufen konnte. Mac-

Dougal glitt aus dem Sattel, und der Junge sprang geradezu in seine Arme und klammerte sich an ihm fest – so sehr fürchtete er sich, als die anderen die beiden umringten und sie mit lauten Rufen begrüßten.

Rebekah eilte schnell herbei, wütend, weil ihre Familie den Kleinen so verängstigte. Sie streckte sehnsüchtig die Arme nach ihm aus – doch damit verschreckte sie ihn nur noch mehr, und er wandte sich ab in seiner Angst und klammerte sich an MacDougal, so fest er konnte.

»Was hast du nur mit ihm gemacht?«, fragte sie verzweifelt.

MacDougal grinste aus seinem roten Bart hervor, den er sich wieder hatte wachsen lassen. »Das ist mir ja eine schöne Begrüßung, Rebekah Tate. Haben sie dir denn immer noch keine Manieren beigebracht, während ich weg war?«

Sie brachte kaum ein Wort heraus, so wütend war sie auf ihn – und sie überlegte, ob sie ihn erst einmal kräftig durchschütteln oder ihm gleich ihren Jungen entreißen sollte.

Doch MacDougal hörte nicht auf zu grinsen. »Vielleicht solltest du ihn einmal ansprechen. Ich glaube nicht, dass er dich in dem hüschen Kleid wiedererkennt.«

Sie blickte auf ihr Kleid hinunter, und ihr wurde augenblicklich klar, wie fremd sie auf ihn wirken musste.

»*Situ-htsi*«, flüsterte sie.

Der Kleine erstarrte, doch er rührte sich nicht – und sie glaubte, es würde ihr das Herz brechen.

MacDougal sagte zu ihm: »*Pia,* Mama.«

Der Junge hob fragend den Kopf und MacDougal nickte. Misstrauisch wandte sich der Kleine erneut der weißen Frau zu.

»Ich bin es«, sagte sie in der Sprache der Komantschen, die ihr immer noch leicht von der Zunge ging, obwohl sie sie seit Monaten nicht mehr gesprochen hatte. Sie breitete die Arme aus. »Du bist zu Hause, mein Kleiner.«

Ihr Sohn konnte es immer noch nicht recht glauben. Sie konnte die Zweifel in seinen grauen Augen sehen – in diesen Augen, die sie schon gefürchtet hatte, nie mehr wiederzusehen. Und sie wusste nicht, ob sie lachen oder weinen sollte.

Da sagte der Junge: »*Pia*?« Und sie antwortete: »Ja, mein Liebling, ja!« – und im nächsten Augenblick liefen ihr Freudentränen die Wangen hinunter.

Der Junge löste sich von MacDougal und strebte zu ihr hin und sie fing ihn auf und drückte ihn an ihr wild pochendes Herz. Oh, wie hatte sie sich nach diesem Augenblick gesehnt! Wie hatte sie sich danach gesehnt, ihn zu berühren, zu riechen und zu schmecken. Sie konnte es immer noch nicht glauben, dass er gesund hier bei ihr angekommen war.

Aber er *war* hier, und er fragte sich in diesem Augenblick, warum sie wohl weinte und warum sie nicht tot war, wie alle gesagt hatten – und auch, warum sie Mac geschickt hatte, um ihn zu holen, anstatt selbst zu kommen. Und warum trug sie bloß ein so komisches Kleid – und auch ihre Haare waren ganz anders. Rebekah konnte einfach nicht genug davon bekommen, ihn zu berühren und anzusehen, bis sie schließlich aufblickte und sah, dass MacDougal sie erwartungsvoll ansah.

Augenblicklich verflog ihre Freude. Was wollte er nur von ihr? Was wollte er – jetzt, da er nicht nur sie, sondern auch ihren Sohn gerettet hatte? Jetzt, da er schon zum zweiten Mal sein Leben für sie aufs Spiel gesetzt hatte? Sie zweifelte keinen Augenblick daran, dass er etwas wollte – etwas viel Größeres als Ruhm oder ein Stück Land, um sich ein Geschäft darauf zu bauen. Er wollte etwas von ihr – und seine Augen verrieten ihr, dass er nicht darauf verzichten würde. Angst legte sich um ihr Herz – denn sie wusste, was immer er auch wollte, sie würde es ihm nicht geben können. Und für einen Moment vermochte sie kaum zu atmen, so sehr bedrückte sie diese Gewissheit.

Schließlich sagte ihr Vater: »Rebekah, willst du mich nicht mit meinem Enkelsohn bekannt machen?«

Sie wirbelte herum – dankbar für die Ablenkung. »Oh, Papa, entschuldige!«, sagte sie atemlos. Der Junge war hochgeschreckt, als er Zebulons Stimme hörte, und klammerte sich fest an sie – ein verängstigtes Kind inmitten einer Horde von Fremden, die ihn neugierig anstarrten. »Papa, das ist mein Sohn ...«

Sie zögerte, weil sie nicht wusste, wie sie ihn nennen sollte.

»Ich nenne ihn Hunter«, sagte MacDougal hinter ihr.

Der Kleine hob den Kopf, als er das hörte, und MacDougal strich ihm liebevoll über das Haar, ehe er die andere Hand Rebekah auf die Schulter legte. Die Berührung ging ihr durch und durch, doch sie zwang sich, es sich nicht anmerken zu lassen.

»Hunter«, fügte MacDougal hinzu, »das ist es doch, was sein indianischer Name auf Englisch bedeutet, nicht wahr?«

»Das ist ein schöner Name«, stellte Tante Prudence fest, so als hätte alles nur auf ihr Urteil gewartet.

»Hunter«, sagte Zeb mit heiserer Stimme – von Gefühlen bewegt, die ihm die Tränen in die Augen trieben. Der Wind umspielte sein langes weißes Haar und seinen weißen Bart und Rebekah versuchte ihn mit Hunters Augen zu sehen. Bei den Indianern hatten die Männer kaum Haare im Gesicht – und wenn ihnen welche wuchsen, so rissen sie sie gleich wieder aus. Es wäre also nur allzu verständlich, wenn der Bart ihres Vaters dem Jungen Angst machte.

Andererseits hatte auch MacDougal einen Bart – vielleicht war er also schon daran gewöhnt.

Sie schob den Gedanken beiseite, so wie sie am liebsten MacDougals Hand von ihrer Schulter geschoben hätte, und sagte in der Sprache der Komantschen: »Das ist dein Großvater, Kleiner Jäger. Mein Vater. Er hat lange gewartet, um dich zu sehen.«

Zeb streckte die Hand aus, um ihn zu berühren, doch Hunter wich zurück, worauf Zeb seine Hand augenblicklich sinken ließ. Rebekah hätte weinen können, als sie den Schmerz in den Augen des alten Mannes sah, doch MacDougal dachte bedeutend praktischer als sie.

»Begrüßt man so seinen Großvater?«, fragte er in der Sprache der Komantschen.

Sie sah, wie bestürzt der Junge über die Zurechtweisung war, und verspürte eine ungekannte Eifersucht darüber, dass ihr Sohn offensichtlich bestrebt war, MacDougal zu gefallen, obwohl er ihn erst so kurze Zeit kannte. Dann straffte Hunter seine kleinen Schultern und hielt fragend seine rechte Hand hoch. MacDougal nickte zustimmend und der Kleine streckte Zebulon seine kleine Hand entgegen.

Für einen Augenblick wusste der alte Mann nicht recht, was er tun sollte. Dann erklärte ihm MacDougal mit leiser Stimme: »Ich habe ihm beigebracht, wie man jemandem die Hand schüttelt.«

Zebs Blick erhellte sich, als er plötzlich verstand, und er nahm die kleine Hand in die seine. Hunter schüttelte die Hand seines Großvaters so heftig, dass alle Umstehenden lachen mussten. Dies verängstigte den Jungen jedoch aufs Neue, weil er annahm, dass er wieder etwas falsch gemacht hatte.

»Sie freuen sich nur, dich zu sehen, Kleiner Jäger«, beruhigte ihn Rebekah und stellte ihn dann seinen anderen Verwandten, Cecil und Prudence, vor. »Und das ist dein Onkel Andrew«, sagte sie schließlich, als auch ihr Cousin sich zu ihnen gesellt hatte.

Cecil und Prudence hatten die Hand des Kleinen etwas zurückhaltend entgegengenommen, so als wüssten sie nicht recht, wie sie sich verhalten sollten – doch Andrew ging offen auf ihn zu. Er nahm die Hand des Kleinen in seine beiden Hände und lächelte breit, wie man es von einem zukünftigen Stiefvater erwarten hätte können, dachte Rebekah bestürzt.

»Sag ihm, ich freue mich, dass ich ihn endlich kennen lernen darf – den Sohn meiner geliebten Cousine«, sagte Andrew, als der Junge sein Lächeln erwiderte.

Als Rebekah spürte, wie MacDougals Hand sich fester um ihre Schulter schloss, wurde ihr klar, dass die Situation bald noch komplizierter werden würde – doch daran wollte sie jetzt nicht denken. Sie würde sich später um all das kümmern, beschloss sie, während sie Andrews Worte für Hunter übersetzte, der jedoch zu verschüchtert war, um etwas darauf zu sagen.

Sie sah, dass die drei Schwarzen die Szene aus dem Hintergrund verfolgten, und sagte: »Jewel, komm doch, ich möchte dir meinen Jungen vorstellen. Dan und Enoch, kommt auch her.«

Hunter starrte die drei Schwarzen neugierig an. Jewel kam als Erste, und obwohl ihre Haltung, wie immer, sehr würdevoll war, sah Rebekah doch Tränen in ihren Augen, als sie die Hand des Kleinen in die ihre nahm. Dan und Enoch musterten den Jungen mit derselben Neugier wie er sie. Möglicherweise hatten sie noch nie einen Indianer aus nächster Nähe gesehen, genauso wie Hunter noch nie einen Schwarzen gesehen hatte.

Als jeder der Anwesenden Hunter begrüßt hatte, trat ein Moment der peinlichen Stille ein, weil niemand so recht wusste, was man nun tun sollte. Rebekah stand da und hielt ihren Sohn im Arm – doch sie konnte es immer noch nicht ganz glauben, dass er wirklich da war; dafür war ihr die Anwesenheit von Andrew und MacDougal umso stärker bewusst. Das Schlimme daran war, dass MacDougal irgendeinen Anspruch auf sie zu stellen schien, von dem sie nicht genau wusste, worin er bestand, und dass offensichtlich auch Andrew glaubte, einen solchen Anspruch zu haben. Sie konnte keinem der beiden in die Augen sehen, vor allem nicht MacDougal, obwohl er so nahe bei ihr stand, dass sie die Wärme spüren konnte, die von ihm ausging; seine Hand lag immer noch besitzergreifend auf ihrer Schulter.

Schließlich räusperte sich Jewel und sagte: »Ich nehme an, ihr beiden seid sehr hungrig. Kommt rein, ich mach euch schnell ein Essen zurecht. Dan wird sich um Ihr Pferd kümmern, Mr. MacDougal.«

Sie ging zum Haus zurück und die Weißen folgten ihr gehorsam. Rebekah und MacDougal blieben noch einen Augenblick stehen und Andrew schien auf seine Cousine zu warten. Schließlich ging Rebekah los und löste sich aus MacDougals Griff. Sie seufzte fast laut auf vor Erleichterung, endlich wieder etwas Distanz zu ihm zu haben.

»Der Junge ist zu schwer für dich«, sagte MacDougal, der keine Mühe hatte, mit ihr Schritt zu halten. »Er kann allein gehen.«

Sie sah ihn gar nicht an. Sie wagte es ganz einfach nicht. »Ich will ihn aber tragen«, erwiderte sie. Es war ihr bewusst, dass sie irgendetwas sagen sollte, ein Wort des Dankes – aber dazu hätte sie in seine Augen blicken müssen, und wenn sie das tat, dann, so fürchtete sie, würde etwas Furchtbares geschehen. Vielleicht war sie auch bloß abergläubisch. Vielleicht war sie noch nicht lange genug unter den Weißen und hatte die Neigung der Komantschen noch nicht abgelegt, in allen möglichen Dingen ein schlechtes Omen zu sehen.

Vielleicht war MacDougal aber auch eine echte Gefahr für sie.

Die Nelsons und Rebekahs Vater waren vor der Haustür stehen geblieben und Prudence verkündete, dass sie mit ihrer Familie aufbrechen wolle. »Das Ganze ist sicher etwas viel für das arme Kind, so viele Fremde – außerdem müssen wir sowieso aufbrechen. Ich komme in ein paar Tagen wieder vorbei, um zu sehen, wie ihr zurechtkommt«, versicherte sie Rebekah. »Andrew, spann doch bitte schon mal die Pferde an.«

Doch Andrew kam ihrer Aufforderung nicht gleich nach. Stattdessen fasste er Rebekah an den Schultern und lächelte so liebenswürdig, dass Hunter sogleich zurücklächelte und Rebekah sich ihres neu hinzugekommenen Problems erinnerte. »Jetzt, da du deinen Sohn wiederhast, wirst du sicher Zeit haben, ein wenig an dich selbst zu denken ... und vielleicht auch an andere Menschen«, sagte er hintergründig.

»Ja«, antwortete sie nur und wünschte sich, sie könnte einen Augenblick mit ihm unter vier Augen sprechen, um die Sache ein für alle Mal zu regeln. Aber Andrew würde sich noch etwas gedulden müssen.

»Sehe ich dich bald wieder?«, fragte er.

»Du bist hier immer willkommen, Andrew.«

»Das ist gut zu wissen«, sagte er und strich Hunter über das rabenschwarze Haar. »Dann bis später, Partner«, fügte er, zu dem Jungen gewandt, hinzu. Hunter verstand zwar nicht die Worte, aber offensichtlich das Gefühl dahinter, und er lächelte Andrew nach, als dieser losging, um der Aufforderung seiner Stiefmutter nachzukommen.

»Auf Wiedersehen«, sagte Rebekah zu Cecil und Prudence und ignorierte ihre verdutzten Mienen angesichts ihres kurzen Gesprächs mit Andrew. »Danke für den Besuch.«

Prudence setzte zu einer langatmigen Abschiedsrede an, doch Rebekah hatte das Gefühl, ihre Pflicht getan zu haben, und zog sich unverzüglich ins Haus zurück.

Jewel stellte schon die Teller mit den Überresten des üppigen Sonntagsmahls auf den Tisch. Als Hunter sah, dass es Essen gab, wagte er es sogar, sich aus der Sicherheit der mütterlichen Arme zu entfernen. Er wand sich, bis sie ihn schließlich widerwillig hinunterließ. Stolz blickte sie ihm nach, wie er zum Tisch lief und sich einen Teller schnappte. Ihr Stolz verwandelte sich schnell in Bestürzung, als sie sah, dass er sich auf den Boden hockte und sich mit seinen schmutzigen Händen das Essen in den Mund stopfte.

»Ich wollte es dir überlassen, ihm Tischmanieren beizubringen«, sagte ihr MacDougal leise ins Ohr und sie fuhr erschrocken hoch. Sie hatte gar nicht gemerkt, dass er ihr gefolgt war.

Sie zwang sich, zu ihm aufzublicken. Er wirkte um nichts weniger bedrohlich als zuvor im Hof, aber wenigstens berührte er sie nicht. »Ich … ich weiß nicht, wie ich dir danken soll, dass du mir meinen Sohn zurückgebracht hast«, stammelte sie.

»Nicht?«, gab er zurück.

Sie spürt ihre glühenden Wangen und hoffte, dass es im dämmrigen Licht nicht auffiel.

»Ihr Essen ist fertig, Mr. MacDougal«, teilte ihm Jewel mit, wofür Rebekah überaus dankbar war.

»Danke, Jewel. Ich habe von Ihrem Essen geträumt, als ich quer durch Texas ritt«, sagte er.

»Ach, das sind ja nur die Reste vom Mittagessen«, erwiderte Jewel. »Warten Sie mal bis morgen, da tische ich Ihnen dann was Besonderes auf.«

Er schenkte ihr ein besonders gewinnendes Lächeln. »Ich bin mir nicht sicher, ob mein armes Herz diesen Schock aushalten würde.«

Jewels Augen leuchteten angesichts seines Kompliments, und Rebekah hätte ihr gern ein paar deutliche Worte gesagt, weil sie ... warum eigentlich? Weil sie MacDougal mochte? Was kümmerte es sie, ob Jewel ihn mochte oder nicht? Doch dann sah sie wieder ihren Sohn an, der immer noch auf dem Fußboden hockte – und ihr wurde klar, dass sie sich im Moment um Wichtigeres zu kümmern hatte.

Sie sollte wirklich dafür sorgen, dass er aufstand, bevor ihr Vater hereinkam und ihn so essen sah. Jewel tat wie immer, als bemerke sie es gar nicht, doch ihr Vater würde entsetzt sein. Rebekah wollte schon zu ihrem Sohn sprechen, hielt aber inne, als ihr der Name einfiel, auf den er nun hörte.

Mit plötzlicher Wut wandte sie sich MacDougal zu, der bereits bei Tisch saß und aß. »Und wer hat dir erlaubt, meinem Sohn einen Namen zu geben?«, fragte sie.

Er blinzelte ein wenig überrascht, kaute aber ruhig weiter und schluckte schließlich den Bissen hinunter, bevor er antwortete: »Ich musste ihn ja irgendwie anreden, oder nicht? Wenn dir der Name nicht gefällt, gib ihm doch einfach einen anderen.«

Es gefiel ihr gar nicht, dass er so ruhig und überlegen sprach. Sie hätte viel lieber einen handfesten Streit vom Zaun gebrochen, damit sie weiter wütend auf ihn sein konnte. »Wie sollte ich? Er hört ja schon auf den Namen!«

»Er wird auf jeden Namen hören, wenn du ihm sagst, dass er ab jetzt so heißt. Die Komantschen geben sich doch pausenlos neue Namen.«

Er hatte wieder einmal Recht – doch das half ihr jetzt auch nicht weiter. »Und was soll das sein, was du ihm angezogen hast?«

MacDougal blickte auf den Jungen hinunter, der immer noch gierig das Essen in sich hineinschlang, sie dabei aber aufmerksam beobachtete. Auch wenn er die Worte nicht verstand, so fiel ihm doch der gereizte Ton auf, in dem vor allem seine Mutter sprach.

»Das war mal ein Hemd. Ich hab's in Hopewell's Fort bekommen, wo sie nicht gerade eine große Auswahl haben, wie du ja weißt. Übrigens, das Kleid, das du trägst, sieht wirklich hübsch aus, wenn ich mir die Bemerkung erlauben darf.«

Ihr Gesicht fühlte sich an, als würde es brennen. »Du hast mit diesem Kleid nicht das Geringste zu tun, MacDougal. Jewel hat es genäht.«

Er hob seine sonnengebleichten Augenbrauen, sagte aber nichts. Das war aber auch gar nicht nötig, denn sie wussten beide, dass er es war, der den Stoff gekauft hatte.

»Mir fällt auf, dass du nicht mehr so dünn bist wie das letzte Mal, als wir uns gesehen haben«, stellte er anerkennend fest. »Ich bin wohl nicht der Einzige, der Jewels Kochkünste zu schätzen weiß.«

Das Feuer in ihrem Gesicht breitete sich über ihren ganzen Körper aus und sie verspürte den überwältigenden Drang, ihm mit einer kräftigen Ohrfeige das Grinsen aus dem bärtigen Gesicht zu vertreiben. Doch sie wusste, sie konnte es nicht wagen, ihm so nahe zu kommen – denn wenn sie ihn auch nur berührte, dann konnte alles Mögliche geschehen.

»Mama?«

Zuerst fiel es Rebekah gar nicht auf, welch seltsames Wort der Junge da ausgesprochen hatte. Nie zuvor hatte jemand ›Mama‹ zu ihr gesagt. Es dauerte eine ganze Weile, bis es ihr in ihrem Zorn zu Bewusstsein kam.

»Mama?«, fragte Hunter noch einmal.

In diesem Moment wurde ihr auch klar, dass Hunter ein idealer Name für ihn war. Genau diesen Namen hätte sie selbst gewählt, wenn ihr MacDougal nicht zuvorgekommen wäre. Und er sah so süß und klein und verängstigt aus, wie er da auf dem Boden hockte, einen leeren Teller auf den Knien, und Gesicht und Hände vom Essen verschmiert.

Sein Anblick erfüllte sie mit einer solchen Freude, dass sie ihn sogleich in die Arme nahm und ihm zärtliche Worte zuflüsterte.

»Er ist wahrscheinlich müde«, stellte MacDougal mit aufreizender Gewissheit fest. »Wir sind heute noch vor Sonnenaufgang aufgebrochen und den ganzen Tag geritten. Ich wollte nicht noch einmal draußen übernachten müssen.«

»Ich weiß schon, was mein Sohn braucht«, versetzte Rebekah verärgert.

»Vielleicht sollten wir ihn noch baden, bevor er schlafen geht«, schlug Jewel mit einem Blick auf das verschmierte Gesicht des Kleinen vor. »Ich kümmere mich gleich darum.«

»Stell die Wanne in mein Zimmer«, sagte Rebekah, und Jewel ging hinaus und ließ sie allein mit ihrem Jungen und dem Mann, der ihn den Indianern geraubt hatte.

Als sie sah, wie Hunter MacDougal ansah, fragte sie sich unwillkürlich, ob MacDougal auch das Herz des Kleinen erobert hatte. Aber das spielte jetzt keine Rolle mehr. Ihr Sohn war jetzt bei ihr und sie würde MacDougals Hilfe nicht länger brauchen.

Das dachte sie zumindest, bis sie versuchte, Hunter in die Badewanne zu stecken. Ihn auszuziehen war nicht schwierig gewesen, zumal er die Kleider ohnehin nicht gern getragen hatte. Er hatte aber nie zuvor eine Badewanne gesehen und auch keine Ahnung gehabt, dass es so etwas wie ein heißes Bad mit Seife gab – und so wehrte er sich mit Händen und Füßen dagegen, ins Wasser getaucht zu werden, so dass schließlich auch MacDougal auf die Szene aufmerksam wurde.

»Er denkt wahrscheinlich, dass du ihn kochen und essen willst«, stellte er fest, nachdem er in der Tür zu ihrem Zimmer erschienen war. »Vielleicht solltest du zuerst selbst ins Bad steigen, damit er sieht, dass es harmlos ist.«

Rebekah starrte ihn sprachlos an und MacDougal lachte laut über ihre Empörung.

»Du bist ziemlich schnell wieder zur Weißen geworden«, sagte er lächelnd. »Ich glaube nicht, dass *Huuwuhtukwa* etwas dabei gefunden hätte, zusammen mit ihrem Sohn ein Bad zu nehmen.«

»Ich bin es nicht, die ein Bad braucht, MacDougal«, widersprach sie wütend.

Er blickte an sich herab und zuckte die Achseln. »Da hast du allerdings Recht. Ich wollte eigentlich warten, bis du mit dem Jungen fertig bist, aber ich kann's genauso gut gleich jetzt hinter mich bringen.« Er knöpfte sein Hemd auf und trat ins Zimmer. Rebekah erschrak und ließ Hunter los, der sogleich zu MacDougal hinüberlief und sich an seine Beine klammerte; offensichtlich suchte er Schutz vor der weißen Frau, die ihn töten wollte.

»Was machst du da?«, fragte sie bestürzt, als MacDougal sich von seinem schmutzigen Hemd befreite und seine breite, mit rötlichem Haar bedeckte Brust entblößte. Es gab ihr einen Stich ins Herz, als sie daran dachte, dass sie sich an diese Brust geschmiegt hatte – und sie spürte ihre zitternden Knie.

»Ich werde jetzt ein Bad nehmen und deinen Sohn werde ich auch gleich baden. Du kannst gern hier bleiben und zusehen, wenn du …«

Rebekah wartete nicht ab, was er noch sagte. Sie lief aus dem Zimmer und knallte die Tür hinter sich zu, bevor MacDougal sich noch weiter entkleiden konnte und beängstigende Erinnerungen in ihr wach rief.

Sie wünschte nur, ihr Herz würde nicht so rasen und ihr Atem sich wieder beruhigen. Fast schien es so, als hätte sie Angst vor ihm. Aber das war natürlich Unsinn. Sie wollte ihn ganz einfach nicht nackt sehen. Welche Frau hätte das schon gewollt?

Doch sie entfernte sich nicht sehr weit von ihrem Zimmer. Als Mutter war es ihre Pflicht, in der Nähe ihres Jungen zu bleiben, falls er sie brauchte. Sie saß draußen auf einer der Bänke, während die Hunde friedlich zu ihren Füßen schlummerten. Sie ignorierte Jewels neugierige Blicke, als sie an der offenen Küchentür vorüberkam.

Als sie schließlich gerufen wurde, war es nicht Hunters Stimme, die sie hörte.

»Rebekah Tate«, rief MacDougal und sie lief sofort zu den Männern. In der Tür blieb sie wie angewurzelt stehen, als sie die beiden nackten männlichen Wesen sah.

Nur Hunter war splitterfasernackt, während er sich widerwillig von MacDougal mit dem Handtuch abtrocknen ließ. Letzterer war so gut wie nackt, denn der Mehlsack, den er sich um die Taille gebunden hatte, verbarg nicht gerade viel. Sie standen beide in einer riesigen Pfütze, die ihr verriet, dass MacDougal alle Hände voll zu tun gehabt hatte, den Kleinen in die Wanne zu stecken.

Als er sah, wie schockiert sie war, grinste MacDougal

und sagte: »Ich wollte meine schmutzigen Kleider nicht wieder anziehen.« Seine Worte klangen nicht wie eine Entschuldigung und Rebekah war fest entschlossen, ihm nicht zu zeigen, wie nervös sie sein Anblick machte.

»Er sieht ziemlich müde aus«, stellte sie fest und deutete auf ihren Sohn.

MacDougal nickte fröhlich. »Trotzdem dürfte es dir schwer fallen, ihn ins Bett zu bringen. Das Bett in Hopewell's Fort hat ihm ziemliche Angst gemacht, obwohl er dann doch noch zu mir ins Bett gekrochen kam. Also, wenn du willst, dass ich heute hier schlafe, damit er keine Angst …«

»MacDougal!«, rief sie empört – doch sie spürte nicht nur Wut in sich, sondern war auch beunruhigt darüber, seinen Vorschlag gar nicht so abstoßend zu finden.

Nachdem er den Kleinen abgetrocknet hatte, richtete er sich auf – und sie betrachtete seinen schlanken männlichen Körper im flackernden Kerzenlicht. Als er Hunter losließ, kippte der Junge beinahe um, so schläfrig war er schon. Rebekah eilte herbei und nahm ihn in die Arme. Sie bedachte MacDougal mit einigen gemurmelten Flüchen, während sie den Kleinen zum Bett hinübertrug und ihn hineinlegte.

So wie sie es sich oft erträumt hatte, breitete sie die Decke über ihn, strich ihm die Haare aus der feuchten Stirn und küsste ihn zärtlich. Es dauerte nur wenige Augenblicke, bis er tief und fest schlief.

»Er ist ein feiner Junge, Rebekah Tate«, sagte MacDougal hinter ihr. »Ich verstehe jetzt, warum du ihn nicht den Indianern überlassen wolltest.«

Sie wollte eine beißende Bemerkung machen, um ihn daran zu erinnern, wie ungern er ihr helfen wollte, Hunter zu befreien – doch der Kloß in ihrer Kehle hinderte sie daran, zu sprechen.

Plötzlich spürte sie MacDougals Arme, die sie umfingen, und im selben Augenblick war sie von seiner Wärme und dem moschusartigen Duft seines frisch gewaschenen Körpers umgeben, sodass sich alles in ihr zusammenkrampfte.

»Die ganze Zeit habe ich davon geträumt, dich zu spüren«, flüsterte er ihr ins Ohr. »Gott, wie wunderbar du dich anfühlst.«

Auch er fühlte sich gut an, wie sie sich eingestehen musste. Stark und männlich und einfach unwiderstehlich. Gern hätte sie sich zurückgelehnt und seine nackte Haut an der ihren gespürt, doch sie wusste, sie konnte es nicht wagen, um nicht ihre Freiheit zu verlieren. Doch er knabberte zärtlich an ihrem Ohr und wunderbare Schauer rieselten ihr über den Rücken, sodass ihr Widerstand dahinschmolz. Und als er sie schließlich herumdrehte, konnte sie ihm nichts mehr entgegensetzen, als er sie küsste.

Er verzehrte sie mit seinen hungrigen Lippen. Sie legte ihre Hände an seine Brust, wie um ihn von sich zu stoßen, doch sie war wie gelähmt, als sie seine nackte Haut spürte. Sie fühlte sich kühl an – und dennoch hatte sie das Gefühl, dass durch die Berührung ihre Hände glühend heiß wurden und ein Feuer in ihrem ganzen Körper auflorderte. Angst und Verlangen zugleich ließen sie erzittern.

Atemlos löste er schließlich seine Lippen von den ihren und bat: »Komm heut Nacht zu mir. Ich habe Jewel gesagt, sie soll mir ein Lager im Wohnzimmer bereiten und ...«

»Das geht nicht«, erwiderte sie zutiefst erschrocken.

»Ich weiß, du willst den Jungen nicht allein lassen, aber er schläft heute tief und fest, das kannst du mir glauben ...«

»Nein, es geht nicht!«, entgegnete sie, doch er hörte ihr gar nicht zu.

»Es wird nicht lange dauern«, raunte er mit leichtem Spott, der sich gegen sich selbst richtete. »Ich möchte dich nur eine Weile in den Armen halten und ...«

»Nein!«, sagte sie mit fester Stimme und versuchte, sich aus seinen starken Armen zu befreien – doch er ließ sie nicht los.

»Du kannst nicht so einfach nein sagen, Rebekah Tate«, widersprach er und sie spürte seinen warmen Atem an ihrem Gesicht. »Du gehörst jetzt mir, und ich habe nicht vor, dich wieder gehen zu lassen ...«

»Nein!«, protestierte sie und diesmal riss sie sich los, der Zorn verlieh ihr genügend Kraft. »Ich gehöre weder dir noch sonst jemandem – und ich werde auch nie wieder jemandem gehören! Ich bin jetzt frei und das werde ich auch bleiben!«

»Was ist denn los mit dir?«, fragte er und stemmte die Hände in die Hüften, sodass sich beinahe das Tuch gelöst hätte, das seine Blöße notdürftig bedeckte. Einen Augenblick lang sah er sie völlig verdutzt an, bis sich seine Augen nachdenklich verengten. »Ist es Nelson?«

»Wer?«, fragte sie verwirrt.

»Dein Cousin«, stieß er verächtlich hervor. »Der junge, gut aussehende Andrew. Hat er dir etwa … den Hof gemacht, während ich weg war?«

Das hatte er tatsächlich, wenngleich sein Werben um sie eigentlich nur eine Sache von wenigen Minuten gewesen war. Doch MacDougal sah ihr an, dass seine Vermutung stimmte. Sein Gesicht rötete sich vor Zorn und seine Augen funkelten gefährlich – doch sein Zorn machte ihr viel weniger Angst als seine Leidenschaft.

»Ja«, antwortete sie trotzig. »Andrew hat mich gefragt, ob ich ihn heiraten will. Schon als Kinder waren wir einander versprochen. Wir haben uns immer geliebt.« Das stimmte tatsächlich, wenngleich es nicht die Art Liebe war, an die MacDougal dachte.

»Das hat er also heute Nachmittag gemeint, als er sagte, du solltest jetzt auch an dich selbst denken«, presste MacDougal zwischen den Zähnen hervor.

Sie nickte wortlos, weil sie ihrer Stimme nicht recht traute.

»Und was glaubst du, wird der junge Andrew sagen, wenn ich ihm erzähle, was zwischen uns in der Prärie passiert ist? Wie du dich mir hingegeben hast und …«

»Das habe ich ihm schon gesagt«, log sie, was ihr leichter fiel als erwartet, wenngleich auch ihr Gesicht mittlerweile glühte. »Er weiß, dass du mich … genötigt hast und …«

»Dich genötigt!«, rief er entrüstet und packte sie an den Schultern.

Neben ihnen murmelte Hunter irgendetwas im Schlaf und MacDougal fuhr im Flüsterton fort: »Du weißt genau, dass ich dich zu nichts genötigt habe, du verlogenes Biest. Du hast mich verführt und es hat dir auch noch Spaß gemacht. Du hast jede Minute genossen. Genießt du es mit dem jungen Andrew genauso? Umarmst du ihn genauso hingebungsvoll und ...«

»Hör auf!«, zischte sie in ihrer Panik, als ihr Körper wieder bedrohlich auf seine Nähe reagierte. Sie wusste, sie musste all ihre Kraft aufbieten, um ihn zu bekämpfen. »Du machst dich zum Narren! Siehst du das denn nicht ein? Ich will dich nicht!«

Instinktiv hatte sie die richtigen Worte gefunden. Er erschrak, als hätte sie ihn geohrfeigt, und er ließ seine Hände von ihren Schultern sinken. Einen furchtbaren Augenblick lang sah sie den Schmerz in seinen Augen, doch dann drehte er sich plötzlich um, schnappte sich seine schmutzigen Kleider und stürmte fast nackt aus dem Zimmer.

Sie hörte Jewels erschrockenen Ausruf bei seinem Anblick, als er zu ihr sagte: »Würden Sie das für mich waschen?« Dann verschwand er im Wohnzimmer auf der anderen Seite des Hauses, und Rebekahs Knie zitterten vor Erleichterung, dass nun alles vorbei war.

Sie ließ sich auf das Bett sinken, auf dem ihr Sohn immer noch friedlich schlief, ohne etwas von der Auseinandersetzung mitbekommen zu haben, die sich soeben abgespielt hatte. Sie hob ihre zitternden Hände vor das Gesicht und ballte sie zu Fäusten, um sie gegen ihre brennenden Augen zu drücken. Nein, sie würde nicht weinen, nicht wegen MacDougal.

Sie hatte sich endgültig von ihren Ketten befreit. Jetzt, da sie sich auch von MacDougal gelöst hatte, brauchte sie nicht mehr zu fürchten, dass er ihr etwas Wichtiges rauben könnte. Sie war frei und sie hatte ihren Sohn. Alles, was sie sich gewünscht hatte, war in Erfüllung gegangen.

Warum hatte sie dann so ein Gefühl, als hätte sie soeben alles verloren?

11

MacDougal war bereits fort, als sie am nächsten Morgen erwachte. Rebekah hatte ihren Jungen angezogen und ihn in die Küche mitgenommen, um mit ihm zu frühstücken. Sie hatte ihn wie einen Schutzschild vor sich hergehen lassen, für den Fall, MacDougal zu begegnen. Doch er war nicht da.

»Er ist gleich nach Sonnenaufgang aufgebrochen«, teilte Jewel ihr mit. »Er sagte, er will sich um sein Geschäft kümmern. Es soll noch vor Weihnachten eröffnet werden.«

»Sein Geschäft?«, fragte Rebekah verwirrt.

Jewel schüttelte stirnrunzelnd den Kopf. »Er ist Kaufmann, falls du's vergessen hast. Er möchte neben der Kirche deines Papas einen Laden aufmachen.«

Aus irgendeinem Grund hatte Rebekah erwartet, er würde seinen Plan aufgeben – jetzt, da sie ihn zurückgewiesen hatte. Sie hatte erwartet, dass er nach Santa Fe zurückkehren würde und ... Und was? Er hatte ja schließlich sein Geschäft dort verkauft. Und er hatte sie gerettet, um hier in Texas berühmt zu werden, damit die Leute bei ihm einkauften. Warum sollte er seine Pläne ändern, nur weil Rebekah Tate sich ihm verweigerte?

»Verstehe«, sagte sie langsam und verzichtete darauf, ihre Reaktion auf die Nachricht allzu genau zu erforschen; es hätte nämlich sein können, dass sie insgeheim erleichtert war, dass er nicht fortging. »Dann wird er also heute Abend wieder zurück sein.«

»Nein«, antwortete Jewel und musterte Rebekah aufmerksam. »Er hat gesagt, dass er nicht mehr hier übernachtet, sondern dort draußen sein Lager aufschlägt, wo er sein Haus baut. Er hat viel zu tun, hat er gemeint.«

Rebekah hätte eigentlich froh über diese Tatsache sein sollen – doch stattdessen verspürte sie ... Nun, sie hätte selbst nicht sagen können, was sie fühlte, aber das Wissen, dass er im selben Haus lebte wie sie, hatte nicht nur etwas

Beängstigendes an sich, sondern in gewisser Weise auch etwas Beruhigendes.

Sie hatte sich an seine Gegenwart gewöhnt, denn draußen in der Prärie hatte er sie beschützt – und danach ihren Sohn. Es war ein gutes Gefühl, ihn in der Nähe zu wissen, vor allem in unangenehmen Situationen.

Aber was passierte, wenn es keinen Ärger gab? fragte eine leise Stimme tief in ihrem Inneren.

Dann würde er wahrscheinlich selbst Ärger machen. Sie verwarf den Gedanken und zeigte ihrem unzivilisierten Sohn, wie man sich zum Frühstück an den Tisch setzte.

Die nächsten Tage verliefen recht ereignisreich – denn es war jedes Mal ein kleines Drama, wenn sie ihrem Sohn etwas beizubringen versuchte, wogegen dieser sich stets vehement wehrte. Es kam nicht selten vor, dass der Kleine in Tränen ausbrach, auch wenn Komantschen üblicherweise nicht weinten. Vielleicht hätte sie darauf achten sollen, ihn nicht zu überfordern, dachte sie schließlich, als sie draußen auf der Bank saß und sich müde gegen die Hauswand lehnte. Es war erst neun Uhr morgens und sie war bereits völlig erschöpft von der mühevollen Arbeit, Hunters langes Haar zu schneiden.

Hunter saß auf der Bank gegenüber und schaute sie finster an. Er kämpfte immer noch mit den Tränen angesichts der Schande, die sie ihm bereitet hatte. Aber mit dem kurzen Haar und dem Hemd und der Hose, die Jewel für ihn genäht hatte, sah er wie ein weißer Junge aus – wenn man von den Mokassins absah, die er weiterhin tragen musste, weil sie noch keine Schuhe für ihn hatten auftreiben können. Er aß jedoch bereits am Tisch und benutzte meistens auch einen Löffel. Und er hatte es akzeptiert, dass er, wenn er sich erleichtern musste, dies auf dem Abort tat und nicht überall dort, wo ihn gerade der Drang überkam. Kleider trug er immer noch nicht gerne, doch da es allmählich kühler wurde, fand er sich schließlich damit ab. Dass er jedoch auch noch seine Haare opfern musste, das wollte er absolut nicht einsehen – und er würde nicht vergessen, wie schmählich ihn seine Mutter hintergangen hatte.

Rebekah seufzte und fragte sich, wo sie die Kraft hernehmen sollte, um die nächste Lektion in Angriff zu nehmen – und plötzlich wünschte sie sich, MacDougal wäre an ihrer Seite, um ihr zu helfen.

Doch sie schob diesen schmählichen Gedanken gleich wieder beiseite, bevor er sich einnisten konnte – doch ihr Herz hatte trotzdem aufgeregt geklopft. Sie hatte kaum an MacDougal gedacht, seit er an jenem Morgen verschwunden war. Es ließ sich jedoch nicht umgehen, wenn sie Hunter abends zu Bett brachte und er sie fragte, wann ›Mac‹ zurückkehrte. Und auch am frühen Morgen dachte sie an ihn im Halbschlaf. Auch während des Essens schlich er sich in ihre Gedanken, wenn sie sich daran erinnerte, wie sehr er Jewels Kochkünste geschätzt hatte, und sie sich fragte, was er jetzt wohl aß. Und gelegentlich stellte sie sich auch vor, was sie zu ihm sagen würde, wenn sie ihn irgendwo wiedersah, falls dies jemals der Fall sein würde.

Hunter und die beiden Hunde sprangen gleichzeitig hoch und liefen vor das Haus. Die Hunde kündigten mit lautem Gebell den Besucher an, der sich offensichtlich näherte, und Hunter rief begeistert: »Mac! Mac!«

Rebekahs Herz hörte fast zu schlagen auf, als sie den einsamen Reiter erblickte, doch es pochte wieder, als sie erkannte, dass es Andrew Nelson war. Sie redete sich mit aller Bestimmtheit zu, dass sie nicht enttäuscht war.

Hunter jedenfalls war nicht enttäuscht, denn Andrew hob ihn zu sich aufs Pferd und ließ ihn das letzte Stückchen bis zum Haus reiten, während die bellenden Hunde hinter ihnen herstürmten. Als sie das Haus erreichten, fiel Rebekah der Antrag wieder ein, den Andrew ihr gemacht hatte, den sie aber in der Aufregung mit Hunter völlig verdrängt hatte.

»Andrew, was führt dich zu uns?«, fragte sie mit gezwungener Fröhlichkeit und hoffte, dass er seinen Heiratsantrag bereits wieder vergessen hatte.

»Ich wollte sehen, ob du dich schon entschieden hast«, antwortete er fröhlich und machte damit ihre Hoffnungen zunichte.

»Andrew, ich ...«, begann sie und wünschte sich, sie

hätte einen Weg gekannt, wie sie ihn zurückweisen konnte, ohne ihm wehzutun.

»Keine Sorge, ich werde dich nicht drängen«, versicherte er ihr lächelnd. »Ich wollte auch sehen, wie du zurechtkommst.« Er stieg vom Pferd und hob Hunter aus dem Sattel, um ihn auf seine breiten Schultern zu setzen, was dem Jungen durchaus gefiel.

»Der junge Mann hier hat mir verraten, dass du ihn skalpiert hast«, berichtete Andrew mit gespieltem Ernst.

Rebekah lächelte unwillkürlich. »Das stimmt; eigentlich hat Papa mir dabei helfen müssen – und Jewel, Dan und Enoch haben ihn festgehalten. Ich wusste gar nicht, dass du die Sprache der Komantschen sprichst.«

»Tu ich auch nicht. Er hat es mir in der Zeichensprache mitgeteilt«, sagte Andrew, den die Sache sehr zu amüsieren schien. »Obwohl er unsere Sprache ja schon ein wenig spricht. Ich glaube, ich habe das Wort ›Haare‹ verstanden, und ganz sicher auch ›Mama‹. Deshalb habe ich gleich gewusst, wer für den Skandal verantwortlich ist. Dieser Junge braucht eindeutig einen Vater, der ihn beschützt.«

Rebekahs Lächeln schwand. »Nun, vielleicht könnte er einen Lehrer gebrauchen«, sagte sie, um das Thema zu umgehen. »Ich habe selbst fast das Lesen verlernt und Papa hat mit der Farm so viel zu tun …«

»Ich habe früher ein paar Jahre in der Schule unterrichtet«, warf Andrew ein. »Leider hatte ich nicht die Geduld für den Beruf. Aber mit *einem* kleinen Schüler würde ich schon zurechtkommen, wenn seine Mutter mir hilft.« Seine blauen Augen drückten eine Frage aus, die Rebekah noch nicht beantworten konnte, weil sie den Schmerz nicht sehen wollte, den ihre Antwort hervorrufen würde.

»Ich fürchte nur, seine Mutter wäre niemandem eine große Hilfe, zumindest nicht heute«, sagte sie schließlich. »Ich bin ziemlich erschöpft von dem kleinen Kampf mit Hunter. Komm, setz dich doch.«

Er folgte ihr zu der Bank und setzte sich, worauf er Hunter von seinen Schultern nahm und ihn auf seinen Schoß setzte. Der Junge kicherte vor Vergnügen. »Er scheint mich zu mögen«, stellte Andrew fest.

»Wahrscheinlich ist er ganz einfach froh, mit jemandem zusammen zu sein, der ihm nicht mit der Schere zu Leibe rückt«, erwiderte Rebekah und setzte sich neben ihn.

»Nein, ich glaube, es ist mehr als das«, beharrte Andrew.

»Nun, vielleicht ist er auch froh, einen Mann um sich zu haben«, sagte Rebekah nachdenklich. »Er war es ja gewohnt, seinen ...« Beinahe hätte sie »seinen Vater« gesagt. »... viele Männer um sich zu haben, die ihm alle möglichen Dinge beibrachten und ihn verwöhnten. So ziehen die Indianer ihre Kinder auf. Es ist eine Art Gemeinschaftsprojekt, und deshalb fühlt er sich vielleicht ein wenig einsam hier – nur mit mir und Jewel den ganzen Tag.«

»Wahrscheinlich vermisst er auch MacDougal«, warf Andrew ein. »Sie haben auf dem Weg hierher viel Zeit miteinander verbracht.«

Als er den Namen hörte, hob Hunter ruckartig den Kopf und blickte sich um. »Mac? Mac?«

Es gab Rebekah selbst einen Ruck, als sie seine Freude sah, doch sie schüttelte den Kopf. »Nein, Hunter«, sagte sie entschieden. »Mac kommt nicht.«

Enttäuschung machte sich auf dem kleinen Gesicht breit, und Rebekah hätte ihn in die Arme genommen, wenn er sich nicht von ihr abgewendet hätte.

»Er versteht nicht, warum MacDougal ihn nicht besuchen kommt«, erklärte sie Andrew.

»Ich schätze, er hat viel zu tun mit dem Geschäft. Es heißt, die Arbeit geht recht zügig voran. Ich bin schon sehr gespannt, wie der Laden aussieht«, fügte er voller Begeisterung hinzu. »Ich war immer schon fasziniert von solchen Dingen. Mein Vater überlässt das Handeln immer mir, wenn wir die größeren Einkäufe machen. Das ist das Einzige, was ich wirklich kann.«

Rebekah widerstand dem Drang, ihm zu versichern, dass er noch viele andere Stärken habe. Das hätte wohl eine Verlobte zu ihrem Zukünftigen gesagt und Rebekah wollte keinesfalls auch nur für einen Augenblick in diese Rolle schlüpfen.

»He, da fällt mir etwas ein!«, rief Andrew plötzlich. »Fahren wir doch einfach zu MacDougal hinüber und sehen wir uns den Laden an! Ich wollte ihn immer schon mal sehen und Hunter würde MacDougal bestimmt gern besuchen. Du siehst auch aus, als könnte dir ein kleiner Ausflug nicht schaden. Na, was meinst du?«

Rebekahs Herz machte einen Sprung. »Wir ... wir können doch nicht ...«, stammelte sie und wünschte, sein Vorschlag würde nicht gar so verlockend klingen.

»Aber sicher können wir. Frag doch mal Hunter, ob er fahren möchte«, schlug Andrew vor. »Wir könnten etwas zu essen mitnehmen und ein richtiges Picknick veranstalten.«

Rebekah war sich bewusst, dass sie der Verlockung nicht nachgeben sollte. Sie hatte keinen Grund, warum sie MacDougal hätte wiedersehen sollen – doch sie konnte nicht anders und fragte den Kleinen in der Sprache der Komantschen. Hunters Augen leuchteten und er sprang von Andrews Schoß und tanzte und jubelte.

»Ich glaube, die Idee gefällt ihm«, stellte Andrew fest. »Fragen wir doch Jewel, ob sie uns etwas zu essen mitgibt.«

»Bin schon dabei, Mr. Andrew«, ertönte Jewels Stimme aus der Küche.

Diese Unternehmung war also beschlossen. Gewiss hätte Rebekah ihrem Cousin sagen können, dass er allein mit Hunter losfahren solle. Wenn sie mitfuhr, würde sie ihm außerdem das Gefühl geben, dass sie gern ihre Zeit mit ihm verbrachte, was unter den momentanen Umständen nicht günstig war. Es hätte also alles dafür gesprochen, dass sie zu Hause blieb – und doch tat sie es nicht. Sie dachte nicht einmal einen Augenblick daran.

Sie fuhren im Wagen ihres Vaters. Das Essen hatten sie hinten verstaut, während Hunter vorne zwischen ihnen beiden saß. Er war so aufgeregt, dass er kaum still sitzen konnte. Die ganze Fahrt über löcherte er Rebekah mit Fragen über dies und jenes, was ihnen auf dem Weg begegnete.

Andrew sprang immer wieder hilfreich ein; mit viel mehr Geduld, als er sich selbst eingestehen wollte, half er dem Jungen, die Namen der verschiedenen Dinge richtig auszusprechen. Je näher sie ihrem Ziel kamen, umso unruhiger wurde auch Rebekah. Sie wollte es aber nicht wahrhaben, dass das Wiedersehen mit MacDougal sie aufregen würde. Schließlich spielte er keine Rolle mehr in ihrem Leben. Sie brauchte keine Angst mehr davor zu haben, dass er noch Macht über sie haben könnte oder Ansprüche an sie stellte. Sie war endlich frei. Außerdem hatte sie Andrew und Hunter bei sich, deren Anwesenheit nötigenfalls verhindern würde, dass er ihr zu nahe kam. Ein fröhliches Wiedersehen würde es bestimmt nicht werden, wenn sie an die letzte Begegnung dachte – trotzdem bestand kein Grund zur Besorgnis.

Trotz aller Bemühungen gelang es ihr nicht ganz, die Schmetterlinge in ihrem Bauch zu bezähmen. Sie musste schon froh sein, wenn sie ihre Aufregung, so gut es ging, verbergen konnte.

Schon von weitem sah man das Gebäude, in dem – nach Fertigstellung – das Geschäft eröffnet werden sollte. Sie war überrascht, wie weit die Arbeiten schon gediehen waren. Zu ihrem Erstaunen waren etwa ein halbes Dutzend Arbeiter mit dem Bau beschäftigt.

»Wo hat er denn die Arbeiter angeheuert?«, wollte sie wissen.

»Ich glaube, dass sie Farmer aus der Umgebung sind«, antwortete Andrew. »Sie waren bestimmt nicht traurig, ihre Felder zu verlassen, als sie hörten, dass Mr. MacDougal sie in bar entlohnt. Du weißt ja, wie knapp Bargeld in Texas immer noch ist.«

»Ich schätze, er hat es recht eilig, die Bauarbeiten abzuschließen«, meinte Rebekah nachdenklich. Sie wusste nicht recht, was sie beim Anblick dieses Gebäudes empfand, das immerhin der feste Beweis dafür war, dass MacDougal für immer in der Gegend – und damit in ihrer Nähe – bleiben würde. Die Vorstellung machte sie jedenfalls nicht so unglücklich, wie sie vielleicht erwartet hätte.

Hunter hüpfte aufgeregt auf und ab, als sie vor dem Geschäft vorfuhren, und Rebekah musste ihn festhalten und Acht geben, dass er nicht vom Wagen sprang und sich verletzte, bevor Andrew angehalten hatte. Als sie ihn losließ, kletterte er über ihren Schoß hinweg und vom Wagen hinunter und rief »Mac! Mac!«, so laut er konnte.

Auch sie hatte ihn bereits gesehen. Sie hatte ihn schon erkannt, lange bevor sie sein Gesicht sehen konnte, oder das rote Haar unter dem Sombrero. Seine Gestalt war ihr so vertraut, dass sie keine Mühe hatte, ihn zwischen den anderen Arbeitenden zu erkennen.

Er musste sie ebenfalls gesehen haben, denn er hörte zu arbeiten auf und kam die Leiter herunter, um auf sie zu warten. Er nahm Hunter in die Arme, als der Junge auf ihn zugestürmt kam, und die beiden unterhielten sich in einem Sprachengemisch, während Andrew ihr vom Wagen half.

Ihr Herz klopfte wie wild und ihre Knie zitterten, als sie sich bei Andrew unterhakte und auf ihn zuging. Er sah verändert aus. Vielleicht lag es daran, dass er seinen Bart abrasiert und sein Haar geschnitten hatte – doch es schien noch an etwas anderem zu liegen. Er war schmutzig und voller Sägemehl von dem Holz, an dem er gearbeitet hatte – aber auch das schien nicht der Grund für sein verändertes Aussehen zu sein.

»Guten Morgen, Mr. MacDougal«, rief Andrew mit fröhlicher Stimme. »Ich hoffe, Sie haben nichts gegen einen kleinen Besuch.«

»Ich freue mich immer, wenn ich Hunter wiedersehe«, gab MacDougal zurück und blickte zum ersten Mal Rebekah und Andrew an. Jetzt erst erkannte sie, was sich an ihm verändert hatte. Es waren die Augen. Sie waren eiskalt und getrübt; obwohl er sie ansah, hatte sie das Gefühl, dass er sie gar nicht richtig wahrnahm. Sie erzitterte und zog das Umhängetuch enger um sich, obwohl es eigentlich nicht kalt war.

Andrew lachte nur über MacDougals etwas beleidigenden Worte. »Vielleicht freuen Sie sich auch ein wenig über *unsere* Anwesenheit, wenn wir Ihnen verraten, dass wir einen Picknickkorb mitgebracht haben, den Jewel eigens für Sie zusammengestellt hat.«

Andrew war inzwischen zu ihm hingegangen und streckte ihm die Hand entgegen, sodass Rebekah gezwungen war, seinen Arm loszulassen. MacDougal hielt Hunter immer noch auf dem Arm und zögerte kurz, bis er den Jungen auf den linken Arm nahm. Dann wischte er seine Hand am Hosenbein ab und schüttelte Andrew schließlich die Hand. Er tat das alles mit sichtlichem Widerwillen, was Andrew jedoch nicht zu bemerken schien oder es sich nicht anmerken ließ.

»Das Ganze war also Jewels Idee?«, fragte MacDougal, ohne Rebekah anzublicken.

»O nein, Rebekah hat es vorgeschlagen«, log Andrew großmütig. »Sie meinte, Hunter hätte Sie lang nicht mehr gesehen – und nachdem Sie jetzt so beschäftigt sind, lag es doch nahe, dass wir mal zu Ihnen rauskommen.«

»Hunter hat sich gefragt, wo du bist«, fügte Rebekah hastig hinzu – erleichtert, dass ihre Stimme einigermaßen normal klang, obwohl jeder Nerv in ihr zum Zerreißen gespannt war. »Er ... er hat dich vermisst.«

»Ich habe ihn auch vermisst«, sagte MacDougal, immer noch ohne sie anzublicken. »Möchtest du dich einmal hier umsehen?«, wandte er sich an den Jungen.

Hunter nickte begeistert und wand sich in seinem Arm, um hinuntergelassen zu werden. MacDougal stellte ihn auf den Boden und nahm ihn an der Hand. Bevor sie gingen, blickte er noch einmal über die Schulter zurück und sagte in ziemlich kühlem Ton: »Ihr könnt mitkommen, wenn ihr wollt.«

Andrew bot ihr erneut seinen Arm und beugte sich zu ihr, um ihr zuzuflüstern: »Er scheint nicht gerade erfreut zu sein, mich hier zu sehen.«

In diesem Moment erst fiel Rebekah wieder ein, was sie zu MacDougal gesagt hatte, um ihn loszuwerden. Sie hatte ihm versichert, Andrew zu heiraten. Kein Wunder, dass er so unhöflich war. Er dachte wahrscheinlich, sie war mit ihrem Verlobten nur gekommen, um ihm eins auszuwischen. Wie hatte sie bloß so dumm sein können?

»Er hat wahrscheinlich gehört, wie gut du im Handeln bist«, sagte sie, um Andrew zu beruhigen.

MacDougal betrat mit Hunter den Rohbau des Hauptgebäudes und erklärte ihm, wie er die Räume nützen würde. Kaum hatte er ein, zwei Sätze gesagt, übersetzte er sie für Andrew – doch Rebekahs Anwesenheit beachtete er gar nicht. Während sie durch das halb fertige Gebäude gingen, begrüßten die Arbeiter Andrew, der die Grüße erwiderte und hier und dort stehen blieb, um ein paar Worte zu wechseln und den Männern Rebekah Tate vorzustellen. Jedes Mal sagte er: »Du kennst doch meine Cousine Rebekah Tate, nicht wahr?« – eine Frage, die alle Anwesenden bejahten. Rebekah erinnerte sich nur sehr vage, die Gesichter in der Kirche gesehen zu haben – doch sie nickte den Männern höflich zu und bemühte sich, ihre neugierigen Blicke nicht weiter zu beachten. Vor allem aber versuchte sie, nicht daran zu denken, dass MacDougal sie nicht beachtete, und tat so, als würde es sie ohnehin nicht berühren.

Während Andrew mit den Männern schwatzte und Rebekah an seiner Seite stand, ging MacDougal mit Hunter hinaus ins Freie und zeigte ihm die Nebengebäude. Er erklärte ihm, wie die Dächer auf die Gebäude gesetzt würden. Der Junge hörte aufmerksam zu und stellte hunderttausend Fragen.

Als Rebekah und Andrew zu den beiden aufschlossen, schien MacDougal ihre Anwesenheit bereits vergessen zu haben. Er war in die Knie gegangen, um sich in Augenhöhe mit Hunter unterhalten zu können – und sie schienen ein recht angeregtes Gespräch zu führen. Rebekah sah, dass MacDougals Gesichtsausdruck sanfter geworden war, und für einen Augenblick schien er wieder der Mann zu sein, den sie gekannt hatte.

Doch kaum hörte er sie beide kommen, verschwand alles Sanfte aus seinem Blick, und er richtete sich auf, um ihnen entgegenzugehen. »Also, ich wüsste nicht, warum ihr beide noch länger bleiben solltet. Ihr könnt ja Hunter für einen oder zwei Tage hier lassen, oder auch länger, wenn ihr wollt. Kommt einfach wieder und holt ihn ab, wenn ihr es für richtig haltet.«

Er schickte sie nach Hause – anders konnte man es nicht verstehen. Er wollte Rebekah nicht in seiner Nähe haben, sie weder sehen noch mit ihr sprechen. Aber was hatte sie auch anderes erwartet? Und warum um alles in der Welt sollte ihr das etwas ausmachen?

Sie öffnete den Mund, um etwas zu sagen – doch Andrew kam ihr zuvor. »Ich schätze, das muss Rebekah entscheiden, ob sie Hunter hier lassen will oder nicht. Aber wir beide haben nichts Wichtiges zu tun – und wie ich schon sagte, wir wollten ein kleines Picknick machen. Ich weiß, Sie wollen wieder an Ihre Arbeit gehen, Mr. MacDougal, aber Sie müssen ja sowieso essen, ob wir hier sind oder nicht – also warum essen Sie dann nicht mit uns? Hunter würde sich sicher freuen«, sagte er, um schließlich mit seinem sympathischen Lächeln hinzuzufügen: »Außerdem würde ich gern mehr über Ihr Geschäft hier erfahren – und ich bekomme so schnell sicher keine Gelegenheit mehr dazu.«

Rebekah erkannte plötzlich, dass Andrews Interesse an den geschäftlichen Dingen viel größer war, als er sie glauben ließ. Es musste ihm wirklich viel daran liegen, wenn er sogar bereit war, MacDougals unhöfliches Verhalten in Kauf zu nehmen.

Und wenn diese Sache für Andrew tatsächlich so wichtig war, dann war es das Mindeste, was sie ihm schuldete, MacDougals Gegenwart noch länger zu ertragen. »Ja, MacDougal, iss doch mit uns«, forderte sie ihn auf und hoffte, dass ihr Lächeln nicht allzu gezwungen wirkte.

MacDougal überlegte quälend lange, bis er endlich zustimmte: »Ich möchte mich nur noch ein wenig waschen. Ich glaube, dort drüben bei der Kirche wäre ein gutes Plätzchen.« Ohne auf eine Antwort zu warten, nahm er Hunter an der Hand und die beiden gingen zu dem Zelt, in dem MacDougal im Augenblick hauste.

Andrew seufzte tief und blickte Rebekah fragend an, was sie jedoch nicht weiter beachtete. »Diese Unternehmung war deine Idee«, erinnerte sie ihn und ging zum Wagen.

Sie holten den Picknickkorb und gingen zu dem Baum hinüber, den MacDougal vorgeschlagen hatte. Als sie dort ankamen, stellten sie jedoch fest, dass sie vergessen hatten, eine Decke mitzunehmen. »Ich werde MacDougal fragen, ob er eine Decke hat«, sagte Andrew und machte sich auf den Weg. Als Rebekah allein unter dem Baum stand, verwünschte sie sich selbst dafür, dass sie sich so leichtsinnig in diese peinliche Situation begeben hatte.

Sean zeigte Hunter, wie man sich in einer Schüssel

wusch, als Andrew plötzlich im Zelteingang auftauchte. Sean richtete sich auf und blickte den jungen Mann finster an. Es kostete ihn einige Überwindung, ihm nicht das strahlende Lächeln aus dem hübschen Gesicht zu prügeln.

»Wir bräuchten eine Decke für unser Picknick«, sagte Andrew. »Wir haben leider vergessen, eine mitzubringen.«

Sean trocknete seine Hände und bückte sich nach einer Decke, die er zusammenfaltete und Hunter reichte. In der Sprache der Komantschen teilte er ihm mit, dass er sie zu seiner Mutter hinaustragen solle, und der Junge lief sogleich los. Sean wartete, bis Hunter draußen war. Dann sagte er: »Ich habe keine Ahnung, was Sie vorhaben, Nelson, aber Sie können jetzt damit aufhören. Ich habe nicht vor, mich auf irgendwelche Spielchen mit Ihnen einzulassen.«

Andrew Nelson blinzelte verdutzt und sein Lächeln schwand. »Von was für Spielchen reden Sie?«

»Ich rede davon, dass Rebekah mir alles über euch beide erzählt hat. Sie kann heiraten, wen sie will, aber ich werde ganz sicher nicht zusehen, wie ...«

»Was meinen Sie damit – sie hat Ihnen alles über uns beide erzählt?«, fiel ihm Andrew ins Wort. »Hat sie Ihnen denn gesagt, dass sie mich heiratet?«

»Und ob sie das gesagt hat«, antwortete Sean so zornig, dass er zuerst gar nicht bemerkte, wie freudig Andrew seine Worte aufnahm. Als es ihm schließlich doch auffiel, kam ihm der Verdacht, dass die Angelegenheit vielleicht doch etwas anders sein könnte, als er gedacht hatte. »Sie meinen, sie hat Ihnen noch gar nicht gesagt, dass sie Sie heiratet?«

»Nicht direkt«, gab Nelson zu. Es war ihm zwar etwas peinlich, doch er ließ sich die Freude dadurch nicht trüben. »Ich meine, ich habe sie gefragt. Es war übrigens an dem Tag, als Sie mit dem Jungen kamen. Sie schien sehr überrascht zu sein, obwohl sie doch eigentlich hätte wissen können, was ich für sie empfinde. Da konnte ich sie doch nicht drängen, mir gleich eine Antwort zu geben, oder?«

»Und sie hat Ihnen immer noch nicht ihren Entschluss mitgeteilt?«

»Ich wollte sie einfach nicht drängen«, antwortete er. »Zuerst dachte ich ja, dass Sie und Rebekah ... Aber sie sagte mir, dass ich mich irre – also sehe ich kein Hindernis. Gewiss, sie macht sich Sorgen wegen des Jungen, aber er mag mich, glaube ich. Ich dachte mir, dass sie noch ein wenig Zeit braucht, aber wenn sie es Ihnen schon gesagt hat, dann brauche ich mir wohl keine Sorgen mehr zu machen«, sagte er und lächelte, offensichtlich in der Erwartung, dass Sean ihm zustimmte.

Doch Sean stimmte ihm ganz und gar nicht zu. Warum sollte eine Frau ihrem früheren Liebhaber sagen, dass sie einen anderen heiratete, wenn der Betreffende selbst es noch gar nicht wusste? Sean dachte an jene Szene in Rebekahs Schlafzimmer zurück, als sie ihn abgewiesen hatte. Es war am selben Tag gewesen, als Nelson sie um ihre Hand gebeten hatte. Sean versuchte sich an ihre Worte zu erinnern. Doch sie hatte eigentlich überhaupt nichts gesagt. Sean selbst hatte die Vermutung ausgesprochen und Rebekah hatte seine Befürchtung nur bestätigt – ein wenig zu eifrig, wie ihm jetzt schien.

Rückblickend fragte er sich, ob er ihr nicht den perfekten Vorwand geliefert hatte, ihn loszuwerden – den Vorwand, nach dem sie selbst verzweifelt gesucht hatte. »Ich will dich nicht«, hatte sie gesagt – jene Worte, die für ihn das Ende ihrer Beziehung bedeutet hatten.

Aber wenn sie ihn wirklich nicht wollte, wenn sie wirklich nichts mit ihm zu tun haben wollte – warum war sie dann hier? Und warum hatte sie noch bleiben wollen, nachdem er sie gleichsam weggeschickt hatte?

»Wessen Idee, sagten Sie doch gleich, war es, mit Hunter hierher zu kommen?«, fragte er Andrew.

»Nun, ehrlich gesagt, es war meine Idee«, antwortete Andrew ein wenig überrascht. »Ich wollte den Laden sehen und ...«

»Und Sie haben Rebekah überredet, mitzukommen?«, bohrte Sean weiter.

»Nicht direkt«, antwortete Nelson langsam. »Es war nicht sehr schwer, sie zu überreden. Ich glaube, sie wusste genau, wie gern Hunter Sie sehen wollte.«

Doch Rebekah hätte ihn bestimmt nicht treffen wollen – nicht nach dem, was damals zwischen ihnen vorgefallen war. Warum also war sie hier? Oder war es vielleicht doch so, dass sie Sean trotz allem sehen wollte?

Das passte durchaus zu Rebekah Tate, so wie er sie kannte. Sie hatte ihn sehen wollen, doch sie kam Arm in Arm mit dem Mann, den sie angeblich heiraten wollte. Das ergab zwar keinen Sinn, aber Sean hielt die Sache mit der Heirat dennoch für möglich – denn Rebekah Tate war für ihn immer schon voller Widersprüche und Rätsel gewesen. Seltsam war nur, dass sie Nelson noch nicht gesagt hatte, dass sie ihn heiraten würde. Vielleicht, ja vielleicht bestand ja doch noch eine kleine Chance, dass er und Rebekah ... Er lächelte über den Gedanken, was Andrew nur noch stutziger machte.

»Hören Sie, wenn wir Sie wirklich so sehr stören, dann können wir ja wieder gehen«, schlug Andrew vor, doch Sean schüttelte sogleich den Kopf.

»Mag sein, dass ich zuerst nicht gerade begeistert war. Aber eigentlich würde ich den Laden gern einmal jemandem zeigen, der etwas davon versteht«, versicherte Sean lächelnd und verblüffte seinen Gast vollends mit diesem plötzlichen Sinneswandel. »Ich brauche nur eine Minute, um mich ein wenig zu waschen.«

Während Nelson verwirrt und nachdenklich wartete, zog sich Sean schnell ein neues Hemd an und kämmte sich das Haar, bevor er den Hut aufsetzte. Auf diese Weise würde er annehmbar aussehen, ohne dass man gleich denken musste, er wolle einen besonders guten Eindruck machen. Und so klopfte er Nelson freundschaftlich auf die Schulter und sagte: »Dann wollen wir die Lady nicht länger warten lassen, was?«

Rebekah saß auf der Decke, die sie zusammen mit Hunter unter dem Baum ausgebreitet hatte, und sah die beiden Männer näher kommen. Einen Moment lang wäre sie am liebsten aufgesprungen und weggelaufen. Sie hatte das Gefühl, MacDougals stumme Verachtung nicht länger ertragen zu können – und sollte er ihre angebliche Hochzeit mit Andrew erwähnen, so würde sie in den Erdboden versinken. Wie hatte sie sich nur in eine so peinliche Situation manövrieren können!

Doch als die beiden Männer näher kamen, sah sie, dass sie ein durchaus freundschaftliches Gespräch führten. Und als Hunter auf sie zulief, um sie zu begrüßen, lachten sie beide.

MacDougal hob ihn hoch und setzte ihn auf seine Schultern. Irgendetwas musste in MacDougals Zelt vorgefallen sein, was die angespannte Stimmung zwischen den beiden gelockert hatte. Rebekah wagte jedoch nicht darüber nachzudenken.

»Das sieht ja köstlich aus«, stellte MacDougal fest, als er sah, dass Rebekah bereits das Essen vorbereitet hatte. Er war plötzlich richtig freundlich, was sie irgendwie beunruhigend fand. »Diese Jewel weiß, wie man das Herz eines Mannes gewinnt.«

»Und seine Seele obendrein«, stimmte Andrew zu, als sie sich beide auf der Decke niederließen.

MacDougal setzte sich in der Art der Indianer hin und nahm Hunter von seinen Schultern herunter, um ihn neben sich zu setzen – direkt zwischen sich und Rebekah. Andrew machte es sich ihnen gegenüber bequem und streckte sich, auf einen Ellbogen gestützt, auf der Decke aus.

»Nehmt euch«, murmelte sie angespannt und wartete wieder auf irgendetwas Unangenehmes. Das Leben hatte sie gelehrt, stets auf der Hut zu sein.

Die Männer ließen es sich nicht zweimal sagen, und Rebekah gab Hunter ein Sandwich und zeigte ihm, wie man es aß. Sie selbst nahm sich nichts, da sie keinen Bissen hinunterbringen würde.

Während des Essens sprach keiner ein Wort, was Rebekah besonders quälend empfand, da sie ja nichts aß und somit nur wartete. Den Männern schien die Stille jedoch nicht aufzufallen. Schließlich aber war es Andrew, der das Schweigen brach und zu MacDougal sagte: »Ich hoffe, Sie haben Hunter ein Kompliment wegen seiner kurzen Haare gemacht.«

Hunter hob aufmerksam den Kopf, als er seinen Namen hörte. Als auch noch das Wort ›Haare‹ fiel, warf er Rebekah einen bitterbösen Blick zu, bis er sich erwartungsvoll MacDougal zuwandte.

»Ich habe ihm gesagt, dass die weißen Männer ihr Haar so tragen – und schließlich ist er ja jetzt ein weißer Mann.« MacDougal strich dem Jungen zärtlich über das Haar. »Es gefällt ihm zwar immer noch nicht besonders, aber er erträgt es etwas leichter, seit er meine kurzen Haare jetzt auch gesehen hat.« Danach übersetzte MacDougal seine Worte für Hunter, der daraufhin ein etwas glücklicheres Gesicht machte. Wenigstens starrte er seine Mutter nicht mehr so böse an und wandte sich wieder seinem Sandwich zu.

Danach herrschte wieder Schweigen, und Rebekah fragte sich, wie lange sie das noch ertragen sollte, bis MacDougal sich schließlich an sie wandte und sagte: »Du hast dich noch gar nicht geäußert, wie dir mein Geschäft gefällt, Rebekah Tate.«

Rebekah hatte das Gefühl, dass es ihr die Kehle zuschnürte, doch trotzdem brachte sie eine Antwort heraus. »Es ist groß«, sagte sie.

»Ist das alles?«, fragte er in freundlichem Ton. Ein wenig zu freundlich. Sie traute ihm nicht über den Weg, wenn er sein liebenswürdiges Lächeln aufsetzte.

»Nein, das ist nicht alles«, platzte es aus ihr heraus. Sie konnte sich einfach nicht länger beherrschen. »Ich verstehe nicht, wie du hier draußen Geld verdienen willst. Hier in Texas hat niemand Geld, zumindest nichts Bares, und man kann wohl kaum reich werden, wenn man für seine Waren kein Bargeld bekommt, sondern bloß irgendwelches Zeug.«

MacDougal war genauso überrascht wie sie selbst über diesen Gefühlsausbruch, sodass Andrew für ihn antwortete. »Es wird bestimmt besser – jetzt, da Texas zu den Vereinigten Staaten gehört«, erklärte er ihr. »Und für den Anfang wird Mr. MacDougal froh sein, für seine Waren zum Beispiel Getreide zu bekommen. Das Getreide verkauft er dann an der Küste zu einem viel höheren Preis, als er dafür bezahlen musste – daher kommt dann das Geld. Habe ich nicht Recht?«, wandte er sich an MacDougal.

»Stimmt genau«, antwortete MacDougal sichtlich beeindruckt. »Wo haben Sie denn das alles gelernt?«

Andrew zuckte die Achseln. »Ich habe viel gelesen – und diese Dinge haben mich immer schon fasziniert. Nur eines habe ich nie ganz begriffen – nämlich, wie viel man für eine Ware verlangen muss, um sicher zu gehen, dass man Gewinn dabei macht.«

Die beiden Männer waren bald in ein lebhaftes Gespräch über Gewinn und Verlust und eine Reihe anderer geschäftlicher Dinge vertieft, von denen Rebekah nichts verstand. Doch sie beklagte sich nicht. Wenigstens schien MacDougal nicht mehr verärgert zu sein, und während seiner Unterhaltung mit Andrew beachtete er sie nicht, was ihr nur entgegen kam.

Doch Hunter war weniger einverstanden damit; er hatte sein Sandwich aufgegessen und langweilte sich. Und so gingen MacDougal und Andrew mit ihm zu einem Stapel Baumstämme, auf denen der Junge herumklettern konnte, während die beiden Männer sich weiter angeregt unterhielten. Irgendwie schafften sie es, Hunter zu amüsieren und ihr Gespräch trotzdem weiterzuführen. Es schien ihnen gar nicht aufzufallen, dass sie Rebekah allein zurückgelassen hatten.

Es machte ihr auch gar nichts aus, sie packte die Überreste des Picknicks zusammen und lehnte sich dann an den Baum und schloss die Augen – bis auf einen kleinen Spalt, durch den sie MacDougal beobachtete.

Er war, wie sie sich eingestehen musste, ein sehr attraktiver Mann. Kein Wunder, dass sie ihm erlaubt hatte, sie zu ... Aber daran durfte sie nicht denken – nicht jetzt und auch nicht später, denn es war einfach zu gefährlich für sie. Nein, sie würde sich einfach an seinem Anblick erfreuen – an der Leichtigkeit seiner Bewegungen, an der Art und Weise, wie sein rotes Haar in der Sonne glänzte, wenn er den Hut abnahm, um sich über die Stirn zu wischen, an seiner Zuneigung zu ihrem Sohn und an dem Interesse, das Andrew ihm entgegenbrachte.

Andrew sah auch gut aus, doch trotz seiner Größe und kräftigen Statur, wirkte er neben MacDougal irgendwie unscheinbar. Hunter gestattete es den beiden Männern nicht, ihn zu vergessen, immer wieder sprang er von dem höchst gelegenen Baumstamm in MacDougals Arme. Schließlich wurde selbst MacDougal müde und er führte den Jungen zu einer niedrigen Mauer des Geschäftsgebäudes, um ihm zu zeigen, wie man darauf gehen konnte. Hunter balancierte über die Mauer hinweg, während MacDougal und Andrew links und rechts von ihm gingen, um ihn aufzufangen, falls er herunterfallen sollte.

Hunter würde gar nicht erfreut sein, wenn es galt, nach Hause zu fahren – das wusste Rebekah genau. Er würde wie am Spieß schreien und betteln, bei MacDougal bleiben zu dürfen, doch das konnte sie ihm nicht erlauben, ja, sie hätte erst gar nicht mit ihm hierher fahren sollen. Es hatte doch keinen Sinn, dass er eine immer größere Zuneigung zu MacDougal entwickelte, da dieser niemals ein Teil ihres Lebens sein würde.

Andererseits brauchte Hunter auch Männer um sich herum. Ihr Vater liebte seinen Enkel, doch er hatte mit der Farm so viel zu tun, dass er am Abend nicht mehr die Kraft hatte, sich mit den Launen eines kleinen Jungen abzugeben. Natürlich hätte Andrew ihr helfen können, doch sie konnte nicht erwarten, dass er wie ein Vater zu ihrem Sohn war, wenn sie ihn nicht heiraten wollte. Und da sie das nun einmal nicht tun würde, was sie ihm im Übrigen schon sehr bald würde sagen müssen, würde er auch nicht mehr allzu oft zu ihnen kommen. Und sie konnte es auch nicht von einem anderen Mann verlangen, sich mit einem Halbblut abzugeben.

MacDougal war der Einzige, der es tat, doch auch er würde Hunter seine Aufmerksamkeit nur dann schenken, wenn er dafür Rebekah bekam, dessen war sie sich sicher. Aber das war ein Preis, den sie nicht zu zahlen bereit war. In diesem Moment spürte sie große Verzweiflung angesichts ihrer Hilflosigkeit.

Doch sie gestattete es sich nicht, diesen Gefühlen nachzugeben. Sie wusste, dass sie etwas für ihren Sohn unternehmen musste, ohne sich selbst aufzuopfern. Sie sah, dass Hunter sich nun im Inneren des Gebäudes herumtrieb, während MacDougal Andrew mit weit ausholenden Gesten beschrieb, wie er den Laden einzurichten gedachte.

Andrew nickte und machte seinerseits Vorschläge, wie man es noch besser machen könnte. Nie zuvor hatte Rebekah ihn so voller Interesse für eine Sache erlebt.

Für einen Augenblick vergaß sie sogar ihre eigenen Sorgen und das Herz tat ihr weh vor Mitgefühl für ihren Cousin. Der arme Andrew – er musste seinen Platz in der Welt erst finden und bald schon würde sie seine Hoffnungen auf ein glückliches Leben mit ihr zunichte machen müssen. Wenn es nur etwas gäbe, für das er sich wirklich interessieren würde, so wie für MacDougals Laden hier …

Da kam ihr wie ein Blitz aus heiterem Himmel die Idee – und sie setzte sich ruckartig im Schatten des alten Baumes auf. Es war die perfekte Lösung des Problems – perfekt für Andrew und auch für sie. Wenn es Andrew gelang, sich hier bei MacDougal etwas aufzubauen und Erfolg zu haben, dann würde er leichter darüber hinwegkommen, dass er sie nicht bekam. Und wenn Rebekah zu seinem Glück etwas beitragen konnte, dann würde sie kein so schlechtes Gewissen mehr haben.

Als sie den Gedanken weiterspann, erkannte sie, dass diese Lösung auch für Hunter von Vorteil sein würde. Wenn Andrew für MacDougal arbeitete, würde sie einen Grund haben, Hunter öfter herzubringen und sie würde sich in MacDougals Gegenwart nicht so schutzlos fühlen.

Doch sie wusste, dass sie die Sache selbst ansprechen musste. Andrew dachte wahrscheinlich gar nicht an eine solche Möglichkeit – und wenn doch, so würde er diesen Vorschlag niemals unterbreiten, weil er nicht glaubte, jemandem nützlich sein zu können, außer ihr vielleicht. Das bedeutete, dass Rebekah mit MacDougal sprechen musste. Die Aussicht ließ sie erzittern, doch sie redete sich selbst zu, dass sie keine Angst vor ihm hatte. Was konnte ihr schon passieren, außer dass er nein sagte?

Und so wartete sie und bereitete sich auf den Moment vor, während die Sonne sich allmählich westwärts neigte. Sie würden bald aufbrechen müssen. Sie hatten MacDougal lange genug von der Arbeit abgehalten und Hunter wurde allmählich müde und quengelig. Schließlich rief sie Andrew zum Aufbruch. Er winkte ihr bestätigend zu und die beiden Männer machten sich langsam mit Hunter auf den Weg zurück.

Ihre Stimmen drangen schon von weitem zu ihr. Sie sprachen gerade über den Krieg, wie die Männer es in letzter Zeit oft zu tun schienen.

»Also, dass sie einem Mann wie General Taylor so etwas antun«, sagte Andrew aufgebracht.

»Stimmt, aber die Politiker wollten nun mal keinem General von der Whig-Partei zugestehen, dass er für den Sieg verantwortlich ist – besonders wenn er als Präsident kandidieren will. Ich habe gehört, dass sie seinem Waffenstillstand nicht zugestimmt haben und dass die Kämpfe am 13. November wieder beginnen sollten – das heißt, dass bereits wieder gekämpft werden müsste.«

»Was für eine Frechheit, dass sie General Scott hinunterschicken, um das Kommando zu übernehmen, als hätte Taylor die Sache verpfuscht – dabei hat er den Mexikanern doch kräftig in den Ar...« Andrew wurde sich plötzlich bewusst, dass Rebekah ihn hören konnte, und brach mitten im Wort ab.

MacDougal trug Hunter und ließ ihn zwischendurch immer wieder kopfüber nach unten hängen, um ihn gleich darauf wieder auf seine Schultern klettern zu lassen. Als sie die Decke erreichten, hing Hunter gerade nach unten und kreischte laut vor Vergnügen, während MacDougal ihn an einem Bein festhielt.

»Lass ihn doch einfach zwei Tage hier«, sprach MacDougal sie an, was ihr Herz sogleich schneller schlagen ließ. »Es würde mir wirklich Spaß machen.«

»Nein, ich ...« Rebekah schluckte erst einmal, bevor sie weitersprechen konnte. »Du hast so viel zu tun und es kann so leicht hier etwas passieren. Du kannst ja nicht jede Minute auf ihn Acht geben.«

Er runzelte die Stirn, widersprach ihr aber nicht. »Er wird sich nicht freuen, schon nach Hause fahren zu müssen.«

»Vielleicht ... vielleicht können wir ja wiederkommen«, schlug sie vor.

MacDougal betrachtete sie mit zusammengekniffenen

Augen und sie hatte das ungute Gefühl, dass er mehr sah, als er sehen sollte. »Wenn du möchtest«, sagte er schließlich und verriet nicht, ob es auch sein Wunsch war.

Sie nahm den Korb und reichte ihn Andrew. »Würdest du bitte den Korb in den Wagen bringen?«, fragte sie. »Ich würde gern einen Augenblick mit MacDougal allein sprechen.«

Andrew hob überrascht die Augenbrauen und einen Moment lang fürchtete sie, er könnte eifersüchtig reagieren. Doch sie hätte wissen müssen, dass er ihr keine Bitte abschlagen konnte. Er nahm den Korb, wenn auch etwas widerwillig, und ging zum Wagen. Gelegentlich warf er einen sorgenvollen Blick über die Schulter zurück.

Doch darauf konnte Rebekah jetzt keine Rücksicht nehmen. Sie wandte sich MacDougal zu, der sie mit misstrauischen Augen ansah, so dass sie nahe daran war, ihren Plan fallen zu lassen. Er wirkte so übermächtig und bedrohlich – und irgendetwas in ihr schien zu wollen, ihren Widerstand gegen ihn aufzugeben und sich in seine Arme sinken zu lassen. Dieses Bedürfnis raubte ihr den Atem, sodass sie fürchtete, kein Wort herauszubringen.

Dann bückte sich MacDougal und hob die Decke auf. Er schüttelte sie aus und rollte sie zusammen. »Bring das hier in mein Zelt«, sagte er zu Hunter. Der Junge nahm die Decke und lief sogleich los. Sie war jetzt allein mit MacDougal. Er sah sie erwartungsvoll an; ansonsten ließ sein Gesicht keine Gefühlsregung erkennen.

Einen Moment lang spürte Rebekah eine panikartige Angst in sich hochkriechen – doch sie beruhigte sich schnell wieder. Schließlich waren Andrew und ein halbes Dutzend Männer in der Nähe, um ihr zu helfen, falls MacDougal ihr gefährlich wurde, was jedoch eher unwahrscheinlich war.

Sie holte tief Luft und versuchte zu lächeln. »Würdest du …?«, begann sie, beschloss dann aber, es nicht als Frage zu formulieren. »Du solltest Andrew eine Stelle in deinem Geschäft anbieten«, sagte sie ohne Umschweife.

Er sah sie verblüfft an und seine braunen Augen weiteten sich. »Warum?«, fragte er in scharfem Ton. »Damit er es sich leisten kann, dich zu heiraten?«

Rebekah hätte am liebsten ihre eigene Dummheit verflucht. Jetzt würde sie ihm die Wahrheit sagen müssen. Sie spürte, wie ihr die Hitze in die Wangen stieg, doch sie straffte tapfer ihre Schultern. »Nein, weil er Arbeit braucht, und du brauchst ohnehin jemanden, der dir hilft. Er versteht wirklich sehr viel von diesen Dingen.«

»Und was soll ich als Nächstes tun? Ihm ein Haus bauen, in dem ihr beide leben könnt? Vielleicht gleich nebenan, damit ich euch in den warmen Sommernächten stöhnen höre, wenn das Schlafzimmerfenster geöffnet ist. Gibst du all diese entzückenden Laute auch von dir, wenn du mit ihm zusammen bist, Rebekah Tate?«

»Hör auf!«, rief sie empört, bis ihr bewusst wurde, dass die anderen sie hören konnten. Mit leiserer Stimme sagte sie: »Halt deinen dreckigen Mund und hör mir zu! Andrew und ich ... Wir sind nicht ... Wir werden nicht heiraten«, zwang sie sich, zu sagen, auch wenn es sie noch so viel Überwindung kostete und ihr Gesicht sich dunkelrot verfärbte.

Er wirkte erneut überrascht oder tat zumindest so. »Ein Streit unter Liebenden?«, fragte er. »Ihr scheint euch doch heute ganz gut vertragen zu haben. Vielleicht renkt sich ja alles noch ein.«

Sie glaubte Sarkasmus in seinen Worten zu hören, doch sie war zu wütend, um darüber nachzudenken. »Es wird sich nichts einrenken, weil es nichts einzurenken gibt. Was ich damals über mich und Andrew gesagt habe, war gelogen, weil ich hoffte, dass du mich dann in Ruhe lässt.«

Sein Gesicht schien zu Stein zu erstarren – doch aus irgendeinem Grund wirkte er gar nicht überrascht. »Ist es dir denn so wichtig, mich loszuwerden?«

Ja, hätte sie am liebsten ausgerufen, doch damit hätte sie auch ihre eigene Schwäche eingestanden – und sie wusste, dass MacDougal ihre Schwäche ausnützen würde. »Es war dumm von mir«, sagte sie schließlich, und es gelang ihr, ihre Stimme zu beherrschen, als sie fortfuhr: »Ich hätte niemals Andrew hineinziehen dürfen, aber du darfst es jetzt nicht ihn büßen lassen. Bitte, MacDougal«, fügte sie hinzu, wenn auch mit größter Mühe.

Diesmal war sein Staunen echt. »Bitte? Ich hätte nicht gedacht, dass ich dieses Wort einmal von dir hören würde, Rebekah Tate.«

»Ich hätte auch nicht gedacht, dass ich es jemals zu dir sagen würde«, gab sie zurück, »aber es ist wirklich wichtig. *Andrew* ist mir wichtig, und ich kann es nicht zulassen, dass er für meine Dummheit büßen muss. Du brauchst gewiss Hilfe, MacDougal, und Andrew kann dir helfen. Du darfst dich nicht an ihm rächen, nur weil du mich hasst!«

Er verzog das Gesicht zu einem bitteren Lächeln, das Rebekah einen Schauer über den Rücken jagte. »Ich hasse dich nicht, Rebekah Tate«, sagte er mit brüchiger Stimme. »Ich wünschte, es wäre so.«

Sie wollte ihn fragen, wie er das meinte, doch sie wagte es nicht. Zum Glück kam Hunter in diesem Augenblick gelaufen – und zwar so schnell, dass er nicht mehr rechtzeitig anhalten konnte; er prallte mit voller Wucht gegen MacDougals Beine und brachte ihn dadurch ins Wanken. MacDougal hob den Jungen hoch und schalt ihn in der Sprache der Komantschen.

Hunter entschuldigte sich zerknirscht und wand sich dann in seinen Armen, um hinuntergelassen zu werden. Dann nahm er MacDougal an der Hand, um ihn dazu zu bewegen, mit ihm zu spielen.

MacDougal stand regungslos da und blickte Rebekah unverwandt in die Augen, wie um sie zu zwingen, irgendetwas zu sagen. Sie verspürte einen überwältigenden Drang, sich in seine Arme zu werfen, so wie Hunter es so gern tat, und dort Trost und Kraft zu finden. Es erschien ihr so leicht, und sie fühlte sich manchmal so schwach und hilflos, dass sie fast bereit war, das Opfer zu bringen, das dafür nötig sein würde.

Doch dann erinnerte sie sich daran, wie es war, wenn man völlig hilflos einem anderen Menschen ausgeliefert war, und sie wusste, dass sie das nicht mehr ertragen würde. Und so weigerte sie sich wieder, MacDougal den Wunsch zu erfüllen, den er im Stillen hegte, und sagte zu ihrem Sohn: »Hunter, wir müssen jetzt gehen.«

Der Junge erstarrte vor Schreck und sah dann hilfesuchend MacDougal an. MacDougal wandte den Blick nicht von Rebekah ab und nickte nur, worauf Hunter laut heulte.

»Ich habe dir ja gesagt, dass er keine Freude damit haben wird«, sagte MacDougal und wandte sich schließlich von ihr ab, um den Jungen hochzuheben und ihn unter dem Arm zum Wagen zu tragen, wo Andrew bereits wartete.

Hunter trat mit den Füßen um sich und brüllte aus Leibeskräften – doch es nützte nichts. Rebekah befahl ihm, still zu sein, doch er heulte so laut, dass er sie gar nicht hörte. Schließlich nahm MacDougal den schreienden Jungen und legte ihn übers Knie. Er gab ihm nur einen Klaps, und das Geheul hörte so abrupt auf, wie es begonnen hatte. MacDougal stellte den Jungen auf die Beine, worauf er sogleich schutzsuchend zu Andrew lief.

»MacDougal?«, sagte sie und ergriff die letzte Gelegenheit, mit ihm zu sprechen, bevor Andrew sie hören konnte.

Er blieb stehen, ohne sie anzublicken, so als wäre ihr Anblick zu schmerzlich. »Ja?«

»Gibst du Andrew eine Chance?« Das Wort steckte ihr wie ein Kloß im Hals, doch sie zwang sich, es auszusprechen. »Bitte.«

Sie glaubte zu sehen, dass er ganz leicht zusammenzuckte, doch er ging weiter, als hätte sie gar nichts gesagt. Ihr Gesicht glühte vor Scham. Nun, wenigstens waren sie jetzt quitt, dachte sie bei dem Gedanken an jene Nacht, als sie ihn so brüsk abgewiesen hatte. Sie ging hinter ihm her zum Wagen.

Er schüttelte Andrew die Hand, so als wäre nichts geschehen. Andrew erwiderte sein Lächeln, doch er blickte einige Male unsicher zu ihr hin. Offensichtlich hätte er gern gewusst, worüber sie gesprochen hatten – doch sie wusste, dass er nicht fragen würde. Er war viel zu höflich. Hunter schmollte noch, schien aber doch den Wunsch zu hegen, sich noch vor der Abfahrt mit MacDougal zu versöhnen.

»Wir werden ein großes Fest veranstalten, wenn das Geschäft eröffnet wird«, teilte MacDougal Andrew mit. »Sie müssen unbedingt kommen.«

»Nichts könnte mich daran hindern«, gab Andrew zurück. »Wir kommen ganz sicher, nicht wahr, Rebekah?«

Als MacDougal sich ihr zuwandte, war sein Blick völlig ausdruckslos, so dass niemand hätte sagen können, welche Gefühle sich dahinter verbargen.

»Ich bin sicher, dass Hunter gern kommen würde«, sagte sie ohne große Überzeugung und wünschte sich, sie wäre zu Hause geblieben. Und sie wünschte sich gleichzeitig, MacDougal würde sie in die Arme nehmen und festhalten – doch schon im nächsten Augenblick wünschte sie sich, sie wäre nie zur Welt gekommen. Wie hatte sich das alles nur so furchtbar entwickeln können?

MacDougal sprach mit Hunter in der Komantschensprache. Er ermahnte ihn, ein braver Junge zu sein und lud ihn ein, bald wiederzukommen; Andrew würde ihn gewiss jederzeit herbringen. Hunter freute sich, auch wenn er versuchte, es sich nicht anmerken zu lassen. Nur widerwillig ließ er sich von MacDougal umarmen, bevor Andrew ihn in den Wagen hob.

»Sagt Jewel herzlichen Dank von mir für den wundervollen Picknickkorb«, rief MacDougal ihnen zu. Rebekah konnte sich selbst nicht ausstehen, weil sie sich wünschte, er würde auch sie umarmen. Was war nur mit ihr los? Anscheinend wurde sie langsam verrückt.

Andrew half ihr in den Wagen und wenig später machten sie sich auf den Weg. Die Männer hielten kurz in ihrer Arbeit inne, um ihnen Auf Wiedersehen zuzurufen, und Andrew und Rebekah winkten zurück. MacDougal stand nur da und blickte ihnen schweigend nach, bis sie nicht mehr zu sehen waren.

Schon nach wenigen Minuten schlief Hunter ein und Rebekah legte ihn nach hinten, wo er bequem liegen konnte. Als sie weiterfuhren, sagte Andrew schließlich: »MacDougal hat mir erzählt, dass du meinen Antrag annimmst.«

Rebekah starrte ihn erschrocken an. »Er ... Wie kann er das denn wissen?«

Andrew lächelte – ein wenig traurig, wie ihr schien. »Das habe ich mich auch gefragt. Er sagte, du hättest es ihm gesagt – und zuerst war ich glücklich darüber, doch dann dachte ich nach, warum du es wohl *ihm* gesagt hast, und nicht mir.«

»Ich …« Wie sollte sie ihm das nur erklären, ihrem lieben Andrew, der so etwas ganz einfach nicht verdient hatte. »Ich kann es mir nicht erklären, warum er dir so etwas erzählen sollte«, sagte sie schließlich.

»Ich auch nicht«, gab er zurück, »vor allem, da es doch gar nicht stimmt, nicht wahr?«

»Oh, Andrew«, antwortete sie und legte die Hand auf seinen Arm – doch er schüttelte nur den Kopf.

»Ich hätte es eigentlich wissen sollen. Und es gibt ja auch wirklich keinen Grund, warum du mich heiraten solltest. Ich habe dir ja selbst gesagt, was für ein Versager ich bin, und …«

»Das ist es nicht!«, widersprach sie in dem verzweifelten Versuch, es ihm zu erklären. »Du bist kein Versager! Du bist ein wunderbarer Mensch – und du wirst ein großartiger Ehemann sein. Es liegt an mir, Andrew. Ich würde dich nur unglücklich machen, und ich mag dich viel zu sehr, als dass ich dir so etwas antun könnte.«

Er wollte ihr offensichtlich nicht recht glauben. »Verzeih mir, aber ich sehe das ein wenig anders.«

»Nein, hör mir zu! Ich verstehe ja deine Gefühle, wirklich. Wir haben uns als Kinder gern gehabt und wir mögen uns immer noch. Ich glaube, du fühlst dich schuldig, weil ich von den Indianern verschleppt wurde, während dir kein Haar gekrümmt wurde. Und jetzt möchtest du dich um mich kümmern, weil du es damals nicht tun konntest – aber das ist kein ausreichender Grund, um jemanden zu heiraten, Andrew. Besonders wenn dieser Jemand …« Sie hielt inne, weil sie nicht wusste, wie sie den Satz beenden sollte.

Doch Andrew tat es für sie. »Besonders wenn dieser Jemand einen anderen liebt, nicht wahr?«, warf er ein.

»Mach dich doch nicht lächerlich!«, rief sie, doch sie spürte, wie ihr die Röte in die Wangen stieg.

»So lächerlich finde ich das gar nicht«, erwiderte er mit einem Ernst, wie sie ihn noch nie an ihm gesehen hatte. »Ich habe euch beide heute beobachtet – und ich weiß jetzt, warum ich schon früher dachte, dass ihr euch gern habt. Aber dann hast du mir gesagt, dass ich mich irre, und ich wollte es ja gerne glauben, aber ich habe mich nicht geirrt, nicht wahr?«

»Ich ... liebe ihn nicht«, brachte sie mühsam hervor, während ihr Herz wild pochte. Es konnte einfach nicht sein, dass sie MacDougal liebte, nein, es war ganz und gar unmöglich.

»Nun, er liebt dich jedenfalls«, stellte Andrew fest, wenngleich ihm diese Tatsache gar nicht gefiel. »Zumindest hat er genau so reagiert, wie ich auch reagiert hätte, wenn du mit einem anderen Mann bei mir zu Hause aufgekreuzt wärst. Zuerst dachte ich, dass er nur unhöflich war. Ich brauche manchmal ein bisschen länger, bis mir etwas klar wird, aber dann erkannte ich, dass er eifersüchtig war – zumindest so lange, bis er erfuhr, dass du mir noch nichts davon gesagt hast, dass du mich heiraten würdest.«

Bestimmt irrte sich Andrew, doch sie glaubte nicht, dass sie ihm das würde klarmachen können. Sie konnte nur versuchen, ihn ein wenig zu trösten. »Es ist ganz gleichgültig, was er für mich empfindet oder nicht, weil ich ihn nämlich auch nicht heiraten werde. Ich werde überhaupt nie heiraten, Andrew. Es gibt viele Gründe dafür, die du wahrscheinlich nicht verstehen würdest – deshalb versuche ich erst gar nicht, sie dir zu erklären. Aber du brauchst nicht eifersüchtig auf MacDougal zu sein. Er ist nicht der Grund, dass ich dich nicht heiraten kann.«

»Nein, weil ich selbst der Grund dafür bin«, sagte er traurig.

»Genau, weil du nämlich ein großartiger Mensch bist, der es verdient, glücklich zu sein!«, rief sie und umfasste seinen Arm mit beiden Händen. »Du liebst mich nicht wirklich, Andrew, nicht so, wie ein Mann die Frau lieben sollte, die er heiratet! Du bist großherzig und edel und deshalb möchtest du dich um mich kümmern und mich beschützen. Aber ich möchte nicht beschützt werden. Ich möchte überhaupt nichts, außer dass man mich in Ruhe lässt. Und du solltest eine Frau haben, die dich liebt und nicht bloß braucht. Verstehst du den Unterschied?«

Andrew lächelte grimmig. »Manchmal kommt es auf den Unterschied nicht an – besonders wenn man mitten in der

Nacht aufwacht und niemand da ist, den man nah bei sich spürt.«

»Aber das ist es ja gerade, Andrew«, entgegnete sie entschieden. »Ich will niemanden spüren, nie wieder!«

Er verstummte neben ihr und sie wusste, dass sie ihn schockiert hatte – doch es tat ihr nicht leid. Er musste einfach begreifen, was sie meinte. Sie dachte schon, dass er sie verstanden hatte, als er schließlich sagte: »Nie wieder – das ist eine lange Zeit, Rebekah.«

Sie dachte später über seine Worte nach, als sie allein im Bett lag. Hunter schlief neben ihr auf dem kleinen Bett, das ihr Vater für ihn gezimmert hatte. Sein gleichmäßiges Atmen beruhigte sie. Auch wenn sie keinen Mann hatte, würde sie nie allein sein. Sie hatte immer noch Hunter. Die Farm würde stets sein Zuhause sein. Wenn er einmal heiratete, würde er weiter hier leben, und sie würde zusehen, wie seine Kinder aufwuchsen.

Aber würde ihr das genügen?

Mehrere Wochen vergingen, bis sie Andrew wiedersah. Er war verletzt und zornig gewesen, als sie zuletzt auseinander gegangen waren, und sie blickte ihrem nächsten Zusammentreffen mit einem mulmigen Gefühl entgegen. Doch als er eines Abends im Dezember geritten kam, als sie gerade beim Essen saßen, schien er gar nicht mehr an diese Sache zu denken.

Er grinste von einem Ohr zum anderen, als er vom Pferd sprang und Rebekah freudig und ausgelassen in die Arme schloss. »Ich bin gekommen, um dich auf ein Fest einzuladen«, teilte er ihr mit, als er sie wieder losließ. »MacDougals Laden ist fertig, und er wird ein Fest veranstalten, wie es dieses Land noch nicht gesehen hat!«

»Dir auch einen guten Tag, Fremder«, wandte sie vorwurfsvoll ein. Sie war zwar froh darüber, dass er ihr offensichtlich verziehen hatte – was ihr jedoch gar nicht gefiel, war, dass er so voller Begeisterung von MacDougals Geschäft berichtete, da sie selbst kein Wort gehört hatte.

»Oh, verzeih mir«, sagte er lachend und keineswegs zerknirscht. »Also, sei mir gegrüßt, liebste Rebekah. Wie ist es dir so ergangen in letzter Zeit?«, fügte er mit gespieltem Ernst hinzu.

»Nicht so gut wie dir, offensichtlich. Was ist denn nur mit dir passiert, dass du auf einmal so guter Laune bist?«

»Ich habe jetzt Arbeit. Ich dachte, du müsstest es ohnehin wissen – immerhin war es ja deine Idee. Zumindest hat Sean mir das gesagt. Er hat mich als Verkäufer in seinem Laden eingestellt. Wir haben jetzt alles fertig eingerichtet. Also wirklich, Rebekah, ich weiß gar nicht, wie ich dir danken soll.«

Er schwatzte munter weiter und erzählte ihr, wie alles gekommen war, während er ihr in die Küche folgte, wo die anderen saßen. Doch Rebekah hörte gar nicht richtig, was er sagte, so sehr dröhnte es ihr in den Ohren. *MacDougal hatte getan, worum sie ihn gebeten hatte!* Sie konnte es kaum glauben und sie wusste, dass sie froh oder zumindest dankbar sein sollte. Doch zu ihrem eigenen Erstaunen verspürte sie vor allem eines: Eifersucht. Andrew hatte MacDougal *Sean* genannt – und das machte sie, so absurd es auch war, ziemlich eifersüchtig.

»Offiziell haben wir noch nicht geöffnet«, erzählte Andrew, als sie sich zwang, ihm wieder zuzuhören, »aber wir hatten schon viele Kunden. Sean lässt mich allein mit ihnen verhandeln und mischt sich nur ein, wenn er der Ansicht ist, dass ich zu großzügig bin. Es ist mein ehrliches Gesicht, meint er. Deshalb glauben die Leute, mich vielleicht übers Ohr hauen zu können.«

Sie lächelte flüchtig und wünschte sich, sie könnte sich mit ihm freuen, dass er sich von seinem gebrochenen Herzen erholt hatte und endlich einen Platz gefunden hatte, wo er seine Talente einsetzen konnte. Stattdessen kreisten ihre Gedanken darum, dass Andrew *Sean* jetzt jeden Tag sah, während sie ihm nur sonntags in der Kirche kurz begegnete. War das nicht völlig verrückt? Es schien ja fast so, als wünschte sie sich, MacDougal zu sehen, was natürlich absolut nicht der Fall war. Ja, je weniger sie ihn zu Gesicht bekam, umso besser war es für sie – so dachte sie zumindest.

»Samstag ist der große Tag«, teilte Andrew ihnen mit,

während er den Tates beim Abendessen Gesellschaft leistete. »Sean wird für Musik und Tanz sorgen, und es wird so viel Whisky geben, wie man nur trinken kann. Nun, so viel, wie die Männer trinken können, natürlich«, korrigierte er sich lachend. »Für die Damen und Kinder gibt es reichlich Limonade.«

»Klingt nicht übel«, stellte Jewel fest und blickte dabei zu Rebekah hinüber, wie um ihr mitzuteilen, dass *sie* das eigentlich hätte sagen sollen.

»Ja, wirklich«, stimmte Zeb zu. »Wir kommen ganz sicher. Und ich werde die Ladies aus der Gemeinde bitten, etwas Kuchen mitzubringen.«

»Gute Idee«, warf Andrew ein.

Rebekah hörte schweigend zu, während sie ihre Pläne für das Fest schmiedeten. Sie konnte nur an eines denken: an das Wiedersehen mit Sean MacDougal.

12

Sie hörten die Musik schon, als sie noch eine Meile entfernt waren. Hunter hörte sie als Erster und hüpfte aufgeregt auf dem Wagen auf und ab. Rebekah musste ihn festhalten, so wie sie ihn beim letzten Mal hatte festhalten müssen, als sie MacDougal besucht hatten. Doch diesmal war der Anlass ein ganz anderer.

Diesmal lenkte ihr Vater den Wagen und die Sklaven saßen hinten und konnten es kaum erwarten, ihrem eigenen Fest beizuwohnen, das getrennt von dem ihrer Herren stattfand. Dort würden die Schwarzen aus der Gegend zusammentreffen und einige Stunden die Freiheit genießen können. Rebekah konnte verstehen, wie sehr sie sich darauf freuten.

Sogar Zeb schien eine gewisse Vorfreude zu verspüren, denn er klopfte beschwingt mit dem Fuß den Takt der Musik. Rebekah hingegen sah dieser Festivität mit einem ungemütlichen Gefühl entgegen – und das nicht allein deshalb, weil sie MacDougal wiedersehen würde, sondern vor allem, weil sie hier mit vielen Fremden zusammentreffen würde. Unabhängig von den Leuten aus der Gemeinde ihres Vaters würden auch aus anderen Gegenden Menschen herbeiströmen, um den Mann zu sehen, der Rebekah Tate gerettet hatte. Und natürlich waren sie auch auf Rebekah und ihren Sohn neugierig. Ihr Vater schien diese Gelegenheit zu begrüßen, doch Rebekah war ganz anderer Ansicht.

Obwohl sie noch vor Mittag eintrafen, waren sie bei weitem nicht die Ersten. Dutzende Menschen spazierten bereits rund um den neu erbauten Laden und die Nebengebäude, sodass die Ankunft der Tates kaum jemandem auffiel. Nur Andrew kam sofort herbei, um Rebekah aus dem Wagen zu helfen.

»Ihr kommt etwas spät«, teilte er ihnen mit. »Das Fest läuft schon seit Stunden. Die ersten Gäste sind schon kurz nach Sonnenaufgang gekommen.«

Sein Gesicht war gerötet und seine Augen leuchteten vor Aufregung und Begeisterung, sodass er noch besser aussah als gewöhnlich. Vielleicht lag es auch nur an dem größeren Selbstbewusstsein, das er neuerdings ausstrahlte. Wie Rebekah es nicht anders erwartet hatte, fühlte sich Andrew im Geschäftsleben wie zu Hause. Leider hatte sie durch seinen Erfolg einen Gefährten im Leid verloren. Irgendwie ahnte sie, dass er nun nicht mehr so viel Mitgefühl für sie würde aufbringen können wie zuvor, was ihr Gefühl der Hilflosigkeit nur noch verstärkte.

»Versprich mir den ersten Tanz«, bat Andrew, als er sie vom Wagen herunterhob.

»Ich glaube, ich kann gar nicht mehr tanzen«, sagte sie und bemühte sich, sein Lächeln zu erwidern.

»Sei unbesorgt, ich zeig dir schon, wie es geht. Du wirst es gleich wieder lernen«, entgegnete er und wandte sich ihrem Vater zu, um ihm die Hand zu schütteln.

»Sieht so aus, als hätte sich halb Texas aufgemacht, um das Fest zu besuchen«, stellte Zeb fest. »Kommt, wir wollen mal sehen, wer alles hier ist.« Er forderte die drei Schwarzen auf, ihre Freunde und Bekannten nicht länger warten zu lassen, und führte Rebekah und den inzwischen etwas eingeschüchterten Hunter mitten in die Menge hinein.

Hunter klammerte sich an Rebekahs Rock und beäugte die ungewohnte Menschenmenge mit einigem Misstrauen. Als Rebekah zu ihm hinunterblickte, presste es ihr angesichts seiner Furcht das Herz zusammen. Natürlich hatte er Angst, obwohl er noch gar nicht verstand, dass er auch allen Grund dazu hatte.

»Die Leute haben schon nach dir gefragt«, teilte Andrew ihr mit und tätschelte ihr aufmunternd die Hand, als sie zusammenzuckte. »Sie sind eben neugierig, Rebekah. Das muss man verstehen.«

»MacDougal hätte Eintrittskarten verkaufen sollen«, sagte sie in bitterem Ton. »Zehn Cents, wenn man die Indianersquaw sehen möchte.«

»So schlimm ist es auch wieder nicht«, erwiderte Andrew und tätschelte ihr wieder die Hand. »Du wirst schon sehen.«

Rebekah verspürte wenig Lust, es zu sehen – doch in diesem Augenblick entdeckte Hunter MacDougal in der Menge.

»Mac! Mac!«, rief er und rannte sogleich zu MacDougal hinüber, der von einer ganzen Schar von Bewunderern umgeben war.

MacDougal erspähte den Jungen sofort, und Rebekah sah, dass sein Blick für einen kurzen Augenblick auch auf ihr ruhte. Hunter zweifelte keine Sekunde daran, dass er MacDougal willkommen war und rannte mitten durch die Menge auf ihn zu und MacDougal hob ihn sogleich hoch.

Die umstehenden Männer lachten und einer von ihnen fragte: »Wer ist denn Ihr kleiner mexikanischer Freund, MacDougal?«

Rebekah hielt bestürzt den Atem an.

Andrew hatte die Bemerkung ebenfalls gehört und sagte: »Nein, er ist weiß, auch wenn er vielleicht ein wenig dunkler ist als die meisten ...«

Und das war er tatsächlich. Kein Mensch hätte ihn mit seinem schwarzen Haar und seiner dunklen Haut für einen Weißen gehalten. Nur seine hellen Augen verrieten die weißen Vorfahren, die er haben musste.

»Dies, meine Freunde«, verkündete MacDougal, »ist Hunter Tate, der junge Mann, von dem ich Ihnen erzählt habe. Und dort kommt auch seine Mutter, die Lady, auf die Sie schon gewartet haben.«

Rebekah zögerte, als alle Blicke sich auf sie richteten. Einen Moment lang verspürte sie nichts als nackte Angst und wäre am liebsten weggelaufen, so schnell und so weit sie konnte. Doch Andrew schien ihre Angst zu spüren und legte ihr den Arm um die Schultern.

»Sag irgendwas«, zischte er ihr zu.

»Sehr erfreut«, brachte sie mühsam hervor.

Die Männer, die sie so eindringlich angestarrt hatten, machten etwas freundlichere Gesichter, und einige von ihnen murmelten Worte der Begrüßung.

»Ich habe ihnen ein wenig von unseren Abenteuern erzählt«, sagte MacDougal. Sie hasste die Selbstsicherheit, mit der er sprach, und die Selbstverständlichkeit, mit der er ihren Sohn in den Armen hielt, so als hätte er ein Recht dazu. Sie wollte, dass er sich genauso verletzlich fühlte wie sie.

»Hat er Ihnen auch erzählt, wie er mir das Leben gerettet hat, als ich von einer Schlange gebissen wurde?«, warf sie ein, um ihn als Prahlhans hinzustellen.

Doch anstatt zustimmend zu nicken, schüttelten die Männer nur den Kopf, und Neugier leuchtete in ihren Augen auf. »Sie haben sie also nicht nur vor den Indianern gerettet!«, rief einer der Männer staunend.

»Wie kam es denn, dass Sie von einer Schlange gebissen wurden, Miss Tate?«, wollte ein anderer wissen.

»Sie ... sie ist eines Nachts unter meine Decke gekrochen«, antwortete sie und erschauderte, als sie an den Vorfall dachte. Andrews Arm schloss sich ein wenig fester um sie, und es kam ihr so vor, als verdüstere sich MacDougals Miene ein wenig.

Doch im nächsten Augenblick lächelte er wieder. »Ich konnte sie doch nicht an dem Schlangenbiss sterben lassen, nachdem ich mir mit ihrer Befreiung so viel Mühe gemacht hatte«, sagte er und zog damit die Aufmerksamkeit der Umstehenden wieder auf sich.

»Wie haben Sie es denn gemacht? Haben Sie das Gift herausgesaugt?«, fragte einer der Männer.

»Nein, ich habe die Schlange getötet und ihr Fleisch auf die Wunde gelegt. Das ist ein alter Trick, wie man das Gift aufsaugen kann.«

Die Männer stellten ihm allerlei Fragen dazu, und Andrew beugte sich zu ihr, um ihr ins Ohr zu flüstern: »Holen wir uns etwas Limonade.«

Sie nickte – erleichtert darüber, sich von MacDougal zu entfernen. An dem Tisch mit den Getränken standen einige der Frauen aus der Gemeinde ihres Vaters, die sie höflich begrüßten und ihre Anerkennung über Rebekahs Kleid zum Ausdruck brachten, das Jewel ihr aus dem Rest jenes Stoffes genäht hatte, den MacDougal ihr besorgt hatte. Es war ein einfach geschnittenes Kleid, wie es praktisch alle Frauen in der Gegend trugen – doch es war aus feiner Wolle gefertigt, was hier draußen im Grenzgebiet zum Wilden

Westen einen besonderen Luxus darstellte. Der weite Rock betonte ihre schmale Taille, und das Oberteil die Rundungen, die das Ergebnis von Jewels Kochkünsten waren.

Rebekah wusste, dass sie in dem Kleid eine gute Figur machte. Wenigstens brauchte sie sich ihres Aussehens nicht zu schämen, obwohl es ihr nicht angenehm war, dass sie diese Tatsache nur MacDougals Großzügigkeit verdankte. Jedenfalls fühlte sie sich hier unter den Frauen, die sie mit allerlei Fragen über das Kleid bestürmten, um einiges sicherer als zuvor bei den Männern.

Die Zeit verstrich für Rebekah quälend langsam, nur Andrews Aufmerksamkeit hielt sie aufrecht. Obwohl er alle Hände voll zu tun hatte, jede neu ankommende Familie zu begrüßen und wichtige Kontakte mit potenziellen Kunden zu knüpfen, kümmerte er sich doch zwischendurch immer wieder um Rebekah. Er achtete stets darauf, sie nicht allein zu lassen, bevor er sich wieder seinen Pflichten widmete. Auch die Frauen aus der Gemeinde waren nett zu ihr und bezogen sie in ihre Gespräche mit ein.

Dennoch riskierte Rebekah zwischendurch immer wieder einmal einen Blick auf MacDougal, der sich stets irgendwo in der Menge aufhielt. Wie ein Magnet schien er ihren Blick auf sich zu ziehen und mehr als einmal sah auch er kurz zu ihr hinüber. Dann wandte sie sich jedes Mal schnell wieder von ihm ab, um sich schon wenig später erneut nach ihm umzusehen.

Sie hoffte, dass er ihre Blicke so deutete, dass sie lediglich ein Auge auf Hunter hatte, der MacDougal seit ihrer Ankunft nicht von der Seite gewichen war. Sie sagte sich nun wahrscheinlich schon zum zehnten Mal, nicht pausenlos zu ihm zu schauen, als sie seine Stimme direkt hinter sich hörte.

»Vielleicht solltest du Hunter mit den anderen Kindern spielen lassen«, riet MacDougal.

Seine Stimme ging ihr durch Mark und Bein, und als sie sich nach ihm umdrehte und ihn so nahe vor sich sah, verspürte sie einen seltsamen Schmerz – so als täte es ihr weh, dass ihr Sohn sich so glücklich in MacDougals Gesellschaft fühlte.

»Aber er kennt die anderen Kinder noch gar nicht«, wandte sie ein und bemühte sich, zu lächeln, wenn auch mit geringem Erfolg.

»Kinder muss man einander nicht erst vorstellen«, erwiderte MacDougal. »Bring ihn einfach zu ihnen und lass ihn allein.« Er deutete mit einem Kopfnicken auf den Platz hinüber, wo etwa ein Dutzend Kinder mit großem Eifer Fangen spielten.

»Er kann auch nicht mit ihnen reden«, gab sie zu bedenken. »Sie werden ihn auslachen.«

»Dann muss er lernen, damit umzugehen«, entgegnete MacDougal.

Sie hätte ihn am liebsten geohrfeigt, wahrscheinlich weil er Recht hatte, und sie es sich nicht eingestehen wollte. Aber sie wollte nicht, dass Hunter leiden musste, auch wenn ihr klar war, ihn nicht ewig beschützen zu können. Schließlich nahm sie den widerstrebenden Hunter aus MacDougals Armen und ließ ihn hinunter.

»Möchtest du mit den anderen Kindern spielen?« fragte sie ihn in der Sprache der Komantschen.

Er runzelte die Stirn und blickte fragend zu MacDougal auf. Dieser lächelte ihm zu und nickte. »Na, geh schon«, forderte er den Jungen auf.

Hunter wirkte ein wenig enttäuscht, doch seine grauen Augen leuchteten sogleich, als er zu den Kindern hinübersah. Rebekah wusste, dass ihm das Herumtollen mit den gleichaltrigen Spielgefährten fehlte. Sie nahm ihn an der Hand und ging mit ihm von dannen. Zu ihrem Erstaunen widerstrebte es ihr, sich schon wieder von MacDougal trennen zu müssen, obwohl sie doch gar nicht in seiner Nähe sein wollte. Sie musste sich sehr zusammennehmen, sich nicht nach ihm umzudrehen.

Rebekah führte Hunter zu dem Platz, wo die Kinder unter sich waren. Ihre Stimmen klangen wild durcheinander, und je näher sie kamen, umso aufgeregter wurde Hunter. Schließlich ließ er Rebekahs Hand los und lief das letzte Stückchen zu den Kindern hinüber. Dabei stieß er mit einem anderen Jungen zusammen, den er beinahe umwarf. Rebekah wollte ihm schon zurufen, dass er besser Acht geben solle – doch noch ehe sie den Mund geöffnet hatte, gab der andere Junge Hunter seinerseits einen kleinen Schubs, und sie liefen gemeinsam los wie die besten Freunde.

Einen Moment lang sah sie ihnen voll Sorge zu. Hunter kannte doch ihre Spiele gar nicht. Außerdem sprach er erst ein paar Worte Englisch und kannte noch keines dieser Kinder. Doch bald schon stellte sie fest, dass er sich sehr gut einfügte – viel besser als sie selbst, weil ihm seine Probleme gar nicht bewusst waren.

Sie wollte ihn jedoch nicht ganz allein lassen und ging deshalb zu einem Baum in der Nähe, wo einige Frauen standen und sich unterhielten. Es waren wohl auch Mütter, die ihre Kleinen im Auge behalten wollten, dachte Rebekah.

Ein wenig zögernd schloss sie sich ihnen an – jederzeit bereit, wieder wegzugehen, falls die Frauen sie nicht bereitwillig in ihrer Mitte aufnahmen. Doch eine von ihnen kannte Rebekah von der Kirche und stellte sie den anderen vor. Rebekah nickte steif und hörte kaum auf die Namen der Frauen.

»Das ist Ihr Junge, nicht wahr? Der Dunkle, meine ich«, fragte eine der Frauen. Sie war klein und ziemlich dick. Ihr Gesicht war von Pockennarben übersät und ihre kleinen braunen Augen blickten alles andere als freundlich.

»Ja«, antwortete Rebekah. »Er heißt Hunter.«

»Ist das sein Indianername?«, fragte die Frau.

»Bertha«, warf eine andere vorwurfsvoll ein – doch Bertha achtete nicht auf den Einwand und starrte Rebekah herausfordernd an.

»Das ist sein *Name*«, antwortete Rebekah, die Mühe hatte, ihren Zorn zu verbergen.

Berthas kleine Augen verengten sich noch mehr. »Er ist ziemlich wild«, sagte sie und blickte vielsagend zu Hunter hinüber, der sich gerade verspielt mit einem anderen Jungen auf dem Boden wälzte.

»Er ist eben ein Junge«, entgegnete eine der anderen Mütter. »Sie sind alle ziemlich wild. Rebekah, haben Sie den Stoff für dieses Kleid von Mr. MacDougal?«

Rebekah berichtete zögernd, dass MacDougal ihr den Stoff von einem anderen Kaufmann besorgt hatte, aber dass er in seinem eigenen Geschäft auch so schöne Stücke anbieten würde.

»Ich bin so froh, dass Mr. MacDougal beschlossen hat, sich hier niederzulassen«, sagte die Frau begeistert. »Wir hätten schon längst ein Geschäft hier gebraucht. Bis jetzt war der nächste Laden einen Tagesritt entfernt. Man brauchte also drei Tage, um seine Einkäufe zu erledigen. Und wenn man irgendetwas zu kaufen vergaß, musste man sechs Monate darauf verzichten.«

Die anderen Frauen pflichteten ihr bei und beklagten sich ganz allgemein über das schwere Dasein hier draußen im Grenzland zum Wilden Westen.

Rebekah entspannte sich ein wenig und schöpfte Hoffnung, dass der Nachmittag doch noch einigermaßen erträglich verlaufen könnte, als plötzlich laute Schreie an ihr Ohr drangen. Die Frauen blickten sich um und sahen, dass sich die Kinder um zwei von ihnen versammelt hatten, die sich auf dem Boden wälzten – aber diesmal nicht im Spiel, sondern in bitterem Ernst. Die beiden Jungen trugen offenbar einen Kampf aus, bei dem der Größere der beiden den Kürzeren zu ziehen schien.

Rebekah sah auf den ersten Blick, dass der Kleinere der beiden Hunter war. Sie lief zu den Kindern und die anderen Frauen hinter ihr her. Sie bahnte sich einen Weg durch die zusehenden Kinder und fand Hunter auf der Brust des größeren Jungen sitzen und ihn mit wüsten Hieben auf das ungeschützte Gesicht trommeln. Es floss bereits Blut und der unterlegene Junge heulte vor Schmerz.

Rebekah fasste Hunter um die Taille und zog ihn an sich, während er weiter versuchte, seinen Gegner zu treffen. Als die anderen Frauen am Schauplatz eintrafen, traten die Kinder zur Seite, um ihnen Platz zu machen.

»Oscar!«, rief eine der Frauen voller Sorge, und Rebekah stellte mit Bestürzung fest, dass es Bertha war, die sich zu dem am Boden liegenden Jungen kniete und sein blutüberströmtes Gesicht an ihren Busen drückte.

»Oscar hat ihn zuerst geschlagen«, warf ein kleines

Mädchen mit blonden Zöpfen ein. »Und er hat ihn eine dreckige Rothaut genannt.«

»Er ist ein verdammter Wilder!«, rief Bertha mit zorngerötetem Gesicht. »Mit solchen Tieren kann man sich nicht mehr sicher fühlen! Sie hätten ihn dort lassen sollen, wo er hingehört!«

Rebekah spürte, wie ihr selbst die Zornesröte in die Wangen stieg – doch nach den Blicken der anderen Frauen zu schließen, konnte sie kaum auf Unterstützung hoffen. Hunter schlug immer noch wie wild um sich, und sie schüttelte ihn kräftig, damit er endlich aufhörte. Er gehorchte zwar, doch seine grauen Augen waren immer noch voller Wut, als er zu ihr aufblickte.

»Komm, gehen wir«, sagte eine der Frauen zu Bertha. »Wir können Oscar ja unten am Bach das Blut abwaschen.«

Sie stellten den Jungen mit einiger Mühe wieder auf die Beine, und Rebekah sah, dass er mindestens einen halben Kopf größer war als Hunter und um einiges schwerer. Der Junge wimmerte immer noch, doch Rebekah kam es so vor, als wären seine Verletzungen bei weitem nicht so schlimm, wie er seine Mutter glauben machen wollte. Er schien lediglich Nasenbluten zu haben. Während Oscar, von seiner Mutter gestützt, auf seinen dicken Beinen zum Bach humpelte, führten die anderen Mütter ihre Kinder weg, so dass Rebekah schließlich mit Hunter allein zurückblieb.

Sie untersuchte ihn von oben bis unten, um zu sehen, ob das Blut auf seinem Hemd auch von eigenen Wunden stammte.

»Bist du verletzt?«, fragte sie in der Komantschensprache. Sie war froh, dass niemand mehr in der Nähe war, der sie hören konnte – denn wenn die anderen gewusst hätten, dass ihr Sohn ihre Sprache so gut wie gar nicht beherrschte, hätten sie einen Grund mehr gehabt, ihn abzulehnen.

»Er hat mich zuerst geschlagen«, verteidigte sich Hunter mit zorniger Miene.

»Ich weiß, mein Kleiner. Ich weiß, dass es nicht deine Schuld war.« Sie hätte ihn am liebsten in die Arme genommen und ihm gesagt, dass alles in Ordnung sei – aber das wäre natürlich eine Lüge gewesen. Es mochte ja durchaus

Menschen geben, die sie und ihren Sohn, wenn auch widerwillig, akzeptierten – doch immer würden auch Leute wie Bertha ihren Weg kreuzen, die keinen besonderen Grund brauchten, um sie zu hassen.

Rebekah wartete, bis die anderen Frauen und Kinder sich wieder den Gästen anschlossen, bevor sie mit Hunter an den Bach ging, um ihn zu waschen. Nur einige Männer waren noch in der Nähe, die einen Krug in der Runde herumgehen ließen.

Rebekah beachtete sie nicht weiter und tauchte ihr Taschentuch ins Wasser, um Hunter damit das Blut von Gesicht und Händen abzuwischen und auch sein Hemd einigermaßen zu säubern. Erleichtert stellte sie fest, dass Hunter keine Verletzungen davongetragen hatte. Sie bemerkte nicht, dass sich ihnen jemand von hinten genähert hatte, bis sie plötzlich eine Stimme sagen hörte: »Du bist diese Rebekah Tate, nicht wahr?«

Überrascht blickte sie auf und sah sich den drei Männern gegenüber, die soeben noch damit beschäftigt gewesen waren, einen Krug zu leeren. Aus der Nähe erkannte sie, dass es keine Farmer waren. Es handelte sich wohl eher um Landstreicher, so zerlumpt und ungepflegt, wie sie aussahen. Erst jetzt fiel ihr auf, dass sie ziemlich betrunken waren. Sie erhob sich langsam und stellte sich schützend vor Hunter.

»Was wollt ihr?«, fragte sie und kämpfte gegen die Angst an, die sie beschlich. Sie war früher öfter in solchen Situationen gewesen – umringt von Männern, die sie verachteten, und sie wusste, was solche Männer ihr antun konnten. Sie wusste, worauf sie aus waren – doch sie würde lieber sterben, als sich ihren Wünschen zu beugen.

»Sicher ist sie es«, warf ein anderer ein. »Schau dir doch den Jungen ein. Ein Halbblut, jede Wette.«

»Sieh an, wer hätte gedacht, dass sie so flott aussieht?«, sagte der Erste grinsend und entblößte dabei seine verfaulenden Zähne. Die anderen lachten, und Rebekah wich instinktiv zurück, obwohl sie wusste, dass hinter ihr der Bach war und sie keine Fluchtmöglichkeit hatte.

Würde man sie hören, wenn sie schrie? Die Musik und

der Lärm der Menschenmenge waren so schrecklich laut. Und selbst wenn sie sie hörten – würde jemand kommen, um ihr zu helfen?

Die Männer betrachteten sie mit einem lüsternen Grinsen. »Auch wenn sie Mokassins anhat – ich würd sie bestimmt nicht von der Bettkante stoßen«, warf einer der Männer ein.

»Verdammt, ich glaub, ein Bett würde sie gar nicht brauchen«, erwiderte der Erste. »Diese Indianer treiben's doch auf dem Boden, nicht wahr, Schätzchen? Sie ist es wahrscheinlich nicht anders gewöhnt. Bestimmt ist sie auf diese Art zu dem Kleinen gekommen, was? Hat sich bestimmt mit 'nem Kerl im Dreck rumgewälzt. Ich kann mir vorstellen, dass sie zur Abwechslung ganz gern mal 'nen Weißen hätte. Na, wie wär's, Schätzchen? Wir drei stellen uns gerne zur Verfügung.«

Die drei brüllten vor Lachen und Rebekah sah plötzlich eine kleine Chance. »Lauf los und hol Mac«, sagte sie in der Komantschensprache zu Hunter – und der Junge lief wie der Blitz los. Mit Leichtigkeit wich er einem der Männer aus, der ihn gerade mit ungeschickten Händen fangen wollte.

»Was hast du zu ihm gesagt?«, fragte der Erste der drei in plötzlichem Ernst.

Rebekah lächelte, obwohl sie innerlich vor Wut kochte. »Ich habe ihm gesagt, er soll mit den anderen Kindern spielen gehen, damit ich mit euch Jungs allein sein kann.«

Sie sah deutlich, wie verblüfft die drei waren. Sie hatten erwartet, dass sie verängstigt sein würde, und wirkten nun plötzlich unsicher und ernüchtert, während sie Rebekah mit ihren rot geränderten Augen anstarrten.

»Was ist denn auf einmal los mit euch?«, fragte sie spöttisch und griff in ihre Tasche. »Ich dachte, ihr Jungs wollt ein wenig Spaß haben? Na, wer will als Erster drankommen?«

»Sie hat irgendwas in der Tasche«, sagte einer der Männer verunsichert.

»Ein Messer!«, rief ein anderer und wich einen Schritt zurück.

»Verdammtes Indianerpack«, knurrte der Erste, doch auch er wich verunsichert zurück.

»Ich zeige euch ein paar Tricks, die ich bei den Komantschen gelernt habe«, sagte sie und trat einen Schritt vor. »Die Komantschen können verdammt gut mit dem Messer umgehen. Einmal hab ich gesehen, wie sie einem Mann bei lebendigem Leib die Haut abgezogen haben und ...«

Sie drehten sich um und liefen weg, so schnell sie konnten, und Rebekah blickte ihnen wie betäubt nach. Ihr Herz schlug wie wild und ihre Knie zitterten – jetzt, da die Gefahr vorüber war.

Da rief jemand ihren Namen, und als sie aufblickte, sah sie MacDougal, der auf sie zugerannt kam, und Hunter hinter ihm her. Nie zuvor war sie so froh gewesen, ihn zu sehen, und als er sie an den Händen fasste, hatte sie nicht das Geringste dagegen einzuwenden.

»Was ist denn los?«, fragte er atemlos. »Du bist ja bleich wie ein Gespenst, und Hunter hat gesagt, dass du mit ein paar Männern Ärger hast.«

»Sie ... sie sind weg.«

Hunter umklammerte ihre Beine und sie war froh über diese zusätzliche Stütze. Sie legte den Kopf auf MacDougals breite Schulter und sog seine beruhigende Kraft in sich auf.

»Was ist denn passiert? Was für Männer waren es denn?«

»Ich weiß es nicht«, sagte Rebekah, nachdem sie ihre Angst endgültig überwunden hatte. »Ich habe sie noch nie gesehen. Sie sahen aus wie Landstreicher. Sie ... sie haben mich nur geärgert.«

Sie hob den Kopf und blickte in seine Augen, die vor Zorn funkelten. »Sag mir, wer die Männer waren, Rebekah Tate.«

»Ich hab dir ja gesagt, ich weiß es nicht. Außerdem dürfte ihnen fürs Erste die Lust vergangen sein, irgendwelchen Unsinn zu machen«, fügte sie mit einem schwachen Lächeln hinzu.

MacDougal sah sie überrascht an. »Was hast du denn mit ihnen gemacht?«, fragte er.

»Gar nichts«, antwortete sie aufrichtig. »Aus irgendeinem Grund hielten sie mich für gefährlich und machten sich aus dem Staub.«

»Gefährlich?«, fragte MacDougal ungläubig. »Wie kamen sie denn darauf?«

»Keine Ahnung.« Sie spürte den Kamm in ihrer Tasche und musste lächeln.

MacDougal schüttelte den Kopf und erwiderte ihr Lächeln. Leuchtete etwa Stolz in seinen braunen Augen auf? Nein, bestimmt war es nur Erleichterung. »Nun, wenigstens musste ich dich nicht noch einmal retten. Du hast mich schon berühmt genug gemacht, Rebekah Tate. Mehr will ich gar nicht.«

»Das hättest du dir überlegen sollen, bevor du mich das erste Mal gerettet hast, MacDougal«, erwiderte sie. Plötzlich war sie so glücklich, wenngleich sie nicht hätte sagen können, warum. Die Berührung seiner Hände auf ihren Armen gaben ihr ein wohliges Gefühl und ihre Traurigkeit verflog. Sein männlicher Duft erfüllte all ihre Sinne. Es war so lange her, seit sie ihm zum letzten Mal so nahe gewesen war – und alles in ihr regte sich und verlangte danach, ihn ganz eng bei sich zu spüren und …

»Mama?«

Hunters leise Stimme brach den Zauber und ließ Rebekah in die Wirklichkeit zurückkehren. »Ja, Hunter. Es ist alles in Ordnung«, versicherte sie ihm und übersetzte die Worte in seine Sprache, um sicher zu gehen, dass er sie verstand. »Danke, dass du Mac geholt hast.«

Als sie wieder aufblickte, lächelte MacDougal immer noch, wenngleich der Ausdruck in seinen Augen sich ein wenig verändert hatte. Sein Blick war ein wenig nachdenklich geworden. »Du hast den Jungen zu mir geschickt«, sagte er, während der Druck seiner Hände auf ihren Armen eine Spur sanfter wurde. »Warum nicht zu Andrew oder deinem Vater?«

»Ich …« Sie hätte es ihm gar nicht erklären können, selbst wenn sie es gewollt hätte, was nicht der Fall war. Seine forschenden Augen hatten ohnehin schon zu tief in sie hineingeblickt – und wenn er jetzt auch noch gewusst hätte, wie sehr sie ihn in den vergangenen Wochen vermisst hatte oder wie eifersüchtig sie auf den armen Andrew war, nur weil er in seinem Laden arbeitete ... »Du warst eben derjenige, der mich schon einmal gerettet hat«, brachte sie schließlich hervor. »Wenn etwas sich bewährt, dann wechselt man nicht.«

Sie hatte das Gefühl, dass er noch näher nachfragen wollte, doch da ertönte ein Ruf aus der Menge, dem sogleich weitere laute Stimmen folgten. Sie drehten sich beide um und beobachteten eine Gruppe von Reitern, die sich näherte. Rebekah zählte etwa zwanzig auf unterschiedlichste Weise gekleidete Männer; einige trugen schwarze Wollkleidung, andere trugen Arbeitskleidung und wieder andere waren zumindest teilweise mit Uniformen bekleidet.

Vom Äußeren her hätte es sich um eine ganz beliebige Gruppe von Männern handeln können – doch jeder hier wusste, dass dem nicht so war. Sie erschienen Rebekah auf irgendeine Weise vertraut, bis ihr bewusst wurde, dass es nicht ihr Äußeres war, das sie wiedererkannte, sondern die stolze, aufrechte Art zu reiten, wie sie sie von MacDougal kannte – so als wären sie überzeugt, dass es kein Problem gab, mit dem sie nicht fertig würden.

»Rangers«, sagte MacDougal und bestätigte so Rebekahs Vermutung, obwohl sie überzeugt war, dass auch er die Männer nie zuvor gesehen hatte.

»Was machen sie denn hier?«, fragte sie, den Blick nicht von den Reitern gewandt.

»Das werden wir gleich wissen. Komm.«

Er nahm sie am Arm, um mit ihr zu den Festgästen zurückzukehren, die bereits auf die Neuankömmlinge warteten. Obwohl die Aufmerksamkeit der Leute sich nun ausschließlich auf die Rangers richtete, fiel Rebekah ein, dass sie im Kreis der anderen Frauen nicht sehr willkommen sein würde. Deshalb wandte sie sich an MacDougal und sagte: »Ich will erst mal nachsehen, wo Papa ist.« Und sie löste sich von ihm und verschwand, bevor er etwas einwenden konnte. Sie nahm Hunter an der Hand und machte einen Bogen um die Menschenmenge, an deren äußerstem Rand sich ihr Vater und Onkel Cecil aufhielten.

Hunter verlangte, hochgehoben zu werden, um besser

sehen zu können, was da vor sich ging – und so gab sie ihn ihrem Vater, der ihn auf seine Schultern hob. Rebekah vermochte aus der Entfernung die Gesichter der Männer nicht zu erkennen; außerdem sahen sie mit ihren Bärten ohnehin ziemlich gleich aus. Als die Rangers die Menge der Festgäste erreicht hatten, ließen sie ihre Pferde anhalten, und einer von ihnen – offensichtlich der Anführer – ritt noch ein Stückchen weiter vor.

Er schob seinen Hut ein Stückchen zurück und wischte sich mit dem Ärmel den Schweiß von der Stirn. »Ich bin Ben McCulloch«, verkündete er, und ein Raunen ging durch die Menge; der Name war hier im Westen jedermann ein Begriff. »Ich bin mit meinen Männern auf dem Weg nach Mexiko, aber wir wollten vorher noch kurz hier Rast machen – vor allem, weil wir den Mann kennen lernen möchten, der Rebekah Tate gerettet hat.«

Rebekah hielt den Atem an, als sie ihren Namen hörte, und die Anwesenden flüsterten aufgeregt. Sean kämpfte sich durch die Menge, die nun, als sein Name gefallen war, vor ihm zur Seite wich, um ihn durchzulassen. Er trat vor und streckte dem Ranger die Hand entgegen.

»Freut mich, Sie kennen zu lernen, Captain McCulloch. Sean MacDougal, zu Ihren Diensten.«

McCulloch glitt rasch vom Pferd und schüttelte MacDougal die Hand.

»Das muss man sich mal vorstellen«, flüsterte Onkel Cecil voller Ehrfurcht, als die beiden Männer einander begrüßten. Erst jetzt wurde Rebekah bewusst, was für eine Ehre das war. Die Rangers, die unter all den tapferen Männern, die Texas besiedelt hatten, als die tapfersten galten, waren extra gekommen, um Sean MacDougal Anerkennung zu zollen.

Sie wollten *ihren* Sean MacDougal sehen, dachte Rebekah, und ihr Herz schwoll vor Stolz an. Sie konnte sich ihr Gefühl nicht so recht erklären – schließlich gehörte er in keiner Weise zu ihr. Außerdem hatte sie zu ihrer Rettung selbst ihren Teil beigetragen. MacDougal hatte das keineswegs allein geschafft. Doch als sie daran dachte, wie er sie vor der Schlange gerettet hatte, sie getröstet hatte, als sie verzweifelt war, und sie vor allen Dingen vor den Indianern gerettet hatte, denen sie fast in die Hände gefallen wären …

Es war ihr gar nicht bewusst, dass sie weinte, bis sie eine Träne auf der Wange spürte – und sie wischte sie schnell weg, bevor es jemand sah. Wie lächerlich! Sie hatte absolut keinen Grund, zu weinen. Und dennoch – es war ihr so eigenartig ums Herz, dass sie die Tränen nur mit Mühe zurückhalten konnte.

Captain McCulloch hatte seine Männer aufgefordert, abzusitzen, und so traten sie einer nach dem anderen vor, um Sean die Hand zu schütteln. Das war es wohl, was er sich gewünscht hatte, dachte Rebekah. Das musste die erhoffte Bestätigung für ihn sein. Nur sah er seltsamerweise gar nicht glücklich aus – er machte eher ein grimmiges Gesicht, aber das war wohl nur seine Art, seine wahren Gefühle zu verbergen. Ein triumphierendes Lächeln wäre ja auch unangebracht gewesen. Und so lächelte Rebekah für ihn.

»Ich dachte, man hätte euch aus der Armee hinausgeworfen«, sagte Sean und reichte Captain McCulloch einen Becher mit seinem besten Whisky. Die beiden saßen in Seans Büro, einem kleinen Zimmer, das er für den Papierkram reserviert hatte, den sein Geschäft mit sich bringen würde.

McCulloch nahm einen herzhaften Schluck und leckte sich genießerisch über die Lippen. »Nun, General Taylor ließ uns nur zu gerne ziehen, als unsere Dienstzeit abgelaufen war. Er soll sogar den Präsidenten gebeten haben, ihm keine Rangers mehr zu schicken – aber da hat er noch gedacht, dass der Krieg vorüber wäre. Ich kann mir vorstellen, dass er uns jetzt mit offenen Armen wieder aufnimmt.«

Er reichte Sean den Becher, und dieser nahm ebenfalls einen Schluck, bevor er das Gefäß wieder zurückgab. »Was hatte er eigentlich gegen euch? Man sollte doch meinen, dass er froh über eure Hilfe sein müsste.«

»Oh, das war er auch«, antwortete McCulloch grinsend. »Er konnte sich bloß nicht daran gewöhnen, dass so viele Mexikaner ihr Leben lassen mussten.«

Sean erwiderte sein Grinsen. »Geht es denn nicht gerade

darum? Dass man den Feind tötet, bevor man selbst getötet wird?«

»In der Schlacht ja, aber es haben auch viele Mexikaner ins Gras gebissen, als der Waffenstillstand schon in Kraft trat.«

»Alles Unfälle, nehme ich an«, sagte Sean.

McCulloch schüttelte mit ernster Miene den Kopf. »Sie wissen vielleicht, dass viele unserer Männer als Gefangene bei den Mexikanern waren und ziemlich mies behandelt wurden. Wir dachten, unsere Regierung würde verstehen, warum man immer wieder einmal einen dieser üblen Burschen erschossen oder erhängt aufgefunden hat. Der Grund dafür kann nur gewesen sein, dass sie sich aus lauter Reue über ihr übles Verhalten selbst richteten.«

Sean konnte sich vorstellen, dass die Armee über solche Vorkommnisse nicht sehr erfreut war. »Und General Taylor war wohl bestürzt über all diese Selbstmorde.«

»Er ist eben ein feinfühliger Mensch«, stimmte McCulloch zu. »Aber als Soldat ist er unschlagbar. Wir wären stolz, wenn er ein Ranger wäre. Das ist der Grund, warum wir zu ihm zurückgehen. Die Regierung hat ihm übel mitgespielt, als sie seinen Waffenstillstand aufhob. Und jetzt möchten wir mithelfen, diesem Santa Anna ein für alle Mal das Handwerk zu legen.«

»Ich wünsche euch viel Erfolg«, sagte Sean und beneidete den Mann ein klein wenig um seine Gelegenheit, sich mit Ruhm zu schmücken.

»Es würde mich freuen, wenn Sie sich uns anschließen würden«, entgegnete McCulloch mit funkelnden Augen.

»Wie?«, fragte Sean verblüfft. Er musste sich wohl verhört haben.

»Ich könnte noch einige Männer gebrauchen. Wir – meine Männer und ich – haben von Ihnen gehört und wir haben die Sache besprochen. Den Mann, der Rebekah Tate gerettet hat, hätten wir gern bei uns.«

Sean war völlig perplex. McCulloch nannte ihn tatsächlich den *Mann, der Rebekah Tate gerettet hat.* Genau das hatte er sich die ganze Zeit gewünscht. Man kannte ihn und man respektierte ihn – ja, sogar die angesehensten Männer von

Texas achteten ihn. Nach all den Jahren als Waisenkind ohne Name und Herkunft war er jetzt plötzlich eine achtenswerte Persönlichkeit.

Aber warum war er dennoch nicht glücklich?

»Wie ich sehe, habe ich Sie ganz schön überrascht«, sagte McCulloch schließlich.

»Das kann man wohl sagen«, antwortete Sean mit einem schwachen Lächeln. »Ich fühle mich geehrt«, fügte er wahrheitsgemäß hinzu. »Es ist nur ... der Zeitpunkt ist ziemlich ungünstig.«

»Verstehe. Sie haben gerade Ihr Geschäft aufgemacht«, sagte McCulloch verständnisvoll. »Außerdem steht Weihnachten vor der Tür. Die Männer haben alle nur ungern ihr Zuhause verlassen. Aber es muss einfach sein.«

Sean nickte. Eigentlich hätte er sich Gedanken machen sollen, wer das Geschäft in seiner Abwesenheit hätte führen können. Doch stattdessen dachte er nur an Rebekah Tate, an das Gefühl, als sie sich zuvor an ihn angelehnt und ihn angelächelt hatte. Es war das erste freundliche Wort gewesen, das sie zu ihm gesagt hatte, seit er mit Hunter zurückgekommen war. Und zum ersten Mal hatte er wieder mit dem Gedanken gespielt, dass es doch noch eine Chance für sie beide geben könnte. Wie konnte er sie gerade jetzt verlassen? Und warum? Er musste doch niemandem mehr etwas beweisen.

»Ich kann unmöglich für ein ganzes Jahr weggehen. So lange verpflichtet man sich doch, oder?«

»In der Armee schon, aber wir werden wohl nur sechs Monate bleiben.«

»Wird die Armee das akzeptieren?«

»Wenn sie uns wirklich brauchen, ja.«

»Mich persönlich geht dieser Krieg ja eigentlich nichts an«, wandte Sean ein. Es war ihm bewusst, dass es ein dürftiges Argument war – aber er wollte dem Ranger nicht verraten, dass es eine Frau war, die ihn zurückhielt.

»Sie sind jetzt ein Amerikaner und ein Texaner. Der Krieg geht Sie also sehr wohl etwas an«, erwiderte McCulloch. »Die Mexikaner hätten Texas gern zurück. »Was wird dann aus Ihrem Geschäft?«

»Texas werden sie nie mehr bekommen, selbst wenn sie gewinnen, was nicht der Fall sein wird.«

»Sind Sie sich da so sicher?«, wandte McCulloch ein.

Sean wusste keine Antwort und beschloss, das Thema zu wechseln. »Möchten Sie vielleicht Rebekah Tate kennen lernen?«, fragte er.

McCullochs Gesicht erhellte sich. »Ist sie denn hier? Aber ja, mit Vergnügen.«

Sie war jedoch schwerer zu finden, als Sean gedacht hatte. Er hatte angenommen, dass sie sich bei den anderen Frauen aufhielt, doch stattdessen saß sie in ihrem Wagen, so als verstecke sie sich.

Als sie die beiden Männer kommen sah, stieg sie aus dem Wagen, strich sich das Kleid glatt und rückte ihren Hut zurecht. Sean war von Stolz erfüllt, als er sie so stehen sah. Ihr goldfarbenes Haar war zwar vom Hut verdeckt, doch ihre leuchtend blauen Augen und ihre samtene Haut ließen ihr Gesicht erstrahlen. Auch wenn sie kein so prächtiges Kleid getragen hätte, wäre sie wohl die schönste Frau in ganz Texas gewesen, dessen war er sich sicher. Ja, ganz besonders *ohne* Kleid, dachte er mit einem Schmunzeln. Und es würde gewiss nicht mehr lange dauern, bis sie sein war.

Sie lächelte nicht, als die beiden Männer näher kamen. Sean hatte das Gefühl, dass sie ein wenig scheu wirkte, was nur allzu verständlich war. »Rebekah Tate«, sagte er, »darf ich vorstellen: Captain Ben McCulloch von den Texas Rangers. Captain McCulloch – Rebekah Tate.«

»Freut mich, Sie kennen zu lernen, Captain«, sagte Rebekah und reichte ihm die Hand.

McCulloch nahm seinen verbeulten Sombrero ab und schüttelte ihr mit einer kleinen Verbeugung die Hand. »Ist mir eine Ehre, Miss Tate. Sie sind in ganz Texas berühmt, wie Sie sicher wissen.«

»Nicht so berühmt wie Ben McCulloch«, erwiderte sie mit ernster Miene. Sean hätte nur zu gern gewusst, was in diesem Augenblick in ihr vorging. Besonders erfreut sah sie jedenfalls nicht aus.

»Ach, glauben Sie kein Wort von dem, was die Leute so

erzählen, Ma'am«, wandte McCulloch bescheiden ein. »Das meiste davon ist frei erfunden.«

Ihre Lippen zuckten und sie lächelte etwas widerwillig. »Das glaube ich nicht. Sonst hätten Sie die Rangers wohl kaum zu ihrem Captain gemacht.«

Er erwiderte ihr Lächeln. »Ich schätze, wenn die Leute wüssten, was Sie durchgemacht haben, dann würden sie Sie ebenfalls zum Captain machen.«

Ihre schönen Augen weiteten sich vor Verblüffung. »Vielleicht haben Sie Recht«, sagte sie, was Sean sehr überraschte. Sie sprach normalerweise nicht gern über ihre Vergangenheit, schon gar nicht mit Fremden.

McCulloch hielt ihre Hand immer noch in der seinen und Sean verspürte mit einem Mal das Bedürfnis, dem Ranger zu zeigen, welchen Platz er selbst in Rebekahs Leben einnahm. »Wo ist Hunter?«, fragte er und legte seine Hand an Rebekahs Nacken. Er spürte, dass sie ganz leicht zusammenzuckte, doch er glaubte nicht, dass McCulloch es bemerkt hatte. Der Mann ließ Rebekahs Hand jedenfalls augenblicklich los und trat einen Schritt zurück, womit er Seans älteren Anspruch bereitwillig anerkannte.

»Er ist bei meinem Vater. Er wollte die Rangers sehen«, antwortete sie und lächelte McCulloch zu.

»Oh, meine Männer werden sich freuen, den jungen Mann kennen zu lernen«, sagte McCulloch. »Und natürlich auch seine Mutter. Von dieser Begegnung können sie noch ihren Enkelkindern erzählen.«

Sean spürte förmlich ihr Widerstreben. Aus irgendeinem Grund schien sie sich nicht mehr unter die Leute mischen zu wollen, die sich um den Laden versammelt hatten. Vielleicht hatte ihr der Vorfall unten am Bach doch mehr zugesetzt, als sie zugeben wollte. Sean verspürte das dringende Bedürfnis, ihre Beunruhigung zu zerstreuen, was immer die Ursache dafür sein mochte. »Ich bringe dich zu ihnen«, sagte er und hoffte, sie mit seiner Gegenwart ein wenig zu beruhigen.

Ihr Blick ging zwischen ihm und McCulloch hin und her. »Es würde mich freuen, Ihre Männer kennen zu lernen«, sagte sie schließlich, was, wie Sean wusste, nicht ganz der

Wahrheit entsprach. Wann hatte er nur diese Fähigkeit entwickelt, genau zu spüren, was in ihr vorging?

Während Sean Rebekah am Arm zum Geschäft geleitete, antwortete McCulloch höflich auf ihre Fragen über die Gründe seiner Rückkehr nach Mexiko. Seine Antwort fiel jedoch nicht ganz so ausführlich aus wie der Bericht, den er Sean gegeben hatte.

Als sie fast angekommen waren, blickte McCulloch vielsagend auf ihren Arm, mit dem sie sich bei MacDougal untergehakt hatte, und sagte dann: »Ich habe Mr. MacDougal gefragt, ob er sich uns nicht anschließen möchte.«

Rebekah blieb wie angewurzelt stehen. Instinktiv schloss sich ihre Hand fester um MacDougals Arm. In ihren Augen las er Sorge, als sie sich ihm zuwandte. »Du gehst mit ihnen nach Mexiko?«, fragte sie. Sie schien ganz und gar nicht froh darüber zu sein, und Sean fiel ein Stein vom Herzen.

Er wollte ihr schon sagen, dass er nicht die Absicht habe, zu gehen, als McCulloch hinzufügte: »Er hat mir aber noch nicht zugesagt. Vielleicht möchte er die Angelegenheit erst mit jemandem besprechen.«

»Und ob!«, stieß sie entrüstet hervor. »Schließlich hat er ein Geschäft, um das er sich kümmern muss.«

»Oh, Andrew könnte es wahrscheinlich genauso gut führen wie ich, jetzt, da wir alles fertig haben«, wandte Sean ein, um ihr eine deutlichere Stellungnahme zu entlocken.

War sie tatsächlich erschrocken über das Angebot des Rangers? Hocherfreut nahm sich Sean vor, die Sache möglichst bald mit ihr zu besprechen. Und bei der Gelegenheit würde er auch gleich einige andere Dinge zur Sprache bringen. Oh, wenn sie wirklich wollte, dass er hier blieb, dann würde es ihr nicht schwer fallen, das zu erreichen. »Wir reden später darüber«, sagte er und musste sich das Lächeln verbeißen, als er in ihre besorgte Miene sah.

Rebekah ließ es geduldig über sich ergehen, den anderen Rangers vorgestellt zu werden, die bereits mit Hunter und ihrem Vater zusammengetroffen waren. Nachdem sie einige höfliche Worte mit den Männern gewechselt hatte, bat sie ihren Vater, sie nach Hause zu bringen. Sean wollte etwas einwenden, doch er wusste, dass er, solange das Fest nicht zu Ende war, keine Gelegenheit haben würde, unter vier Augen mit ihr zu sprechen. Und es konnte gut sein, dass die letzten Gäste erst bei Sonnenaufgang nach Hause fahren würden.

»Vielleicht kann ich in ein, zwei Tagen mal vorbeikommen, damit wir uns unterhalten können«, schlug er vor, als er ihr in den Wagen half.

»Ja, gern«, antwortete sie. Sie blickte ihn nicht direkt an, doch ihm war so, als ruhe ihre Hand einen Augenblick länger als nötig auf der seinen, bis sie ihn losließ.

Wie Sean nicht anders erwartet hatte, dauerte das Fest bis in die frühen Morgenstunden. Auch die Rangers machten sich erst wieder auf den Weg, als der neue Tag schon angebrochen war. Bevor sie losritten, nahm McCulloch Sean noch einmal beiseite. »Wenn Sie sich entschließen, mit uns zu kommen, können Sie ja später zu uns stoßen. Wir würden uns jedenfalls sehr freuen, Sie in unserer Mitte zu haben, Sean MacDougal.«

Sean sah den Männern mit einigem Bedauern nach. Zu jedem anderen Zeitpunkt hätte er seine Seele verkauft, um sich diesen Männern anschließen zu dürfen. Aber sie waren zu spät gekommen. Seine Seele gehörte bereits jemand anderem.

Auf der Tate-Farm wurde über nichts anderes als die Rangers gesprochen, was Rebekah nur schwer ertragen konnte. Sie wusste, es war nur natürlich, dass alle Welt von diesen Männern beeindruckt war, doch sie musste immerzu daran denken, dass sie MacDougal angeboten hatten, mit ihnen zu ziehen. Sie hatte den ganzen folgenden Tag darüber nachgedacht – schon in der Kirche, als sie kaum auf die Predigt ihres Vaters gehört hatte, und auch danach, als besonders wohlmeinende Mitglieder der Gemeinde sie zu Kaffee und Kuchen einluden. Sie lehnte jedoch ab, weil sie allein mit ihren Gedanken sein wollte.

MacDougal hatte mit ihr darüber sprechen wollen, doch nach der Kirche hatte er keine Anstalten gemacht. Wie lange würde er wohl warten? Die Rangers waren fort – also würde er bald aufbrechen müssen, wenn er sich ihnen noch anschließen wollte. Konnte es sein, dass er es sich anders überlegt hatte? Er war ja nicht auf ihre Zustimmung angewiesen, und immerhin hatte sie ihm ja auch zu verstehen gegeben, dass er keinen Platz in ihrem Leben hatte.

Wie hatte sie nur so etwas sagen können! Damals waren ihr die Gründe noch so einleuchtend vorgekommen. Jetzt konnte sie sich nicht einmal mehr erinnern, was sie zu diesem Ausspruch bewegt hatte. Tatsache war, dass sie sich ihr Leben nicht mehr ohne MacDougal vorstellen konnte.

Gewiss, ihre Freiheit konnte sie trotzdem nicht aufgeben. Die Vorstellung, wieder einem Mann zu gehören, auch wenn dieser Mann MacDougal hieß, jagte ihr immer noch kalte Schauer über den Rücken. Trotzdem brauchte sie MacDougal, daran bestand kein Zweifel. Nachdem sie einen Tag lang nachgedacht hatte, kam sie schließlich zu einem Ergebnis: Sie würde ihm ganz einfach das geben, was er wollte.

Die Lösung war so offensichtlich, dass sie sich wunderte, nicht schon früher darauf gekommen zu sein. Sie würde ihm ihren Körper geben und dafür das bekommen, was sie von ihm brauchte: sein Versprechen, immer für sie da zu sein, wenn sie ihn brauchte. Sie würde ihm nur das geben, was andere sich mit Gewalt genommen hatten – und wenn sie sich recht erinnerte, hatte es sie kaum Überwindung gekostet, sich ihm hinzugeben. Ja, sie hatte es sogar genossen – und MacDougal ebenfalls. Sie würden recht glücklich zusammen sein. Nur musste sie ihm das sehr bald mitteilen, sonst würde sie vielleicht zu spät kommen.

Sie wartete den ganzen Nachmittag und ließ auch noch das Abendessen über sich ergehen. Sie wusste, dass Andrew nach der Kirche im Geschäft geblieben war, um aufzuräumen, und da sie ihm keinesfalls dort begegnen wollte, durfte sie nicht zu früh aufbrechen. Schließlich wandte sie sich an Jewel und fragte sie, ob sie Hunter zu Bett bringen könne.

Jewels dunkle Augen verengten sich. »Du willst doch nicht etwa noch weggehen?«, fragte sie in der Erwartung, dass die Antwort nur »Nein« lauten konnte.

»Doch, ich muss noch kurz weg«, erwiderte Rebekah

und achtete nicht auf Jewels überraschten Gesichtsausdruck.

»So spät noch? Wer begleitet dich denn?«, wollte Jewel wissen, doch Rebekah war schon draußen und eilte zum Schuppen. »Massa Zeb!«, hörte sie Jewel rufen und ärgerte sich darüber, dass die Frau es nicht für sich behalten konnte.

Ihr Vater erreichte sie, als sie die alte Stute gesattelt hatte. »Wo willst du hin?«, fragte er mit besorgter Miene.

»Ich muss zu MacDougal«, antwortete sie, in der Überzeugung, dass die Wahrheit bestimmt weniger schockierend war als die beste Lüge, die sie sich hätte ausdenken können.

»So spät noch?«, wandte ihr Vater ein. »Hat das nicht bis morgen Zeit?«

»Nein, leider nicht«, erwiderte sie und fragte sich, was sie tun sollte, wenn er es ihr verbot. Sie hatte jedenfalls nicht vor, sich von ihm daran hindern zu lassen. »Ich muss mit ihm unter vier Augen sprechen und morgen ist das Geschäft überfüllt mit Kunden.«

»Du kannst nicht allein zu ihm hinausreiten«, entgegnete er. »Was werden die Leute sagen?«

Rebekah blickte ihn zornig an und dachte an die Männer, die sie unten am Bach belästigt hatten. »Papa, es ist gar nicht möglich, dass ich meinen Ruf ruiniere. Ich war bei den Indianern, hast du das schon vergessen? Ich habe ein uneheliches Kind. Es ist also völlig egal, was die Leute über mich sagen.«

Er fasste sie am Arm, als sie sich aufs Pferd schwingen wollte, und sie wandte sich ihm ungeduldig zu. Sie war bereit, sich mit Gewalt von ihm loszureißen, wenn es nötig sein sollte. Doch als sie in seine Augen blickte, sah sie keine Empörung, sondern nur Sorge. »Weißt du denn, was du tust, Rebekah?«

Sie hätte fast geseufzt vor Erleichterung. Wenigstens würde er ihr keine Predigt halten oder versuchen, sie umzustimmen. »Ich weiß genau, was ich tue, Papa. Ich muss mit MacDougal sprechen, das ist alles.«

Er ließ sie los, doch seine Augen waren immer noch voller Sorge. »Bleib nicht zu lang«, rief er ihr nach, als sie losritt, doch sie wagte es nicht, sich noch einmal umzublicken. Ahnte er vielleicht, weshalb sie zu MacDougal ritt und was sie vorhatte? Und wenn es so war, warum hatte er sie dann gehen lassen?

Doch sie machte sich keine Gedanken über diese Fragen. Es gab zu viele andere Dinge, die sie beschäftigten.

Als sie schließlich MacDougals Laden in der Ferne auftauchen sah, hatte sie die Sache zum hundertsten Mal in Gedanken wiedergekaut, ohne zu einem befriedigenden Ergebnis zu kommen. Sie hatte immer noch nicht die richgigen Worte gefunden, mit denen sie sich an MacDougal wenden konnte.

Aber vielleicht würde sie ja gar nichts sagen müssen. Wenn sie sich recht erinnerte, waren zwischen ihnen beiden kaum noch Worte nötig, wenn MacDougal einmal begonnen hatte, sie zu küssen. Erinnerungen, die sie lange verdrängt hatte, kamen in ihr hoch. Sie dachte an seine Hände auf ihrer nackten Haut, an seine Lippen, die die ihren berührten, an seinen Körper, der den ihren zwang, sich ihm hinzugeben, was sie schließlich nur zu gerne getan hatte.

Sie spürte die Schmetterlinge in ihrem Bauch tanzen und ihr Herz schneller schlagen, als sie daran dachte, dass sie bald schon all das wieder empfinden würde. Sie würde sich in seinen Armen verlieren können und die Schmerzen der Vergangenheit genauso vergessen wie die Ungewissheit der Zukunft. Sie würde MacDougal an sich binden, ohne sich ihrerseits zu binden. Das Gefühl ihrer Macht hatte etwas Berauschendes an sich, und sie lachte laut auf, so dass sie selbst erschrak.

Vorsicht, warnte sie sich selbst. MacDougal würde Verdacht schöpfen, wenn sie plötzlich ihrer Sache allzu sicher war. Nein, es war besser, ihre Macht verborgen zu halten. Es würde ihm gar nicht gefallen, wenn sie ihn zu manipulieren versuchte. Er sollte ruhig denken, dass es sie einfach zu ihm hinzog, was ja, wie sie sich eingestand, der Wahrheit ohnehin recht nahe kam.

Als sie den Laden fast schon erreicht hatte, wurde sie

stutzig, weil dort alles still zu sein schien. Vielleicht war er gar nicht zu Hause; es konnte ja sein, dass ihn jemand zum Abendessen eingeladen hatte. Vielleicht war er noch nicht zurück. Vielleicht …

Da sah sie ihn in der Tür des kleinen Häuschens stehen, das er sich gebaut hatte. Er war noch in Arbeitskleidung, doch sein Hemd war aufgeknöpft und er trug keinen Hut mehr, so als ruhe er sich nach einem langen Arbeitstag ein wenig aus. Instinktiv winkte sie ihm zu, doch da er nicht zurückwinkte, ließ sie etwas verlegen die Hand sinken. War irgendetwas nicht in Ordnung? Sie hatte gedacht, er würde sich wenigstens freuen, sie zu sehen, doch nun kam er ihr nicht einmal entgegen, um sie zu begrüßen.

Mit pochendem Herzen ritt sie direkt zu ihm hin. Er betrachtete sie mit völlig ausdrucksloser Miene. Sein rotes Haar war leicht zerzaust, so als hätte er sich gerade mit den Fingern durchs Haar gestrichen, und Rebekah verspürte ein großes Verlangen, genau das Gleiche zu tun. Sie wäre am liebsten vom Pferd gesprungen und zu ihm hingelaufen – doch er wirkte so kühl und reserviert, dass sie es nicht wagte.

Sie schluckte und versuchte zu lächeln. Sie glaubte den Grund für seine Zurückhaltung zu wissen. »Ist … ist Andrew noch da?«

Seine braunen Augen verengten sich. »Bist du deshalb gekommen … um Andrew zu sehen?«

»Nein!«, rief sie aus – erschrocken, dass sie ihm einen ganz falschen Eindruck vermittelt hatte. »Ich … ich wollte nur sicher gehen, dass wir allein sind. Du hast doch gesagt, dass wir miteinander reden sollten, aber du hast nicht gesagt, wann – also dachte ich mir …«

Sie brauchte es nicht näher zu erläutern. Er kam bereits auf sie zu und hob sie vom Pferd – und sein Kuss ließ sie verstummen.

Oh, Gott, dachte sie, als sie sich seinen heißen Lippen hingab. Wie hatte sie jemals denken können, ohne ihn leben zu können? Sie schlang die Arme um seinen Nacken und drückte ihn an sich und sie genoss das Gefühl, seinen festen Körper zu spüren.

Der Kuss schien kein Ende zu nehmen, während er seine Hände über ihren ganzen Körper wandern ließ, so als wolle er sie neu erkunden und in Besitz nehmen. Und sie genoss die unbeschreiblichen Empfindungen, die seine Liebkosungen in ihr auslösten. Es war genauso, wie sie es in Erinnerung hatte – ja, sogar noch schöner. Wie dumm war sie gewesen, ihn wegzuschicken, da sie doch so etwas miteinander hätten erleben können!

Als Rebekah das Gefühl hatte, ihre Knie würden unter ihr nachgeben, unterbrach MacDougal den Kuss für einen Augenblick und hob sie hoch, um sie ins Haus zu tragen.

»Mein Pferd«, wandte sie mit leiser Stimme ein.

»Es wird schon in der Nähe bleiben«, murmelte er und nahm ihre Lippen wieder in Besitz.

Er trug sie ins Haus, was genau ihren Erwartungen entsprach, so dass sie keinen weiteren Einwand erhob. Er stellte sie auf den Boden, ohne den Kuss zu unterbrechen, während seine Hände bereits einen Schritt weitergingen.

Sie spürte, wie sich das Band ihres Hutes löste und der Hut herunterfiel. Dann wandte er sich den Knöpfen ihres Kleides zu, doch da er offenbar mit den Gedanken bereits ganz woanders war, gelang es ihm nicht, das Kleid zu öffnen, so dass sie ihm helfen musste. In diesem Augenblick wünschte sie sich, sie hätte ein Kleid ausgesucht, dessen man sich leichter entledigen konnte.

Schließlich gelang es ihr mit Mühe, aus dem Kleid und dem Unterrock zu schlüpfen. Außer Schuhen und Strümpfen trug sie nur noch ihr Unterhemd, das bis zu den Knien reichte – doch als sie MacDougal in die Augen blickte, hatte sie das Gefühl, dass er durch den dünnen Stoff durchsehen konnte. Er wandte den Blick nicht von ihr, als er sich schnell von seinem Hemd befreite.

Als er sie wieder hochhob, blickte sie sich kurz in dem Häuschen um. Es war das typische Zuhause eines Junggesellen, mit offenem Kamin und einem selbst gezimmerten Tisch und Stühlen. Sie konnte sich jedoch nur einen kurzen Eindruck verschaffen, denn MacDougal legte sie sogleich auf sein Bett, das am anderen Ende des Raumes stand. Ganz sanft, beinahe ehrerbietig ließ er sie nieder, um dann seine übrigen Kleider abzustreifen. Ein wenig verlegen blickte sie zur Seite und entledigte sich ihrer Schuhe. Gleich darauf nahm er sie in die Arme, um sie mit seinen heißen Küssen zu bedecken, die ihre kurze Verlegenheit hinwegspülten.

Als sie es vor Verlangen kaum noch aushielt, zog er ihr auch noch Strümpfe und Hemd aus. Sie streckte die Arme nach ihm aus, doch er hielt einen Augenblick inne und saugte ihren nackten Körper in sich auf. Sein sengender Blick wanderte über ihren Hals, ihre Brüste, ihren Bauch und tiefer – und sie spürte eine Leidenschaft in sich aufwallen, die sie lange unterdrückt hatte. Wie dumm sie doch gewesen war, dieses Gefühl zu verleugnen!

Als er ihren Namen flüsterte, schlang sie Arme und Beine um ihn. Sie wollte ihn voll und ganz erkunden – die seidige Haut seines Rückens, seine behaarten Beine, die gleichfalls behaarte Brust und seine heißen weichen Lippen. Sie berührte ihn nicht nur mit den Lippen und den Händen, sondern auch mit den Brüsten, den Beinen und den Hüften – und sie verspürte ein unendliches Verlangen, ihn festzuhalten und selbst festgehalten zu werden, ihn zu besitzen und sich ihm hinzugeben.

Gern hätte sie ihm all das gesagt, doch sie fand keine Worte, die beschreiben hätten können, was sie in diesem Moment empfand. Und so teilte sie es ihm mit ihrem Körper mit, während er mit seinen Händen ihr Verlangen zu immer neuen Höhen emportrieb.

Als er schließlich in sie eindrang, verwandelte sich ihr Inneres in eine glühende Flamme. Sie ließ ihren Kopf an seine Schulter sinken, während ihre Fingernägel sich in seinen Rücken gruben. Sie konnte es kaum noch erwarten, von ihrem brennenden Verlangen erlöst zu werden. Wieder und wieder stieß er zu, mit einer Leidenschaft, die der ihren nicht nachstand, und er gab ihr all das, was sie sich ersehnte, und noch mehr.

Am Ende rief sie in einem Aufschrei seinen Namen, während die Wogen der Lust über ihr zusammenschlugen. Wenig später erreichte auch er seinen Höhepunkt und er ließ sich erschöpft, aber erfüllt, auf sie niedersinken.

Eine ganze Weile lagen sie atemlos da. Sie spürte MacDougals warmen Atem an ihrem Gesicht; er roch nach Pfeifentabak und nach ihm selbst. Genussvoll sog sie seinen Duft in sich auf.

Sie war zufrieden mit sich selbst, dass sie ihr Ziel erreicht hatte, als er plötzlich fragte: »Gibt es noch einen anderen Grund, warum du gekommen bist?«

Sie öffnete die Augen und drehte den Kopf, um ihm ins Gesicht blicken zu können. Er war zu nahe, als dass sie ihn richtig hätte sehen können – doch es war ihr, als lächle er ganz leicht.

»Du hast doch gesagt, du willst mit mir über das Angebot der Rangers sprechen, dass du mit ihnen nach Mexiko gehen sollst«, erinnerte sie ihn.

»Ach ja«, murmelte er. »Das hatte ich schon ganz vergessen.«

»Vergessen?«, rief sie empört und schob ihn ein Stückchen von sich weg, um ihm ins Gesicht sehen zu können.

Widerwillig rollte er sich von ihr herunter und sie spürte die kühle abendliche Luft auf ihrer schweißnassen Haut. MacDougal griff nach der Decke, die zusammengefaltet am Fußende lag, und zog sie über sie beide.

»Wie kannst du das bloß vergessen?«, fragte sie verständnislos. »Er hat dich doch erst gestern gefragt. Ich hatte Angst, dass du schon fort sein könntest!«

»Ach, wirklich?«, fragte MacDougal erfreut. »Und was hättest du getan, wenn ich fort gewesen wäre?«

»Ich ...« Sie zögerte, weil sie nicht wusste, was sie ihm antworten sollte. »Nun, du bist ja noch hier, also spielt es keine Rolle.«

»Ja«, stimmte er zu und stützte sich auf einen Ellbogen, um sie besser betrachten zu können. »Aber du hättest trotzdem sagen können, dass du mir nachgeritten wärst und mich nach Hause geschleppt hättest.«

»Hat es jemals irgendjemand geschafft, dich zu etwas zu bringen, was du nicht wolltest?«, wandte sie ein.

»Eigentlich nicht, aber du hättest vielleicht die Erste sein können, der das gelingt. Das, was wir soeben gemacht haben, gefällt mir nämlich bedeutend besser, als nach Mexiko zu reiten. Ich war mir einfach nicht sicher, ob ich überhaupt noch die Wahl hatte.«

MacDougal war wohl der einzige Mensch, der es schaffte, sie zum Erröten zu bringen, dachte Rebekah, als sie spürte, wie ihr die Hitze in die Wangen stieg. »Nun, wie es aussieht, hast du die Wahl«, sagte sie und hob die Decke über ihre nackten Brüste.

»Und dass du heute gekommen bist – heißt das, du hast deine Ansicht geändert? Du möchtest mich doch haben und willst nicht, dass ich mit den Rangers gehe?«, fragte er lächelnd.

»Ja ... äh, nein – ich meine, ich möchte nicht, dass du mit den Rangers gehst«, stotterte sie und wünschte sich plötzlich, sie könnte aufstehen und sich anziehen. Das Gespräch wäre auch dann noch peinlich genug gewesen.

»Rebekah Tate, du schaffst es immer wieder, mich zu verblüffen«, stellte er fest und strich ihr zärtlich übers Haar. »Einmal schickst du mich weg und sagst mir, dass du einen anderen heiratest, und im nächsten Augenblick reitest du zu mir, um mich zu verführen. Ich frage mich, wie ich jemals glauben konnte, die Ehe wäre etwas Langweiliges. Mit dir verheiratet zu sein wird wahrscheinlich das aufregendste Abenteuer meines Lebens.«

Redete er tatsächlich von Heirat? fragte sich Rebekah erschrocken. Sie hatte kein Wort von Heiraten gesagt, doch wahrscheinlich war es nur normal, dass er annahm, sie würde diesen Schritt erwarten. Sicher würde er erleichtert sein, wenn er erfuhr, dass dies nicht nötig war. »Ich ... Wir werden nicht heiraten«, begann sie unsicher.

Er hob fragend die Augenbrauen und sein Lächeln verschwand. »Ich weiß, ich habe dich noch nicht wirklich gefragt, aber ich habe ja gemerkt, wie sehr du unser Zusammensein eben wieder genossen hast. Und verzeih mir, wenn ich so direkt bin – aber ich hatte ganz das Gefühl, dass du genau deswegen gekommen bist.«

»Das stimmt«, gab sie zu, ohne ihm in die Augen zu blicken.

»Wäre es dann nicht logisch zu heiraten?«, fragte er – offensichtlich überzeugt, im Recht zu sein. »Wenn wir unser Zusammensein so sehr genießen und uns beide wünschen, auch in Zukunft für dieses Vergnügen Gelegenheit zu haben ...«

»Nicht ... unbedingt«, wandte sie ein, immer noch unfähig, ihm ins Gesicht zu sehen.

»Was?«, fragte er ziemlich verwirrt.

»Wir müssen nicht heiraten ... um das zu tun. Ich meine, schließlich sind wir ja auch jetzt nicht verheiratet und haben es getan.«

Sie blickte kurz zu ihm auf, um seine Stimmung zu erkunden, die, etwas düsterer geworden war. Rasch fügte sie hinzu: »Wir müssen nicht heiraten. Wir können uns ganz einfach treffen ... wann immer es uns gefällt ... und genauso weiterleben wie bisher.« Sie blickte wieder zu ihm auf und sah, dass seine Miene sich spürbar verfinstert hatte. »Du musst mich nicht heiraten«, fuhr sie fort. »Schließlich geht es dir ja nur *darum.*« Sie meinte das Zusammensein im Bett. »Es macht mir wirklich nichts aus«, versicherte sie ihm. »Ich will gar nicht heiraten.«

»Und was ist, wenn es mir nicht allein darum geht?«, fragte er zu ihrer Überraschung.

Sie blickte ihn verblüfft an, in der Hoffnung, dass er sie nur necken wollte. Doch er schien es tatsächlich ernst zu meinen. Er schien verärgert zu sein und sie konnte sich beim besten Willen nicht vorstellen, warum – da sie ihm doch alles anbot, was sein Herz begehrte. »Was willst du denn noch?«, fragte sie.

»Liebe zum Beispiel«, knurrte er verärgert, und sie schreckte augenblicklich hoch. »Aber vielleicht bin ich ein Träumer. Es war vielleicht dumm von mir, zu glauben, du könntest dich auch in mich verlieben, nur weil ich mich in dich verliebt habe.«

Warum redete er nur von Liebe? Nein, gewiss meinte er das, was sie im Bett miteinander teilten.

»Aber ich komme zu dir, wann immer du willst!«, versicherte sie ihm.

»Davon rede ich nicht!«, rief er zornig und sprang aus dem Bett. »Ich rede von Liebe. Ich rede davon, dass man für jemanden mehr empfindet als für jeden anderen Menschen auf der Welt. Dass man immer mit diesem Menschen zusammen sein möchte und alles mit ihm teilen will, die wichtigen Dinge genauso wie die unwichtigen. Das ist es, was ich gemeint habe.«

Doch das, was er da beschrieb, machte ihr ganz einfach Angst. Sie konnte auf so etwas nicht eingehen. Sie würde sich zu verwundbar und hilflos fühlen, so wie einst als fünfzehnjähriges Mädchen, als die Indianer sie verschleppt hatten. Sie war damals völlig schutzlos gewesen, und wenn sie MacDougal liebte, würde sie wieder schutzlos sein. Er könnte ihr wehtun – und wenn das passierte, das wusste sie, dann würde sie sterben.

Rebekah hatte ein Gefühl, als würde ihr jemand ein Kissen auf den Mund drücken. Sie konnte kaum noch atmen und begann unter der Decke zu zittern. »Nein«, flüsterte sie so leise, dass er es nicht hören konnte.

Er schlüpfte rasch in seine Hose und sagte: »Glaubst du vielleicht, ich will nur jemanden für ein Schäferstündchen hin und wieder? Das glaubst du doch, oder? Willst *du* das etwa?«

Ihre Augen brannten, so als wolle sie weinen, ohne es zu können. Doch das konnte nicht sein – sie wollte bestimmt nicht weinen. Und sie wollte auch nicht zittern und tat es trotzdem, und zwar so heftig, dass er es schließlich bemerkte.

Sofort verschwand der Zorn aus seiner Miene. »Ist alles in Ordnung, Rebekah Tate?«, fragte er.

Sie setzte sich auf und bedeckte ihre Brüste mit der Decke. Dann hob sie ihr Hemd vom Boden auf und zog es mit zitternden Händen an, bevor sie sich mühsam vom Bett erhob.

Ihre Knie waren so weich, dass sie zu dem Stuhl taumelte, auf dem ihre restlichen Kleider lagen.

MacDougal beobachtete sie mit besorgter Miene, so als wolle er helfen, ohne jedoch zu wissen, wie. Irgendwie schaffte sie es, ihr Kleid zuzuknöpfen. Sie fand ihre Strümpfe nicht, schlüpfte deshalb mit nackten Füßen in die Schuhe und eilte dann zur Tür.

MacDougal hielt sie am Arm zurück. »Wo willst du hin?

Mein Gott, du zitterst ja wie Espenlaub! Was ist denn bloß los mit dir?«

»Lass mich los!«, schrie sie so außer sich, dass er erschrak und sie losließ. »Ich gehe, und versuche ja nicht, mich aufzuhalten! Du wirst nie *mehr* von mir bekommen, als ich dir gegeben habe. Wenn dir das nicht genügt, dann tut es mir leid. Ich liebe dich nicht, MacDougal, und ich werde dich niemals lieben! Niemand wird mich je wieder gefangen halten!«

Mit diesen Worten stürmte sie ins Freie und zu ihrem Pferd, das sich, wie MacDougal vorhergesehen hatte, ganz in der Nähe des Hauses aufhielt. Im nächsten Augenblick saß sie im Sattel, bis MacDougal sich endlich aus seiner Erstarrung löste und ihr folgte.

»Komm zurück!«, rief er und lief ihr nach. »Rebekah Tate!«

Doch sie achtete nicht mehr auf ihn und ließ dem Pferd freien Lauf. Die alte Stute lief nur ungern, doch sie lief schnell genug, sodass MacDougals Rufe bald in der Ferne verstummten.

Der Wind peitschte durch das Haar und blies die Tränen weg, die über die Wangen liefen. Sie wusste nicht, warum sie weinte. Es war bestimmt nicht das Ende der Welt, wenn sie nie wieder mit Sean MacDougal zusammen sein konnte. Sie würde es verschmerzen, da sie ihn eben nicht liebte. Nie im Leben würde sie es sich gestatten, einen Mann zu lieben und ihm zu gehören.

Aber wenn es stimmte und sie ihn tatsächlich nicht liebte – warum fühlte sie sich dann, als hätte ihr jemand das Herz aus dem Leib gerissen?

13

Sean war fertig zum Aufbruch, als Andrew am nächsten Morgen zur Arbeit kam.

»Morgen, Boss«, rief Andrew, als er auf die Eingangstür des Ladens zuging.

Er hielt inne, als Sean weder sein Lächeln noch seinen Gruß erwiderte.

»Ist irgendwas nicht in Ordnung?«, fragte er.

Sean hätte selbst gern eine Antwort auf diese Frage gewusst. »Es ist alles in Ordnung«, sagte er schließlich mit einem gezwungenen Lächeln, »vorausgesetzt, du bist bereit, zu zeigen, dass du einen Laden schaukeln kannst.«

Andrews Miene verfinsterte sich. Irgendetwas an Seans Ton gefiel ihm gar nicht. »Das habe ich doch schon gezeigt, glaube ich. Wenn du dir deswegen etwa Sorgen machst ...«

»Deinetwegen mache ich mir keine Sorgen«, erwiderte Sean. Er drehte sich um und ging in den Laden hinein, dessen Regale mittlerweile vollgepackt waren mit fein säuberlich geschichteten Waren aller Art. Er ging in das kleine Zimmer weiter, das ihm als Büro diente. Dort setzte sich Sean an den Schreibtisch und bedeutete Andrew, ihm gegenüber Platz zu nehmen. Er bemerkte Andrews misstrauische Blicke.

»Traust du dir zu, den Laden ganz allein zu führen?«, fragte Sean schließlich.

»Soll das ein Witz sein?«, entgegnete Andrew, obwohl ihm ganz und gar nicht zum Lachen zumute war.

»Nein, ich mein's ernst. Du weißt doch, dass McCulloch mich gefragt hat, ob ich nicht mit seinen Leuten nach Mexiko ziehen will. Ich nehme sein Angebot an.«

Andrew starrte Sean völlig verständnislos an. »Ist das dein Ernst?«

»Absolut.«

Andrew schüttelte den Kopf. »Was willst du in Mexiko, da du doch jetzt dieses Geschäft hier hast?«

Sean versuchte, möglichst plausibel zu argumentieren. »Also, Andy, wenn Ben McCulloch kommt und einen fragt, ob man sich den Rangers anschließen möchte, dann sagt man nicht nein.«

»Ach was!«, gab Andrew zurück. »Es zwingt dich doch keiner, mit ihnen zu ziehen. Wahrscheinlich brauchen sie dich auch gar nicht wirklich. Du jedenfalls brauchst sie ganz bestimmt nicht. Verdammt, Sean, du bist der Mann, der Rebekah Tate gerettet hat! Du musst niemandem mehr etwas beweisen! Da wir gerade von Rebekah sprechen, was glaubst du, was wird sie dazu sagen, wenn sie es erfährt?«

Sean erstarrte für einen Augenblick, als er ihren Namen hörte, doch er dachte, dass Andrew es nicht bemerkt hatte, bis dieser schließlich mit finsterer Miene fragte: »Du tust es ihretwegen ihr, nicht wahr?«

»Nein«, log Sean, doch Andrew kannte ihn mittlerweile gut genug, um sich nicht täuschen zu lassen.

»Ist das Ganze irgendein verrückter Plan, um sie zu beeindrucken?«, wollte Andrew wissen. »Wenn es so ist, dann machst du dir die Mühe völlig umsonst. Sie ist nämlich ohnehin schon ziemlich beeindruckt von dir, wie jeder Dummkopf sehen kann. Oh, ich weiß, du hast es nicht ganz leicht mit ihr – und ich hab ja auch mein Teil dazu beigetragen, dass es nicht leichter wurde –, aber du musst ein wenig Geduld mit ihr haben. Kannst du dir vorstellen, wie es für sie gewesen sein muss – nach so vielen Jahren nach Hause zu kommen und sich alles geändert hat? Und dann hat sie ja auch noch ihren Jungen, dem sie helfen muss, sich hier zurechtzufinden. Wenn du ihr noch ein paar Wochen gibst, dann wird sie bestimmt ...«

»Es ist vorbei«, unterbrach ihn Sean. »Sie war gestern Abend hier.«

»Hier? Du meinst, sie ist hierher gekommen? Allein?« Rebekahs Verhalten schockierte ihn ganz offensichtlich.

Sean hätte ihn noch mehr schockieren können, wenn er ihm erzählt hätte, wie sie den Abend verbrachten – doch dann hätte Andrew ihn bestimmt als einen noch größeren Narren angesehen, als er es ohnehin schon tat. Außerdem wollte er Andrews Entrüstung über seine Cousine nicht noch weiter steigern. Und so sagte er: »Sie kam, um mit mir zu reden. Ich dachte, wir würden zueinander finden – jetzt, da sie offen gesagt hat, dass nichts zwischen euch beiden vorgefallen war; aber leider ist alles anders gekommen.«

»Was ist denn passiert?«, wollte Andrew wissen, als Sean zögerte.

»Sie hat gesagt, dass sie mich nicht liebt und auch nie lieben wird und dass sie nicht daran denkt, mich zu heiraten«, antwortete Sean in bitterem Ton. »Also, sie braucht nicht noch etwas Zeit.«

»Und jetzt fliehst du einfach wie irgendein Narr, der an Liebeskummer leidet, damit sie dich vielleicht auf dem Schlachtfeld erschießen«, gab Andrew zornig zurück.

Sean wollte schon aus seinem Stuhl hochspringen, um Andrew einen Kinnhaken zu verpassen – doch sein Verstand ließ ihn nicht ganz im Stich und er hielt mitten in der Bewegung inne. Andrew hatte ohnehin kaum mit der Wimper gezuckt und er legte Sean die Hand auf die Schulter und drückte ihn wieder in seinen Stuhl zurück. »Immer mit der Ruhe, Partner«, redete Andrew ihm zu. »Ich glaube nicht, dass ich es bin, auf den du wütend bist.«

»Da hast du Recht«, gab Sean zu und lehnte sich resigniert in seinem Stuhl zurück. »Aber ich werde mich nicht erschießen lassen – nicht, wenn ich es verhindern kann.« Er wollte schon hinzufügen, dass er ganz sicher kein Narr sei, der an Liebeskummer litt, doch er fürchtete, dass Andrew ihm widersprechen würde. Vielleicht hätte er nicht einmal ganz Unrecht gehabt.

»Und wer kümmert sich um Rebekah und den Jungen, wenn du nicht zurückkommst?«, wandte Andrew ein.

Sean lächelte traurig. »Ich dachte mir, wenn ich aus dem Rennen wäre, könntest ja du …«

»O nein!«, rief Andrew empört. »Du kannst dich darauf verlassen, dass ich den Laden führe, aber das ist auch schon alles! Rebekah hat mich endgültig davon überzeugt, dass wir nicht zusammen gehören. Ich werde mich nicht noch einmal zum Narren machen! Hör zu, Sean, es ist mir gleichgültig, was sie sagt – wenn du nur ihren Gesichtsausdruck sehen könntest, wenn sie von dir spricht, dann wüsstest du, dass sie verrückt nach dir ist!«

»Verrückt vielleicht«, gab er zu und dachte an die Leidenschaft, die sie ihm vergangene Nacht entgegengebracht hatte. Er hatte tatsächlich gedacht, dass sie ihn liebte – aber das war wohl ein Irrtum gewesen.

»Sean, du bist derjenige, der sie gerettet hat!«, beharrte Andrew verzweifelt. Er spürte, dass er ihn nicht überzeugen konnte. »Spürst du denn nicht eine gewisse Verantwortung für sie?«

Sean empfand nichts als eine dumpfe Kälte in der Brust. »Nein, außerdem möchte ich in meinem Leben noch etwas anderes zustande bringen, als nur der Mann zu sein, der Rebekah Tate gerettet hat. Ich möchte etwas leisten, das wirklich zählt.«

»Aber was du für sie getan hast, zählt sehr viel«, wandte Andrew zaghaft ein. »Und auch, was du für den Jungen getan hast. Es gibt niemanden, der das hätte zustande bringen ...«

»Nein!«, brüllte Sean so laut, dass Andrew zusammenzuckte. »Es gibt Hunderte, die sie genauso hätten retten können – und den Jungen ebenso, das wissen wir beide und der Rest der Welt weiß es auch.« Andrew schüttelte den Kopf, doch Sean ließ sich von seinem Plan nicht abhalten. »Ich gehe nach Mexiko und tue, was ich tun muss. Also, soll ich den Laden jetzt schließen oder wirst du dich darum kümmern?«

Sie stritten noch eine Weile, doch Sean ließ sich nicht mehr umstimmen. Als Andrew schließlich nachgab, erinnerte ihn Sean noch einmal daran, was im Laden zu tun war – doch zum Glück wusste Andrew das alles bereits, denn er hörte diesmal überhaupt nicht zu. Er konnte nur an eines denken – wie er Rebekah das alles beibringen sollte.

»Weiß sie es schon?«, fragte Andrew, als Sean mit seinen Ausführungen fertig war.

»Wer soll *was* wissen?«, fragte Sean, als wüsste er nicht, worum es ging.

»Du weißt verdammt gut, von wem ich spreche. Hast du ihr gesagt, dass du gehst?«

»Sie wird es früh genug erfahren. Hier«, sagte er und reichte Andrew einen Mehlsack, der die Kleidungsstücke enthielt, die sie tags zuvor in ihrer Eile liegen gelassen hatte. Er hatte den Sack zugeknüpft und hoffte, dass Andrew keinen Blick hineinwerfen würde. Er würde sich bestimmt wundern, wie Sean in den Besitz von Rebekahs Hut und Strümpfen kam. »Das hier gehört ihr.«

»Sean, es ist bald Weihnachten«, wandte Andrew ein. »Kannst du nicht wenigstens warten, bis ...«

»Wenn ich nicht sofort losreite, hole ich McCulloch und seine Männer nie mehr ein«, erwiderte Sean. Er hatte gar nicht mehr daran gedacht, dass Weihnachten vor der Tür stand. Er dachte an den samtenen Mantel, den er für Rebekah bestellt hatte. Damals hatte er noch gedacht, ihn ihr als seiner zukünftigen Braut um die Schultern legen zu können. Es gab ihm einen Stich ins Herz, und nichts als eine schmerzliche Leere blieb zurück. Er holte den Mantel vom Regal herunter und reichte ihn Andrew. »Würdest du Rebekah Tate das hier von mir geben? Zu Weihnachten?«

Andrew nahm das zusammengefaltete Kleidungsstück fluchend an sich; er benutzte Worte, von denen Sean nie im Leben gedacht hätte, dass Andrew sie kannte. »Und was soll ich ihr sagen, wenn sie mich fragt, warum ich dich habe gehen lassen?«, fragte er ziemlich wütend. »Und wenn du glaubst, dass ich es ihr nahe bringe, wenn dir etwas zustößt oder du in der Schlacht fällst, dann hast du dich verdammt noch mal getäuscht! Sie ist nicht *meine* Frau, Sean MacDougal!«

»Meine auch nicht!«, brüllte Sean zurück. »Und *sie* hat es so gewollt, nicht ich! Also sag ihr ruhig, was du willst – von mir aus auch gar nichts. Wahrscheinlich ist es ihr ohnehin gleichgültig.«

Er stürmte ins Freie hinaus, sattelte sein Pferd und lud seine Ausrüstung auf. Andrew folgte ihm nicht hinaus, doch als Sean fertig war, kam er doch noch und sah so betrübt aus, als würde er seinen besten Freund verlieren.

Er reichte Sean die Hand zum Abschied. »Du bist ein Narr und ein Idiot, und wenn du dich abknallen lässt, werde ich dir das nie verzeihen«, drohte er ihm grimmig.

Sean lächelte unwillkürlich. In diesem Augenblick wurde ihm klar, dass er mehr als nur Rebekah verlor, wenn er jetzt wegritt; er würde auch einen Freund zurücklassen – einen der wenigen Freunde, die er auf dieser Welt hatte. »Ich bin wieder da, bevor es dir überhaupt auffällt, dass ich weg bin. Wahrscheinlich wirst du es so unterhaltsam finden, mit dem Laden Pleite zu machen, dass du mich gar nicht vermisst.«

»Darauf würde ich mich an deiner Stelle nicht verlassen«, erwiderte Andrew und lächelte gequält. »Ich habe vor, mehr Geld mit dem Laden zu machen, als du dir jemals erträumt hättest, damit du ein für alle Mal weißt, wer von uns beiden der bessere Geschäftsmann ist.«

»Wir werden's ja sehen«, sagte Sean und ließ widerstrebend Andrews Hand los.

Andrews Lächeln schwand. »Soll ich ihr nicht doch irgendetwas von dir sagen? Irgendeine Nachricht?«

Sean überlegte. »Nein«, sagte er schließlich. »Es gibt nichts mehr zu sagen.«

Andrew stand da und winkte, so lange Sean ihn sehen konnte. Er wollte sich nicht umschauen, konnte es aber doch nicht lassen. Das kleine Gebäude aus Holz zog seinen Blick wie ein Magnet an. Was war bloß los mit ihm? Es hatte ihm nicht das Geringste ausgemacht, den Laden in Santa Fe zurückzulassen.

Ja, hier hatte er sich zwar etwas geschaffen – aber ohne Rebekah Tates Liebe war das alles nichts wert.

»Du wirst doch nicht etwa schon wieder aufhören zu essen?«, fragte Jewel, als sie Rebekahs nahezu unberührtes Essen auf einen Teller häufte, den sie den Hunden vorsetzte.

»Ich habe heute einfach keinen Hunger«, erwiderte Rebekah, während sie die gebrauchten Teller zur Abwaschschüssel trug. Die Männer hatten sich nach dem Mittagessen wieder an die Arbeit gemacht und Hunter spielte draußen mit den Hunden, sodass die beiden Frauen allein in der Küche waren.

»Du hast keinen Hunger mehr, seit du gestern Abend bei

Mr. MacDougal warst«, erinnerte Jewel sie. »Warum erzählst du mir nicht endlich, was zwischen euch vorgefallen ist?«

»Weil es dich nicht wirklich etwas angeht«, gab Rebekah zurück und wünschte sich, sie brächte es fertig, die Sklaven genauso herablassend zu behandeln, wie ihre Tante Prudence es tat. Rebekah konnte sich nicht vorstellen, dass Jewel ihre Tante nach ihrem Privatleben befragen würde.

»Es geht mich sehr wohl etwas an, wenn du wieder krank wirst«, entgegnete Jewel beharrlich, »weil ich mich nämlich um dich sorgen muss. Außerdem ist jetzt auch der Junge da, und wenn du dich nicht um ihn kümmern kannst ...«

»Ich werde aber nicht krank!«, widersprach Rebekah verärgert. »Und um Hunter brauchst du dir keine Sorgen zu machen. Ich kann ihn sehr gut selbst betreuen.«

Jewel stieß ein kurzes Schnauben aus und widmete sich wieder ihrem Geschirr. Sie sprach nicht mehr über die Angelegenheit, aber das war auch gar nicht nötig. Rebekah spürte trotzdem das Missfallen, das Jewel ihr offensichtlich entgegenbrachte.

Sie sagte sich, dass es ihr egal war, was Jewel dachte. Immerhin war sie nur eine Sklavin, und eine ziemlich unverschämte noch dazu.

Nur war Jewel leider auch ihre Freundin, ihre einzige Freundin, um ehrlich zu sein, und wahrscheinlich der einzige Mensch, mit dem sie über Sean MacDougal hätte sprechen können. Es war undenkbar, dieses Thema mit ihrem Vater zu besprechen. Als sie in jener Nacht völlig außer sich von MacDougal zurückgekehrt war, hatte sie sich in ihr Zimmer geschlichen, bevor er sie sah und ihr peinliche Fragen stellen konnte. Er hatte jedoch auch so gemerkt, dass etwas nicht in Ordnung war. Sie sah es an der Art, wie er sie ansah – so als warte er darauf, dass sie mit ihm darüber sprach.

Aber auch Andrew konnte sie sich nicht anvertrauen. Er wäre wahrscheinlich geschockt von ihrem Verhalten gewesen und hätte es nicht verstanden, dass sie mit einem Mann schlafen konnte, ohne ihn heiraten zu wollen.

Das Schlimmste war, dass Rebekah sich selbst nicht verstand – und das trieb sie zur Verzweiflung. Ihr war ununterbrochen zum Weinen zumute, doch so elend sie sich auch fühlte – es flossen keine Tränen. Am liebsten hätte sie sich in ihrem Bett verkrochen – doch kaum war sie allein, konnte sie die Stille nicht ertragen und wurde von quälenden Erinnerungen heimgesucht.

Der einzige Mensch, den sie wirklich gern gesehen hätte, war Sean MacDougal. Die Tragik war nur, dass sie ausgerechnet mit ihm nie wieder zusammen sein konnte – zumindest nicht so, wie sie es sich gewünscht hätte.

Sie hätte ihn so gern wieder in ihrer Nähe – mehr als alles andere auf der Welt. Ja, sie wusste nicht, ob sie ohne ihn überhaupt weiterleben konnte. Aber wenn sie dann an seine Bedingungen dachte, an den Preis, den sie zu zahlen hätte, dann hatte sie wieder dieses Erstickungsgefühl.

Aber das alles konnte sie Jewel nicht sagen, zumindest noch nicht – auch wenn Jewel der einzige Mensch war, der sie vielleicht verstanden hätte. Vielleicht würde sie es ihr in ein paar Tagen anvertrauen können, wenn der Schmerz ein wenig verblasst war – aber jetzt auf keinen Fall.

Sie und Jewel waren gerade mit dem Abwaschen fertig, als die Hunde bellten und auf diese Weise Besuch ankündigten. Rebekahs Herz tat einen Sprung in der völlig absurden Hoffnung, es könnte Sean MacDougal sein. Aber das war völlig ausgeschlossen – schließlich hatte er einen Laden, um den er sich kümmern musste. Er konnte unmöglich mitten am Tag durch die Gegend reiten, um den Leuten einen Besuch abzustatten. Und sie würde er wohl zu gar keiner Tageszeit besuchen, nicht nach ihrem letzten Zusammentreffen.

Sie verzichtete deshalb darauf, zur Tür zu gehen, um zu sehen, wer gekommen war. Im nächsten Augenblick kam Hunter in die Küche gelaufen und teilte ihr in seinem gebrochenen Englisch mit, dass die Nelsons da waren.

Rebekah hatte sich schon gefreut, Andrew wiederzusehen, und ging rasch hinaus, um zu ihrer Enttäuschung festzustellen, dass nur ihre Tante und ihr Onkel mit dem Wagen vorfuhren.

Prudence rief ihr einen Gruß zu und winkte mit dem Taschentuch. Rebekah hob ebenfalls die Hand zum Gruß und dachte sich, dass es dumm von ihr gewesen war, Andrew zu erwarten; schließlich arbeitete er ja auch in dem Laden. Sie zwang sich, Prudence zuzulächeln, als sie zum Haus kam, nachdem ihr Cecil vom Wagen geholfen hatte.

»Ich hoffe, wir stören euch nicht beim Essen«, sagte sie mit vom Wind gerötetem Gesicht.

»Wir sind gerade mit dem Abwaschen fertig geworden«, antwortete Rebekah, »aber wenn ihr noch nicht gegessen habt, können wir euch bestimmt …«

»Nein, nein«, wandte Prudence ein und wischte das Angebot mit ihrem Taschentuch ab. »Wir haben schon gegessen – drüben im Geschäft, bei Andrew. Wir haben ihm das Essen mitgebracht. Natürlich wollten wir auch erfahren, was mit Mr. MacDougal passiert ist.«

»Was mit ihm geschehen ist?«, wiederholte Rebekah und erschrak. Es war, als hätte ihr jemand einen Schlag versetzt.

»Du meinst, du hast es gar nicht gewusst?«, fragte Prudence, offensichtlich erfreut, ihrer Nichte die Nachricht überbringen zu können. »Er ist gestern früh weggeritten. Gestern Abend haben wir eine Nachricht von Andrew erhalten, dass er nicht nach Hause kommen würde, weil er jetzt ständig im Geschäft bleiben muss. Er wollte, dass wir ihm seine Sachen hinüberbringen und …«

»Wo ist er denn hin?«, fragte Rebekah verzweifelt und hätte Tante Prudence am liebsten mit beiden Händen geschüttelt, damit sie ihre Frage beantwortete.

»Meinst du Mr. MacDougal?«, fragte Prudence geziert, und Rebekah musste die Hände zu Fäusten ballen, um sie nicht zu ohrfeigen.

»Natürlich meine ich Mr. MacDougal«, presste sie zwischen den Zähnen hervor.

»Ich verstehe gar nicht, dass er dir das nicht mitgeteilt hat«, sagte sie in gespieltem Staunen. »Er ist nach Mexiko gegangen, meine Liebe. Er hat sich den Rangers angeschlossen.«

Prudence hatte noch einiges zu berichten, doch Rebekah

hörte es nicht mehr. Sie wurde überwältigt von schier unerträglichem Schmerz.

»Kalt, was?«, stellte einer der Rangers fest.

»So kalt, dass es einem die Spucke im Mund gefriert«, warf ein anderer ein. Und bald hatte jeder von ihnen einen Vergleich parat, um die außergewöhnliche Kälte zu beschreiben.

Als einer von ihnen recht anschaulich beschrieb, was passieren konnte, wenn einem beim Wasser lassen der Harnstrahl gefror, lächelte Sean aus seinem dichten Bart hervor. Alle Männer trugen Bärte, sogar die Soldaten – denn auf diese Weise wurde das Gesicht vor der Kälte geschützt. Außerdem gab es ohnehin nur wenig warmes Wasser zum Rasieren.

Dass sie hier zusammen saßen und versuchten, den beißenden Februarwind zu beschreiben, vermochte diesen zwar nicht zu besänftigen – doch es bot immerhin ein wenig Zerstreuung in dem endlosen Warten auf General Santa Anna und seine Armee. Vor allem unter den Rangers hatte sich quälende Langeweile eingeschlichen.

Der Waffenstillstand, den die Kriegsparteien in Monterey geschlossen hatten, war Mitte November auf Anordnung des Präsidenten aufgehoben worden – doch außer einigen kleineren Zusammenstößen war es zwischen Mexikanern und Amerikanern noch zu keinen bewaffneten Auseinandersetzungen gekommen. Die insgesamt 27 Rangers waren am Neujahrstag in Monterey eingetroffen, um dort zu erfahren, dass General Taylor bereits weitergezogen war. Schließlich fanden sie ihn einige Tage später etwas weiter westlich in Saltillo.

McCulloch hatte sich, wie angekündigt, geweigert, sich für ein ganzes Jahr zu verpflichten. Und so hatte General Taylor in Anbetracht der besonderen Fähigkeiten der Rangers die Vorschriften umgangen und sich für sechs Monate ihre Dienste gesichert. In den folgenden sechs Wochen waren sie an der Seite der amerikanischen Truppen in Mexiko der feindlichen Armee entgegengeritten. Währenddessen überlegte General Taylor, was er tun sollte, nachdem

General Scott ihm die Anordnung hatte zukommen lassen, dass er nach Monterey zurückkehren und den Großteil seiner Truppen an Scott übergeben solle. Niemand hier wollte dieser Anordnung Folge leisten, zumal dann die Stadt und Taylors Truppen einem eventuellen Angriff nicht viel hätten entgegensetzen können. Im Augenblick hatten sie ihre Zelte in Agua Nueva aufgeschlagen, um erst einmal abzuwarten.

Die Moral sank immer tiefer, vor allem unter den Rangers, die gekommen waren, um zu kämpfen, und nicht, um tatenlos herumzusitzen. Und auch Sean MacDougal fragte sich mittlerweile, wie zum Teufel er bloß auf den Gedanken gekommen war, dass er hier in der Armee Ruhm erwerben könne.

Die Männer wurden in ihrer Beschreibung der beißenden Kälte von einem Reiter unterbrochen, der im Galopp ins Lager geritten kam. Als sie sahen, dass es sich um Ben McCulloch handelte, erhoben sie sich alle erwartungsvoll von ihren Plätzen rund um das knisternde Feuer und warteten, während McCulloch absaß und sich um sein Pferd kümmerte.

»Also, Jungs«, verkündete er, als er schließlich zu ihnen ans Feuer trat und sich die Hände rieb. »Es sieht so aus, als würde jetzt etwas Bewegung in die Sache kommen.«

»Kommt es zum Kampf?«, fragte einer der Männer hoffnungsvoll.

»Noch nicht«, antwortete McCulloch, »aber wir haben eine wichtige Erkundungsmission durchzuführen. Wie es scheint, hat Santa Anna von dem Befehl Wind bekommen, den der General erhalten hat. Scott hat offenbar irgendeinen Grünschnabel von einem Lieutenant mit der Anordnung losgeschickt. Die Mexikaner haben ihn geschnappt und getötet, und jetzt weiß Santa Anna, dass wir mit weniger als der Hälfte der Truppen nach Monterey zurückkehren sollen. Natürlich hat er sich gleich auf die Socken gemacht, um uns anzugreifen. Es gibt zwei unterschiedliche Gerüchte – das eine besagt, dass die gesamte mexikanische Armee von San Luis Potosi heraufkommt, das andere lässt vermuten, dass sie sich von Osten anschleichen, damit sie uns in den Rücken fallen können. Unser General hat seine Leute nach Osten geschickt, um die Situation zu erkunden – und wir gehen nach Süden.«

»Was für Truppen schickt er denn los?«, fragte einer der Rangers.

»Dragoner, ungefähr 400 Mann«, antwortete McCulloch.

Die Männer lachten über die Tatsache, dass 400 Soldaten notwendig waren, um eine Aufgabe zu erfüllen, wie sie an einem anderen Ort von 27 Rangers ausgeführt wurde.

»Der General hofft wohl, dass die Mexikaner so viele Soldaten auf einmal nicht gefangen nehmen können«, warf einer der Rangers ein und alle lachten. Es war ihnen noch gut in Erinnerung, wie die Mexikaner erst vor einigen Wochen fast hundert amerikanische Soldaten gefangen genommen hatten, ohne auch nur einen Schuss abfeuern zu müssen.

»Aber leider könnt ihr nicht alle mitkommen«, fuhr McCulloch fort. »Wir müssen nicht alle dabei sein, um die mexikanische Armee zu finden«, fügte er hinzu, als die Männer protestierten. »Ich habe vor, zehn Männer zurückzulassen, für den Fall, dass der General noch Hilfe braucht, bevor wir anderen wieder zurück sind.«

Die Männer warteten mit grimmigen Gesichtern, dass McCulloch die Männer auswählte, die zurückbleiben mussten, und Sean atmete auf, als feststand, dass er bei der Mission dabei sein würde. Wenigstens gab es etwas zu tun, dachte er, wenngleich ein Ritt durch 35 Meilen Wüste bei dieser Kälte sicher kein Vergnügen war.

»Wir werden uns als Mexikaner verkleiden«, fuhr McCulloch fort. »Sie schicken uns Kleider, die sie von Gefangenen haben – Umhänge und Sombreros. Wenn sie uns sehen, werden sie uns nicht für Amerikaner halten.«

Es war ein guter Plan, dachte Sean, und zum ersten Mal, seit er Texas verlassen hatte, verspürte er ein gewisses Prickeln. Er hatte in den letzten Tagen ohnehin zu viel Zeit mit Grübeln verbracht. Ab jetzt würde er zu beschäftigt sein, um an Rebekah Tate zu denken.

Als sie wenig später das Lager verließen, blickte sich

Sean nach seinen Begleitern um. Es war nur zu verständlich, dachte er bei sich, dass die Mexikaner die Rangers als »*Los Diablos Tejanos*«, die texanischen Teufel, bezeichneten. Sie sahen tatsächlich so aus, als kämen sie geradewegs aus der Hölle geritten, mit ihren zerzausten Haaren und Bärten und den schmutzigen Kleidern. Selbst in ihrer Verkleidung erkannte man sie an ihrem stahlharten, unbeirrten Blick.

»Meinst du, dass Santa Anna sich hier irgendwo aufhält?«, wandte sich Sean an McCulloch, während er neben ihm herritt.

»Er muss hier irgendwo sein. An seiner Stelle würde ich mich genau hier aufhalten. Nachdem er von Scotts Befehl Wind bekommen hat, muss er natürlich annehmen, dass Taylor sich zurückzieht ...« Er zuckte vielsagend mit den Schultern.

»Die Armee schätzt es nicht sehr, wenn Soldaten die Befehle missachten«, wandte Sean ein und dachte daran, dass die regulären Truppen immer noch auf die Rangers herabblickten, weil diese sich nicht um die Vorschriften kümmerten. »Wird General Taylor Schwierigkeiten bekommen, weil er Scotts Anordnung nicht Folge leistet?«

»Die Leute, auf die es ankommt, werden ihn verstehen. In Amerika gilt es nicht als die höchste Tugend, bloß Befehlen zu gehorchen. Wenn der General den Leuten klarmachen kann, dass Präsident Polk General Scott nur deshalb losgeschickt hat, um ihm, Taylor, den Ruhm streitig zu machen, den der Sieg von Monterey ihm gebracht hat, dann wird man schon Verständnis für ihn haben.«

»Und die Leute werden ihn auch wählen«, fügte Sean hinzu. »Wenn es ihm außerdem noch gelingt, Santa Anna zu schlagen, dann ist er der nächste Präsident der Vereinigten Staaten.«

»Sieht ganz so aus«, stimmte McCulloch zu.

Wie es schien, verfolgte jeder in diesem Krieg seine eigenen Absichten.

Es war bereits dunkel, als sie La Encarnación erreichten, und die Rangers hatten keine Mühe, die Armee aufzuspüren, die dort ihre Zelte aufgeschlagen hatte. Die Lagerfeuer erstreckten sich wohl über mehrere Meilen, so weit das Auge reichte und wahrscheinlich noch um einiges weiter.

Die Rangers stießen deftige Flüche aus, als sie die feindliche Armee beobachteten.

»Wie viele von diesen Kerlen werden wohl hier sein?«, fragte einer von ihnen.

»Es ist unser Job, das herauszufinden«, antwortete McCulloch. Er schien von dem imposanten Anblick der riesigen Armee in keiner Weise beeindruckt zu sein.

»Vielleicht sollten wir einfach hinreiten und sie fragen«, schlug einer der Männer vor. »Das würde uns viel Mühe ersparen.«

»Ach, du weißt ja, wie diese Mexikaner sind. Wahrscheinlich würden sie uns einen Bären aufbinden«, erwiderte McCulloch. »Also los, Jungs, wir gehen ein wenig näher ran.«

Keiner der Männer wirkte überrascht, als McCulloch sie direkt zu der feindlichen Armee hinführte, vorbei an den müden Vorposten, die in perfektem Spanisch gegrüßt wurden, mitten ins Lager der Mexikaner hinein.

Seans Nerven waren zum Zerreißen gespannt und er spürte den kalten Schweiß auf der Stirn, als er die vielen tausend Soldaten sah, die an den Feuern lagen und zu schlafen versuchten. Wenn auch nur einer der Soldaten die 17 Männer erkannte, die langsam durch das Lager ritten, würden sie binnen weniger Sekunden tot sein.

Was ihnen jedoch half, war die Tatsache, dass keiner der Soldaten erwarten würde, eine Handvoll Texas Rangers in ihrem Lager auftauchen zu sehen. So etwas traute man nicht einmal den Rangers zu. Und so ritten McCulloch und seine Männer unbehelligt zwischen den Lagerfeuern und den schlafenden Soldaten hindurch und zählten die Männer, so gut es in der Dunkelheit möglich war.

Als sie schließlich wieder ihren Ausgangspunkt erreicht hatten und die Sterne ihnen sagten, dass es fast Mitternacht sein musste, ließ McCulloch sie etwas abseits anhalten. »Wir sollten jetzt gleich zurückreiten und dem General berichten, was wir gesehen haben. Frank, du übernimmst das Kommando«, sagte er zu Gates, einem Mann, der von Beruf Anwalt war.

»Heißt das, du kommst nicht mit uns?«, wollte Gates wissen. Seine Stimme verriet keine Besorgnis, sondern nur Neugierde.

»Ich möchte mir die Burschen auch bei Tageslicht ansehen, um sicher zu gehen, dass wir richtig gezählt haben. Dafür brauchen wir aber nicht alle hier zu bleiben.« Er meinte wohl auch, dass es nicht nötig war, das Leben aller Männer aufs Spiel zu setzen – denn bei Tageslicht war das Risiko natürlich viel größer, dass einer der nahezu 20000 Mexikaner sie als Rangers entlarvte.

»Du willst also allein hier bleiben?«, fragte Gates in missbilligendem Ton.

»Ein Mann soll mich begleiten«, antwortete McCulloch so gelassen, als ginge es nur darum, eine kleine Besorgung in der Stadt zu erledigen.

»Ich bleibe«, schlug Gates vor, worauf auch die anderen ihre Dienste anboten. Sean MacDougal war ebenfalls unter denen, die bleiben wollten, auch wenn er selbst nicht hätte sagen können, warum er sich in eine solche Gefahr begeben wollte.

»Ich weiß, dass ihr alle Helden sein wollt«, sagte McCulloch lächelnd, »aber ich brauche einen Mann, von dem ich weiß, dass er in jeder Situation die Ruhe bewahrt.« Er zögerte und blickte im schwachen Licht der Lagerfeuer in die Runde. »Ich brauche jemanden, der imstande ist, in ein Komantschenlager zu reiten und ihnen einen der ihren zu rauben. Ich brauche den Mann, der Rebekah Tate gerettet hat.«

Sean richtete sich unwillkürlich im Sattel auf, als die anderen sich ihm zuwandten. Für einen Augenblick hörte er das Blut in den Ohren dröhnen. Nur er selbst wusste, dass das Lächeln, mit dem er McCulloch antwortete, eine gewisse Bitterkeit enthielt – Bitterkeit darüber, dass er es ausgerechnet Rebekah Tate verdankte, dass McCulloch ihn für diese Mission auswählte.

»Ich werde darauf achten, dass du nicht einschläfst, Ben«, sagte er.

»Achte auch darauf, dass er auf dem Rückweg nicht verloren geht«, warf einer der Männer ein. »Taylor würde es gar nicht schätzen, wenn er ausrücken müsste, um euch zu suchen.« In seinen Worten schwang auch Sorge um seinen Captain mit.

»Ihr macht euch jetzt besser auf den Weg, damit ihr noch ein wenig Schlaf abbekommt, bevor die Kerle hier morgen angreifen. Sagt Taylor, dass er sie bei Einbruch der Dunkelheit in Agua Nueva erwarten kann.«

»*Adiós*«, murmelten die Männer einander zu. Für einige Sekunden rührte sich keiner von ihnen von der Stelle, so sehr widerstrebte es ihnen, ihren Captain allein zu lassen. Schließlich sagte McCulloch: »Geht jetzt«, und Gates brach mit den Männern auf.

Sean und McCulloch sahen ihnen nach, wie sie langsam davonritten. Sie verließen das Lager in gemächlichem Tempo, um keinen Verdacht zu erwecken. Sobald sie jedoch außer Sichtweite waren, trieben sie ihre müden Pferde zu einem schnellen Galopp an, um die 35 Meilen möglichst rasch zu überwinden, die sie von den amerikanischen Truppen trennten. Sie mussten die unangenehme Nachricht überbringen, dass die mexikanischen Truppen zahlenmäßig wahrscheinlich viermal so stark waren wie die amerikanischen.

Im Augenblick jedoch betrug das Verhältnis zwischen den Mexikanern und den beiden verbleibenden Rangers gar 10000 zu eins.

Rebekah blickte zum nächtlichen Himmel hinauf und zog ihren samtenen Mantel enger um sich, weil der Wind immer kälter wurde. Wieder einmal hatte sie nicht schlafen können, und ihr einziger Trost bestand darin, mit der Hand über den weichen Stoff von MacDougals letztem Geschenk zu streichen und zu den Sternen hinaufzublicken, die auch er in diesem Augenblick über sich hatte – wo immer er sich gerade befand.

Sie hörte die Schritte ihres Vaters, der aus seinem Schlafzimmer kam und zu ihr trat. Er schwieg, doch in dem Bedürfnis, sie zu trösten, legte er ihr von hinten die Hände auf die Schultern und drückte sie sanft, um ihr zu zeigen, dass er für sie da war.

»Was soll ich nur machen, wenn er nicht zurückkommt?«, fragte sie in die Dunkelheit hinein.

»Er wird zurückkommen«, versicherte ihr Vater. »Hier hat er schließlich sein Geschäft.«

»Wenn er überlebt«, warf sie ein und dachte daran, dass er vielleicht in diesem Augenblick bereits auf mexikanischer Erde gestorben sein konnte. Und das wäre allein ihre Schuld, sagte sie sich voller Bitterkeit. Das Einzige, was sie aufrecht hielt, war der Gedanke, dass sie es bestimmt spüren würde, wenn ihm etwas zugestoßen wäre. Bestimmt würde es ihr das Herz zerreißen. Sie seufzte in ihrer Verzweiflung. »Ich wünschte, ich könnte noch beten.«

»Das kannst du doch«, erwiderte Zeb mit sanfter Stimme. »Du musst es nur versuchen.«

Doch Rebekah schüttelte den Kopf. Beten half nur, wenn man auch wirklich daran glaubte, und das konnte sie einfach nicht. Vor langer Zeit hatte sie um Schutz vor den Komantschen gebetet. Was MacDougal jetzt brauchte, war mehr als das, was sie damals als Antwort auf ihre Gebete bekommen hatte. »Hunter hat heute nach ihm gefragt. Ich weiß nicht, wie ich ihm erklären soll, warum MacDougal nicht hier ist. Er hätte sich wenigstens von Hunter verabschieden können.«

»Dann hätte er auch dich wiedergesehen und das wollte er wohl nicht. Das ist ja der Grund, warum er gegangen ist, nehme ich an«, entgegnete Zeb. Er hatte sie nie danach gefragt, was geschehen war, aber Rebekah hörte sehr wohl die unausgesprochene Frage in seinen Worten. *Sag es mir doch, ich bin doch dein Vater. Ich kann dir helfen.* Doch das stimmte nicht. Niemand hätte ihr helfen können.

»Er wollte, dass ich ihn heirate«, sagte sie, und ihr war zum Weinen zumute, als sie es aussprach – doch auch weinen konnte sie längst nicht mehr. »Ich ... es ging einfach nicht.«

Er drückte ihre Schulter und sagte: »Ich verstehe.« Sie stand still da und wartete, während der Wind an ihrem Mantel zerrte. Einige Sekunden später fuhr er fort: »Ich verstehe es, nach allem Entsetzlichen, was du durchgemacht hast. Du glaubst, dass du keinen ... Mann mehr willst.« Es fiel ihm offensichtlich nicht leicht, darüber zu sprechen – und es erstaunte sie, dass er es nach so vielen Jahren zum ersten Mal tat. »Aber eine Ehe ist ganz anders als ... als dein Erlebnis, Rebekah. Wenn ein Mann und eine Frau sich lieben ...«

»Aber das ist es ja gerade, Papa! Er will, dass ich ihn liebe!« Sie befreite sich aus seinem Griff und drehte sich zu ihm um. »Das Körperliche ... macht mir nichts aus! Darum geht es nicht. Er will, dass ich seine Frau bin, sein Eigentum. Er möchte mich besitzen – und das würde ich nicht ertragen! Niemals mehr soll mich irgendjemand besitzen!«

»Rebekah!«, rief Zeb und fasste sie wieder an den Schultern. »So ist es doch gar nicht in der Ehe! Der Ehemann *besitzt* seine Frau doch nicht. Wenn schon, dann besitzen sie sich gegenseitig. Der Mann kümmert sich um seine Frau und er verehrt sie mit seinem Körper. Ich glaube, das möchte Sean für dich tun, wenn du es nur zulässt.«

Sie wollte ihm ja glauben, doch ihre Angst war immer noch zu groß. Sie war so groß, dass sie hätte schreien können – aber noch erschreckender war die Vorstellung, Sean für immer zu verlieren.

»Wenn er nur hier wäre, damit ich mit ihm reden könnte«, sagte sie verzweifelt.

»Was würdest du ihm denn sagen?«, fragte ihr Vater mit sanfter Stimme.

Ja, was würde sie ihm sagen? »Ich würde ... Dass es mir leid tut. Dass ich ihm nicht wehtun wollte. Dass ...«

»Dass du ihn liebst?«, warf er ein, als sie zögerte.

Plötzlich traten ihr Tränen in die Augen. »Ich will ihn nicht lieben. Es tut so weh.«

»Natürlich tut es weh«, stimmte Zeb lächelnd zu. »Jede Freude hat ihren Preis. Aber du liebst ja trotzdem, ob du willst oder nicht.«

Sie konnte ihm nicht widersprechen. »Ich habe ihm gesagt, dass ich ihn nicht liebe«, sagte sie in ihrer Verzweiflung. »Und dass ich ihn nie lieben werde. Darum ist er weggegangen. Darum ist er ...« Ihre Stimme brach und ihr

Vater schloss sie in die Arme. Sie barg ihr Gesicht an seiner Schulter und kämpfte gegen die Tränen an, während er ihr zärtlich über den Rücken strich, als wäre sie ein kleines Kind.

»Es ist noch nicht zu spät, um alles wieder ins Lot zu bringen.«

»Aber er ist fort!«, wandte sie ein und löste sich aus seiner Umarmung.

»Er wird zurückkommen.«

»Er ist im Krieg! Dort kann alles Mögliche passieren! Und wenn er nicht zurückkommt ...« Sie brachte die Worte kaum heraus. »Wenn er nicht zurückkommt, dann wird er nie erfahren, dass ich ihn lieb...« Erneut versagte ihr die Stimme und sie sank weinend in die Arme ihres Vaters.

»Du könntest ihm einen Brief schreiben«, schlug er vor, als ihre Tränen nachließen.

»Den würde er doch nie bekommen«, erwiderte sie.

»Er wird ihn nie bekommen, wenn du ihn nicht schreibst. Andrew hat gesagt, dass immer wieder Leute im Laden vorbeikommen, die nach Süden unterwegs sind. Es würde sich bestimmt jemand finden, der deinen Brief überbringt.«

»Was soll ich ihm denn schreiben?«

»Schreib ihm das, was du mir gerade gesagt hast. Sag ihm, dass du möchtest, dass er zurückkommt. Sag ihm alles, was du willst, aber hör auf, dich so zu quälen, Rebekah.«

Sie wusste, dass er Recht hatte. Aber was war, wenn ihr Brief zu spät kam?

Sean betrachtete die vielen Lagerfeuer, die allmählich herunterbrannten, und wandte sich Ben McCulloch zu. Die anderen Rangers waren bereits außer Sichtweite, und er und McCulloch waren allein mitten unter 20000 Männern, die sie augenblicklich getötet hätten, wenn sie gewusst hätten, wer sie waren. Die Stille war zum Zerreißen gespannt. »Wo werden wir uns postieren, wenn der Tag anbricht?«, fragte Sean, nur um etwas zu sagen, und hoffte, dass seine Stimme nicht die Spannung verriet, die in ihm war.

McCulloch schien nicht nervös zu sein. Er benahm sich,

als wäre er auf einem Vergnügungsausflug. »Ich dachte mir, dass wir von dem Hügel dort drüben einen guten Überblick hätten.«

Sean nickte und ließ McCulloch vorausreiten. Sie ritten ganz langsam, um die schlafenden Soldaten nicht zu wecken, die sich auf dem kalten Boden in ihre zerlumpten Decken eingerollt hatten. Sean versuchte es McCulloch an Gelassenheit gleichzutun, doch zwischen den Schulterblättern verspürte er ein seltsames Prickeln, so als erwarte er jederzeit eine Kugel.

Oben auf dem Hügel waren keine Soldaten mehr anzutreffen, weil es hier besonders windig war. Sean und McCulloch waren zwar allein, doch als sie den eisigen Wind spürten, wünschten sie sich, sie wären woanders.

Sie versorgten ihre Pferde, ließen sie aber gesattelt – für den Fall, dass eine rasche Flucht notwendig wurde. Dann nahmen sie ihren Beobachtungsposten ein.

»Du kannst schlafen, wenn du möchtest«, sagte McCulloch. »Ich übernehme die erste Wache.«

Sean musste über den Vorschlag lachen. Hier draußen, umgeben von der gesamten mexikanischen Armee, war an Schlaf nicht zu denken. Er schüttelte nur den Kopf und die beiden hüllten sich in ihre Decken, um auf den Sonnenaufgang zu warten.

»Hast du eigentlich eine Familie, Ben?«, fragte Sean nach einigen Minuten.

»Nein, ich hatte wohl noch nicht die Gelegenheit, zu heiraten. Und du?«

Sean wartete, bis der stechende Schmerz abgeklungen war, den die Frage ihm verursacht hatte. Er musste an die Braut denken, die er nie bekommen würde. »Nein«, sagte er schließlich. »Ich habe niemanden. Ich war ein Findelkind und bin in einem Waisenhaus aufgewachsen.«

»Aber jetzt könntest du vielleicht bald eine Familie haben, wenn du willst. Eine Frau und auch einen Sohn, wenn ich mich nicht irre.«

»Du irrst dich aber«, erwiderte Sean mit kühler Stimme.

»Oh«, sagte McCulloch. »Tut mir leid.«

Sean fragte sich, ob McCulloch wohl dachte, dass er nicht

bereit wäre, ein Halbblut als seinen Sohn anzunehmen. »Es ist nicht meine Entscheidung. Die Lady will es so.«

»Oh«, sagte McCulloch erneut und verstand nun die Lage. Er überlegte einen Augenblick und sagte schließlich: »Vielleicht braucht sie noch etwas Zeit. Sie war ja noch ein Kind, als sie von den Indianern verschleppt wurde. Und sie ist gerade erst zurückgekommen.«

Sean lächelte grimmig. »Wie kommt es, dass ausgerechnet Junggesellen sich immer am besten mit Frauen auskennen?«, sagte er.

McCulloch nahm den Seitenhieb schweigend hin und die beiden Männer blickten wieder auf die heruntergebrannten Lagerfeuer hinunter, die vor ihnen in der Dunkelheit lagen. Fast hätte Sean vergessen, dass die Männer, die dort unten lagen und schliefen, ihn liebend gern getötet hätten. Ein einziges Wort oder eine falsche Bewegung hätten sie beide verraten können. Ja, er und McCulloch bettelten förmlich darum, getötet zu werden.

Und was würde es ihm schon ausmachen, wenn es so käme? Was würde er schon in diesem Leben zurücklassen? Geld, Ruhm, seine Arbeit. Vor gar nicht allzu langer Zeit waren diese Dinge alles, was er sich wünschte. Jetzt wusste er, wie dumm sein Ehrgeiz gewesen war. Was zählte schon Erfolg, wenn man niemanden hatte, mit dem man ihn teilen konnte? Und was zählte noch so viel Geld, wenn es niemanden gab, den man damit glücklich machen konnte? Was bedeutete Ruhm, wenn der eine Mensch, den man je auf dieser Welt geliebt hatte, diese Liebe nicht erwiderte?

War das der Grund, warum er nach Mexiko gegangen war? Hatte er gehofft, dass er nicht mehr nach Hause zurückkehren musste? Dass irgendein Mexikaner ihm eine Kugel in den Kopf jagen würde, damit er diese quälende Leere nie wieder spüren musste?

Wenn es so war, dann hatte er jetzt eine ausgezeichnete Gelegenheit dazu. Er musste nur aufstehen und rufen – und sogleich würden ihm tausend Mexikaner mit Freude diesen Wunsch erfüllen. Er dachte an den armen Kerl, der General Scotts Befehl zu General Taylor hätte bringen sollen. Die Mexikaner hatten ihn mit dem Lasso vom Pferd gerissen und ihn zu Tode geschleift. Keine angenehme Art, zu sterben, wenn es so etwas überhaupt gab – aber immer noch besser als die Qualen, die amerikanische Gefangene in den Händen der Mexikaner zu erdulden hatten. War es das, was Sean suchte – Befreiung von seinen Qualen?

Verdammt, nein! dachte er und richtete sich unwillkürlich auf.

»Hast du was gesehen?«, flüsterte McCulloch und blickte sich um.

»Nein«, versicherte Sean rasch. »Ich habe nur gerade … an etwas gedacht.«

»Vielleicht solltest du lieber nicht zu viel denken«, sagte der Captain. »Sonst vergisst du noch, was rund um dich passiert.«

Sean musste zugeben, dass der Rat unter den gegebenen Umständen nicht schlecht war. Trotzdem konnte er nicht umhin, sich zu fragen, ob nicht vielleicht … Nein, er war ein Narr, dass er sich immer noch Hoffnungen machte. War er nicht oft genug enttäuscht worden?

Dann stellte er sich Rebekahs Gesicht vor, wie er es in letzter Zeit so oft getan hatte. Ihre makellose Haut, ihre himmelblauen Augen, ihr goldfarbenes Haar, ihre weichen, süßen Lippen. Auch wenn sie ihn nicht liebte, würde er sie immer begehren. Und sie begehrte ihn ja auch, wie er sich sehr wohl erinnerte, wenn er an jene letzte Nacht dachte. Es war zwar kein wirklicher Trost, aber es war immerhin etwas. Ein Grund, um weiterzumachen. Ein Grund, zu hoffen, dass vielleicht eines Tages …

Und auch ein Grund, am Leben zu bleiben bis dahin.

Sean zog die Decke enger um sich, um sich vor dem eisigen Wind zu schützen, und blickte auf die schlafenden mexikanischen Soldaten hinunter, während er auf den Sonnenaufgang wartete.

Die Nacht war lang und kalt und völlig ruhig – doch keiner der beiden Männer tat ein Auge zu, bis endlich der erste Schimmer der aufgehenden Sonne am Horizont auftauchte. Als die ersten Strahlen zu sehen waren, ertönte das Signalhorn, um die Soldaten zu wecken – und wenig später erhoben sich die Männer taumelnd mit steifen Gliedern von ihren Schlafplätzen.

Sean und McCulloch beobachteten mit geröteten Augen, wie tausende Mexikaner aufstanden, sich erleichterten und Holz sammelten, um sich ein Frühstück zuzubereiten und möglichst bald losmarschieren zu können.

»Mit ihrer Versorgung scheint es nicht gerade rosig auszusehen«, stellte McCulloch fest.

»Wie es aussieht, trägt jeder seine Verpflegung mit sich. Ich frage mich, wie Santa Anna seine Männer kampfbereit halten will, wenn sie nicht einmal genug zu essen haben.«

»Vielleicht will er sich ja bei uns eindecken«, meinte McCulloch.

»Da wird er wohl eine Enttäuschung erleben«, erwiderte Sean lächelnd.

Sie erhoben sich und machten sich bereit zum Aufbruch. Während sie ihre Decken zusammenrollten, hatten sie stets die Mexikaner im Auge, um sie sorgfältig zu zählen. Die Lagerfeuer waren deutlich zu sehen, weil die Mexikaner grünes Holz verwendeten, das stark rauchte. Und jetzt bei Tageslicht war auch gut zu erkennen, wie viele Männer jeweils an einem Feuer saßen; es waren durchschnittlich sechs Mann. Nachdem sie die Lagerfeuer bereits in der Nacht zuvor gezählt hatten, erhielten sie so eine ziemlich genaue Schätzung, mit wie vielen Soldaten sie es zu tun hatten.

Bald war die Luft von Rauchwolken erfüllt, die sich wie ein Nebel über das Land legten.

»Los, machen wir, dass wir fortkommen«, sagte McCulloch schließlich, und Sean hatte absolut nichts dagegen einzuwenden.

Sie ließen ihre Pferde den Hügel hinuntertraben – vorbei an essenden und sich unterhaltenden Soldaten. Wenn einer von ihnen aufgeblickt und Seans rotes Haar gesehen hätte, oder McCullochs blaue Augen, und sie aufgefordert hätte, stehen zu bleiben …

Meter für Meter kamen sie voran, durch die Rauchschwaden hindurch, die ihnen in den müden Augen brannten, die sie aber auch teilweise vor den Blicken der Soldaten verbargen.

Ein Lagerfeuer nach dem anderen ließen sie hinter sich, einen Soldaten nach dem anderen. Einer der Männer stieß einen Fluch aus, als sie zu nahe an ihm vorbeiritten, und Sean murmelte eine Entschuldigung auf Spanisch. Einer fragte sie, wohin sie so früh schon ritten, und McCulloch murmelte irgendetwas von einer Erkundungsmission.

Immer weiter ritten sie, bis sie schließlich den Rand des Lagers erreichten. Die Lagerfeuer lagen hinter ihnen, doch sie hatten noch die Vorposten vor sich, die rund um die Uhr Wache standen. Die Mexikaner erhoben sich und hielten die beiden Reiter an, die Gewehre auf sie gerichtet.

Ein Schuss, und ...

Doch Sean winkte nur müde ab und McCulloch wiederholte sein Sprüchlein von der Erkundungsmission – und die bedrohlichen Gewehrläufe senkten sich. Die Männer wandten sich wieder ihrem Frühstück zu und Sean und McCulloch ritten weiter.

»Was zum Teufel ist denn da los?«, wunderte sich Sean, als das amerikanische Lager in Sichtweite kam. Wie die Ameisen liefen die Männer kreuz und quer durch das Lager, um zu packen und alles für den Aufbruch vorzubereiten.

»Ich schätze, unsere Männer sind vergangene Nacht zurückgekommen«, sagte McCulloch. »Unser General muss ihren Bericht wohl mit großer Sorge aufgenommen haben – denn das hier sieht mir ganz nach Rückzug aus.«

Sean stieß einen deftigen Fluch aus. »Dann verkriechen wir uns also doch in Monterey und General Scott hat sich doch noch durchgesetzt.«

McCulloch brummte irgendetwas, und sie ritten quer durch das Lager, direkt zum Zelt von General Taylor. Ein junger Lieutenant erkannte sie und rief allen Umstehenden zu, dass Sean und McCulloch zurück waren. Im nächsten Augenblick kam General Taylor aus seinem Zelt, um nachzusehen, was der allgemeine Aufruhr zu bedeuten hatte. Der junge Mann zeigte auf die beiden Rangers und plapperte irgendetwas von einem Wunder, dass sie heil zurückgekehrt seien.

Seans Aufmerksamkeit galt jedoch ganz General Taylor. Der Mann faszinierte ihn mit seinem abgezehrten, wettergegerbten Gesicht, das aussah, als hätte es ein nicht allzu begabter Bildhauer aus Stein gemeißelt. Bei flüchtiger Betrachtung hätte man in ihm wohl kaum einen General der amerikanischen Armee erkannt, denn er trug niemals eine Uniform. An diesem Tag trug er ein zerlumptes Hemd, ausgebeulte Leinenhosen und eine alte braune Jacke.

Als er erkannte, wer seine Besucher waren, nickte er nur, so als hätte er niemand anders als Ben McCulloch erwartet, und spuckte etwas von dem Priemtabak aus, an dem er kaute.

»Guten Morgen, Major«, begrüßte er McCulloch.

»Sind meine Männer wohlbehalten zurückgekommen?«, fragte McCulloch im Absitzen. Sean stieg ebenfalls vom Pferd und stellte fest, dass seine Glieder von dem langen Ritt ziemlich steif waren.

»Ja, vollzählig. Sie haben berichtet, dass ihr Santa Anna gefunden habt.«

»Jawohl, Sir. MacDougal und ich haben die Nacht in ihrem Lager verbracht, weil wir sie uns auch bei Tageslicht ansehen wollten. Wir hatten die Lagerfeuer schon am Abend zuvor gezählt und am Morgen zählten wir dann auch die Männer. Es müssen um die 20000 sein.«

Taylor nickte, so als entspreche diese Zahl in etwa seinen Erwartungen. »Gut, Major, genau das wollte ich wissen. Ich bin froh, dass sie euch nicht geschnappt haben.«

Während Sean noch über die Gelassenheit staunte, mit der der General ihren Bericht zur Kenntnis nahm, blickte sich McCulloch im Lager um. »Heißt das etwa, wir ziehen uns zurück?«

Ein Lächeln erschien auf Taylors zerfurchtem Gesicht. »Nein, Major, wir wandern nur nach Buena Vista weiter. General Wool ist der Ansicht, dass das Gelände dort günstiger für uns ist. Mit den vielen unerfahrenen Soldaten, die wir haben, ist es sicher kein Nachteil, wenn unsere Flanken durch Hügel geschützt sind.«

McCulloch nickte und wandte sich Sean zu. »Dann werden wir mal nach unseren Männern sehen.«

»Und holt euch etwas zu essen«, riet ihnen Taylor, als sie wieder auf die Pferde stiegen.

»Er ist nicht unbedingt so, wie man sich einen General vorstellt«, meinte Sean, als sie ein Stück geritten waren.

»Nein, er ist eher wie ein Ranger«, erwiderte McCulloch – eine Ansicht, die Sean absolut teilte.

Die Verlagerung der Armee nach Buena Vista nahm den Rest des Tages in Anspruch, und die Soldaten schlugen ihre Zelte schließlich auf dem Gelände auf, wo es wahrscheinlich zur Schlacht kommen würde. Die Generäle hatten sich für den Platz entschieden, wo die Straße nach Saltillo ein enges Tal am Fuße der Sierra Madre passierte. Normalerweise floss das Wasser aus den Bergen hier in Richtung Saltillo ab, doch um diese Jahreszeit waren die tief eingeschnittenen Wasserrinnen trocken. Dieses Gelände mit seinen vielen Gräben machte den Einsatz von Artillerie unmöglich und war auch für die Kavallerie nur sehr schwer zu passieren. Selbst die Infanterie würde hier nur mühsam vorankommen. Die Rangers wurden zusammen mit den Dragonern zwischen die verschiedenen Infanterieeinheiten beordert, wo sie eventuelle Lücken schließen sollten.

Am Morgen von George Washingtons Geburtstag schliefen Sean und Ben McCulloch nach ihrer durchwachten Nacht bis in den Vormittag hinein. Um elf Uhr wurden sie von lauten Stimmen geweckt. Ein Kurier von General Santa Anna war eingetroffen, dessen Botschaft sich binnen weniger Minuten im ganzen Lager verbreitet hatte.

»Sie sind von 20000 Mann eingekreist«, lautete Santa Annas Botschaft an General Taylor, was zumindest die Rangers mit einer gewissen Genugtuung zur Kenntnis nahmen – erwies sich doch ihre Schätzung als absolut zutreffend. »Eine Niederlage wäre für Ihre Truppen also unausweichlich. Da wir Sie jedoch als Soldaten schätzen, möchten wir Ihnen eine militärische Katastrophe ersparen und Ihnen Gelegenheit geben, sich mit Ihren Truppen zu ergeben. Weiter sichern wir Ihnen zu, Sie so rücksichtsvoll zu behandeln, wie es dem mexikanischen Charakter entspricht. Wir geben Ihnen eine Stunde Zeit, um sich zu entscheiden.«

Diejenigen, die Augenzeugen von General Taylors Reaktion auf diese Botschaft wurden, berichteten, dass er wahrlich kein Blatt vor den Mund nahm. Die Antwort, die er seinem Adjutanten, Major Bliss, diktierte, wurde jedoch von diesem leicht verändert, so dass die offizielle Version schließlich lautete: »Ich erlaube mir, Ihnen mitzuteilen, dass ich Ihrem Ansuchen nicht Folge leisten kann.«

Im ganzen Lager erhob sich schallendes Gelächter, als die Antwort des Generals bekannt wurde – und alles bereitete sich auf die Schlacht vor. Es begann um drei Uhr nachmittags mit kleineren Geplänkeln, als die mexikanischen Truppen versuchten, die Hügel an der amerikanischen Flanke zu erstürmen. Doch die Amerikaner hielten ihre Stellungen und legten sich abends an Ort und Stelle schlafen, ohne Lagerfeuer zu entfachen. Sie waren in dem baumlosen Gelände schutzlos dem eiskalten Nieselregen ausgesetzt.

Der folgende Morgen war jedoch sonnig und klar und die amerikanischen Soldaten wurden von den dutzendfachen Wecksignalen der Mexikaner geweckt.

»Reicht den Kerlen denn *ein* Signalhorn nicht?«, knurrte einer der Rangers missmutig über den Lärm.

»Er lässt jede Einheit extra wecken, damit wir hören, wie viele sie sind«, erläuterte Sean und streckte seine steifen Glieder, während er versuchte, das Zähneklappern zu unterdrücken.

Einige der Männer hatten etwas trockenes Unkraut gefunden und damit ein kleines Feuer zustande gebracht. Sean hockte mit dem Rest der Truppe am Feuer, um sich wenigstens ein bisschen aufzuwärmen.

Plötzlich waren laute Stimmen von den Soldaten zu hören, und alle liefen sie los, um zu sehen, was die Unruhe verursacht hatte.

»Heilige Mutter Gottes«, murmelte ein Mann unmittelbar neben Sean. Es war nicht zu leugnen – der Anblick war tatsächlich Respekt einflößend.

General Santa Anna hatte seine Infanterie und Kavallerie in einer einzigen Linie angeordnet, während sein Musikkorps religiöse Lieder spielte. Sean erinnerte sich daran, wie müde und ausgelaugt dieselben Soldaten einen Tag zuvor in ihrem Lager ausgesehen hatten. Doch aus dieser Entfernung konnten die amerikanischen Soldaten nicht erkennen, dass die mexikanischen Uniformen, die in den Farben Rot, Grün, Gelb und Blau leuchteten, genauso zerlumpt waren wie ihre eigenen. Sie beobachteten, wie Priester in prächtigen Talaren die Truppen segneten. Das Schauspiel war dazu gedacht, die Amerikaner zu beeindrucken – und es verfehlte seine Wirkung nicht.

»Schade nur, dass sie nicht so gut kämpfen wie sie aussehen«, erinnerte Sean die anderen Rangers. »Noch nie haben sie amerikanische Truppen geschlagen.«

»Du vergisst El Alamo«, warf Frank Gates, der Stellvertreter von Captain McCulloch, lächelnd ein.

»El Alamo zählt nicht«, stellte ein anderer fest. »Außerdem sagt es doch alles, wie lange die Mexikaner gebraucht haben, um eine Handvoll Texaner zu besiegen. Nein, MacDougal hat Recht. Wir werden es den Kerlen schon zeigen, auch wenn sie noch so schöne Uniformen tragen.«

Müde von der nahezu schlaflosen Nacht auf dem festgefrorenen Boden, verfolgten die amerikanischen Soldaten das beeindruckende Schauspiel und fragten sich, wie sie gegen einen so mächtigen Feind bestehen sollten.

Der Angriff der Mexikaner erfolgte von zwei Seiten gleichzeitig. Sie kamen sowohl über die enge Straße an der rechten Flanke der Amerikaner als auch über die Hochebene an der linken Flanke.

Die Rangers, die sich an der linken Flanke befanden, griffen erst gegen neun Uhr ins Geschehen ein, als die amerikanischen Linien durchbrochen wurden und der Feind in ihre Richtung vordrang. Mit einem Mal brach unter den unerfahrenen amerikanischen Soldaten eine solche Verwirrung aus, dass sie ihr Heil in der Flucht suchten, um sich in der Hazienda zu verschanzen, die sich drei Meilen hinter den amerikanischen Linien befand.

»Was zum Teufel ist denn da los?«, rief Sean über das Getümmel hinweg.

Neben ihm versuchte Frank Gates sein Pferd im Zaum zu

halten. »Es ist Zeit für uns«, rief er seinen Männern zu. »Wie es aussieht, sind sie in unsere Flanke vorgestoßen!«

Da Sean über keinerlei Gefechtserfahrung verfügte, wusste er zuerst nicht recht, was diese Worte bedeuteten, doch ein Blick auf die mexikanischen Soldaten, die in großer Zahl dorthin vordrangen, wo eben noch amerikanische Soldaten gestanden hatten, sagte ihm alles, was er wissen musste. Er wollte sich gerade aufs Pferd schwingen, als er einen Schlag an seinem rechten Bein verspürte. Als er hinunterblickte, konnte er jedoch nichts erkennen. Erst als er im Sattel saß, sah er das Blut, das von seinem Hosenbein aufgesogen wurde.

»Es hat dich erwischt!«, rief Gates und ritt an Seans Seite, um nach ihm zu sehen. »Hast du etwas, mit dem du die Wunde verbinden kannst?«

Sean nahm fluchend sein Halstuch ab. Das hatte ihm gerade noch gefehlt, dachte er, wenngleich er zugeben musste, dass eine Kugel im Bein noch allemal besser war als eine Kugel im Kopf.

»Reite zur Hazienda zurück und versuche, einen Arzt aufzutreiben«, forderte Gates ihn auf, während er das Halstuch um die blutende Wunde band. Der brennende Schmerz breitete sich bis zur Hüfte aus, und hinunter bis zum Knie. »Aber lass es nicht zu, dass sie dich in einen Wagen für die Verwundeten legen. Wenn die Mexikaner unsere Linien durchbrechen, nehmen sie zuerst die Verwundeten aufs Korn!«

Sean hob die Hand zum Dank für den guten Rat, ehe er sein Pferd wenden ließ und sich den fliehenden amerikanischen Soldaten anschloss. Um ihn herum waren die Schreie von Männern und Pferden zu hören, das Knallen der Gewehre und das Donnern der Kanonen – und zahllose Soldaten flohen in panischer Angst über die Gräben und Furchen des Geländes hinweg, um sich in Sicherheit zu bringen.

Sean kämpfte gegen den Schmerz und die Benommenheit an, während er hinter den Fliehenden herritt und dabei nach dem Wagen eines Arztes Ausschau hielt. Doch er sah nichts als Kampfgetümmel und Verwirrung und den Rauch von Kanonen, der ihn an die Lagerfeuer der Mexikaner zwei Tage zuvor erinnerte. In der Ferne waren die Schreie der Männer zu hören, die von den Lanzen der mexikanischen Kavallerie aufgespießt wurden.

In seinem Kopf drehte sich alles, während die Schmerzen in seinem Bein pulsierten – doch er hielt sich mit Mühe im Sattel. Verdammt, er durfte jetzt nicht sterben, da er doch beschlossen hatte, zu Rebekah zurückzukehren und noch einmal mit ihr zu reden, um …

Dann sah er etwas Seltsames. General Taylor auf seinem Lieblingspferd Old Whitey rief den fliehenden Männern Befehle zu – und sie hielten tatsächlich inne und wandten sich sogar wieder dem Feind zu.

Sean schüttelte den Kopf. Der General hätte sich nicht mitten ins Getümmel begeben sollen – doch er ließ es sich nicht nehmen, auf seinem prachtvollen Schimmel in die Schlacht zu ziehen. Hinter ihm ritt sein Schwiegersohn Jeff Davis, der sein Freiwilligenkorps, die Mississippi Rifles, anführte. Sie ließen einen wahren Bleihagel auf den Feind los, der den Ansturm der Mexikaner tatsächlich stoppte und sie sogar zurückzudrängen vermochte.

Als Sean sah, dass das Blatt sich zu wenden begann, jubelte er so wie hunderte amerikanische Soldaten auf. Er trieb sein Pferd mit seinem gesunden Bein an und ritt mitten ins Getümmel hinein. Ein hünenhafter Mexikaner türmte sich vor ihm auf, einen blitzenden Säbel in der Hand. Sean zog seine Pistole und feuerte. Im nächsten Augenblick erschien ein blutroter Fleck auf der scharlachroten Schärpe des Mannes und der mexikanische Reiter stürzte kopfüber vom Pferd. Sean schaute sich um, die Pistole schussbereit, doch das Schlachtfeld drehte sich um ihn. Er konnte kaum noch etwas erkennen – und im nächsten Augenblick fiel er mit dem Gesicht zu Boden.

Das Nächste, was Sean bewusst wahrnahm, war eine ihm unbekannte Stimme, die ihn aufforderte, aufzustehen, und grobe Hände, die ihm zurück in den Sattel halfen. »Reite zur Hazienda«, forderte die Stimme ihn auf und gab dem Pferd einen Klaps, um es loszuschicken. Sean klammerte sich mit beiden Händen an den Sattel und ritt los.

Als Sean die Mauern der Hazienda vor sich sah, drehte sich wieder alles um ihn und er hoffte nur, dass er durchhielt und das Bewusstsein nicht verlor, bevor er die schützenden Mauern erreicht hatte. Er war ganz auf sein Ziel gerichtet und merkte deshalb zu spät, dass er sich keineswegs in Sicherheit, sondern sich im Gegenteil in eine äußerst prekäre Lage brachte. Als er erkannte, dass die amerikanische Kavallerie vor den Mauern angetreten war, um zum Angriff überzugehen, befand er sich bereits zwischen den eigenen Reitern und den heranstürmenden Mexikanern. Diese hatten es nämlich geschafft, die amerikanische Verteidigung zu umgehen, um die Hazienda selbst anzugreifen, die General Taylor als Stützpunkt diente.

Sean war sich bewusst, in höchster Lebensgefahr zu schweben, doch es war zu spät, um noch umzukehren. Er fühlte sich wie unter Wasser, alles war verschwommen und schien viel zu langsam vor sich zu gehen. Irgendwie schaffte er es, sein Pferd mit dem Hut vorwärts zu treiben und auf die amerikanische Kavallerie zuzureiten, während die Mexikaner hinter ihm her waren. Eine Ewigkeit schien zu vergehen, bis er endlich unter lauten Rufen und Kanonendonner durch das für ihn geöffnete Tor ritt.

Sofort wurde es hinter ihm zugeschlagen und ein Mann hielt sein Pferd an und fing ihn auf, als er aus dem Sattel glitt. Für einen Augenblick sah er wieder klar, und er sah, dass die Hazienda voller amerikanischer Soldaten war – einerseits Wachen, die hier postiert waren, andererseits Flüchtlinge aus dem Gefecht, die hier Schutz gesucht hatten.

Außerhalb der Mauern drangen das Klirren von Säbeln und die Schreie der Sterbenden zu ihnen herein. »Gebt mir ein Gewehr!«, rief Sean, und irgendjemand drückte ihm eine Waffe in die Hand. Im nächsten Augenblick kämpfte er sich die Leiter hinauf, über die man zum Wehrgang gelangte, und versuchte, den Schmerz in seinem Bein nicht zu beachten. Er wusste nur, dass er hinauf musste, um zu helfen.

Von oben streckten sich Hände zu ihm aus, um ihn das letzte Stück heraufzuziehen. Dutzende Soldaten waren bereits hier oben, um die bunten Uniformen der Mexikaner aufs Korn zu nehmen.

Die mexikanischen Reiter hatten die amerikanische Linie bereits durchbrochen und die Schreie der Sterbenden übertönten sogar das Krachen der Gewehre. Sean zielte sorgfältig und feuerte in dem Augenblick, als ein mexikanischer Reiter gerade einen gestürzten amerikanischen Soldaten mit seiner Lanze aufspießen wollte. Der Mexikaner schrie laut auf und fiel rücklings vom Pferd.

Schnell lud Sean nach, um den nächsten feindlichen Soldaten aufs Korn zu nehmen – und auch diesmal traf der Schuss ins Ziel. Unter dem Kugelhagel der amerikanischen Schützen wichen die mexikanischen Angreifer schließlich zurück – eine Hälfte nach Osten, die andere nach Westen, um sich ihren Landsleuten anzuschließen.

Sean verfolgte staunend das Schauspiel und ließ das Gewehr auf die Mauer sinken, weil es plötzlich unsagbar schwer in seinen Händen geworden war.

»Sie haben dich erwischt!«, rief jemand aus, und Sean sah auf, um zu sehen, von wem die Rede war. Doch alle schienen nur auf ihn zu zeigen, und als er hinunterblickte, sah er, dass sein Hosenbein völlig von Blut durchtränkt war. Wie seltsam. Er spürte überhaupt keinen Schmerz mehr. Und warum wurde es plötzlich so dunkel? Es war doch noch nicht Abend.

Er hob den Kopf, um jemanden zu fragen, als ihn die Dunkelheit ganz umfing.

14

Rebekah blickte auf den Brief hinunter, mit dem sie sich bereits seit zwei Tagen plagte. Sie konnte sich zwar in zwei Sprachen verständlich machen, doch die Worte, mit denen sie MacDougal ihre Gefühle beschreiben wollte, schien es in keiner der beiden Sprachen zu geben. Wenn er hier wäre, dann wüsste sie wohl, was sie ihm sagen würde; sie würde ihm einfach zuflüstern: »Wenn du mich noch willst, dann heirate ich dich.«

Doch das alles niederzuschreiben, war viel, viel schwerer – und sie wusste, dass es ihr immer noch nicht geglückt war. Andererseits würde es ihr wahrscheinlich nie so gelingen, dass sie zufrieden war – also musste diese Version genügen. Sie las noch ein letztes Mal, was sie zu Papier gebracht hatte.

»Lieber MacDougal«, begann der Brief. Allein über der Anrede hatte sie stundenlang gebrütet. ›MacDougal‹ klang viel zu distanziert, aber sie brachte es auch nicht über sich, ›Sean‹ zu schreiben, weil sie ihn noch nie so genannt hatte – auch wenn das wohl die passende Anrede für den Mann gewesen wäre, den sie liebte, wie sie sich mittlerweile eingestand.

»Ich weiß nicht, wie ich dir all das sagen soll, was ich dir sagen möchte.« Das war immerhin die Wahrheit. »Vielleicht kann ich es dir erklären, wenn du wieder hier bist, vielleicht aber auch nicht, denn ich weiß nicht einmal, ob ich selbst es so richtig verstehe. Jedenfalls möchte ich, dass du weißt, dass es mir leid tut, was ich beim letzten Mal zu dir gesagt habe. Ich habe auch zuvor schon einmal gelogen, als ich zu dir sagte, dass ich dich nicht will und dass ich Andrew heiraten würde – aber das weißt du ja bereits. Was du noch nicht weißt, ist, dass ich auch beim letzten Mal gelogen habe, als du mich gebeten hast, dich zu heiraten. Ich habe gesagt, dass ich dich nicht liebe. Ich kann dir nicht erklären, warum ich das gesagt habe. Ich hatte einfach unheimliche Angst. Ich habe immer noch Angst, aber wenn du mich noch willst und wenn du mir verzeihen kannst, werde ich dich heiraten, wenn du zurückkommst. Aber bitte komm zurück, MacDougal, auch wenn du mich nicht mehr heiraten willst. Ich wäre so froh, wenn ich wüsste, dass es dir gut geht – denn vor nichts habe ich mehr Angst, als dass dir dort unten in Mexiko etwas zustoßen könnte.

Ich vermisse dich so sehr und Hunter fragt jeden Tag nach dir. Bitte pass gut auf dich auf und lass dich ja nicht erschießen. Komm bald nach Hause.

In Liebe,
Rebekah«

Als sie den Brief fertig gelesen hatte, legte ihn Rebekah auf den Küchentisch, ließ den Kopf auf ihre Arme sinken und weinte.

Die Kathedrale von Saltillo war ein Meisterwerk aus Holz, Gipsmörtel und Fenstern aus Buntglas – ein idealer Ort, um Gott zu preisen, um verliebte junge Paare zu trauen, deren Babies zu taufen und die Toten zu beklagen.

Und Tote gab es hier genug zu beklagen in den Wochen nach der Schlacht von Buena Vista, denn General Taylor hatte die Kathedrale kurzfristig zu einem Lazarett für seine Verwundeten gemacht.

Sean MacDougal war fest entschlossen, nicht zu jenen zu gehören, die steif und kalt hinausgetragen werden mussten. Seine Wunde war zugeheilt, sodass keine unmittelbare Gefahr mehr bestand – doch er wusste, dass sich das jederzeit ändern konnte, weil er immer noch eine Musketenkugel im Oberschenkel hatte. Wenn die Kugel dort blieb, drohte eine Blutvergiftung, die zum Tod führen konnte.

Trotz dieser Gefahr zögerte der Arzt, eine Operation durchzuführen. Er konnte nicht feststellen, wo sich die Kugel genau befand – und es erschien ihm zu gefährlich, Seans Oberschenkel aufzuschneiden und auf gut Glück danach zu suchen. Und so humpelte Sean bereits seit über einem Monat auf notdürftigen Krücken und half bei der

Behandlung der Verwundeten, die weniger Glück gehabt hatten als er.

Einer dieser Männer war Frank Gates, der eine Kugel in die Schulter bekommen hatte. Und obwohl die Wunde an sich gut verheilt war, stellte sich doch heraus, dass Franks Arm steif bleiben würde.

»Zum Glück ist es mein linker Arm«, hatte Frank mit etwas Galgenhumor gemeint. »Als Anwalt brauche ich ohnehin nur einen Arm. Solange ich schreiben kann, kann ich auch meine Arbeit machen.«

Um ihn ein wenig aufzumuntern, unternahm Sean wieder einmal mit ihm einen kleinen Spaziergang durch das malerische Städtchen Saltillo. Die Kathedrale, in der sie einquartiert waren, war nur eine der Sehenswürdigkeiten der Stadt. Die Bewohner zeigten sich außergewöhnlich freundlich gegenüber den Amerikanern – wahrscheinlich weil die Stadt selbst von Gefechten verschont geblieben war und General Taylor sich äußerst rücksichtsvoll gegenüber den Leuten hier verhielt.

Die beiden Männer spazierten nur sehr langsam durch die staubigen Straßen, weil Sean mit seinen Krücken nicht schneller vorankam – doch wenigstens hatte sich Franks Laune etwas gebessert, als sie schließlich zur Kirche zurückkehrten. Dort wurden sie bereits von jemandem erwartet.

»McCulloch!«, rief Sean erfreut, als er die vertraute Gestalt auf den Stufen der Kathedrale erkannte. Der groß gewachsene Ranger winkte ihm freudig zu und eilte den beiden entgegen.

Er schüttelte ihnen die Hand und versicherte ihnen, dass sie prächtig aussahen. »Es gibt ein paar Neuigkeiten, die euch vielleicht interessieren werden. Vera Cruz ist heute Morgen gefallen.«

General Scotts Streitkräfte hatten sich bereits vor einiger Zeit nach Süden gewandt, um auf die Hauptstadt Mexikos zu marschieren. Der erste Schritt war die Blockade der Hafenstadt Vera Cruz. Von dort war es nur noch ein kurzer Marsch bis nach Mexiko City. Jetzt, da Vera Cruz eingenommen war, konnte der Krieg nicht mehr lange dauern.

»Schade, dass ihr beide nicht mehr lange bei uns sein werdet. Ich habe erfahren, dass diese neuen Colt-Revolver angekommen sind. Die Rangers in Vera Cruz haben bereits jeder zwei Stück davon bekommen. Wir werden die unseren auch bald haben, aber ich glaube nicht, dass ihr dann noch hier seid.«

»Weißt du vielleicht etwas, was wir noch nicht wissen?«, fragte Sean.

»Ich glaube nicht, aber da ihr beide reisetauglich seid, werden sie euch bestimmt bald nach Hause schicken.«

Die drei Männer saßen auf den Stufen zur Kirche und besprachen dieses Thema ohne große Begeisterung. McCulloch zeigte zwar ohnehin nur selten irgendwelche Emotionen, aber auch Frank war alles andere als glücklich, als Invalide ausgemustert zu werden, wenngleich er grundsätzlich nicht ungern nach Hause zurückkehren würde. Sean hingegen hatte kein wirkliches Zuhause, zu dem er zurückkehren konnte – und auch der Gedanke, sein Geplänkel mit Rebekah Tate wieder aufzunehmen, erschien ihm in seiner körperlichen Verfassung nicht allzu verlockend.

Nachdem McCulloch ihnen den neuesten Klatsch aus der Armee erzählt hatte, erhob er sich, um die beiden wieder zu verlassen. »Oh, fast hätt ich's vergessen«, sagte er, »da ist ein Brief für dich gekommen.« Er griff in seine Jackentasche und holte den schmutzigen und zerknitterten Brief hervor. Sean brauchte eine ganze Weile, bis ihm bewusst wurde, dass McCulloch ihm, und nicht Frank, den Brief überreichen wollte. »Für mich?«, fragte er ungläubig.

»Zumindest steht dein Name drauf«, erwiderte McCulloch lächelnd. »Die Handschrift einer Lady. Gott allein weiß, wie der Brief dich erreicht hat. Ein Kurier hat ihn heute Morgen ins Lager gebracht. Ich hätte ihn beinahe selbst geöffnet, weil auch mein Name draufsteht, aber dann fiel mir ein, dass mir wohl kaum jemand schreiben würde.«

Der Brief war tatsächlich an Sean adressiert, genau genommen an Sean MacDougal bei McCullochs Texas Rangers. Es war tatsächlich eine Frauenschrift, und obwohl Sean noch nie Rebekahs Handschrift gesehen hatte, war er sich doch absolut sicher, dass der Brief von ihr war.

Etwas zögernd nahm er den Brief entgegen und betrachtete ihn verblüfft. Wie viele Hände hatten dieses kleine Stück Papier wohl von Rebekah bis zu ihm getragen? Wie viele Wochen war der Brief unterwegs gewesen, um die Hunderte von Meilen zu überwinden? Und was hatte sie überhaupt dazu bewogen, ihm zu schreiben?

Ein Dutzend Möglichkeiten kamen ihm in den Sinn, die alle nicht allzu erfreulich waren. Ein Todesfall. Oder vielleicht war sein Laden niedergebrannt. War vielleicht Andrew etwas zugestoßen? Oder dem kleinen Hunter?

Er war plötzlich schweißgebadet, als er das kleine Stück Papier anstarrte. Es war das gleiche Gefühl wie damals, als er mit Ben allein im Lager der Mexikaner zurückgeblieben war. Man konnte ihm sein mulmiges Gefühl wohl ansehen, denn Frank erhob sich von der Stufe und sagte: »Ich spaziere noch ein Stückchen mit dir, Ben, damit Sean seinen Brief in Ruhe lesen kann.«

Ben McCulloch verabschiedete sich von Sean, der nur kurz mit dem Kopf nickte. Als er allein war, erbrach er langsam das Siegel und faltete dann das Papier auseinander. Die Nachricht war kurz – viel kürzer, als er erwartet hatte, und sie begann mit den Worten »Lieber MacDougal«. Jetzt wusste er mit Sicherheit, dass der Brief von Rebekah Tate war. Ängstlich überflog er die wenigen Zeilen und suchte nach den Worten, die er am meisten fürchtete. Er rechnete so fest mit einer unerfreulichen Nachricht, dass er zuerst gar nicht begriff, worum es ging – bis er die letzten Worte »In Liebe, Rebekah« las.

In Liebe? Das ergab einfach keinen Sinn. Er las den Brief ein zweites Mal, und diesmal begriff er erst, was sie geschrieben hatte. Doch ihre Botschaft ergab nun noch weniger Sinn als zuvor. Hier stand doch tatsächlich, dass Rebekah sich entschuldigte. Und dass sie ihn vermisste. Und als Krönung des Ganzen, dass sie bereit war, ihn zu heiraten.

Er las den Brief ein drittes und ein viertes Mal. Beim fünften Mal glaubte er es allmählich und nach dem sechsten Mal stieß er einen so lauten Jubelschrei aus, dass Frank Gates zurücklief, was mit seiner verletzten Schulter gar nicht so einfach war.

»Was ist denn los?«, fragte Frank besorgt.

»Wir fahren nach Hause, Partner«, verkündete Sean, steckte den Brief ein und schnappte sich seine Krücken. »Aber zuerst muss ich noch zu diesem Bauchaufschneider und ihn überreden, dass er mir die Kugel herausholt. Man kann doch nicht auf Krücken zum Traualtar humpeln, oder?«

»Traualtar?«, fragte Frank und half Sean mit seinen Krücken. »Heißt das …?«

»Genau, alter Junge. Miss Rebekah Tate hat sich doch noch bereit erklärt, meine Frau zu werden – und ich mache am besten, dass ich nach Texas komme, damit sie es sich nicht noch einmal überlegt.«

Frank klopfte ihm auf den Rücken und gratulierte ihm herzlich, während sie die Kirche betraten. Sean rief sogleich nach dem Doktor, den sie schließlich in einem kleinen Zimmer hinter dem Altar fanden, wo er sich eine wohlverdiente Ruhepause gönnte.

»Ich möchte, dass Sie mein Bein operieren, Doc«, sagte Sean ohne Umschweife.

Der Arzt, ein ursprünglich wohlbeleibter Mann, der jedoch einiges an Gewicht abgenommen hatte, seit er sich um so viele Patienten gleichzeitig kümmern musste, blickte ihn aus blutunterlaufenen Augen an. »Ich habe Ihnen ja schon gesagt, dass ich nicht so einfach in Ihrem Bein rumstochern kann. Wenn wir noch eine Weile warten, kommt die Kugel vielleicht von allein an die Oberfläche, und dann …«

»Ich weiß jetzt genau, wo sie sitzt«, wandte Sean ein. »Ich spüre das verdammte Ding bei jeder Bewegung. Ich werd Ihnen zeigen, wo Sie mich aufschneiden müssen, und wenn Sie sich weigern, wird mein Freund Sie erschießen, nicht wahr, Frank?«

Frank Gates nickte wortlos.

Der Arzt machte ein finsteres Gesicht, wenngleich ihn die Drohung kein bisschen einschüchterte. »Es ist *Ihr* Bein, also soll's mir recht sein. Wir machen es dann morgen früh.«

»So viel Zeit habe ich nicht«, erwiderte Sean. »Ich muss so schnell wie möglich nach Hause, also machen wir es jetzt gleich.«

Der Arzt verdrehte die Augen, doch er erhob sich schließlich aus seinem Stuhl. »Wie Sie wollen, MacDougal. Das hat man davon, wenn man Zivilisten zur Armee holt.«

Der Operationstisch, der in einem der vielen kleinen Räume der Kathedrale stand, hatte den Priestern einst als Esstisch gedient. Der Arzt traf kaum Vorkehrungen, außer dass er Sean am Tisch festband und ihm ein Stück Leder zwischen die Zähne gab.

»Sind Sie so weit?«, fragte der Arzt und hielt sein Skalpell dort bereit, wo sich nach Seans Ansicht die Bleikugel befinden musste.

Sean nickte, den Blick auf das Gesicht des Arztes gerichtet, während er fest auf das Lederstück biss. Hinter ihm hielt ihn Frank Gates an den Schultern fest, als der Arzt zum Schnitt ansetzte.

Ein jäher, stechender Schmerz überschwemmte ihn förmlich, so dass ihm der Schrei in der Kehle steckenblieb. Ein roter Schleier verhüllte seine Augen, doch er konnte immer noch das grimmige Gesicht des Arztes erkennen, der seine blutige Arbeit tat. Immer weiter drang das Skalpell in das Fleisch vor, aus dem immer mehr warmes Blut strömte. Sean wandte den Blick nicht von dem schwitzenden Gesicht des Mannes und kämpfte gegen das Dunkel an, das ihn bedrohte und gleichzeitig lockte – und er klammerte sich an den Schmerz, so wie er sich an das Leben selbst klammerte, bis schließlich alles in ihm zum Zerreißen gespannt war.

Da erhellte sich schließlich das Gesicht des Arztes und er rief: »Ich hab sie!« Er hob seine blutüberströmte Hand und zeigte Sean seine Beute: ein kleines verbeultes Stück Blei.

Rebekahs Herz machte einen Sprung, als sie die Hunde bellen hörte, doch im nächsten Augenblick wusste sie, dass ihre Hoffnungen wohl unberechtigt waren. Andrew und ihr Vater hatten ihr in den vergangenen Wochen oft genug erklärt, dass Sean erst zurückkehren könne, wenn das halbe Jahr abgelaufen war, für das er sich verpflichtet hatte. Bis dahin waren es jedoch noch einige Monate – und deshalb konnte es sich bei dem Besucher, den die Hunde ankündigten, unmöglich um Sean handeln. Doch sie lief voller Hoffnung zur Tür, während Jewel allein in der Küche zurückblieb.

Hunter rief nach ihr und zeigte auf den Wagen, der sich dem Haus näherte. Sie blinzelte gegen die Frühlingssonne und versuchte die beiden Männer zu erkennen, die auf dem Wagen saßen. Für einen Augenblick dachte sie … nein, der Mann, der den Arm in der Schlinge trug, war nicht MacDougal, und der andere, der den Wagen lenkte, war noch ein Junge.

»Wer ist das, Mama?«, fragte Hunter in fast schon makellosem Englisch.

»Ich weiß nicht, Liebling. Es sind Fremde.« Dabei kam ihr der Mann mit dem Arm in der Schlinge irgendwie bekannt vor. Vielleicht war er ein entfernter Nachbar – jemand, den sie ein- oder zweimal gesehen hatte.

Er sah ungepflegt aus; sein Bart hing ihm bis über die Brust hinunter, sein Haar war lang und zerzaust und seine Kleider sahen aus, als hätte er einen Krieg bestritten.

Plötzlich gefror ihr das Blut in den Adern, als ihr klar wurde, warum ihr der Mann so vertraut erschien. Er war ein Ranger. Sie wusste es instinktiv, genauso wie sie die Männer erkannt hatte, die damals auf MacDougals Fest erschienen waren. Aber wenn er tatsächlich ein Ranger war, dann konnte sein Kommen nur einen einzigen Grund haben.

Sie fasste Hunter an den Schultern. »*Anáa!*«, protestierte er lautstark in der Komantschensprache – vielleicht, weil er das Wort »Au!« vergessen hatte. Er versuchte sich ihrem Griff zu entwinden, doch sie ließ ihn nicht los – so als müsse sie sich an ihm festhalten, weil sie die Nachricht fürchtete, die sie von dem Fremden erwartete.

Der Junge, der den Wagen lenkte – er war höchstens 15 oder 16 Jahre alt und blickte sich ziemlich neugierig um – ließ die Pferde anhalten. Der Mann mit dem Arm in der Schlinge zog seinen verbeulten Hut mit der gesunden Hand und nickte ihr grüßend zu. »Guten Tag, Miss Tate. Ich bin Frank Gates. Wir sind uns vor ein paar Monaten bei Sean MacDougals Laden begegnet.«

Sie schaffte es, ihm ebenfalls zuzunicken, wenngleich sie sich nicht wirklich an den Mann erinnern konnte. Sie konnte nichts anderes denken, als dass die Nachricht, die er ihr überbringen würde, wohl kaum eine gute sein konnte. Ihr Herz pochte wie wild, während sie ihn fragend ansah.

»Ich war bei McCullochs Rangers«, fuhr er fort, weil sie ihn offensichtlich nicht wiedererkannte.

»MacDougal?«, brachte sie schließlich hervor, und Hunter fragte seinerseits: »Mac?«

Frank Gates' Miene verfinsterte sich und er blickte unsicher hinter sich in den Wagen. »Ja, äh ... ich bringe ihn nach Hause, aber ...«

Er blickte erneut über die Schulter zurück – und Rebekah wusste, was er ihr mitteilen wollte. MacDougal war in dem Wagen – und das konnte nur eines bedeuten: Ihre schlimmsten Befürchtungen hatten sich bewahrheitet.

»Nein!«, schrie sie entsetzt. Sie presste beide Hände an den Mund, um das Schluchzen zurückzuhalten, und taumelte, als alles um sie herum sich zu drehen begann.

»Er ist nicht tot!«, rief Frank Gates erschrocken, als er ihr namenloses Entsetzen sah. »Es geht ihm schlecht, aber er lebt!«

Er kletterte so schnell vom Wagen herunter, wie es ihm mit einem gesunden Arm möglich war – doch Rebekah achtete gar nicht mehr auf ihn. Sie rannte die paar Schritte zum Wagen, und Hunter hinter ihr her.

Sie blickte ins Innere des Wagens, und da sah sie ihn – Sean MacDougal, den Mann, den sie liebte. Wie tot lag er da, der Kopf von seinem langen roten Haar und dem wild wuchernden Bart umrahmt – doch sein Gesicht war nicht bleich und kalt, sondern vom Fieber gerötet, und seine Brust hob und senkte sich ungleichmäßig.

»MacDougal!«, rief sie in ihrer Angst, und er bewegte sich ganz leicht.

Hunter war am Wagenrad hochgeklettert, um ebenfalls in den Wagen sehen zu können – doch er gab sich damit nicht zufrieden, sondern schwang sich ins Innere des Wagens, direkt an MacDougals Seite.

»Mac ist krank«, sagte er und hockte sich neben ihn.

»Nicht berühren!«, rief Rebekah und lief ans hintere Ende des Wagens. Frank Gates war schon zur Stelle und öffnete ihr die Wagenklappe. »Was ist passiert? Was hat er denn?«, fragte sie, während sie auf den Wagen kletterte.

»Er ist in der Schlacht bei Buena Vista von einer Gewehrkugel am Bein getroffen worden«, berichtete Gates.

»Aber die Schlacht war vor fast zwei Monaten!«, wandte sie ein. Wenn die Verwundung wirklich so schwer war, dachte sie, dann hätte er doch gar nicht so lange überleben können.

»Zuerst ging es ihm ja recht gut«, berichtete Gates. »Der Arzt wollte die Kugel zuerst nicht herausholen. Er wollte warten, bis ... na ja, jedenfalls bekam Sean dann Ihren Brief.«

Rebekah drehte sich jäh zu Gates um. »Meinen Brief?«, fragte sie entsetzt – und es wurde ihr bewusst, dass sie für seinen jetzigen Zustand mitverantwortlich war.

»Als er erfuhr ... nun, was Sie ihm zu sagen hatten – da wollte er sofort nach Hause. Also überredete er den Arzt, ihn auf der Stelle zu operieren. Alles verlief gut, doch er wollte nicht warten, bis die Wunde verheilt war. Sobald er wieder auf einem Pferd sitzen konnte, brach er auf. Ich begleitete ihn, um ein wenig nach ihm zu sehen – aber es war einfach viel zu früh. Nach zwei Tagen bekam er Fieber. Als er nicht mehr reiten konnte, besorgte ich den Wagen, und Billy fuhr uns hierher ...«

»Warum haben Sie nicht irgendwo angehalten, damit er sich ausruhen konnte?«, rief sie entsetzt.

Gates blickte sie schuldbewusst an, doch er erwiderte ihren Blick. »Weil er es nicht zuließ.«

Natürlich, sie hätte es wissen müssen, dachte sie, als sie auf Sean hinunterblickte, der ausgezehrt und erschöpft dalag. Seine Augen waren tief in die Höhlen gesunken, seine Lippen völlig trocken und vom Fieber aufgesprungen. Zögernd streckte sie die Hand aus und legte sie ihm auf die Stirn, zog sie jedoch gleich wieder entsetzt zurück.

»Er ist ja so heiß, als würde er brennen!«

»Ein Feuer, Mama?«, fragte Hunter besorgt und blickte sich um, ob von irgendwo Gefahr drohte.

»Nein, kein Feuer«, antwortete sie. »Mac ist sehr krank. Hunter, lauf schnell ins Haus und sag Großvater, Mac ist da. Sag ihm, er soll sich beeilen!«, rief sie ihm noch nach, als er bereits vom Wagen gesprungen und losgelaufen war.

»MacDougal, kannst du mich hören?«, fragte sie mit leiser Stimme. Sie beugte sich zu ihm hinunter und hätte ihn am liebsten geküsst – doch sie wagte es nicht, aus Angst, sie könnte ihm wehtun. »MacDougal? Bist du wach?«

Seine Augenlider bewegten sich und öffneten sich mit sichtlicher Mühe. Seine Augen glänzten vom Fieber, die Pupillen waren deutlich geweitet. Er schien sie gar nicht zu sehen, bis sie seinen Namen wiederholte.

»Rebekah Tate? Träume ich?«, fragte er mit heiserer Stimme.

»Nein!«, versicherte sie ihm und strich ihm zärtlich über die Wange. »Ich bin bei dir. Du bist zu Hause, MacDougal, und ich lasse dich nicht mehr weg.«

Ein Hauch seines gewohnten Lächelns huschte über seine Lippen. »Es ist jetzt vielleicht zu spät.«

Verzweiflung hielt ihr Herz fest umklammert, doch sie zwang sich zu lächeln. »Glaub ja nicht, dass ich dich noch einmal weglasse, jetzt, da ich dich endlich hier habe. Ich warne dich, MacDougal, wenn du stirbst, dann … dann drehe ich dir eigenhändig den Hals um!«, warnte sie und erinnerte sich, dass er ihr gegenüber einst dieselbe Drohung ausgesprochen hatte.

Sein Lächeln wurde breiter. »Habe ich dir nicht gesagt, Frank, dass sie eine unglaubliche Frau ist?«

»Das hast du, Partner«, stimmte Gates zu, doch MacDougals Augen hatten sich wieder geschlossen, und Rebekah glaubte nicht, dass er die Antwort noch gehört hatte.

Sie spürte, wie ihr heiße Tränen in die Augen traten – doch sie drängte sie zurück. Sie durfte nicht weinen – nicht jetzt, da Sean sie so dringend brauchte. Behutsam hob sie die zerlumpte Decke hoch, unter der er lag. Sie sah den blutdurchtränkten Verband an seinem Bein, der nach Fäulnis roch.

Alles in ihr krampfte sich zusammen. *Nein!* rief sie in einem stummen Schrei dem Gott entgegen, an den sie nicht mehr glaubte. Irgendwie hatte sie das Gefühl, dass er sie dafür strafte. Der Gott, den sie nicht lieben konnte, war eifersüchtig auf den Mann, den sie sehr wohl liebte – und jetzt nahm er ihn ihr weg.

Aber sie würde MacDougal nicht kampflos hergeben – und wenn sie es mit dem Allmächtigen selbst aufnehmen musste.

»Jewel!«, rief sie, doch die schwarze Frau stand bereits neben ihr und blickte ins Innere des Wagens. Ihr Gesichtsausdruck verriet Rebekah, dass sie Bescheid wusste, wie es um MacDougal stand.

»Ich werde gleich Wasser aufsetzen«, sagte Jewel. »Wo legen wir ihn denn hin?«

»In mein Zimmer«, antwortete Rebekah, ohne zu zögern. »Ich mache gleich das Bett.«

Aus der Ferne hörte Rebekah ihren Vater rufen, der zusammen mit Dan und Enoch über das Feld gelaufen kam.

Wenige Minuten später hatten sie MacDougal ins Haus getragen und auf Rebekahs Bett gelegt. Sie zogen ihm die schmutzigen Kleider aus und begutachteten die schwärende Wunde, während Dan und Enoch draußen alle Mühe hatten, den protestierenden Hunter vom Krankenzimmer fern zu halten.

»Ich weiß kein Mittel, Massa Zeb«, sagte Jewel und schüttelte bestürzt den Kopf über MacDougals Wunde. »Heiße Umschläge helfen manchmal, aber wenn die Wunde so schwarz wird wie hier …«

»Es gibt etwas«, erinnerte sich Rebekah plötzlich. »Die Indianer behandeln Schusswunden mit einem Breiumschlag – aber sie verwenden dazu einen Kaktus, der hier bei uns nicht wächst. Wenn wir ihn nur hätten …«

»Ich hole Ihnen diesen Kaktus«, warf Frank Gates ein.

Rebekah starrte ihn mit großen Augen an. »Sie sind doch selbst verletzt!«

»Ich bin wieder gesund«, entgegnete er und zuckte die Achseln. »Ich werde die Schlinge wahrscheinlich mein Leben lang brauchen, aber die Wunde selbst ist verheilt. Zeichnen Sie mir den Kaktus auf ein Blatt Papier und ich werde ihn besorgen.«

Die Besorgung war so gut wie aussichtslos. Selbst wenn er es schaffen sollte, die Pflanze zu finden, würde er mehrere Tage durchreiten müssen. Dazu war er ganz bestimmt nicht imstande – und selbst wenn, so würde es bis dahin wahrscheinlich zu spät sein.

Rebekah wollte ihm das sagen, doch bevor sie noch ein Wort herausgebracht hatte, lächelte ihr Frank Gates unbeirrt zu. Sie sah die Entschlossenheit in seinen grauen Augen. So hatte MacDougal sie manchmal angeblickt.

»Sie würden das für ihn tun?«, fragte sie.

»Nach allem, was er für uns getan hat, wäre es mir eine Ehre«, erwiderte Gates.

»Was hat er denn getan?«

»Das erzähle ich Ihnen, wenn ich zurück bin«, antwortete Gates. »Oder noch besser, er soll es Ihnen selbst erzählen. Wenn er schon wieder sprechen kann, bevor ich zurück bin, fragen Sie ihn doch, wie es war, als er mitten im Lager der Mexikaner übernachtete. Sie werden Augen machen, das kann ich Ihnen sagen. Wenn Sie mir jetzt sagen, wie der Kaktus aussieht, und mir etwas zu essen und ein frisches Pferd geben ...«

Eine Stunde später war Gates unterwegs. Jewel und Rebekah kümmerten sich um MacDougal. Sie reinigten die Wunde, entfernten das abgestorbene Gewebe und sorgten dafür, dass er regelmäßig heiße Umschläge bekam.

Als die Sonne unterging, brachte Zeb Hunter in seinem Zimmer zu Bett. Kurz danach traf Andrew ein, den die Familie benachrichtigt hatte. Als Rebekah ihn sah, brach sie in Tränen aus und sank in seine Arme.

Er tröstete sie, so gut er konnte, während sie an seiner Brust weinte. Als sie sich ein wenig beruhigt hatte, fragte er mit etwas hilfloser Miene: »Ist es denn gar so schlimm, mich wiederzusehen?«

Sie lachte trotz ihrer Tränen. »Tut mir leid«, sagte sie und löste sich aus seinen Armen, um sich mit dem Taschentuch, das er ihr gegeben hatte, die Tränen zu trocknen. »Aber ich glaube, ich wollte mich schon die ganze Zeit einmal ausweinen, seit sie ihn heute Nachmittag gebracht haben –

aber ich war einfach zu beschäftigt. Als ich dich dann sah ...« Sie zuckte hilflos die Schultern.

»Ich verstehe«, sagte er. »Du dachtest dir, es macht mir nichts aus, wenn du mir mal ordentlich das Hemd nassweinst.«

»Es tut mir leid«, sagte sie noch einmal. »Anscheinend benutze ich dich andauernd für irgendetwas.«

Andrew lächelte, ganz und gar nicht beleidigt. »Ob du's glaubst oder nicht, es gefällt mir sogar. Ich habe mich so lange nutzlos gefühlt – genau genommen die ganze Zeit über, als du weg warst. Aber seit du wieder da bist, hat sich so vieles geändert. Also, wie kann ich helfen?«

Rebekah zögerte einen Augenblick und sagte schließlich: »Vielleicht, wenn du mit ihm sprechen würdest. Ich weiß nicht, ob er dich hören kann – aber manchmal, wenn ich mit ihm rede, reagiert er darauf. Erzähl ihm vom Laden. Erzähl ihm, wie viel Geld du schon für ihn verdient hast.« Mit einem schwachen Lächeln fügte sie hinzu: »Wenn ihn noch etwas aufmuntern kann, dann das.«

Und so setzte sich Andrew zu Sean ans Bett und erzählte ihm alles, was in den vergangenen vier Monaten passiert war. Rebekah hielt Seans Hand und versah zwischendurch immer wieder sein Bein mit heißen Umschlägen, während sie ihm am Kopf kalte Umschläge auflegte.

Als Andrew schließlich aufbrach, zog Rebekah das Rollbett heraus und legte sich – angezogen, wie sie war – hin. Auch während der Nacht erneuerte sie regelmäßig Seans Umschläge und nickte dazwischen immer wieder für kurze Zeit ein.

Rebekah wich auch in den folgenden Tagen nicht von Seans Seite. Sie gestattete niemand anderem, sich um ihn zu kümmern, bis plötzlich überraschend früh – viel früher, als Rebekah es sich hätte träumen lassen – Frank Gates zurückkehrte. So wie er aussah, hatte er keine Stunde geschlafen, doch er hatte den Kaktus gefunden und einen Sack voll davon mitgebracht.

Schon nach dem ersten Mal, als Rebekah den Kaktusbrei auf Seans Wunde aufgetragen hatte, trat eine leichte Besserung ein. Das Gewebe schien nicht weiter abzusterben und die heftige Rötung verwandelte sich in ein sanftes Rosa. Doch das Fieber sank einfach nicht, bis Jewel nahezu verzweifelte und sie Rebekah nicht mehr in die Augen blicken konnte. Ihr Vater betete unablässig; er kniete sich immer wieder ans Krankenbett und legte Sean die Hände auf, um die göttliche Kraft auf den Kranken überfließen zu lassen.

Rebekah verfolgte benommen das Ritual und erinnerte sich an die beschwörenden Gesänge der Komantschen-Medizinmänner, wenn sie böse Geister vertreiben wollten. Sie hielt die Gebete ihres Vaters für genauso wirkungsvoll. Wenn es einen Gott gab, dann hatte er offensichtlich beschlossen, sie zu bestrafen, und es gab ohnehin nichts, was Sean noch hätte retten können.

Dennoch gab sie nicht auf und kämpfte weiter um sein Leben. Wenn sie ihm nicht immer wieder frische Umschläge auflegte – so wirkungslos sie auch sein mochten –, dann würde sie, so dachte sie, binnen kurzer Zeit selbst sterben.

Am frühen Morgen, als alle anderen die Hoffnung schon aufgegeben hatten, erwachte Rebekah plötzlich und fragte sich, was sie geweckt haben mochte. Sie war hellwach und wandte sich Sean zu, um zu sehen, ob er vielleicht in seinem Delirium nach ihr gerufen hatte, wie er es manchmal tat. Sean lag regungslos da, doch Hunter war bei ihm. Er sah so süß aus, wie er in seinem Nachthemdchen barfuß am Bett stand und seine kleinen Hände auf Seans nacktem Oberkörper ruhen ließ.

Ihr stockte der Atem, als ihr bewusst wurde, dass er seinen Großvater nachahmte, der Sean stets die Hände auflegte, wenn er für ihn betete. Hunter kniete zwar nicht wie ihr Vater, weil er so Sean nicht hätte erreichen können, doch als Rebekah ihm eine Zeit lang lauschte, hörte sie seine Gebete. Er sprach die Worte, die er selbst so oft gehört hatte.

»Erfülle ihn mit deiner heilenden Kraft. Gib ihm seine Lebenskraft zurück.« Es waren Sätze, deren Bedeutung er unmöglich kennen konnte. Dann hörte sie ihn aufschluchzen und flehend hinzufügen: »Bitte, lass ihn nicht sterben! Bitte, lass ihn nicht sterben!«

Rebekah war im nächsten Augenblick bei ihm und

drückte den weinenden Jungen an sich. »Ich will nicht, dass Mac stirbt«, stammelte er unter Tränen.

»Ich auch nicht«, redete Rebekah ihm zu, unfähig, ihm Hoffnung zu geben. Sie legte sich mit ihm auf das Rollbett, dankbar für seine tröstende Gegenwart.

»Großpapa sagt, du solltest auch beten«, sagte Hunter schluchzend. »Er hat gesagt, nur der Gott der Weißen kann ihn retten, aber du willst ihn nicht darum bitten.«

Es zerriss ihr fast das Herz. »Ich glaube nicht, dass das etwas nützen würde. Der Gott der Weißen hört mir nicht mehr zu.«

»Großpapa sagt, er würde dir zuhören, wenn du es nur versuchst«, erwiderte Hunter.

Wenn es nur so einfach wäre, dachte sie in ihrer Verzweiflung. Sie hielt den Jungen in den Armen, bis Jewel schließlich hereinkam, um ihr das Frühstück zu bringen und den Jungen mitzunehmen. Durch die geschlossene Tür konnte Rebekah ihre Stimmen hören, während sie zur Küche hinübergingen.

»Warum betet Mama nicht, so wie Großpapa betet?«, fragte der Junge.

»Ich glaube, sie betet auf ihre eigene Art«, antwortete Jewel.

Auf ihre eigene Art? Nun, sie tat vor allem eines, dachte Rebekah: Sie versuchte verzweifelt, MacDougal am Leben zu erhalten – und das gegen den Widerstand Gottes, der anscheinend beschlossen hatte, ihn zu sich zu holen. Voller Bitterkeit warf sie sich aufs Bett und überließ sich für eine Weile ihrer Verzweiflung. Doch sie konnte sich nicht ganz fallen lassen, denn da schien irgendetwas zu sein, das ihre Aufmerksamkeit verlangte.

Nach und nach kam ihr zu Bewusstsein, was in diesem Augenblick vor sich ging; wie ein furchtbares Monster kroch die Gewissheit in ihr hoch und schnürte ihr fast die Kehle zu. Im nächsten Augenblick konnte sie es auch hören: Dort, wo eben noch ein sterbender Mann mühsam und keuchend geatmet hatte, war nun nichts mehr als Stille.

MacDougal!

Sie rappelte sich hoch und starrte entsetzt auf die reglose Gestalt hinunter. Die Röte des Fiebers war einer beängstigenden Blässe gewichen. Das unruhige Hinundherwälzen im Delirium hatte aufgehört und er lag völlig leblos da.

»Nein!«, rief sie entsetzt und bedeckte ihr Gesicht mit beiden Händen, während ihr ganzer Körper zuckte. »Du kannst ihn nicht einfach sterben lassen!«, wimmerte sie und schüttelte die Fäuste zum Himmel empor. Wie sollte sie das nur ertragen? Wie sollte sie weiterleben? Sie hatte MacDougal nicht einmal gesagt, dass sie ihn liebte!

»Nein!«, rief sie noch einmal und die Tränen strömten die Wangen hinunter. »Bitte, lass ihn nicht sterben!«, flehte sie in ihrer Not. »Bestrafe doch nicht ihn, nur weil du zornig auf mich bist! Bestrafe mich! Lass mich an seiner Stelle sterben! Bitte, verschone ihn!« Ihre Stimme brach und sie ließ den Tränen freien Lauf.

Ihr lautes Weinen war wohl auch der Grund, warum sie die Stimme zuerst gar nicht bemerkte.

»Könntest du vielleicht ein bisschen leiser weinen? Ich bekomme Kopfschmerzen davon.«

Als ihr schließlich bewusst wurde, dass jemand zu ihr gesprochen hatte, hob sie den Kopf, um zu sehen, wer es war. Doch sie war immer noch allein im Zimmer. Allein mit MacDougal.

MacDougal?

Sofort blickte sie zu ihm hinüber, doch er lag immer noch so blass und regungslos da wie zuvor. Langsam und vorsichtig stieg sie von ihrem Bett hinunter und beugte sich über das andere Bett, bis ihr Gesicht nur noch eine Handbreit von dem seinen entfernt war.

Die Augen waren immer noch geschlossen, das Gesicht war nach wie vor aschfahl, doch es war nicht vom Tod gezeichnet. Und aus der Nähe sah sie auch das leichte Heben und Senken der Brust.

Er war nicht tot!

Zumindest noch nicht. »MacDougal?«, flüsterte sie mit heiserer Stimme. Seine Augenlider zuckten und sie versuchte es ein zweites Mal, diesmal etwas lauter: »MacDougal!«

Nun öffnete er die Augen und blinzelte einige Male, bis

er ihr Gesicht erkannte. »Warum weinst du?«, fragte er mit schwacher Stimme.

»MacDougal!«, rief sie und wischte sich schnell die Tränen von den Wangen. »Erkennst du mich?«

Diesmal zuckten seine Lippen, so als wolle er lächeln. Sie sah es genau, denn ihr Vater hatte ihm schon vor Tagen den langen Bart abrasiert. »Bist du nicht Rebekah Tate?«, fragte er mit einem amüsierten Funkeln in den Augen. »Oder heißt du etwa schon MacDougal? Haben wir denn schon geheiratet?«

»Nein! Noch nicht«, antwortete sie und hätte am liebsten gelacht und geweint vor Freude, doch dazu war sie noch immer zu besorgt. »Du warst zu krank, aber sobald es dir besser geht, werden wir die größte Hochzeit feiern, die es je gegeben hat!«

Er seufzte. »Ich bin froh, dass wir noch nicht geheiratet haben«, raunte er mit einem breiteren Lächeln. »Ich möchte meine Hochzeitsnacht nämlich nicht versäumen.«

»Oh, MacDougal«, seufzte sie und legte ihre Hand auf seine stoppelbärtige Wange. »Dein Fieber ist weg!«, rief sie und ließ ihre Hand von seinem Gesicht zu seinem Hals und hinunter zu seiner Brust wandern, um es zu überprüfen. Seine Haut fühlte sich kühl an.

Sie riss die Decke zur Seite und nahm ihm den Verband vom Bein ab. Die Wunde war immer noch stark gerötet, doch die Infektion schien etwas zurückgegangen zu sein.

»Wenn du mich schon berührst, dann solltest du eine wichtige Stelle nicht auslassen«, murmelte er.

Plötzlich wurde ihr bewusst, dass er nackt war – etwas, das sie bisher gar nicht richtig zur Kenntnis genommen hatte – und dass die Stelle, von der er sprach, nur eine Handbreit von ihrer Hand entfernt war. Rebekah errötete heftig und deckte ihn schnell wieder zu.

»Wie fühlst du dich? Tut dir irgendetwas weh?«, fragte sie, um ihre unerwartete Verlegenheit zu überspielen. Wie seltsam, dachte sie. Es war ihr während all der Tage nicht im Geringsten peinlich gewesen, ihm bei seinen körperlichen Bedürfnissen zu helfen. Warum war sie jetzt plötzlich verlegen?

Aber es war nun einmal so, und Rebekahs Gesicht brannte noch heftiger, als sich ihre Blicke trafen und er über ihre Scham lachte.

»Mir tun alle Knochen weh«, jammerte er. »Aber es würde mir gleich viel besser gehen, wenn du dich ein Weilchen zu mir legst, damit ich weiß, dass ich nicht träume.«

Vorsichtig schlüpfte sie zu ihm ins Bett – bedacht darauf, nicht an sein Bein oder einen anderen Körperteil zu stoßen. Doch er überraschte sie, als er seinen Arm um sie legte und sie mit mehr Kraft, als sie ihm zugetraut hätte, an sich zog, um sie zu küssen.

Der Kuss war so süß, so vertraut und doch so neu, dass Rebekah weinte, als er seine Lippen von den ihren löste. »Oh, MacDougal, ich liebe dich«, flüsterte sie ihm zu.

Seine Augen leuchteten wie die Morgensonne und sein blasses Gesicht nahm Farbe an. »Ich liebe dich auch, Rebekah Tate. Und diese Worte von dir zu hören – dafür lohnt es sich fast, zu sterben.«

Sie legte ihm die Hand auf die Lippen. »Sag so etwas nicht! Du wirst nicht sterben. Ich …«

Sie hielt inne. Fast hätte sie ihm gesagt, dass sie bereit gewesen war, einen Pakt mit Gott zu schließen, damit er am Leben blieb. Sie hatte ihm angeboten, an Seans Stelle zu sterben. Die Erinnerung an diesen Augenblick ging ihr durch und durch. Ja, es bestand kein Zweifel – sie hatte gebetet. Sie hatte zu Gott gesprochen, an dem sie so lange gezweifelt hatte – doch jetzt wusste sie, dass sie in ihrem tiefsten Inneren nie wirklich gezweifelt hatte. Sie hatte sich ganz einfach geweigert, an ihn zu glauben, weil sie so zornig und so verbittert war. Ihr Vater hatte doch Recht gehabt. In dem Moment, wo sie bereit gewesen war, ihren Stolz zu überwinden, trat die Wende ein und Sean war auf dem Weg der Besserung. Aber Gott würde ganz sicher nicht ihr Leben für das von Sean fordern. Wie ihr Vater ihr so oft gesagt hatte, ließ sich Gott nicht auf irgendwelche Geschäfte ein. Dass sie den Schritt getan hatte, zu ihm zu sprechen, das allein war das Entscheidende gewesen.

»Du wirst nicht sterben«, wiederholte sie mit fester Stimme. »Weil ich dich nämlich erwürgen würde, wenn du es tätest!«, fügte sie, gleichzeitig lachend und weinend, hinzu. »Erinnerst du dich, wie ich dir das gesagt habe, als dein Freund von den Rangers dich herbrachte?«

Er lächelte. »Ich dachte, ich hätte es geträumt. Ich habe so viel geträumt, dass ich Wirklichkeit und Traum nicht mehr unterscheiden kann. Hast du dich zum Beispiel irgendwann zu mir ins Bett gelegt, völlig nackt, und ...«

»Sicher nicht!«, rief sie in gespielter Empörung. »Aber wenn du schon wieder an solche Vergnügen denkst, dann geht es dir offensichtlich viel besser, als ich dachte. Vielleicht sollte ich ganz schnell aus dem Bett steigen, damit du die Situation nicht ausnützt.«

Sie tat so, als wolle sie gehen, doch er drückte sie noch fester an sich und sie wehrte sich nicht.

»Sag's mir noch einmal«, bat er sie.

»Was denn?«

»Dass du mich liebst.«

Diesmal fiel es ihr schwerer, es zu sagen – vielleicht, weil sie nun wusste, wie viel es ihm bedeutete. Doch zu ihrem größten Erstaunen war ihre Angst mit einem Mal verschwunden. »Ich liebe dich.«

»Ich werde dir niemals wehtun«, versprach er mit leuchtenden Augen. »Du brauchst keine Angst zu haben.«

»Ich weiß. Ich hatte ja auch nie Angst vor *dir*.«

»Wovor dann?«

Wovor hatte sie eigentlich Angst gehabt? Sie hatte sich diese Frage nie wirklich gestellt. »Ich ... ich glaube, ich hatte Angst davor, dass die Gefühle zu stark werden könnten. Ich hatte alles verloren, was mir jemals wichtig war im Leben, meine Mutter, meinen Bruder und mein Zuhause. Ich musste mein gewohntes Leben hinter mir lassen. Und dann hätte ich auch noch Hunter fast verloren. Ihn zu lieben hat mir schon genug Angst gemacht. Ich konnte die Vorstellung nicht ertragen, dich zu lieben, denn wenn ich dich auch verloren hätte ... Oh, MacDougal, ich wäre am liebsten gestorben, als es so aussah, als würdest du nicht durchkommen! Und das Schlimmste war, dass ich dich angelogen habe, nur um mich zu schützen. Dass ich gesagt habe, ich würde dich niemals lieben. Nichts davon hat gestimmt! Ich glaube sogar, ich habe dich von Anfang an geliebt.«

»Dann gehöre ich dir«, sagte er mit einem triumphierenden Lächeln. »Natürlich, wenn ich ein Gentleman wäre, müsste ich dich darauf hinweisen, dass ich vielleicht ein Krüppel bleibe oder zumindest hinken werde – aber viel lieber verspreche ich dir ein wunderbares Leben an meiner Seite. Ich werde dir das größte Haus in ganz Texas bauen, und du wirst nie auch nur einen Finger rühren müssen, weil du nämlich so viele Dienstboten haben wirst, wie du nur brauchst. Und später einmal werden wir Hunter auf die besten Schulen in diesem Land schicken. Du wirst es also nie bereuen müssen, dass du mich geheiratet hast, auch wenn vielleicht manche Körperteile bei mir nicht mehr ganz so gut funktionieren wie zuvor.«

»Ich würde es nie bereuen, selbst wenn wir in einem Tipi aus Büffelhaut wohnen würden und ich den ganzen Tag für dich schuften müsste«, erwiderte sie und drückte ihm einen Kuss auf seine lächelnden Lippen. Und als sie sich gegen seinen warmen Körper drückte, fügte sie hinzu: »Ich habe so ein Gefühl, dass dein Körper bald wieder quicklebendig sein wird.«

»Vielleicht hast du Recht«, sagte er und hob die Decke, um einen Blick darunter zu werfen. »Mir scheint, ein ganz bestimmter Körperteil ist im Augenblick sogar ein bisschen zu lebendig.«

»Also wirklich, MacDougal! Hatte ich also doch Recht!«, sagte sie lächelnd. »Du willst die Situation ausnützen.«

Er seufzte. »Wenn ich nur könnte. Aber ich fürchte, dazu bin ich im Augenblick nicht in der Lage. Aber«, fügte er lächelnd hinzu, »wenn *du* die Situation ausnützen wolltest, könnte ich dich wohl kaum daran hindern.«

»Aber ich muss doch den anderen erzählen, dass es dir schon viel besser geht!«, wandte sie nicht allzu überzeugend ein. »Papa und Hunter und Jewel müssen es doch erfahren! Und dein Freund Mr. Gates und Andrew ...«

Er brachte sie mit einem Kuss zum Schweigen und Rebekah beschloss, dass die Welt ruhig noch ein Weilchen warten konnte, bevor sie die wunderbare Neuigkeit erfuhr.

Anmerkung der Autorin

Ich hoffe, die Geschichte von Rebekah Tates Abenteuern hat Ihnen gefallen. Die Idee zu diesem Buch kam mir durch die wahre Geschichte von Cynthia Ann Parker, die als Kind von den Komantschen entführt worden war. Sie wuchs bei den Indianern auf und heiratete einen Komantschenhäuptling, dem sie drei Kinder gebar. Ihr Leben verlief überaus glücklich, bis eines Tages die Armee das Lager überfiel, in dem sie lebte, und sie ›befreite‹. Zusammen mit ihrer kleinen Tochter wurde sie zu ihren weißen Verwandten zurückgebracht. Obwohl Cynthia sich nichts sehnlicher wünschte, als zu ihrem Ehemann und ihren beiden anderen Kindern zurückzukehren, hielten die Parkers, die zu wissen glaubten, was das Beste für sie war, sie quasi gefangen, bis sie und ihre Tochter schließlich in der Zivilisation zugrunde gingen. Ihr Sohn Kwana wurde der letzte große Kriegshäuptling der Komantschen, und sein Stamm war der letzte, der sich der Regierung der Vereinigten Staaten ergab, nachdem die Büffel, die die Hauptnahrungsquelle für die Indianer darstellten, von den Weißen erbarmungslos abgeschlachtet worden waren. Kwana war kein einziges Mal in der Schlacht besiegt worden.

Als Schriftstellerin stellte ich mir die Frage, was wohl geschehen wäre, wenn Cynthia zu einem früheren Zeitpunkt gerettet worden wäre, als sie noch gern zu ihrer weißen Familie zurückgekehrt wäre. Und ich stellte mir weiter vor, was aus ihrem Sohn geworden wäre, wenn sie ihn als Weißen erzogen hätte. Das Ergebnis dieser Überlegungen ist dieses Buch sowie die Bände, die noch folgen werden.

Sean MacDougals Abenteuer im Krieg der USA gegen Mexiko beruhen auf historischen Fakten. Der Captain der Texas Rangers, Ben McCulloch, verbrachte tatsächlich einmal zusammen mit einem zweiten Ranger eine ganze Nacht im Lager der mexikanischen Armee, um die Stärke der feindlichen Streitkräfte auszukundschaften. Ihre Schätzung stellte sich als sehr genau heraus. Was sie jedoch nicht wissen konnten, war, dass General Santa Anna auf dem mörderischen Marsch nach Buena Vista, wo die amerikanische Armee stationiert war, nicht weniger als 5000 Mann verlor, die entweder desertierten oder durch Krankheiten außer Gefecht gesetzt wurden bzw. daran starben. Trotzdem machten die amerikanischen Truppen nur etwa ein Drittel der mexikanischen Streitkräfte aus und sie konnten die Schlacht auch nicht wirklich gewinnen. Nachdem man zwei Tage erbittert gekämpft hatte, kam Santa Anna zur Ansicht, dass er bereits viel zu viele Männer verloren hatte, und zog sich zurück. Er sah sich selbst als Sieger der Schlacht. General Taylors Worte, als er mit McCulloch nach dessen Erkundungsmission sprach, nämlich: »Gut, Major, genau das wollte ich wissen. Ich bin froh, dass sie euch nicht geschnappt haben«, sollen tatsächlich gefallen sein.

Die Amerikaner fühlten sich nach der Schlacht von Buena Vista ebenfalls als Sieger – eine Interpretation, die allgemein anerkannt wurde, weil es schließlich Santa Anna war, der sich zurückgezogen hatte. Mit dieser Schlacht verlor Santa Anna das Vertrauen seines Volkes und seiner Armee, sodass Buena Vista einen Wendepunkt im Krieg zwischen den USA und Mexiko darstellte.

Colonel Jefferson Davis, der später Präsident der Konföderation der Südstaaten wurde, war tatsächlich General Zachary Taylors Schwiegersohn. Zwei Jahre lang hatte sich Davis um die Hand von Taylors Tochter Knox bemüht, doch Taylor weigerte sich, sie einem Soldaten zur Frau zu geben. Erst als Davis seinen Abschied von der Armee nahm, konnte er Knox heiraten. Doch schon nach sieben Wochen starb sie an Malaria, worauf Davis eine Truppe von Freiwilligen aus Mississippi im Krieg gegen Mexiko anführte und so mithalf, dass den amerikanischen Streitkräften bei Buena Vista eine schmähliche Niederlage erspart blieb.

Die Einzelheiten von Seans Verwundung beruhen auf den Erlebnissen von Lieutenant Samuel French, der während dieser Schlacht einen Schuss ins Bein bekam. Da er Angst hatte, von den Mexikanern getötet zu werden, wenn er sich in einen Wagen mit anderen Verwundeten begab, blieb er fast den ganzen Tag auf seinem Pferd und suchte nach einem Arzt. Dabei wurde er Zeuge des heroischen Angriffs von Jefferson Davis und seiner Mississippi Rifles, durch den der Rückzug der Amerikaner gestoppt wurde. Er geriet auch in die Kämpfe um die Hazienda. Nach der Schlacht wurde er nach Saltillo gebracht, wo er vierzig Tage auf Krücken durch die Gegend humpelte – mit einer Gewehrkugel im Bein, weil der Arzt sich weigerte, ihn zu operieren. Schließlich wandte sich French an den Arzt und sagte ihm, er könne ihm zeigen, wo sich die Kugel befinde, worauf der Arzt sie ihm entfernte, wie es in diesem Buch beschrieben ist.

Mein besonderer Dank gilt dem Wycliffe Bible Translators' Summer Institute of Linguistics, das für die Erstellung des ersten Wörterbuchs verantwortlich zeichnet, in dem Begriffe aus der Sprache der Komantschen ins Englische übertragen sind. Dieses Wörterbuch diente mir als Grundlage für die richtige Schreibung verschiedener Wörter und Namen aus der Komantschensprache. Etwaige Fehler in meinem Buch sind mit Sicherheit auf eine falsche Auslegung meinerseits zurückzuführen.

Für all jene unter Ihnen, denen aufgefallen ist, dass ich ›Monterey‹ mit nur einem ›r‹ geschrieben habe, möchte ich anmerken, dass diese Schreibung damals tatsächlich die Richtige war.

Das Flüstern des Windes ist der erste Band der Tate-Familiensaga. Das nächste Buch wird etwa zwanzig Jahre später einsetzen und die Geschichte von Hunter Tate erzählen. Es geht dabei um die Frau, in die er sich verliebt, und auch um seine Reaktion auf die Bestrebungen der US.-Regierung, die Komantschen auszurotten. Er handelt so, wie ich mir vorstelle, dass Kwana Parker gehandelt hätte, wenn er als Weißer aufgewachsen wäre. Ich hoffe, dass auch dieses Buch Ihr Interesse findet.

Ich würde mich freuen, wenn Sie mir mitteilen, wie Ihnen das vorliegende Buch gefallen hat. Schreiben Sie bitte an:

Victoria Thompson
c/o Zebra Books
475 Park Avenue South
New York, NY 10016

VICTORIA THOMPSON lebt in Pennsylvania mit ihrem Mann, der drei Wochen nach der ersten Verabredung um ihre Hand anhielt, und ihren beiden Töchtern. Als Mädchen aus der Stadt hatte Victoria zwar nie auf einem Pferd gesessen, jedoch schon früh ihre Liebe zum Wilden Westen entdeckt; ihr erster großer Held war Brett aus der alten ›Maverick‹-Fernsehserie. Mit der Zeit wurde sie es müde, Romane über den Wilden Westen zu lesen, die von Männern geschrieben waren, weil darin die Frauen zumeist völlig farblos und uninteressant dargestellt wurden. Damals beschloss sie, ihre eigenen Romane über dieses Thema zu schreiben. Wenn sie nicht schreibt, spielt Victoria in Theateraufführungen der Bedford County Players und arbeitet im Vorstand des Family and Children's Service von Blair County und der dortigen League of Women Voters mit.